히카르두 헤이스가 죽은 해

O ANO DA MORTE DE RICARDO REIS

이 책의 한국어판 저작권은 The Wylie Agency사와의 독점계약으로 (주)해냄출판사에 있습니다.
저작권법에 의해 한국 내에서 보호를 받는 저작물이므로
무단전재와 무단복제를 금합니다.

O Ano da
Morte de
Ricardo Reis

히카르두 헤이스가 죽은 해

주제 사라마구 장편소설 | 김승욱 옮김

해냄

"세상의 화려한 사건들을 보며 만족하는 자가 현명하나니."

_ 히카르두 헤이스

"행동하지 않는 방식을 고르는 것이 언제나 내 인생의 근심이
자 가책이었다."

_ 베르나르두 소아르스

"존재한 적이 없는 사람에 대해 그런 식으로 말하는 것이 터
무니없다고 사람들이 내게 말한다면, 나는 리스본이든 글을 쓰
는 나든 다른 무엇이든 어디에도 존재한 적이 있다는 증거 또한
없다고 대답할 것이다."

_ 페르난두 페소아

일러두기

• 번역 대본은 영국 하빌출판사의 *The Year of the Death of Ricardo Reis*를 사용하였다.

• 주석은 본문 하단에 각주로 표기했으며, 모두 옮긴이의 것이다.

여기서 바다가 끝나고 땅이 시작된다. 무채색 도시에 비가 내린다. 강물은 진흙탕으로 더러워지고, 강둑에는 물이 넘친다. 검은 배 하일랜드 브리게이드호(號)가 어두운 강을 올라와 알칸타라 부두에 닻을 내리기 직전이다. 이 증기선은 영국의 로열 메일 라인 소속이다. 바다의 고속도로를 누비는 셔틀처럼 런던과 부에노스아이레스 사이의 대서양을 오가며 항상 같은 항구에 들른다. 라플라타, 몬테비데오, 산투스, 리우데자네이루, 페르남부쿠, 라스팔마스에 이 순서대로 또는 역순으로. 도중에 난파하지 않는다면 비고와 불로뉴쉬르메르에도 들른 다음, 바로 지금 테주 강에 들어서듯이, 마침내 템스 강에 들어설 것이다. 두 강 중 어느 쪽이 더 큰지, 어느 도시가 더 큰지 우리는 따지지 않는다. 하일랜드 브리게이드호는 일만 사천 톤급으로 그리 큰 배가 아니지만 충분히 바다를 항해할 수 있는 능력을 갖췄고, 이번에 바다를 건너오면서 그 능력을 입증했다. 계속 날씨가 거칠었는데도 바다 항해에 익숙하지 않은 사람들만 또는 항해에 익숙하지만 위장이 어떻게 손을 쓸 수 없이 예민한 사람들만 뱃멀미에 시달릴 정도였다. 집처럼 안락하고 편안한 분위기 때문에, 이 배는 쌍둥이 배인 하일랜드 모나크호(號)와 마찬가지로 가족용 증기선으로 사랑받고 있다. 이 두 배에는 모두 오락과 일광욕을 즐길 수 있는 널찍한 갑판이 갖춰져 있다. 야외 스포츠인 크리켓까지도 갑판에서 가능하다는 사실은, 대영제국에 불가능한 일은 없다는 점을 보여준다. 날씨가 좋을 때면 하일랜드 브리게이드호는 아이들의 공원이자 노인들의 낙원이 되지만, 오늘은 아니다. 비도 내리고, 우리가 배에서 보내는 마지막 오후이기도 하기 때문이다. 소금기가 잔뜩 밴 유리창 뒤에서 아이들이 회색 도시를 바라본다. 언덕 위에 납작하게 뻗어 있는 도시는 마치 전적으로 단층집들로만 이루어져 있는 것 같다. 그 너머로 어쩌면 높이 솟은 둥근 지붕, 불쑥 튀어나온 박공지붕, 단순한 환상이거나 키메라거나 납빛 하늘에서 다양하게 변화하며 내려오는 물의 장막이 만들어낸 신기루가 아니라면 마치 성의 유적처럼 보이는 어떤 것의 윤곽 등이 언뜻 보일지도 모른다. 선천적으로 호기심이라는 미덕을 더 풍부하게 타고난 외국 아이들이 이 항구의 이름을 묻는다. 그러면 부모들이 답해주거나, 아니면 아마(ama), 본(bonne), 프로일라인(Fraulein)[*]이라고 불리는 유모들이나 뭔가 작전을 수행하러 가는 길에 마침 근처를 지나던 선원이 명확하게 설명해준다. 리스보아(Lisboa), 리스본(Lisbon), 리즈본(Lisbonne), 리사본(Lissabon). 다양한 변형과 틀린 형태를 제외하면, 이 항구를 부르는 이름은 이렇게 네 가지가 있다고. 이렇게 아이들은 전에 알지 못하던 새로운 사실을 알게 되지만, 이곳의 이름 정도는 이미 예전부터 알고 있었으므로 그 어린 머릿속이 더욱더 혼란스러워진다. 말하는 사람이 누구인지, 그러니까 아르헨티나인, 우루과이인, 브라질인, 스페인인인지에 따라 발음이 달라지는 이름이라니. 스페인 사람들은 카스티야어[**]나 포르투갈어로 리스본을 올바르게 표기하고는 자기들 식으로 읽어버린다. 평소에 듣는 소리나 글로 표기한 방식을 한참 넘어서는 발음이다. 하일랜드 브리게이드호가 내일 아침 일찍 해협을 올라올 때, 맑은 하늘에 약간의 햇빛이 비치기를 기대해보자. 육지가 시야에 들어오는 곳에서조차 회색 안개가 이곳을 처음 지나간 항해자들, 리스본이라는 단어를 자꾸만 되뇌다가 뭔가 다른 이름으로 바꿔버린 그때의 아이들, 마치 하일랜드 브리게이드호가 바다 밑바닥에서부터 물을 뚝뚝 떨어뜨리며 솟아나와 두 번이

---

[*] 앞에서부터 차례대로 '유모', '보모'를 뜻하는 포르투갈어, 프랑스어, 독일어 단어.
[**] 스페인의 공용어인 스페인어를 뜻한다.

나 유령으로 변해버리기라도 한 것처럼 나무와 금속 안으로 파고드는 습기 때문에 미간을 찌푸리고 몸을 부르르 떨었던 어른들, 벌써 희미해지고 있는 그들의 기억을 완전히 가려버리지 않도록. 스스로 원해서 이 항구에 남을 사람은 하나도 없을 것이다.

몇몇 승객이 내릴 준비를 한다. 배는 부두에 닻을 내렸고, 배다리도 내려져서 고정되었으며, 짐꾼들과 하역 인부들이 저 아래에 천천히 모습을 드러내고, 경비원들도 각자 들어가 있던 오두막이나 창고에서 밖으로 나오고, 세관원들도 하나 둘씩 부두에 도착한다. 비는 점점 가늘어지다가 거의 그쳤다. 승객들은 배다리 앞에 모여 머뭇거린다. 하선 허가가 내렸는지, 아니면 이 배가 격리될 수도 있는지 의심하는 사람들처럼. 어쩌면 배다리의 미끄러운 바닥이 무서운 건지도 모른다. 아니, 그들이 겁을 먹은 것은 이 조용한 도시 때문이다. 어쩌면 이 도시 주민들은 이미 모두 사라져버렸고, 빗줄기는 아직 남아 있는 진흙 속으로 스며들고 있을 뿐인지도 모른다. 부두 쪽의 더러운 현창들을 통해 희미한 불빛이 보이고, 돛대는 나무에서 잘라낸 가지 같고, 기중기는 잠잠하다. 오늘은 일요일이다. 부두의 창고 너머에 건물과 벽에 둘러싸인 음울한 도시가 있다. 아직 빗물에 젖을 염려가 없는 실내에서 자수가 놓인 묵직한 커튼을 걷고 텅 빈 눈으로 바다를 내다보며 빗물이 지붕 위에서 콸콸 흐르다가 홈통을 타고 번들거리는 석회암 포석 위로 내려가 거기서 다시 찰랑거리는 배수구까지 흘러가는 소리를 듣고 있는지도 모른다. 물이 넘친 배수구 몇 군데에는 뚜껑이 들려 있다.

승객들이 내리기 시작한다. 가장 먼저 내린 승객들은 단조롭게 내리는 빗속에서 어깨를 구부린 채 배낭과 여행 가방을 들고 간다. 바다와 하늘 사이에서 이미지들이 흘러가는 꿈을 꾸는 것처럼 항해를 견뎌낸 사람들 특유의 망연한 표정이다. 뱃머리는 메트로놈처럼 리듬에 맞춰 출렁거리고, 파도도 밀려왔다 밀려가고, 수평선을 보고 있으면 최면에 걸릴 것 같다. 아이를 품에 안은 사람이 있다. 아이가 엄청 조용한 것을 보니 틀림없이 포르투갈인이다. 아이는 여기가 어디냐고 묻지 않는다. 아니면 숨이 막힐 것처럼 공기가 나쁜 배 안의 침상에서 한잠 자고 일어나면 아름다운 도시가 눈앞에 보일 것이고, 그곳에서 영원히 행복하게 살게 될 것이라는 약속을 믿고 있을 수도 있다. 동화 같은 얘기다. 이 사람들은 이주(移住)의 고통을 견뎌내지 못했으니까. 굳이 우산을 펼쳐서 써야겠다고 고집을 부리는 노부인은 겨드랑이에 끼고 있던, 작은 트렁크 모양의 초록색 양철 상자를 떨어뜨렸다. 상자가 부두의 자갈 포장 위로 떨어져 뚜껑이 열리면서 바닥에 있던 것이 겉으로 쏟아져 나온다. 가치 있는 물건은 하나도 없다. 기념품 몇 개, 여러 색의 천 조각 몇 개, 바람에 흩어진 편지와 사진, 산산이 부서진 유리구슬 몇 개, 이제 심하게 더러워진 둥그런 흰색 실뭉치, 이것들 중 하나가 부두와 배의 측면 사이로 사라진다. 노부인은 삼등칸 승객이다.

승객들은 땅에 발을 디디자마자 비를 피할 곳을 찾아 달려간다. 외국인들은 이런 날씨가 우리 책임이라도 되는 것처럼 폭풍이 어쩌고저쩌고하면서 투덜거린다. 자기들이 사랑하는 프랑스나 영국의 날씨가 보통 여기보다 훨씬 더 나쁘다는 사실을 잊어버린 모양이다. 간단히 말해서 그들은 아주 작은 구실이라도 생기면, 심지어 그것이 자연이 내려주는 비라 하더라도, 그것을 이용해서 가난한 나라에 대한 경멸을 표현한다. 더 심각한 불만거리들이 몇 가지 있지만 우리는 그냥 입을 다물겠다. 올겨울은 날씨가 험해서, 곡식이란 곡식은 전부 비옥한 땅에서 파헤쳐졌다. 이 나라가 워낙 작다 보니, 그것이 얼마나 아쉬운지 모른다. 배에서 벌써 짐이 내려지고 있다. 번들거리는 망토를 걸친 선원들이 마치 두건을 쓴 마법사처럼 보인다. 저 아래에서는 포르투갈인 짐꾼들이 뾰족한 모자와 비바람을 막아주는 짧은 줄무늬 재킷 차림으로 민첩하게 움직인다. 지켜보는 사람들이 모두 놀랄 정도로 빗줄기에 전혀 개의치 않는 모습이다. 개인의 안위를 무시하는 저런 태도 덕분에 어쩌면 승객들이 그들을 가엾게 여겨 지갑을 열고 팁을 줄지도 모른다. 뒤처진 종족의 남자들은 손을 쭉 뻗어 자신이 많이 갖고 있는 것, 그러니까 체념, 겸양, 참을성 등을 판다. 이 세상에서 이런 것을 거래하는 사람들을 앞으로도 계속 볼 수 있기를. 승객들은 세관을 통과한다. 수는 얼마 안 되지만 그들이 다시 밖으로 나오는 데 시간이 좀 걸릴 것이다. 작성해야 할 서류가 많고, 근무 중인 세관원들이 아주 공들여 글자를 하나하나 쓰기 때문이다. 가장 빨리 나오는 사람은 이 일요일에 조금 휴식을 취할 수 있을지도 모른다. 겨우 네시인데도 벌써 날이 어두워지고 있어서 그림자가 많아졌다. 곧 밤이 될 것이다. 하지만 여기는 언제나 밤이라서 흐릿한 램프들이 하루 종일 켜져 있는데 그중 몇 개는 기름이 다 타서 꺼져버렸다. 저기 저 램프는 꺼진 지 일주일이 됐는데도 아직 교체되지 않았다. 먼지와 때로 뒤덮인 창문으로 약한 빛이 새어 들어온다. 묵직하게 가라앉은 공기에서는 젖은 옷, 악취를 풍기는 짐 가방, 싸구려 천으로 지은 제복 같은 냄새가 난다. 고국에 돌아왔는데도 기쁜 기색은 전혀 없다. 세관 건물은 일종의 대기실, 밖에서 기다리고 있는 것들을 향해 나가기 전에 거치는 림보다.

뼈만 남은 반백의 남자가 마지막 서류에 서명한다. 그 서류의 사본을 받으면 승객은 이곳을 나가 단단한 육지에서 다시 삶을 시작할 수 있다. 그와 동행한 짐꾼의 외양을 상세히 설명할 필요는 없을 것이다. 그랬다가는 이 장면이 영원히 이어질 것이다. 이 짐꾼을 다른 짐꾼과 구별하고 싶어 하는 사람이 혼동하지 않게, 그가 동행한 남자와 마찬가지로 뼈만 남은 반백의 남자이며, 가무잡잡하고 수염을 깨끗이 깎은 모습이라는 것 정도만 말해두겠다. 하지만 이 두 사람은 상당히 다르다. 한 사람은 승객이고, 다른 한 사람은 짐꾼이니. 짐꾼은 커다란 여행 가방을 실은 금속 수레를 끌고 있고, 그 여행 가방에 비해 작아 보이는 다른 여행 가방 두 개는 성직자

13

들이 목에 두르는 칼라나 멍에처럼 목에 두른 줄에 매달려 있다. 밖으로 나온 뒤 그는 지붕이 삐죽 튀어나와 비가 들이치지 않는 곳에 가방들을 내려놓고 택시를 잡으러 간다. 배가 도착하면 보통 택시들이 여기서 손님을 기다리고 있다. 승객은 묵직하게 걸려 있는 구름, 거친 땅바닥에 고인 비 웅덩이, 기름과 채소 껍질 등 온갖 종류의 쓰레기로 더러워진 부두 옆 바닷물을 보다가 눈에 띄지 않게 조용히 서 있는 전함 여러 척을 발견한다. 여기서 전함을 본 것이 뜻밖이다. 전함이 있어야 할 곳은 바다이고, 전쟁이나 작전 중이 아닐 때에는 강어귀에 있어야 한다. 세상의 모든 함대가 닻을 내리고도 남을 만큼 강어귀가 넓다고 사람들이 말하곤 했다. 어쩌면 지금도 말하는지 모른다. 과연 어떤 함대인지 살펴볼 생각은 하지도 않은 채. 다른 승객들이 각각 짐꾼과 함께 세관 건물에서 나오고, 택시가 물을 튀기며 나타났다. 기다리던 승객들이 정신없이 팔을 흔들어대지만, 짐꾼이 택시 발판 위로 뛰어 올라가 이 차는 이 손님의 것이라는 듯이 크게 손짓을 해서, 리스본 항구에서는 아무리 하찮것없는 인부라도 비라든가 기타 상황이 허락할 때 그 야윈 손에 행복을 쥐고 있을 수 있음을 보여주었다. 그는 순식간에 그 행복을 남에게 내려주거나 거둬들일 수 있는데, 이것은 우리가 인생에 대해 이야기할 때 하느님의 것이라고 치부하는 능력이다. 택시 기사가 짐 가방을 트렁크에 싣는 동안 승객은 처음으로 브라질 말씨를 살짝 드러내며 물었다. 왜 전함들이 여기 정박해 있는 겁니까. 짐꾼은 택시 기사를 도와 무거운 가방을 들어 올린 탓에 숨을 몰아쉬면서 대답했다. 아, 여긴 해군 선착장이거든요, 날씨 때문에 그저께 저 배들이 여기로 예인되었습니다, 안 그랬으면 알제스까지 떠내려갔을걸요. 다른 택시들이하나둘 모습을 드러냈다. 택시들이 다른 이유로 지체된 것이아니라면, 그들이 타고 온 증기선이 예정보다 한 시간 일찍정박한 듯했다. 이제 광장에 시장이 열려, 모두가 탈 수 있을만큼 택시가 많았다. 내가 당신에게 얼마를 주면 됩니까. 승객이 물었다. 정해진 요금에 원하는 만큼 더해서 주시면 됩니다. 짐꾼은 이렇게 대답하면서도 정해진 요금이 얼마인지말하거나 자신의 노동에 실질적인 가격을 매기지도 않은 채비록 짐꾼에 불과하더라도 용감한 자들을 지켜주는 행운에자신을 맡겼다. 내가 가진 게 영국 돈밖에 없어요. 아, 괜찮습니다. 그는 오른손에 십 실링이 놓이는 것을 보았다. 동전이태양보다 더 밝게 반짝였다. 마침내 하늘의 둥근 태양이 리스본을 무겁게 누르고 있던 구름을 몰아냈다. 짐이 너무 무겁고 감정이 너무 깊기 때문에, 모든 짐꾼이 살아남아 번성하기 위한 첫 번째 조건은 굳은 심장, 청동으로 만들어진 심장이다. 이런 심장이 없으면 짐꾼은 곧 쓰러져버릴 것이다.손님의 넘치는 호의에 빨리 보답하고 싶어서, 최소한 말만으로도 빚을 지고 싶지 않아서, 짐꾼은 아무도 원하지 않는 추가 정보와 누구에게도 필요하지 않은 감사 표현을 내놓는다.저 전함들은 어뢰정입니다, 우리 배예요, 포르투갈의 배, 테주호(號), 당호, 리마호, 보가*호, 타메가**호, 당호는 손님에게 가장 가까이 있는 배입니다. 배들은 각각 어디가 다른지 아무도 알 수 없을 만큼 똑같은 모양이었다. 서로 이름을 바꿔놓아도 상관없을 것이다. 모두 똑같은 외관에 칙칙한 회색으로 빗물에 젖어 있었으며, 갑판에는 사람의 기척이 전혀 없고, 깃발도 걸레처럼 물에 흠뻑 젖어 있었다. 하지만 일부러 깔아뭉개는 말을 할 생각은 없다. 우리는 이 구축함이 당호라는 사실을 알고 있다. 어쩌면 나중에 저 배의 소식을 듣게 될지도 모른다.

짐꾼이 모자를 들어 올려 감사 인사를 한다. 택시가 출발한다. 어디로 모실까요. 아주 간단하고, 아주 자유롭고, 장소와 상황에 아주 잘 어울리는 이 질문에 승객은 깜짝 놀란다. 리우데자네이루에서 산 표 한 장에 이런 질문의 답이, 심지어 과거에 오로지 침묵으로만 답했던 질문의 답까지도 모두 적혀 있어야 마땅하다는 듯이. 방금 배에서 내린 승객은 그러나 자기 생각이 틀렸음을 곧바로 알아차린다. 어쩌면 숙명적인 질문 두 개 중 하나가 방금 그에게 던져졌기 때문인지도 모른다. 어디로 모실까요. 남은 질문 하나는 이보다 더 심각하다. 왜요. 택시 기사는 백미러를 바라보며, 승객이 자기 질문을 듣지 못한 모양이라고 생각했다. 그가 어디로 모실까

---

* 포르투갈의 강 이름.
** 강 이름.

요, 라는 질문을 다시 하려고 입을 여는데, 대답이 먼저 들려왔다. 아직 마음을 다 정하지 못한 듯 머뭇거리는 대답이었다. 호텔로 갑시다. 어느 호텔요. 나도 모르겠소. 나도 모르겠다는 말을 하고 난 뒤, 승객은 정확히 자신이 원하는 것이 무엇인지 더할 나위 없이 확신하게 되었다. 마치 배를 타고 오는 동안 내내 이 결정을 내리고 있었던 것처럼. 강에 가까운 호텔, 이 지역에 있는 호텔로 갑시다. 강과 가까운 호텔은 알레크링 거리 초입에 있는 브라간사뿐입니다. 그 호텔은 모르겠지만, 그 거리가 어딘지는 압니다, 옛날에 리스본에 살았으니까요, 나도 포르투갈 사람입니다. 아, 포르투갈 사람이시군요, 말씨를 듣고 브라질 사람이신가 했습니다. 그렇게 티가 납니까. 뭐, 아주 약간, 좀 차이가 있구나 싶은 정도입니다. 내가 포르투갈에 돌아온 게 십육 년 만입니다. 십육 년은 긴 세월이지요, 여기도 많이 변했다는 걸 아시게 될 겁니다. 이 말을 끝으로 택시 기사는 갑자기 입을 다물어버렸다.

승객은 도시가 많이 변했다는 느낌은 받지 못했다. 택시가 달리고 있는 대로는 그가 기억하던 모습과 비슷했다. 다만 나무들의 키가 더 자랐을 뿐인데, 지난 십육 년 동안 계속 자랐을 테니 놀랄 일도 아니었다. 그렇다 해도, 머릿속에는 초록색 이파리에 덮인 나무의 모습이 아직 남아 있고 겨울이라 헐벗은 가지들로 인해 줄줄이 늘어선 나무들의 키가 더 작아 보였기 때문에, 머릿속의 모습과 지금의 모습이 서로 비슷했다. 빗줄기는 거의 사그라들어서 가끔 한두 방울씩 떨어

17

질 뿐이었지만, 하늘에서는 파란색을 전혀 볼 수 없었다. 구름이 아직 흩어지지 않고 납 빛깔의 광대한 지붕처럼 펼쳐져 있었다. 비가 많이 내렸습니까. 승객이 물었다. 지난 두 달 동안 양동이로 쏟아붓다시피 했지요. 기사는 앞 유리창의 와이퍼를 끄면서 대답했다. 지나가는 자동차가 거의 없고, 전차는 그보다도 더 드물었다. 간간이 보이는 행인들은 조심스레 우산을 접었다. 배수구가 막힌 탓에 생겨난 커다란 진흙탕 웅덩이들이 인도를 따라 늘어서 있었다. 술집 여러 군데가 나란히 어둑하게 문을 열고 있었는데, 끈적거리는 불빛이 그림자에 에워싸이고, 아연 카운터 위에는 더러운 포도주 잔이 놓였다. 겉으로 드러난 이런 모습들은 이 도시를 가려주는 커다란 벽이다. 택시는 어떤 틈새나 입구를 찾듯이, 유다의 문*이나 미궁의 입구를 찾듯이, 느긋하게 이 건물들 앞을 지나간다. 카스카이스에서 온 기차가 천천히 칙칙폭폭 지나간다. 느릿한 속도인데도 택시를 추월할 만큼 빠르다. 그러나 택시가 막 광장으로 들어서는 순간 기차는 다시 뒤로 처져서 역으로 들어간다. 택시 기사가 승객에게 알린다. 저기 거리 초입에 있는 것이 그 호텔입니다. 그는 어떤 카페 앞에 차를 세우고 말을 덧붙였다. 빈방이 있는지 먼저 물어보고 오시는 편이 낫겠습니다, 전차 때문에 호텔 문 앞에는 차를 세울 수가 없습니다. 승객은 차에서 내려 카페를 흘깃 보았다.

---

* 크고 육중한 문에 난 작은 문. 큰 문을 다 열지 않아도 이 문으로 드나들 수 있다.

호얄(Royal)이라는 이름의 카페는 공화정 시대에 군주제에 대한 향수를 보여주는 상업적 사례 또는 지나간 왕의 치세에 대한 추억이 영국이나 프랑스식 가면으로 치장된 상업적 사례였다. 흥미로운 상황이었다. 카페 이름을 로열[*]로 읽어야 할지 루아얄[**]로 읽어야 할지 모르는 상태에서 그 단어를 본다면. 이제 비가 그쳤고 길이 오르막길이었으므로 승객은 이 문제를 생각해볼 여유가 있었다. 그는 호텔에 방이 있든 없든 이 길을 다시 걸어서 돌아왔는데 택시가 사라져버린 상상을 했다. 그의 여행 가방, 옷가지, 신분증을 실은 채 택시가 사라져버리면, 세속적인 소유물을 모두 잃어버린 자신이 어떻게 살아갈 수 있을지 알 수 없었다. 호텔 앞 계단을 올라가면서 그는 이런 생각을 하는 것을 보니 자신이 몹시 지친 것 같다고 문득 생각했다. 압도적인 피로, 무한한 피곤함, 일종의 절망감이 그를 괴롭혔다. 우리가 말하는 절망감의 진정한 의미가 뭔지 안다면 그렇다는 말이다.

그가 호텔 문을 밀어서 열자 전기 버저 소리가 났다. 옛날 같으면 작은 종이 딸랑딸랑 소리를 냈겠지만, 사람이란 모름지기 세상의 발전상을 염두에 두어야 하는 법이다. 가파른 계단이 있고, 그 발치에 유리구슬을 오른손으로 높이 든 무쇠 동상이 서 있었다. 궁정 의복을 입은 시종을 표현한 것이

[*] 영어 발음.
[**] 프랑스어 발음.

었는데, 모든 시종은 궁정 의복을 입고 있으니 공연히 같은 말을 반복한 것인지도 모르겠다. 차라리 시종의 옷을 입은 시종이라고 말하는 편이 더 명확할 것이다. 옷의 형태를 보아 하니, 그는 이탈리아 르네상스 시대의 시종이었다. 우리의 여행자는 한없이 많은 계단을 올라갔다. 일층에 도달하기 위해 이렇게 많은 계단을 올라야 한다는 사실이 터무니없었다. 마치 에베레스트 산을 오르는 기분인데, 에베레스트 산은 지금도 모든 산악인의 꿈이자 유토피아가 아닌가. 다행히도 계단 꼭대기에 콧수염을 기른 남자가 나타나 그에게 격려의 말을 건넸다. 어서 올라오시라고. 그가 직접 이 말을 한 것은 아니지만, 계단 위로 얼굴을 기울이고 과연 무슨 바람이 불어 이 손님이 나타났는지 살피는 그의 표정을 그렇게 해석할 수도 있을 것이다. 안녕하십니까, 손님. 안녕하십니까. 그는 숨이 차서 더 이상 말을 이을 수 없다. 콧수염 남자가 참을성 있게 빙긋 미소를 짓는다. 방이 필요하신가 봅니다. 그의 미소가 미안한 표정으로 바뀐다. 이 층에는 방이 없습니다, 여기에는 프런트데스크, 식당, 라운지가 있고, 이쪽으로 나가면 주방과 식료품실이 있습니다, 방은 위층에 있기 때문에 직접 살펴보려면 이층으로 올라가야 합니다. 이 방은 별로 좋지 않습니다, 너무 작고 어두워요, 이 방도 역시, 뒤쪽을 향하고 있으니까요, 다른 방들은 이미 손님이 들어 계십니다. 나는 강이 보이는 방을 원합니다. 아, 그렇다면 이백일호가 마음에 드실 겁니다, 오늘 아침에 손님이 나가신 방인데, 당장 보여드리겠습니다. 복도 끝의 문에 작은 에나멜 판이 붙어 있었다. 하얀 바탕에 검은색 숫자가 적혀 있는 판이었다. 만약 여기가 호화롭지 않은 소박한 호텔이 아니고 방이 이백이호였다면, 손님의 이름이 자신투이고 에사 드 케이로스*의 주인공처럼 토르메스에 땅을 소유하고 있다면, 지금 이 일화의 배경은 알레크링 거리가 아니라 샹젤리제 거리일 것이고, 이 브라간사 호텔처럼 호텔이 거리 오른쪽에 있다는 점만이 유일한 공통점일 것이다.

우리의 여행자는 방이 마음에 들었다. 정확히 말하자면 방들이라고 해야 할 것이다. 널찍한 아치형 통로로 방 두 개가 연결되어 있었기 때문이다. 저쪽 편에는 옛날 같으면 반침(半寢)이라고 불러야 마땅했을 침실이 있고, 이쪽 편에는 여느 아파트와 비슷한 응접실과 거실이 있었다. 어두운색의 가구는 광을 낸 마호가니로 만든 것이고, 창문에는 커튼이 드리워져 있고, 전등에는 갓이 씌워져 있었다. 전차 한 대가 지독하게 긁히는 듯한 소리를 내며 거리를 지나갔다. 택시 기사가 옳았다. 그가 택시를 대기시켜두고 떠나온 것이 아주 오래전의 일인 것 같았다. 그는 물건을 잃어버릴지도 모른다고 걱정했던 자신에 대해 속으로 미소를 지었다. 방이 마음에 드십니까. 호텔 지배인이 직업에 걸맞은 권위를 지니고 있지만, 손님과 협상하는 사람에게 잘 맞는 예의 바른 목소리로 물었

* 1845~1900, 포르투갈의 작가.

다. 좋습니다, 이 방을 쓰지요. 얼마나 머무르실 겁니까. 나도 모르겠습니다, 내 일을 정리하는 데 시간이 얼마나 걸리는가에 따라 다르겠죠. 평범한 대화다. 이런 상황에서 오갈 만한 대화. 그러나 지금은 거짓이라는 요소가 자리하고 있다. 여행자가 리스본에서 정리할 일이 없기 때문이다. 이렇다 할 만한 일이 없다. 한때 부정확한 것을 경멸한다고 선언했던 그가 거짓을 말했다.

일층으로 내려온 뒤 호텔 지배인이 직원, 즉 전령 겸 짐꾼을 불러 손님의 짐을 가져오라고 지시했다. 택시는 카페 앞에서 기다리고 있었다. 여행자는 삯을 치르기 위해 직원과 함께 내려갔다. 삯이라니 마차가 다니던 시절을 상기시키는 표현이다. 짐이 모두 그대로 있는지 확인하려는 목적도 있었으나, 그의 이러한 불신은 부당하고 잘못된 것이다. 기사는 정직한 사람이라서 미터기에 표시된 요금과 관행적인 팁을 받고 싶은 생각뿐이다. 그는 부두의 짐꾼 같은 행운을 누리지는 못할 것이다. 여행자가 프런트데스크에서 돈을 일부 환전했기 때문에 은색 동전을 또 나눠주는 일은 없을 것이다. 우리가 너그러운 행동을 싫어하는 것은 아니지만, 거기에도 정도가 있다. 지나친 과시는 가난한 자를 모욕하는 행위다. 여행 가방은 돈보다 훨씬 무겁다. 가방이 층계참에 도착했을 때, 지배인이 그 과정을 감독하기 위해 기다리고 있다. 그는 앞으로 나와 가방 아래쪽을 손으로 받쳐준다. 누군가가 건물의 초석을 놓는 일처럼 상징적인 행위다. 호텔 짐꾼의 어깨에 짐의 무게가 모두 실려 있기 때문이다. 나이와 상관없이 직업상 보이라고 불리는 그는 무거운 여행 가방을 옮기며 점차 자신의 나이를 실감한다. 양쪽에서 도와주는 손길은 별로 쓸모가 없다. 손님이 힘들어하는 짐꾼을 괴로운 표정으로 바라보며 내민 손도 그리 도움이 되지 않는다. 한 층만 더 올라가면 됩니다. 이백일호일세, 피멘타. 이번에는 피멘타가 운이 좋다. 더 높은 층까지 올라가지 않아도 되기 때문이다.

그동안 손님은 프런트데스크로 돌아온다. 힘을 쓴 탓에 조금 숨이 가쁘다. 그는 펜을 들고 숙박부에 자신의 기본 정보를 기입한다. 줄이 쳐진 종이 위에 자신의 신원을 밝히기 위해서이다. 이름, 히카르두 헤이스, 나이, 마흔여덟 살, 출생지, 포르투, 결혼 여부, 독신, 직업, 의사, 가장 최근의 거주지, 브라질 리우데자네이루. 그는 거기서 하일랜드 브리게이드호를 타고 왔다. 마치 자백서나 내밀한 자서전의 첫머리처럼 보인다. 손으로 쓴 이 글자들 안에 모든 것이 숨어 있다. 이 글자들을 해석하는 것이 유일한 문제일 뿐이다. 목을 쭉 빼고 글자들을 따라가며 동시에 그 의미를 해독하고 있던 지배인은 이제 대체로 모든 것을 알게 되었다고 생각한다. 그는 자신을 소개하기 위해 먼저 상대를 부른다. 선생님. 아부라기보다는 예의를 위해 한 말이다. 상대의 권리, 장점, 지위를 인정하는 말. 글로 쓰지 않아도 즉각 인정받을 수 있는 말이다. 제이름은 살바도르입니다, 이 호텔의 책임자이지요, 혹시 필요한 것이 있으면 제게 말씀만 하시면 됩니다, 선생님. 저녁 식

사는 몇 시입니까. 여덟시입니다, 선생님, 저희 음식이 마음
에 드셔야 할 텐데요, 프랑스 요리도 드실 수 있습니다. 히카
르두 헤이스는 자신도 음식이 마음에 들기를 바란다는 듯이
고개를 끄덕이고는 의자에 두었던 레인코트와 모자를 들고
방으로 물러간다.

방의 열린 문간에서 짐꾼이 그를 기다리고 있었다. 히카르
두 헤이스는 복도에 들어서면서 그를 보고는, 그가 한 손을
내밀 것임을 알아차렸다. 순종적이면서도 당당하게, 짐 가방
의 무게에 따른 요구를 할 것이다. 그가 걸어가는 동안 아까
는 보지 못했던 것이 눈에 띄었다. 복도 한쪽 면에만 문이 있
고, 그 맞은편은 계단통을 겸한 벽이라는 사실. 그는 반드시
마음에 새겨두어야 하는 중요한 문제라도 되는 것처럼 이 점
을 생각하며, 자신이 심하게 피곤한 상태임을 알아차렸다. 남
자는 오랜 경험 덕분에 팁으로 받은 동전을 눈으로 보지 않
고 무게만 가늠해본 뒤 만족한 표정을 지었다. 진심으로 만
족스러웠는지 인사를 건넬 정도였다. 정말로 감사합니다, 의
사 선생님. 그가 의사라는 사실을 짐꾼이 어떻게 알았는지
설명할 수 없다. 짐꾼은 아직 숙박부를 본 적이 없는데. 사실
하층계급은 교육을 많이 받고 특권을 누리며 살아가는 사람
들 못지않게 기민하고 눈치가 빠르다. 피멘타가 신경을 쓰는
것은 자신의 어깨뼈밖에 없었다. 여행 가방과 연결된 줄이 제
대로 조정되지 않은 탓이었다. 누가 봤다면, 그가 짐 가방을
제대로 들 줄 모른다고 생각했을 것이다.

히카르두 헤이스는 의자에 앉아 눈으로 주위를 둘러보았다. 앞으로 며칠이나 될지 모르지만, 하여튼 이 방은 당분간 그가 지낼 곳이다. 봐서 집을 하나 빌려 환자를 받게 될지도 모르고, 브라질로 돌아가게 될 수도 있다. 하지만 당분간은 호텔로 충분할 것이다. 딱히 애정을 품을 필요가 없는 장소니까. 그는 지금 과도기에 있었고, 그의 삶은 잠시 중단된 상태였다. 매끈한 커튼 뒤의 창문이 갑자기 밝아진다. 가로등의 효과다. 이미 시간이 많이 늦어서 하루가 끝나고, 바다 위 저 먼 곳에 어른거리고 있는 하루의 끝자락도 빠르게 사라져가고 있다. 몇 시간 전만 해도 히카르두 헤이스는 저 바다 위에 있었다. 지금은 사방의 벽과 검은 거울처럼 빛을 반사하는 가구들이 구현해낸 수평선이 팔을 뻗으면 닿을 곳에 있고, 증기선 엔진의 묵직한 진동 대신 도시의 속삭임이 들린다. 육십만 명의 사람들이 한숨을 내쉬거나, 멀리서 부르는 소리. 이윽고 복도에서 조심스러운 발소리가 나더니 어떤 여자가 말한다. 바로 갈게요. 이 말, 이 목소리, 틀림없이 메이드다. 그는 창문 하나를 열고 밖을 내다보았다. 비는 그친 뒤였다. 강 위를 휩쓸며 불어오는 바람 때문에 습기를 머금은 신선한 공기가 방 안에 퍼져, 퀴퀴한 냄새, 누군가가 서랍 안에 넣어 두고 깜박 잊어버린 더러운 이불보 냄새를 깨끗이 실어 갔다. 그는 호텔이 집이 아니라는 것, 이런저런 냄새가 남아 있게 마련이라는 것을 자신에게 일깨웠다. 불면의 밤이나 사랑의 밤에 흘린 땀, 흠뻑 젖은 겉옷, 떠날 때 신발에서 솔로 털어낸 진

25

흙, 침대보를 갈고 청소를 하려고 들어온 메이드들, 여성 특유의 냄새, 피할 수 없는 냄새, 우리가 인간이라는 증표.

그는 창문을 열어둔 채 다른 창문을 또 열러 갔다. 셔츠 바람으로 신선한 공기를 마시고 나니 갑자기 기운이 나서 그는 짐을 풀기 시작했다. 삼십 분도 안 돼서 가방이 모두 비워지고, 옷가지들은 서랍장으로, 신발은 신발 정리대로, 양복은 벽장 안의 옷걸이로, 의료 장비가 든 검은 여행 가방은 수납장의 어두운 구석으로 자리를 옮겼다. 몇 권 되지 않는 책은 선반에 정리했다. 그가 습관적으로 읽는 라틴어 고전들, 그가 좋아하는 영국 시인들의, 손때 묻은 시집들, 브라질 저자들의 책 서너 권, 열두 권이 채 안 되는, 포르투갈 저자들의 책. 그중에 한 권은 그가 반납하는 것을 깜박 잊고 가져온, 하일랜드 브리게이드호 도서실에 있던 책이었다. 만약 그 도서실의 아일랜드인 사서가 이 책이 없어진 사실을 알아차린다면, 이 루시타니아* 나라에 대한 심각한 비난이 뒤따를 것이다. 노예와 도적의 땅, 옛날에 바이런이 이렇게 빈정거렸고, 오브라이언도 동의할 것이다. 별로 중요하지 않은 국지적인 위법 행위가 널리 보편적인 영향을 미치는 결과로 이어질 때가 많다. 하지만 나는 죄가 없어, 맹세코 그냥 깜박 잊어버렸을 뿐이야. 그는 그 책을 협탁에 놓았다. 그 책, 그러니까 희한한 우연의 일치로 역시 아일랜드 출신인 허버트 퀘인이 쓴

---

* 이베리아 반도에 있던 옛 로마령으로 지금의 포르투갈에 해당한다.

책『미궁의 신』을 조만간 다 읽을 생각이었다. 그러나 확실히 무엇보다도 희한한 것은 바로 그 이름 자체다. 발음을 크게 변형하지 않아도 포르투갈어로 '누구'를 뜻하는 '켕'으로 읽을 수 있기 때문이다. 퀘인 또는 켕은 이미 미지의 존재가 아니다. 누군가가 하일랜드 브리게이드호에서 그를 발견했기 때문이다. 만약 이 책이 세상에 이것 하나뿐이라면, 이 책마저 이제 배에서 사라졌으니, 우리가 그야말로 누구냐고 스스로 자문해볼 이유가 충분하다. 그가 이 책에 끌린 것은 항해의 지루함과 뭔가를 떠올리게 하는 제목 때문이었다. 신이 사는 미궁이라, 어떤 신, 어떤 미궁, 어떤 미궁의 신일까. 알고 보니 이 책은 단순한 탐정소설이었다. 누군가의 죽음과 수사, 살인자, 피해자, 그리고 마지막으로 탐정, 이 셋이 모두 범죄의 공범이더라는 평범한 이야기. 솔직히 말하자면, 추리소설의 독자야말로 그 작품의 유일한 생존자야, 모든 독자가 모든 이야기를 유일한 진짜 생존자로서 읽는 게 아니라면.

보관해두어야 할 문서도 있다. 손으로 쓴 시 원고들 중 가장 오래된 것은 일천구백십사년 유월 십이일까지 거슬러 올라간다. 전쟁, 그러니까 나중에 세계전쟁이라고 불리게 된 전쟁이 임박했던 시기. 나중에 세상이 그보다 더한 세계전쟁을 경험하게 되기는 했지만. 마에스트로, 우리가 잃어버린 시간들은 평온하도다, 꽃병처럼 그 시간 속에 우리가 꽃을 꽂는다면. 시는 이런 구절로 끝났다. 평온하다, 우리는 이 삶을 떠난다, 살아온 것에 대해 아무 후회도 없노라. 가장 최근의 원고는 일천구백삼십오년 십일월 십삼일 자로, 그 뒤로 육 주가 흘렀다. 아직 방금 쓴 원고처럼 보이는 이 시의 구절들은 이렇다. 우리 안에 헤아릴 수 없이 많은 사람이 살고 있다. 내 생각과 느낌이 누구 것인지 나는 모른다, 나는 생각과 느낌이 존재하는 장소일 뿐이다. 시는 여기서 끝나는 것이 아닌데도, 마치 모든 것이 끝난 것 같다. 생각과 느낌 너머에 아무것도 없기 때문이다. 히카르두 헤이스는 읽기를 멈추고 생각에 잠긴다. 만약 내가 이런 존재라면, 지금 이 순간 이런 생각을 하는 것은 누구일까, 지금 내가 있는 이곳에서 생각 때문에 지금 내가 하는 생각을 하는 것은 누구일까. 지금 이 순간 이런 느낌을 느끼는 것은 누구일까, 지금 내가 있는 이곳에서 느낌 때문에 지금 내가 느끼는 느낌을 느끼는 것은 누구일까. 생각하고 느끼기 위해 나를 이용하는 것이 누구이며, 내 안에 살고 있는 헤아릴 수 없이 많은 사람들 중에 나는 누구일까, 누구, 켕, 퀘인, 오로지 나만의 것이라서 내가 그들과 나누지 않는 생각과 느낌은 무엇일까. 다른 사람이 아닌 나, 예전에도 앞으로도 다른 사람이 아닌 나는 누구일까. 그는 종이들을 한데 모아 자그마한 책상의 서랍 한 칸에 넣고, 창문을 닫은 뒤 목욕을 하려고 욕실로 가서 뜨거운 물을 틀었다. 일곱시가 지난 시각이었다.

프런트데스크 위의 벽을 장식한 괘종시계에서 여덟시의 마지막 종이 울릴 때, 히카르두 헤이스는 정확히 시간을 맞춰 식당으로 내려왔다. 지배인인 살바도르가 드러난 치아, 그다지 깨끗해 보이지는 않았지만 어쨌든 그 치아 위로 콧수염을 올려 미소를 띤 얼굴로 서둘러 달려와 문을 열어주었다. 두 짝으로 된 유리문에는 H와 B라는 이니셜이 새겨져 있었는데, 서로 반대 방향으로 휘어진 곡선에 휘감긴 B의 선들이 꽃 모양으로 길게 늘어져 아칸서스, 야자수 이파리, 나선형 이파리를 그려낸 덕분에 이 소박한 호텔이 품위 있게 보였다. 급사장이 앞에서 길을 인도했다. 식당에 다른 손님은 한 명도 없고, 테이블 세팅을 마친 웨이터 두 명만 있을 뿐이었다. 똑같은 이니셜이 새겨진 식료품실 문 안쪽에서 여러 소리들이 들려왔다. 곧 그 문에서 움푹한 수프 그릇, 뚜껑이 덮인 접시, 대형 접시 등이 등장할 것이다. 가구들은 평범하게 예상할 수 있는 수준이었다. 이런 식당들은 한 곳만 가보면 다른 곳을 모두 본 것과 마찬가지였다. 천장과 벽에는 희미한 조명등 몇 개, 식탁에는 티끌 하나 없이 깨끗한 하얀색 식탁보. 카네사스*는 아닐망정 하여튼 세탁실에서 새하얗고 깨끗하게 세탁한 식탁보는 이 호텔의 자랑이었다. 세탁실에서 사용하는 것은 비누와 햇빛뿐인데, 며칠째 계속 비가 세차게 쏟아지고 있으니 틀림없이 일이 많이 밀려 있을 것이다. 히카르두 헤이스는 이제 자리에 앉았다. 급사장이 그에게 메뉴에 올라 있는 수프, 생선, 고기 요리에 대해 말해준다. 하지만 혹시 의사 선생님은 가벼운 음식, 그러니까 다른 종류의 고기, 생선,

* 포르투갈의 지명.

29

수프를 원하지 않을까. 새로운 음식에 익숙해질 때까지 가벼운 음식을 추천해드립니다, 십육 년 동안 열대 지방에서 살다가 이제 막 돌아오셨으니까요. 식당과 주방에서조차 그에 대해 모르는 것이 없다는 얘기다. 그사이 프런트데스크로 통하는 문이 열리더니 어떤 부부가 어린 아들과 딸을 데리고 들어왔다. 두 아이 모두 얼굴이 누렇게 떴는데, 부모는 혈색이 좋았다. 하지만 외모로 보건대 친부모가 맞았다. 가장은 앞장서서 식구들을 이끌고, 엄마는 뒤에서 아이들을 앞으로 밀어냈다. 그 뒤를 이어 나타난 남자는 뚱뚱하고 육중한 체격이었으며, 자그마한 조끼의 한쪽 주머니에서 배를 가로질러 반대쪽 주머니까지 금줄이 이어져 있었다. 그의 바로 뒤에 나타난 또 다른 남자는 몹시 마른 몸에 검은 넥타이를 매고, 팔에는 상중임을 나타내는 띠를 매고 있었다. 그 뒤로 십오 분 동안은 새로 나타나는 사람이 없었다. 식기가 접시에 부딪히는 소리가 들렸다. 아이들의 아버지는 권위적인 태도로 포도주 잔을 나이프로 두드려 웨이터를 불렀다. 마른 남자는 애도의 분위기를 방해받은 것에 좋은 가정교육을 받은 사람답게 화가 나서 아이들의 아버지를 엄격한 표정으로 바라보았으나, 뚱뚱한 남자는 조용히 음식을 씹을 뿐이었다. 히카르두 헤이스는 닭고기 수프에 떠 있는 기름 덩어리를 가만히 바라보았다. 그는 확신보다는 무심함 때문에 그냥 급사장의 제안에 따라 가벼운 음식을 선택했다. 사실 그 음식의 어디가 좋은지 잘 알 수 없었다. 유리창에서 타닥거리는 소리가 들리는 것으로 보아 비가 다시 내리기 시작한 모양이었다. 창문은 알레크링 거리 쪽이 아니라, 그게 어떤 거리더라, 기억이 나지 않는다, 애당초 거리 이름을 알고 있었는지도 잘 모르겠고. 하지만 그의 접시를 바꿔주려고 다가온 웨이터가 알려준다. 노바 두 카르발류 거리입니다, 선생님. 그러고는 이렇게 묻는다. 수프가 마음에 드셨습니까. 웨이터의 훌륭한 발음으로 짐작건대, 갈리시아 출신임이 분명하다.

문에서 이번에는 중년 남자가 나타났다. 키가 크고 눈에 띄는 외모를 지닌 그는 주름진 길쭉한 얼굴을 하고 있으며, 함께 온 여자는 기껏해야 이십 대, 그리고 말랐다. 아니, 가냘프다고 말하는 편이 더 옳을 것이다. 두 사람이 히카르두 헤이스 맞은편의 식탁으로 다가오자, 그 식탁이 그들을 위해 줄곧 준비되어 있었음이 갑자기 분명해졌다. 마치 자주 뻗어 나와 자신을 가져가는 손을 기다리는 물건 같다. 두 사람은 이 호텔의 단골임이 분명하다. 어쩌면 호텔 주인인지도 모른다. 호텔에도 주인이 있다는 사실을 사람들이 자주 잊어버리는 것이 재미있다. 호텔 주인이든 아니든 두 사람은 여기가 자기 집이라도 되는 것처럼 느긋하게 식당을 가로질렀다. 주의를 기울이면 이렇게 세세한 부분까지 눈에 들어온다. 여자는 옆모습이 보이는 자리에 앉았고, 남자는 히카르두 헤이스를 등지고 앉았다. 그리고 속삭이는 목소리로 이야기를 나누다가, 여자가 목소리를 높여 남자를 안심시켰다. 아뇨, 아버지, 저는 괜찮아요. 그래, 두 사람은 부녀지간이라는 것을 이제 알겠다. 요즘 호텔에서는 보기 드문 조합이다. 웨이터가 엄숙하지만 친절한 태도로 다가와 두 사람을 응대한 뒤 사라졌다. 식당은 다시 조용해졌다. 심지어 아이들조차 목소리를 높이지 않았다. 이상하게도 히카르두 헤이스는 아이들의 목소리를 들은 기억이 없다. 원래 말을 못하는 아이들이거나, 눈에 보이지 않는 집게로 입술이 고정되어 있기라도 한 것 같다. 둘 다 음식을 먹고 있으니 이건 어리석은 생각이다. 날씬한 여자는 수프를 다 먹고 스푼을 내려놓더니, 무릎 위에 올려놓은 작고 귀여운 개를 쓰다듬듯이 오른손으로 왼손을 쓰다듬기 시작한다. 그 모습에 깜짝 놀란 히카르두 헤이스는 그 여자의 왼손이 한 번도 움직이지 않았음을 깨닫고, 그녀가 오로지 오른손으로만 냅킨을 접은 것을 기억해낸다. 지금도 그녀는 왼손을 오른손으로 잡고, 몹시 깨지기 쉬운 크리스털을 다루듯이 아주 부드럽게 식탁 위에 올려놓으려 하고 있다. 그녀는 접시 옆에 왼손을 놓는다. 식탁 위에 소리 없이 존재하는 왼손의 긴 손가락이 창백하게 뻗은 채 전혀 움직이지 않는다. 히카르두 헤이스는 전율을 느낀다. 이것을 대신 느껴주는 사람은 아무도 없다. 그의 피부가 안팎으로 부르르 떨리고, 그는 완전히 홀린 사람처럼 그 손을 지켜본다. 감각도 없고 마비되어 움직이지도 않는 그 손은 누가 옮겨주지 않는 한 어디로 가야 하는지도 모른 채, 가만히 한자리에 머물러 햇빛을 받거나 대화에 귀를 기울이거나 브라질에서 이제 막 도착한 의사의 눈길을 받는다. 그 자그마한 손은 두 가지 의미에서 왼쪽이다. 먼저 왼쪽에 놓여 있기 때문에 왼쪽이고, 서투르고 생기 없고 시들어서 다시는 어떤 문도 두드릴 수 없게 되었기 때문에 왼쪽이다. 히카르두 헤이스는 여자가 먹을 요리들이 식료품실에서 나올 때 이미 금방 먹을 수 있게 준비되어 있는 것을 지켜본다. 생선 가시는 모두 제거하고, 고기는 작게 자르고, 과일은 껍질을 벗겨 적당한 크기로 썰어두었다. 호텔 직원들이 이 딸과 아버지를 잘 알고 있음이 분명하다. 어쩌면 이 호텔에서 살고 있는지도 모른다. 그는 식사를 끝낸 뒤에도 한동안 그대로 남아 시간을 끌었다. 하지만 무엇을 위한 무슨 시간인가. 마침내 그가 일어나 의자를 뒤로 밀었다. 그 소리가 어쩌면 너무 컸는지 여자가 고개를 돌려 이쪽을 바라보았다. 정면으로 본 여자의 얼굴은 스무 살보다 더 들어 보이지만, 옆으로 고개를 돌리자 앳된 모습이 즉시 되돌아온다. 목은 길고 연약하고, 턱선은 섬세하고, 안정되지 못한 몸 전체의 선도 미완성으로 보인다. 히카르두 헤이스는 식탁에서 일어나 이니셜이 새겨진 유리문으로 가서, 역시 식당에서 나가고 있는 뚱뚱한 남자와 어쩔 수 없이 인사를 나눴다. 먼저 가시죠. 아뇨, 먼저 가세요. 뚱뚱한 남자가 나갔다. 감사합니다, 친절한 분이시네요. 분이라는 말을 조금 비굴하게 사용하는 것 같다. 만약 모든 말을 문자 그대로 받아들인다면, 히카르두 헤이스가 먼저 나갔을 것이다. 그가 자신을 이해한 바에 따르면, 그는 헤아릴 수 없이 많은 사람이기 때문이다.

살바도르 지배인이 벌써 이백일호 열쇠를 내밀고 있다. 그는 바로 열쇠를 건네줄 것처럼 적극적으로 손을 움직이다가 슬쩍 뒤로 물린다. 어쩌면 손님이 밤의 리스본과 비밀스러운 즐거움을 위해 조용히 슬쩍 나가고 싶어 하는지도 모른다. 브라질에서 오랜 세월을 보내고 바다에서 많은 날을 보냈으니 말이다. 그러나 겨울밤의 날씨 때문에 아늑한 분위기의 라운지가 더 매력적으로 보인다. 바로 여기 등받이가 높고 좌판이 깊숙한 가죽 안락의자가 있고, 중앙의 샹들리에에는 크리스털 펜던트가 잔뜩 달려 있으며, 라운지 전체를 비추는 커다란 거울에는 이 라운지의 모습이 다른 차원에 그대로 복사되어 있다. 거울 앞에 놓인 흔하고 친숙한 것들이 단순히 그대로 재현된 것이 아니다. 길이, 폭, 높이가 하나씩 차례로 금방 알아볼 수 있게 재현되어 있지 않다. 그보다는 멀면서 동시에 가까운 어떤 평면에서 실체가 없는 환영 안에 융합되어 있다. 이 설명에 우리 정신이 게을러서 회피하려고 하는 역설이 있는 게 아닌지 모르겠다. 거울 속 깊숙한 곳에 자신을 성찰하는 히카르두 헤이스가 있다. 그는 헤아릴 수 없이 많은 사람들 중 하나지만, 그들 모두가 지쳐 있다. 방으로 올라가겠습니다, 여행 때문에 기진맥진했어요, 끔찍하기 짝이 없는 날씨 속에서 꼬박 두 주를 보냈으니까요, 혹시 신문 좀 있습니까, 잠들기 전에 국내 소식을 좀 따라잡고 싶군요. 저기 있습니다, 선생님, 얼마든지 가져가세요. 바로 그 순간 한 손이 마비된 여자가 아버지와 함께 라운지로 나왔다. 아버지가 앞에, 여자는 한 발짝 뒤에 서 있었다. 히카르두 헤이스는 이미 열쇠와 신문을, 그러니까 인쇄된 글자가 번진 잿빛 신문을 손에 들고 있었다. 세찬 바람 한 줄기가 불어와 아래층 정문이 쾅 소리를 내고, 버저가 울렸다. 사람 때문이 아니라, 점차 다가오는 폭풍 때문이다. 오늘 밤에 흥미로운 일은 전혀 없을 것이다. 오로지 비, 그리고 육지와 바다를 지나온 폭풍, 고독만이 있을 뿐.

　방 안의 소파는 안락하다. 수많은 사람의 몸이 앉았던 자리의 스프링이 몸 형태대로 살짝 꺼졌고, 책상 위 램프의 불빛이 딱 알맞은 각도에서 신문을 비춘다. 마치 집에서 가족의 품에 안겨, 지금도 앞으로도 내 것이 되지 않을 것 같은 벽난로 앞에 앉아 있는 것 같은걸. 여기 내 모국어인 포르투갈어로 된 신문들을 보니, 국가수반이 식민지부(部)에서 모지뇨 드 알부케르크를 기념하는 전시회의 막을 열었다고 하는군, 제국의 기념식을 피할 수도 없고, 제국의 인물들을 잊을 수도 없지. 골레강에 불안 요소가 있다는데, 난 거기가 어딘지도 기억이 안 나네, 아, 그렇지, 히바테주 지역에 있군, 빈트*라고 불리는 둑이 홍수로 무너질지도 모른다는 건데, 이름 한번 이상하네, 어디서 나온 건지, 일천팔백구십오년의 재난이 반복되는 건가. 구십오년에 난 여덟 살이었으니 당연히 기억은 안 나지. 세상에서 가장 키 큰 여자가 엘사 드로욘인데,

* 포르투갈어로 '20'이다.

키가 이 미터 오십 센티미터라, 물이 그 높이까지 불어나지는 않겠지. 그러고 보니 아까 그 여자 이름이 궁금하네, 마비된 그 손은 아주 힘없이 늘어져 있던데, 무슨 병이나 사고로 그리된 건가. 제오회 예쁜 아기 콘테스트, 아기들 사진이 페이지 절반을 채웠군, 죄다 벌거벗은 몸에 강아지처럼 살집이 불거지고, 분유를 먹고 자란 아이들이라는데. 이 아기들 중 일부는 자라서 범죄자, 부랑자, 매춘부가 되겠지, 이렇게 어린 나이에 이런 식으로 사진이 찍히다니, 순수함을 존중하는 마음이라고는 조금도 없는 음탕한 인간들 앞에서. 에티오피아 군사작전이 계속되는군. 브라질 소식은 뭐가 있나, 새로운 이야기는 없네, 모든 게 파괴되었다고. 이탈리아 군대가 전체적으로 진군했고. 영웅적으로 돌격하는 이탈리아 병사를 막을 수 있는 인간은 없지, 질이 떨어지는 창과 초라한 칼을 든 이탈리아 병사 앞에서 아비시니아* 소총이 무슨 소용이 있겠어. 유명한 여자 운동선수가 대대적인 성전환 수술을 받았다고 그 여자의 변호사가 발표했군, 며칠 안에 그 여자가 남자로 변할 거라고 말이야, 처음부터 남자로 태어난 것처럼, 이름도 잊지 말고 종교재판소에서 바꿔야 할 텐데, 이름이 뭐지, 보카즈. 화가 페르난두 산투스의 그림이라, 이 나라에서는 예술을 장려하는 모양이야. 콜리제우에서 바니지 메이렐리스가 나오는 「마지막 불가사의」를 상영 중이라, 은색 옷

---

* 에티오피아의 옛 이름.

을 입은 조각 같은 몸매의 브라질 스타. 웃기잖아, 브라질에서 이 여배우를 몰랐다니, 내 실수야. 여기 리스본에서는 가장 싼 좌석이 삼 이스쿠두*고, 일층 좋은 자리는 오 이스쿠두 이상, 매일 두 번 상영이고 일요일에는 조조 상영이라. 폴리테아마에서는 「십자군」이 상영 중, 화려한 서사시. 많은 영국군 부대가 포트사이드**에 상륙, 모든 시대에는 나름의 십자군이 있지, 이 군인들은 현대의 십자군이로군, 소문에 따르면, 이들이 이탈리아 점령지인 리비아 국경으로 이동 중이라. 십이월 전반기에 브라질에서 죽은 포르투갈인들의 명단이 있네. 내가 모르는 사람들이니, 연민을 표하거나 슬퍼할 필요는 없겠지, 하지만 거기서 포르투갈 이민자들이 많이 죽는 건 확실한걸. 전국에서 가난한 사람들에게 무료로 식사를 제공하는 자선 축제가 열린다는 소식이라, 빈민 숙박소의 음식 질이 좋아졌단 말이지, 포르투갈에서는 노인 대접이 워낙 좋아, 버려진 아이들은 말할 것도 없고, 거리에 버려진 작은 꽃송이들처럼. 이 기사는 또 뭔가, 포르투 시의회 의장이 내무부 장관에게 보낸 전신이라. 오늘 제가 주재한 회의에서 겨우내 가난한 사람들을 지원해야 한다는 내용의 명령을 두고 토의한 결과, 장관님의 이 놀라운 계획에 찬사를 보내기로 결정했습니다. 다른 기사는 또 뭐가 있나, 가축의 똥으로

---

* 포르투갈의 옛 통화로, 1유로는 약 200이스쿠두이다.
** 수에즈 운하의 북쪽, 즉 지중해 쪽에 있는 항구.

가득 차서 오염된 물통, 레부상과 파텔라에서 천연두가 번지고 있고, 포르탈레그르에서는 인플루엔자가 유행하고, 발봉에서는 장티푸스가 유행이라, 열여섯 살 소녀가 천연두로 죽었군, 시골의 순수함을 지닌 전원의 꽃이었을 텐데, 백합이 너무 일찍 줄기에서 잘려버렸어. 저는 폭스하운드 암캐를 기르고 있습니다, 순종은 아니지만요, 녀석은 이미 두 번 새끼를 낳았는데, 두 번 다 제 새끼들을 잡아먹다가 들켰습니다, 단 한 마리도 도망치지 못했어요, 편집자님, 제가 어떻게 하면 되겠습니까. 친애하는 독자님, 암캐가 제 새끼를 잡아먹는 것은 대개 임신 기간 중의 영양실조 때문입니다. 고기를 주식으로 하고, 거기에 우유, 빵, 채소가 곁들여진 식사, 그러니까 간단히 말해서 균형 잡힌 식단을 제공해주어야 합니다. 이렇게 했는데도 녀석이 또 같은 행동을 한다면 고칠 방법이 없습니다, 그 개를 도살하거나, 교배를 못 하게 하세요, 발정기를 혼자 견디게 두어도 되고, 난소를 떼어내도 됩니다. 자, 그럼 임신 중에 고기, 빵, 채소를 먹지 못해 영양실조에 시달리는 여성이, 이런 여성은 상당히 흔합니다만, 그 여성이 암캐처럼 자신이 낳은 아기를 먹는다면 어떻게 될지 한번 상상해볼까요. 실제로 상상을 해보고 그런 범죄는 일어나지 않는다는 사실을 확인하고 나면, 사람과 짐승이 어떻게 다른지 쉽게 알 수 있습니다. 편집자가 실제로 이런 말을 글에 덧붙이지는 않았다. 히카르두 헤이스도 덧붙이지 않았다. 그는 다른 생각, 즉 그 암캐에게 적당한 이름이 무엇인지를 생각하고 있었다. 녀석에게 디아나나 렘브라다 같은 이름을 붙이지는 않을 것이다. 그보다는 녀석이 저지른 범죄나 그 범죄의 동기를 짐작할 수 있게 해주는 이름을 줄 것이다. 그 사악한 짐승은 독이 묻은 음식을 먹다 죽을 것인가, 아니면 주인이 쏜 총에 맞아 죽을 것인가. 히카르두 헤이스는 계속 끈질기게 고민한 끝에 마침내 딱 맞는 이름을 찾아낸다. 자기 자식들과 손자들을 잡아먹은 잔혹하고 야만적인 귀족 우골리노 델라 게라르데스카의 이름을 딴 것이다. 그의 행동에 대한 증언들은 『겔프당과 기벨린당의 역사』에 나와 있다. 『신곡』의 '지옥편' 삼십삼장에도 있다. 그러니 제 자식을 잡아먹는 암캐를 우골리나라고 부르자. 무력한 새끼들의 따뜻하고 부드러운 살을 이빨로 찢어 죽이고, 그 섬세한 뼈를 부러뜨리면서도 전혀 연민을 느끼지 못할 만큼 잔혹한 녀석이다. 가엾은 강아지들은 낑낑 울어대며, 자신을 먹어치우는 놈이 자신을 낳은 어미라는 사실을 깨닫지도 못한 채 죽어간다. 우골리나, 날 죽이지 마세요, 난 당신 자식이에요.

이런 무시무시한 이야기를 차분히 전하고 있는 신문지가 히카르두 헤이스의 무릎 위로 떨어진다. 그는 곤히 잠들었다. 갑자기 불어온 돌풍이 유리창을 뒤흔들고, 비가 홍수처럼 쏟아진다. 인적이 끊긴 리스본의 거리를 암캐 우골리나가 어슬렁거리며 피가 뚝뚝 떨어지는 주둥이로 문간의 냄새를 맡고, 광장과 공원에서 울어대고, 제 자궁을 사납게 깨문다. 다음 새끼들이 곧 그곳에 잉태될 것이다.

혹독한 겨울 날씨와 격렬한 폭풍의 밤, 격렬하다와 폭풍이라는 두 단어는 처음 생겨났을 때부터 하나로 묶여 있었던 반면 그 앞의 단어 조합은 그 정도는 아니었어도 어쨌든 두 구절 모두 상황에 딱 맞는 말이라서 새로운 말을 고안해내려고 애를 쓸 필요가 없다, 하여튼 그런 밤이 지난 뒤 밝은 햇빛, 파란 하늘, 비둘기들이 즐겁게 지저귀며 날아가는 소리와 함께 아침이 밝아올 수도 있었을 것이다. 그러나 날씨는 조금도 변하지 않았다. 제비들은 여전히 도시의 하늘을 날아가고, 강은 믿을 수 없고, 비둘기들은 감히 그곳에 올 엄두를 내지 못한다. 비가 내리고 있지만, 레인코트와 우산을 가지고 나간다면 견딜 만하다. 이른 아침의 강풍과 비교하면, 바람 또한 그저 뺨을 쓰다듬는 수준이다. 히카르두 헤이스는 일찌감치 호텔을 나서서 가지고 있는 영국 돈 일부를 이스쿠두로 바꾸려고 코메르시알 은행으로 갔다. 일 파운드당 십일만 헤알*을 받을 수 있었다. 파운드가 금이 아닌 것이 아쉬웠다. 그랬다면 거의 두 배나 되는 금액으로 바꿀 수 있었을 것이다. 그래도 호텔로 돌아오는 우리의 여행자는 딱히 불만을 품을 이유가 없다. 지갑에 들어 있는 오천 이스쿠두가 포르투갈에서는 적잖은 돈이기 때문이다. 우연히 그의 발길이 닿은 코메르시우 거리에서 테헤이루 두 파수**까지는 겨우 몇 미터 거리지만, 히카르두 헤이스는 위험을 무릅쓰고 광장을 건너지 않을 것이다. 그는 주랑의 보호 아래에서 먼 곳을 바라본다. 검은 강물의 물살이 세서 물이 높이 솟아오른다. 강가에서 물살이 일면 곧 물이 넘쳐 광장을 덮칠 것 같지만, 그것은 시각적인 환상에 불과하다. 물살은 벽에 부딪혀 흩어지고, 부두의 계단이 그 충격을 흡수한다. 그는 지나간 어느 날 그곳에 앉아 있던 기억을 떠올린다. 너무나 먼 기억이라 그것이 정말로 있었던 일인지 의심스럽다. 어쩌면 나 대신 다른 사람이, 어쩌면 나랑 똑같은 얼굴과 이름을 지녔지만 내가 아닌 다른 사람이 앉아 있었던 건지도 몰라. 물에 젖은 발이 시리고, 어두운 그림자가 몸 위를 지나가는 것이 느껴진

* 브라질의 통화 단위.
** 코메르시우 광장의 다른 이름으로 '궁전 광장'이라는 뜻이다.

다. 영혼 위가 아니라, 다시 말하지만, 영혼이 아니다. 그가 느낀 감각도 마치 실체가 있는 것 같아서, 두 손으로 우산 손잡이를 꽉 쥐고 있지 않았다면 그 감각을 손으로 만질 수 있었을 것이다. 그는 쓸데없이 우산을 펼쳐서 들고 있다. 이것은 사람이 세상으로부터 자신을 소외시키는 방법, 행인의 농담에 자신을 노출시키는 방법이다. 행인이 말을 던진다. 이봐요, 아저씨, 그 아래는 비가 안 와요. 하지만 그 남자의 미소가 아주 자연스럽고 악의가 조금도 없어서, 히카르두 헤이스는 자신의 실수를 알아차리고 빙긋 웃는다. 그리고 이유를 모른 채 주앙 드 데우스의 시에서 두 줄을 중얼거린다. 어린이집에 다니는 아이들이라면 누구나 잘 아는 구절이다. 이 주랑 아래는 밤을 보내도 될 만큼 편안하다.

그가 여기에 온 것은 광장이 워낙 가까웠으므로 이곳을 지나가며 판화처럼 선명한 자신의 기억이 광장의 실제 모습과 얼마나 닮았는지 확인하기 위해서였다. 삼면이 건물들로 둘러싸인 사각형 광장 한가운데에는 말을 탄 왕의 동상이 있고, 그가 있는 자리에서는 보이지 않지만 개선문 아치도 있다. 하지만 모든 것이 안개에 가린 듯이 번져 있어서 건물들도 흐릿하게 번진 선에 불과하다. 틀림없이 날씨, 지금 이 시각, 점점 나빠지는 그의 시력 때문일 것이다. 남은 것은 매의 눈처럼 예리한 기억의 눈밖에 없다. 열한시가 거의 다 된 시각이라 주랑 아래를 사람들이 아주 분주히 오가지만, 결코 서두르는 모습은 아니다. 이 품위 있는 사람들은 안정적인 속도로 움직인다. 남자들은 모두 부드러운 모자를 쓰고, 물이 뚝뚝 떨어지는 우산을 들고 있으며, 이 시각에 여기서 볼 수 있는 여자들은 몇 명 되지 않는다. 공무원들이 출근하고 있다. 히카르두 헤이스는 크루시피슈 거리를 향해 걸어가며, 그에게 다음 회차 복권을 팔려고 애쓰는 상인의 끈질긴 호소에 저항한다. 이 복권의 숫자는 일천삼백사십구입니다, 추첨은 내일이에요. 그것은 맞는 숫자가 아니고 추첨도 내일이 아니지만, 점쟁이들은 그런 식으로 말한다. 모자에 배지를 단, 허가받은 예언자. 복권을 사세요, 손님, 지금 안 사면 후회할 겁니다, 틀림없어요, 이게 당첨 번호라니까요. 이런 속임수는 위협적이다. 히카르두 헤이스는 가혜트 거리로 들어가 시아두 광장을 올라간다. 짐꾼 네 명이 가랑비에 아랑곳하지 않고, 동상의 대좌에 몸을 기대고 있다. 여기는 갈리시아인들의 섬이다. 저기 앞쪽에는 이미 비가 내리지 않는다. 루이스 드 카몽이스 공원 뒤편으로 하얀 빛이 비친다. 님부(nimbo)다. 이것이 바로 말[言]의 문제점이다. 님부는 비뿐만 아니라 구름뿐만 아니라 후광도 뜻한다. 시인은 신도 성자도 아니기 때문에, 비가 그친 것은 단순히 구름이 지나가며 옅게 흩어진 탓이다. 이것을 오리크나 파티마의 기적과 비슷한 것으로 상상하지 말자. 심지어 하늘이 파랗게 변하는 간단한 기적조차 아니다.

히카르두 헤이스는 신문 자료실로 간다. 어제 그는 잠자리에 들기 전에 이쪽 방향을 봐두었다. 그가 잠을 설쳤다고, 침대나 이 나라를 이상하게 생각하게 되었다고 믿을 이유는 전혀 없다. 아직 익숙하지 않은 조용한 방에서 잠이 오기를 기다리며 빗소리를 듣다 보면, 세상이 진정한 모습을 드러내 모든 것이 위대하고 엄숙하고 묵직하게 변한다. 사람을 속이는 것은 낮의 햇빛이다. 살아 있는 것을 알아차리기 힘든 그림자로 바꿔버리기 때문이다. 오로지 밤만이 명료하지만, 잠이 그것을 압도해버린다. 아마도 우리의 평온과 휴식, 영혼의 평화를 위해서일 것이다. 히카르두 헤이스는 신문 자료실로 간다. 그동안 무슨 일이 일어났는지 알고 싶다면 반드시 가야 하는 곳이다. 바이후 알투에 있는 이곳을 온 세계가 지나가며 발자국과 부러진 잔가지와 짓밟힌 이파리와 목소리로 내뱉은 단어들을 남겨놓는다. 여기에 남은 것은 이 꼭 필요한 발명품, 그래서 방금 말한 세상의 한 얼굴이 보존될 수 있도록, 시선 하나, 미소 하나, 생사를 건 고뇌 같은 것도. 페르난두 페소아의 뜻하지 않은 죽음으로 지식인들이 몹시 슬퍼하고 있었다. 《오르페우스》*의 시인, 독창적인 시를 지었을 뿐만 아니라 설득력 있는 비평도 썼던 훌륭한 영혼이 그저께 조용히 세상을 떠났다, 조용했던 평생의 삶과 마찬가지로. 포르투갈에서 글만 써서 생계를 해결할 수 있는 사람은 전혀 없기 때문에, 페르난두 페소아는 어떤 회사의 사무직 직원으로 일했다. 계속 기사를 읽다 보니 그의 친구들이 무덤 옆에 그를

---

* 페소아가 주요 논객으로 활약한 모더니즘 운동의 기관지로, 전위적 문학 잡지.

추억하는 화관을 놓아두었다는 이야기가 나왔다. 이 신문에
그 이상의 정보는 없다. 다른 신문도 같은 사실을 다른 말로
보도한다, 애국적인 열정을 담은 시이자 가장 아름다운 시
중 하나인 『메시지』[*]의 놀라운 시인 페르난두 페소아가 토요
일 밤늦은 시각에 상 루이스 병원의 기독교 침상에서 뜻밖
의 죽음을 맞아 어제 땅에 묻혔다는 이야기. 시를 쓸 때 그
는 페르난두 페소아일 뿐만 아니라 알바루 드 캄푸스이기도
하고, 알베르투 카에이루이기도 하고, 히카르두 헤이스이기
도 했다. 그러면 그렇지, 부주의로 인한 실수, 잘못 들은 것을
그대로 옮긴 실수가 있다. 히카르두 헤이스는 지금 멀쩡히 살
아서 이 신문을 읽고 있는 이 남자라는 것을 우리는 알고 있
다. 마흔여덟 살의 의사인 그는 눈을 감은 페르난두 페소아
보다 한 살 위이고, 페소아의 눈은 추호도 의심할 여지 없이
이미 죽은 눈이다. 이 사람이 그 사람이라는 사실을 증명하
는 데 다른 증거는 필요 없다. 그래도 의심이 가는 사람이 있
다면, 브라간사 호텔로 가서 지배인 세뇨르 살바도르를 만나
이제 막 브라질에서 온 히카르두 헤이스라는 의사가 그곳에
머물고 있는지 물어보면 된다. 지배인은 이렇게 말할 것이다.
네, 그 의사 선생님은 점심때는 밖에 있겠지만 저녁 식사는
여기서 하게 될 것이 거의 확실하다고 하셨습니다, 혹시 전할
말씀이 있다면 제가 전달해드리겠습니다. 누가 감히 호텔 지

---

[*] 페소아가 포르투갈어로 쓴 첫 시집.

배인의 말을 공격할까, 그는 뛰어난 골상학자이자 사람의 신원을 파악하는 데 있어서는 경험이 풍부한 전문가인데. 하지만 속속들이 잘 알지 못하는 사람의 말만 듣고 만족하기보다는, 추모 기사로 그 소식을 보도한 다른 신문을 보자. 여기에는 그의 일생이 상세하게 요약되어 있다. 어제 페르난두 안토니우 노게이라 페소아, 마흔일곱 살의 독신 남자, 마흔일곱이라는 나이에 주목하라, 리스본에서 태어나 영국의 한 대학에서 문학을 공부하고 문단에서 작가 겸 시인으로 확실히 자리를 잡은 그의 장례식이 엄수되었다, 관에는 들꽃이 뿌려졌는데, 꽃들이 금방 시든 것을 보면 그것이 꽃에게는 불운이었을 것이다. 히카르두 헤이스는 자신을 프라제르스로 데려다줄 전차를 기다리며 무덤가에서 울려 퍼진 장례 추도사를 읽는다. 그가 신문을 읽고 있는 이곳은 예전에 어떤 남자가 교수형을 당한 곳 근처인데, 거의 이백이십삼 년 전 동 주앙 오세의 재위 중에 일어난 일임을 누구나 알고 있다. 『메시지』에는 이 왕의 이름이 언급되어 있지 않다. 당시 사람들은 제노바 출신 사기꾼을 여기서 매달았다. 천 한 조각 때문에 우리 동포 한 명의 목을 칼로 찌르고 그의 애인에게도 같은 짓을 했기 때문이다. 그들은 현장에서 즉사했다. 사기꾼은 두 사람의 하인에게도 두 군데 상처를 입혔으나 치명적이지는 않았고, 토끼에게 하듯 또 다른 하인의 한쪽 눈을 빼냈다. 살인범이 체포되어 이곳에서 사형선고를 받은 것은 그가 범죄를 저지른 집이 이 근처였기 때문이다. 많은 사람들이 처형을 구경하려고 모여들었다. 일천구백삼십오년 십이월, 정확히 말하면 십삼일인 오늘 구름이 잔뜩 낀 오전과는 거의 비교가 되지 않았다. 이제 비가 내리지 않는데도, 지금은 반드시 볼일이 있는 사람들만 거리에 나와서 돌아다니고 있다. 히카르두 헤이스는 콤브루 길 꼭대기의 가로등에 기대서서 장례식 추도 연설을 읽고 있다. 제노바 출신 사기꾼을 위한 연설이 아니다. 구경꾼들의 욕설까지 그런 연설로 치는 게 아니라면 그를 위한 연설은 없었다. 히카르두 헤이스가 읽고 있는 것은 살인이라고는 저지른 적이 없는 시인 페르난두 페소아를 위한 연설이다. 시인이 지상에서 보낸 삶에 대한 두 마디. 그에게 두 마디면 충분하다. 아니면 한마디도 안 하거나. 정말로 침묵이 더 나을 것이다. 그와 우리를 이미 감싸고 있고, 그의 기질에도 더 잘 맞는 침묵. 하느님에게 가까운 것이 그에게도 가깝기 때문이다. 그러나 그와 함께 아름다움을 상찬하는 일을 하던 동료들은 그가 땅속으로 들어가는 것을, 아니 영원의 마지막 지평선을 향해 올라가는 것을 항의 한마디 없이 가만히 두고 볼 수 없었다. 그래서도 안 되는 일이었다. 차분하지만 그의 죽음에 속이 상한 오르페우스의 동료들, 아니 동료라기보다 형제로서 똑같은 아름다움의 이상을 좇던 그들은, 다시 말하지만, 그의 점잖은 죽음에 침묵과 고통이라는 하얀 백합을 흩뿌리지 않은 채 이 영면의 장소에 그를 그냥 버려두고 가버릴 수는 없었다. 죽음이 그를 우리에게서 데려간 것, 그의 기적 같은 재능과 우아한 존재감이 사라진 것을 우리는 슬퍼한다. 그러나 우리가 슬퍼하는 것은 오로지 사람인 그에 대해서뿐이다. 운명이 그의 영혼과 창의력에 부여해준 신비로운 아름다움은 결코 사라지지 않기 때문이다. 나머지는 페르난두 페소아가 지닌 천재성의 영역에 속한다. 자, 자, 삶의 평범한 규칙에서 벗어난 예외적인 존재들이 아직도 발견되는 것이 다행이다. 햄릿의 시대부터 우리는 그 뒤는 침묵이었다는 말을 하며 돌아다녔다, 결국은 천재성이 그 뒤에 남은 것들을 모두 보살핀다. 만약 이 천재가 해낸 일이라면, 아마 다른 천재도 할 수 있을 것이다.

전차가 왔다가 출발하고, 히카르두 헤이스는 한 자리를 온전히 혼자 차지하고 앉았다. 전찻삯이 칠십오 센타부*임을 그는 때가 되면 알게 될 것이다. 표 한 장에 일곱 하고 절반. 그는 장례식 추도 연설을 다시 읽기 시작하지만, 이것이 페르난두 페소아를 위한 연설임을 납득하지 못한다. 신문 보도를 보면 그는 죽었음이 분명하다. 시인이 살아 있었다면 이렇게 과장된 문법과 어휘를 허락하지 않았을 것이다. 이런 식으로 그에 대해 이야기하다니, 틀림없이 그를 잘 모르는 사람들이었을 것이다. 그들은 손발이 묶인 채 관 속에 누워 있는 그의 죽음을 이용하고 있다. 그들은 그를 빼앗긴 백합이라고 부른다. 장티푸스에 걸린 소녀 같은 백합, 거기에 점잖다는 형용사를 붙인다. 세상에, 이렇게 진부할 수가. 이 단어는 고상하

* 1이스쿠두는 100센타부이다.

다, 여성에게 정중하다, 여성에게 친절하다, 우아하다, 기분 좋다, 품위 있다, 라는 뜻이기 때문이다. 상 루이스 병원의 기독교 침상에 누워 있던 시인은 이 의미들 중 무엇을 골랐을까. 신들이 이것을 기분 좋게 보아주시기를, 죽음으로 사람은 단 하나뿐인 생명을 잃어야 하니.

히카르두 헤이스가 묘지에 도착했을 때, 문 앞의 종이 울리면서 시에스타 시간의 나른한 더위 속으로 울려 퍼지는 시골 별장의 종소리처럼 금이 간 청동 소리가 사방을 가득 채웠다. 사람의 손으로 운구되며 이제 막 시야에서 사라지기 직전인 관, 그 위에 드리운 천이 흔들리고, 검은 숄로 얼굴을 가린 여자들과 가장 좋은 옷을 차려입은 남자들이 있었다. 품에는 자줏빛이 도는 국화를 들었고, 관 위에도 국화가 더 있었다. 심지어 꽃들조차 평범한 운명을 즐기지 못한다. 관이 깊은 땅속으로 사라진 뒤 히카르두 헤이스는 묘지 사무실로 가서 지난달 삼십일에 세상을 떠나 이달 이일에 이 묘지에서 땅에 묻힌 페르난두 안토니우 노게이라 페소아의 무덤이 어디 있느냐고 물어보았다. 그는 세상이 끝나 하느님이 시인들에게 일시적인 죽음에서 일어나라고 명령할 때까지 이곳에서 쉬고 있을 것이다. 사무실 직원은 자기 앞에 서 있는 사람이 어느 정도 지위가 있고 배운 것도 많은 사람임을 깨닫고 그에게 묘지가 있는 곳의 길 이름과 번호를 조심스레 알려준다. 여기도 도시와 똑같기 때문이다. 그는 더욱더 확실하게 설명해주기 위해 카운터 뒤에서 돌아 나와 히카르두 헤이스와 함께 밖으로 나가서 손으로 방향을 가리키며 말한다. 저 큰길을 똑바로 쭉 따라가다가 끝에서 오른쪽으로 꺾어져 또 똑바로 가시면 삼분의 이쯤 되는 지점 오른편에 있습니다, 무덤이 작아서 놓치기 쉬우니까 잘 보셔야 할 겁니다. 히카르두 헤이스는 도와줘서 감사하다고 인사한다. 저 멀리 바다와 강에서 불어오는 바람, 여기가 묘지임을 감안하면 바람이 울부짖는 것처럼 들릴 법도 한데 그런 소리는 들리지 않는다. 다만 하늘이 회색이고, 얼마 전 내린 비로 대리석 묘석들이 물에 젖어 번들거리고, 어두운 초록색 삼나무들이 어느 때보다 더 검게 보일 뿐이다. 히카르두 헤이스는 직원이 가르쳐준 대로 포플러 나무들이 늘어선 길을 따라 걸으며 사천삼백칠십일번 무덤을 찾기 시작한다. 어제 복권 추첨에서 뽑힌 번호, 다시는 뽑히지 않을 번호와 같다. 운보다는 운명이 뽑은 번호다. 완만한 내리막길이라 거의 산책하듯 걸을 수 있다. 적어도 앞으로 남은 마지막 몇 걸음은 힘들지 않다, 장례 행렬의 마지막 걸음. 페르난두 페소아는 이제 다시 사람들과 동행하는 일이 없을 것이다. 자신을 이곳으로 데려다준 사람들과 그가 살아 있는 동안 진정한 의미의 동행을 한 적이 있다면 말이지만. 우리는 반드시 이 모퉁이를 돌아가야 한다. 우리는 왜 이곳에 왔는지, 또 어떤 눈물을 흘려야 하는지, 왜 흘려야 하는지 스스로 자문한다. 전에 이미 눈물을 흘린 적이 없다면 그렇다는 말이다. 어쩌면 우리가 느낀 것은 슬픔보다 충격에 가까운지도 모른다. 슬픔은 나중에 둔

탁하게 다가왔다. 마치 우리 몸 전체가 단 하나의 근육으로 변해서 안에서부터 쪼그라지고 있는 것 같았다. 슬픔의 위치를 시각적으로 알려주는 검은 얼룩 같은 것은 없었다. 길 양편에 늘어선 가족묘의 예배당들은 문이 잠겨 있고, 창문에는 레이스 커튼, 손수건을 만드는 천처럼 최고급 리넨에 식물 두 그루와 그 사이의 꽃들을 몹시 섬세하게 자수로 표현한 커튼, 검집을 벗긴 검과 비슷한 코바늘로 짠 묵직한 커튼, 오로지 하느님만이 정확한 발음을 아시는 프랑스어로 리슐리외(richelieu)나 아주르(ajour)*라고 불리는 커튼이 드리워져 있다. 하일랜드 브리게이드호에서 본 아이들이 생각난다. 지금쯤 아주, 아주 먼 바다에서 북쪽을 향해 항해하고 있을 것이다. 루시타니아의 짠 눈물이 곧 파도와 맞닥뜨린 어부들의 눈물인 곳. 파도는 그들의 목숨을 앗아가고, 해변에서 울고 있는 그들 가족의 삶도 앗아간다. 자수에 사용된 실은 코츠 앤드 클락 컴퍼니의 앵커 브랜드였다. 수많은 해양 재난의 역사에서 벗어나지 않기 위해서이다. 히카르두 헤이스는 계속 오른쪽을 살피며 이미 길을 절반쯤 걸어왔다. 영원한 후회, 슬픈 추억, 여기에 사랑하는 누구누구가 잠들다, 반대편에도 이와 똑같은 글귀들이 새겨져 있을 것이다. 날개를 늘어뜨린 천사들, 눈물을 자아내는 조각상들, 옷의 주름을 공들여 정리하고 늘어진 옷자락을 깔끔하게 정돈하고 손가락

* 모두 서양 자수 기법의 일종.

을 하나로 엮은 깨진 기둥의 조각상들도 있을 것이다. 어쩌면 석공들이 처음부터 깨진 것 같은 모습으로 조각한 것인지도 모른다. 아니면 지도자의 죽음을 기리기 위해 엄숙하게 방패를 부수는 전사들처럼 망자의 가족들과 친척들이 슬픔의 표시로 깨뜨릴 수 있게 완벽한 상태로 배달해주었을 수도 있다. 십자가 발치에 두개골이 새겨진 조각상. 이런 죽음의 증거는 죽음이 스스로를 가리기 위해 쓰는 베일이다. 히카르두 헤이스는 찾던 무덤을 이미 지나쳤다. 아무도 그를 부르며 그 무덤이 여기 있다고 알려주지 않았다. 하지만 망자도 말할 수 있다고 주장하는 사람들이 여전히 존재한다. 망자들의 신원을 파악할 수단이 없다면, 그러니까 이름이 새겨진 묘비나 산 사람의 집에 새겨진 번지와 비슷한 무덤 번호가 없다면 망자는 어떻게 될까. 사람들이 우리에게 글을 가르쳐준 것이 다행이다. 글을 모르는 사람이라면 누군가가 직접 데리고 가서 알려줘야 할 것이다. 여기 이것이 그 무덤이라고. 그래도 그 사람은 의심스럽다는 듯 우리를 바라볼 것이다. 우리가 실수로든 못된 고의로든 그를 엉뚱한 곳으로 이끈다면, 그는 자신이 찾던 몬테키오가 아니라 카풀레토에게, 멘드스가 아니라 곤살베스에게 기도하게 될 테니 말이다.

낭만적인 애정의 표현인 파수병이 잠들어 있는 초소의 처마 아래 맨 앞에 새겨진 것은 망자의 직위와 직업이다. 디오니지아 드 세아브라 페소아 부인의 무덤. 그 아래, 문의 아래쪽 경첩 높이에는 또 다른 이름 하나가 새겨져 있다. 페르난두 페소아의 이름과 생몰 날짜만 덩그러니. 금박을 입힌 유골 항아리의 윤곽은 내가 여기 있다고 말하는 듯하다. 히카르두 헤이스는 같은 말을 소리 내어 되풀이한다. 그가 여기 있다. 그 순간 다시 비가 내리기 시작한다. 그는 리우데자네이루에서 아주 멀리 이곳까지 여행했다. 파도가 높은 바다에서 밤과 낮을 보낸 항해가 바로 어제 일 같으면서도 또한 먼 과거의 일 같다. 이제 무덤들 사이 이 길에 우산을 쓰고 혼자 있는 그가 무엇을 해야 할까. 점심 식사를 생각할 때다. 멀리서 힘없는 종소리가 들려왔다. 이곳에 도착해서 난간을 손으로 잡았을 때 기대했던 소리. 영혼이 공황과 깊은 열상과 내면의 소란에 사로잡혀, 우리가 자리를 비운 탓에 소리 없이 무너지는 위대한 도시 같았다. 주랑현관과 하얀 탑이 무너져 내리는 광경. 결국은 눈 안쪽이 살짝 타는 듯한 느낌밖에 남지 않았으나 금방 사라져버렸기 때문에 그 느낌에 대해 생각할 시간도 고민할 시간도 없었다. 이제 여기서 할 일은 아무것도 없다. 그가 한 일도 없다. 무덤 안에는 멋대로 떠돌아다니게 내버려두면 안 되는 미친 노파가 들어 있다. 그리고 그녀의 감시하는 눈길 아래에는 시를 짓던 이의 썩어가는 시체가 있다. 그도 이 세상에 자기 몫의 광기를 남기고 갔다. 시인과 광인의 커다란 차이점은 그들을 사로잡은 광기의 운명에 있다. 그는 이곳에 누워 있는 디오니지아 노부인, 괴로움에 시달렸던 손자 페르난두를 생각하며 두려워졌다. 노부인은 눈을 활짝 뜨고 경계를 늦추지 않지만, 그는 눈을 피하며 어딘가 빈틈, 숨을 쉴 수 있는 곳, 빛 한 줌을 찾아 헤맨다. 거대한 파도에 휘말려 숨을 쉴 수 없을 때처럼 그의 불편함이 욕지기로 바뀌었다. 열나흘의 항해 기간 동안 내내 한 번도 멀미를 겪은 적이 없는 사람인데. 그러다 생각했다. 틀림없이 속이 빈 탓이야. 십중팔구 그럴 것이다. 오전 내내 아무것도 먹지 않았기 때문이다. 딱 알맞은 때에 비가 억수같이 쏟아지고 있었다. 이제 히카르두 헤이스는 누군가의 질문에 곧바로 대답할 수 있을 것이다. 아뇨, 거기에 오래 있지는 않았습니다, 비가 워낙 심하게 쏟아졌거든요. 그가 천천히 오르막길을 걷기 시작하자 욕지기가 사라졌다. 남은 것은 미약한 두통, 어쩌면 머릿속의 빈 구석뿐이었다. 마치 뇌의 한 조각이, 페소아가 포기한 한 조각이 사라진 것처럼. 그에게 길을 가르쳐준 직원이 사무실 문간에 서 있었다. 남자의 입술에 기름기가 묻은 것을 보니 방금 점심 식사를 마쳤음이 분명했다. 어디, 바로 여기, 그의 책상에 냅킨이 펼쳐져 있고, 그가 집에서 가져온 음식은 신문에 싸두었기 때문에 아직도 따뜻했다. 아니면 가스 불로 다시 데운 건지도 모른다. 저기 서류함 맨 끝에서 음식을 씹다가 세 번 멈추고 서류를 정리하면서. 내가 저기에 생각보다 오래 있었던 모양이네요. 찾던 무덤은 찾으신 겁니까. 찾았습니다. 히카르두 헤이스가 대답했다. 그리고 묘지 정문을 통과하며 다시 말했다. 네, 찾았습니다.

배도 몹시 고프고 급한 마음에 그는 늘어서 있는 택시들을 향해 손짓했다. 이렇게 늦은 시각에도 그에게 금방 식사를 내놓을 수 있는 식당을 찾을 수 있을지 누가 알겠는가. 택시 기사는 혀로 이쑤시개를 입의 한쪽 끝에서 다른 쪽 끝으로 옮겨가며 체계적으로 씹어댔다. 그의 양손은 자동차 운전대를 잡고 있었으므로, 혀로 이쑤시개를 옮겼음이 분명했다. 그는 가끔 시끄럽게 쓱 하는 소리를 내며 이 사이로 침을 빨아들였다. 그렇게 빨아들이는 소리와 소화기관에서 간헐적으로 나는 소리가 동시에 어우러져 새의 노랫소리처럼 들린다고 히카르두 헤이스는 혼자 생각하며 빙긋 웃었다. 하지만 그와 동시에 눈에는 눈물이 가득해졌다. 그런 소리가 이런 효과를 내다니 이상한 일이었다. 아니면 하얀 관가(棺架)에 실려 무덤으로 운반되는 자그마한 천사상을 보았기 때문일 수도 있었다. 페르난두의 재능을 지녔지만 너무 일찍 죽어서 시인이 되지 못한 사람, 히카르두의 능력을 지녔지만 의사나 시인이 되지 못한 사람. 그가 이렇게 갑자기 울음을 터뜨린 것은 단순히 그동안 속에 쌓여 있던 감정을 터뜨릴 때가 되었기 때문일 수도 있다. 이런 생리적인 문제는 복잡하므로, 그냥 잘 아는 사람들에게 맡겨두기로 하자. 특히 감정의 길을 따라 눈물샘 안까지 따라 들어가서, 예를 들어 슬픔의 눈물과 기쁨의 눈물이 화학적으로 어떻게 다른지 밝혀내야 하는 경우라면 더욱 그렇다. 슬픔의 눈물에서 짠맛이 더 많이 날 것이 거의 분명한데, 아마도 그래서 눈이 그렇게 욱신욱신 아파오는 것 같다. 앞에서는 택시 기사가 이쑤시개를 오른쪽 송곳니 사이로 밀어 넣었다. 그는 승객의 슬픔을 존중했기 때문에 소리 없이 이쑤시개를 위아래로 움직였다. 묘지에서 손님을 태울 때면 그가 익숙하게 하는 일이다. 택시는 이스트렐라 길을 내려가서 코르테스에서 방향을 꺾어 강으로 향하더니, 바이샤에 이르러 아우구스타 거리를 올라갔다. 차가 호시우에 들어섰을 때 히카르두 헤이스는 갑자기 기억을 떠올리고 말했다. 이르망스 우니두스에서 세워주십시오, 바로 저 앞에 있는 식당인데 오른쪽으로 차를 붙이면 됩니다, 뒤쪽 코헤에이루스 거리에 입구가 있어요. 그 식당이라면 확실히 음식을 잘하는 곳이다. 아주 맛있는 음식이 나온다. 아주 오래전에 토두스 우스 산투스 병원이 있던 자리라서 분위기도 전통적이다. 여러분은 지금 어디 다른 나라의 역사를 얘기하는 건가 싶을 것이다. 지진이 일어난 뒤 그 결과를 보라. 그러나 우리가 좋게 변할지 나쁘게 변할지는 우리가 얼마나 생기 있게 희망을 갖고 움직이는가에 달려 있다.

히카르두 헤이스는 음식 걱정 없이 점심을 먹었다. 어제는 그가 좀 약하게 굴었다. 바다를 항해한 뒤 육지에 오른 남자는 아이처럼 변해서, 머리를 기댈 수 있는 여자의 어깨를 아쉬워하기도 하고, 어느 주점에 들어가 기분이 좋아질 때까지 연달아 포도주를 주문하기도 한다. 물론 누군가가 포도주병 안에 미리 행복을 부어놓아야 비로소 기분이 좋아지는 것이겠지만. 어떤 때는 자신의 의지가 전혀 없는 사람처럼 보이기도 한다. 그럴 때는 누가 됐든 갈리시아인 웨이터가 골라주는 음식을 그냥 먹는다. 속이 안 좋다면 양이 적은 닭고기 요리가 어떨까요, 손님. 여기서는 그가 어제 배에서 내렸는지, 열대 음식 때문에 소화기관이 망가졌는지, 만약 그가 고향에 대한 향수로 괴로워하고 있다면 그것을 달래줄 특별한 음식이 무엇인지 아무도 물어보지 않는다. 향수에 시달리지 않는다면 왜 돌아왔는지도 묻지 않는다. 그가 앉아 있는 식탁에서 커튼 틈새로 전차가 지나가는 바깥 풍경이 보인다. 전차가 방향을 꺾으면서 삐걱거리는 소리, 전차에 달린 자그마한 종이 딸랑거리는 소리, 빗줄기 때문에 나는 질척거리는 소리가 들린다. 마치 물에 잠긴 성당의 종소리나 우물 안에서 영원히 울려 나오는 하프시코드 선율 같다. 웨이터들은 이 마지막 손님의 점심 식사가 끝나기를 기다리며 참을성 있게 주위를 어른거린다. 손님은 늦게 나타나서 그들에게 제발 식사를 하게 해달라고 간청했다. 주방 직원들이 벌써 조리 도구를 치우고 있는데도 웨이터들은 손님의 요구를 받아들였다. 식사를 마친 손님이 웨이터들에게 고맙다고 인사하고, 코헤에이루스 거리로 이어진 문을 통해 나가면서 오후를 즐겁게 보내길 바란다고 정중하게 말한다. 문을 나서면 쇠와 유리로 만들어진 바빌론, 피게이라 광장이 나온다. 아직도 시장에 사람들이 분주히 오가고 있지만, 오전에 비하면 차분한 편이다. 오전에는 상인들이 시끄럽게 외쳐대는 소리가 점점 커지기만 한다. 한번 숨을 들이쉬면 자극적인 냄새들이 수없이 안으로 들어온다. 발에 짓밟혀 시들어가는 케일 냄새, 토끼 배설물 냄새, 끓는 물에 데친 닭의 깃털 냄새, 피 냄새, 벗겨낸 짐승 가죽 냄새. 사람들이 작업대와 골목길을 양동이, 호스, 억센 빗자루로 청소하고 있다. 가끔 금속이 긁히는 소리가 나는데, 그러고는 곧이어 셔터가 쾅 하고 내려오는 소리가 들린다. 히카르두 헤이스는 남쪽에서부터 광장을 빙 둘러 도라도르스 거리로 들어갔다. 비가 거의 그쳤기 때문에 이제는 우산을 접고 높이 솟은 더러운 건물 전면을 올려다볼 수 있었다. 같은 높이에 줄지어 늘어선 창문들 중에는 창턱이 있는 것도 있고 발코니가 있는 것도 있다. 단조로운 석판들이 길을 따라 쭉 이어지다가 합쳐져서 가느다란 수직 띠들을 이룬다. 이 띠들은 갈수록 좁아지지만 완전히 사라지지는 않는다. 콘세이상 거리 저편에는 마치 길을 막듯이 비슷한 색의 건물이 하나 솟아 있는데, 창문과 격자의 디자인 또한 똑같거나 아주 조금만 변형되어 있다. 이 모든 것이 암울한 분위기와 습기를 내뿜으며, 깨진 하수구의 악취를 마당에 풀어놓는다. 가끔 가스 냄새도 한 번씩 확 풍긴다. 문간에 서 있는 상점 주인들의 안색이 나쁜 것도 무리가 아니다. 회색 면 작업복이나 앞치마를 걸친 그들은 한쪽 귀 뒤에 펜을 꽂고 불만스러운 표정을 짓고 있다. 오늘은 월요일인데 일요일의 장사가 실망스러웠기 때문이다. 길바닥은 불규칙한 모양의 거친 돌로 포장되어 있다. 수레의 금속 바퀴들이 지나가며 덜컹 튀어 오른 지점의 자갈은 거의 검은색을 띠고 있다. 지금은 아니지만 건기에는 감당할 수 없을 만큼 무거운 짐을 지고 가는 노새의 쇠 편자가 바닥에 부딪히면 불꽃이 튀곤 했다. 지금은 가벼운 짐만 운반되고 있다. 육십 킬로그램쯤 나가는 콩 자루 같은 짐. 두 남자가 그 자루들을 내리고 있다. 아니, 콩과 씨앗을 이야기할 때는 리터 단위로 말해야 하던가. 콩은 원래 가볍기 때문에 콩 일 리터의 무게는 약 칠백오십 그램이다. 그러니 저 자루를 채운 사람들이 이 점을 감안해서 짐의 무게를 조절해주었기를 바라자.

히카르두 헤이스는 호텔을 향해 걸어가려다가 이곳에 도착한 첫날 아버지의 집으로 돌아온 탕아처럼 하룻밤을 보낸 그 방을 갑자기 떠올렸다. 그 방이 마치 집 같았다. 리우데자네이루의 집도 아니고, 그가 태어난 포르투의 집도 아니고, 브라질로 망명을 떠나기 전에 살았던 여기 리스본의 집도 아닌데. 이 셋은 모두 그의 집인데도 전혀 생각나지 않았다. 기묘한 징조, 그런데 무엇의 징조지. 호텔 방을 집처럼 떠올리는 남자라니. 이른 아침부터 너무 오랫동안 나와 있다는 사실에 불안하고 불편해진 그는 중얼거렸다. 당장 돌아가야겠다. 그는 택시를 잡고 싶다는 충동을 억지로 누르고, 거의 호텔 문 앞에 자신을 떨어뜨려줄 전차 한 대도 그냥 보낸 뒤, 결국 이 터무니없는 불안감을 가라앉히는 데 성공해서, 굳이 서두르지 않으면서도 쓸데없이 시간을 끌지 않고 단순히 호텔로 돌아가는 중이라고 힘들게 마음을 다스렸다. 어쩌면 오늘 저녁에 한쪽 팔이 마비된 그 여자를 보게 될지도 모른다, 그럴 가능성이 있다. 뚱뚱한 남자, 애도 중인 마른 남자, 창백한 아이들과 안색이 좋은 그 부모들을 만날 가능성이 있는 것과 마찬가지다. 다른 손님들이 또 있을지 누가 알까. 안개에 감싸인 미지의 장소에서 온 신비로운 손님들. 그들을 생각하다 보니 그를 위로하듯 그의 가슴이 따뜻해지고, 깊은 안정감이 느껴졌다. 서로를 사랑하라는 말을 들은 적이 있는데, 이제 그 사랑을 시작할 때였다. 바람이 아르세날 거리로 강하게 불어왔으나 비는 내리지 않았다. 길바닥에 떨어진 것은 처마에서 바람에 흔들려 떨어진 굵은 물방울뿐이었다. 어쩌면 날씨가 좀 좋아질지도 모른다. 겨울이 영원하지는 않을 터이니. 지난 두 달 동안 계속 비만 억수같이 쏟아졌어요. 어제 택시 기사가 그에게 이렇게 말해주었다. 앞으로 사정이 나아질 것이라는 믿음을 모두 잃어버린 사람의 목소리로.

그가 문을 열자 날카로운 버저 소리가 울리고, 마치 이탈리아인 시종의 조각상이 그를 환영하는 것 같았다. 피멘타는 저 위쪽 층계참에서 가파른 계단을 내려다보며 그에게 인사할 때를 기다리고 있었다. 정중하고 격식을 갖춘 자세. 허리가 살짝 굽은 것은 계속 짐을 나르는 일을 하기 때문인 것 같았다. 안녕하십니까, 선생님. 살바도르 지배인도 층계참에 나타나 똑같은 말을 좀 더 세련된 어조로 했다. 히카르두 헤이스도 두 사람의 인사에 화답했다. 이제 세 사람은 호텔 지배인이나 짐꾼이나 의사가 아니라 그냥 서로를 오랜만에 다시만나 반가운 마음에 웃고 있는 세 남자가 되었다. 그러니까오늘 아침 일찍 헤어진 것이 아니라면 어떨지 상상해보라. 서로가 얼마나 그리웠을지, 세상에. 히카르두 헤이스는 자기 방에 들어서서 방이 몹시 세심하게 청소되어 있음을 깨달았다. 이불은 깔끔하게 정돈되어 있고, 세면대는 반짝거리고, 거울은 오랜 세월 동안 여기저기가 우그러졌는데도 티끌 하나 없이 깨끗했다. 그는 만족스러운 한숨을 내쉬었다. 옷을 갈아입고 슬리퍼를 신은 그는 집에 돌아와서 기쁜 사람처럼 침실 창문 하나를 연 뒤 안락의자에 편안히 자리를 잡았다. 마치 그가 갑작스레 자신의 내면 속으로 쭉 빠져들어 간 것 같았다. 자, 그럼. 그는 자문했다. 자, 그럼, 히카르두 헤이스인지 누구인지, 하여튼. 바다를 건너온 항해의 진정한 결말이 바로 이 순간임을, 그가 알칸타라 부두에 발을 디딘 순간부터, 말하자면 닻을 고정했다가 드리우고, 물살을 탐색하고, 밧줄을 던지느라 시간이 흘렀음을 그는 순식간에 깨달았다. 그가 호텔을 찾을 때, 처음 신문을 읽을 때, 묘지를 찾아갈 때, 바이샤에서 점심을 먹을 때, 도라도르스 거리를 걸을 때 했던 행동이 바로 그것이었다. 갑작스레 찾아온, 호텔 방에 대한 그리움, 상대를 가리지 않는 보편적이고 충동적인 애정, 그를 반가이 맞아준 살바도르와 피멘타, 티끌 하나 없이 깨끗한 이불, 그리고 마지막으로 활짝 열린 창문, 날개처럼 파닥거리는 그물 커튼. 그럼 이제 뭘 하지. 다시 비가 내리고 있어서, 옥상에서 모래를 체로 거를 때 같은 소리가 들려오면서 그는 최면에 걸린 것처럼 감각이 둔해졌다. 어쩌면 대홍수 때 자비로운 하느님이 이런 식으로 사람들을 잠들게 만들어 온화한 죽음을 맞게 했는지도 모른다. 물이 콧구멍과 입 안으로 조용히 뚫고 들어와도 숨이 막히지 않게, 빗물이 세포들을 하나씩 차례차례 채워가고, 나중에는 몸통을 모두 채울 때까지. 마흔 번의 낮과 밤이 잠과 비 속에서 흐른 뒤 그들의 몸은 마침내 물보다 더 무거워져 바닥으로 서서히 가라앉았다. 오필리아도 노래를 부르며 저항 없이 물살에 휩쓸리지만 4막(幕)이 끝나기 전에 필연적으로 죽을 것이다. 사람은 누구나 자기만의 방식으로 잠들고 죽어간다. 그러나 홍수는 계속되어, 시간이 비처럼 우리에게 쏟아져서 숨통을 막는다. 왁스를 발라둔 바닥에 빗방울들이 모였다가 퍼져나갔다. 열린 창문으로 들어오거나 창턱에 부딪혀 튀어나온 빗방울들이었다. 부주의한 손님들은 노동자의 수고를 생각하지 않는다. 어쩌면 밀랍 왁스를 만드는 벌들이 바닥에 왁스를 발라 반짝반짝 광택이 날 때까지 문지르고 닦는 일까지 한다고 믿는 건지도 모른다. 하지만 이런 일을 하는 것은 곤충이 아니라 메이드다. 그들이 없다면 이렇게 반짝이는 바닥이 칙칙하고 더럽게 변할 것이다. 지배인이 곧 그들을 꾸짖고 벌할 것이다. 그것이 지배인의 일이기 때문이다. 그리고 우리는 하느님의 커다란 명예와 영광을 위해 이 호텔에 있다. 살바도르는 하느님의 대리인이다. 히카르두 헤이스는 서둘러 창문을 닫으려고 달려가 신문으로 물기를 대부분 닦아냈다. 그리고 일을 제대로 마칠 다른 수단이 없었기 때문에 벨을 눌렀다. 내가 이걸 사용하는 건 처음이군. 그는 자신에게 용서를 간청하는 사람처럼 속으로 생각했다.

복도에서 발소리가 들리고, 손마디가 조심스레 문을 두드렸다. 들어오세요. 명령이라기보다는 간청하는 말이었다. 메이드가 문을 열자 그는 굳이 그녀에게 눈길을 돌리지도 않은 채 말했다. 창문이 열려 있어서 비가 들이쳤습니다, 바닥이 온통 물에 젖었어요. 그러고 나서 그는 입을 다물었다. 사포와 알카이오스[*] 양식의 시를 지었던 자신, 히카르두 헤이스가 서투르고 졸렬한 말을 지어냈음을 깨달았기 때문이다. 하마터면 약약강격으로 멍청하게 말을 계속할 뻔했다. 미안하지만 이 난장판을 치워주겠습니까. 그러나 메이드는 시를 듣지 않아도 자신이 해야 하는 일을 알아차렸다. 그녀는 밖으로 나가 걸레와 양동이를 가져와서 무릎을 꿇고 몸을 이리저리 꿈틀거리며 신경에 거슬리는 물기를 제거하기 위해 기운차게 최선을 다했다. 내일 그녀는 바닥에 한 번 더 왁스 칠을 할 것이다. 달리 시킬 일이 더 있으신가요, 선생님. 아뇨, 정말 감사합니다. 두 사람은 서로의 눈을 똑바로 바라보았다. 유리창을 무겁게 두드리는 빗방울의 리듬이 더 빨라져서 커다란 드럼처럼 울리는 바람에 잠들어 있던 사람들이 깜짝 놀라 깨어났다. 이름이 뭡니까. 리디아예요, 선생님. 그녀는 이렇게 대답하고 나서 말을 덧붙였다. 뭐든 말씀만 하세요, 선생님. 그녀가 좀 더 격식을 갖춰서 말할 수도 있었을 것이다. 예를 들어 더 커다란 목소리로 이렇게 말한다든가. 의사 선생님을

[*] 둘 다 옛 그리스의 시인.

위해 최선을 다하라는 지시를 받았습니다, 지배인님이 이렇게 말씀하셨거든요, 이봐요, 리디아, 이백일호에 묵는 헤이스 선생님께 각별히 주의를 기울여요, 라고요. 의사는 아무 대답도 하지 않았다. 혹시 다시 그녀를 불러야 할 때를 대비해서 리디아라는 이름을 작게 속삭이고 있는 것 같았다. 자기가 들은 말을 입으로 되풀이하는 사람들이 있다. 우리 모두 서로의 말을 받아서 되풀이하는 앵무새와 비슷하기 때문이다. 사실 달리 학습할 방법이 존재하지도 않는다. 어쩌면 이런 생각은 부적절한지도 모른다. 박사의 대화 상대이자 벌써 이름까지 갖게 된 리디아가 한 생각이 아니기 때문이다. 그러니 일단 그녀는 걸레와 양동이를 들고 방에서 나가게 하자. 히카르두 헤이스는 얄궂은 미소를 지으며 그 자리에 남아 누가 봐도 뻔히 알 수 있을 만큼 입술을 달싹거리고 있다. 리디아. 그가 다시 이 이름을 말하고는 빙긋 웃는다. 그리고 미소를 머금은 채 서랍으로 가서 자신의 시, 사포의 양식을 따른 시를 찾아 종이를 넘기다가 눈에 들어오는 구절을 읽는다. 그리하여 리디아, 화덕 옆에 앉은, 리디아, 그 이미지가 그러하도록, 욕망을 드러내지 말자, 리디아, 이 시각에는, 우리의 가을이 오면, 리디아, 내 옆에 와서 앉아, 리디아, 강둑에서, 리디아, 가장 비참한 삶이 죽음보다 더 나으니. 그의 미소에서 이제 얄궂은 표정은 흔적도 찾을 수 없다. 입술이 벌어져 이가 드러나고, 얼굴 근육이 냉소 또는 고통스러운 표정으로 고정된 그 모습을 미소라는 단어로 설명하는 것이 적절한지도 잘 모르겠다. 이 또한 지나가리라, 하고 말할 것 같은 표정이다. 흔들리는 수면에 얼굴을 비추듯이 히카르두 헤이스는 종이 위로 고개를 숙여 옛 구절들을 고쳐 썼다. 곧 그는 자신의 모습을 알아볼 수 있을 것이다, 이것이 나라고, 얄궂음도 슬픔도 없이, 만족감조차 느끼지 못하는 상황에 만족하면서, 더 이상 바라는 것이 없는 사람 또는 자신이 가진 것이 더이상 없음을 아는 사람으로서. 방 안의 어둠이 짙어진다. 어두운 님부가 하늘을 지나가고 있음이 분명하다. 홍수를 위해 소환된 구름처럼 납빛을 띤 구름. 가구들이 갑자기 잠에 빠진다. 히카르두 헤이스는 손을 움직여 무색의 허공을 더듬다가, 자신의 손이 종이 위에서 짚고 있는 단어를 거의 알아보지도 못한 채 글자를 적는다. 내가 신들에게 바라는 것은 그들에게 아무것도 바라지 않게 해달라는 것뿐. 이 말을 적고 나니 어떻게 이어가야 할지 알 수가 없다. 이런 순간이 있다. 우리는 방금 자신이 말하거나 글로 쓴 것이 중요하다고 믿는다. 오로지 그 말을 거둬들이거나 글자를 지우기가 불가능하다는 이유 때문이라도. 그러나 침묵하고 싶다는 유혹이 온몸에 퍼진다, 신들처럼 조용히 움직이지 않고 지켜보는 것만 하고 싶다는 침묵의 매혹. 그는 소파로 다가가 등을 기대고 앉아서 눈을 감는다. 잠이 올 것 같다, 이미 반쯤 잠들었다. 그는 벽장에서 담요를 한 장 꺼내 몸에 덮고 이제 잘 것이다. 화창한 아침에 리우데자네이루에서 오비도르 거리를 걷는 꿈을 꿀 것이다. 날이 몹시 더우니까 힘들지 않게 걷는 꿈. 멀리서 총소리와 폭탄 소리가 들리지만 그는 깨어나지 않는다. 그가 이런 꿈을 꾸는 것은 처음이 아니다. 그는 문을 두드리는 소리와 여자의 목소리도 듣지 못한다. 부르셨어요, 선생님.

그가 전날 밤에 잠을 워낙 적게 자서 지금 이렇게 곤히 잠든 것으로 해두자. 서로 호환이 가능한 매혹과 유혹의 순간, 움직이지 않는 순간과 침묵의 순간, 이것들이 수상쩍을 만큼 묵직한 오류라고 해두자. 이것은 신들에 대한 이야기가 아니며 히카르두 헤이스가 평범한 사람처럼 스르르 잠들기 전에 우리가 그에게만 은밀히 이런 말을 해주었다고 해두자. 당신은 지금 수면 부족에 시달리고 있습니다. 하지만 탁자 위에 놓인 종이 한 장에 이렇게 적혀 있다. 내가 신들에게 바라는 것은 그들에게 아무것도 바라지 않게 해달라는 것뿐. 이 종이가 존재하고, 이 단어들이 두 번, 그러니까 각각 하나씩 나타났다가 그다음에는 함께 나타난다. 이 단어들을 함께 읽으면 그 안에 담긴 의미가 전달된다. 신들이 존재하든 하지 않든, 이 구절을 쓴 사람이 잠들었든 아니든 상관없이. 어쩌면 우리가 처음에 보여주려고 했던 것만큼 간단한 상황이 아닌지도 모른다. 히카르두 헤이스가 깨어났을 때 방은 어둠에 잠겨 있다. 최후의 희미한 빛이 구름이 낀 것처럼 흐릿한 유리창, 그물 커튼에 부딪혀 흩어진다. 묵직한 커튼이 창문 하나를 가리고 있다. 호텔 안에서는 아무 소리도 들리지 않는다. 이제 잠자는 숲속의 미녀의 궁전으로 변해버렸다. 미녀가 물러나 잠든 곳, 아니 그런 적이 없는 곳. 모두 잠들었다. 살바도르, 피멘타, 갈리시아인 웨이터들, 손님들, 르네상스 시대의 시종, 심지어 층계참의 시계조차 멈췄다. 갑자기 입구의 버저 소리가 희미하게 들린다. 미녀를 키스로 깨우려고 왕자가 온 것이 분명하다. 한심하게도, 이렇게 늦게 오다니. 나는 즐거운 기분으로 와서 절망 속에 떠났다, 아가씨는 내게 약속한 뒤 나를 보냈다. 기억 속 깊은 곳에서 찾아낸 동요다. 안개에 감싸인 아이들이 겨울처럼 쓸쓸한 정원 바닥에서 놀면서 높고 슬픈 목소리로 노래를 부른다. 엄숙한 걸음으로 앞뒤로 움직이며, 그들 역시 자라면 합류하게 될 죽은 아기들을 위한 파반을 자기도 모르게 연습한다. 히카르두 헤이스는 담요를 밀어젖히고, 먼저 옷을 갈아입지도 않은 채 잠들어버린 자신을 꾸짖는다. 그는 항상 교양 있는 행동과 거기에 필요한 규율을 지키는 사람이다. 나른한 남회귀선 근처에서 보낸 십육 년의 세월조차 그의 옷차림과 시의 예리함을 무디게 만들지 못했다. 따라서 그는 신들이 직접 자신을 지켜보기라도 하는 것처럼 항상 행동에 주의했다고 정직하게 말할 수 있다. 안락의자에서 일어난 그는 불을 켜기 위해 스위치가 있는 곳으로 간다. 그러고 나서 밤새 꿈을 꾸다가 아침에 일어난 사람처럼 거울을 보며 자신의 얼굴을 매만진다. 저녁 식사 전에 면도를 하고, 하다못해 옷 정도는 갈아입어야 한다. 이렇게 온통 구겨진 옷을 입고 저녁 식사를 하러 갈 수는 없다. 아니, 굳이 신경을 쓸 필요가 없다. 다른 손님들의 옷차림이 얼마나 부주의한지, 그는 알아차리지 못했다. 손님들의 재킷은 자루

같고, 바지는 무릎이 튀어나왔고, 타이는 항상 묶인 모양대로 고정되어 머리 위로 씌웠다 벗었다 할 수 있고, 셔츠는 재단이 형편없고 여기저기 주름이 져서 낡은 티가 난다. 신발은 발가락을 움직일 수 있는 공간을 주려고 끝을 길고 뾰족하게 만들었지만 결과는 다르다. 세상의 다른 어떤 도시에서도 발톱이 안으로 자라는 증세는 말할 것도 없고, 굳은살, 티눈, 무지외반증, 혹 등이 이렇게 많은 곳이 없다. 발 치료 전문가들에게는 수수께끼 같은 현상이라 면밀한 연구가 필요하다. 여러분이 알아서 해주리라 믿는다. 그는 결국 면도는 하지 않기로 했지만, 깨끗한 셔츠로 갈아입은 뒤 양복과 어울리는 넥타이를 고르고, 거울을 보며 머리를 빗어 정성스럽게 가르마를 탄다. 아직 저녁 식사 시간이 아닌데도 그는 아래층으로 내려가기로 한다. 하지만 방을 나서기 전에 종이에는 손을 대지 않은 채 자신이 쓴 글을 한 번 더 살펴본다. 마치 자신이 싫어하는 사람이나 도저히 참아주고 용서해줄 수 없을 만큼 신경을 건드린 적이 있는 사람이 남긴 메시지를 발견했을 때처럼 짜증스러운 기색이다. 이 히카르두 헤이스는 시인이 아니라 그저 호텔 손님으로서, 막 방을 나서려다가 하나 하고 절반의 연에 해당하는 시가 적힌 종이를 발견한다. 이걸 누가 여기에 놔뒀을까. 절대 메이드는 아닐 것이다. 리디아는 아니다. 이 리디아도 다른 리디아도 아니다. 정말 화가 난다. 일을 시작하는 사람과 끝내는 사람이, 설사 이 두 사람이 똑같은 이름을 지니고 있다 해도, 언제나 같지 않다는 생각을 사람들은 절대 하지 못한다. 변하지 않는 것은 이름뿐이다.

살바도르 지배인은 자기 자리를 지키면서 언제나 그렇듯이 환하게 웃고 있었다. 히카르두 헤이스는 그에게 인사를 건넨 뒤 계속 걸어갔지만, 살바도르가 그의 뒤를 쫓아오면서 식사 전에 술을 한잔, 그러니까 아페리티프를 하겠느냐고 물었다. 아뇨, 괜찮습니다. 식전주는 히카르두 헤이스가 습득하지 못한 습관 중 하나였다. 앞으로 언젠가 처음에는 식전주의 맛을, 그다음에는 식전주가 필요하다는 욕망을 익히게 될지도 모르지만 아직은 아니었다. 살바도르는 잠시 문간에 서서 혹시 손님이 생각을 바꿔 다른 요구를 내놓지 않는지 살폈지만, 히카르두 헤이스는 이미 신문 한 장을 펼친 뒤였다. 그날 하루 내내 그는 세상에서 벌어지는 일들을 알지 못했다. 그가 선천적으로 열심히 글을 읽는 사람은 아니었다. 오히려 커다란 신문지와 장황한 기사가 지겨웠지만, 여기서는 달리 할 일도 없고 살바도르가 공연히 수선을 피우는 것을 피하고 싶은 마음도 있었기 때문에, 그는 해외의 온갖 소식들이 실린 신문을 방패처럼 들어 지금 눈앞에서 야금야금 다가오는 또 다른 세상을 막았다. 먼 세상의 소식들은 별로 중요하지 않은 전보처럼 읽을 수 있다. 이 전보의 용도와 목적지에 대해서는 잘 알 수 없지만. 스페인 내각이 사퇴하고, 의회에 해산 명령이 내려졌다는 헤드라인이 있다. 느구스*는

---

* 에티오피아의 왕을 부르는 호칭.

국제연맹에 보낸 전신에서 이탈리아가 질식 가스를 사용하고 있다고 주장한다. 정말 전형적인 신문이다. 신문은 언제나 이미 일어난 일밖에 말할 줄 모르고, 그나마도 실수를 바로잡거나 뭔가가 부족해지는 사태를 예방하거나 재난을 피하기에 너무 늦어버렸을 때가 대부분이다. 가치 있는 신문이라면 일천구백십사년 일월 첫째 날에 전쟁이 칠월 이십사일에 발발할 것이라고 말해주어야 한다. 그러면 사람들이 칠 개월이라는 여유를 갖고 위협을 물리칠 수 있을 것이다. 그 정도면 아마 시간이 충분할 것이다. 그보다 더 좋은 것은, 곧 죽을 사람들의 명단이 신문에 발표되는 것이다. 수많은 사람들이 아침에 커피를 마시다가 자신이 죽을 것이라는 발표, 자신의 운명이 이미 정해졌으며 곧 실현될 것이라는 발표를 접하고, 날짜, 시간, 장소와 함께 인쇄된 자신의 이름을 보는 것이다. 그러면 그 사람들은 무엇을 할까. 만약 페르난두 페소아가 『메시지』의 시인이 돌아오는 십일월 삼십일에 간염으로 세상을 떠날 것이라는 소식을 이 개월 전에 미리 읽었다면 무엇을 했을까. 아마 의사의 진찰을 받고 술을 끊었을 것이다. 아니면 더 빨리 죽으려고 평소보다 두 배나 더 술을 마셔댔을 수도 있다. 히카르두 헤이스는 신문을 내리고 거울에 비친 자신의 모습을 본다. 언뜻 공간이 두 배로 넓어진 것처럼 보이지만 그 공간이라는 것이 사실은 아무 일도 일어나지 않는 거울 표면이라는 사실을 곧 알려주기 때문에 거울에 비친 모습은 이중으로 사람을 속인다. 사람이나 사물의 환상,

겉모습만 보여주는 소리 없는 환상일 뿐이다. 호수 위로 가지를 드리운 나무, 자아를 찾는 표정, 그 나무와 호수와 표정을 보고 동요하지도 바뀌지도, 심지어 감동하지도 않는 얼굴. 거울, 이 거울은 물론 다른 모든 거울도 사람에게서 독립되어 있다. 그 앞에서 우리는 일천구백십사년의 전쟁을 위해 떠나는 신병 같다. 병사는 거울에 비친 자신의 군복 모습에 감탄하며 실제 자신보다 더 커다란 무엇을 본다. 이렇게 거울에 자신을 비춰보는 일이 다시는 없을 것이라는 사실을 모른 채. 우리는 허망한 존재라 오래가지 않지만, 거울은 오랫동안 똑같은 모습으로 남아 있다. 거울이 우리를 거부하기 때문이다. 히카르두 헤이스는 눈을 피하며 자세를 바꿔 그 자리를 떠난다. 그가 거울을 거부하며 거울에 등을 돌린다. 어쩌면 그도 거울인지 모른다.

층계참의 시계가 여덟시를 쳤다. 마지막 시계 종소리가 채 사라지기도 전에 눈에 보이지 않는 징이 억눌린 듯한 소리를 냈다. 아주 가까이에 있는 사람만 들을 수 있는 소리라서, 위층 손님들은 듣지 못했음이 분명하다. 하지만 전통의 무게를 잊으면 안 된다. 버드나무의 흐느적거리는 가지를 이제는 구할 수 없는데도 고리버들 상자에 포도주병을 넣어두는 것은 단순한 가식이 아니다. 히카르두 헤이스는 신문을 접고 자기 방으로 가서 손을 씻고 매무새를 가다듬는다. 그리고 곧장 돌아와 여기 온 첫날 식사를 했던 식탁에 앉아 기다린다. 누구라도 그를 지켜보며 그의 빠른 발걸음을 따라가보았다면,

그가 몹시 시장하거나 급한 일이 있는 줄 알았을 것이다. 점심을 일찍 조금만 먹었거나 아니면 극장에 가려고 표를 사둔 모양이라고. 하지만 우리는 그렇지 않다는 것을 알고 있다. 그는 이른 점심을 먹지 않았다. 그가 극장이나 영화관에 갈 계획이 없다는 것도 우리는 알고 있다. 그리고 꾸준히 나빠지고 있는 이런 날씨에 산책을 생각하는 사람은 바보나 괴짜밖에 없을 것이다. 그렇다면 왜 갑자기 이렇게 서두르는 걸까. 손님들은 이제야 막 식당에 나타나고 있다. 상중인 마른 남자, 소화 기능이 탁월하고 표정이 평온한 뚱뚱한 남자, 그리고 내가 어젯밤에 보지 못한 다른 사람들. 조용한 아이들과 그들의 부모가 보이지 않는다. 어쩌면 그들은 그냥 지나가는 손님이었는지도 모른다. 내일부터는 여덟시 반 이전에는 식당에 들어오지 말아야지. 도시에 이제 막 올라와서 호텔에 처음 묵어보는 시골뜨기처럼 우스꽝스러운 꼴이 됐잖아. 그는 느긋하게 숟가락으로 장난을 치며 천천히 수프를 먹은 뒤, 접시 위의 생선을 콕콕 찍어가며 또 가지고 놀았다. 전혀 배가 고프지 않았다. 웨이터가 메인 요리를 내놓을 때, 급사장이 세 남자를 자리로 안내했다. 전날 저녁에 한 손이 마비된 여자가 아버지와 함께 식사한 자리였다. 그 여자는 안 오는 모양이군, 아버지랑 떠났거나 밖에서 식사를 하는 거겠지. 그는 속으로 생각했다. 그러고 나서야 그는 이미 알면서도 모르는 척했던 사실을 인정했다. 왼손이 마비된 그 여자를 보려고 자신이 일찍 내려왔다는 사실. 그녀는 왼손이 자신을 위해 아무것도 해주지 않는데도, 아니 어쩌면 바로 그 이유 때문에, 무릎에 올려놓은 작은 강아지를 쓰다듬듯이 그 손을 쓰다듬었다. 왜지. 이 질문은 가식이다. 첫째, 답이 없다는 사실을 주목하게 만들기 위해 던지는 질문이기 때문이고, 둘째, 그가 관심을 보이는 이유를 굳이 심오하게 설명할 필요가 없을 수도 있다는 생각에 옳은 점도 있고 틀린 점도 있기 때문이다. 그는 식사를 일찍 끝내고 커피와 브랜디 한 잔을 주문했다. 라운지에서 시간을 죽이고 있다가 기회를 봐서 그들이 누구인지 살바도르 지배인에게 물어볼 것이다. 그 부녀 말입니다, 전에 어디선가 본 사람들 같은데, 리우데자네이루였나, 분명히 포르투갈은 아니었습니다, 그건 확실해요, 십육 년 전에 그 아가씨는 그냥 아이였을 테니까요. 히카르두 헤이스는 지배인에게 건넬 말을 이렇게 미리 머릿속으로 준비한다. 질문은 길지만 알아낼 수 있는 것은 별로 없다. 그동안 살바도르는 다른 손님들을 상대하고 있다. 내일 아침 일찍 떠나는 손님이 계산서를 요구하고, 또 다른 손님은 창문 커튼이 시끄럽게 펄럭이는 바람에 잠을 잘 수 없다고 하소연한다. 살바도르는 모든 손님을 재치 있고 친절하게, 치아가 변색되고 콧수염을 매끈하게 기른 얼굴로 상대한다. 상복을 입은 마른 남자가 라운지로 들어와 신문을 살펴보고는 곧장 나가버렸다. 뚱뚱한 남자는 이쑤시개를 씹으며 문간에 나타났으나, 히카르두 헤이스의 텅 빈 시선 앞에서 머뭇거리다가 곧바로 물러나버렸다. 용기 없는 그의 어깨가 축 처져 있었다. 뒤로 후퇴하는 사람들 일부는 이런 모습이다. 설명하기 힘들 만큼, 특히 자신에게 더 설명하기 힘들 만큼 극단적으로 기가 죽은 순간에 벌어지는 일.

삼십 분 뒤에 상냥한 살바도르가 마침내 그의 질문에 답할 수 있게 된다. 아뇨, 그 두 분을 다른 분과 착각하신 모양입니다, 제가 아는 한 두 분은 브라질에 가신 적이 없습니다, 삼 년 전부터 이곳을 찾아주시는 분들인데, 저희와 자주 가벼운 이야기를 나눴으니 만약 그런 항해를 했다면 틀림없이 제게 말해주셨을 겁니다. 아, 그럼 내가 착각한 모양입니다, 그런데 삼 년 전부터 이곳에 왔다고요. 맞습니다, 코임브라에서 오십니다, 그곳에 사시거든요, 아버님은 법률가이신 삼파이우 박사님이십니다. 그럼 따님은요. 좀 보기 드문 이름을 갖고 계시죠, 마르센다, 정말 이상하죠, 하지만 두 분은 귀족 가문 출신이시고, 어머님은 몇 년 전에 돌아가셨습니다. 그 따님의 손은 어떻게 된 겁니까. 팔 전체가 마비된 것으로 알고 있습니다, 그래서 두 분이 매달 사흘씩 저희 호텔에 와서 묵으시는 겁니다, 전문가의 치료를 받기 위해서요. 아, 매달 사흘씩이라고요. 네, 매달 사흘입니다, 삼파이우 박사님이 항상 미리 연락을 주시죠, 언제나 묵는 방 두 개를 비워두라고요. 지난 삼 년 동안 증세가 좀 나아졌습니까. 제 솔직한 의견을 말씀드린다면, 선생님, 그렇지 않은 것 같습니다. 안타까운 일이군요, 아가씨 나이가 아직 한참 젊은데요. 그렇지요, 혹시 다음번에 선생님이 두 분에게 뭔가 조언해주실 수는 없을까요, 그때도 선생님이 여기에 계신다면요. 십중팔구 여기 계속 머물게 될 겁니다, 하지만 그 분야는 내 전공이 아니라서요, 나는 그냥 일반의입니다, 열대 질병에 대해 연구를 좀 했을 뿐이지 그 아가씨 같은 증세에 도움이 될 만한 공부는 안 했어요. 그러시군요, 어쨌든 돈으로 행복을 살 수 없다는 말이 정말 맞는 것 같습니다, 그 아버님은 큰 부자이신데, 따님은 몸이 불편하시죠, 그 아가씨가 웃는 모습을 아무도 본 적이 없습니다. 그 아가씨 이름이 마르센다라고요. 네, 그렇습니다. 이상한 이름이군요, 그런 이름은 들어본 적이 없어요. 저도 그렇습니다. 그럼 내일 봅시다, 세뇨르 살바도르. 내일 뵙겠습니다, 선생님.

히카르두 헤이스가 방으로 돌아와보니 침대가 정리되어 있다. 침대보와 이불이 깔끔하게 각도를 맞춰 매트리스 아래에 마무리되어 있어서 침대보가 이리저리 사방으로 보기 싫게 흐트러진 모습은 볼 수 없다. 이것은 그에게 혹시 눕고 싶다면 바로 이 침대에 누우셔도 된다고 알려주는 광경이다. 하지만 아직은 아니다. 그는 먼저 자신이 종이에 써둔 하나 하고 반 연짜리 시를 읽고 비평해야 하며, 이 시가 만약 열쇠라면 이 열쇠로 열 수 있는 문이 어디 있는지 찾아봐야 하고, 그 너머의 다른 문들, 열쇠도 없이 잠겨 있는 문들을 상상해보아야 한다. 이렇게 한참 동안 끈질기게 애쓴 끝에 그는 뭔가를 발견했다. 그것을 거기 놓아둔 것은 피로 때문이었다. 그의 피로인지 다른 사람의 피로인지 누구의 피로인지, 그래서 시는 이렇게 끝났다. 평온도 고뇌도 없이, 나는 인간이 기쁨과 고통을 경험하는 이곳을 벗어나 높은 곳으로 내 존재를 들어 올리고 싶다. 중간에 한 숨 쉬는 부분, 강강격을 고쳐야 할 것 같았다. 행운은 행복한 사람을 짓누르는 짐이다. 행운이라고 해봤자 특정한 상태의 기분에 지나지 않기 때문이다. 그러고 나서 그는 침대에 누워 곧바로 잠들었다.

히카르두 헤이스는 지배인에게 이렇게 말해두었다. 아홉시 삼십분에 방으로 아침 식사를 가져다주면 좋겠습니다. 그렇게 늦게까지 자고 싶어서가 아니라, 커피, 우유, 토스트, 설탕 그릇, 그리고 어쩌면 체리 잼이나 마멀레이드, 검은 알갱이가 들어간 마르멜루 소스, 스펀지케이크, 제대로 구운 브리오슈, 바삭바삭한 비스킷이나 프렌치토스트 등 호텔에서 제공하는 멋지고 화려한 음식을 커다란 쟁반에 담아 들고 밖에서 기다리는 사람 때문에 비몽사몽 상태로 침대에서 튀어나와 실내용 가운의 소매에 힘들게 팔을 끼우고 더듬더듬 슬리퍼를 찾아 신으면서 더 서둘러야 한다는 압박감을 느끼고 싶지 않아서였다. 브라간사 호텔이 그렇게 화려한 음식을 내놓

느지 우리는 곧 알게 될 것이다. 히카르두 헤이스가 곧 첫 아침 식사의 맛을 보게 될 테니 말이다. 살바도르는 정확히 아홉시 삼십분에 식사가 갈 것이라고 약속했고, 그 약속은 허언이 아니었다. 지금 정확히 아홉시 삼십분에 리디아가 문을 두드리고 있기 때문이다. 주의력이 좋은 독자라면 이것이 불가능한 일이라고, 리디아가 양팔로 쟁반을 들고 있다고 말할 테지만, 만약 우리가 팔을 세 개 이상 지닌 사람만 직원으로 고용해야 한다면 일이 몹시 힘들어질 것이다. 이 메이드는 우유를 한 방울도 흘리지 않은 채 손마디로 부드럽게 문을 두드리는 데 성공한다. 게다가 그 손마디가 속한 손은 계속해서 쟁반을 받치고 있다. 이 모습을 직접 눈으로 보지 않으면 믿을 수 없을 것이다. 리디아가 외친다. 아침 식사입니다, 선생님. 그녀는 이렇게 말하라는 지시를 받았다. 비록 출신은 보잘것없지만, 그녀는 그 지시를 잊지 않았다. 만약 리디아가 메이드가 아니었다면, 틀림없이 뛰어난 줄타기 곡예사, 저글링 곡예사, 마술사가 되었을 것이다. 이런 직업을 가져도 충분할 만큼 재능이 있기 때문이다. 그녀를 볼 때 어색하게 느껴지는 것은 메이드인 그녀의 이름이 마리아가 아니라 리디아라는 점이다. 히카르두 헤이스는 이미 남 앞에 나서도 될 만큼 옷을 갖춰 입었다. 면도를 하고, 실내용 가운의 허리끈을 묶었다는 뜻이다. 심지어 환기를 위해 창문도 살짝 열어두었다. 그는 아무리 시인이라도 벗어날 수 없는 몸의 증기, 밤에 발산되는 그 냄새를 싫어한다. 메이드가 마침내 안으로 들어왔다. 안녕히 주무셨어요, 선생님. 그러고는 쟁반을 내려놓았다. 그가 상상했던 것보다는 덜 화려한 상차림이다. 그래도 브라간사 호텔이 감투상을 받을 정도는 된다. 이곳의 일부 손님들이 리스본에 올 때 다른 호텔을 아예 생각하지 않는 것도 무리가 아니다. 히카르두 헤이스는 리디아의 인사에 화답한 뒤 이제 그만 가봐도 좋다고 말한다. 아뇨, 정말 고마워요, 이제 가보셔도 됩니다. 훌륭한 메이드라면 누구나 묻는 질문, 즉 더 필요한 것이 있으신가요, 손님, 이라는 질문에 대한 일반적인 답변이다. 손님이 이렇게 말하면 메이드는 반드시 정중하게 물러나야 한다. 가능하다면 뒷걸음질로. 손님에게 등을 돌리는 것은 자신이 임금을 받아 생계를 해결할 수 있게 돈을 지불해주는 사람에게 무례를 저지르는 행동이기 때문이다. 그러나 히카르두 헤이스에게 특별히 주의를 기울이라는 지시를 받은 리디아는 계속 말을 잇는다. 혹시 알아차리셨는지 모르겠는데요, 선생님, 카이스 두 소드레 역이 물에 잠겼어요. 남자는 그런 걸 알아차리지 못한다. 자기 방문 아래로 물이 밀고 들어와도 밤새 잘 자고 일어난 남자는 알지 못할 것이다. 그저 비가 내리는 꿈을 꿨나 보다 하면서 깨어날 것이다. 그나마 그 꿈조차 카이스 두 소드레 역이 물에 잠길 만큼 비가 많이 내리는 내용은 아닐 것이다. 물이 남자의 무릎까지 올라오면 남자는 옷자락을 걷어 올리고, 노부인을 업은 채 맨발로 물을 헤치며 이쪽에서 저쪽으로 이동해야 한다. 노부인은 수레에서 창고로 옮겨지는 콩 자루보다 훨씬 더 가벼울 것이다. 여기 알레크링 거리 끝에 도착하면 노부인은 지갑을 열어 동전을 꺼내서 성 크리스토포로에게 내민다. 그러나 그는 이미 다시 물살을 헤치며 돌아가고 있다. 저쪽 편에서 또 누군가가 미친 듯이 손짓을 하고 있기 때문이다. 이 두 번째 사람은 혼자서도 물을 건너올 수 있을 만큼 젊고 튼튼하지만, 옷을 멋지게 차려입었기 때문에 그 옷을 더럽히고 싶지 않다. 차오른 물은 물이라기보다 진흙탕에 더 가까운 상태다. 옷이 잔뜩 구겨진 채로 정강이를 드러내고, 하얀색 긴 속옷을 고정한 초록색 가터벨트까지 내보이며 남의 등에 업혀 가는 모습이 얼마나 우스꽝스러운지 그도 알아야 하는데. 그 광경을 보고 호텔 브라간사 이층에서 누군가가 웃고 있다. 중년의 손님은 씩 웃고 있고, 그 뒤에는, 만약 우리 눈이 우리를 속이는 것이 아니라면, 어떤 여자가 서서 씩 웃고 있다. 그래, 의심의 여지 없이 여자다. 하지만 우리 눈이 항상 모든 것을 올바로 보지는 않는다. 이 여자는 메이드처럼 보이기 때문이다. 여자가 정말로 그런 사람인지는 믿기가 힘들다. 서둘러 말을 덧붙이자면, 사회적 계급과 위계의 전복, 사람들이 크게 두려워하는 그 일이 일어났다면 또 몰라도. 그러나 살다 보면 상황이라는 것이 있다. 그리고 상황에 따라 사람이 도둑이 될 수도 있다는 말이 사실이라면, 지금 우리가 목격하고 있는 것과 같은 혁명도 일어날 수 있다. 리디아는 감히 창밖을 바라보며 히카르두 헤이스 뒤에 서서 웃음을 터뜨린다. 마치 그와 자신의 위치가 동등하기라도 한 것처럼, 그와 자신이 모두 재미있다고 생각한 광경을 향해 웃음을 터뜨린다. 순식간에 지나가는 이런 순간은 황금시대에 속한다. 갑작스레 태어나서 곧바로 죽어버리는 순간들. 사람들이 왜 금방 행복에 싫증을 내는지 이해할 수 있다. 그 순간은 이미 지나갔고, 히카르두 헤이스는 창문을 닫았다. 다시 그냥 메이드로 돌아온 리디아는 문으로 뒷걸음질을 친다. 이제 모든 일을 서둘러야 한다. 토스트 조각들이 식어서 아까처럼 식욕을 돋우지 못하기 때문이다. 쟁반을 치울 때가 되면 종을 울리겠습니다. 히카르두 헤이스가 리디아에게 말한다. 그리고 그가 말한 일은 약 반 시간 뒤에 일어난다. 리디아는 조용히 들어와 조용히 물러간다. 그녀가 든 짐은 아까처럼 무겁지 않다. 그동안 히카르두 헤이스는 방에 앉아 실제로는 읽지도 않으면서 『미궁의 신』에 푹 빠진 척 페이지를 넘긴다.

오늘은 한 해의 마지막 날이다. 같은 달력을 사용하는 세상의 모든 지역에서 사람들은 다가오는 새해에 실천할 새로운 결심들을 견주어보며 즐거워한다. 그들은 정직해지겠다고, 정의로운 사람이 되겠다고, 너그러운 사람이 되겠다고, 아무리 못된 적에게도 욕이나 거짓말이나 심술궂은 말을 하지 않겠다고 맹세한다. 이건 확실히 평범한 사람들의 이야기다. 다른 사람들, 그러니까 평범하지 않고 우월한 사람들은 마음이 내키거나 이득이 있을 때 이 사람들의 맹세와는 정반대로 행동할 이유가 아주 많다. 그들은 속임수에 넘어가지 않고, 선의를 이야기하는 우리를 비웃는다. 결국 우리는 경험으로 알게 된다. 일월이 되자마자 우리는 새해의 결심 중 절반을 잊어버리고, 그러고 나면 나머지 결심을 실천하려고 애쓰는 것이 별로 의미 없는 일이 된다는 사실을. 카드로 엉성하게 쌓아 올린 성과 비슷하다. 전체가 무너져서 카드의 짝들이 뒤섞이느니 윗부분이 없는 편이 더 낫다. 그래서 그리스도가 정말로 성경에 나오는 말씀, 그러니까 마태복음과 마가복음에 나오는, 나의 하나님, 나의 하나님, 어찌하여 나를 버리셨나이까, 라는 말이나, 누가복음에 나오는, 아버지여, 내 영혼을 아버지 손에 부탁하나이다, 라는 말이나, 요한복음에 나오는, 다 이루었다, 라는 말을 남기고 이 세상을 떠나갔는지 의심스러워지는 것이다. 그리스도가 정말로 한 말이 무엇이냐고 길 가는 사람을 아무나 붙잡고 물어보면 이렇게 말해줄 것이다. 잘 있어라, 세상아, 넌 점점 더 나빠지고 있구나. 그러나 히카르두 헤이스의 신들은 말없이 무심하게 우리를 굽어보는 존재이며, 그들에게는 선과 악이 말씀보다 덜 중요하다. 결코 말을 하는 법이 없기 때문이다. 하기야 선과 악을 구분하지도 못하면서 굳이 말할 필요가 없을 것이다. 그들은 우리처럼 세상사의 강을 따라 여행한다. 우리와 다른 점이라고는 우리가 그들을 신이라고 부르며 가끔 믿는다는 것뿐이다. 우리가 이런 교훈을 배우게 된 것은, 새해를 맞아 더 훌륭한 결심들을 하며 공연히 기운을 빼지 말라는 뜻에서였다. 이 신들은 모든 것을 알고 판결을 내리지도 않는다. 하지만 이 말은 사실이 아닐 수도 있다. 궁극의 진리는 어쩌면 신들이 아무것도 모른다는 것인지도 모른다. 그들의 임무는 바로 매 순간 선과 악을 모두 잊어버리는 것인지도 모른다. 그러니 우리는 이런 말을 하지 말자. 내일 실천할 거야. 내일은 우리가 피곤해질 것이 거의 확실하기 때문이다. 그러니 대신 내일모레라고 말하자. 그러면 생각을 바꿔 다른 새로운 결심을 할 수 있는 하루의 여유가 생길 것이다. 그러나 이보다 더 신중한 말은 언젠가이 다. 언젠가 내일모레라고 말해야 하는 날이 오면 그 말을 하겠 지만, 만약 결정적인 죽음이 먼저 찾아와 나를 의무에서 풀어 준다면 그 말조차 필요 없을 수도 있다. 의무는 세상에서 가 장 나쁜 것이고, 자유는 우리가 스스로 받아들이지 않는다.

　비가 그치고 하늘이 맑아졌다. 히카르두 헤이스가 점심 식 사 전에 산책을 즐기더라도 비에 젖을 위험이 없다. 카이스 두 소드레 역에서 물이 아직 완전히 빠지지 않았기 때문에 그는 낮은 지대를 피하기로 한다. 포석들은 강물이 깊은 곳 의 끈적거리는 퇴적물 층에서 끌고 올라온, 악취 나는 진흙 으로 뒤덮여 있다. 계속 이런 날씨가 이어진다면 청소 담당 자들이 호스를 들고 나올 것이다. 오염된 물이 깨끗해지리 라, 물에게 축복이 있나니. 히카르두 헤이스는 알레크링 거리 를 걷는다. 그런데 그가 호텔을 나서자마자 다른 시대의 유 물이 그의 발걸음을 붙든다. 아마도 코린토스의 유물, 봉헌 제단이나 묘석 같은 것, 이런 일. 그런 물건들이 아직 리스 본에 존재한다면, 땅 밑에 숨겨져 있다. 그러나 노면을 고르 는 공사나 자연적인 원인으로 인해 움직인 것이다. 이것은 노바 두 카르발류 거리를 마주 보는 나직한 담장에 박힌 직사각형 석판에 불과하다. 여기에는 장식체로 다음과 같은 글귀가 새겨져 있다. 안과 및 외과의원. 그다음에는 좀 더 근엄한 글자체가 이어진다. A. 마스카로, 1870년 설립. 돌은 수명이 길다. 우리는 돌의 탄생뿐만 아니라 죽음도 목격하지 못한다. 많은 세월을 거쳐온 이 돌은 앞으로도 많은 세월을 겪을 것이다. 마스카로는 죽었고, 그의 병원도 문을 닫았다. 그의 후손들을 찾으려면 아마 찾을 수도 있을 것이다. 자기 가문의 상징이 여기 이 공공장소에 전시되어 있다는 사실을 모르거나 무시한 채로 다른 일을 하며 살아가는 후손들. 가족이 그렇게 변덕스러운 존재만 아니었어도, 이 가족들은 여기 모여 눈을 비롯한 여러 질병의 치유자였던 조상의 기억을 기렸을 것이다. 돌에 이름을 새기는 것만으로는 확실히 부족하다. 돌은 남는다, 여러분, 안전하고 튼튼하게. 그러나 이름은, 사람들이 매일 와서 읽어주지 않으면, 점점 희미해지고 잊혀서 더 이상 존재하지 않게 된다. 이런 모순이 알레크링 거리를 걷는 히카르두 헤이스의 머릿속을 지나간다. 전차 궤도를 따라 빗물이 여전히 자그마한 개울을 이루고 있다. 세상은 적막해질 수 없다. 바람이 불고, 구름이 솟아오르고, 비 이야기는 하지 말자, 그동안 비가 워낙 많이 내렸으니까. 히카르두 헤이스는 에사 드 케이로스(Queirós) 또는 케이로스(Queiroz)의 동상 앞에서 걸음을 멈춘다. 이 이름의 주인이 다양한 철자법과 다양한 문체를 사용한 것에 존경심이 우러났기 때문이다. 그의 이름 철자는 그중에서도 가장 하찮은 것이다. 놀라운 것은 이 두 사람, 즉 헤이스라 불리는 사람과 에사라 불리는 사람이 같은 언어를 사용한다는 점이다. 어쩌면 언어가 자신에게 필요한 작가를 골라, 그들을 이용해서 자신의 아주 작은 일부를 표현하게 하는 것인지도 모른다. 언어가 하고 싶은 말을 다 하고 나서 조용해지면, 우리가 어떻게 살아갈지 궁금하다. 이미 문제가 나타나고 있다. 아직은 문제라기보다는 다층적인 의미, 원래 자리에서 밀려난 퇴적물, 새로운 질문 같은 것이지만. 이런 구절을 예로 들어보자. 진실의 거창한 알몸 위에, 속이 비치는 상상력의 막. 선명하고, 압축적이고, 확실해 보인다. 어린아이라도 이 말을 이해하고, 시험을 칠 때 실수 없이 인용할 수 있을 것이다. 그러나 바로 그 아이는 다른 구절 역시 똑같은 확신을 갖고 외울 수 있다. 상상력의 거창한 알몸 위에, 속이 비치는 진실의 막. 이 구절은 확실히 더 많은 생각을 하게 한다. 시각적으로 즐겁게 상상해볼 수 있는 것도 더 많다. 단단하게 알몸을 드러낸 상상력과 거즈처럼 그 위를 덮은 진실. 만약 격언들이 뒤집어진 채로 굳어진다면, 어떤 세상을 만들어낼까. 사람이 말을 하려고 입을 열 때마다 제정신을 잃지 않는 것은 기적이다. 이 산책은 교훈적이다. 조금 전 우리는 에사를 생각하고 있었는데, 이제는 카몽이스를 관찰할 수 있다. 사람들은 그의 동상 받침대에 시를 새겨 넣는 것을 깜박 잊어버렸다. 만약 시를 새겼다면, 어떤 시를 골랐을까. 여기 깊은 슬픔과 함께, 애도의 노래와 함께. 고통받는 가엾은 피조물은 이대로 두고, 남은 거리를 걷는 편이 낫겠다. 미제리코르디아 거리, 전에는 문두 거리였던 곳인데, 안타깝게도 우리가 이 둘을 다 가질 수는 없다. 문두[*] 아니면 미제리코르디아,[**] 둘 중 하나여야 한다. 상호크 광장과 같은 이름의 성자에게 헌정된 성당이 보인다. 그 성자가 역병에 걸렸을 때, 개가 곪은 상처를 핥아주었다. 여기서 역병은 거의 확실하게 흑사병이었을 것이고, 개는 상대를 뜯어 먹는 것밖에 모르는 암캐 우골리나와 같은 종이었을 리 없다. 이 유명한 성당 안에 들어가면 상 주앙 바프티스타의 예배당이 있다. 이곳의 장식을 이탈리아 예술가들에게 맡긴 왕 동 주앙 오세는 몹시 뛰어난 건축가이자 석공이었으며, 재위 기간 중에 대단한 명성을 얻었다. 마프라 수녀원과 아구아스 리브르스 수로를 보라. 이곳의 역사는 아직 온전히 기록되지 못했다. 여기에도, 담배, 복권, 술 등을 파는 두 매점이 이루는 대각선상에 대리석 기념물이 서 있다. 셰익스피어의 작품을 번역하기도 한 국왕 동 루이스와 베르디, 즉 이탈리아의 왕 비토리오 엠마누엘레의 딸인 도나 마리아 피아 디 사보이아의 결혼을 기념하기 위해 이탈리아인 거류민들이 세운 것이다. 리스본 전체를 통틀어, 구멍이 다섯 개인 양탄자 터는 막대나 회초리를 닮은 기념물은 이것뿐이다.

* 포르투갈어로 '세계', '세상'이라는 뜻.
** 포르투갈어로 '자비', '연민'이라는 뜻.

적어도 고아원에서 온 어린 소녀들은 놀란 얼굴로 눈을 크게 뜬 채 이런 이야기를 듣고 있다. 만약 눈이 보이지 않는 아이들이라면, 앞이 보이는 동행에게서 그런 이야기를 듣고 있다고 해야겠다. 그들은 자그마한 앞치마를 입고 대열을 지어 가끔 이 길을 지나가며 기숙사의 악취를 몸에서 빼낸다. 얼마 전에 회초리로 맞은 손이 아직도 욱신거린다. 이곳은 전통적인 동네. 이름과 위치는 높이 떠받들어지지만, 생활 방식은 수준이 낮은 곳. 주점의 문 위에 걸린 월계수 가지는 헤픈 여자들이 나타나면 사라진다. 하지만 아직 오전이고 조금 전에 내린 비가 거리를 씻어 내렸기 때문에 공기가 신선하고 무구해서 거의 처녀의 산들바람처럼 느껴진다. 이렇게 평판이 나쁜 곳에서 이런 느낌을 받는 것이 가능할 줄이야. 그러나 카나리아들이 노래로 이 느낌을 확인해준다. 발코니나 주점 입구에 걸린 새장 속에서 녀석들은 미친 듯이 노래한다. 이렇게 좋은 날씨가 오래 계속되지 않을 것 같은 만큼, 이 순간을 즐겨야 한다. 다시 비가 내리기 시작하면, 녀석들의 노랫소리가 잦아들고 깃털이 곤두설 것이다. 다른 녀석들보다 유난히 선견지명이 있는 자그마한 녀석이 날개 아래에 고개를 파묻고 잠든 척한다. 녀석의 주인이 녀석을 안으로 데려가려고 오는데, 그제야 빗소리가 들려온다. 근처에서 기타 소리도 들린다. 어디서 나는 소리인지 히카르두 헤이스는 알 수 없다. 그는 아구아 다 플로르 골목 초입에 있는 이 문간에서 비를 긋고 있다. 사람들은 흔히 해가 나타났다 사라진다고 말한다. 해를 통과시켜주었던 구름이 재빨리 해를 가린다고. 하지만 소나기도 오락가락한다. 비가 억수같이 쏟아지다가 그치면, 처마와 베란다에서 물방울이 똑똑 떨어지고, 빨랫줄의 빨래에서도 물이 뚝뚝 떨어진다. 그러다 또 갑자기 호우가 쏟아지면 여자들이 뭘 어떻게 해볼 시간이 없다. 버릇처럼 비이이가 온다아아아, 하고 소리치며 야간 파수병처럼 서로에게 소식을 전할 시간도 없다. 그러나 카나리아의 주인인 여자는 경계를 늦추지 않았기 때문에 아슬아슬한 때에 녀석을 데리고 들어가는 데 성공한다. 녀석의 작고 연약한 몸이 안전해졌으니 다행이다. 녀석의 심장이 얼마나 콩닥거리는지 보라, 세상에, 저렇게 격렬하고, 저렇게 빠르다니. 두려움 때문인가. 아니, 녀석의 심장은 항상 이렇다. 수명이 짧은 심장은 그것을 보상하기 위해 빨리 뛴다. 히카르두 헤이스는 공원을 가로질러 도시 전경을 바라본다. 폐허가 된 벽에 둘러싸인 성, 능선을 따라 계단식으로 늘어서서 무너지고 있는 집들, 젖은 지붕 위에 작열하는 하얀 햇살. 침묵이 도시에 내린다. 모든 소리가 한풀 억눌리는 것이, 마치 리스본이 흡수력 강한 면으로 만들어진 것 같다. 그 면이 잔뜩 젖은 채 물을 뚝뚝 떨어뜨리고 있다. 저 아래 단 위에는 용감한 애국자들의 흉상 여러 개, 관목 화분, 뜬금없이 놓여 있는 로마시대의 두상 몇 개가 있다. 라티움*의 하늘에서 이렇게 먼 곳에,

* 지금의 로마 동남쪽에 있던 나라.

마치 하파엘 보르달루 피네이루[*]의 동포인 시골뜨기 한 명이 함정에 빠져 벨베데레(Belvedere)의 아폴로[**]에 무례한 짓을 하게 된 것 같다. 우리가 아폴로를 생각하는 동안, 계단식 능선 전체가 일종의 전망대(belveder)가 된다. 이윽고 기타 소리에 누군가의 목소리가 합류하더니 함께 파두[***]를 부른다. 비가 마침내 모습을 감춘 것 같다.

한 생각이 다른 생각을 낳는 것을 가리켜 우리는 연상이라고 말한다. 어떤 사람들은 심지어 인간의 사고 과정 전체가 이렇게 연달아 이어지는 자극에서 유래한다고 주장하기도 한다. 어떤 때는 무의식적이고, 어떤 때는 그저 무의식적인 척만 하는 이 자극들은 독창적인 조합을 통해, 다양한 종류의 생각들이 새로운 관계로 연결되어 이른바 생각의 산업 또는 상업을 형성한다. 인간은 수많은 특징들 외에도, 산업과 상업을 수행하는 기능을 갖고 있으며 앞으로도 그럴 것이다. 처음에는 생산자, 그다음에는 상인, 그리고 마지막으로는 소비자로서. 그러나 이 순서 또한 뒤섞어서 다르게 배열할 수 있다. 나는 지금 오로지 생각에 대해서만 이야기하고 있다. 그렇다면 생각을 법인으로 생각할 수 있다. 독립 법인일 수도 있고, 동업 법인일 수도 있고, 어쩌면 공공 법인일 수도

---

[*] 1846~1905, 삽화, 캐리커처, 조각 등으로 명성을 얻은 포르투갈의 예술가.
[**] 고전 고대의 유명한 대리석 조각상.
[***] 포르투갈의 민요.

있다. 그러나 무엇이든 책임이 유한하지도 않고 익명의 존재도 아니다. 이름은 우리 모두가 갖고 있는 것이기 때문이다. 이미 교훈적인 성과를 올렸음을 우리가 이미 알고 있는 히카르두 헤이스의 산책과 이 경제이론 사이의 논리적 연관성은 그가 옛 상 페드루 드 알칸타라 수녀원, 지금은 여린 소녀들을 회초리로 훈육하는 피난처로 쓰이는 건물의 입구에 도착했을 때 분명해질 것이다. 현관홀에서 그는 아시시의 성 프란체스코, 대략 불쌍한 놈으로 번역할 수 있는 일 포베렐로(il poverello)가 황홀경에 빠진 채 무릎을 꿇고 앉아 성흔을 받는 장면을 타일로 묘사한 벽화와 대면한다. 이 상징적인 그림 속에서 성흔은 저 높은 곳에서, 사람이 나는 모습을 보았다고 기억하는 사람들이 아직도 존재하는 드넓은 시골 벌판에서 개구쟁이들이 날린 연처럼 또는 별처럼 하늘을 어른거리고 있는, 십자가에 못 박힌 예수에게서 내려오는 다섯 개의 핏줄기 모양으로 그에게 닿는다. 손과 발에서 피가 흐르고 옆구리에 벌어진 상처가 있는 성 프란체스코는 그리스도가 회랑에 둘러싸인 높은 곳으로 사라져버리지 않게 십자가를 붙잡고 있다. 그때 아버지가 아들을 부른다. 오라, 오라, 네가 인간으로 지내는 시간이 끝났도다. 성 프란체스코가 열심히 십자가를 붙들고 늘어지면서, 어떤 사람이 보기에는 기도처럼 보이는, 당신을 보낼 수 없습니다, 당신을 보낼 수 없습니다, 라는 말을 중얼거리면서 성자처럼 움찔거리는 이유가 그것이다. 이제야 밝혀지고 있는 이런 사건들에서, 정통 교리를 버리고, 전통적인 믿음과 완전히 반대되는 새로운 교리를 만들어내는 일이 얼마나 시급한지 알 수 있다. 여기에 생각의 연상 작용이 있다. 먼저 전망대를 겸한 계단식 능선에 로마의 두상이 있었고, 히카르두 헤이스가 포르투갈 시골뜨기의 무례를 기억해냈고, 지금 비텐베르크*가 아닌 리스본의 옛 수녀원 입구에서 평범한 사람들이 그 무례한 짓을 성 프란체스코의 문장(紋章)으로 보는 이유를 알게 되었다. 하느님이 그에게서 별을 빼앗으려 하자 그가 필사적으로 하는 행동이 바로 그것이기 때문이다. 이런 가설을 거부하는 회의주의자와 보수주의자는 얼마든지 있겠지만, 그것이 놀랄 일은 아니다. 결국 새로운 생각, 연상작용으로 태어난 생각들이 언제나 겪는 일이기 때문이다.

히카르두 헤이스는 이십 년쯤 전에 지은 시의 파편들을 찾아 자신의 기억을 뒤진다. 세월이 어찌나 빠른지. 불행한 신, 누구에게나 필요해, 아마도 그가 유일한 존재라서. 당신이 아니야, 그리스도, 내가 싫어하는 자, 다른 사람들의 것을 빼앗지 마. 신들을 통해 우리 인간은 하나가 되지. 그가 동 페드루 오세 거리를 걸으며 혼자 중얼거린 말들이다. 마치 화석이나 고대 문명의 유적을 찾듯이 걷던 그는 한순간 자신이 방금 아무 구절이나 생각나는 대로 읊조린 이 시에 의미가 조금이라도 남아 있는지 궁금해진다. 그가 중얼거린 구절들은

---

* 루터가 살았던 중부 독일 종교개혁의 진원지.

아직 조리 있지만, 앞뒤 구절의 부재로 효과가 약해졌다. 그러면서 바로 그 부재로 인해 또 다른 의미, 책의 제사(題詞)처럼 모호하고 권위적인 의미가 역설적으로 생겨난다. 그는 서로 반대되는 것, 다른 것 두 개를, 그러니까 건강한 몸으로 산에 갔다가 다섯 군데 상처에서 피가 스며 나오는 몸으로 돌아온 그 성자처럼 서로 다른 것을 쇠사슬 클립처럼 하나로 묶는 결합을 정의할 수 있는지 자문한다. 만약 그가 하루의 끝에 연줄을 모두 감아 집으로 돌아오는 데 성공했다면, 간신히 되찾은 연을 겨드랑이에 끼고, 하루의 일을 마친 노동자처럼 지친 모습으로 돌아올 수만 있었다면. 그가 자는 동안 연은 베개 옆에서 얌전히 쉬고 있을 것이다. 오늘은 그가 이겼지만, 내일도 이길지 누가 알 수 있을까. 서로 반대되는 것들을 하나로 합치려는 노력은 십중팔구 양동이로 바닷물을 다 퍼내려고 애쓰는 것만큼 어리석은 일일 것이다. 설사 그런 일을 해낼 시간과 기운이 있다 하더라도, 그것이 너무 엄청난 과업이라서가 아니라, 바닷물을 담아둘 거대한 공간을 먼저 육지 어딘가에서 찾아내야 하는데 그것이 불가능한 일이기 때문이다. 바다는 너무 넓고 육지는 너무 작다.

히카르두 헤이스는 리우데자네이루 광장에 도착했을 때 스스로 제기한 의문에도 푹 빠져 있다. 한때 프린시프 헤알 광장이라고 불리던 이곳이 언젠가 과거의 그 이름으로 다시 돌아갈 수도 있을 것이다. 누가 그때까지 살아서 목격할 수 있다면 말이지만. 날씨가 더워지면, 사람들은 은색 단풍나무,

느릅나무, 우산소나무의 상쾌한 덩굴시렁 같은 그늘을 갈망한다. 이 시인 겸 의사가 식물학에 정통한 것은 아니지만, 지난 십육 년 동안 이곳과는 크게 다르고 더 기이한 열대의 동식물에 익숙해진 그의 기억 속 빈틈과 무지를 누군가가 반드시 보충해줘야 할 것 같다. 그러나 지금은 여름의 오락, 바닷가와 온천의 즐거움을 추구할 계절이 아니다. 오늘 기온은 틀림없이 섭씨 십도 언저리일 것이고, 공원 벤치들은 빗물에 젖어 있다. 히카르두 헤이스는 몸을 떨면서 레인코트 자락을 단단히 여미고 다른 길을 통해 호텔로 돌아간다. 이번에 걷는 길은 세쿨루 거리인데, 왜 이 길을 택했는지 알 수가 없다. 인적이 아주 드물고 우울한 길이다. 가난한 사람들을 위해 지어진 땅딸막하고 좁은 주택들과 나란히 웅장한 저택 몇 채가 아직 남아 있다. 적어도 과거의 귀족들은 그렇게 차별이 심하지 않아서, 평민들과 나란히 살았다. 신이여, 우리를 도우소서, 요즘 돌아가는 꼴을 보아 하니 배타적인 동네가 다시 생겨날 것 같다. 산업과 상업계 거물들의 개인 저택만 있는 곳. 그들은 곧 조금이나마 남아 있는 귀족들의 흔적, 개인 차고가 있는 저택, 저택의 크기에 맞먹는 정원, 사납게 짖어대는 개 등을 모두 집어삼킬 것이다. 심지어 개들도 요즘은 달라 보인다. 먼 과거에 녀석들은 부자와 가난한 사람을 가리지 않고 공격했다.

히카르두 헤이스는 전혀 서두르는 기색 없이 우산을 지팡이처럼 이용하며 거리를 걷는다. 걸으면서 포석을 두드리는 소리가 두 걸음에 한 번씩 정확하게, 또렷하게, 날카롭게 박자를 맞춘다. 메아리처럼 울리는 소리는 없지만, 부딪히는 느낌은 거의 액체 같다. 만약 이 단어가 너무 이상하지 않다면, 액체 같다고 하자. 우산 끝이 석회석 포석을 두드릴 때 그렇게 보이기 때문이다. 그는 이런 철없는 생각에 푹 빠져 있다가 갑자기 자신의 발걸음을 의식한다. 호텔을 나선 뒤로 살아 있는 사람을 한 명도 만나지 못한 것 같다. 만약 증언대에 서더라도 그는 맹세코 이렇게 말할 것이다. 산책 길에서 아무도 보지 못했습니다. 어떻게 이런 일이 있을 수 있을까. 어떻게 봐도 작다고 할 수 없는 도시에서 주민들이 모두 어디로 사라졌단 말인가. 물론 그는 알고 있다. 상식이, 그러니까 상식 그 자체가 우리에게 반박할 수 없다고 단언해준 지식의 유일한 저장고가 그에게 그렇게 말하기 때문이다. 이런 것이 사실일 리 없다고, 그가 걷는 동안 틀림없이 여러 사람을 지나쳤을 것이라고. 지금 이 거리에도, 이렇게 조용한데도, 여러 무리의 사람들이 모두 내리막길을 걷고 있다. 가난한 사람들이다. 거의 거지나 다름없는 사람도 있고, 일가족도 있다. 노인들은 발을 질질 끌며 쿵 내려앉은 가슴을 안고 뒤에서 가족들을 따라 걷고 있고, 아이들은 엄마의 손에 끌려간다. 엄마는 아이에게 소리를 지른다. 빨리 걸어, 전부 없어지기 전에. 없어진 것은 평화롭고 조용한 분위기다. 이 거리는 이제 조금 전과 같지 않다. 남자들은 가장에게 걸맞은 엄격한 표정을 지으려고 애쓰며 자신의 속도로 걷는다. 다른 목표를 염두에 둔 사람처럼. 가족들이 함께 사라진다. 다음 길모퉁이에는 뜰에 야자수가 서 있는 웅장한 저택이 있다. 풍요로운 아라비아(Arabia Felix)*의 저택을 연상시킨다. 중세풍 특징들은 그 매력을 하나도 잃어버리지 않았고, 반대편의 놀라운 모습들을 잘 감춰준다. 마치 시각을 아주 손쉽게 만족시킬 수 있다는 듯, 모든 것이 시야에 들어오게 직선으로 설계된 현대의 도시 동맥들과는 다르다. 히카르두 헤이스는 넓은 길을 모두 빽빽이 메우고 있는 군중과 맞닥뜨린다. 참을성 있게 기다리면서도 동요하고 있는 사람들의 머리가 파도의 장난처럼, 산들바람에 흔들리는 옥수수밭처럼 출렁거린다. 히카르두 헤이스는 가까이 다가가 지나가게 해달라고 부탁한다. 그의 앞에 있는 사람은 거부의 몸짓을 하고는 그를 향해 고개를 돌려 이렇게 말하려고 한다. 급히 서둘러야 하는 상황이라면 더 일찍 왔어야지요. 그러나 베레모도 일반 모자도 쓰지 않고 가벼운 레인코트와 하얀 셔츠와 넥타이를 차려입은 말쑥한 신사의 얼굴이 먼저 그의 눈에 들어온다. 그것만으로 그 남자는 마음을 바꿔 옆으로 물러서고, 그것만으로는 충분하지 않다는 듯이 자기 앞에 선 남자의 어깨도 두드린다. 이 신사분이 지나가게 해드려요. 그러자 그 남자도 똑같은 행동을 반복한다. 그래서 우리는 히카르두 헤이스의 회색 모자가 이 수많은 인간 무리 속에서 흑해의 고요한 수면 위를 미끄러지듯 움직이는 로엔그린의 백조처럼

* 예전에 지리학자들이 아라비아 반도 남부를 지칭하던 라틴어 이름.

부드럽게 앞으로 나아가는 모습을 볼 수 있다. 그러나 사람이 워낙 많아서 그가 지나가는 데에는 시간이 걸린다. 게다가 중심부에 가까워질수록 지나가게 해달라고 사람들을 설득하기가 점점 더 힘들어진다. 그들이 갑자기 악의를 품어서가 아니라 사람들이 워낙 빽빽하게 서 있어서 아무도 움직일 수 없기 때문이다. 이게 무슨 일이지. 히카르두 헤이스는 혼잣말로 질문을 던져보지만, 감히 큰 소리로 물어보지는 못한다. 모두 잘 아는 목적을 위해 이렇게 많은 사람들이 모인 곳에서 자신의 무지를 드러내는 것은 잘못되고 부적절하고 무례한 일이라는 생각 때문이다. 어쩌면 사람들이 화를 낼지도 모른다. 우리 자신의 감정에도 자주 깜짝 놀라는 마당에 다른 사람들의 감정을 어찌 확신하겠는가. 히카르두 헤이스는 거리를 반쯤 지나온 곳에서 이 나라 최고의 신문인 《오 세쿨루》가 차지하고 있는 커다란 건물의 입구 앞에 섰다. 건물 앞 초승달 모양의 공간에는 사람들이 덜 빽빽해서, 이제야 비로소 히카르두 헤이스는 지나치게 익은 양파, 마늘, 땀, 한 번도 갈아입은 적이 없는 옷가지, 의사에게 진찰을 받으러 갈 때를 빼고는 한 번도 씻은 적이 없는 몸의 악취를 막으려고 줄곧 숨을 참고 있었음을 깨닫는다. 어쨌든 까다로운 후각기관이라면 이곳에서 움직이는 일을 시련으로 받아들일 것이다. 경찰관 두 명이 입구에 서 있고, 가까운 곳에 경찰관 두 명이 더 배치되어 있다. 히카르두 헤이스는 그중 한 명에게 물어보려고 한다. 이건 무슨 모임입니까. 그런데 그때 법과 질서의 대변자인 경찰관이 그에게 정중하게 상황을 일러준다. 뭔가를 물어보려고 하는 이 신사가 우연히 이 자리에 오게 되었음을 언뜻 보기만 해도 알 수 있기 때문이다. 오늘 《오 세쿨루》가 주최한 자선 행사가 있습니다. 하지만 사람이 너무 많은데요. 네, 그렇죠, 천 명 넘게 모인 것 같습니다. 전부 가난한 사람들입니까. 전부 그렇습니다, 뒷골목과 빈민가에서 온 가난한 사람들이에요. 이렇게 많은 사람들이. 그렇죠, 그나마 전부 온 것도 아닙니다. 당연히 그렇겠죠, 하지만 이 많은 사람들이 자선품을 받으려고 모였다니, 보기 좋은 광경은 아니네요. 저는 아무렇지도 않습니다, 이미 익숙하니까요. 그럼 오늘 나눠주는 건 뭡니까. 빈민 일인당 십 이스쿠두입니다. 십 이스쿠두라고요. 그렇습니다, 십 이스쿠두, 아이들에게는 옷가지, 장난감, 책도 줍니다. 교육에 도움이 되라는 뜻이겠군요. 네, 교육에 도움을 주기 위해서입니다. 십 이스쿠두로는 할 수 있는 일이 별로 없을 텐데요. 그래도 아무것도 없는 것보다는 낫죠. 그것참 옳은 말씀이네요. 저 사람들 중 일부는 이런 자선 행사만 기다리며 일 년을 보냅니다, 이런저런 행사가 있으니까요, 심지어 자선 행사만 찾아서 돌아다니며 닥치는 대로 물건을 받는 데 온 시간을 쏟는 사람도 있습니다, 문제는 그 사람들이 낯선 동네, 다른 구나 다른 교구에 나타날 때죠, 그곳의 빈민들이 그 사람들을 쫓아내거든요, 빈민들은 서로를 예리한 눈으로 감시합니다. 슬픈 일이네요. 슬프다고 할 수도 있겠지만, 그렇지 않으면 이 사람들을 통제

할 길이 없을 겁니다. 설명해주셔서 감사합니다, 경관님. 당연히 해드려야죠, 이쪽으로 지나가세요. 이 말을 하면서 경찰관은 닭들을 휘이휘이 닭장으로 몰아넣는 사람처럼 양팔을 펼친 채 앞으로 세 걸음 나섰다. 이제 됐습니다, 조용히 지나가세요, 제가 칼을 휘두르는 모습을 보고 싶은 게 아니라면요. 이렇게 설득력 넘치는 말에 군중이 움직인다. 여자들은 여느 때처럼 항의하고, 남자들은 아무 소리도 듣지 못한 사람처럼 굴고, 아이들은 곧 받게 될 장난감을 생각한다. 장난감 자동차일까, 자전거일까, 혹시 셀룰로이드 인형일까. 이런 물건들을 위해서라면 아이들은 기꺼이 스웨터와 독본을 포기할 것이다. 히카르두 헤이스는 카에타누스 길의 오르막길을 올라가, 아래를 내려다보며 군중의 수를 가늠해본다. 천 명이 넘겠군, 그 경찰관 말이 맞았어, 빈민이 아주 많은 나라인걸. 숄, 머릿수건, 여기저기 기운 셔츠, 엉덩이 부분을 다른 천으로 기운 싸구려 면바지를 걸친 이 군중을 위한 자선 행사가 사라지지 않기를 기도하자. 샌들을 신은 사람도 있지만, 맨발이 많다. 색깔이 다채로운데도, 그들은 하나로 뭉쳐서 검은 얼룩 같은 모습을 이룬다. 카이스 두 소드레 역에서 악취를 풍기고 있는 검은 진흙 같다. 그들은 기다린다. 자기 차례가 올 때까지 선 채로 몇 시간이고 계속 기다릴 것이다. 새벽부터 온 사람도, 아이를 안은 엄마도, 갓난아기에게 젖을 먹이는 엄마도, 주변의 남자들과 자기들끼리만 통하는 이야기를 나누는 아버지도, 다리를 달달 떨고 입에서는 침을 흘리며 뚱하니 입을 다물고 있는 노인도. 자선 행사가 있는 날은 가족들이 노인의 죽음을 소망하지 않는 유일한 날이다. 노인이 죽으면 받을 수 있는 돈도 줄어들 것이다. 열이 나는 사람, 머리가 터질 것처럼 기침을 하는 사람, 추위를 막고 시간을 때우려고 작은 술병 몇 개를 서로 주고받는 사람도 아주 많다. 다시 비가 내리기 시작한다면, 이 사람들은 흠뻑 젖을 것이다. 비를 피할 곳이 전혀 없으니까.

히카르두 헤이스는 노르트 거리를 따라 내려가며 바이후 알투를 가로질렀다. 카몽이스 거리에 이르렀을 때는 항상 같은 장소로, 그러니까 검으로 무장한 고상한 동상, 또 다른 다르타냥에게로 자신을 되돌려놓는 미궁에 갇힌 것 같은 기분이 되었다. 추기경의 음모에서 아슬아슬한 순간에 여왕의 다이아몬드를 구출해낸 공로로 월계관을 쓴 이 총사, 시대와 정국이 바뀌면 결국 문제의 그 추기경 밑에서 일하게 될 테지만 지금은 이미 죽어서 다시 군대에 입대할 수 없는 그에게 반드시 말해줘야 할 것 같다. 국가의 수반은 물론 추기경조차도 자신의 이득을 위해 차례대로 또는 멋대로 그를 이용한다고. 이렇게 걸어서 돌아다니는 동안 시간이 빠르게 흘러서 점심시간이 되었다. 이 남자는 자고, 먹고, 산책하고, 공들여 시를 한 줄씩 짓는 것 외에는 할 일이 전혀 없는 것 같다. 총사 다르타냥의 끝없는 결투에 비하면, 그리고 팔천 행이 넘는 『우스 루지아다스』*에 비하면 아무것도 아니다. 그러나

---

* 16세기의 카몽이스 서사시. 포르투갈 문학에서 가장 중요한 작품으로 평가된다.

히카르두 헤이스도 시인이다. 그가 호텔 숙박부에 그런 자랑을 늘어놓지는 않지만, 언젠가 사람들은, 알바루 드 캄푸스를 조선 공학자로 보지 않듯이, 페르난두 페소아를 해외 특파원으로 보지 않듯이, 그를 의사로 기억하지 않게 될 것이다. 우리가 직업을 통해 생계를 해결할 수는 있어도 명성을 얻을 수는 없다. 명성은 한때 우리 인생이라는 여행의 중간에서(Nel mezzo del cammin di nostra vita)* 나 메니나와 모사가 나를 우리 부모님 집으로 데려갔다(Menina e moça me levaram da casa de meus pais)** 나 라만차의 어느 마을에(En un lugar de la Mancha)*** 같은 구절을 썼던 사람이 얻게 될 가능성이 높다. 나는 이런 구절들의 이름을 기억하고 싶지 않다. 아무리 적절한 순간이라 하더라도 다음과 같은 말을 하고 싶다는 유혹에 다시 빠지지 않기 위해서이다. 백전연마의 명성이 드높던 용사들(As armas e os barões assinalados),**** 이렇게 남의 글을 빌려 말하는 것을 용서해주시기를, 무기와 한 남자를 나는 노래한다(Arma virumque cano).***** 사람은 언제나 노력을 해야 한다. 그래야 인간이라고 불릴 자격이 있다.

---

* 단테의 『신곡』 중 '지옥편'의 첫 구절.
** 포르투갈의 르네상스 시인 베르나르딩 히베이루의 『메니나와 모사의 이야기』의 첫 구절.
*** 세르반테스의 『돈키호테』의 첫 구절.
**** 『우스 루지아다스』의 첫 구절.
***** 베르길리우스의 서사시 『아이네이스』의 첫 구절.

그러나 사람은 스스로 생각하는 것만큼 자신과 운명의 주인 역할을 하지 못한다. 사람의 시간이 아닌 세월이 사람을 번성하게 하거나 쇠하게 하는데, 가끔은 그 이유가 일정하지 않거나 그 사람에 대한 판단이 달라졌다는 이유로 그런 일이 벌어진다. 깊은 밤에 길이 끝나는 곳에 자신이 있음을 깨달을 때 당신은 어떤 사람이 되겠는가.

세쿨루 거리에서 빈민들이 물러간 것은 거의 밤이 내릴 무렵이었다. 그동안 히카르두 헤이스는 점심을 먹고, 서점 두 곳에 들렀으며, 얀 키에푸라*가 나오는 영화 「나는 모든 여자를 사랑해」를 보고 싶은지 아닌지 고민하며 티볼리의 문간에서 머뭇거렸다. 결국 그는 이 영화를 나중에 보기로 하고, 택시를 잡아 호텔로 돌아갔다. 너무 많이 걸어서 다리가 불편해졌기 때문이다. 비가 내리기 시작했을 때, 그는 근처 카페로 들어가 석간신문을 읽었고, 구두닦이의 요청에 구두를 내주었다. 언제든 느닷없이 소나기가 내릴 수 있는 거리 상황을 생각하면 확실히 구두약을 낭비하는 짓이었지만, 구두닦이는 일이 커지기 전에 미리 대비해두는 편이 낫다고 주장했다. 구두약을 발라두면 빗물에 젖는 것을 방지할 수 있습니다, 손님. 그의 말이 옳았다. 히카르두 헤이스가 호텔 방으로 돌아와 구두를 벗었을 때, 그의 발은 따뜻하고 보송보송한 상태였다. 사람이 건강을 유지하는 데 필요한 것이 바로 이것

* 1902~1966, 폴란드 배우.

이다. 발은 따뜻하게, 머리는 차갑게. 학자들은 경험에 바탕을 둔 이런 지혜를 인정하지 않을지 몰라도, 이런 가르침을 지켜서 손해 볼 것은 없다. 호텔은 몹시 평화롭다. 문이 쾅쾅 닫히는 소리도, 사람들 목소리도, 버저 소리도 없다. 살바도르가 프런트데스크에 없는 것이 참으로 희한하다. 열쇠를 찾으러 간 피멘타는 요정처럼 가뿐하고 민첩하게 움직인다. 그날 이른 아침 이후로는 짐을 나르는 일을 하지 않은 것 같다. 그에게는 다행한 일이다. 히카르두 헤이스가 저녁 식사를 하러 내려간 것은 아홉시가 다 된 시각이었다. 식당은 그가 일부러 이런 시각을 고르며 의도했던 대로 텅 비어 있었다. 구석에서 수다를 떨던 웨이터들은 살바도르가 나타나자 부산을 떨었다. 직속상관이 갑자기 나타나면 누구나 반드시 해야 하는 행동이다. 예를 들어, 왼발에 신고 있던 체중을 오른발로 옮기는 정도로도 충분하다. 그 정도면 된다. 때로는 이 정도 노력조차 필요하지 않을 때도 있다. 지금 식사 됩니까. 손님이 머뭇거리며 물었다. 물론입니다, 그게 저 직원들의 일인걸요. 살바도르는 새해 전날에는 대체로 손님이 거의 없는데 그나마 몇 명 안 되는 그 손님들조차 밖에서 식사를 한다고 의사 선생에게 말해주었다. 그런 식사를 송년회, 즉 레베용(réveillon) 또는 헤벨리옹(révelion)이라고 했다. 예전에는 호텔에서 그런 잔치를 즐겼지만, 호텔 주인들이 거기에 돈이 많이 들어간다는 사실을 깨닫고 중단시켰다. 품이 너무 많이 드는 일이었다. 게다가 손님들이 너무 들뜬 나머지 호텔에 끼치는 피해도 있었다. 여러분도 잘 알지 않는가. 한 잔이 두 잔이 되고, 그러다 보면 사람들이 서로 싸우기 시작하고, 대난장판이 벌어진다. 거기다 그런 잔치를 즐길 기분이 아닌 사람들의 불평까지. 그런 사람들은 언제나 있게 마련이다. 결국 저희는 송년회(révelion)를 중단했습니다만, 솔직히 말씀드려서 저는 아쉽습니다, 정말 즐거운 행사였고, 저희 호텔은 세련되고 품격 있는 곳으로 유명했거든요. 그런데 지금은 보다시피, 완전히 텅 비었다. 그래도 잠자리에 일찍 들 수는 있게 됐잖습니까. 히카르두 헤이스가 살바도르를 위로했으나, 그는 신년이 시작되는 자정에 종소리를 들으려고 항상 깨어 있었다고 말했다. 그것이 자기 집안의 전통이라고. 살바도르의 식구들은 종이 한 번 울릴 때마다 한 개씩, 모두 열두 개의 건포도를 먹었다. 새해에 행운이 있기를 바라는 마음으로 그렇게 하는 것은 해외에서도 널리 시행되는 관습이었다. 부자 나라들을 말하는 거겠죠, 그런데 그런 관습이 정말로 행운을 가져다줄 거라고 믿습니까. 잘 모르겠습니다만, 제가 지난 신년에 건포도를 먹지 않았다면 지난 한 해가 더 나빴을지도 모르는 것이니까요. 하느님을 믿지 않는 사람은 이런 주장을 통해 신들을 찾고, 신들을 버린 사람은 하느님을 만들어낸다. 언젠가 우리는 하느님과 신들을 모두 우리에게서 떨쳐버릴 것이다.

히카르두 헤이스는 웨이터 한 명의 시중을 받으며 식사했다. 급사장은 식당 끝에 점잖게 서 있고, 살바도르는 프런트 데스크에 자리를 잡고서 개인적인 송년회 때까지 시간을 보내고 있었다. 피멘타의 행방은 알 길이 없다. 메이드들은 위층의 다락방, 그러니까 다락방이 있다면 말이지만, 하여튼 그런 곳으로 올라가 직접 만든 술과 비스킷을 함께 먹으면서 한밤의 분위기에 취해 건배를 하고 있거나, 아니면 병원에서처럼 비상 근무조만 남기고 집으로 가버린 모양이다. 주방은 이미 사람들이 모두 떠나버린 요새처럼 보인다. 그러나 이것은 그저 추측일 뿐이다. 손님들은 대개 막 뒤에서 호텔이 어떻게 돌아가는지 관심이 없다. 그들이 원하는 것은 편안한 방과 시간에 맞춰 나오는 식사뿐이다. 히카르두 헤이스는 디저트로 공현축일, 즉 디아 드 헤이스를 위해 특별히 구운 케이크의 커다란 조각 하나가 나올 거라고 예상하지 못했다. 이처럼 사소하지만 세심한 호의는 모든 손님을 친구로 만든다. 웨이터가 빙긋 웃으며 놀리듯이 말했다. 디아 드 헤이스[*]이니, 선생님이 돈을 내세요. 그래야겠군요, 라몬. 이것이 그 웨이터의 이름이었다. 디아 두 헤이스[**]에 내가 돈을 내지요. 그러나 라몬은 이 말장난을 알아차리지 못했다. 아직도 열시가 되지 않았다. 시간이 아주 느리게 흐르면서 묵은해가 계속 머뭇머뭇 남아 있다. 히카르두 헤이스는 이틀 전 삼파이우 박사와 마르센다 부녀를 지켜보던 식탁을 바라보며, 회색 구름에 감싸인 듯한 기분이 되었다. 만약 그 두 사람이 지금

[*] 브라질과 포르투갈에서 공현축일을 부르는 이름.
[**] 디아 드 헤이스(Dia de Reis)는 '왕들의 날'이라는 뜻이고 디아 두 헤이스(Dia do Reis)는 '헤이스의 날'이라는 뜻이다.

이 자리에 있다면 함께 이야기를 나누었을지도 모른다. 한 해의 끝과 새로운 시작을 알리는 이 밤의 유일한 손님들일 터이니 그보다 더 적절한 일이 어디 있겠는가. 그는 아가씨가 생명을 잃은 손을 붙잡아 식탁 위에 올려놓던 그 가엾은 모습을 다시 머릿속으로 그려본다. 그녀가 그토록 소중하게 아끼던 자그마한 손과 강하고 건강하던 반대쪽 손. 그 손은 자그마한 자매를 도우면서도 자기만의 독립적인 존재감을 지니고 있었다. 항상 돕기만 하는 손이 아니었다. 예를 들어 정식으로 소개받은 사람들과 악수할 때, 마르센다 삼파이우, 히카르두 헤이스, 그 의사의 손은 코임브라에서 온 그 아가씨의 손을 잡을 것이다. 오른손이 오른손을. 그러나 그의 왼손은 마음이 내킨다면 근처를 맴돌며 이 만남을 목격할 수 있는 반면, 옆구리에 늘어진 그녀의 손은 존재하지 않는 것이나 마찬가지일 것이다. 히카르두 헤이스의 눈에 눈물이 글썽해진다. 아직도 의사를 나쁘게 말하는 사람들이 있다. 의사들이 질병과 불행에 익숙해진 나머지 심장이 돌덩이로 변해버렸다고 믿기 때문이다. 그러나 이 의사를 보라. 그는 그런 비판이 잘못임을 보여준다. 어쩌면 그가 이미 보았듯이 다소 회의적인 시각을 갖고 있긴 해도 시인이라는 직함 또한 갖고 있기 때문인지도 모른다. 히카르두 헤이스는 이런 생각에 푹 빠져 있다. 우리처럼 밖에 있는 사람들에게는 설명하기 어려운 생각도 있으나, 보는 것이 많은 라몬은 이렇게 묻는다. 더 필요하신 것이 있습니까, 선생님. 비록 부정적인 답변을 기대하고는 있으나, 어쨌든 의사에게 뭔가가 필요하다는 뜻을 세련되게 전달하는 말이다. 우리는 이해력이 워낙 뛰어나기 때문에 때로는 말을 절반만 해도 충분할 정도다. 히카르두 헤이스는 자리에서 일어나 라몬에게 밤 인사를 하고, 새해의 복을 빌어준다. 프런트데스크 앞을 지날 때도 같은 밤 인사와 새해 인사를 살바도르에게 천천히 되풀이한다. 그의 기분은 똑같지만 표현은 더 신중하다. 어쨌든 살바도르는 지배인이니까. 천천히 계단을 올라가는 히카르두 헤이스의 모습이 지쳐 보인다. 이 시기의 잡지에 실리는 캐리커처나 만화 속 인물 같다. 백발과 주름투성이의 묵은해 캐릭터. 그의 모래시계는 이미 텅 비어서 과거의 진한 그림자 속으로 사라지고 있고, 빛을 받으며 다가오는 새해는 분유를 먹고 자란 갓난아기처럼 통통한 모습으로 우리에게 시간의 춤을 함께 추자고 권유하는 동요를 부른다. 나는 일천구백삼십육년, 와서 나와 함께 기뻐해요. 히카르두 헤이스는 자기 방에 들어가 앉는다. 침대는 정리되어 있고, 밤에 목이 마를까 봐 물병도 준비되어 있다. 슬리퍼는 침대 옆 매트 위에서 그를 기다린다. 누군가가 나를 굽어보고 있군요, 수호천사여, 진심으로 감사합니다. 거리에서는 흥청망청 신이 난 사람들이 지나가며 시끄러운 깡통 소리를 낸다. 시계는 벌써 열한시를 쳤다. 히카르두 헤이스는 거의 화난 사람처럼 벌떡 일어선다. 내가 여기서 뭘 하는 거야, 다들 밖에서 즐기고 있는데, 거리에서, 무도장에서, 극장에서, 영화관에서, 나이트클럽에서 가족들과 즐거운 시간을 보내고 있는데, 나도 하다못해 호시우 광장에라도 나가서 중앙역의 시계를 봐야겠다. 시간의 눈, 번개가 아니라 분과 초를 던지는 그 외눈박이 거인, 하지만 번개만큼이나 잔인한 그 분과 초를 우리는 반드시 견뎌내야 하지, 마침내 배의 널빤지처럼 나 역시 세월에 부서져버릴 때까지, 하지만 이런 식은 아니야, 여기 이렇게 의자에 웅크리고 앉아서 시계를 지켜보는 꼴이라니. 이 독백을 끝낸 다음 그는 레인코트를 입고 모자를 쓴 뒤, 우산을 들었다. 갑자기 열성적인 모습이었다. 마음을 정했기 때문에 다른 사람이 된 것 같다. 살바도르는 가족이 있는 집으로 이미 돌아간 뒤라, 피멘타가 그에게 물었다. 외출하십니까, 선생님. 그래요, 잠시 산책을 할 겁니다. 이 말을 마치고 나서 그는 계단을 내려가기 시작했다. 피멘타가 층계참까지 그를 따라와 말했다. 돌아오시면 초인종을 두 번 울리세요, 선생님, 한 번은 짧게, 그다음에는 길게, 선생님이 돌아오신 걸 제가 알 수 있게요. 그때까지 안 자려고요. 자정이 지난 다음에 들어갈 겁니다만, 제 걱정은 마세요, 언제든 돌아오고 싶을 때 돌아오시면 됩니다. 새해 복 많이 받아요, 피멘타. 새해에는 좋은 일만 가득하시길 바랍니다, 선생님. 연하장에 적혀 있는 구절들이다. 두 사람은 더 이상 아무 말도 하지 않았으나, 히카르두 헤이스는 계단을 다 내려왔을 때 이런 시기에는 보통 호텔 직원에게 팁을 주기 때문에 직원들이 팁을 기대한다는 사실을 떠올렸다. 깜박했군, 여기 온 지 사흘밖에 안 돼서. 이탈리아인 시종은 램프의 불을 끄고 잠들어 있다.

길바닥은 빗물에 젖어 미끄럽고, 전차 궤도는 오른쪽으로 알레크링 거리까지 쭉 반짝이며 뻗어 있었다. 저 궤도를 저 자리에 붙들어둔 것이 어떤 별인지 또는 어떤 연인지 누가 알까. 교과서에 따르면, 평행선은 무한히 만나지 않는다고 한다. 그토록 많은 사물, 차원, 직선과 곡선과 교차로, 이 길을 따라 올라가는 전차와 그 안의 승객들, 모든 승객의 눈에 깃든 빛, 메아리치는 목소리, 들리지 않는 생각의 마찰을 모두 품을 수 있다니 정말로 광대한 무한임이 틀림없다. 저 위의 창문에서 마치 신호처럼 휘파람 소리가 났다. 그래, 내려올 거야, 말 거야. 아직 시간이 너무 일러. 누군가가 대답한다. 남자인지 여자인지는 중요하지 않다. 무한에서 그 목소리를 다시 만날 테니까. 히카르두 헤이스는 시아두 광장과 카르무 거리를 걸었다. 엄청나게 많은 사람들이 그와 함께였다. 삼삼오오 짝을 지은 사람들도 있고, 일가족도 있었으나, 대다수는 집에서 기다리는 사람이 하나도 없거나 한 해가 가는 것을 밖에서 지켜보고 싶어 하는 고독한 남자들이었다. 어쩌면 묵은해가 정말로 지나갈지 모른다. 사람들과 우리의 머리 위로 정말로 빛이 선처럼 솟아오를지도 모른다. 그러면 우리는 시간과 공간이 같은 것이라고 말할 것이다. 여자들도 있었다. 먹잇감을 찾듯이 기웃거리는 그 지독한 배회를 한 시간 동안 중단하고, 혹시라도 새로운 삶이 선언된다면 그 순간 그 자리에 있고 싶어 하는 여자들. 그것이 정말로 새로운 삶이든 예전과 똑같은 삶이든 상관없이, 그들은 자신의 몫이 얼마나 될지 알고 싶어 안달했다. 국립극장 주위의 호시우 광장에 사람들이 북적거렸다. 갑자기 폭우가 내리는 바람에 우산들이 벌레의 번들거리는 흉갑처럼 펼쳐졌다. 군대가 방패로 몸을 가린 채, 무심히 서 있는 요새를 공격하려고 진군하는 모습 같기도 했다. 히카르두 헤이스는 군중 사이에 섞였다. 멀리서 봤을 때보다는 덜 북적거려서, 그는 사람들을 밀치며 앞으로 나아갔다. 소나기가 그치자 밤을 보내려고 땅에 내려앉은 새 떼가 날개를 털어대듯이 우산이 접힌다. 모두들 허공을 향해 코를 들어 올리고, 시계의 노란 문자판에 시선을 고정한다. 프리메이루 드 데젬브루 거리에서 소년들 한 무리가 냄비와 프라이팬의 뚜껑을 두드리며 달려온다. 챙챙. 그동안 다른 사람들은 계속 날카롭게 휘파람을 분다. 다들 행진하며 역 앞의 광장을 한 바퀴 돈 뒤 극장의 주랑현관에 자리를 잡는 동안 내내 휘파람을 불어대고 양철 뚜껑을 두드려댄다. 이런 소란에 광장 전체에 울려 퍼지는 나무 딸랑이 소리가 합쳐진다. 라라라라. 자정까지 사 분. 아, 인류의 변덕스러움이여, 평생이라고 해봤자 얼마 되지도 않는 시간을 가지고 그토록 인색하게 굴며 인생이 너무 짧다고 노상 투덜거리다가, 조용하게 쉿 쉿거리는 거품만 남기고 가버릴 거면서 이 사 분을 기다리지 못해 안달한다. 희망이란 이렇게 강력하다. 벌써 기대를 품은 함성이 울린다. 그 소음이 최고조에 다다른 순간 닻을 내리고 정박한 배들의 묵직한 목소리가 강 쪽에서 들려온다. 공룡들이 쿵쿵 움직이며 크게 포효하는 것 같은 소리에 선사시대로 돌아간 듯 가슴이 덜컹 내려앉는다. 사이렌이 날카롭게 허공을 찢는 소리가 도살되는 짐승의 비명 같고, 근처에서 자동차들이 미친 듯이 울려대는 경적 소리에 귀가 멀 것 같고, 전차의 작은 종은 있는 힘껏 짤랑거린다. 그래봤자 별것 아니지만. 그러나 마침내 분침이 시침을 덮으면서 자정이 된다. 자유의 행복. 짧은 한순간 시간이 인류를 그 손에서 놓아 스스로 살아갈 것을 허락했다. 시간은 옆으로 물러나 지켜본다. 얄궂게, 자비롭게. 사람들은 서로를 끌어안는다. 친구와 낯선 사람, 남자와 여자가 아무나 붙들고 입을 맞춘다. 세상 최고의 입맞춤이다. 미래가 전혀 없는 입맞춤. 시끄러운 사이렌 소리가 이제 사방에 울려 퍼지고, 비둘기들이 극장 처마 밑에서 불안하게 동요한다. 개중에는 놀라서 날개를 파닥이는 놈도 있다. 그러나 일 분도 채 되지 않아 소음이 잦아들고, 마지막으로 숨을 집어삼키는 소리만 몇 번 들리더니, 강 위의 배들이 바다를 향해 안개 속으로 사라지는 것처럼 보인다. 그러고 보니 건물 전면의 벽감에 동 세바스티앙이 있다. 미래의 어떤 사육제를 위해 가면을 쓴 작은 소년. 다른 곳이 아니라 바로 여기에 그의 모습이 있으므로, 우리는 안개가 있든 없든 세바스티앙주의*의 중요성과 경로를 다시 생각해보아야 할 것이다. 우리가 기다리던 그분은 기차를 타고 올 것이 확실한

---

* 1578년 알카세르 키비르 전투에서 사라진 세바스티앙 왕이 돌아와 포르투갈을 구해줄 것이라는 믿음.

데, 기차는 지연될 수 있다. 호시우 광장에는 아직 여러 무리의 사람들이 남아 있으나, 들뜬 분위기는 사라졌고, 사람들도 점점 자리를 뜨고 있다. 다음에 무슨 일이 일어날지 알기 때문이다. 건물 위층에서 쓰레기가 쏟아져 내려온다. 이것이 관습이다. 이곳의 건물들은 대부분 사무용이라서 사는 사람이 별로 없기 때문에 쓰레기가 눈에 띄게 많지는 않다. 저기 오루 거리까지 모두 쓰레기가 바닥에 흩어져 있다. 창문에서는 사람들이 아직도 누더기, 빈 상자, 깡통, 남은 음식, 신문지로 싼 생선 가시 등을 아래로 던지고, 그 물건들이 바닥에 흩어진다. 벌겋게 달아오른 깜부기불로 가득한 요강이 사방으로 불꽃을 튀기며 터지자 행인들은 발코니 밑으로 몸을 피해 벽에 딱 붙어 서서 위쪽 창문을 향해 고함을 지른다. 그러나 모두들 이를 대수롭게 여기지 않는다. 널리 시행되는 관습인 만큼, 사람들은 각자 최선을 다해 자신을 보호해야 한다. 축하를 위해 무엇이든 생각나는 대로 재미있는 일을 실행할 수 있는 밤이기 때문이다. 모든 쓰레기, 더 이상 사용하지도 않고 남한테 팔 수도 없는 물건들을 이때를 위해 보관해두었다가 밖으로 던진다. 새해 일 년 동안 모든 일이 잘되게 해주는 부적이다. 적어도 집에 빈 공간이 조금 마련되었으니, 어쩌면 우리를 찾아올지도 모르는 행운을 받아들일 수 있을 것이다. 그러니 행운이 우리를 잊어버리지 않기를 희망하자. 위층에서 누군가가 소리쳤다. 조심해요, 던집니다. 미리 경고를 해주다니 사려 깊은 사람들이었다. 커다란 꾸러미가 곡선을 그리며 떨어지다가 하마터면 전차용 전선을 건드릴 뻔했다. 저렇게 부주의할 수가. 자칫하면 큰 사고가 일어날 수도 있었다. 떨어진 물건은 양복점에서 쓰는 마네킹이었다. 삼발이 위에 놓아두고 남자의 재킷이나 여자의 원피스를 만들 때 쓸 수 있는 것. 검은 패딩이 찢어져 벌어져 있고, 벌레 먹은 자국도 있었다. 떨어지는 충격에 찌그러진 채 누워 있는 그것은 머리도 없고 다리도 없어서 이제 사람의 몸과 닮은 구석이 없었다. 지나가던 젊은이가 한 발로 그것을 배수구에 밀어 넣었다. 내일 쓰레기차가 와서 모두 치워갈 것이다. 음식 쓰레기와 채소 껍질, 더러운 누더기, 쓸 만한 금속을 주워가는 사람에게도 땜장이에게도 소용이 없는 냄비, 바닥이 빠진 구이 팬, 깨진 액자, 넝마가 다 된 펠트 조화(造花). 곧 부랑자들이 이 쓰레기를 뒤져서 쓸 만한 물건을 찾아낼 것이다. 누군가에게는 가치를 잃은 물건이 다른 누군가에게는 유용할 수 있다.

히카르두 헤이스는 호텔로 돌아온다. 도시 여러 곳에서 사람들은 불꽃놀이, 스파클링와인, 진짜 샴페인 등으로 계속 축제를 즐기고 있다. 신문들이 결코 잊어버리지 않고 항상 하는 말처럼, 광란의 밤이다. 헤픈 여자든 그리 헤프지 않은 여자든 모두 어울릴 수 있다. 솔직하고 개방적인 사람도 있고, 구애 과정에서 몇 가지 정해진 규칙을 지키는 사람도 있다. 하지만 이 남자는 모험을 즐기는 편이 아니라서 굉장한 이야기들을 남의 입을 통해 들었을 뿐이다. 그가 해본 경험이라고 해봤자, 한쪽 문으로 걸어 들어가서 반대쪽 문으로 나온 것에 불과하다. 축제 분위기에 젖어 지나가던 사람들이 제멋대로 고함을 질러댄다. 새해 복 많이 받으세요, 아저씨. 그는 여기에 한 손을 들어 올려 화답한다. 굳이 말할 필요가 뭐 있어, 나보다 훨씬 어린 녀석들인데. 그는 길바닥의 쓰레기를 짓밟고 걸으면서도 상자는 피한다. 깨진 유리 조각이 그의 발밑에서 파삭 하는 소리를 낸다. 젊은이들이 양복점 마네킹과 함께 늙은 부모까지 던져버렸을지도 모르지만, 그래봤자 달라질 것은 별로 없다. 어느 정도 나이를 먹으면 머리가 몸을 다스리지 못하게 되고, 다리는 제가 어디로 가는지 모르기 때문이다. 결국 우리는 아이와 비슷해진다. 고아가 된 아이. 이미 세상을 떠난 어머니에게로, 맨 처음 시작점으로, 그 시작점 이전의 무(無)로 돌아갈 수 없기 때문이다. 우리가 무의 영역으로 들어가는 것은 죽음 이후가 아니라 그 전이다. 우리는 무에서 나왔고, 죽으면 의식은 없으나 여전히 존재하는 상태로 흩어질 것이기 때문이다. 우리는 모두 한때 아버지와 어머니가 있었으나, 행운과 필요의 자식들이다. 이게 무슨 뜻인지는 모르겠지만, 히카르두 헤이스의 생각이니 그에게 설명하라고 하자.

이미 열두시 삼십분이 넘었는데도 피멘타는 아직 잠자리에 들지 않고 있다가 아래층으로 내려와 문을 열어주고는 깜짝 놀란 표정을 지었다. 정말로 일찍 돌아오셨네요, 축하 분위기에 별로 동참하시지 않았나 봅니다. 피곤하고, 졸려서요, 알다시피, 새해맞이가 옛날과 다르기도 하고. 맞는 말씀입니다, 브라질의 축제는 훨씬 더 활기가 넘치죠. 두 사람은 위층

113

으로 올라가면서 정중하게 이런 대화를 나눴다. 층계참에서
히카르두 헤이스는 피멘타에게 밤 인사를 했다. 내일 봅시다.
그러고는 계단을 계속 올라갔다. 피멘타도 안녕히 주무시라
고 화답한 뒤, 층계참의 불과 다른 층의 불을 모두 차례로 끈
다음 마침내 잠자리에 들었다. 아무런 방해도 없이 푹 잘 수
있을 것이라는 확신을 안고서. 이런 시각에 손님이 올 가능
성은 희박했다. 복도에서 히카르두 헤이스가 걷는 소리가 들
렸다. 호텔 내부는 몹시 조용하고, 방에서 새어 나오는 불빛
도 전혀 없다. 손님들이 모두 자고 있거나 아니면 방이 비어
있을 것이다. 복도 끝에서 이백일이라는 숫자판이 희미하게
반짝인다. 히카르두 헤이스는 문 아래에서 빛이 한 줄기 새
어 나오는 것을 알아차린다. 나갈 때 불을 끄는 것을 깜박 잊
어버렸음이 분명하다, 뭐, 가끔 있는 일이다. 그는 열쇠로 문
을 열었다. 소파에 어떤 남자가 앉아 있었다. 아주 오랜만에
보는 사람인데도 그는 그 남자를 곧장 알아보았다. 페르난두
페소아가 그곳에 앉아 자신을 기다리고 있는 것이 이상하다
는 생각도 들지 않았다. 그는 안녕하냐고 인사를 건네면서도
답변은 기대하지 않았다. 터무니없는 일이 항상 논리를 따르
지는 않으니까. 그러나 페소아에게서 답변이 돌아왔다. 안녕
하신가. 그가 한 손을 내밀었고, 두 사람은 서로를 끌어안았
다. 그래, 그동안 어떻게 지냈나. 두 사람 중 한 명이 물었다.
아니, 둘 다일 수도 있다. 중요한 문제는 아니다. 그만큼 의미
가 없는 질문이다. 히카르두 헤이스는 레인코트를 벗고, 모자

를 내려놓고, 우산을 욕실 바닥에 조심스레 세워놓으면서 축축한 비단 천을 꼼꼼히 확인했다. 호텔까지 걸어오는 동안에는 비가 내리지 않았기 때문에 비단 우산은 그리 심하게 젖어 있지 않았다. 그는 의자를 하나 끌어와서 손님 앞에 앉았다. 페르난두 페소아는 편안한 옷차림을 하고 있었다. 포르투갈에서 편안한 옷차림이라면 외투도, 레인코트도, 그 밖에 궂은 날씨를 막아줄 어떤 옷도 입지 않았음을 뜻했다. 심지어 모자도 쓰지 않은 그가 입은 것이라고는 더블 재킷, 조끼, 바지로 구성된 검은 양복, 하얀 셔츠와 검은 넥타이, 검은 구두와 양말뿐이었다. 장례식에 참석한 사람이나 장의사 같았다. 두 사람은 애정 어린 눈으로 서로를 바라본다. 오랫동안 떨어져 있다가 다시 만나서 기뻐하는 기색이 역력하다. 먼저 입을 연 사람은 페르난두 페소아다. 날 만나러 왔던 것 같은데 내가 자리에 없었지, 하지만 내가 돌아왔을 때 이야기를 들었네. 히카르두 헤이스는 이렇게 대답했다. 반드시 자네가 거기 있을 줄 알았어, 자네가 그 장소를 떠날 수 있을 거라고는 상상도 못 했네. 페르난두 페소아가 말했다. 한동안은 그럴 수 있어, 약 여덟 달 동안 내 마음대로 여기저기 돌아다닐 수 있다네. 왜 여덟 달인가. 히카르두 헤이스가 물었다. 페르난두 페소아는 설명했다. 보통은 아홉 달이야, 우리가 어머니 배 속에서 보내는 기간과 같지, 아마 균형의 문제인 듯하네, 우리가 태어나기 전에는 아무도 우리를 보지 못하지만 다들 매일 우리를 생각해, 우리가 죽은 다음에는 더 이상 우리를 볼 수 없게 된 사람들이 매일 조금씩 계속 우리를 잊어가고, 예외적인 경우가 아니라면 완전히 망각에 묻히는 데 아홉 달이 걸린다네, 이젠 자네가 말해보게, 어떻게 포르투갈에 오게 된 건가. 히카르두 헤이스는 안주머니에서 지갑을 꺼내, 그 안에서 접힌 종이를 빼내서 페르난두 페소아에게 내밀었다. 그러나 페르난두 페소아는 거부의 몸짓을 했다. 난 이제 글을 읽을 수 없네, 자네가 읽어주게. 히카르두 헤이스는 그의 말에 따랐다. 페르난두 페소아가 죽었다 마침표 나는 글래스고로 떠난다 마침표 알바루 드 캄푸스, 이 전보를 받고 돌아오기로 결심했지, 거의 무슨 의무 같았네. 그 전보의 어조가 매우 흥미롭군, 틀림없이 알바루 드 캄푸스야, 몇 줄 안 되는 그 짧은 글에서도 악의적인 만족감은 물론 심지어 즐거움까지 느껴지는군, 알바루가 그런 친구지. 다른 이유도 하나 있었네, 내 개인적인 욕심과 관련된 이유인데, 십일월에 브라질에서 혁명이 일어났어, 죽은 사람도 많고 체포된 사람도 많았네, 난 상황이 더 나빠지면 어쩌나 싶어서 두려워하면서도 떠날지 말지 마음을 정하지 못했는데, 이 전보를 받고 마음을 정했네. 헤이스, 자네는 혁명에서 도망칠 운명인가 보군, 일천구백십구년에 자네가 브라질로 간 것도 실패한 혁명 때문이었잖나, 그런데 이번에는 역시나 실패했을 가능성이 높은 또 다른 혁명 때문에 브라질에서 도망쳤어. 엄밀히 말하자면, 난 브라질에서 도망친 것이 아닐세, 자네가 죽지 않았다면 아직 거기 있었을지도 몰라. 내가 죽기 며칠 전에 그 혁명 소식을 어디선가 읽은 기억이 나네, 볼셰비키들이 선동했다지. 맞네, 볼셰비키의 소행이야, 많은 장교들과 일부 병사들, 목숨을 잃거나 체포되고, 이틀인가 사흘도 안 돼서 모든 게 수포로 돌아갔지. 사람들이 겁을 먹었나. 겁을 먹고말고. 여기 포르투갈에서도 여러 번 혁명이 일어났었네. 알아, 브라질에서도 소식을 들었네. 자네는 아직도 군주제를 신봉하나. 그래. 왕이 없으면. 굳이 왕이 필요하다고 외쳐야만 군주제 지지자인 건 아닐세. 그게 자네 생각인가. 그래. 훌륭한 모순이로군. 이보다 심한 모순도 있는걸. 자신이 이성으로 옹호할 수 없는 것을 욕망으로 옹호하는 거로군. 바로 그거야, 내가 아직 자네를 이렇게 기억하고 있다네. 그렇겠지.

페르난두 페소아는 소파에서 일어나 조금 서성거리다가 침실 거울 앞에서 잠시 걸음을 멈췄다. 그리고 응접실로 다시 돌아왔다. 거울을 봐도 내 얼굴이 보이지 않으니 기분이 이상하군. 자네 얼굴이 안 보인다고. 그래, 분명히 거울을 보고 있는데도 거울에는 아무것도 비치지 않네. 하지만 그림자는 있잖나. 내가 가진 게 이것뿐이야. 그는 다시 소파에 앉아 다리를 꼬았다. 포르투갈에 아주 정착할 건가, 아니면 브라질로 돌아갈 건가. 아직 마음을 정하지 못했네, 꼭 필요한 물건들만 가져왔어, 어쩌면 여기 남아서 병원을 열고 손님들을 확보할지도 모르지, 아니면 리우로 돌아갈 수도 있고, 잘 모르겠네, 지금은 여기 있지만, 생각할수록 내가 돌아온 건 오로지 자네가 죽었기 때문이라는 생각이 들어, 자네가 남기고 떠난 빈틈을 오로지 나만이 메울 수 있다고 생각하기라도 하는 것처럼. 살아 있는 사람이 죽은 사람을 대신할 길은 없네. 세상에는 진정 살아 있는 사람도 진정 죽은 사람도 없어. 훌륭한 말이군, 자네의 시에 쓰면 딱 알맞겠어. 두 사람은 함께 빙긋 웃었다. 히카르두 헤이스가 물었다. 그런데 내가 이 호텔에 묵는 걸 어떻게 알았나. 페르난두 페소아가 대답했다. 사람이 죽으면 말이야, 모든 걸 알게 되지, 그게 좋은 점 중 하나야. 그럼 내 방에는 어떻게 들어왔지. 다른 사람들이 들어올 때처럼 들어왔지. 허공을 날아온 게 아닌가, 벽을 통과해서 온 게 아니야. 그게 무슨 말도 안 되는 소리야, 이 친구야, 그런 건 귀신 이야기에나 나오는 일이지, 난 프라제르스에 있는 묘지에서 왔어, 다른 평범한 사람들처럼 계단을 걸어 올라와서 저 문을 열고 이 의자에 앉아 자네가 오기를 기다렸네. 낯선 사람이 걸어 들어오는 걸 보고 아무도 놀라지 않나. 그것도 죽은 사람이 누리는 특권 중 하나지, 우리가 원하지 않는 한 아무도 우리를 못 보거든. 하지만 내 눈에는 자네가 보이는데. 그거야 자네가 내 모습을 보기를 내가 원하기 때문이지, 게다가, 생각해보게, 자네가 누군가. 이 질문은 대답을 기대하지 않는 수사적인 질문이 분명했다. 히카르두 헤이스도 아무 말 하지 않았다. 아예 이 질문을 듣지도 못했다. 칙칙한 침묵이 길게 늘어졌다. 층계참의 시계가 두시를 치는 소리가 들리는 것이 마치 다른 세계의 소리 같았다. 페소아가 일어섰다. 난 이만 돌아가야겠네. 벌써. 내 시간은 나만의 것이니 언제든 마음이 내킬 때마다 자유로이 오갈 수 있네. 우리 할머니가 거기 계신 것은 사실이지만 이제는 내게 뭐라고 하시지 않아. 조금만 더 있다가 가게. 아니, 시간이 늦었으니 자네도 좀 쉬어야지. 언제 다시 만날 수 있나. 내가 다시 오기를 바라나. 물론이지, 대화를 나누며 우정을 새로이 다질 수도 있잖아. 십육 년 만이라 내가 여기서 이방인이 된 것 같은 기분이라는 점을 잊지 말게. 우리가 같이 있을 수 있는 기간이 여덟 달밖에 안 된다는 걸 명심해. 그 뒤에는 내 시간이 다할 걸세. 여덟 달이라, 처음에는 영원처럼 길어 보이지. 언제든 기회가 닿는 대로 자네를 만나러 오겠네. 날짜와 시간과 장소를 정하면 안 되겠나. 그건 불가능해. 알겠네, 곧 다시 보세, 페르난두, 자네를 다시 만나서 반가웠어. 나도 마찬가지야, 히카르두. 자네한테 새해 복 많이 받으라고 빌어줘야 하나. 빌어주게, 빌어줘, 그런다고 내게 해로울 건 없으니, 자네도 잘 알다시피 그냥 말이잖나. 새해 복 많이 받게, 페르난두. 새해 복 많이 받게, 히카르두.

페르난두 페소아는 문을 열고 복도로 나갔다. 그의 발소리가 들리지 않았다. 이 분 뒤, 그러니까 저 가파른 계단을 내려가는 데 걸리는 시간이 흐른 뒤 버저가 짧게 울리더니 호텔 정문이 쾅 소리를 냈다. 히카르두 헤이스는 창가로 갔다. 페르난두 페소아는 벌써 알레크링 거리를 따라 사라져가고 있었다. 전차 궤도가 여전히 평행으로 뻗어 반짝였다.

그들이 그것을 믿기 때문인지, 아니면 그들이 암시와 힌트에 반응하지 못하는 것을 보고 누군가가 엄하게 처리하기로 했기 때문인지, 하여튼 신문들이 위대한 예언이라도 되는 것처럼 알려준 바에 따르면, 강대한 나라들의 폐허 위에서 우리의 나라 포르투갈이 자신의 놀라운 힘과 그 위정자들의 신중함과 지성을 보여줄 것이라고 한다. 그 나라들은 무너질 것이고, 그 소리가 사방에 울려 퍼질 것이다. 지금 우월한 위치를 자랑스레 뽐내는 나라들은 크게 잘못 알고 있다. 그날이 빠르게 다가오고 있기 때문이다. 많은 나라들 중 이 나라의 연감에 가장 행복한 날로 기록될 날, 다른 나라의 지도자들이 이 루시타니아의 땅으로 와서 조언과 조력과 지혜와 자비와 램프를 켤 기름을 구할 것이다. 우리 포르투갈의 위대한 정치가들에게서. 이 통치자들은 누구인가. 이미 구성되고 있는 다음 내각이 그들의 시작이다. 최고 지휘권을 쥔 사람은 올리베이라 살라자르, 총리이자 재무장관인 그 사람이며, 그다음에 예의 바르게 어느 정도 거리를 두고 떨어져 있는 사람들을 신문이 사진을 게재하는 순서에 따라 꼽는다면 외무부의 몬테이루, 상무부의 페레이라, 식민지부의 마샤두, 공공사업부의 아브란셰스, 해군부의 베텐코르트, 교육부의 파셰쿠, 법무부의 호드리그스, 전쟁부의 소자, 내무부의 소자가 있다. 전자는 파수스 드 소자이고 후자는 파에스 드 소자다. 이들의 이름을 적을 때는 성뿐만 아니라 이름까지 함께 적어야 청원서가 지체 없이 전달될 수 있다. 농업부의 두크도 잊으면 안 된다. 그의 의견이 없이는 유럽이든 어디서든 밀 한 알도 생산될 수 없기 때문이다. 나머지 자리를 메운 사람들로는 재무부의 엔트르 파렌테지스 룸브랄르스와 기업부의 안드라드가 있다. 새로 태어난 우리의 이 나라는 비록 아직 유아기에 머물러 있지만 기업과 같다. 그래서 차관(次官)으로 충분하다. 여기 신문들은 또한 공공질서 유지에 특별히 주의를 기울이는 모범적인 행정부의 풍부한 과실을 이 나라의 대부분 지역이 향유하고 있다고 말한다. 이런 말에서 자화자찬의 냄새가 난다면, 스위스 제네바에서 발행된 신문을 읽어보라. 이 신문은 프랑스어로 되어 있기 때문에 더욱 권위 있게 들리는 목소리로, 앞에서 언급한 포르투갈의 독재자를 장황하게 묘사하면서, 이렇게 현명한 지도자를 지닌 우리가 최고의 행운아라고 말한다. 이 기사를 쓴 사람의 말이 절대적으로 옳기 때문에 우리는 온 마음을 다해 그에게 감사한다. 하지만 반드시 명심해야 할 것은, 만약 파셰쿠가 지식을 너무 일찍 나눠주면 별로 쓸모가 없어지고, 고결한 충동을 억누르는 물질주의와 이단적 사상을 바탕으로 한 교육은 문맹의 어둠보다 훨씬 더 나쁘기 때문에 초등교육에는 딱 필요한 만큼 이상의 관심을 기울이면 안 된다고 내일 말한다 해도, 아니 그는 확실히 이렇게 말할 것이다, 어쨌든 그렇다 해도 그가 덜 현명해지지는 않는다는 점이다. 이러한 이유로 파셰쿠는 살라자르가 우리 세기의 가장 위대한 교육가라고 결론짓는다. 우리 세기가 아직 삼분의 일밖에 지나지 않았는데 그렇게 단언하는 것이 너무 대담한 짓이 아닌지 모르겠다.

이런 기사들이 모두 같은 신문의 같은 면에 실린 것은 아니다. 만약 그랬다면 이들이 모두 연결된 것처럼 보일 것이며, 상호 보완적으로 필연적인 의미를 지니게 되었을 것이다. 그러나 여기에 도미노처럼 나란히 배열된 이 기사들은 지난 몇 주 동안 보도된 것이다. 반쪽짜리 세트는 크기가 같은 것들과 함께 놓여 있고, 크기가 두 배인 것들은 엇갈리게 놓여 있다. 이 기사들에 나타난 것은 멀리서 본 시국이다. 히카르두 헤이스는 우유를 넣은 커피를 음미하고 브라간사 호텔의 맛있는 토스트를 먹으면서 조간신문을 읽는다. 토스트는 확실히 서로 모순적인 특징, 즉 기름지고 바삭한 맛을 지니고 있으며, 이미 오래전에 잊힌 시대의 즐거움을 안겨준다. 앞의 두 형용사를 한꺼번에 쓴 것이 혹시 부적절하게 느껴진다면, 바로 그것이 잊힌 시대의 것이기 때문이다. 히카르두 헤이스에게 아침 식사를 가져다준 메이드는 우리가 이미 아는 사람, 리디아이다. 그녀는 침대를 정리하고, 방을 청소하는 사람이기도 하다. 히카르두 헤이스와 이야기할 때 그녀는 그를 언제나 선생님이라고 부르는 반면, 그는 그녀를 간단히 리디아라고만 부른다. 그러나 배운 사람답게 그는 그녀에게 뭔가를 요구할 때 흔히들 사용하는 방식, 즉 이걸 해, 저걸 가져와, 라는 식으로는 결코 말하지 않는다. 이런 정중함에 익숙하지 않은 리디아는 우쭐한 기분이다. 손님들이 돈으로 모든권리를 살 수 있다고 믿고 그녀를 하인처럼 대하는 일이 흔하기 때문이다. 하지만 공정성을 위해 밝히자면, 리디아를 히카르두 헤이스와 똑같이 배려해주는 손님이 한 명 더 있다. 삼파이우 박사의 딸 세뇨리타 마르센다. 리디아는 틀림없이 서른 살쯤 된, 성숙하고 풍만한 여성이다. 검은 머리에 누가 봐도 포르투갈 사람다운 모습을 하고 있으며, 키는 크다기보다 작은 편이다. 지금까지 바닥을 닦고, 아침 식사를 가져다줬을 뿐인, 아니 이 손님이 미소를 지으며 서 있는 동안한 남자가 다른 남자의 등에 업힌 모습을 보면서 웃음을 터뜨린 적도 한 번 있는. 평범한 메이드의 신체적 특징을 언급하는 것에 조금이라도 의미가 있는지는 잘 모르겠지만. 이손님은 아주 친절한데도 슬퍼 보여서 행복하지 않은 것 같다. 그러나 구름 사이로 해가 뚫고 나왔을 때 이 어두운 방이 밝아지는 것처럼 그의 얼굴이 환해질 때가 있다. 햇빛이라기보다는 달빛, 빛의 그림자에 가깝다. 그 빛이 좋은 각도에서 리디아의 머리를 비췄기 때문에 히카르두 헤이스는 한쪽 콧구멍 옆에 있는 모반을 알아차렸다. 그녀에게 잘 어울린다는 생각이 들었으나, 나중에는 그것이 모반에 대한 생각이었는지 하얀 앞치마에 대한 생각이었는지 풀을 먹인 모자에 대한 생각이었는지 자수가 놓인 옷깃에 대한 생각이었는지 알 수 없었다. 그래요, 쟁반을 치워도 됩니다.

사흘이 흐르는 동안 페르난두 페소아는 다시 나타나지 않았다. 히카르두 헤이스는 뻔한 질문을 속으로 던지지 않았다. 혹시 그것이 꿈이었을까. 그는 서로를 끌어안을 수 있을 만큼 충분히 뼈와 살로 이루어진 페르난두 페소아가 새해 전날 밤 바로 이 방에 있었으며, 다시 오겠다고 약속했다는 사실을 분명히 알고 있었다. 그는 페르난두 페소아를 믿었으나, 그가 금방 나타나지 않자 점차 인내심이 얇아지고 있었다. 그의 삶이 기다림 때문에 그대로 중단되어 문제가 되고 있는 것 같았다. 그는 신문을 꼼꼼하게 샅샅이 살피며 어떤 징조, 가닥, 윤곽, 포르투갈의 이목구비를 찾아보았다. 단순히 이 나라의 이미지를 불러내기 위해서가 아니라, 자신의 초상에 새로운 실체를 입히고, 손을 얼굴로 들어 올려 자신을 인식하고, 양손을 포개서 단단히 잡기 위해서였다. 이것이 나고, 나는 여기에 있어. 신문 마지막 면에 커다란 광고가 있었다. 폭이 기사 두 단과 맞먹었다. 오른쪽 위 구석에는 '판화가 수도사'가 외알 안경을 쓰고 크라바트*를 맨 차림으로 묘사되어 있었다. 구식 스케치였다. 그 아래에는 신문 면의 바닥까지 다른 그림들이 폭포처럼 펼쳐져 그의 공방을 광고했다. 그의 공방이 다양한 물건을 제공하는 유일한 곳이라는 내용으로, 설명을 위해 쓸데없이 많은 그림 설명이 붙어 있었다. 그림은 말과 맞먹거나 그보다 더 훌륭한 매체지만, 오십이 년 전 뛰어난 판화가가 창업한 회사의 물건들이 얼마나 뛰어난 품질을 지니고 있는지는 그림으로 결코 보여줄 수 없음을 증명하는 듯했다. 이 회사의 창업자는 성격과 명성에 흠잡을 데가 없었으며, 유럽의 여러 수도에서 공부했고, 그의 자녀들 또한 그의 기술을 익혔다. 포르투갈에서 금메달을 세 번이나 딴 유일한 인물인 그는 공장에 전기로 돌아가는 기계 열여섯 대를 들여놓았다. 각각 가격이 육십 콘투**인 이 기계들은 거의 모든 일을 할 수 있다. 말하는 것만 빼고, 오, 주여. 여기에 온 세상이 그려져 있다. 우리는 트로이의 벌판이나 하늘과 땅을 모두 비추는 아킬레우스의 방패를 볼 수 있는 시대에 태어나지 않았으므로, 여기 리스본에 있는 이 포르투갈의 방패를 찬양하자. 이 나라에서 가장 최근에 등장한 놀라운 물건들, 즉 건물과 호텔과 방에 붙은 숫자판, 수납장, 우산

* 남성들이 넥타이처럼 목에 걸어 매는 사각형의 천.
** 1콘투는 1천 이스쿠두이다.

꽂이, 면도칼 숫돌, 일반 칼 숫돌, 가위, 황금 촉이 붙은 펜, 프레스 기계와 저울, 반짝거리는 황동 체인이 달린 유리판, 수표에 구멍을 뚫는 기계, 금속과 고무로 만든 인장, 에나멜을 입힌 글자, 옷에 라벨을 찍는 스탬프, 봉인용 밀랍, 은행과 기업과 카페에서 줄을 설 때 사용하는 둥근 번호판, 가축과 나무 상자에 낙인을 찍는 쇠, 펜나이프, 자동차와 자전거 번호판, 반지, 모든 종류의 메달, 밀크 바*와 카페와 카지노 종업원들이 쓰는 모자의 배지. 여기 레이타리아 알렌테자나가 아니라 레이타리아 니베아의 배지를 보라. 전자의 종업원들은 배지가 달린 모자를 쓰지 않기 때문이다. 사물함. 여러 기관과 재단의 출입문 위에 반짝이는 금속으로 붙어 있는 삼각형 상징. 납땜인두, 전기 등불, 칼날이 네 개인 칼과 다른 종류의 칼들, 상징, 구멍 뚫는 기계, 인화 틀, 비스킷 틀, 화장비누, 고무 밑창, 상상할 수 있는 온갖 목적을 위해 금과 금속으로 만든 도안과 문장(紋章), 라이터, 잉크 롤러, 지문 채취용 판과 잉크, 포르투갈과 다른 나라의 영사관에 붙이는 문장, 병원과 변호사 사무실을 알리는 명판, 탄생과 죽음이 기록되는 등기소와 산파와 공증인 사무소를 알리는 더 많은 명판, '출입 금지'라고 적힌 판, 비둘기용 고리와 자물쇠 등등등 그리고 또 등등등. 나머지 것들을 짧게 줄여서 여기서 이미 말한 것처럼 취급하기 위해 덧붙인 것이다. 광범위한 물건들을

---

* 우유, 샌드위치, 아이스크림 등을 파는 곳.

파는 공방은 이런 곳이 유일하다는 사실을 잊지 말자. 심지어 가족묘에 장식용으로 설치할 철세공 출입문도 주문할 수 있다. 하지만 이런 얘기는 이제 그만. 이것에 비하면, 대장장이 신 헤파이스토스의 재주 따위가 무엇인가. 그는 아킬레우스의 방패에 우주 전체를 돋을새김으로 새겨 넣었지만, 가늘게 떨리며 날아온 파리스의 화살에 맞은 이 빛나는 전사의 발꿈치를 새겨 넣을 공간을 조금 남겨놓는 것을 깜박 잊어버렸다. 신들조차 죽음에 대해서는 잊어버린다. 하기야 그들은 불사의 몸이니 놀랄 일도 아니다. 아니면 이것은 헤파이스토스의 입장에서는 자비를 베푼 행동이었을 수 있다. 인간의 덧없는 눈을 가려준 구름 같은 것. 인간이 행복해지는 데에는, 어디서 언제 어떻게 벌어진 일인지 모르는 것만으로 충분하다. 그러나 이 판화가 수도사는 더욱 엄격한 신이라서 모든 것을 구체적으로 자세히 밝혀놓았다. 그의 광고는 미궁, 실타래, 거미줄이다. 히카르두 헤이스는 그 광고를 유심히 살피느라 우유를 섞은 커피가 식어가고 토스트에 바른 버터가 굳는 것을 그냥 내버려두었다. 고객님들께 알립니다, 저희 회사는 어디에도 지점을 두지 않았사오니, 저희 대리점이나 대리인을 자처하는 사람들을 주의하시기 바랍니다, 그들은 위조 상표와 가축용 위조 낙인으로 여러분을 속이려 하는 자들입니다. 쟁반을 가지러 온 리디아는 걱정스러운 표정을 지었다. 전혀 드시지 않았네요, 선생님, 음식이 입맛에 맞지 않으셨나요. 그는 그렇지 않다고 말했다. 신문을 읽는 데 정신이 팔렸을 뿐이라고. 토스트를 새로 주문하고 커피도 다시 데워 올까요. 그러지 않아도 돼요, 괜찮으니까. 게다가 그는 별로 배가 고프지 않았다. 그는 이 말을 하면서 일어나 안심하라는 듯 리디아의 팔에 한 손을 얹었다. 옷소매의 비단 같은 감촉과 피부의 따뜻한 온기가 느껴졌다. 리디아는 눈을 내리깔고 옆으로 움직였지만, 그의 손이 그녀를 따라갔기 때문에 두 사람은 몇 초 동안 같은 자세를 유지했다. 마침내 히카르두 헤이스가 팔을 물리자 리디아가 쟁반을 챙겨 들었다. 이 이백일호가, 아니 좀 더 정확히 말해서 이 메이드의 심장이 진앙이 된 것처럼 쟁반 위의 사기그릇들이 흔들렸다. 지금 방을 나선 뒤 그녀는 금방 마음을 가라앉히지 못하고 식료품실에 들어가 쟁반을 내려놓을 것이다. 그리고 이렇게 직급이 낮은 일을 하는 사람에게서는 보기 힘든 섬세한 움직임으로, 그의 손이 닿았던 곳에 자신의 손을 놓을 것이다. 선입견의 인도를 따르는 사람들이라면 틀림없이 이렇게 생각할 것이다. 어쩌면 히카르두 헤이스조차도. 지금 이 순간 그는 멍청하게 약점에 굴복해버린 자신을 호되게 꾸짖고 있다. 그런 황당한 일을 저지르다니, 그것도 메이드에게. 사기그릇이 가득 담긴 쟁반을 그가 직접 들지 않아도 되는 것이 다행이다. 그걸 들었다면 그는 호텔 손님의 손도 떨릴 수 있다는 사실을 알게 되었을 것이다. 미궁이 이와 비슷하다. 거리, 교차로, 막다른 골목. 거기서 벗어나는 가장 확실한 방법은 언제나 같은 쪽으로 방향을 꺾는 것이라고 주장하는 사람들이 있지만, 우리가 잘 알다시피, 그 방법은 인간의 본성에 어긋난다.

히카르두 헤이스는 이 거리, 알레크링 거리에서 출발해 다른 거리로 넘어가서 올라갔다가 내려갔다가, 왼쪽으로 꺾었다가 오른쪽으로 꺾었다가 하면서 페하지알, 헤몰라르스, 아르세날, 빈트 에 쿠아트루 드 줄류 거리를 지나간다. 이 거리들은 그 실타래, 그 거미줄, 보아비스타, 크루시피슈*가 처음으로 풀리는 지점이다. 얼마 뒤 그의 다리가 피곤해진다. 사람이 영원히 돌아다닐 수는 없는 법이다. 한 발 앞을 탐색할 수 있는 지팡이나 냄새로 위험을 알아차릴 수 있는 개가 눈먼 사람에게만 필요한 것은 아니다. 두 눈이 멀쩡한 사람에게도 지침이 되어주는 빛이 필요하다. 그가 신봉하는 빛 또는 신봉하고 싶어 하는 빛. 더 나은 것이 없는 상태에서는 의심이 고개를 든다. 이제 히카르두 헤이스는 세상의 화려한 사건들을 지켜보고 있다. 자라면서 받은 교육과 타고난 기질이 모두 냉담하고 무심한 그의 태도를 지혜라고 부를 수 있다면 그는 현자다. 그러나 별것 아닌 구름이 하나 지나갔다는 이유로 그 지혜가 흔들린다. 그리스인들과 로마인들이 스스로 나무 그늘에서도, 분수 옆에서도, 나무가 빽빽하고 소리가 울리는 깊은 숲에서도, 해안에서도, 파도 위에서도, 심지어 사랑하는 상대, 그녀가 인간 여성이든 여신이든, 하여튼 그녀의 동의를 받아 누운 침대에서도 언제 어디서나 신들의 시선

* 포르투갈어로 '십자가에 못 박힌 그리스도상'을 뜻한다.

을 받으며 신들 사이에서 움직이고 있다고 믿은 것을 쉽게 이해할 수 있다. 히카르두 헤이스에게 필요한 것은 안내견, 지팡이, 앞을 인도하는 빛이다. 이 세계는, 그리고 리스본도 역시, 동서남북이 하나로 뒤섞인 어두운 안갯속이기 때문이다. 유일하게 열린 길은 내리막길뿐이다. 조심하지 않으면 저 바닥으로 곧장 떨어질 것이다. 다리도 머리도 없는 양복점 마네킹처럼. 히카르두 헤이스가 리우데자네이루에서 돌아온 것이 비겁함 때문이었다고, 아니 말을 좀 더 좋게 바꿔서 두려움 때문이었다고 보는 것은 옳지 않다. 페르난두 페소아가 죽었기 때문에 돌아온 것도 아니다. 페르난두든 알베르투든 한번 공간과 시간에서 제거된 것을 다시 되돌려놓을 수는 없기 때문이다. 우리 각자는 다른 것으로 대체될 수 없는 유일한 존재인데, 이것이야말로 무엇보다 진부한 일이다. 또한 어쩌면 전적으로 진실이 아닐 수도 있다. 지금 바로 이 순간 리베르다드 대로를 걷고 있는 내 앞에 설사 페르난두 페소아가 나타난다 해도, 그는 더 이상 페르난두 페소아가 아니다. 단지 그가 죽었기 때문만은 아니다. 결정적이고 중요한 이유는 그가 과거의 자신과 자신의 성취, 자신의 경험과 글에 더 이상 아무것도 더할 수 없다는 점이다. 그는 이제 심지어 글을 읽을 수도 없다, 가엾게도. 달걀형 테두리로 감싼 이 시인의 얼굴과 함께 잡지에 실린 이 기사를 읽어주는 것은 히카르두 헤이스에게 달린 일이다. 며칠 전 죽음은 우리에게서 페르난두 페소아, 짧은 생애 동안 대중에게 사실상 외면당한 이 훌륭한 시인을 빼앗아갔다. 그가 자기 작품의 가치를 알았기 때문에 빼앗기지 않으려고 수전노처럼 숨겨두었다고 말할 수도 있을 것이다. 과거의 다른 위대한 천재들이 그랬던 것처럼, 언젠가 그의 눈부신 천재성 또한 제대로 인정받을 테니, 점점점. 나쁜 자식. 기자들의 가장 나쁜 점은 금방 무엇이든 손쉽게 받아들이는 다른 사람들의 머릿속에 지금 이것과 같은 생각, 즉 페르난두 페소아가 남들이 훔쳐갈까 두려워서 자신의 시를 숨겨두었다는 생각을 집어넣을 권한을 갖고 있다고 믿는다는 것이다. 어떻게 이런 쓰레기를 기사랍시고 내놓을 수가 있는지. 히카르두 헤이스는 우산 끝으로 길바닥을 짜증스레 두드렸다. 우산을 지팡이로 사용할 수도 있지만, 그것은 비가 내리지 않을 때의 일이다. 사람은 똑바로 뻗은 길만 따라가더라도 길을 잃을 수 있다. 그는 호시우 광장에 들어섰다. 여기가 선택지가 네 개나 여덟 개쯤 되는 교차로라고 해도 될 것이다. 이 각각의 선택지를 모두 거슬러 올라가보면, 모두 알다시피, 무한 속의 똑같은 지점에 닿을 것이다. 그러므로 이 선택지 중 하나를 택해봤자 얻을 것이 별로 없다. 때가 되면 우리는 이 문제를 운에 맡길 것이다. 운은 선택하지 않고 단순히 밀어붙일 뿐이며, 그러다가 우리가 전혀 알지 못하는 힘에 의해 밀어붙여지기도 한다. 설사 우리가 안다 해도, 무엇을 알 것인가. 십중팔구 모든 장비를 갖춘 판화가 수도사의 공방에서 제작되었을 이 문패들에 의존하는 편이 훨씬 더 낫다. 여기에는 의사, 변호사, 공증인, 우리가 어려

131

울 때 의지하는 사람, 나침반으로 길을 찾는 법을 배운 사람의 이름이 적혀 있다. 그들의 나침반이 우연히 일치하지는 않을지 몰라도, 이것은 별로 중요하지 않다. 여러 방향이 존재한다는 사실을 이 도시가 아는 것만으로 충분하다. 우리가 반드시 떠나야 할 필요는 없다. 여기서 거리들이 갈라지는 것도 아니고, 서로 합쳐지는 것도 아니기 때문이다. 그보다는 서로 의미가 바뀐다고 해야 할 것이다. 북쪽은 남쪽이 되고, 남쪽은 북쪽이 된다. 해는 동쪽과 서쪽 사이에 멈춰 있고, 도시는 지진에 시달리는 화상 흉터다. 마르지 않는 눈물이다. 그것을 닦아줄 손가락이 없기 때문이다. 병원을 열고, 하얀 가운을 입고, 환자를 받아야겠어, 설사 오로지 환자들에게 죽음을 허락하기 위해서라고 해도. 히카르두 헤이스는 속으로 생각한다. 하다못해 환자들이 살아 있는 동안에는 내 말동무가 되어주겠지, 병든 의사에게 병든 의사 행세를 하는 것이 그들이 마지막으로 베푸는 선행이 될 거야. 모든 의사가 이런 생각을 한다고 말하려는 것은 아니다. 그러나 지금 이 의사는 확실하다. 그 나름의 이유가 있지만, 아직 우리는 그 이유를 거의 보지 못했다. 어떤 병원을 어디에 누구를 위해 열까. 이런 질문에 반드시 답이 필요하다고 생각한다면, 틀렸다. 우리는 대답 대신 행동을 한다. 질문도 행동으로 던진다.

히카르두 헤이스가 사파테이루스 거리를 내려가려는데, 산타주스타 거리 모퉁이에 페르난두 페소아가 서 있는 것이 보인다. 페르난두 페소아는 그동안 계속 기다렸던 것 같은 기색인데도 초조하거나 짜증스러운 내색을 하지 않는다. 그는 지난번과 똑같은 검은 정장을 입었고, 머리에는 모자가 없다. 그리고 히카르두 헤이스가 지난번에 알아차리지 못한 사실이 하나 있는데, 그의 얼굴에 안경이 없다. 히카르두 헤이스는 이유를 알 것 같다고 생각한다. 안경을 씌운 채 사람을 땅에 묻는 것은 어리석을 뿐만 아니라 몹시 취향이 나쁜 일일 것이다. 하지만 사실은 그가 죽어갈 때 사람들이 그에게 안경을 건네주지 못했기 때문에 안경이 없는 것이다. 내 안경을 줘. 그는 그때 이렇게 요구했으나, 여전히 앞이 잘 보이지 않는 상태로 누워 있었다. 우리가 항상 죽어가는 사람의 마지막 소원을 즉시 들어주는 것은 아니기 때문이다. 페르난두 페소아가 빙긋 웃으며 오후 인사를 건네자, 히카르두 헤이스도 화답한다. 그리고 두 사람은 테헤이루 두 파수 쪽으로 함께 걷는다. 조금 더 걸었을 때 비가 다시 내리기 시작한다. 우산 하나가 두 사람을 모두 가려준다. 페르난두 페소아는 비에 젖을까 염려할 필요가 없는데도, 아직 살아 있을 때의 삶을 모두 잊어버리지 않았는지 몸을 옹송그린다. 아니면 다른 사람과 이렇게 가까이 붙어서 한 지붕 아래에 있다는 생각이 위안이 되었기 때문일 수도 있다. 여기 아래로 들어오게, 공간이 충분해. 이런 말을 거절하며, 그럴 필요 없네, 비가 내려도 나는 상관없어, 라고 대답할 사람은 없을 것이다. 히카르두 헤이스가 궁금한 것을 묻는다. 만약 누가 지금 우리를 보고 있다면, 그 사람 눈에 자네와 나, 둘 중 누가 보일까. 자네가 보이겠지, 아니면 자네도 나도 아닌 그림자 같은 형체가 보일 수도 있고. 우리 둘을 합해서 이로 나눈 것이겠군. 아니, 그보다는 우리 둘을 곱한 결과라고 하고 싶네. 이런 산수가 존재하는가. 이가 뭔지는 몰라도, 하여튼 그들을 더할 수는 없고 곱해야 해. 성경에는 생육하며 번성하라고 되어 있지. 그건 단순히 생물학적인 의미의 번성이 아닐세, 친구, 나를 보게, 난 자녀를 남기지 않았어. 나 역시 자식을 전혀 남기지 않을 것이라고 거의 확신하고 있네만, 그래도 우린 다수이지 않나, 나는 헤아릴 수 없이 많은 사람들이 우리 안에 존재한다는 말을 시에 썼네. 난 기억이 나지 않는걸. 그거야 내가 두 달쯤 전에 쓴 구절이니까 그렇지. 자, 보게, 우리 둘이 똑같은 말을 하고 있어. 그럼 우리가 다수가 되어 번성하는 게 의미 없는 일이었군. 우리가 다수가 되지 않았다면, 번성하는 것이 불가능했을 걸세. 두 사람이 사파테이루스 거리에서 콘세이상 거리까지 걷는 동안 사도 바울의 이론과 교차하는 이론들을 가지고 나눈 이 대화가 얼마나 귀한 것인지. 두 사람은 콘세이상 거리에서 왼쪽의 아우구스타 거리로 꺾어진 다음 다시 똑바로 걸어간다. 히카르두 헤이스가 걸음을 멈추며 제안했다. 마르티뉴 카페로 들어가세. 그러자 페르난두 페소아가 무뚝뚝하게 대답했다. 그건 현명하지 않아, 벽에도 귀가 있고 기억력 또한 좋으니, 누구도 우리를 알아볼 위험이 없는 다른 날 가기로 하세나, 시간이 해결해줄 거야. 히카르두 헤이스는 아케이드 아래에서 페르난두 페소아와 함께 머뭇거리다가 우산을 접고 난데없이 말했다. 여기 정착할까 생각하고 있네, 병원을 열까 해. 그럼 브라질로 돌아갈 생각이 없는 거로군, 이유는. 설명하기가 힘들어, 과연 설명이 가능한지도 잘 모르겠네, 불면증에 시달리던 환자가 베개를 어떻게 베면 잠을 조금 잘 수 있는지 마침내 깨달은 것과 같다고 해두세. 자네가 원하는 것이 잠이라면, 이 나라를 잘 찾아왔어. 내가 잠을 받아들인다면, 그건 꿈을 꾸기 위해서일세. 꿈을 꾸는 건 이곳에 부재하는 것, 이면에 가 있는 것이지. 하지만 인생에는 두 가지 면이 있어, 페소아, 적어도 두 가지일세, 그런데 우리가 삶의 이면에 도달할 수 있는 방법은 오로지 꿈뿐이지, 죽은 사람에게 이런 이야기를 하면, 그 사람은 직접 경험한 바에 따라 삶의 이면에는 죽음뿐이라고 말할 수 있을 테지. 글쎄, 난 죽음이 뭔지 모르겠네, 하지만 지금 우리가 삶의 이면에 대해 이야기하고 있는 게 맞는지 별로 확신이 안 들어, 내 생각에 죽음은 그냥 있는 것으로 스스로를 한정하거든. 죽음은, 그것은 존재하는 게 아니라, 그냥 있는 것이다. 그럼 그냥 있는 것과 존재하는 것이 서로 다른가. 그래, 친애하는 헤이스, 그냥 있는 것과 존재하는 것은 서로 다르네, 단순히 두 표현이 서로 다르기 때문이 아니야, 오히려 그 둘이 서로 다르기 때문에 우리가 두 표현을 사용하고 있다고 해야지. 두 사람이 아케이드에 서서 이렇게 논쟁하는 동안 광장에 내린 빗물이 자그마한 호수들을 이루더니, 점점 커져서 진흙탕 바다가 되었다. 이런 상황에서도 히카르두 헤이스는 파도가 부서지는 것을 보려고 멀리 부두까지 갈 생각이 없었다. 그가 이 말을 하려다가 전에 여기 와본 적이 있음을 떠올리고 주위를 둘러보자, 페르난두 페소아가 멀어져가는 것이 보였다. 그제야 그는 페르난두 페소아의 바지가 너무 짧아서 마치 죽마를 타고 걷는 것처럼 보인다는 사실을 알아차렸다. 그의 목소리가 마침내 들려왔다. 페르난두 페소아는 이미 상당히 멀어져 있는데도 가까이에서 들리는 소리였다. 이 대화는 나중에 계속하기로 하세, 지금은 가봐야겠어, 저쪽으로. 그는 빗속에서 손을 흔들었지만 잘 있으라거나 다시 오겠다는 말은 하지 않았다.

새해 처음부터 죽음이 일상이 되었다. 모든 시대가 쓸어갈 수 있을 만큼 쓸어간다는 것은 사실이다. 때로 전쟁이나 유행병이 있을 때는 훨씬 쉽게 쓸어가기도 하고, 그냥 한 명씩 차례로 꾸준히 쓸어가기도 한다. 그러나 국내에서든 해외에서든 유명한 사람들이 이렇게 짧은 시간 안에 이렇게나 많이 죽어가는 것은 정말로 이례적인 일이다. 페르난두 페소아 이야기를 하는 것이 아니다. 그가 이 세상을 떠난 지는 조금 되었으니까. 그가 가끔 돌아온다는 사실은 아무도 몰라야 한다. 지금 우리가 말하는 것은 창조주의를 만들어낸 레오나르두 코임브라, 『늑대의 로망스』를 쓴 발레-인클란, 「빅 퍼레이드」에 출연한 존 길버트, 「만약에」를 쓴 시인 러디어드 키플링, 그리고 마지막으로 후대에게 왕위를 확실히 물려줄 수 있는 유일한 군주인 영국의 조지 오세의 죽음이다. 비록 중요성이 이보다 훨씬 떨어지긴 해도, 다른 불행한 일들도 분명히 있었다. 예를 들어 가엾은 노인이 산사태에 묻혔다든가, 알렌테주 사람 스물세 명이 공수병에 걸린 고양이에게 공격을 받았다든가 하는 일들. 그들은 날개가 찢어진 갈까마귀 떼처럼 새까만 모습으로 육지에 발을 디뎠다. 노인, 여자, 아이들이 어디를 봐야 할지 몰라서 혼란스럽고 필사적인 눈으로 하늘을 바라보며 생애 처음으로 사진을 찍었다. 가엾은 사람들 같으니. 하지만 그것이 전부가 아니다. 의사 선생이 모르는 사실은, 지난 십일월에 그 지역의 주요 도시들에서 이천사백구십이 명이 죽었다는 것이다. 세뇨르 페르난두 페소아도 거기 포함된다. 많은 숫자도, 적은 숫자도 아니다. 그냥 일이 그렇게 됐을 뿐이다. 그러나 무엇보다 슬픈 것은 칠백삼십사 명이 다섯 살 이하의 아이들이었다는 점이다. 만약 주요 도시들에서 삼십 퍼센트가 죽어가는 상황이라면, 고양이조차 공수병에 걸린 작은 마을들의 상황은 어떨지 상상해보라. 그러나 이제 천국의 어린 천사들 대다수가 포르투갈 출신이라는 생각을 항상 자기 위안으로 삼을 수 있게 되었다. 게다가 말[言]은 때로 무엇보다 효과적이다. 새로운 정부가 구성되면 사람들은 훌륭한 총리에게 경의를 표하기 위해 무리를 지어 달려간다. 교사, 공무원, 삼군(三軍) 대표들, 전국연맹의 지도자와 회원, 노조, 길드, 농민, 판사, 경찰관, 공화국 수비대, 세리, 일반 국민 등 모두가 간다. 총리는 학교 교과서 속의 애국심을 청중의 귀에 맞게 변형시킨 짧은 연설로 그들 각자에게 감사의 뜻을 표한다. 그 자리에 참석한 사람들은 모두 사진에 잡힐 수 있게 자리를 잡는다. 뒷줄의 사람들은 목을 쭉 빼고, 발끝으로 서서 키 큰 앞사람의 어깨 너머로 카메라를 바라본다. 여기 이게 나야. 그들은 나중에 집으로 돌아가 사랑하는 아내에게 자랑스레 말할 것이다. 앞줄에 있는 사람들은 자부심으로 잔뜩 부풀어 있다. 공수병에 걸린 고양이에게 물리지 않았는데도 플래시 불빛에 화들짝 놀란 표정이 고양이에게 물린 사람들과 똑같이 멍청해 보인다. 혼란 속에서 일부 단어가 귀에 닿지 못하고 사라져버렸지만, 내무부 장관이 삶을 크게 바꿔놓은 전기 설비 설치를 시작하면서 몬테모르-오-벨류에서 했던 연설의 어조를 바탕으로 추론해볼 수는 있다. 몬테모르의 선도적인 시민들이 살라자르에게 충성하는 법을 잘 알고 있다고 리스본에 가서 전하겠습니다. 그가 이런 말을 하는 장면을 쉽게 그려볼 수 있다. 파에스 드 소자가 《트리뷘 데 나시옹》이 각하에게 별명을 지어주었다는 것과 페르낭 멘드스 핀투*의 땅에서 온 훌륭한 사람들이 모두 각하에게 충성한다는 말을 현명한 독재자에게 설명하는 모습. 이렇게 중세적인 정권하에서는 농민이나 노동자가 훌륭한 사람의 범주에서 제외될 때가 많다는 사실이 잘 알려져 있다. 그들은 재산을 상속받지 못했으므로 훌륭하지 않다. 어쩌면

* 1509~1583, 포르투갈의 무역선 선원으로, 동방에 다녀와 『편력기』라는 여행기를 썼다.

훌륭하지도 않고 사람도 아니라서, 사람을 물거나 물건을 쏠거나 떼 지어 다니는 곤충과 그리 다르지 않은 생물에 불과할 수도 있다. 의사 선생도 이 나라에 어떤 사람들이 살고 있는지 직접 볼 기회가 있었다. 여기가 제국의 수도라는 점을 명심하고, 일전에 《오 세쿨루》의 출입문 앞을 지나면서 자선품을 기다리는 군중을 보았을 때를 생각하라. 진짜 빈곤을 보고 싶다면 그런 지역이나 동네로 가서 무료 급식소를 직접 보면 된다. 겨울 동안 가난한 사람들을 돕기 위한 이 운동은, 포르투의 시의회 의장이 전보에 적은 말처럼, 훌륭한 일이다, 신이여, 그의 영혼을 축복하소서. 혹시 그들이 죽게 내버려두는 편이 더 나았을 것이라고 생각하지 않는가. 그랬다면 포르투갈에서 이토록 부끄러운 장면을 보는 일이 없었을 텐데. 거지들이 길가에 앉아 빵 껍질을 먹고 그릇 바닥을 박박 긁어대는 장면 말이다. 그들은 하다못해 전깃불을 누릴 자격도 없다. 접시에서 입까지 가는 길만 알면 되는데, 그 길은 어둠 속에서도 얼마든지 찾을 수 있기 때문이다.

몸속에도 깊은 어둠이 있지만 피는 심장에 이른다. 뇌는 시각이 없어도 볼 수 있고, 청각이 없어도 들을 수 있고, 손이 없어도 마음의 손을 뻗을 수 있다. 확실히 사람은 자기만의 미궁에 갇혀 있다. 그 뒤 이틀 동안 아침마다 히카르두 헤이스는 아래층 식당으로 내려가 아침 식사를 했다. 자기 손을 리디아의 팔에 올려놓는 아주 간단한 행동 하나가 불러올 수 있는 결과에 두려움과 경계심을 느끼고 있었다. 리디아가 불만을 제기했을까 봐 걱정이 되지는 않았다. 어차피 그가 한 행동은 간단한 몸짓이었을 뿐이니까. 그런데도 그 사건 이후 살바도르 지배인과 처음으로 이야기를 나눌 때 그는 조금 불안했다. 쓸데없는 불안감이었다. 살바도르보다 더 예의 바르고 상냥한 사람은 찾아보기 힘들 정도였다. 사흘째 되던 날, 히카르두 헤이스는 그동안 바보처럼 굴었다는 결론을 내리고, 아침 식사를 하러 내려가지 않기로 했다. 아침 식사를 깜박 잊어버린 척하면서 상대방이 장단을 맞춰주기를 기대했다. 하지만 그건 살바도르를 잘 몰라서 한 생각이었다. 마지막 순간에 노크 소리가 들리더니, 리디아가 쟁반을 들고 들어와 탁자 위에 놓고 이렇게 말했다. 안녕하세요, 선생님. 평소의 자연스러운 모습이었다. 거의 언제나 이런 식이다. 사람은 스스로를 괴롭히고 불안해하며 최악의 경우를 상상한다. 세상이 자신에게 완벽한 해명을 요구할 것이라고 철석같이 믿으면서. 그러나 사실 세상은 이미 앞으로 나아가 다른 일들을 생각하고 있다. 그러나 리디아가 쟁반을 가지러 그의 방으로 다시 올 때에도 여전히 이렇게 앞으로 나아간 세상의 일부인지는 확신할 수 없다. 그녀는 아직 확신할 수 없다는 듯이 분위기를 살피고 있는 것 같다. 리디아는 평소와 똑같은 동작을 되풀이한다. 쟁반을 들어 올리려고, 아니 이미 손으로 붙잡고 평형을 유지하며 반원형으로 들어 올려 문으로 향한다. 아이고, 어쩌지, 선생님이 말을 할까, 하지 않을까, 어쩌면 아무 말도 안 할 수도 있고 며칠 전처럼 내 팔에 손을 올릴지도 몰라, 만약 또 그런다면 난 어떻게 해야 하지, 손님이 그렇게 제멋대로 구는 게 처음도 아니고, 손님의 요구에 넘어간 적도 두 번이나 되는데, 왜냐고, 지금의 삶이 너무 슬프기 때문이야. 리디아. 히카르두 헤이스가 그녀의 이름을 불렀다. 리디아는 쟁반을 내려놓고 두려움으로 가득한 눈을 들어 선생님, 이라고 말하려고 했지만, 목소리가 목구멍에 걸려서 나오지 않았다. 히카르두 헤이스도 용기가 없어서 그녀의 이름만 되풀이했다. 리디아. 그러고는 거의 속삭이듯이 지독하게 진부하고 우스꽝스러운 유혹의 말을 중얼거렸다. 아주 예쁘네요. 그는 일 초 동안 그녀를 빤히 바라보며 서 있다가, 더 이상 견딜 수가 없어서 시선을 돌렸다. 차라리 죽는 편이 더 나을 것 같을 때가 있다. 호텔 메이드 앞에서 바보짓을 한 나도, 알바루 드 캄푸스 당신도, 우리 모두. 문이 천천히 닫혔다. 그리고 조금 뒤에야 멀어지는 리디아의 발소리가 들렸다.

히카르두 헤이스는 하루 종일 밖에서 시간을 보내며 자신의 수치스러운 행동을 곱씹었다. 그의 기를 꺾어놓은 것이 적이 아니라 그 자신의 두려움이기 때문에 더욱더 수치스러웠다. 그는 다음 날 호텔을 옮기거나 셋방을 얻거나 가장 빨리 떠나는 배를 타고 브라질로 돌아가야겠다고 결심했다. 그렇게 하찮은 일이 너무 극적인 결과를 낳은 것처럼 보일 수도 있겠지만, 사람은 누구나 그런 일이 정확히 어디를 얼마나 아프게 건드리는지 잘 알고 있다. 조롱은 심장을 태우고, 기억이 그 아픔을 계속 되살리기 때문에 상처를 치유할 길이 없다. 그는 호텔로 돌아와 저녁 식사를 한 뒤 다시 외출했다. 폴리테아마에서 영화 「십자군」을 보기 위해서였다. 그토록 강력한 믿음, 그토록 격렬한 전투, 그토록 대단한 성자와 영웅과 멋진 백마. 영화가 끝난 뒤 종교적 열기가 에우제니우두스 산투스 거리에 스며서 모든 관객의 머리 위에 후광이 생겨난 것 같았다. 그런데도 예술이 인류를 더 훌륭하게 만들 수 있다는 주장을 여전히 믿지 못하는 사람들이 있다. 그날 아침의 일은 이미 다 끝난 일이 되어, 그 중요성에 걸맞은 위치를 차지했다. 내가 그렇게까지 걱정하다니 멍청했어. 피멘타가 그를 위해 문을 열어주었다. 호텔 건물 안은 믿을 수 없을 만큼 평화로웠다. 직원들은 여기서 살고 있지 않음이 분명했다. 그는 자기 방에 들어서자마자 거의 본능적으로 침대를 보았다. 이불이 평소처럼 일정한 각도로 접혀 있지 않았지만, 침대보와 솜털 이불은 양옆으로 똑바로 내려와 있었다. 또한 베개가 한 개가 아니라 두 개였다. 이것이 무슨 의미인지 더 이상 확실할 수가 없었다. 이제 그 의도가 어떻게 노골적으로 드러나는지 두고 볼 일이었다. 침대를 정리한 사람이 리디아가 아니라 다른 메이드라면 또 모를까. 그 메이드는 이방을 커플이 쓰고 있다고 오해했을 수도 있었다. 그래, 메이드들이 담당하는 층이 자주 바뀐다고 생각하기로 하자. 아마도 각자 팁을 받을 기회를 공평하게 누리기 위해서일 것이다. 아니면 너무 타성에 젖는 것을 방지하기 위해서일 수도 있다. 아니면, 이쯤에서 히카르두 헤이스는 빙긋 미소를 지었다, 손님과 너무 친해지는 것을 방지하기 위해서인지도 모른다. 뭐, 내일 두고 보면 알 일이다. 만약 리디아가 아침 식사를 들고 나타난다면, 침대를 정리한 사람이 확실히 그녀일 것이다. 그럼 그다음엔 어쩐다. 그는 침대에 누워 베개 두 개 중 하나를 굳이 없애지 않고 불을 끈 뒤 눈을 꾹 감았다. 와라, 잠아, 얼른. 하지만 잠은 그의 말을 따르지 않았다. 거리에서 전차 한 대가 지나갔다. 아마 막차인 것 같았다. 잠들고 싶어 하지 않는 건 내 안의 누구인가, 누가 불안에 들뜬 몸으로 내 몸을 차지한 거지, 아니면 손에 잡히지 않는 어떤 힘이 모든 내 안에서 점점 불안해지고 있는 건가, 아니면 적어도 지금의 내 안에서만. 세상에, 사람이 겪을 수 있는 일들이 얼마나 많은지. 그는 화를 내며 일어나서 창문으로 새어 드는 희미한 불빛에 의지해 더듬더듬 문으로 다가가 걸쇠를 풀었다. 그러고는 문을 살짝 열어두었다. 부드럽게 밀기만 하면 열릴 수 있게. 그는 침대로 돌아왔다. 이건 유치한 짓이다, 그가 뭔가를 원한다면 운에 맡기지 말고 스스로 성취하려 나서야 한다. 십자군이 당대에 무엇을 성취했는지 생각해보라. 칼을 들고 언월도에 맞서서, 필요하다면 죽을 각오를 했다. 그들의 성 (城)과 문장(紋章). 자신이 아직도 깨어 있는지, 아니면 마침내 잠이 들었는지 더 이상 알 수 없는 상태로 그는 중세의 정조대를 생각한다. 정조대 열쇠를 갖고 떠난 기사들이라니, 망상에 젖은 가엾은 피조물들. 문이 조용히 열렸다가 닫히고, 그림자 같은 형체가 방을 가로질러 더듬더듬 침대로 다가온다. 히카르두 헤이스가 손을 뻗자 얼음처럼 굳어버린 손이 거기에 닿는다. 그가 그 손을 끌어당길 때 리디아가 덜덜 떨면서 한 말이라고는, 추워요, 뿐이다. 그는 침묵을 지키며 그녀의 입술에 키스를 할지 말지 고민한다. 참으로 기운이 빠지는 생각이다.

삼파이우 박사님이 따님과 함께 오늘 도착할 예정입니다. 살바도르가 밝혔다. 이 좋은 소식에 모종의 보상이 따르기라도 하는 것처럼 몹시 행복한 표정이었다. 프런트데스크에서 바라보면 코임브라에서 온 기차가 오후 안개 속을 뚫고 멀리에서 다가오는 것이 보인다, 칙칙폭폭. 상당히 역설적이다. 항구에 닻을 내리고서 부두 옆에서 끈적끈적한 진흙을 점점 몸에 묻히고 있는 배가 바로 브라간사 호텔이고, 굴뚝을 통해 연기를 내뿜으며 다가오고 있는 것이 바로 육지이기 때문이다. 기차는 캄폴리드에서 지하로 들어갔다가 검은 터널을 빠져나오며 증기를 울컥울컥 쏟아낸다. 아직 리디아를 불러서 말할 시간이 있다. 가서 모든 것이 제대로 정돈되어 있는지 확인해봐요. 삼파이우 박사와 세뇨리타 마르센다가 쓸 방은, 리디아가 알기로, 이백사호와 이백오호다. 리디아는 분주히 이층으로 올라가면서 옆에 서 있던 히카르두 헤이스 선생을 알아차리지 못한 것 같았다. 그 두 사람이 여기에 얼마나 머무른답니까. 히카르두 헤이스가 물었다. 보통 사흘 정도 머무르십니다. 내일 저녁에는 극장에 가실 예정이라 제가 이미 좌석을 예약해두었습니다. 어느 극장입니까. 도나 마리아 극장입니다. 아. 이 감탄사는 놀라서 나온 소리가 아니라, 우리가 계속할 수 없거나 계속할 생각이 없는 대화를 끝내기 위해 여기에 삽입된 것이다. 사실 지방에서 온 사람들은, 내가 지방이라고 말한 것을 코임브라가 용서해주길, 하여튼 그 사람들은 리스본에 온 것을 기회로 극장에 간다. 파르크 마예르에서 레뷔*를 보기도 하고, 아폴로나 아베니다에서 영화를 보기도 한다. 반면 좀 더 세련된 취향을 지닌 사람들은 너 나할 것 없이 도나 마리아 극장으로 간다. 국립극장이라고도 불리는 곳이다. 히카르두 헤이스는 라운지로 들어가서 신문을 뒤적여 연예면의 극장 소식을 살펴보았다. 알프레두 코르테스의 「타 마르」 광고가 있었다. 그는 자신도 극장에 가기로 그 자리에서 당장 마음을 정했다. 훌륭한 포르투갈 국민으로서 그도 포르투갈 예술가들을 응원해야 했다. 그는 살바도르에게 전화로 좌석을 예약해달라고 부탁하려다가 마음을 바

* 시사 풍자가 섞인 익살극.

꿔, 다음 날 자신이 직접 그 일을 처리하기로 했다.

저녁 식사 때까지 아직 두 시간이 남아 있다. 그동안 코임 브라에서 온 손님들이 도착할 것이다. 기차가 지연되지만 않는다면. 그런데 내가 왜 그런 일에 신경을 쓰지. 히카르두 헤이스는 위층의 자기 방으로 올라가면서 자문한다. 그리고 다른 지역에서 온 교양 있는 사람들을 만나는 것은 언제나 기분 좋은 일이라고 속으로 되된다. 게다가 마르센다라는 흥미로운 임상 사례도 있다. 보기 드문 이름, 그가 처음 들어보는 이름인 마르센다는 중얼거리는 소리, 메아리, 첼로의 현이 움직이는 소리를 닮았다. 레 상글로 롱 드 로톤(les sanglots longs de l'automne),* 설화석고, 난간, 이 우울한 황혼의 시가 그의 분노를 부추긴다. 마르센다라는 이름이 생각나게 하는 것들. 그는 이백사호 앞을 지나간다. 열린 문 안에서 리디아가 깃털 먼지떨이로 가구를 훑고 있다. 두 사람은 몰래 서로를 바라본다. 리디아는 빙긋 웃지만, 그는 웃지 않는다. 그 직후 자기 방으로 돌아온 그의 귀에 부드럽게 문을 두드리는 소리가 들린다. 리디아다. 그녀가 조용히 살짝 안으로 들어와 그에게 묻는다. 제게 화가 나셨어요. 그는 입술을 꾹 다물고 대답하지 않는다. 낮의 밝은 햇빛 속에서는 어떻게 행동해야 할지 모르겠다. 리디아는 호텔 메이드일 뿐이고, 그는 지금 그녀의 엉덩이를 음탕하게 주무를 수도 있다. 하지만 그

* 프랑스어로 '가을의 긴 흐느낌'이라는 뜻.

는 너무나 어색해서 그런 행동을 할 수 없다. 예전에는 할 수 있었을지 몰라도, 이미 한 침대에 누워 함께 시간을 보낸 뒤인 지금은 안 된다. 그것은 일종의 축성, 나의, 우리의. 가능하다면, 오늘 밤에 올게요. 리디아가 말했지만 그는 대답하지 않았다. 그녀가 이렇게 미리 말해뒀다는 사실이 부적절해 보였다. 이 복도의 맨 끝 방에서 밤에 벌어지는 비밀스러운 일을 전혀 모른 채, 한 손이 마비된 아가씨가 아주 가까운 방에서 잠자고 있을 텐데. 그러나 그는 오지 말라고 말할 수가 없었다. 리디아가 나간 뒤 그는 소파에 몸을 쭉 펴고 누워서 쉬었다. 오랜 금욕 끝에 사흘 동안 밤마다 성적인 활동을 한 데다가 나이가 나이니만큼 그의 눈이 저절로 감기는 것도 무리가 아니다. 그는 이마에 주름을 잡고, 리디아에게 돈을 줘야 할지, 아니면 스타킹이나 싸구려 반지처럼 그 계급의 사람에게 알맞은 작은 선물을 줘야 할지 자문해보지만 답을 찾지 못한다. 여러 이유와 동기를 견주어보면서 반드시 답을 찾아내야 한다. 이것은 리디아의 입술에 입을 맞출지 결정하는 것과는 다른 일이다. 그때는 상황이, 그러니까 이른바 열정의 불꽃이 그 대신 결정을 내려주었기 때문에 그 자신은 어쩌다 일이 그렇게 된 건지, 어쩌다 자신이 세상에서 가장 아름다운 여자에게 하듯이 그녀에게 키스하게 된 건지 알지 못했다. 아마 이번 일도 아주 쉽게 풀릴 것이다. 서로를 끌어안고 누워서 그는 이렇게 말할 것이다. 당신에게 기념이 될 만한 작은 선물을 주고 싶어요. 그러면 그녀도 자연스럽게 받아들일 것이다. 어쩌면 그녀는 이미 그가 왜 시간을 끌고 있는지 궁금해하고 있을 것이다.

복도에서 사람들의 목소리, 발소리가 들린다. 피멘타가 말하고 있다. 정말 감사합니다, 손님. 그러고는 문 두 개가 닫히는 소리가 난다. 손님들이 도착한 것이다. 거의 잠들었던 그가 이제는 천장을 빤히 올려다보며 석고가 갈라진 부분들을 꼼꼼히 살피고 있다. 마치 손끝으로 그 부분들을 더듬어보듯이. 그는 자신의 머리 위에 신의 손바닥이 펼쳐져 있고 자신이 거기서 인생의 여러 선들을 읽는 상상을 한다. 좁아졌다가, 중간에 끊겼다가 되살아나고, 다시 점점 더 희미해지는 선들, 저 벽 뒤에 고독하게 갇혀 있는 심장. 히카르두 헤이스의 오른손이 소파 위에 편안히 놓여 있다가 위를 향해 펼쳐지자 손금이 드러난다. 천장의 점 두 개는 마치 눈 같다. 우리가 완전히 몰두해서 손금을 읽고 있을 때 누가 또 우리를 읽고 있을지 누가 알겠는가. 낮이 밤으로 변한 것은 얼마 전이다. 어쩌면 이미 저녁 식사 시간이 되었는지도 모르지만, 히카르두 헤이스는 가장 먼저 식당으로 내려가는 사람이 되고 싶지 않다. 그는 속으로 생각한다. 그 사람들이 방을 나서는 소리를 듣지 못한 건 혹시 내가 잠들었기 때문인가, 그래놓고는 잠들었다는 사실을 깨닫지 못한 채 깨어난 거지, 잠깐 졸기만 한 줄 알았는데 사실은 한 세기쯤 잠을 잤을 수도 있어. 그는 불편한 마음으로 일어나 앉아서 손목시계를 본다. 벌써 여덟시 삼십분이 넘었다. 바로 그 순간 복도에서 어떤 남자의 목소리가 들린다. 마르센다, 내가 기다리고 있잖아. 문 열리는 소리에 이어 정체를 알 수 없는 소리가 들리더니, 발소리가 점점 멀어지다가 침묵이 이어진다. 히카르두 헤이스는 일어나서 세면대로 다가가 정신을 좀 차리고 머리에 빗질을 한다. 관자놀이의 머리카락이 오늘따라 유독 하얗게 보인다. 머리카락의 자연스러운 색깔을 점차 회복시켜주는 로션인지 염색약인지를 사용해야 할 것 같다. 예를 들어, 님파 두 몬데구 같은 것. 원래 색조를 지나치지 않게 회복하고 싶을 때 사용할 수 있는 믿음직한 제품으로 인기가 높다. 원한다면 머리가 까마귀 날개처럼 새까맣게 될 때까지 계속 이 약을 발라줘도 된다. 그러나 로션을 더 발라야 하는지, 그릇에서 염색약을 섞어 더 준비해야 하는지 확인하기 위해 매일 머리카락을 살펴야 한다고 생각하니 의욕이 사라진다. 내게 장미의 왕관을 씌워주오, 그 이상은 바라지 않아. 그는 바지와 재킷을 갈아입는다. 이 옷들을 다림질해야 한다고 리디아에게 반드시 일러두어야 한다. 그는 당연히 명령에 따라야 하는 사람에게 당연히 명령을 내리는 사람, 명령을 내리고 복종하는 행위가 정말로 당연한 것인지는 모르지만 하여튼 그런 사람이 명령을 내릴 때처럼 중립적인 어조로 자신이 리디아에게 명령을 내릴 수 없을 것이라는 부조리하고 불쾌한 예감을 느끼며 방을 나선다. 좀 더 명확히 표현하자면, 지금의 리디아는 어떤 사람일까. 다리미를 달구고, 다림판에 바지를 펼쳐 주름을 잡고, 재킷의 소매를 통해 어깨 근처까지 왼손을 넣어 뜨거운 다리미로 모양을 살리는 작업을 하면서 그녀는 틀림없이 이 옷을 입는 몸을 떠올릴 것이다. 가능하다면, 오늘 밤에 올게요. 그녀는 이렇게 말했다. 그리고 지금은 세탁실에서 혼자 불안하게 다리미를 내리고 있다. 히카르두 헤이스 선생님이 극장에 갈 때 입을 옷이야, 나도 같이 갈 수 있다면 얼마나 좋을까, 이런 멍청이, 무슨 생각을 하는 거야. 그녀는 결국 흐르고 만 눈물 두 방울을 닦아낼 것이다. 그것은 내일의 눈물이다. 히카르두 헤이스는 아직 식당을 향해 내려가는 중이다. 리디아가 방금 다림질한 양복이 필요하다는 말을 아직 그녀에게 하지 않았으므로, 그녀는 자신이 울게 될 것이라는 사실을 모르고 있다.

거의 모든 식탁에 사람이 앉아 있다. 히카르두 헤이스는 입구에서 걸음을 멈춘다. 급사장이 자리를 안내하려고 다가오지만 사실 그럴 필요는 없다. 그가 항상 앉는 자리가 있으니까. 그러나 이런저런 형식이 없다면 인생이 무엇일까. 기도할 때는 무릎을 꿇고, 국기가 옆을 지나갈 때는 모자를 벗고, 식탁에 앉은 뒤에는 냅킨을 무릎에 펼쳐놓는다. 옆자리에 누가 앉았는지 보고 싶다면 신중하게 주위를 둘러보고, 누구든 아는 사람이 보이면 고갯짓으로 인사를 한다. 히카르두 헤이스는 그렇게 한다. 저 커플, 혼자 앉아 있는 이 손님, 이 자리의 사람들. 그는 삼파이우 박사와 그의 딸 마르센다 또한 알고 있지만, 그들은 그를 알아보지 못한다. 삼파이우 박사가 텅 빈 표정으로 그를 바라본다. 어쩌면 기억을 더듬고 있는 것일 수도 있다. 그러나 그는 딸에게 몸을 기울여 방금 들어와 앉은 의사 히카르두 헤이스에게 인사해야 하지 않겠느냐고 귓속말을 하지 않는다. 조금 뒤 그를 흘깃 바라본 쪽은 마르센다다. 음식을 가져온 웨이터의 소매 너머로 이쪽을 바라본 그녀의 창백한 얼굴이 아주 미약하게 떨리면서 아주 살짝 붉어진다. 그를 알아보았다는 뜻이다. 날 기억하는구나. 히카르두 헤이스는 속으로 생각했다. 그리고 지나치게 큰 목소리로 라몬에게 저녁 식사 메뉴가 무엇이냐고 물었다. 어쩌면 그래서 삼파이우 박사가 그를 바라본 것일 수도 있으나, 아니 이 초 전에 마르센다가 아버지에게 이렇게 말했다. 저쪽의 저 신사분 말이에요, 전에 우리가 왔을 때도 이 호텔에 묵고 있었어요. 삼파이우 박사는 딸과 함께 자리에서 일어나며 히카르두 헤이스에게 살짝 고개를 끄덕였고, 마르센다는 그 옆에서 그런 동작조차 하지 않았다. 착한 딸답게 절제되고 신중한 모습이었다. 히카르두 헤이스는 의자에서 아주 살짝 일어나 인사에 화답했다. 이런 섬세한 몸짓과 인사를 위해서는 반드시 육감이 발달해 있어야 한다. 서로 주고받는 인사가 반드시 섬세하게 균형을 이뤄야 하기 때문이다. 이번에는 모든 것이 아주 완벽했으므로, 우정이 꽃필 좋은 징조가 보인다. 아버지와 딸은 이미 자리를 떴다. 틀림없이 라운지로 갈 줄 알았는데, 그게 아니라 방으로 올라간다. 나중에 삼파이우 박사는 십중팔구 비 내리는 날씨 속에서도 산책을 즐길 것이다. 마르센다가 일찍 잠자리에 들기 때문이다. 그녀는 기차 여행을 하고 나면 기운이 쪽 빠진다. 히카르두 헤이스가 라운지에 들어섰을 때 보이는 것이라고는 과묵한 손님 몇 명 뿐일 것이다. 신문을 읽는 사람, 하품하는 사람. 라디오에서는 인기 있는 레뷔에 나오는 포르투갈 노래들이 조용히 흘러 나온다. 잘 들리지도 않을 만큼 작은데도, 귀에 거슬리는 소리다. 조명 때문인지, 아니면 사람들의 우울한 얼굴 때문인지 거울이 수족관처럼 보인다. 히카르두 헤이스가 한쪽 끝에서 라운지를 가로질렀다가 같은 길로 되돌아온다. 방향을 바꿔 문으로 곧장 가지 않기 위해서다. 거울에 비친 그의 모습이 초록빛이 도는 심해에 있는 것 같아서, 마치 난파한 배의 잔해와 익사한 시신들 사이로 바다 밑바닥을 걷고 있는 것 같다. 당장 여길 벗어나서 수면으로 올라가 다시 숨을 쉬어야 한다. 그는 싸늘한 자신의 방으로 올라간다. 별것 아닌 일들에 그는 왜 이렇게 우울해지는 건가. 우울해진 이유가 정말로 그것인가. 어쨌든 그들은 코임브라에 살면서 한 달에 한 번씩 리스본에 오는 사람들일 뿐이다. 히카르두 헤이스 의사 선생은 지금 환자를 찾으려는 것이 아니다. 시인으로서 그에게도 영감을 주는 뮤즈가 많다. 남자로서 아내를 구하는 것도 아니다. 그럴 생각으로 포르투갈에 돌아오지 않았다. 게다가 나이 차이를 생각해보라. 이런 생각을 하는 사람은 히카르두 헤이스가 아니다. 그의 내면에 헤아릴 수 없이 많은 다른 존재들 중 하나도 아니다. 어쩌면 생각이 스스로 이런 생각을 하는 것일 수도 있다. 그는 생각의 가닥 하나가 풀려서 자신을 미지의 길과 복도로 이끄는 모습을 놀란 표정으로 지켜본다. 그 길의 끝에 하얀 옷을 입은 여자가 기다리고 있는데, 하다못해 꽃다발 하나조차 제대로 들지 못한다. 엄숙한 빨간 카펫을 밟으며 결혼행진곡에 맞춰 제단에서 돌아 나오는 그녀의 오른팔이 그와 팔짱을 끼고 있기 때문이다. 히카르두 헤이스는, 이처럼, 이미 생각의 고삐를 잡아 통제하면서 자신을 조롱하는 데 이용하고 있다. 오케스트라와 빨간 카펫은 허황된 상상이고, 이 시인의 이야기가 행복한 결말을 맞게 하기 위해 그는 마르센다의 왼팔에 꽃다발을 쥐여주고 그녀가 누구의 도움도 없이 그것을 계속 들고 있게 만드는 의학적인 기적조차 일으킨다. 제단과 사제는 이제 사라져도 된다. 음악도 멈추고, 하객들은 연기와 먼지 속으로 사라진다. 신랑도 뒤로 물러난다. 이제는 그의 존재가 필요하지 않다. 의사가 환자를 치유했으므로, 나머지는 시인의 몫이 되어야 한다. 이 낭만적인 일화를 알카이오스식 운율의 시에 맞춰 넣을 수는 없다. 이것이 증거가 필요한 일인지는 잘 모르겠지만, 어쨌든 이 사실은 글로 적은 것과 그 글의 요람이 된 경험이 자주 혼동된다는 것을 증명해준다. 따라서 우리는 시인에게 그의 생각이나 느낌을 묻지 않는다. 그가 시를 쓰는 것은 바로 이런 것들을 드러내지 않기 위해서이다.

밤이 지났으나 리디아는 다락방에서 내려오지 않았다. 삼파이우 박사는 늦게 돌아왔고, 페르난두 페소아가 어디 있는지는 하느님만이 아실 것이다. 낮이 되자 리디아는 다림질을 위해 양복을 가져갔다. 마르센다는 예약 시간에 맞춰 전문가를 만나기 위해 아버지와 함께 나갔다. 물리치료를 받으러 갔습니다. 살바도르가 말한다. 대부분의 사람들과 마찬가지로 그도 물리치료라는 단어를 제대로 발음하지 못한다. 히카르두 헤이스는 장애가 있는 아가씨가 코임브라에 살면서 굳이 리스본으로 오는 것이 이상하다는 생각을 처음으로 떠올린다. 코임브라에도 아주 다양한 전문가들이 있으니 리스본에 왔을 때만큼이나 쉽게 치료를 받을 수 있을 것이다. 예를 들어 자외선 치료는, 특정한 주파수를 유지하지 않는 이상 별로 효과가 없다. 히카르두 헤이스는 국립극장 매표소로 가는 길에 시아두 광장을 걸으면서 머릿속으로 이런 생각을 해보지만, 수많은 사람들이 상복을 입고 있는 광경에 정신이 팔렸다. 많은 여자들이 베일을 썼고, 남자들은 엄숙한 표정으로 검은 양복을 입은 덕분에 훨씬 더 눈에 띈다. 모자에 애도의 띠를 두른 사람도 있다. 우리의 가장 오랜 동맹인 영국의 조지 오세가 땅에 묻히고 있다. 이처럼 공식적인 애도가 이루어지고 있는데도, 저녁에는 공연이 열릴 것이다. 그의 죽음을 무시해서가 아니라, 삶은 계속되어야 하기 때문이다. 매표소의 남자가 히카르두 헤이스에게 일등석 표를 한 장 팔고서 그에게 알려주었다. 오늘 밤 어부들이 객석에 있을 겁니다. 어부들이라니요. 히카르두 헤이스는 이렇게 물었다가, 자신이 용서받을 수 없는 실수를 저질렀음을 깨달았다. 매표소 직원이 인상을 찌푸리며 어조를 바꿔 쏘아붙였다. 나자레의 어부들이지요, 당연히. 히카르두 헤이스는 무슨 어부들이라고 생각했을까. 카파리카나 포보아에서 어부들을 데려오는 건 별로 의미 없는 일이다. 나자레 어부들이 이 문화 행사에 참여할 수 있도록 그들의 여비와 숙박비는 이미 누군가가 지불해주었다. 그들이 이 연극에 영감을 주었으므로, 남녀를 막론하고 그들을 대변해주는 것이 옳은 일이었다. 우리 리스본으로 가자, 가서 그곳의 바다를 보자, 무대 위에서 파도가 부서지는 모습을 연출하기 위해 어떤 장치가 사용될지, 티제르트루드스 역을 맡은 도나 팔미라 바스투스와 마리아 벵 역을 맡은 도나 아멜리아와 로자 역을 맡은 도나 랄란드와 라바간트 역을 맡은 아마란트가 어떤지, 그들이 우리의 삶을 얼마나 잘 흉내 내는지 보자. 기왕 가는 김에 정부를 향해서도 요구해보자. 연옥에서 고통받는 영혼들을 위해, 그게 언제였는지는 잘 모르겠지만 하여튼 우리 해안에서 처음 배가 물에 띄워진 이후로 우리에게 절실히 필요하던 작은 피난항을 지어달라고. 히카르두 헤이스는 카페에서 오후 시간을 보내다가 공사 중인 에덴 극장을 살펴보러 갔다. 임시 가림판이 언제 사라질지 모른다.「황금 열쇠」의 준비가 거의 끝났기 때문이다. 그러면 내국인과 외국인 모두 리스본이 몹시 급격하게 발전하고 있으므로 곧 유럽의 대도시들과 어깨를 나란히 하게 될 것을 깨달을 것이다. 위대한 제국의 수도이니 당연한 일이다. 히카르두 헤이스는 호텔에서 저녁 식사를 하지 않고, 옷만 갈아입었다. 재킷, 바지, 조끼가 멋지게 다림질된 상태로 옷걸이에 깔끔하게 걸려 있었다. 애정의 손길이 만들어 낸 작품이었다. 이런 과장된 표현을 써서 미안하다. 호텔 손님과 메이드가 밤에 만나 밀회를 갖는 데에 어찌 사랑이 있을 수 있겠는가. 남자는 시인이고 여자의 이름은 우연히 리디아다. 다른 리디아. 그래도 그의 시에 등장하는 리디아는 그의 신음과 한숨을 들은 적이 없으므로 이 리디아는 아직 운이 좋다. 그녀는 강둑에 앉아 누군가가 털어놓는 이야기를 들을 뿐이다. 나는 고통스럽다, 리디아, 운명이 두려워서. 히카르두 헤이스는 호시우 광장에 있는 레스토랑 마르티뉴에서 스테이크를 먹었다. 그리고 박빙의 승부가 펼쳐지는 당구 경기를 지켜보았다. 인도산 상아를 깎아서 만든 공이 초록색 당구대 위를 매끄럽게 굴러갔다. 공연 시각이 가까워지자, 그는 밖으로 나가 조심스레 극장으로 다가가서 안으로 들어갔다. 대가족 두 무리가 그의 양옆에 있었다. 그는 스스로 정한 순간이 될 때까지 남의 눈에 띄고 싶지 않았다. 그가 감정적으로 어떤 전략을 추구하고 있는지는 하늘만이 아실 것이다. 그는 지체 없이 로비를 가로질렀다. 미래의 언젠가 이곳은 입구 홀이나 현관홀이라고 불리게 될 것이다. 다른 외국어에서 같은 것을 뜻하는 다른 단어를 빌려 온다면 또 몰라도. 공연장 입구에서 만난 안내인이 그를 이끌고 왼쪽 통로를 통해 일곱 번째 줄로 내려갔다. 저기 저 자리입니다, 저 여성분 옆자리예요. 공연히 이상한 상상을 하면 안 된다. 안내인은 여성분이라고 했지 아가씨라고 하지 않았다. 국립극장의 안내

인이라면 뜻이 지극히 명확하고 예의 바른 말투를 사용하는
법이다. 그의 상관들은 고전과 현대의 레퍼토리를 지닌 훌
륭한 극작가이다. 마르센다가 세 줄 앞에서 오른쪽으로 빗겨
난 자리에 앉아 있다. 가깝다고 하기에는 먼 거리이고, 그녀
는 내 존재를 알아차리지도 못했다. 그녀의 왼쪽에는 아버지
가 앉아 있다. 좋은 일이다. 그녀가 아버지에게 말을 하려고
고개를 살짝 돌리면, 히카르두 헤이스가 그녀의 옆얼굴을 볼
수 있기 때문이다. 그녀의 얼굴이 평소보다 길어 보이는 것은
머리카락을 늘어뜨렸기 때문인가. 그녀가 오른손을 턱 근처
까지 들어 올린다. 자신이 방금 말했거나 곧 말할 예정인 어
떤 단어를 분명히 하기 위해서이다. 어쩌면 자신을 치료하고
있는 전문가에 대해서 말하고 있는 것인지도 모른다. 아니면
이제부터 보게 될 연극에 대해 말하고 있는 것이거나. 이 알
프레두 코르테스라는 사람은 누구예요. 그러나 그녀의 아버
지도 아는 것이 별로 없다. 이 년 전 혼자서 「검투사」를 보았
지만 별로 기억에 남지 않았다. 그러나 이 연극은 전통적인
테마를 다룬 작품이라 관심이 생겼다. 이 작품이 어떤 연극
인지 이제 곧 알 수 있을 것이다. 이런 내용의 대화가 실제로
오갔는지는 몰라도, 어쨌든 두 사람의 대화는 위에서 의자를
끄는 소리 때문에 끊겼다. 속삭인답시고 크게 떠드는 목소
리도 들려와서 모두들 고개를 돌려 위를 바라보았다. 나자레
어부들이 도착해 위층 박스석의 자기 자리로 들어가고 있다.
그들은 무대를 보는 동시에 남들 눈에도 띄기 위해 높이 앉

는다. 남녀 모두 자기들 방식으로 옷을 입었고, 십중팔구 맨발일 것 같다. 하지만 아래에서는 보이지 않는다. 일부 관객들이 박수를 치자, 다른 관객들도 선심을 쓰듯이 함께 박수를 친다. 히카르두 헤이스는 짜증이 나서 주먹을 꽉 쥔다. 귀족 혈통이 아닌 사람의 속물 흉내라고 말할 수도 있겠지만, 그런 것이 아니다. 이것은 순전히 예의의 문제다. 히카르두 헤이스는 갑자기 터져 나온 갈채가 아무리 좋게 말해도 저속하다고 생각한다.

조명이 점점 어두워져서 극장 안이 어둠에 잠긴다. 몰리에르식 행동으로 설정된 커다란 노크 소리가 무대에서 들려온다. 어부들과 그 아내들에게 저 소리가 얼마나 무섭게 들릴지. 어쩌면 목수들이 최후의 순간까지 무대를 설치하느라 망치질을 하는 소리라고 생각할지도 모른다. 막이 오르자 어떤 여자가 불을 피우고 있다. 아직 밤인데, 무대배경 뒤편에서 어떤 남자가 마네 제, 아, 마네 제, 라고 외치는 소리가 들린다. 연극이 시작되었다. 관객들은 한숨을 내쉬고, 동요하고, 가끔 미소를 짓다가, 여자들이 우르르 몰려가는 장면으로 일막이 끝날 무렵에는 함께 들썩거린다. 불이 다시 켜지자 사람들의 얼굴에 활기가 돈다. 좋은 징조다. 머리 위에서 고함소리가 들린다. 박스석에서 다른 박스석으로 사람들이 서로를 부르고 있다. 저 어부들을 배우로 착각할 수도 있을 것 같다. 말하는 방식이 거의 똑같기 때문이다. 어느 쪽이 더 좋은지는 비교 기준에 따라 달라지겠지만. 히카르두 헤이스는 이런 생각을 하다가 예술의 목적은 모방이 아니며, 이 연극의 극작가가 나자레 방언 또는 자신이 나자레 방언이라고 생각한 말투로 대본을 쓴 것은 심각한 판단 실수라는 결론을 내린다. 현실은 자신이 반영된 모습을 참고 넘어가주기보다 오히려 거부하는 편이기 때문이다. 작가가 전달하고자 하는 현실을 대체할 수 있는 것은 다른 현실, 이것이 뭔지는 잘 모르겠지만, 하여튼 그런 현실뿐이다. 두 현실 사이의 차이점이 서로를 증명해주고, 설명해주고, 가늠해준다. 창작된 현실이었던 것이 현실이 된 창작물이 될 것이다. 히카르두 헤이스는 이런 생각을 하면서 훨씬 더 큰 혼란에 빠진다. 생각을 하면서 동시에 박수를 치는 것은 정말로 어려운 일이다. 관객들이 박수를 치자, 그도 공감하며 함께 박수를 친다. 대사에 방언이 사용되었고 배우들의 발음이 기괴한데도 그는 이 연극을 즐기고 있다. 마르센다는 박수를 치지 않는다. 칠 수가 없다. 하지만 그녀는 미소를 짓고 있다. 여자들은 대부분 자리에 앉아 있고, 남자들은 다리를 쭉 펴고 움직여주어야 할 필요를 느낀다. 화장실에도 다녀오고, 담배나 시가도 한 대 피우고, 친구들과 의견도 나누고, 지인에게 인사하고, 로비를 구경할 겸 남들 눈에 눈도장도 찍어야 한다. 자리에 가만히 앉아 있는 남자들은 대부분 사랑하는 연인이나 구애 중인 상대와 함께 있다. 자리에서 일어설 때면 그들은 매의 눈으로 주위를 두리번거린다. 그들은 스스로 써나가는 연극의 주인공이고, 진짜 배우들이 분장실에 들어가서 잠시 배역을 잊고 쉬는 휴식 시간 동안 연기하는 배우들이다. 히카르두 헤이스는 일어나면서 사람들의 머리 사이로 삼파이우 박사 또한 일어나는 것을 본다. 마르센다는 고갯짓으로 거절의 뜻을 밝히고 계속 앉아 있다. 이미 일어서 있는 그녀의 아버지는 그녀의 어깨를 다정하게 손으로 한 번 짚어준 다음 통로 쪽으로 움직인다. 히카르두 헤이스는 걸음을 서둘러 로비에 먼저 도착한다. 곧 두 사람은 얼굴을 맞대게 될 것이다. 이리저리 걸어 다니며, 곧 담배 연기가 자욱해질 곳에서 대화를 나누는 이 많은 사람들 사이에서. 사람들이 이러쿵저러쿵 평을 하는 소리가 들린다. 팔미라는 정말 대단해. 내 생각에는 무대에 펼쳐놓은 그물이 너무 많아. 욕심 많은 여자들이 그렇게 드잡이를 하는 모습이라니, 진짜 같았어. 그건 자네가 그 여자들을 직접 본 적이 없어서 그래, 내가 나자레에서 직접 봐서 아는데, 거기 여자들은 복수의 여신들처럼 싸운다고. 가끔은 말을 알아듣기가 힘들던데. 원래 그쪽 사람들이 그렇게 말해. 히카르두 헤이스는 사람들 사이에서 움직이며 마치 극작가 본인이 되기라도 한 것처럼 그들의 말에 귀를 기울였다. 그러면서도 저 멀리 있는 삼파이우 박사의 움직임을 지켜보며 우연처럼 서로 마주치기를 초조하게 기대했다. 그러다 삼파이우 박사가 자신을 알아보고 다가오는 것을 보았다. 삼파이우 박사가 먼저 말을 건넸다. 안녕하시오, 연극은 재미있으셨소이까. 히카르두 헤이스는 아니 이런 우연이, 라고 말할 필요가 없을 것 같아서 즉시 박사의 인사에 화답하며 연극이 아주 재미있다고 말했다. 그리고 말을 덧붙였다. 우리는 같은 호텔에 묵고 있지요. 그래도 자기소개를 해야 할 것 같았다. 제 이름은 히카르두 헤이스입니다. 그는 여기에 저는 의사이고 리우데자네이루에 살았습니다, 리스본으로 돌아온 지 한 달도 안 됐습니다, 라는 말을 덧붙여야 할지 잠시 주저했다. 삼파이우 박사는 그의 말을 거의 듣지 않고 미소를 지었다. 마치 이렇게 말하는 것 같았다. 살바도르와 알고 지낸 세월이 나만큼 길다면, 내가 이미 그 친구에게서 당신에 관해 온갖 이야기를 들었다는 것을 알 텐데요, 살바도르가 어떤 사람인지 잘 아니까, 아마 당신에게도 나와 내 딸에 관한 이야기를 했을 겁니다. 삼파이우 박사는 확실히 기민한 사람이다. 공증인으로서 오랫동안 쌓은 경험에는 분명히 이점이 있다. 히카르두 헤이스가 말했다. 서로 자기소개를 할 필요는 없을 것 같군요. 맞습니다. 두 사람은 곧바로 연극과 배우들에 대한 이야기로 넘어가며 서로를 최고의 예의로 대했다. 헤이스 선생, 삼파이우 박사라는 호칭 덕분에 서로 동등하다는 기분 좋은 감각이 두 사람을 찾아왔다. 그래서 두 사람은 예비 종소리가 울릴 때까지 그 자리에 있다가 함께 극장 안으로 들어가 인사를 나눴다. 곧 다시 뵙지요. 두 사람은 각자 자신의 자리로 갔다. 히카르두 헤이스가 먼저 좌석에 앉아 계속 지켜보았다. 삼파이우 박사가 딸에게 뭐라고 말을 거는 것이 보였다. 그녀가 뒤를 돌아보며 그에게 미소를 지어주자, 그도 미소로 화답했다. 이막이 시작되기 직전이었다.

세 사람은 그다음 휴식 시간에 한자리에 모였다. 서로에 대해 이미 모르는 것이 없는데도 자기소개는 필요했다. 히카르두 헤이스, 마르센다 삼파이우. 불가피한 일, 두 사람 모두 기다리던 순간, 두 사람은 악수를 했다. 오른손과 오른손으로. 그녀의 왼손은 힘없이 늘어져 마치 존재하지 않는 것처럼 수줍게 시야에서 사라지려고 애썼다. 마르센다의 눈이 밝게 빛났다. 마리아 벵의 고초가 확실히 그녀의 마음을 움직인 듯했다. 어쩌면 그녀 자신의 삶에 깊숙이 자리한 이유로 인해, 라바간트의 아내가 마지막에 했던 말 한마디 한마디에 공감하는 것일 수도 있었다. 지옥이 있다 해도 이보다 나쁘지는 않을 겁니다, 일곱 슬픔의 성모시여. 마르센다라면 코임브라 사투리로 이 말을 했겠지만, 사투리를 쓴다고 해서 말로는 설명할 수 없는 감정들이 바뀌지는 않는다. 당신이 왜 이 팔을 건드리지 않는지 난 다 이해해요, 같은 호텔 같은 층에 머무르는 당신에 대해 나는 호기심을 품고 있었죠, 힘없는 손으로 당신을 부른 사람이 나예요, 이유는 묻지 마세요, 나도 그 이유를 나 자신에게 물어본 적이 없으니까, 난 그저 당신을 불렀을 뿐이에요, 내가 왜 그런 행동을 했는지 언젠가 알게 되는 날이 오겠죠, 안 올 수도 있고요, 당신은 상황을 이용해서 경솔하게 꼬치꼬치 캐묻는 사람이라는 인상을 주느니 차라리 뒤로 물러날 사람이죠, 가보세요, 우리 서로 상대가 어디 있는지 잘 알고 있으니, 당신이 여기 온 건 우연이 아니잖아요, 라고요. 히카르두 헤이스는 로비에 머무르지 않고 박스석 뒤편의 통로를 정처 없이 돌아다니며 어부들을 좀 더 자세히 보기 위해 머리 위의 박스석을 올려다보았다. 그러나 예비 종이 울리기 시작했다. 이 두 번째 휴식 시간은 첫 번째보다 짧아서, 그가 객석 출입문 앞에 다다랐을 때 벌써 객석의 불이 어두워지고 있었다. 삼막을 보는 동안 내내 그의 의식은 무대와 마르센다에게 분산되어 있었다. 마르센다는 단 한 번도 뒤를 돌아보지 않았다. 그러나 자세가 살짝 달라져 있었기 때문에 그가 그녀의 얼굴을 조금 더 볼 수 있었다. 그래봤자 언뜻 보는 것에 불과했지만. 그녀는 가끔 오른손으로 왼쪽 머리카락을 뒤로 넘기기도 했다. 마치 일부러 그러는 것처럼 아주 천천히. 저 여자는 무슨 생각일까, 어떤 여자지, 사람들이 항상 겉으로 보이는 모습 그대로인 것은 아니니까 말이야. 리아노르가 라바간트가 죽었으면 하는 마음에서 구명조끼의 열쇠를 훔쳤다고 고백하는 장면에서 그녀가 뺨의 눈물을 닦는 모습이 보였다. 마리아 벵과 로자가 한쪽은 말을 시작하고 다른 한쪽은 말을 끝맺는 역할을 맡아 이것은 사랑의 행위이며, 사랑은 고귀한 감정이지만 좌절을 겪으면 고통으로 변한다고 단언하는 장면, 그리고 마지막에 라바간트와 마리아 벵이 육체적으로 하나가 되려 하는 짤막한 장면에서도 마찬가지였다. 갑자기 불빛이 밝아지고, 커다란 박수갈채 속에서 막이 내려왔다. 마르센다는 여전히 눈물을 닦는 중이었는데, 이번에는 손수건을 이용하고 있었다. 그녀만 그런 것이 아니었다. 극장 안 어디서나 울고 있는 여자들이 보였다. 감수성이 무척 예민한 배우들은 긴장한 듯 미소를 지으며 관객들의 갈채에 응답했다. 그리고 바다를 무대로 한 이 사랑과 모험 이야기의 진짜 주인공들이 앉아 있는 위층 박스석으로 갈채를 돌려주려는 것 같은 몸짓을 했다. 관객들은 모든 제약을 잊어버리고 그들이 있는 쪽을 올려다보았다. 마치 예술의 영성체처럼. 그들은 용감한 어부들과 용기 있는 여자들에게 갈채를 보냈다. 심지어 히카르두 헤이스도 박수를 치고 있다. 여기 이 극장에서 우리는 계급도 직업도 다양한 사람들, 부자와 가난한 사람과 그 중간에 위치한 사람들이 서로를 이해하는 분위기가 얼마나 쉽게 만들어질 수 있는지 보고 있다. 이 보기 드문 형제애를 잘 음미해보자. 이제 사람들이 어부들에게 무대로 올라가 배우들과 합류하라고 권하고 있다. 의자를 끄는 소리가 또 들려온다. 공연은 아직 끝나지 않았다. 관객들이 자리에 앉고, 극이 절정에 이른다. 나자레의 어부들이 중앙 통로를 내려와 무대로 올라가는 동안 즐거움, 활기, 기쁨이 넘친다. 그들은 무대에서 배우들과 함께 자기네 고장의 전통적인 춤을 추고 노래를 부른다. 카자 드 가헤트의 연대기에 길이길이 기록될 밤이다. 어부들 무리의 지도자가 남자 배우 호블르스 몬테이루를 끌어안고, 어부의 아내들 중 가장 나이가 많은 여성에게 여자 배우 팔미라 바스투스가 입을 맞춘다. 모두 한꺼번에 말을 하는 바람에 대소란이 벌어진다. 저마다 자기 고장의 사투리를 쓰고 있는데도 서로의 말을 잘 이해하고 있다. 그리고 노

래와 춤이 또 이어진다. 젊은 여배우들이 미뉴*의 전통 춤을
선보이기 시작하고 얼마 뒤 마침내 극장 안내인들이 우리를
출구 쪽으로 부드럽게 밀어내기 시작한다. 무대에서는 만찬
이 열릴 예정이다. 배우들과 그들의 뮤즈를 위한 공통의 축제
가 될 것이다. 마시면 콧구멍이 알싸해지는 스파클링와인병
의 코르크 마개가 펑 튀어오를 것이고, 나자레의 착한 여자
들은 술기운에 머리가 빙빙 돌기 시작하면 거침없이 웃어댈
것이다. 스파클링와인에 익숙하지 않기 때문이다. 내일 기자,
사진가, 기업가 등이 지켜보는 가운데 버스를 타고 떠나면서
어부들은 이 새로운 국가와 조국을 향해 커다란 환호를 지
를 것이다. 그들이 그런 행동을 하는 대가로 돈을 받았는지
는 확실히 알 수 없지만, 그들이 그토록 열렬히 원하는 항구
를 약속받은 데 대한 자발적인 감사의 표현이라고 해두자. 만
약 파리가 그렇게 많은 사람이 살 만한 도시라면, 약간의 환
호가 그들에게 구원을 가져다줄지도 모른다.

히카르두 헤이스는 극장을 떠나면서 두 번째 만남을 피하
려는 시도를 전혀 하지 않았다. 길에서 그는 마르센다에게 연
극이 재미있었느냐고 물었다. 그녀는 삼막에서 깊은 감동을
받아 눈물을 흘렸다고 털어놓았다. 네, 당신이 우는 걸 보았
습니다. 그가 그녀에게 이렇게 말한 뒤 대화가 끊어졌다. 택
시를 잡은 삼파이우 박사가 히카르두 헤이스에게 호텔로 곧

* 포르투갈 북서부에 있는 지방.

장 돌아갈 예정이라면 함께 타고 가는 것이 어떻겠느냐고 물었다. 히카르두 헤이스는 감사의 뜻을 표한 뒤 그의 호의를 거절했다. 그럼 내일 뵙죠. 안녕히 들어가십시오. 만나서 반가웠습니다. 택시가 떠났다. 그는 그들과 함께 가고 싶었지만, 그랬다가는 어색한 분위기가 만들어질 것 같았다. 서로 불편해하면서 침묵에 잠겨 무슨 이야기를 나눠야 할지 쉽게 생각해내지 못할 것이다. 세 사람이 택시 안에서 각각 어떤 자리에 앉을 것인가 하는 미묘한 문제는 말할 것도 없었다. 세 사람이 모두 뒷좌석에 앉기에는 공간이 부족할 테고, 삼파이우 박사는 딸을 낯선 사람과 단둘이 남겨둔 채 앞좌석에 앉으려 하지 않았을 것이다. 그래, 그는 낯선 사람이었다. 게다가 차 안의 어둠은 자비로웠다. 둘 사이의 신체적 접촉이 전혀 없더라도, 어둠이 부드러운 손길로 두 사람을 가까이 이끌어주었을 테니까. 또한 두 사람의 생각이 그들을 더욱 가까이 이끌어주었을 것이다. 그래서 두 사람의 생각은 점차 감추기 힘든 비밀이 될 터였다. 그렇다고 히카르두 헤이스가 조수석에 앉는 것도 마땅치 않았다. 함께 타고 가자고 권유해놓고, 그 사람에게 미터기를 볼 수 있는 앞자리에 앉으라고 말할 수는 없는 노릇이다. 차가 목적지에 도착하면 조수석에 앉은 사람이 필연적으로 돈을 내게 될 것이다. 뒷자리에 앉은 사람은 지갑을 금방 찾지 못하면서도 자기가 돈을 내겠다고 고집을 부린다. 자기에게 맡겨두라면서, 택시 기사에게 조수석 손님에게서 아무것도 받지 말라고 말한다. 요금은 내가 낼 겁니다. 택시 기사는 손님들이 결론을 내리기를 차분하게 기다린다. 손님들의 이런 설왕설래는 이미 수천 번이나 보았다. 택시 기사라면 이런 바보 같은 광경을 참고 견뎌야 한다. 히카르두 헤이스는 달리 즐거울 일도 꼭 해야 할 일도 없으므로 호텔까지 걸어간다. 춥고 습한 밤이지만 비는 내리지 않는다. 산책을 하는 듯한 기분으로 그는 아우구스타 거리를 끝까지 걸어가 테헤이루 두 파수를 가로질러서 부두로 이어진 계단을 내려간다. 부두에서는 오염된 강물이 허공에 흩뿌려졌다가 다시 강으로 떨어지고 있다. 부두에 사람은 하나도 없지만, 밤 풍경을 구경하는 사람들은 있다. 반대편 강둑에서 깜박거리는 불빛, 정박한 배들의 불빛. 오늘 이곳에 실제로 자리한 사람은 이 남자 한 명이지만, 그가 자신이라고 주장하는 존재들은 헤아릴 수 없이 많다. 그가 이곳에 올 때마다 겉으로 드러났던 그 다른 존재들은 이곳에 왔던 기억을 갖고 있다. 비록 그는 기억하지 못하지만. 어둠에 익숙해진 눈은 한참 멀리까지 볼 수 있다. 안전한 항구를 떠난 소함대 소속의 배들이 저 멀리 회색 윤곽으로만 보인다. 날씨가 아직 거칠기는 해도, 배가 뜨지 못할 정도는 아니다. 수병의 삶이란 희생의 삶이다. 이렇게 멀리 떨어진 곳에서 보면, 같은 크기의 배들이 여러 척 있는 것 같다. 틀림없이 여러 강의 이름을 따온 어뢰정들일 것이다. 히카르두 헤이스는 짐꾼이 읊조리던 말을 다 기억하지는 못한다. 그중에 테주호라는 이름이 있었다. 테주 강을 떠가는 테주호. 보가호, 당호도 있다. 짐꾼의 말에 따르면, 지금 가장 가까이 있는 배가 당호다. 그리고 테주 강. 내가 사는 마을을 가로지르며 흘러가는 강들이 있다. 모두 바다를 향해 흘러가는 강. 바다는 모든 강에서 물을 받아들여 저장한다. 이런 회귀가 영원하다면 얼마나 좋을까. 그러나 안타깝게도 우리와 마찬가지로 필멸의 운명이라 해가 사라지면 함께 사라질 것이다. 지는 해와 함께 죽어간 사람의 죽음은 찬란하다. 첫날은 보지 못했으나, 마지막 날은 보게 될 것이다.

추운 날씨는 철학적인 묵상에 적합하지 않다. 그의 발이 점점 얼어붙는다. 경찰관 한 명이 걸음을 멈추고 주의 깊게 그를 지켜보았다. 강물을 바라보며 생각에 잠긴 남자가 불한당이나 부랑자처럼 보이지는 않지만, 어쩌면 강물에 몸을 던질 생각을 하고 있는지도 모른다. 그런 일이 벌어지면 아주 귀찮아질 것이다. 경보를 울리고, 시체를 건져내고, 공식적인 보고서를 작성해야 하니까. 그래서 경찰관은 그에게 접근하기로 했다. 무슨 말을 건네야 할지는 잘 모르겠지만, 자신의 존재만으로도 그가 미친 짓을 뒤로 미루게 설득해서 자살을 방지할 수 있기를 바라는 마음이었다. 히카르두 헤이스는 발소리를 듣고, 발바닥으로 뚫고 들어오는 포석의 냉기를 느꼈다. 반드시 밑창이 두툼한 부츠를 사야 할 것 같았다. 감기에 걸리기 전에 호텔로 돌아가야 했다. 그가 말했다. 안녕하세요, 경관님. 경찰관은 마음을 놓으며 물었다. 무슨 문제라도 있습니까. 아뇨, 없습니다. 아무리 밤이라도 부둣가를 산책하며 강물과 배를 구경하는 건 세상에서 가장 자연스러운 일이다. 이 테주 강은 내가 사는 마을을 가로질러 흐르지 않는다. 내가 사는 마을을 가로지르는 테주 강은 도루 강이라고 불리기 때문이다. 그러나 이름이 다르다고 해서, 내가 사는 마을을 가로지르는 강이 덜 아름다워지는 것은 아니다. 경찰관은 알판데가 거리 쪽으로 멀어지면서, 한밤중에 나타나는 몇몇 사람들의 광기에 대해 곰곰이 생각해보았다. 저 남자가 무엇에 홀려서 이런 날씨에 강 풍경을 즐길 수 있다고 생각하는지 몰라도, 나처럼 밤마다 부두를 순찰해야 하는 처지라면 금방 싫증이 날 거야. 히카르두 헤이스는 계속 아르세날 거리를 따라 걸어서 십 분 안에 호텔에 도착했다. 피멘타가 열쇠 꾸러미를 들고 층계참에 나타나 아래를 내려다본 뒤 여느 때처럼 손님이 올라올 때까지 기다리지 않고 뒤로 물러났다. 왜 저러는 걸까. 히카르두 헤이스는 자연스레 이런 의문을 떠올리며 점차 걱정스러워졌다. 어쩌면 그가 리디아에 대해 이미 알고 있는 것인지도 모른다. 어쨌든 조만간 그가 알게 되어 있다. 호텔은 마치 유리 집 같기 때문에. 자기 자리를 비우는 법이 없고 이 호텔을 구석구석 잘 아는 피멘타라면 틀림없이 뭔가 수상쩍다는 의심을 하고 있을 것이다. 안녕하세요, 피멘타. 그는 일부러 더 따스한 목소리를 냈다. 피멘타가 대답하는 태도에 말을 아끼는 기색이나 적대감은 드러나지 않았다. 내가 착각한 건지도 모르겠네. 히카르두 헤이스는 속으로 생각했다. 그는 피멘타에게서 열쇠를 받아 계속 걸어가려다가 돌아서서 지갑을 열었다. 이것 받아요, 피멘타. 그는 이십 이스쿠두 지폐를 그에게 건넸다. 그는 아무런 설명도 하지 않았고, 피멘타는 아무것도 묻지 않았다.

불빛이 새어 나오는 방이 하나도 없었다. 히카르두 헤이스는 잠든 손님들에게 방해가 될까 봐 조용히 복도를 걸었다. 마르센다의 방 앞에서는 삼 초 동안 걸음을 멈췄다. 그의 방은 춥고 습해서 강가에 있을 때와 별로 다를 것이 없었다. 그는 지금도 그 검푸른 배들을 바라보며 경찰관의 발소리를 듣고 있는 것 같은 기분으로 몸을 부르르 떨었다. 만약 그가 네, 문제가 있습니다, 라고 대답했다면 어떻게 되었을까. 그는 그 문제가 무엇인지 자세히 설명할 수 없었을 것이다. 침대로 다가가는데 깃털 이불이 불룩 솟아 있는 것이 보였다. 이불 밑에 뭔가가 놓여 있음이 분명했다. 그는 탕파라고 확신했지만 확인을 위해 그 위에 손을 댔다. 따뜻했다. 좋은 사람이었다, 리디아는. 잊지 않고 그의 침대를 따뜻이 데워둔 것은 정말로 그녀다운 일이었다. 이것은 선택받은 소수만이 누릴 수 있는 작은 편안함이었다. 그녀는 아마 오늘 밤에는 오지 않을 것이다. 그는 침대에 누워 협탁에 있던 책을 펼쳤다. 허버트 퀘인에 관한 책이었다. 두어 페이지를 훑어보았지만 아무것도 머릿속에 들어오지 않았다. 범죄의 동기로 세 가지가 제시되었는데, 셋 모두 용의자를 의심하기에 충분했다. 세 가지 동기가 모두 그에게 수렴했기 때문이다. 그러나 그 용의자는 법의 허점을 이용해서, 만약 자신이 진범으로 판명된다 하더라도 범행의 동기는 그 세 가지가 아니라 네 번째, 다섯 번째 또는 여섯 번째로 지목될 다른 것이 될 것이라고 주장했다. 각각의 동기가 똑같은 가능성을 갖고 있으므로, 이 모든 동기들의 상호관계를 고려해야만 범죄를 온전히 설명할 수 있으리라는 것이었다. 각각의 동기가 온갖 조합으로 서로서로 영향을 미쳐 마침내 그 모든 영향이 상쇄되고 나면, 그 결과는 죽음이었다. 또한 피해자의 책임이 어느 정도인지도 고려해보아야 했다. 피해자가 도덕적으로나 법적으로나 일곱 번째 동기 또는 아주 결정적인 동기를 제공했을 가능성도 있었다. 히카르두 헤이스는 피로가 물러가고 기운이 나는 느낌이었다. 탕파가 발을 따뜻하게 해주고, 머리는 외부에서 어떤 간섭도 받지 않고 잘 돌아갔으며, 지루한 책 내용 때문에 눈꺼풀이 무거워졌다. 그는 잠시 눈을 감았다가 떴다. 페르난두 페소아가 마치 문병을 온 사람처럼 침대 발치에 앉아 있었다. 여러 인물 사진에 포착되어 후세 사람들도 볼 수 있게 된바로 그 냉담한 표정, 오른쪽 허벅지 위에 포개진 양손, 살짝 앞으로 기울어진 머리, 죽은 사람처럼 창백한 안색. 히카르두 헤이스는 베개 두 개 사이에 책을 내려놓았다. 이렇게 늦은 시각에 올 줄은 몰랐는데. 그는 이렇게 말하고 나서 상냥한 미소를 지었다. 목소리에 밴 짜증을 방문객이 눈치채지 못하게 하기 위해서였다. 오늘은 자네가 굳이 찾아오지 않았어도 괜찮았는데, 라고 말한 거나 마찬가지인 모호한 말도 눈치채지 못하기를 바랐다. 그가 이런 기분을 느낄 만한 이유가, 정확히 말하자면 두 개 있었다. 첫 번째 이유는 그가 저녁때 극장에 다녀온 이야기를 하고 싶기는 해도 페르난두 페소아에게 할 생각은 없다는 것이고, 두 번째 이유는 리디아가 언제 이 방에 들어올지 모른다는 것이었다. 물론 그녀가 사람 살려, 유령이에요, 라고 소리칠 위험이 있는 것은 아니었으나, 페르난두 페소아가 원래 그런 성격이 아니라 해도 굳이 이 자리에 남아 육체와 영혼의 친밀한 관계를 목격하고 싶어 할 가능성이 있었다. 그럴 가능성을 배제할 수 없었다. 신은, 신이 누군지는 몰라도, 어쨌든 신은 자주 이런 짓을 한다. 신도 어쩔 수 없는 일이긴 하다. 어디에나 존재하니까. 우리는 그것을 그냥 받아들인다. 히카르두 헤이스는 남자들끼리의 공범 의식에 호소했다. 이야기를 나눌 시간이 많지는 않아, 곧 손님이 올 예정이거든, 자칫 민망할 수도 있다는 걸 자네도 알 걸세. 시간을 제대로 활용하는군, 여기 온 지 아직 삼 주도 안 됐는데 벌써 애정을 나누는 사람이 생기다니, 적어도 내가 보기에는 애정 관계인 것 같은데. 자네가 말하는 애정이 무슨 뜻인지에 따라 달라지겠지, 그녀는 이 호텔의 메이드일세. 이런, 헤이스, 심미주의자 같으니, 올림포스의 모든 여신들과 친밀한 관계를 맺고, 메이드와도, 하녀와도 한 침대에 눕는군, 자네가 예전에 리디아, 네아이라, 클로에에 대해 한시도 쉬지 않고 끊임없이 이야기하는 걸 들은 적이 있네, 그런데 이제는 호텔 메이드에게 흠뻑 빠져 있다니, 정말 실망스럽군. 그 호텔 메이드의 이름은 리디아이고, 난 흠뻑 빠지지 않았네, 원래 흠뻑 빠지는 성격이 아니야. 아, 많은 사람들이 찬사를 보내는 인과응보라는 것이 정말로 존재하기는 하는 거로군, 이것 참 재미있는 상황인걸, 자네가 리디아에 대해 그렇게 장황하게 떠들어댔는데 리디아가 마침내 나타났잖아, 자네는 카몽이스보다도 운이 좋아, 카몽이스는 나테르시아의 마음을 얻기 위해 그 이름을 새로 지어내기까지 했는데도 별로 소득이 없었잖나, 그래, 리디아라는 이름은 나타났지만 그 여자는 아니다, 고마운 줄 알게, 자네의 시에 나오는 리디아가 어떤 사람인지 자네가 어떻게 알겠나, 수동성과 사려 깊은 침묵과 순수한 영혼을 참을 수 없을 만큼 구현한 존재가 정말로 존재한다면 말이지만, 사실 의심스럽지, 자네의 시를 쓴 시인의 존재 여부만큼이나 의심스러워. 아냐, 내가 그 시를 쓴 것이 맞네. 내가 의심하는 걸 봐주게, 친애하는 헤이스, 자네가 발치에 탕파를 두고 거기서 탐정소설을 읽으며 메이드가 와서 자네 몸의 다른 부분들도 데워주기를 기다리는 걸 알겠네, 내 표현이 좀 지나친 건 아닌지 모르겠군, 어쨌든 그러면서도 자네는 고요하게 멀리서 삶을 지켜본다는 구절을 쓴 사람이 바로 자네라는 말을 나더러 믿어달라는 건가, 그렇다면 자네가 멀리서 삶을 지켜볼 때 과연 어디 있었는지 물어볼 수밖에 없군. 시인은 가장하는 자라는 말을 자네가 직접 썼잖아. 우리는 어떻게 그런 결론에 도달했는지 알지 못한 채 그런 직관을 내뱉지, 안타깝게도 나는 시인이 인간인 척 가장하는 건지, 아니면 인간이 시인인 척 가장하는 건지 알아내지 못한 채로 죽어버렸네. 가장하는 것과 자신을 속이는 건 서로 달라. 그건 단언인가, 질문인가. 질문일세. 다른 게 당연하지, 나는 그저 창작했을 뿐이지만 자네는 자네 자신을 만들어냈어. 그 차이를 알고 싶다면 내 시를 먼저 읽은 다음에 자네의 시를 읽어보게. 이런 대화를 하다가는 밤을 꼬박 새우겠군. 어쩌면 자네의 리디아가 와서 자네를 품에 안아줄지도 모르지, 사람들 말을 들어보니, 주인을 숭배하는 메이드들은 때로 지극한 애정을 보여준다더군. 자네 화가 난 것 같은데. 그런지도. 이걸 물어봐야겠군, 내가 가장하는 건 시인인가, 인간인가. 헤이스, 이 친구야, 자네의 상황은 절망적이야, 자네는 자신을 새로 만들어냈지, 자네가 바로 자네 자신의 창작물이란 말일세, 이건 인간과도 시인과도 상관없는 일이야. 절망적이라. 그것도 질문인가. 그래. 맞아, 절망적이지, 무엇보다도 자네 자신이 누구인지 자네가 모르기 때문일세. 그럼 자네는 어떤가, 자네는 자신이 누구인지 알아냈나. 난 이제 중요하지 않아, 이미 죽었으니까, 하지만 걱정 말게, 나에 대해 무엇이든 기꺼이 설명해줄 사람들이 아주 많을 테니까. 어쩌면 나는 내가 누구인지 알아보려고 포르투갈에 돌아온 건지도 모르겠군. 말도 안 되는 소리, 이보게, 그건 어린애의 헛소리 같은 말이야, 그런 식의 깨달음은 신비주의 저작이나 다마스쿠스로 가는 길에서만 얻을 수 있다네, 여기는 리스본이고, 여기에서 이어진 길은 전혀 없다는 사실을 잊지 말게. 이제 눈을 뜨고 있기가 힘들군. 난 이제

갈 테니 눈 좀 붙이게, 내가 자네에게 부러운 단 한 가지가 바로 잠이야, 잠이 죽음의 사촌이라고 믿는 놈들은 다 바보일세, 사촌이라고 했는지 형제라고 했는지는 잘 기억나지 않지만, 아마 사촌이었을 거야, 내가 자네 마음을 잘 알아주지도 않는데, 정말로 자네를 다시 찾아와도 괜찮겠나. 제발 와주게, 내가 속내를 털어놓을 수 있는 사람이 많지 않아. 그거 확실히 타당한 이유로군. 이보게, 부탁 하나만 들어주겠나, 나 갈 때 문을 살짝 열어두게, 내가 침대에서 빠져나왔다가 감기에 걸리는 일이 일어나지 않게. 여전히 찾아올 사람을 기다리는 건가. 어찌 될지는 아무도 모르는 일이지, 페르난두, 아무도 모르는 일이야.

삼십 분 뒤 문이 열렸다. 리디아가 계단과 복도를 한참 걸어온 탓에 덜덜 떨면서 그의 침대로 살짝 들어와 동그랗게 몸을 말고 그의 옆에 누워서 이렇게 물었다. 연극은 좋았어요. 그는 그녀에게 사실대로 대답했다. 그래요, 아주 좋았어요.

마르센다 부녀는 점심시간에 나타나지 않았다. 히카르두 헤이스가 그 이유를 알아보는 데 대단히 전술적인 섬세함을 발휘할 필요는 없었다. 수사를 하는 형사처럼 논리적으로 머리를 굴릴 필요도 없었다. 그는 조금 여유를 갖고 살바도르와 한가로이 잡담을 나눴을 뿐이었다. 친절하고 자신감 있는 손님처럼 프런트데스크에 팔꿈치를 괴고 이야기를 나누다가 지나가는 말처럼, 여담처럼, 다른 멜로디를 만들다가 뜻하지 않게 떠오른 멜로디처럼, 그는 삼파이우 박사 부녀를 만나서 안면을 익혔는데 정말 호감이 가고 세련된 사람들이더라고 살바도르에게 말했다. 살바도르의 미소 띤 표정이 살짝 일그러졌다. 그 두 손님이 떠날 때 이야기를 나눴는데도, 그들은 극장에서 헤이스 박사를 만났다는 이야기를 언급하지 않았기 때문이다. 이제는 그도 그 일에 대해 알게 되었지만, 오후 두시가 거의 다 되어서야 알게 되었다는 점이 문제였다. 어떻게 이럴 수가 있을까. 물론 손님들이 극장에서 돌아와 그에게 우연히 헤이스 의사 선생을 만났다, 삼파이우 부녀를 만났다고 서면으로 알려주기를 기대한 것은 아니었다. 그래도 그렇게 오랫동안 자신에게 아무 말도 해주지 않은 것이 몹시 부당한 일 같았다. 손님들과 이렇게 친근한 관계를 유지하는 호텔 지배인을 이런 식으로 대접할 수는 없었다, 고마움을 모르는 세상 같으니. 마침 이야기가 나왔으니 말인데, 미소가 일그러지는 데에는 한순간으로 충분하다. 그런 미소가 유지되는 것도 아마 한순간뿐일 것이다. 그러나 미소가 일그러진 이유를 설명하는 데에는 시간이 좀 더 걸릴 수 있다. 인간의 마음속에는 아주 깊숙하고 구석진 곳이 있는데, 만약 우리가 모든 것을 조사해보겠다며 용기를 내서 그곳에 들어갔다가는 금방 나오지 못할 가능성이 높다. 히카르두 헤이스가 그 구석진 곳을 자세히 살펴보았다고 말하려는 것은 아니다. 그는 살바도르가 갑자기 뭔가 거슬리는 생각을 했음을 인식했을 뿐이다. 살바도르는 실제로 그런 생각을 했다. 그러나 그 생각이 무엇인지 알아내려고 시도했더라도 그는 결코 성공하지 못했을 것이다. 우리가 서로에 대해 얼마나 모르고 있는지, 그리 자주 있는 일은 아니지만 때로 우리가 충동을 설명하기 위해 그 동기를 파악하려고 애쓸 때 인내심이 얼마나 빨리 떨어지는지를 보여주는 사실이다. 『미궁의 신』에 나오는 것처럼 진정한 범죄 수사를 하는 상황이라면 이야기가 조금 달라지겠지만. 살바도르는 흔히들 하는 말처럼 열까지 세기 전에 거슬리는 기분을 극복하고, 오로지 자신의 선한 본성에 따라 기쁜 마음을 표현하며 삼파이우 박사 부녀를 칭찬했다. 삼파이우 박사는 속속들이 신사적인 분이고, 그 따님은 아주 세심한 교육을 받은 몹시 세련된 여성이라고. 그런 분이 그런 장애 또는 질병 때문에 슬프게 살고 계신다니 정말 안타까운 일이라고. 우리끼리 하는 말입니다만, 헤이스 선생님, 제가 보기에는 치료할 방법이 없는 것 같습니다. 히카르두 헤이스가 이미 스스로 잘 알지 못한다고 선언한 의학적인 문제를 논하려고 이 대화를 시작한 것은 아니었다. 그래서 그는 중요한 화제, 아니 자신에게 중요한 화제, 얼마나 중요한지는 잘 모르겠지만 하여튼 그런 화제로 이야기의 방향을 돌렸다. 바로 삼파이우 박사와 마르센다가 점심시간에 식당으로 내려오지 않았다는 사실. 그는 갑자기 어떤 가능성을 떠올리고 이렇게 물었다. 이미 코임브라로 돌아간 겁니까. 적어도 이 점에 대해서는 모르는 것이 없다고 주장할 수 있는 살바도르가 대답했다. 아뇨, 내일에나 떠나실 겁니다, 오늘은 세뇨리타 마르센다가 전문 치료사와 예약이 돼 있어서 바이샤에서 점심 식사를 드셨어요, 일을 마친 뒤에는 주변을 구경하면서 필요한 물건을 몇 가지 구입하실 예정이랍니다. 그럼 오늘 저녁에는 여기서 식사하실까요. 물론이죠.

히카르두 헤이스는 프런트데스크에서 멀어져 두 걸음을 떼었다가 생각을 바꿔 이렇게 선언했다. 산책을 좀 다녀와야겠습니다, 날씨가 금방 나빠질 것 같지는 않네요. 살바도르는 아무 쓸모 없는 정보를 간단히 전해준다는 듯한 어조로 이렇게 말했다. 세뇨리타 마르센다가 점심 식사 후 호텔로 돌아올 예정이라고 말씀하셨습니다, 아버님이 볼일을 보시는 데에는 동행하지 않을 거라고요. 그러자 히카르두 헤이스는 호텔 라운지로 가서 창밖을 보며 날씨를 가늠해본 뒤 프런트데스크로 돌아왔다. 다시 생각해보니, 그냥 여기서 신문이나 읽어야겠습니다, 비는 내리지 않지만 날씨가 아주 춥겠어요. 살바도르는 그의 새로운 계획에 온 마음으로 찬성했다. 곧바로 라운지에 히터를 가져다 두라고 하겠습니다. 그가 종을 두 번 울리자 메이드가 나타났지만, 리디아는 아니었다. 아, 카를로타, 히터에 불을 붙여서 라운지에 놓아둬요. 이 글을 명확히 이해하는 데 이런 자세한 이야기가 반드시 필요한지 여부는 우리 각자가 판단할 몫이다. 우리의 주의력, 기분, 기질에 따라 판단이 달라질 것이다. 전체적인 아이디어를 가치 있게 보는 사람, 파노라마와 역사적인 프레스코화를 선호하는 사람이 있는가 하면, 붓 자국 하나하나의 비슷한 점과 대조적인 점을 음미하는 사람도 있다. 모두를 기쁘게 하기란 불가능하다는 사실을 우리 모두 잘 알고 있지만, 여기서는 카를로타가 오가는 동안, 살바도르가 어려운 계산과 씨름하는 동안, 히카르두 헤이스가 갑자기 생각을 바꾸는 바람에 의심을 산

것은 아닌지 속으로 자문해보는 동안, 주인공들 사이에서 그리고 주인공들 내면에서 무엇이 됐든 감정이 발전하기에 충분한 시간을 내어주는 것만이 중요할 따름이다.

두시가 되고, 두시 삼십분이 되었다. 글자가 흐릿하게 찍혀 있는 리스본의 신문들, 일면에 실린 헤드라인들을 읽고 또 읽었다. 영국의 에드워드 팔세가 대관식을 치를 것이다, 역사가 코스타 브로샤두가 내무부 장관에게 축하 인사를 보냈다, 늑대들이 도시를 어슬렁거린다. 안슐루스 계획, 그러니까 혹시 모르는 사람들을 위해 설명하자면, 오스트리아와 독일의 합병을 제안한 계획을 오스트리아 애국전선이 거부했다. 프랑스 정부 각료들이 사직서를 제출했다, 힐 로블레스*와 칼보 소텔로** 사이의 불화로 스페인 우파 정당들이 결성한 연합이 선거에서 위험해질지 모른다. 그다음에는 광고가 있었다. 파르질은 구강 위생을 위한 최고의 묘약, 내일 저녁 유명 발레리나 마루지타 폰탕이 아르카디아에서 데뷔합니다, 스튜드베이커의 최신 자동차, 대통령(President), 독재자(Dictator)를 소개합니다. 판화가 수도사의 광고가 우주를 이야기했다면, 이 광고는 우리가 살고 있는 세상의 축도이다. 독재자라는 이름의 자동차는 이 시대와 현대의 취향을 분명하게 보여준다. 가끔 버저가 울린다. 떠나는 사람, 새로

---

* 1898~1980, 스페인 정치가.
** 1893~1936, 스페인 법률가, 정치가.

도착한 사람, 체크인을 하는 손님, 살바도르가 날카롭게 울린 종소리, 짐을 들고 올라가는 피멘타. 그러고는 무거운 침묵이 한참 동안 이어진다. 날이 어둑해진다. 이제 세시 삼십 분이 넘었다. 히카르두 헤이스는 소파에서 일어나 억지로 발을 질질 끌듯이 프런트데스크로 간다. 살바도르가 공감의 시선으로 그를 바라본다. 심지어 동정하고 있는 것 같기도 하다. 신문을 다 읽으셨군요. 이 순간부터 모든 일이 순식간에 벌어지기 시작해서 히카르두 헤이스는 미처 대답할 틈이 없다. 버저 소리, 계단 아래에서 들려오는 누군가의 목소리. 피멘타, 이 꾸러미들을 가지고 올라가야 하는데 좀 도와주겠어요. 피멘타가 아래로 내려갔다가 다시 올라온다. 마르센다가 함께 있다. 히카르두 헤이스는 어찌할 바를 모른다. 이 자리에 그대로 있어야 하나, 다시 라운지로 가서 소파에 앉아 신문을 읽는 척해야 하나, 아니면 따뜻하고 온화한 라운지의 공기 때문에 꾸벅꾸벅 조는 척해야 하나. 만약 그가 그렇게 한다면, 저 약삭빠른 첩자 살바도르가 무슨 생각을 할까. 그가 마음을 정하지 못하고 우물쭈물하는 사이 마르센다가 프런트데스크에 도착해서 이렇게 말한다. 안녕하세요. 그러고는 깜짝 놀란 표정을 짓는다. 어머, 선생님. 신문을 읽고 있었습니다. 그는 이렇게 대답한 뒤 서둘러 덧붙인다. 방금 막 다 읽은 참이에요. 한심하기 짝이 없는 문장들이다. 지나치게 확정적이지 않은가. 아직 신문을 읽고 있다는 말은 대화에 관심이 없다는 뜻이고, 신문을 방금 다 읽었다는 말은 여기서 나가는 길이었다는 뜻이다. 히카르두 헤이스는 말할 수도 없이 멍청해진 기분으로 계속 말을 잇는다. 이 안이 상당히 따뜻합니다. 자신이 이렇게나 진부한 말을 했다는 사실에 경악한 그는 아직도 마음을 정하지 못하고 우물쭈물한다. 이제는 라운지로 돌아가 소파에 앉을 수 없다. 아직은 안 된다. 만약 그가 그런 행동을 한다면 그녀는 그가 혼자 있고 싶어 한다고 생각할 것이다. 반면 만약 그녀가 방으로 올라갈 때까지 그가 기다린다면 그녀는 그가 밖으로 나가려는 모양이라고 생각할 것이다. 지금 그는 무슨 행동을 하든 정교하게 시간을 맞춰야, 그녀에게 자신이 그녀를 기다리고 있었다는 인상을 줄 수 있다. 그러나 사실은 이 모든 것이 쓸데없는 고민이었다. 마르센다가 간단히 이렇게 말했기 때문이다. 방에 올라가서 짐을 모두 놓아둔 다음에 금방 내려올게요, 저랑 이야기하는 걸 참아주실 의향이 있거나, 달리 중요한 할 일이 있는 게 아니라면요. 살바도르가 빙그레 웃고 있다는 사실은 전혀 놀랍지 않다. 그는 손님들이 서로 친해지는 것을 좋아한다. 호텔의 이미지에도 좋고, 유쾌한 분위기를 만들어내기 때문이다. 설사 여기서 우리가 놀랐다 해도, 나타나자마자 곧 사라질 어떤 것에 대해 길게 말하는 것이 이 이야기에는 도움이 되지 않는다. 히카르두 헤이스도 빙그레 웃으면서 걱정하지 말라는 듯 천천히 그녀에게 대답했다. 저야 당연히 좋지요. 대략 이런 뜻의 말이었다. 이 말 못지않게 자주 쓰이는 다른 표현이 아주 많다. 그러나 안타깝게도 우리가 여기서 일부러 그런 표현들을 분석하는 일은 없을 것이다. 알맹이도 특징도 없는 표현들이라 해도 사람들이 처음으로 그런 표현들을 주고받을 때를 반드시 기억해두어야 한다. 오히려 제가 반갑죠, 뭐든 말만 하세요, 이런 선언들을 입에 담은 사람은 머뭇거리게 되고, 이런 말을 들은 사람은 흠칫 떨게 된다. 말이 원래 그대로의 순수한 의미를 지니는 순간, 감정이 살아나는 순간이기 때문이다.

마르셀다는 잠시도 지체하지 않고 금방 내려왔다. 머리도 깔끔하게 빗어서 정리하고, 립스틱도 새로 발랐다. 어떤 사람들은 거울을 보면 자동적으로 이런 행동을 하게 마련이라고 생각하겠지만, 또 어떤 사람들은 여자들이 언제 어디서나 자신의 외모를 의식하기 때문이라고 믿는다. 자신의 기분과 가장 덜 유혹적인 몸짓을 의식하기 때문이라고. 히카르두 헤이스는 자리에서 일어나 그녀에게 인사를 건네며 자신의 자리와 직각으로 놓여 있는 소파로 그녀를 이끌었다. 나란히 앉을 수 있는 널찍한 소파로 옮겨 가자는 제안을 하기에는 마음이 내키지 않았다. 마르셀다는 소파에 앉아 왼손을 무릎에 놓고, 묘하게 거리감이 느껴지는 표정으로 빙긋 웃었다. 마치 이렇게 말하는 것 같았다. 잘 보세요, 제 손이 얼마나 힘없이 늘어져 있는지. 히카르두 헤이스가 혹시 피곤하십니까, 하고 막 물어보려던 참에 살바도르가 나타나 커피나 차를 드시겠느냐고 물었다. 두 사람은 날씨가 추우니 커피 한 잔이 아주 반가울 것 같다고 말했다. 하지만 살바도르는 먼저 히터를 확인했다. 히터 때문에 파라핀 냄새가 실내에 가득해서 사람들은 살짝 현기증을 느꼈다. 작은 파란색 혀 모양의 수많은 불꽃들은 끊임없이 속삭이는 것 같은 소리를 냈다. 마르센다가 히카르두 헤이스에게 연극이 재미있었느냐고 물었다. 그는 재미있었지만, 자연주의적인 표현이 다소 인위적으로 느껴졌다고 대답했다. 그리고 이 말을 더 분명하게 설명하려고 시도했다. 내 생각에, 무대 공연은 절대 자연스러우면 안 됩니다, 무대에서 펼쳐지는 것은 연극이지 인생 그 자체가 아니니까요, 인생은 재연할 수 없습니다, 아무리 충실하게 재연하더라도, 그러니까 거울처럼 재연한다 해도, 오른쪽이 왼쪽으로, 왼쪽이 오른쪽으로 바뀌게 됩니다. 어쨌든 연극이 재미있기는 했다는 말씀인가요, 아닌가요. 마르센다가 고집스럽게 물었다. 재미있었습니다. 그가 말했다. 사실 이 한마디면 충분했다. 이때 리디아가 나타나 탁자에 커피 쟁반을 내려놓고, 또 필요하신 것이 있느냐고 물었다. 마르센다가 말했다. 아뇨, 정말 고마워요. 하지만 리디아는 히카르두 헤이스를 바라보고 있었다. 그는 시선을 들지 않고 조심스레 자기 잔을 가져가면서 마르센다에게 물었다. 몇 스푼입니까. 두 스푼이에요. 마르센다가 대답했다. 리디아는 이제 확실히 여기 남아 있을 필요가 없었으므로 물러갔다. 살바도르가 보기에는 너무 지나치게 서두르는 것 같아서, 자신의 옥좌에 앉은 채로 그녀를 질책했다. 그 문을 조심해요.

마르센다는 잔을 쟁반에 내려놓은 뒤 오른손으로 왼손을

감쌌다. 양손 다 차가웠으나, 이 두 손은 산 자와 죽은 자만큼 서로 달랐다. 그래도 아직 가망이 있는 것과 전혀 가망이 없는 것의 차이. 아버지가 알면 싫어하시겠지만, 저는 선생님과 안면을 익혔다는 사실을 이용해서 이제부터 선생님께 의학적인 의견을 물어보려고 해요. 당신의 병에 대한 제 의견을 묻는 겁니까. 네, 움직이지 않는 이 팔, 이 한심한 손에 대해서요. 제가 조언을 꺼리는 심정을 이해해주시기 바랍니다, 첫째, 저는 그 분야의 전문의가 아닙니다, 둘째, 당신의 병력에 대해 제가 아는 것이 전혀 없습니다, 셋째, 다른 의사가 맡고 있는 환자에게 간섭하지 않는 것이 우리끼리의 예의입니다. 그건 저도 다 알아요, 하지만 환자가 의사와 친구가 되어서 자신의 문제에 대해 상담하는 걸 누가 막을 수 있겠어요. 물론 그렇죠. 그럼 친구로서 제 질문에 대답해주세요. 당신의 말씀대로 당신과 친구가 된 것이 몹시 기쁩니다, 사실 서로 알게 된 지 한 달쯤 됐지요. 그럼 의견을 말씀해주시는 건가요. 시도는 해보겠습니다만, 먼저 한두 가지 질문을 하겠습니다. 뭐든지 물어보세요. 이것도 한때, 그러니까 말이 아직 유아기에 머물러 있을 때, 커다란 의미를 지녔던 수많은 표현들의 목록에 덧붙일 수 있는 말이다. 말씀만 하세요, 기꺼이 따르겠습니다, 제가 오히려 기쁘지요, 무엇이든 원하시는 대로. 리디아가 다시 라운지에 들어와서 마르센다가 얼굴을 붉힌 것, 눈물을 글썽거리는 것, 히카르두 헤이스가 주먹을 꽉 쥔 손으로 왼쪽 뺨을 받치고 있는 것을 한눈에 알아보았다. 두 사람 모두 말이 없었다. 마치 중요한 대화를 끝냈거나, 그런 대화를 준비하고 있는 것 같았다. 어떤 대화였을까, 어떤 대화일까. 리디아는 쟁반을 가져갔다. 커피 잔이 받침 접시 위에 제대로 놓이지 않으면 심하게 흔들린다는 사실을 우리 모두 알고 있다. 자신의 손이 절대 흔들리지 않을 것이라는 확신이 없다면 반드시 미리 확인해야 하는 사항이다. 살바도르의 경고를 듣고 싶지 않을 때도 마찬가지다. 사기그릇이니까 주의해야지.

히카르두 헤이스는 생각에 잠긴 표정이더니 앞으로 몸을 기울이며 마르센다에게 양손을 내밀고 물었다. 괜찮겠습니까. 그녀도 앞으로 살짝 몸을 기울이고는, 오른손으로 왼손을 들어 그의 손 위에 올려놓았다. 날개가 부러지고 가슴에 총알이 박힌 새를 다루는 것 같은 손길이었다. 히카르두 헤이스는 천천히 부드럽게, 그러나 단단하게 힘을 주면서 손가락으로 손목까지 손을 쓸었다. 완전한 굴복, 철저한 반응의 부재, 자발적인 것이든 본능적인 것이든 전혀 저항이 없는 상태를 평생 처음으로 경험할 수 있었다. 그보다 더 나쁜 것은, 그 손이 이 세상의 것이 아니라 외계의 것처럼 보인다는 점이었다. 마르센다는 마비된 손만 뚫어져라 바라보았다. 다른 의사들도 생명을 잃은 저 근육, 아무 쓸모 없는 신경, 무엇도 보호해주지 못하는 뼈를 탐색해보았다. 그리고 지금은 자신이 손을 맡긴 이 남자가 만지는 중이었다. 만약 삼파이우 박사가 이 순간 라운지로 걸어 들어온다면 자신의 눈을 믿지 못할 것이다. 그러나 아무도 라운지에 들어오지 않았다. 보통 오가는 사람이 많은 곳인데도. 오늘 이곳은 조용하고 친밀한 장소가 되었다. 히카르두 헤이스는 천천히 손을 거둬들이면서 자신의 손가락을 바라보았다. 이유는 그도 알 수 없었다. 그가 물었다. 언제부터 이런 상태였습니까. 지난 십이월로 사 년이 됐어요. 증세가 점차 진행됐나요, 아니면 갑자기 나타났나요. 한 달이라면 점진적이라고 할까요, 갑자기라고 할까요. 한 달 안에 팔의 기능을 모두 잃어버렸다는 말인가요. 맞아요. 혹시 뭔가 문제가 생긴 것 같다는 징후가 미리 있었습니까. 아뇨. 부상을 입거나, 심하게 넘어지거나 한 적도. 없어요. 의사는 뭐라고 하던가요. 심장병 때문이래요. 심장병 얘기는 처음 듣는군요. 선생님이 팔에만 관심이 있을 것 같아서요. 의사가 또 뭐라고 하던가요. 코임브라의 의사들은 치료 방법이 없다고 했고, 여기 의사들도 같은 말을 했어요, 하지만 최근에 만난 전문가는 거의 이 년 전부터 제 치료를 맡아주신 분인데, 증세가 나아질 수 있다고 말해요. 무슨 치료입니까. 마사지, 태양등 치료, 전기 자극이에요. 결과는요. 없어요. 팔이 전기 자극에 반응하지 않나요. 반응해요, 움찔거리기도 하고, 푸들거리기도 하죠, 하지만 그러고 다시 잠잠해져요. 히카르두 헤이스는 침묵에 잠겼다. 적대감과 분노가 갑자기 느껴졌다. 마치 마르센다가 질문이 너무 많은 것 아니냐고, 아니면 좀 다른 질문을 해보라고 말하는 것 같았다. 이를테면 이런 질문. 당시 뭔가 중요한 일이 있었습니까, 라든가 좀 더 요점에 접근한, 혹시 불운을 겪은 적이 있습니까, 같은 질문. 마르센다의 얼굴에는 눈물을 참는 기색이 역력했다. 손 문제 말고도 당신을 괴롭히는 일이 있군요. 히카르두 헤이스가 그녀에게 물었다. 그녀는 고개를 끄덕이고 손짓을 하기 시작했지만 끝마치지는 못했다. 심장을 누가 쥐어짠 것처럼 깊은 흐느낌이 터져 나오고, 눈물이 뺨을 타고 걷잡을 수 없이 흘러내렸다. 살바도르가 깜짝 놀라서 문간에 나타났지만, 히카르두 헤이스는 무뚝뚝하게 물러나라는 손짓을 했다. 살바도르는 물러났으나, 바로 문 앞에서 머뭇거렸다. 마르센다가 마음을 다스렸는데도 눈물은 계속 조용히 흘러내렸다. 다시 입을 연 그녀의 목소리에서 적대감은 느껴지지 않았다. 정말로 적대감이 있었다면 말이지만. 어머니가 돌아가신 뒤에 저는 팔을 쓸 수 없게 됐어요. 하지만 조금 전에는 심장병 때문에 팔이 마비됐다고 의사들이 말했다고 하지 않았습니까. 의사들은 그렇게 말했죠. 의사들을 믿습니까. 네. 그럼 왜 어머님이 돌아가신 것과 팔이 마비된 것이 서로 관련되어 있다고 생각하는 겁니까. 분명히 그렇다고 확신하는데 설명을 할 수가 없네요. 그녀는 잠시 말을 멈추고, 그나마 아직 남아 있던 적의를 불러내서 쏘아붙였다. 지금 저한테 필요한 건 영혼의 치료사가 아니에요. 저도 영혼의 치료사가 아닙니다, 그냥 평범한 일반의일 뿐이에요. 이번에는 히카르두 헤이스가 화를 냈다. 마르센다는 한 손을 들어 눈을 만지면서 이렇게 말했다. 죄송해요, 저 때문에 화가 나시죠. 그런 게 아닙니다, 최선을 다해 당신을 도울 수 있다면 기쁠 겁니다. 절 도울 수 있는 사람은 아마 없을 거예요, 오늘은 그냥 누군가에게 속을 털어놓고 싶었을 뿐이에요. 그러니까 당신은 어머님이 돌아가신 일이 연관되어 있다고 진심으로 확신하는 거군요. 지금 우리가 이렇게 함께 앉아 있는 것이 사실인 것처럼 확실해요. 순전히 어머님이 돌아가셨기 때문에 팔이 마비되었다는 사실을 아는 것만으로는 팔을 움직일 수 없는 겁니까. 하실 말씀은 그게 전부인가요. 네, 그렇습니다, 하지만 이것만으로도 굉장한 것이, 당신이 그렇게 확신하고 있는 만큼 당신에게는 팔이 마비된 다른 원인이 존재하지 않는 것 아닙니까, 그럼 이제 솔직한 질문을 던질 때가 됐습니다, 팔이 움직이지 않는 것은 정말로 팔이 마비됐기 때문입니까, 아니면 팔이 움직이는 것을 당신이 원하지 않기 때문입니까. 그가 이 질문을 속삭이듯이 작은 목소리로 했기 때문에 마르센다는 질문을 들었다기보다는 감지한 쪽에 가까웠다. 만약 그녀가 이런 질문을 미리 예상하지 않았다면 감지하는 것도 불가능했을 것이다. 살바도르는 열심히 귀를 쫑긋거리며 들어보려고 했지만, 층계참에서 피멘타의 발소리가 들려왔다. 경찰서로 가져가야 하는 서류가 있는지 물어보려고 그가 다가왔다. 이 질문을 던진 피멘타의 목소리 역시 아주 작았다. 작은 목소리를 낸 이유도 같았다. 질문의 대답을 다른 사람들이 듣지 못하게 하겠다는 것. 때로는 대답이 상대의 이 사이, 입술 사이에 갇혀 아예 밖으로 나오지 않을 때도 있고, 밖으로 나오더라도 여전히 들리지 않을 때도 있다. 긍정 또는 부정을 뜻하는 아주 가느다란 대답이 투명한 바다에 떨어진 피 한 방울처럼 호텔 라운지의 그림자들 속으로 녹아 사라진다. 존재하지만 보이지 않는 형태로. 마르센다는 팔이 마비됐기 때문이에요, 라고도, 팔이 움직이는 것을 내가 원하지 않기 때문이에요, 라고도 대답하지 않았다. 대신 히카르두 헤이스를 바라보며 물었다. 제게 조언해주실 수 있는 말이 있나요, 조금이라도 치료에 효과가 있을 만한 방법 같은 거요. 제가 전문의가 아니라고 이미 말씀드렸습니다만, 마르센다, 제 판단으로는 만약 당신이 심장병을 앓고 있다면 그건 곧 자기 자신을 앓고 있다는 뜻입니다. 그런 말은 처음 듣네요. 우리는 모두 이런저런 병을 앓고 있습니다, 그 뿌리 깊은 질병들은 우리의 존재와 떨어질 수 없고, 지금의 우리 모습 또한 어떤 식으로든 그 병이 만들어낸 것입니다, 심지어 우리들이 모두 곧 각자 지닌 질병 그 자체라고 말할 수도 있을 겁니다, 우리는 그 질병 때문에 아주 하찮은 존재이지만, 동시에 그 질병 때문에 아주 대단한 존재가 될 수 있습니다. 하지만 제 팔은 움직이지 않아요, 손이 아무짝에도 쓸모가 없다고요. 어쩌면 손이 스스로 움직이지 않는 편을 택했기 때문인지도 모르죠. 죄송하지만, 이런 식이라면 대화의 결론이 나지 않을 것 같네요. 증세가 나아진 느낌이 전혀 없다고 하셨죠. 네, 없어요. 그럼 왜 계속 리스본에 오시는 겁니까. 제가 오고 싶어서 오는 게 아니에요, 아버지의 고집 때문이죠, 아버지에게도 나름의 이유가 있고요. 무슨 이유인가요. 저는 스물세 살이고 미혼이에요, 그리고 어떤 주제는 결코 입 밖에 내지 말라고 배웠어요, 사람이 생각을 어찌할 수는 없으니 머리로는 그런 생각을 하더라도 말이에요. 좀 더 명확하게 설명해주시면 안 될까요. 꼭 그래야 하나요. 리스본, 리스본이면서도 바다에 배가 있는 곳. 그게 뭐죠. 시 한 줄입니다, 누가 썼는지는 기억이 안 나네요. 이번에는 제가 어리둥절할 차례네요. 리스본에는 비록 많은 것이 있지만, 그렇다고 세상 모든 것이 있지는 않습니다, 그래도 여기서 자신이 마음 깊이 원하는 것을 찾을 수 있으리라고 생각하는 사람들이 있죠. 선생님이 이렇게 에둘러 하고 싶은 말이, 리스본에 아버지의 애인이 있느냐는 질문이라면, 제 대답은 그렇다예요. 의학적인 도움이 필요한 딸이 있다면, 확실히 아버님이 리스본에 오기 위해 다른 핑계를 대실 필요가 없겠군요, 게다가 아버님은 아직 젊은 나이에 혼자가 되셨으니 자유로운 몸이기도 하고요. 조금 전에도 말했듯이, 저는 어떤 주제는 입에 담으면 안 된다고 배웠어요, 그런데도 은밀하게 그런 이야기를 계속 입에 담죠, 저도 아버지랑 같아요, 아버지의 사회적 위치와 아버지가 받은 교육을 감안한다면, 저도 비밀스러운 편이 좋다고 생각해요. 저한테 자식이 없어서 다행입니다. 왜요. 아이들의 눈에는 자비가 없으니까요. 저는 아버지를 사랑해요. 물론 그렇겠죠, 하지만 사랑만으로는 충분하지 않습니다. 어쩔 수 없이 프런트데스크를 지키고 있는 살바도르는 자신이 어떤 대화를 놓치고 있는지 짐작도 하지 못한다. 서로를 잘 알지 못하는 두 사람 사이에 자유로이 오가는 내밀한 이야기. 그러나 그가 여기 세 번째 소파에 앉아 몸을 앞으로 기울이고 있다 해도 두 사람이 거의 소리를 내지 않고 주고받는 대화를 이해하려면 입술을 읽어야 할 것이다. 차라리 그 낮은 목소리보다는 파라핀 히터가 웅성거리는 소리를 알아듣는 편이 더 쉬울 것이다. 두 사람의 대화는 마치 고해소에서 들려오는 소리 같다. 우리의 모든 죄를 사하소서.

마르센다는 왼손을 오른손 손바닥에 올려놓았다. 아니, 그렇지 않다. 이 문장만 보면 그녀의 왼손이 뇌의 명령에 따라 움직일 수 있는 것처럼 보인다. 그 자리에 있었던 사람이 아니면, 그녀가 이 동작을 어떻게 완성했는지 이해하지 못할 것이다. 먼저 오른손이 왼손 아래로 미끄러져 들어가 약지와 새끼손가락으로 손목을 잡았다. 그리고 두 손이 함께 히카르두 헤이스 쪽을 향해 움직이는데, 각각의 손이 다른 손을 그에게 바치는 듯한 모습, 도움을 청하는 듯한 모습, 아니면 불가피한 일이라며 체념한 모습 같았다. 말씀해주세요, 제 손이 나을 수 있을까요. 저도 뭐라고 말씀드릴 수 없습니다, 사년 동안 조금도 낫지 않은 채 이 상태였지요, 당신의 담당의는 당신의 병력을 자세히 알고 있겠지만 저는 모릅니다, 게다가 제가 이미 설명했듯이, 저는 이 분야를 잘 몰라요. 이제 리스본에 오는 걸 그만둬야 할까요, 아버지에게 내가 이 상황을 받아들이기로 했으니 치료법을 찾겠다고 돈을 낭비하는 일은 그만두자고 말해야 할까요. 아버님이 리스본에 오는 이유는 두 가지 아닙니까, 당신이 그중 하나를 없애버리면, 아버님은 혼자서 리스본에 계속 올 용기를 낼 수도 있고 내지 못할 수도 있겠죠, 어쨌든 당신의 질병이라는 알리바이를 잃어버릴 겁니다, 지금은 아버님이 스스로를 오로지 딸이 낫기를 바라는 아버지로 보고 있는데 말이죠. 그럼 어떻게 해야 하나요. 우리는 서로 거의 모르는 사이나 마찬가지입니다, 저는 당신에게 그런 문제에 관한 조언을 할 자격이 없어요. 아니에요, 제가 부탁할게요. 포기하지 마시고, 계속 리스본에 오세요, 아버님을 위해서, 언젠가 치료될 수 있을 것이라는 믿음이 모두 사라졌다 해도요. 그런 믿음은 이미 거의 사라졌어요. 그럼 아직 남아 있는 믿음에 매달리세요, 믿음이 당신의 알리바이가 될 겁니다. 무엇을 위한 알리바이인가요. 희망이죠. 무슨 희망요. 희망, 그냥 희망입니다, 살다 보면 희망 외에는 아무것도 없을 때가 와요, 그때 우리는 알게 됩니다, 희망이 바로 모든 것이라는 사실을. 마르센다는 소파에 등을 기대고 왼손을 천천히 어루만졌다. 창문을 등지고 있어서 얼굴이 거의 보이지 않았다. 평소 같으면 이때쯤 살바도르가 나타나 브라간사 호텔의 자랑이자 기쁨인 샹들리에를 켜겠지만, 이번에는 그러지 않는다. 마치 자신이 주선해준 것이나 마찬가지인 대화에서 배제되어 얼마나 불쾌한지 보여주려는 것 같았다. 자기들끼리 대화에 몰두해서 이런 식으로 내 은혜를 갚는단 말이지, 거의 어두워진 라운지에서 속닥거리면서 말이야. 그가 이런 생각을 하자마자 샹들리에에 불이 들어왔다. 히카르두 헤이스가 알아서 불을 켠 것이다. 지금 누가 여기 라운지에 들어온다면, 어둠 속에 남녀가 함께 있는 모습을 보고 수상쩍게 생각할 것 같았다. 설사 남자는 의사고 여자는 장애인이라 해도. 이건 택시 뒷좌석에 함께 앉는 것보다 훨씬 더 심각한 상황이었다. 예상대로 살바도르가 나타났다. 안 그래도 제가 불을 켜려고 오던 중이었습니다, 선생님. 그가 미소를 짓자, 두 사람도 함께 미소를 지으며 문명인다운 자세와 동작을 취했다. 고민을 가리기 위한, 반은 위선적이고 반은 꼭 필요한 행동이었다. 살바도르가 물러간 뒤 긴 침묵이 흘렀다. 이렇게 환한 곳에서는 아까처럼 말하기가 쉽지 않았다. 얼마 뒤 마르센다가 말했다. 개인적인 사정을 꼬치꼬치 물어볼 생각은 없지만, 왜 이 호텔에 꼬박 한 달 동안 머물고 계신지 물어봐도 될까요. 여기에 살 집을 구해야 할지 아직 마음을 정하지 못했습니다, 어쩌면 리우데자네이루로 돌아갈지도 모르거든요. 살바도르 말로는 거기서 십육 년 동안 사셨다고 하던데요, 어쩐 일로 돌아오신 거예요. 고향이 그리워져서요. 그럼 향수를 아주 빨리 극복하셨네요, 벌써 떠날지도 모른다고 말씀하시는 걸 보니. 딱히 그런 건 아닙니다, 리스본으로 출발할 때에는 더 이상 여기에 오는 걸 미룰 수 없다는 심정이었어요, 여기서 처리해야 할 중요한 일이 있었거든요. 그럼 지금은요. 지금은. 그는 말을 하다 말고 앞쪽의 거울을 빤히 바라보았다. 지금은 끝이 다가오고 있음을 감지하고 죽을 장소를 향해 움직이기 시작한 코끼리가 된 것 같은 기분입니다. 브라질로 아주 돌아가신다면, 코끼리가 죽으러 가는 곳이 그곳이겠군요. 다른 나라로 이주할 때 사람은 자신이 죽게 될지도 모르는 그 나라에서 평생을 살게 될 거라고 생각합니다, 그것이 다른 점이죠. 그럴지도 모르겠네요, 다음 달에 제가 리스본에 다시 오면, 선생님은 여기에 없겠군요. 어쩌면 집을 구하고, 병원을 열어, 일상을 누리고 있을지도 모르죠. 아니면 리우데자네이루로 돌아가셨을 수도 있고요. 여기 오면 알 수 있을 겁니다, 저기 살바도르가 모든 소식을 알려줄 테니까요. 저는 희망을 잃지 않기 위해 여기에 올 거예요. 저도 여기 있겠습니다, 희망을 잃지 않는다면.

마르센다는 스물세 살이다. 그녀가 어떤 교육을 받았는지는 확실히 알 수 없지만, 공증인의 딸인 데다가 코임브라 출신이니 초등학교는 거의 확실히 다녔을 것이다. 병에 걸리지 않았다면 틀림없이 어딘가의 대학에 등록해서 법이나 예술을 공부했을지도 모른다. 아마 예술이 더 나았을 것이다. 집안에 이미 법률가가 있다는 사실을 차치하더라도, 법전과 규정을 지루하게 공부하는 일은 여자에게 맞지 않기 때문이다. 그녀가 아들로 태어나기만 했어도, 삼파이우 왕조와 법률회사를 이어갈 수 있었을 텐데. 그러나 이것은 문제가 아니다. 지금 문제는 이 시기의 포르투갈에서 이토록 오랫동안 수준 높은 대화를 지속할 수 있는 젊은 여자를 찾기가 힘들다는 점이다. 수준이 높다는 말은 당시의 기준에 비추어 그렇다는 말이다. 마르센다는 경박한 말을 한마디도 하지 않았고, 허세를 부리지도 않았으며, 지혜가 있는 척하거나 남자와 겨루려고 하지도 않았다. 이런 표현을 쓰는 것을 용서해주기 바란다. 그녀의 말투는 자연스럽고, 머리도 확실히 좋아 보이는데, 어쩌면 장애를 보상하기 위해 그렇게 된 것일 수도 있다. 남자는 물론 여자에게서도 볼 수 있는 현상이다. 그녀가 소파에서 일어나 왼손을 가슴 높이에서 붙잡고 미소를 짓는다. 참을성 있게 제 얘기를 들어주셔서 정말 감사합니다. 제게 감사할 필요 없습니다, 저도 대화가 즐거웠으니까요. 오늘 저녁 식사를 여기서 하시나요. 네. 그럼 금방 다시 뵙게 되겠네요, 지금은 이만 일어나볼게요. 히카르두 헤이스는 그녀가 나가는 모습을 지켜보았다. 기억만큼 그녀의 키가 크지 않았지만, 몸이 호리호리했다. 기억이 그를 속인 이유가 바로 그것이었다. 그녀가 살바도르에게 말하는 소리가 들렸다. 리디아에게 시간이 나는 대로 제 방에 와달라고 전해주세요. 히카르두 헤이스만이 이 부탁을 듣고 화들짝 놀랄 것이다. 사회적 계층이 다른 사람과 문란하게 수치스러운 행동을 한 것이 그의 양심을 무겁게 누르고 있기 때문이다. 손님이 메이드를 방으로 부르는 것만큼 자연스러운 일이 어디 있을까. 하물며 그 손님은 팔이 마비돼서, 예를 들어 옷을 갈아입으려 해도 도움이 필요한 상황인데. 히카르두 헤이스는 라운지에 남아 라디오를 켠다. 마침 「잠자는 숲속의 미녀」에 나오는 음악이 방송되고 있다. 이런 우연의 일치를 이용해서 조용한 호수와 젊은 처녀를 비교할 사람은 소설가밖에 없을 것이다. 그 사실이 언급된 적도 없고 그녀 본인이 따로 밝히지도 않았지만, 마르센다는 처녀다. 이것은 전적으로 개인적인 문제라서, 설사 그녀에게 약혼자가 있다 해도 그 약혼자조차 감히 이렇게 묻지 못할 것이다. 당신 처녀입니까. 사회적 분위기를 감안해서 당분간 우리는 그녀를 처녀로 간주할 것이다. 나중에 적절한 때가 되면, 그녀가 처녀가 아니었음을 깨닫고 우리가 조금 화를 내게 될지도 모른다. 음악이 끝나고, 나폴리 노래가 이어졌다. 일종의 세레나데 같은 노래였다. 아모레 미오, 쿠오레 인그라토, 콘 테, 라 비타 인시에메, 페르 셈프레(amore mio, cuore ingrato, con te, la vita insieme, per sempre). 테너가 이렇게 절절한 노래를 부르고 있을 때 크라바트에 다이아몬드 넥타이핀을 꽂은 손님 두 명이 라운지로 들어왔다. 턱이 두 겹이라 크라바트 매듭이 가려져 있었다. 두 사람은 자리에 앉아 시가에 불을 붙이고, 코르크나 생선 통조림과 관련된 사업 이야기를 막 시작할 참이다. 히카르두 헤이스가 지금 자리를 뜨지 않았다면, 우리는 그들의 대화 주제를 확실하게 알 수 있었을 것이다. 히카르두 헤이스는 생각에 몰두한 나머지 살바도르에게 인사하는 것마저 깜박 잊어버린다. 이 호텔에서 뭔가 이상한 일이 벌어지고 있다.

그날 저녁 삼파이우 박사가 돌아온다. 히카르두 헤이스와 마르센다는 아직 각자의 방에서 나오지 않았다. 리디아가 가

끔 계단이나 복도에서 보였지만, 모두 손님의 부름을 받아
간 것이었다. 그녀가 피멘타에게 무례하게 굴자, 그도 똑같이
앙갚음을 해주었다. 누구도 들을 수 없는 곳에서 벌어진 일
이다. 그 편이 다행이기도 하다. 살바도르가 알았다면 틀림없
이 피멘타에게 자초지종을 말하라고 요구했을 것이다. 피멘
타는 한밤중에 몽유병자처럼 복도를 방황하는 사람들이 있
다고 넌지시 중얼거리고 있었다. 삼파이우 박사가 문을 두드
린 것은 여덟시였다. 그는 고맙지만 괜찮다면서 굳이 안으로
들어오려고 하지 않고, 히카르두 헤이스에게 저녁 식사를 같
이 하자고 권유하러 왔다는 말만 했다. 마르센다에게서 히카
르두 헤이스와 이야기를 나눴다는 말을 들었다면서. 정말 크
게 신세를 졌습니다, 선생님. 히카르두 헤이스는 들어와서 잠
시 앉아 있다가 가시라고 고집스럽게 권유했다. 제가 한 일
은 하나도 없습니다, 그저 이야기를 들어주고, 그 증상에 대
한 전문적인 지식이 없는 사람이 할 수 있는 유일한 조언을
해주었을 뿐이에요, 용기를 잃지 말고 끈기 있게 치료를 계속
받으라고 말입니다. 저도 딸아이에게 항상 그 말을 합니다만
아이가 이제는 시큰둥해요, 자식들이 어떤지 아시잖습니까,
네, 아빠, 라고 말하고서는 정작 리스본으로 올 때는 어찌 되
든 상관없다는 태도입니다, 그래도 그 전문가가 아이의 증세
를 계속 추적해야 하니까 꼭 리스본에 와야 하지요, 물론 치
료 자체는 코임브라에서 이루어지고 있습니다만. 하지만 코
임브라에도 그런 전문가가 있지 않습니까. 거의 없어요, 그래

도 몇 명 만나보기는 했는데, 딱히 나쁜 말을 할 생각은 없습니다만, 우리에게 그리 자신감을 주지는 않았습니다, 반면 리스본의 전문가는 상당한 솜씨와 경험을 지닌 분이에요. 이렇게 코임브라를 자주 비우면 박사님 일에도 지장이 있겠습니다. 가끔 그럴 때도 있지요, 하지만 아버지라는 사람이 자식을 위해 시간을 좀 희생하는 걸 마다할 수는 없지 않겠습니까. 두 사람은 이런 식으로 서로의 미묘한 속내에 잘 어울리는 말을 몇 마디 더 나누며 드러낼 것은 드러내고 감출 것은 감췄다. 일반적인 대화에서도 볼 수 있는 현상이지만, 지금 이 대화가 특히 더 그랬다. 그 이유는 우리도 잘 알고 있다. 그러다 마침내 삼파이우 박사가 이만 물러날 때가 됐다는 판단을 내렸다. 자, 그럼 아홉시에 저희가 모시러 오겠습니다. 아뇨, 제가 가겠습니다, 저 때문에 굳이 수고하지 않으셔도 됩니다. 그렇게 해서 약속된 시각에 히카르두 헤이스는 이백오호의 문을 두드렸다. 마르센다의 문을 먼저 두드렸다면 더할 나위 없이 무례한 짓이 되었을 것이다. 이것 역시 섬세하게 지켜야 하는 예의의 일부였다.

그들이 식당에 들어서자 모든 사람이 미소와 가벼운 묵례로 맞아주었다. 살바도르는 화를 냈던 것을 잊어버렸는지, 아니면 예의상 화를 감추고 있는 건지, 하여튼 유리문을 활짝 열어주었고, 히카르두 헤이스와 마르센다가 에티켓에 따라 먼저 걸어 들어갔다. 그가 마르센다 부녀의 초대를 받은 손님이기 때문이었다. 우리가 서 있는 자리에서는 라디오 소리가 거의 들리지 않는다. 만약 라디오에서 나오는 음악이 「로엔그린」의 결혼행진곡이거나 멘델스존의 결혼행진곡이거나, 아니면 아마도 재앙의 전주곡으로 연주되기 때문인지 덜 유명한 곡인 도니체티의 「람메르무어의 루치아」에 나오는 결혼행진곡이었다면 우리가 많은 생각을 하게 되었을 것이다. 말할 필요도 없이 그들은 삼파이우 박사의 자리에 앉을 것이다. 언제나 펠리페가 시중을 드는 자리. 그러나 라몬 또한 자신의 특권을 내려놓지 않고, 동료이자 동포인 펠리페와 함께 이 손님들의 시중을 들 것이다. 두 사람 모두 비야가르시아 데 아로자에서 태어났다. 인생에서 자기만의 뚜렷한 길을 걸어가는 것은 인간의 운명이다. 어떤 사람들은 갈리시아에서 리스본까지 자신의 길을 따라왔지만, 여기 이 남자 헤이스는 포르투에서 태어나 한동안 수도에 살다가 브라질로 이주했다. 그리고 그와 함께 자리에 앉아 있는 두 사람은 지난 삼 년 동안 코임브라와 리스본을 계속 오가는 생활을 하고 있다. 이들은 각각 치료법, 돈, 마음의 평화, 즐거움 등을 찾고 있으며 저마다 목표가 있다. 모든 사람을 만족시키기가 그토록 힘든 이유가 바로 이것이다. 저녁 식사 시간이 조용하게 흘러간다. 마르센다는 아버지의 오른편에 앉아, 여느 때처럼 접시 옆에 왼손을 놓아두었다. 그러나 신기하게도 손이 숨기는커녕 오히려 훤히 보이는 자리에 있게 된 것을 거의 기뻐하는 것처럼 보인다. 지나친 말처럼 들린다면, 평범한 사람들의 말을 한 번도 들어보지 못한 사람임이 분명하다. 그 손이 히카르두 헤이스의 손안에서 쉰 적이 있음을 잊으면 안 된다. 그러니 그 손이 어찌 기뻐하지 않겠는가. 마르센다의 장애에 대한 말은 오가지 않는다. 이미 장애에 얽매여 있는 이 여성의 집에서 그런 이야기가 너무 많이 오갔다. 삼파이우 박사는 포르투갈의 아테네라고 할 수 있는 코임브라가 얼마나 놀라운 곳인지 이야기하고 있다. 내가 거기서 세상에 태어나, 거기서 자라고, 거기서 학교를 마치고, 거기서 일을 하고 있습니다, 그 도시는 어느 곳과도 견줄 수 없어요. 그의 말투에는 힘이 넘치지만, 포르투든 비야가르시아 데 아로자든 다른 도시에 비해 코임브라가 얼마나 훌륭한 도시인지를 놓고 그 자리에서 논쟁이 벌어질 위험은 없다. 히카르두 헤이스는 다른 사람이 어디에서 태어났는지 아무 관심이 없고, 펠리페와 라몬은 감히 대화에 끼어들지 않을 것이다. 그들은 자신의 본분을 알고 있다. 타고난 신분을 말하는 것이 아니다. 히카르두 헤이스가 정치적인 이유로 브라질에 갔다는 사실을 삼파이우 박사가 알게 된 것은 불가피한 일이었다. 하지만 그가 그것을 어떻게 알게 되었는지는 잘 모르겠다. 살바도르가 말해준 것은 아니다. 그도 모르는 사실이기 때문이다. 히카르두 헤이스 본인이 털어놓지도 않았다. 그러나 살다 보면 들은 이야기들 중의 여러 단어와 침묵과 시선을 조합해서 어떤 사실을 알아낼 때가 있는 법이다. 히카르두 헤이스는 단지 이렇게만 말했다. 내가 브라질로 떠난 것은 일천구백십구년이었습니다, 북부에서 왕정이 복고된 해죠. 그가 특정한 어조를 사용했을 뿐인데도 거짓말, 맹세, 고백 등을 듣는 데 익숙한 공증인의 예리한 귀는 놓치지 않았다. 그러니 대화의 주제가 정치 쪽으로 흘러간 것은 불가피한 일이었다. 간접적인 경로로 땅을 시험하면서 숨은 지뢰나 덫이 없는지 조사해보았으나 화제를 바꿀 수 없음을 깨달은 히카르두 헤이스는 그냥 흐름에 몸을 맡겼다. 그래서 디저트가 나오기 전에 그는 이미 민주주의에 아무런 믿음이 없으며 사회주의를 진심으로 싫어한다고 선언하고 말았다. 우리도 같은 생각입니다. 삼파이우 박사가 미소를 지으며 안심하라는 듯이 말했다. 마르센다는 두 사람의 대화에 별로 관심을 보이지 않은 채, 무슨 이유에서인지 왼손을 무릎 위에 놓았다. 아까 그 손이 기뻐하고 있었다면, 지금은 그 기쁨이 다 타서 사라진 것 같았다. 유럽의 구석에 있는 우리에게 필요한 것은 말입니다, 친애하는 헤이스 씨, 비전과 강인한 결의를 지니고 우리 정부를 이끌며 나라를 다스릴 사람입니다. 이것은 삼파이우 박사의 말이었다. 그가 말을 이었다. 헤이스 씨가 리우데자네이루로 떠날 때의 포르투갈과 지금의 포르투갈을 비교할 수는 없습니다, 헤이스 씨가 아주 최근에야 돌아왔다는 사실을 알고 있습니다만, 만약 이곳에 계속 남아 눈을 크게 뜨고 있었다면 엄청난 변화, 경제적 번영, 공공질서, 애국심을 고취하기 위한 충실한 계획, 우리 조국의 성취와 세속적인 역사와 제국에 다른 나라들이 보내는 존중을 틀림없이 알아차렸을 겁니다. 저는 아직 많은 것을 보지 못했습니다. 히카르두 헤이스가 고백했다. 하지만 신문을 꾸준히 읽고 있습니다. 물론 신문을 반드시 읽어야지요, 하지만 그것만으로는 부족합니다. 이 나라의 도로, 항구, 학교, 사방에서 벌어지는 공공사업, 절제된 분위기를 눈으로 직접 보아야 합니다. 거리도 차분하고 사람들도 차분합니다. 나라 전체가 훌륭한 정치인의 지도하에 정직한 노동에 몸을 바치고 있습니다. 확실히 벨벳 장갑을 낀 철권 정치라고 할 만하죠. 우리에게 필요한 지도력이 바로 그것입니다. 그것참 훌륭한 비유입니다. 그렇죠, 내가 직접 만든 말이 아니라는 게 아쉬울 뿐입니다만, 계속 머릿속에 남아 있습니다. 단 하나의 이미지가 백 마디 말과 맞먹는다는 말은 정말 진리입니다. 벨벳 장갑을 낀 철권 그림은 이삼 년 전《셈프르 피슈》일면에 실렸습니다. 아니《우스 히디쿨루스》였던 것 같기도 하네요. 그림이 어찌나 훌륭했는지 벨벳과 철의 질감을 모두 느낄 수 있었습니다. 풍자 잡지에 실렸다는 말씀이군요. 진리가 항상 자리를 가리는 것은 아니니까요, 친애하는 헤이스 선생. 오히려 자리가 항상 진리를 선택하는 것은 아닌지 두고 봐야겠지요. 삼파이우 박사는 얼굴을 살짝 찡그렸다. 히카르두 헤이스의 반박이 조금 거슬리는 듯했으나, 그는 너무 심오한 말이라서 지금 이 자리에서 콜라르스산 포도주에 치즈를 곁들여 마시면서 대화할 수는 없을 것 같다는 태도를 취했다. 마르센다는 혼자 생각에 빠져서 치즈 껍질을 조금씩 베어 먹다가 목소리를 높여 디저트나 커피를 먹고 싶지 않다고 말했다. 그러고는 어떤 말을 하기 시작했는데, 그대로 내버려두었다면 대화의 주제가 「타 마르」로 바뀔 수도 있었겠지만, 그녀의 아버지가 말을 이었다. 문학적인 걸작은 아닙니다만 확실히 유용한 책입니다, 읽기도 쉽고 많은 사람의 눈을 번쩍 뜨이게 할 만한 책이죠. 무슨 책입니까. 제목은 『음모』이고, 애국심 높은 기자이자 민족주의자인 토메 비에이라라는 사람이 썼습니다, 혹시 그 이름을 들어보신 적이 있는지 모르겠습니다. 아뇨, 들어보지 못했습니다, 먼 데서 살았으니까요. 출판된 지 겨우 며칠밖에 안 됐습니다, 꼭 읽어보시고 의견을 말해주세요. 그렇게까지 권유하시니 꼭 읽어봐야겠습니다. 히카르두 헤이스는 자신이 사회주의에 반대하고 민주주의에 반대할 뿐만 아니라 볼셰비키에게도 반대한다고 밝힌 것을 후회하기 시작했다. 그의 말이 사실이 아니라서가 아니라, 이토록 한결같은 민족주의가 점차 지겨워졌기 때문이다. 어쩌면 마르센다와 대화를 할 수 없다는 사실 때문에 훨씬 더 지겨워졌을 수도 있었다. 제대로 매듭짓지 못한 일이 무엇보다도 사람을 지치게 만드는 경우가 흔하다. 그 일을 마친 뒤에야 사람은 마음 놓고 쉴 수 있다.

저녁 식사가 끝난 뒤 히카르두 헤이스는 마르센다의 의자를 빼주고, 그녀가 아버지와 함께 앞에서 걸어가게 했다. 식당 밖으로 나온 뒤에는 세 사람 모두 머뭇거리며, 함께 라운지로 들어가야 하는지 고민했다. 그러나 마르센다가 마침내 결단을 내려, 두통 때문에 방으로 올라가겠다고 말했다. 내일은 아마 만날 수 없을 것 같네요, 일찍 떠나거든요. 그녀가 히카르두 헤이스에게 말했다. 히카르두 헤이스는 편안한 여행을 기원해주었다. 다음 달에 다시 오셨을 때 제가 여전히 여기 있을지도 모르겠습니다. 혹시 떠나더라도 주소를 남겨두세요. 삼파이우 박사가 권유했다. 이제 더 이상 할 말이 없었으므로 마르센다는 방으로 올라갈 것이다. 두통이 있으니까, 아니 그렇게 주장하고 있으니까. 히카르두 헤이스는 자신이 무엇을 하고 싶은지 알 수 없다. 삼파이우 박사는 이따가 외출할 것이다.

히카르두 헤이스도 외출했다. 그는 정처 없이 돌아다니며 여러 영화관에 들어가 포스터들을 구경하고, 체스 게임을 구경했다. 백이 이겼다. 그가 카페에서 나오자 비가 내리고 있었으므로 그는 택시를 타고 호텔로 돌아왔다. 방에 들어와보니 이불 끝이 젖혀져 있지 않고, 또 하나의 베개는 벽장 안에 그대로 있었다. 모호하고 어리석은 슬픔이 내 영혼의 문 앞에서 걸음을 멈추고, 한동안 나를 물끄러미 바라보다가 떠나간다. 그는 혼자 빙그레 웃으며 중얼거렸다.

사람은 반드시 광범위한 독서를 해야 한다. 모든 것을 조금씩 또는 닥치는 대로. 그러나 인생은 짧고 세상은 말이 많은 곳임을 감안하면 사람에게 너무 많은 것을 요구할 수 없다. 먼저 누구도 무시할 수 없는 책들, 흔히 학습을 위한 책이라고 일컬어지는 것들, 아니 그럼 배움에 도움이 안 되는 책도 있다는 것인지 모르겠지만, 하여튼 그런 책들부터 시작하게 하자. 이런 책의 목록은 사람마다 어떤 지식의 샘에서 물을 마시는가에 따라, 그리고 그 샘물의 흐름을 감독하는 권한이 어디에 있는가에 따라 달라질 것이다. 예수회 학교에 다닌 히카르두 헤이스의 경우에는, 어제의 교사와 오늘의 교사가 상당히 다르다 해도 대략 어떤 교육을 받았을지 짐작해볼 수 있다. 그다음 청년기에는 각자의 취향이 나타난다. 각자 좋아하는 작가, 잠깐이지만 홀딱 반한 대상, 베르테르를 읽고 자살을 하거나 오히려 자기 목숨을 위하게 되는 것, 이 단계를 거친 다음에는 성인이 되어 진지한 독서로 넘어간다. 인생에서 어느 단계에 이르면 사람들이 읽는 책은 대충 비슷하다. 그런데도 서로 다른 결과가 나오는 것은 시작점이 다르기 때문이다. 살아 있는 사람은 이미 죽어버린 사람이 결코 알 수 없는 책을 읽을 수 있다는 뚜렷한 이점을 지니고 있다. 하나만 예를 들자면, 알베르투 카에이루가 있다. 가엽게도 일천구백십오년에 죽은 그는 『전쟁의 이름』을 읽지 못했으나, 자신이 무엇을 놓쳤는지 짐작도 하지 못한다. 페르난두 페소아 그리고 히카르두 헤이스 역시 알마다 네그레이루스가 이소설을 발표하기 전에 이 세상을 떠날 것이다. 죽기 십오 분 전까지만 해도 멀쩡히 기운차게 살아 있던 라 팔리스의 신사에 대한 재미있는 이야기가 반복되는 것과 비슷하다는 느낌이 든다. 그 신사는 십오 분 뒤에 자신이 더 이상 멀쩡히 기운차게 살아 있지 않을 것이라는 슬픈 생각을 단 한순간도 해본 적이 없었다. 이제 하던 이야기를 계속하자면, 사람은 모든 것을 조금씩, 심지어 『음모』까지도 조금 맛보기로 읽어볼 것이다. 습관적으로 피난처로 삼는 구름 속에서 가끔 내려와 사람들 사이에 흔하게 퍼져 있는 생각이 어떻게 만들어지는지 살펴보는 일이 그에게 해가 될 가능성은 전혀 없다. 사람들이 하루하루 살아가는 데 도움이 되는 것은 키케로나

스피노자의 사상이 아니라 바로 이런 흔한 생각들이기 때문이다. 특히 코임브라에서 나온 권유나 귀찮은 충고라면 더욱 그렇다. 『음모』를 읽으세요, 친구, 거기에는 건전한 의견들이 있습니다, 혹시 소설의 형식이나 플롯에 결함이 있더라도 메시지의 가치가 그런 결점을 보상해줍니다. 가장 박식한 도시이며 학자들이 바글바글한 코임브라는 그 소설의 메시지를 잘 알고 있다. 바로 다음 날 히카르두 헤이스는 밖으로 나가 그 얇은 책을 사서 자기 방으로 올라간 뒤 살며시 포장을 풀었다. 닫힌 문 뒤에서 이루어지는 행동이 모두 겉으로 드러난 모습 그대로인 것은 아니다. 때로는 자기만의 습관, 비밀스러운 즐거움, 콧구멍 파기, 머리 긁적이기에 대해 본인이 느끼는 창피함만이 존재하기도 한다. 이 책의 표지, 그러니까 비옷과 모자 차림으로 감옥 옆의 거리를 걷고 있는 여자와 철창, 음모에 가담한 자들의 운명이 조금이라도 달라질 가능성을 모두 제거해버리는 경비 초소가 묘사되어 있는 이 표지 역시 그에 못지않게 당혹스러운 것 같기도 하다. 히카르두 헤이스는 지금 자기 방에서 소파에 편안히 앉아 있다. 어디를 봐도 비가 내리고 있어서, 마치 바다가 허공에 정지한 채 수많은 틈새로 한없이 물을 흘리고 있는 것 같다. 어디서나 홍수와 기근이 벌어지고 있으나, 이 작은 책은 한 여자의 영혼이, 위험한 생각 때문에 혼란스러워진 남자에게 이성과 민족주의 정신을 회복시키는 고결한 일에 어떻게 뛰어들었는지 우리에게 말해줄 것이다. 여자들은 이런 일에 지극히 유능하다. 어

쩌면 그들의 본성에 더 가까운 계략에 대해 속죄하기 위해서
일지도 모른다. 그들은 이런 계략으로 아담 이후의 남자들을
혼란에 빠뜨리고 몰락시켰다. 히카르두 헤이스는 칠장까지
책을 읽었다. 즉 선거 전야, 무혈 쿠데타, 사랑의 우화, 신성한
여왕의 축제, 대학 시위, 음모, 상원의원의 딸, 이렇게 일곱 장
이다. 플롯은 다음과 같다. 대학생이자 농부의 아들이 어떤
장난에 휘말려 체포되어서 알주브 감옥에 갇힌다. 앞에서 언
급한 상원의원의 딸은 뜨거운 애국심과 선교에 대한 열정을
지닌 사람으로, 그를 감옥에서 석방시키기 위해 백방으로 뛰
어다닌다. 사실 그의 석방은 그리 어려운 일이 아니다. 그녀
를 세상에 태어나게 해준 상원의원이 놀랍게도 민주적인 정
당 소속이면서 사실은 음모에 가담한 일당 중 하나였음이 밝
혀지기 때문이다. 딸은 정부의 고위층으로부터 아주 높은 평
가를 받는다. 아버지는 자기 딸이 어떤 사람으로 자랄지 결
코 짐작할 수 없는 법이다. 비록 몇 가지 차이점은 있지만, 딸
의 발언은 잔 다르크와 비슷하다. 아빠는 며칠 전 체포될 위
험에 처했습니다, 저는 아빠가 책임을 피하지 않을 것이라고
단언했습니다, 아빠가 음모를 그만둘 것이라고 장담도 했습
니다. 이토록 감동적인 자식의 애정이라니. 딸이 아빠라는
말을 세 번이나 언급하고, 애정으로 쌓은 유대감은 지극한
수준에 다다른다. 헌신적인 딸은 계속 말을 잇는다. 내일로
예정된 회의에 참석하셔도 됩니다, 아빠에게는 아무 일도 없
을 거예요, 틀림없어요, 음모의 가담자들이 다시 모임을 갖는

다는 사실을 저도 알고 경찰도 알고 있으니까요, 하지만 경찰은 모르는 척하기로 했습니다, 포르투갈의 경찰은 정말 자비롭고 친절하지요, 놀랄 일도 아니에요, 적 진영의 고발인이 다른 누구도 아닌 전직 상원의원이자 이번 정권 반대자의 딸이니까요, 굉장하죠. 딸은 가족을 배신했지만, 저자의 주장에 따르면 이 사건의 관련자들은 해피엔딩을 맞을 것이다. 이제 그가 뭐라고 하는지 들어보자. 우리 나라의 상황이 외국 언론에서 열정적으로 다뤄지고, 우리의 경제 전략이 모범적이라고 치켜세워졌으며, 우리의 금융 정책에 대한 찬사가 끊이지 않고, 온 나라에서 산업 프로젝트들이 수천 명의 노동자에게 일자리를 제공해주고 있다, 신문은 매일 위기를 극복하려는 정부의 조치들을 개괄적으로 알려주는데, 세계적인 상황 때문에 이 위기가 우리에게도 영향을 미치고 있으나 다른 나라에 비하면 우리 경제 상황은 가장 긍정적이다, 포르투갈과 이 나라를 이끄는 정치가들의 이야기가 전 세계적으로 인용되고 있으며, 우리가 추구하는 정책을 해외 여러 나라들이 연구하고 있다, 다른 나라들이 부러움과 감탄이 담긴 눈으로 우리를 바라보고 있다고 자신 있게 말할 수 있다, 세계 최고의 신문들은 우리 성공의 비결을 알아보려고 가장 노련한 기자들을 파견하고, 고집스럽게 대중 노출을 피하며 겸손함을 유지하던 우리 정부의 수장은 마침내 모습을 드러내라는 설득을 받아들여 전 세계 신문 지면에 등장하고 있다, 그의 사진이 최대한도로 노출되고, 정치적 발표는 복음으로 변신한다. 하지만 이런 묘사조차 현실에 비하면 흐릿한 그림자에 불과할 정도야, 이런 상황이니 카를루스, 가치 있는 일이라고는 단 한 번도 이룩한 적이 없는 대학 시위에 참여하는 것이 더할 나위 없이 미친 짓이라는 말에 너도 동의할 수밖에 없을 거야, 내가 널 석방시키려고 얼마나 애썼는지 알기나 해. 네 말이 옳아, 마릴리아, 하지만 경찰은 내가 잘못을 저질렀다는 증거를 하나도 찾아내지 못했어, 확실히 아는 거라고는 빨간 깃발을 흔든 사람이 나라는 사실뿐이지, 하지만 그건 결코 깃발이 아니었어, 깃발과는 조금이라도 닮은 구석이 없었다고, 그냥 이십오 센트를 주고 산 손수건을 장난으로 흔들었을 뿐이야. 이 대화는 감옥의 면회실에서 이루어진다. 그러나 우연히 코임브라 지역에 있는 한 마을에서 또 다른 농부, 즉 카를루스가 소설 마지막 부분에서 결혼하게 될 다정한 아가씨의 아버지가 아랫사람들을 모아놓고 공산주의 운동에 참여하는 것만큼 잘못된 일이 없다고 설명한다. 공산주의자들은 사장도 노동자도 원하지 않고, 법도 종교도 받아들이지 않고, 세례나 결혼이 반드시 필요하다고 믿지도 않는다. 그들에게는 사랑이 존재하지 않는다. 여자는 변덕스러운 생물이고, 모든 남자는 여자를 이용할 자격이 있으며, 아이들은 부모에게 자기 행동의 책임을 질 필요가 없고, 모든 사람은 원하는 대로 행동할 자유가 있다. 그다음 네 장과 에필로그에서 부드러운 성격이지만 발키리* 같은 마

---

* 북유럽 신화에서 오딘을 섬기는 여전사들.

릴리아는 감옥과 정치적 처벌로부터 대학생을 구출하고, 아버지의 마음을 돌려 파괴 활동에서 완전히 손을 놓게 만들고, 새로운 협동조합주의* 계획 안에서 위선이나 분쟁이나 폭동 없이 문제가 해결되고 있다고 선언한다. 계급투쟁이 끝나고, 훌륭한 가치관, 자본, 노동으로 이루어진 체제가 그 자리를 대신하고 있다는 것이다. 결론은, 자식이 아주 많은 가정을 운영하듯이 국가를 운영해야 한다는 것이다. 이런 가정의 아버지는 자식들이 안전하게 교육받을 수 있게 하기 위해 질서를 강제한다. 아이들에게 아버지를 존중하라고 가르치지 않으면, 모든 것이 무너지고 가정이 파괴될 것이다. 이처럼 반박할 수 없는 사실들을 마음에 새긴 두 지주, 즉 신부와 신랑의 아버지들은 몇 가지 사소한 의견 차이를 해소한 뒤 노동자들 사이의 작은 분쟁을 해결하는 데에도 손을 보탠다. 우리가 이렇게 금방 낙원을 다시 손에 넣는 데 성공한 것을 보면, 애당초 하느님이 당신의 낙원에서 굳이 우리를 쫓아낼 필요가 없었던 것 같다. 히카르두 헤이스는 책을 덮었다. 책을 다 읽는 데 시간이 많이 걸리지는 않았다. 이 책에는 최고의 교훈들이 짧고 간결하게 압축되어 거의 즉각적으로 효과를 발휘한다. 이렇게 멍청할 데가. 그는 이 자리에 없는 삼파이우 박사를 향해 이렇게 분통을 터뜨린 뒤, 순간적으로 온 세상을, 끊임없이 내리는 비를, 이 호텔을, 바닥에 던져버린

* 협동조합 운동으로 사회주의를 실현하려는 사상.

책을, 마르센다를 증오한다. 그러나 곧 이유도 확실히 모른 채 마르센다를 여기서 빼주기로 한다. 아마도 단순히 뭔가를 구해주는 일이 기쁘기 때문일 것이다. 폐허 더미에서 나뭇조각이나 돌멩이 하나를 집어 들 때처럼. 모양에 시선이 끌려 주워 든 그것을 우리는 차마 던져버리지 못하고 결국 주머니에 넣는다. 이렇다 할 이유도 없이.

우리는 잘하고 있다. 반면 누에스트로스 에르마노스(nuestros hermanos)[*]의 땅에서는 상황이 점점 더 악화되고 있다. 슬프게도 가족들이 서로 갈라지고, 힐 로블레스가 선거에 이길지 모른다. 아니면 라르고 카바예로[**]거나. 팔랑헤당(黨)[***]은 붉은 독재자에 맞서 거리로 나갈 것임을 분명히 했다. 우리는 평화의 오아시스인 이곳에서 유럽이 혼란 속에서 끝없는 논쟁과 정치적인 언쟁에 갇혀 있는 광경을 유감스럽게 지켜본다. 마릴리아에 따르면, 그런 언쟁에서 무엇이든 가치 있는 것이 만들어진 적은 한 번도 없다. 프랑스에서는 사로가 연정을 세웠고, 우익 정당들은 지체 없이 그를 공격하며 비판, 비난, 모욕을 우박처럼 쏟아내고 있다. 서구 문명의 상징이자 예의의 모범인 나라의 시민보다는 난폭한 불량배에게나 어울릴 막말들이 판친다. 이 대륙에 아직 목소리를 높여 말하는 사람들

* 스페인어로 '우리 형제들'이라는 뜻.
** 1869~1946, 노조 운동가 출신의 스페인 정치가.
*** 스페인의 우익 정당.

이 있어서 천만다행이다. 그냥 목소리도 아니고 강력한 목소리를 내는 그들은 평화와 조화의 이름으로 발언할 각오가 되어 있다. 이것은 히틀러를 겨냥한 말이다. 그는 나치 돌격대원이 모두 모인 자리에서 독일은 평화로운 분위기를 원할 뿐이라고 주장했다. 그는 모든 불신과 회의주의를 단번에 몰아내자면서 감히 한 걸음 더 나아갔다. 역사상 그 어느 나라보다도 우리 독일이 더 평화를 추구하고 소중히 여길 것임을 전 세계에 알립시다. 사실 이십오만 명 규모의 독일 군대가 라인란트를 점령할 준비가 되어 있다. 지난 며칠 동안은 그들이 체코슬로바키아 영토를 침략하기도 했다. 여신 유노가 구름의 형태로 나타난다는 말이 사실이라면, 모든 구름은 유노다. 국가가 하는 일은 주로 멍멍 짖어대는 일과 상대를 무는 일 약간으로 구성되어 있다. 신이 허락하신다면 우리는 모든 것이 완벽한 조화 속에서 끝나는 모습을 보게 될 것이다. 우리가 받아들일 수 없는 것은, 독일이나 이탈리아에 비해 포르투갈의 식민지가 너무 많다는 로이드 조지의 단언이다. 며칠 전만 해도 우리는 조지 오세의 죽음을 기리는 공개적인 추도 행사를 엄수했다. 남자들은 검은 넥타이를 맸고 여자들은 검은 상장(喪章)을 달았다. 감히 우리에게 식민지가 너무 많다는 소리를 하다니. 사실은 식민지가 엄청 적은데. 아프리카의 포르투갈 영토를 표시한 핑크 맵을 보라. 정의가 이루어졌다면, 지금쯤 우리는 누구도 필적할 수 없는 위치에 있을 것이다. 앙골라부터 모잠비크까지 아무런 장애 없이 나아가 모든 곳에서 포르투갈의 국기를 휘날리고 있었을 텐데, 영국이 영국답게 우리의 뒤를 밟았다, 배반자 알비온* 같으니. 그들이 과연 다른 행동을 할 수나 있는지 의심스럽다. 그들의 국민성이 그렇기 때문에, 그들에 대해 불만을 품지 않은 나라가 하나도 없다. 페르난두 페소아가 나타나면, 히카르두 헤이스는 식민지가 좋은 것인가 나쁜 것인가라는 흥미로운 질문을 반드시 잊지 말고 던져야 한다. 로이드 조지의 관점에서 판단하자는 것이 아니다. 그의 관심사는 다른 나라들이 상당한 노력을 기울여 손에 넣은 것을 독일에 넘겨서 환심을 사는 것뿐이다. 그보다는 페소아 본인의 관점에서 판단해보라는 것이다. 그는 제오제국의 도래를 예언함으로서 비에이라 신부**의 꿈을 되살렸다. 그에게 물어보아야 할 것이 또 있다. 자신이 만들어낸 모순, 즉 포르투갈이 제국이 되는 운명을 실현하기 위해 식민지가 필요한 것은 아니지만 식민지가 없다면 국내외에서 물질적으로도 정신적으로도 쪼그라들 것이라는 모순을 어떻게 해결할 것인가 하는 점. 로이드 조지가 곧 제안하려 하는 것처럼, 우리 식민지가 독일과 이탈리아의 손으로 넘어갈 가능성에 대해서는 어떻게 생각하는지도 물어봐야 한다. 우리가 약탈과 배신을 당해서, 갈보리로 가는 그리스도처럼 모든 것을 빼앗기고 고통의 운명

* 영국의 옛 이름.
** 1608~1697, 예수회 사제, 포르투갈의 외교관, 작가.

을 향해 양손을 뻗은 채로 나아가게 된다면, 제오제국이 어떤 모습이 되겠는가. 진정한 구금이란 구금을 받아들이고, 《오 세쿨루》가 나눠주는 자선품을 받으려고 양손을 겸손히 내미는 것이다. 어쩌면 페르난두 페소아는 다른 때 그랬던 것처럼 이렇게 대답할지도 모른다. 자네도 잘 알다시피, 나는 반드시 지켜야 한다고 주장하는 원칙이 없네, 오늘은 이쪽 편을 들다가 내일은 다른 주장을 펼칠 수도 있어, 오늘 내가 옹호하는 것을 마음으로 믿지 않을 수도 있고, 내일 내가 옹호하는 것 역시 전혀 신뢰하지 않을 수 있지. 심지어 자신의 말을 정당화하기 위해 이렇게 말을 덧붙일 수도 있다. 내게는 이제 오늘도 내일도 존재하지 않네, 그런 내가 다른 사람들의 오늘이나 내일에 대해 무슨 기대가 있겠나, 설사 다른 사람들이 뭔가를 믿는다 해도, 과연 뭘 알고서 믿는 걸까, 내가 생각하는 제오제국의 모습은 모호한 환상 같았네, 그런데 자네는 왜 현실을 원하는 건가, 사람들은 내 말을 너무 빨리 믿어버렸지, 하지만 나는 단 한 번도 내 의심을 숨기려고 한 적이 없어, 차라리 침묵하면서 구경만 하는 편이 내게는 더 나았을 걸세. 그러면 히카르두 헤이스는 이렇게 대답할 것이다. 난 항상 그렇게 했다네. 그러면 페르난두 페소아는 이렇게 말할 것이다. 우리는 죽은 뒤에야 구경꾼이 될 수 있어, 사실 그것도 확신할 수 없네만, 나는 죽어서 정처 없이 돌아다니다가 길모퉁이에서 걸음을 멈추네, 날 볼 수 있는 사람들을 만난다면 말이지, 그런데 그런 사람들은 아주 드물어, 그들은 그저 내가 지나가는 사람들을 지켜보고 있다고 생각할 테지, 누가 넘어지더라도 내가 그를 일으켜 세워줄 수 없다는 사실을 그들은 모른다네, 그래도 내가 가만히 구경만 하고 있다는 생각은 안 들어, 내가 했던 모든 행동과 말이 계속 살아 있거든, 내 행동과 말이 내가 쉬고 있는 길모퉁이를 지나 계속 나아가도 나는 지켜보기만 할 뿐 그것들을 수정할 수 없네, 내 실수의 결과로 생겨난 것들조차, 하나의 행동이나 말로 내 존재를 설명하거나 요약할 수 없네, 회의(懷疑)를 부정으로, 그림자를 어둠으로, '그렇다'를 '아니요'로 대체한다는 목적이 전부라도 그렇게 할 수 없다네, 양쪽 다 같은 의미를 지니고 있지만, 그보다 더 심각한 것은 어쩌면 그 말과 행동이 내가 한 것이 아닐 수도 있다는 점일세, 그렇다면 교정이 불가능하기 때문에 더 심각해, 어쩌면 내가 한 번도 하지 않은 행동이나 말, 내 존재에 의미를 부여해주었을 말 한마디나 몸짓 하나가 문제일 수도 있네. 죽은 사람이 이렇게까지 흥분할 수 있다면, 확실히 죽음이 평화를 가져다주는 것은 아닌 모양이다. 삶과 죽음의 유일한 차이점은, 산 사람에게 아직 시간이 있다는 점이지만, 단 한마디의 말을 하고 단 한 번의 몸짓을 할 시간은 점점 끝나가고 있다. 무슨 몸짓, 무슨 말인지는 나도 모른다. 사람은 그 말과 그 몸짓을 하지 않아서 죽는다, 그것이 그의 사망 원인이다. 질병 때문이 아니다. 그래서 죽은 뒤의 그가 죽음을 쉽사리 받아들이지 못하는 것이다. 친애하는 페르난두 페소아, 자네는 상황을 거꾸로 읽고 있네. 친애하는 히카르두 헤이스, 난 더 이상 뭘 읽을 수가 없다네. 두 가지 점에서 있을 수 없는 일인데도, 이 대화는 마치 실제로 일어난 일처럼 묘사되고 있다. 이것만큼 이 대화를 실제처럼 보이게 해주는 방법이 없었다.

히카르두 헤이스가 마르센다와 공개적인 자리에서 비록 낮은 목소리로나마 대화를 나눈 것 말고는 그녀에게 달리 질투의 빌미를 주지 않았으므로, 리디아의 분노는 오랫동안 지속될 수 없었다. 먼저 두 사람은 리디아에게 더 필요한 것이 없다고 분명히 말했고, 그다음에는 그녀가 잔을 치우는 동안 조용히 기다렸다. 이것만으로도 그녀의 손이 덜덜 떨리기에 충분했다. 나흘 밤 동안 리디아는 베개에 얼굴을 묻고 울다가 잠이 들었다. 무시당한 굴욕감 때문이라기보다, 사실 그녀가 무슨 권리로 그렇게 성질을 부리겠는가, 그러니 그런 것보다는 의사가 이제 방에서 아침 식사를 먹지 않기 때문이었다. 그는 그녀를 벌하고 있었다. 왜지, 맹세코 난 잘못한 일이 없는데. 하지만 닷새째 되던 날 아침에는 히카르두 헤이스가 아침 식사를 하러 내려오지 않았고, 살바도르가 이렇게 말했다. 아, 리디아, 이백일호로 커피를 좀 가져가요. 그녀는 긴장해서 덜덜 떨면서 방으로 들어갔다. 가엾게도 떨리는 것을 어쩔 수 없었다. 히카르두 헤이스는 침착한 얼굴로 그녀를 바라보며 그녀의 팔에 한 손을 올리고 이렇게 물었다. 내게 화가 났습니까. 그녀는 이렇게 대답했다. 아뇨, 선생님. 하지만 그 뒤로 오지 않았잖아요. 리디아는 무슨 말을 해야 할지 알 수 없어서 비참한 기분으로 어깨를 으쓱했다. 그러자 그가 그녀를 가까이 끌어당겼다. 그날 밤 리디아는 그의 방으로 내려갔지만, 두 사람 모두 잠시 떨어져 있었던 이유를 입에 담지 않았다. 그녀가 감히 질투를 했다고 말하거나, 그가 그녀에게 선심을 쓰듯이, 내 귀여운 사람, 그동안 도대체 왜 그랬어요, 라고 말하는 것은 생각도 할 수 없는 일이었다. 두 사람은 결코 동등한 입장에서 대화를 나눌 수 없었다. 이 세상에 그보다 더 어려운 일은 없다는 것을 모르는 사람이 없다.

모든 나라는 이득을 위해 서로 투쟁을 벌이지만, 그 이득은, 그냥 간단히 설명하기 위해 남자 이름만 열거하자면, 잭이나 피에르나 한스나 마놀로나 주세페의 것이 아니다. 그러나 이 사람들을 비롯한 모든 남자는 국가가 말하는 이익이 자기 것이라고, 또는 정산을 해야 할 때가 왔을 때 상당한 대가를 치르고 자기 것으로 만들 수 있을 것이라고 순진하게 생각한다. 어떤 사람들은 무화과를 먹고, 어떤 사람들은 그 광경을 지켜보는 것이 세상의 규칙이다. 사람들은 자신의 가치관이라고 믿는 것을 위해 투쟁하지만, 사실은 가치관이 아니라 일시적으로 고양된 감정에 불과할 수도 있다. 우리의 메이드 리디아가 그런 경우다. 만약 마침내 환자를 보는 일을 다시 시작한다면 모두에게 의사로 알려질 것이고, 자신이 정성을 다해 쓴 것을 누구에게든 보여준다면 몇몇 사람에게 시인으로 알려질 히카르두 헤이스도 그렇다. 그러나 사람들이 싸우는 데에는 다른 이유도 있다. 권력, 특권, 증오, 사랑, 시기, 질투, 순수한 악의, 자신의 것으로 표시해둔 사냥터를 침범당한 것, 경쟁. 최근 모라리아*에서 일어난 일처럼 약탈도 그 이유가 된다. 히카르두 헤이스는 그 사건에 대한 보도를 보지 못했지만, 살바도르는 펼쳐놓은 신문에 팔꿈치를 괴고 신문지를 정성 들여 반듯하게 펴면서 탐욕스럽게 자세한 이야기를 집어삼키고 있었다. 정말 무서운 일입니다, 선생님, 아주 폭력적인 무리예요, 모라리아 사람들은, 인간의 생명을 존중할 줄 모릅니다, 아주 작은 빌미만 생겨도 인정사정없이 서로를 찌르죠, 심지어 경찰조차 겁을 낼 정도예요, 경찰은 일이 다 끝난 뒤에야 그 안으로 들어가서 뒷수습을 합니다, 이것 좀 들어보세요, 주제 헤이스, 별명 주제 홀라라는 사람이 오 모라리아라고도 불리는 안토니우 메스키타라는 사람의 머리에 총 다섯 발을 쏘았답니다, 말할 것도 없이 그 사람은 죽었죠, 아뇨, 전혀 여자 문제가 아닙니다, 기사에 따르면, 훔친 물건 때문에 싸움이 벌어진 경우래요, 한 사람이 상대를 속인 거죠, 언제나 있는 일입니다. 총 다섯 발이라. 히카르두 헤이스가 살바도르의 말을 되풀이했다. 관심이 없는 것처럼 보이지 않기 위해서였다. 그러고 나서 그는 점점 시름에 잠겼다. 현장의 광경을 머릿속으로 그려볼 수 있었다. 같은 목표를 향해 총을 다섯 발 발사하는 광경. 첫 번째 총알은 아직 꼿꼿이 서 있는 머리를 때렸을 것이다. 그다음에는 몸이

* 12세기 무어인들의 거주 구역이었으며 파두의 발상지.

바닥에 쓰러져 피를 내뿜으며 급속히 기운을 잃었을 것이고, 불필요한 것 같으면서도 꼭 필요했던 나머지 네 발, 두 번째, 세 번째, 네 번째, 다섯 번째 총알이 각각 증오를 가득 담고 발사될 때마다 길바닥에서 머리가 움찔거렸을 것이다. 사방에서 공포와 당혹감이 느껴지다가 곧 엄청난 소란이 일면서, 여자들이 창가에서 비명을 질러댄다. 누구든 주제 홀라의 팔을 붙잡을 용기가 있었을 것 같지는 않다. 십중팔구 탄창의 총알이 다 떨어졌거나, 손가락이 방아쇠에 닿은 채 갑자기 얼어붙었거나, 그가 증오심을 이미 모두 쏟아낸 뒤라 하더라도. 범인은 도망치겠지만 멀리 가지는 못할 것이다. 모라리아에서는 누구도 자신이 저지른 일에서 무사히 벗어나지 못하기 때문이다. 장례식은 내일이랍니다. 살바도르가 히카르두 헤이스에게 알려준다. 제가 비번이라면 장례식에 참석할 텐데요. 장례식을 좋아하십니까. 히카르두 헤이스가 그에게 묻는다. 딱히 제가 장례식을 좋아해서 가겠다는 건 아닙니다, 이런 장례식은 봐둘 가치가 있지요, 특히 범죄가 원인이니까요. 카발레이루스 거리에 사는 라몬이 소문을 듣고 와서 저녁 식사 때 히카르두 헤이스에게 말해준다. 온 동네 사람들이 전부 참석할 것 같답니다, 선생님, 심지어 주제 홀라의 죽마고우들이 관을 깨부수겠다고 위협한다는 이야기도 있어요, 만약 그놈들이 그 협박을 실행한다면, 아주 난장판이 될 겁니다, 예수님의 이름을 걸고 틀림없어요. 하지만 오 모라리아는 이미 죽었는데 그에게 또 무슨 짓을 할 수 있다는 겁니까, 그런 사람이 이번 생에서 못다 한 일을 끝내기 위해 저승에서 돌아올 것 같지는 않은데요. 그런 사람들은 무슨 짓을 저지를지 모릅니다, 상대가 죽었다고 해서 깊은 증오심이 사라지지는 않아요. 나도 장례식에 한번 가볼까 하는 생각이 들 정도군요. 그럼 가보세요, 하지만 너무 가까이 가지는 마시고요, 혹시 문제가 생기면 계단 밑에 숨어서 그 사람들이 자기들끼리 싸우다 기운이 빠질 때까지 기다리세요.

그러나 그런 일이 벌어지지는 않았다. 어쩌면 그들의 위협이 그저 허장성세였기 때문일 수도 있고, 무장경찰관 두 명이 그 일대를 순찰했기 때문일 수도 있다. 경찰관들은 시민을 보호하겠다는 의지의 상징이었지만, 만약 말썽꾼들이 그 섬뜩한 계획을 실행했다면 그 의지는 아무런 효과가 없었을 것이다. 하지만 치안을 담당하는 사람들이 있으면 어느 모로 보나 그들의 권위를 존중해주게 된다. 히카르두 헤이스는 장례 행렬이 출발하기로 되어 있는 시간보다 앞서 조심스레 나타나서, 미리 주의를 받은 대로 멀찍이서 지켜보았다. 갑작스러운 폭동 한복판에 휘말리고 싶은 생각이 전혀 없었기 때문이다. 시신 안치소 앞 거리에 수백 명이나 되는 사람들이 빽빽이 모여 있는 광경이 놀라웠다. 화려한 빨간색 치마, 블라우스, 숄 등을 걸친 여자들과 같은 색의 양복을 입은 젊은 이들만 없다면, 《오 세쿨루》가 주최한 자선 행사 때와 똑같은 광경이었다. 만약 그들이 고인의 친구라면 슬픔을 표현하는 데 아주 보기 드문 방법을 택한 셈이고, 만약 그들이 고인의 원수라면 대놓고 상대를 도발한 셈이다. 장례 행렬이라기보다는 사육제의 퍼레이드처럼 보인다. 관을 실은 마차가 시야에 들어온다. 깃털과 각종 장식을 걸친 암말 두 마리에 이끌려 공동묘지로 향하는 마차에서 관을 덮은 천이 펄럭거리고, 관 양편에는 경찰관이 각각 한 명씩 서서 오 모라리아를 호위한다. 운명의 아이러니다. 누가 이런 일을 상상이나 했을까. 헌병들이 보인다. 허리에 찬 칼이 다리를 톡톡 두드리고, 권총집의 단추는 풀려 있다. 조문객들은 울부짖으며 흐느끼는데, 빨간 옷을 입은 사람들도 검은 옷을 입은 사람들 못지않게 크게 울어댄다. 검은 옷을 입은 사람들은 무덤을 향해 실려가는 고인을 위해 울고, 빨간 옷을 입은 사람들은 그를 죽인 죄로 감옥에 갇힌 사람을 위해 울고 있다. 누더기를 걸치고 맨발로 걷고 있는 사람이 많다. 좋은 옷을 잔뜩 차려입고 금팔찌를 찬 여자들 몇 명이 자신의 남자들과 팔짱을 끼고 걷는다. 남자들은 검은 구레나룻을 길렀고, 깨끗하게 면도한 부분은 아직도 파르스름하다. 그들은 수상쩍은 시선으로 주위를 두리번거리고, 다른 여자들은 욕설을 외쳐대며 엉덩이를 흔들어대지만, 그들의 감정이 진심이든 거짓이든 모두들 일종의 격렬한 유쾌함을 드러내고 있어서 그 덕분에 친구와 적이 하나가 되었다. 범죄자, 포주, 매춘부, 소매치기, 도둑 무리가 도시를 가로질러 행진하는 검은 군중을 막아선다. 사람들은 행렬이 지나가는 것을 보려고 창문을 연다. 기적의 뜰, 빅토르 위고의 『노트르담의 꼽추』를 연상시키는 그곳이 텅 비었고, 주민들은 두려움에 떤다. 내일 그들의 집에 침입할 도둑이 저들 중에 있을지도 모르므로. 저것 좀 봐요, 엄마. 아이들이 소리치지만, 원래 아이들에게는 무엇이든 신기한 법이다. 히카르두 헤이스는 파수 다 하이냐까지 장례 행렬을 따라갔다. 여자들이 옷을 잘 차려입은 이 신사를 은밀히 흘깃거리기 시작했다. 저 사람 누구지. 이것은 남자들을 가늠하며 평생을 보내는 사람들에게 자연스럽게 나타나는 여성적인 호기심이다. 장례 행렬이 모퉁이를 돌아 사라졌다. 저 앞에서 왼쪽으로 벤피카를 향해 또 방향을 바꾸지 않는다면 알투 드 상 주앙 쪽으로 향하고 있음이 거의 확실하다. 프라제르스 묘지 쪽으로 가는 것은 확실히 아니다. 이렇게 안타까울 수가. 오 모라리아가 페르난두 페소아 옆에 나란히 누워, 죽음이 부여해준 평등의 교훈적인 사례가 될 기회가 사라지고 있으니. 그 두 사람이 무더운 오후에 배들이 항구로 들어오는 광경을 지켜보며 삼나무 그늘 아래에서 무슨 대화를 할까. 신용을 위해 사기를 치거나 시를 지으려면 단어들로 어떤 곡예를 벌여야 하는지 한 사람이 다른 한 사람에게 설명해줄 것이다. 그날 저녁 라몬은 수프를 내오면서 히카르두 헤이스 박사에게 빨간 옷의 의미는 애도도 무례함도 아니라고 설명해주었다. 그보다는 이 동네 특유의 관습으로, 주민들이 특별한 일이 있을 때마다 항상 빨간 옷을 입는다는 것이었다. 그는 자신이 갈리시아에서 이리로 오기 전부터 그 전통이 존재했으며, 다른 사람들에게서 그 전통에 대해 배웠다고 말했다. 혹시 장례식에서 엄청난 미인을 보셨나요, 키가 크고, 눈은 검은색이고, 좋은 옷을 차려입고, 부드러운 메리노 울로 만든 겉옷을 걸친 여자요. 이런, 군중 속에 여자들이 아주 많았어요, 수백 명이나, 그 여자가 누군데요. 오 모라리라의 애인입니다, 가수죠. 아뇨, 난 그런 사람은 보지 못했어요. 엄청난 미인인 데다가 목소리도 대단합니다, 이제 누가 그녀를 손에 넣을지 흥미롭네요. 아무래도 나는 아니겠지요, 라몬, 당신도 아닐 것 같고요. 애인이 된다면 엄청 운이 좋은 거지요, 선생님, 정말 운이 좋은 겁니다, 하지만 그런 여자를 사귀려면 돈이 들어요. 이건 다 그냥 하는 말일 뿐이다. 소망을 담은 말. 남자는 뭐라도 말을 해야 한다, 그렇지 않은가. 하지만 그 빨간 옷에 대해서는, 그 관습의 역사가 아마 무어인들의 시대까지 거슬러 올라가는 것 같다, 그 악마의 잡초 같으니, 그리스도교와는 아무 상관이 없다. 라몬은 나중에 접시를 치우려고 다시 다가와서 히카르두 헤이스에게 선거가 다가오고 있는 스페인에서 날아온 소식에 대해 어떻게 생각하느냐고, 선거에서 누가 이길 것 같으냐고 물었다. 선거에서 어떤 결과가 나오든 저한테는 영향이 없을 겁니다, 저는 여기서 잘 지내고 있으니까요, 하지만 갈리시아에 있는 아버지가 생각납니다, 아직 친척들도 그곳에 조금 남아 있고요, 대부분 다른 곳으로 떠났지만요. 포르투갈로요. 온 세상으로요, 말하자면 그래요, 형제, 조카, 사촌 등이 쿠바, 브라질, 아르헨티나에 흩어져 있습니다, 심지어 칠레에 대자(代子)

도 한 명 있어요. 히카르두 헤이스는 신문 기사를 읽고 알게 된 것을 말해주었다. 우익 정당들이 이길 것 같다고. 힐 로블레스가 말하길, 힐 로블레스가 누군지 압니까. 이름은 들어봤습니다. 음, 그 사람이 말하길, 자기가 권력을 잡으면 마르크스주의와 계급투쟁을 몰아내고 사회정의를 구축하겠답니다, 마르크스주의가 뭔지 압니까, 라몬. 아뇨, 모릅니다, 선생님. 그럼, 계급투쟁은요. 모릅니다. 그럼, 사회정의는요. 저는 법적으로 문제를 일으킨 적이 한 번도 없습니다, 천만다행이죠. 뭐, 앞으로 며칠 안에 선거 결과를 알게 될 겁니다, 아마 변하는 건 없을 거예요. 그래도 익숙한 쪽이 낫죠, 옛날 우리 할아버지가 하시던 말씀입니다. 할아버님 말씀이 옳아요, 라몬, 할아버님이 똑똑한 분이셨네요.

그가 똑똑한지 어떤지는 몰라도, 좌파가 선거에서 이겼다. 그다음 날 아침 신문들은 처음에는 열일곱 개 지역에서 우파가 이길 것처럼 보였으나 개표가 모두 끝난 뒤 중도와 우파의 당선자를 합친 것보다 좌파의 당선자 수가 더 많다는 사실이 드러났다고 보도했다. 고데드 장군과 프랑코 장군의 묵인하에 군사 쿠데타 모의가 이루어지고 있다는 소문이 벌써 돌아다녔으나, 당국은 이를 부인했다. 알칼라사모라 대통령은 아사냐에게 정부 구성을 맡겼다. 이제 어떻게 될지 한번 두고 봅시다, 라몬, 갈리시아에 좋은 일이 될지 나쁜 일이 될지. 여기 거리에서는 사람들이 우울한 얼굴을 하고 있지만, 시치미를 뚝 떼는 사람들도 조금 있다. 그들의 눈에서 반짝이는 것이 만족감이 아니라면, 내가 속아 넘어갔을지도 모른다. 앞의 문장에서 여기는 포르투갈 전역은 고사하고 리스본 전체도 의미하지 않는다. 이 나라의 다른 지역에서 무슨 일이 벌어지고 있는지 누가 알겠는가. 여기는 그저 카이스 두 소드레 역과 상 페드루 드 알칸타라 수녀원 사이, 호시우 광장과 칼랴리스 사이에 있는 서른 개의 거리를 의미할 뿐이다. 눈에 보이지 않는 포위군을 막아주는 투명 성벽에 에워싸인 도심과 같다. 포위한 자와 포위당한 자가 공존하는데, 양측은 서로를 '그들'이라고 지칭한다. 둘이 서로 달라서 상대에게 낯선 외국인처럼 보이기 때문이다. 그들은 서로를 의심스러운 시선으로 바라본다. 한쪽은 더 많은 권력을 갈망하고, 다른 한쪽은 자신의 힘이 모자란다고 생각한다. 스페인에서 불어오는 바람이 무엇을, 어떤 결합을 가져올까. 페르난두 페소아가 대답했다. 공산주의야, 머지않아 그것이 여기에 모습을 드러낼 걸세. 그리고 얄궂은 표정으로 말을 덧붙였다. 운이 없군, 친애하는 헤이스, 남은 생을 평화롭게 살려고 브라질에서 도망쳐왔는데, 이번에는 이웃 나라 스페인이 소란스럽다니, 곧 우리를 침략할 기세야. 내가 아주 돌아왔다면 그건 자네 때문이라는 말을 몇 번이나 해야 알아듣겠는가. 난 아직 자네 말을 못 믿겠어. 난 자네를 설득하려는 게 아닐세, 이 문제에 대해서는 굳이 자네의 생각을 듣고 싶지 않다고 말하는 것뿐이야. 나한테 화내지 말게. 난 브라질에 살았고, 지금은 여기 포르투갈에 있네, 어디서든 살 곳이 필요하니까, 자네도 살아 있을 때는 이런 것쯤 거뜬히 이해하고도 남을 만큼 머리가 똑똑했는데 말이야. 이것은 드라마로군, 친애하는 헤이스, 어디든 살 곳이 필요하지, 어디가 아닌 곳은 하나도 없고, 삶은 삶이 아닌 다른 것이 될 수 없으니까, 이제야 난 이것을 알아차리고 있네, 무엇보다도 사악한 것은 사람이 눈에 보이는 지평선에 결코 도달할 수 없다는 것, 우리가 타고 있지 않은 배, 그것이 우리 여행의 배가 되었으면 하네. 아, 부두 전체, 돌에 새겨진 추억. 우리가 드디어 감상에 넘어가서 시를 인용하기 시작했으니, 알바루 드 캄푸스의 시를 인용해보지, 언젠가 캄푸스는 받아 마땅한 인정을 받게 될 걸세, 리디아의 품에서 위안을 얻으라, 너의 사랑이 오래 살아 있다면, 나는 이런 것도 누리지 못했음을 기억해주게. 잘 가게, 페르난두. 잘 가게, 히카르두. 사육제가 곧 열릴 걸세, 즐거운 시간을 보내게나, 하지만 앞으로 며칠 동안 날 만날 수 없을 걸세. 두 사람은 인근 카페에 있었다. 탁자가 여섯 개쯤 되고, 손님 중에는 그들을 아는 사람이 전혀 없었다. 페르난두 페소아가 다시 돌아와 자리에 앉았다. 방금 좋은 생각이 났네, 자네가 말 조련사처럼 옷을 입으면 어떻겠나, 높이 올라오는 부츠에 승마용 짧은 바지를 입고, 실을 꼬아 장식한 빨간 재킷을 입는 거야. 빨간색이라고. 그래, 빨간색이 딱일세, 나는 죽음으로 가장하지, 해골이 그려진 검은색 망사 옷을 입고서, 자네는 채찍을 휘두르고, 나는 할머니들을 겁주는 걸세, 내가 자네를 데려가지, 내가 자네를 데려가지,

가면서 우리가 젊은 아가씨들에게 장난을 치는 거야, 가장무도회라면 우리가 쉽게 일등을 할 수 있을 걸세. 춤은 나랑 안 맞아. 춤을 잘 출 필요는 없네, 사람들은 자네의 채찍 소리만 듣고, 내 옷의 해골 그림만 볼 테니까. 그런 짓을 하기에는 우리 나이가 좀 많은 것 같지 않나. 그건 자네 생각이지, 난 나랑 상관없네. 이 말과 함께 페르난두 페소아는 자리에서 일어나 밖으로 나갔다. 밖에는 비가 내리고 있었다. 바 뒤에서 웨이터가 말했다. 비옷이나 우산이 없으면 친구분이 흠뻑 젖으실 텐데요. 그 친구는 신경 안 씁니다, 익숙하거든요.

히카르두 헤이스가 호텔로 돌아와보니 뭔가 수런거리는 분위기가 느껴졌다. 마치 벌집 안의 벌들이 모두 갑자기 미쳐버린 것 같았다. 그가 짊어지고 있는 양심의 짐, 우리 모두 알고 있는 그 짐 때문에 그는 곧바로 이런 생각이 들었다. 사람들이 전부 알아차렸구나. 낭만주의자인 그는 자신과 리디아의 모험이 밝혀지는 날, 그 추문의 무게로 브라간사 호텔이 무너질 것이라고 확신한다. 그는 이런 일이 반드시 일어날 것이라는 두려움, 아니 어쩌면 음습한 욕망을 항상 지닌 채 살고 있다. 세상으로부터 초연하다고 주장하면서도 결국은 세상이 자신을 짓밟아주기를 바라다니, 뜻밖의 역설적인 면모다. 그는 사람들이 벌써 은밀한 미소를 지으며 그의 이야기를 소곤소곤 떠들어대고 있다는 사실을 짐작도 하지 못한다. 이것은 피멘타의 작품이었다. 말을 잘 골라서 하는 사람이 아니었으므로. 죄인이 무고한 척 걷고 있으나, 살바도르의 귀에는 아직 소식이 들어가지 않았다. 마침내 누군가가, 남자든 여자든 하여튼 시기심에 차서 알려주면 살바도르는 어떤 판결을 내릴까. 세뇨르 살바도르, 리디아와 헤이스 선생이 추잡한 관계를 맺고 있습니다. 그는 성경 말씀을 고상하게 인용할 것이다. 너희 중에 죄 없는 자가 먼저 돌로 치라. 히카르두 헤이스는 두려움을 느끼며 프런트데스크로 다가갔다. 살바도르는 커다란 목소리로 통화 중이었다. 전화 연결 상태가 좋지 않은 탓이었다. 마치 세상 반대편에 계신 분과 통화하는 것 같습니다, 여보세요, 제 말이 들립니까, 네, 삼파이우 박사님, 언제 오실 건지 꼭 알아야 해서요, 여보세요, 여보세요, 네, 이제 잘 들립니다, 문제는 여기 남은 방이 별로 없어요, 그게, 스페인 사람들 때문입니다, 네, 스페인에서 온 사람들요, 오늘 왔습니다, 그럼 이십육일로 알고 있겠습니다, 사육제 뒤, 좋습니다, 방 두 개 예약되었습니다, 아뇨, 박사님, 괜찮습니다, 저희 특별 손님이 먼저지요, 삼 년과 사흘이 같습니까, 세뇨리타 마르센다에게 안부 전해주세요, 그건 그렇고, 박사님, 헤이스 선생님이 지금 바로 옆에 서 계신데, 안부를 전해달라고 하십니다. 사실이었다. 히카르두 헤이스는 손짓과 입술 모양으로 인사를 전하고 있었다. 이유는 두 가지였다. 첫째, 비록 제삼자를 통하더라도 마르센다와 가까이 있는 것 같은 기분을 느끼고 싶어서. 둘째, 살바도르와 친해져서 그가 자신에게 권위를 행사하지 못하게 하기 위해서. 이건 완전히 모순되는 소리처럼 들리겠지만 그렇지 않다. 두 사람 사이의 관계

231

를 단순히 덧셈과 뺄셈 같은 산수 계산만으로는 이해할 수 없다. 우리가 덧셈을 하고 있는 줄 알았는데 나중에 알고 보니 뺄셈의 결과물만 남아 있다든가, 뺄셈을 하고 있는 줄 알았는데 나중에 알고 보니 덧셈도 아니고 곱셈과 같은 결과가 나올 때가 얼마나 많은가. 살바도르는 의기양양하게 수화기를 내려놓았다. 코임브라에 있는 사람과 전화로 조리 있는 대화를 통해 결론을 내리는 데 성공했기 때문이었다. 이제 그는 자신의 안부를 물은 히카르두 헤이스를 응대하고 있었다. 방금 느닷없이 나타난 스페인 사람들 세 가족의 체크인을 끝냈습니다, 두 가족은 마드리드에서 왔고, 한 가족은 카세레스에서 왔는데, 피난민들이에요. 피난민이라고요. 네, 공산주의자들이 선거에서 이겼으니까요. 공산주의자가 아니라 좌파 정당들이에요. 그게 그거죠. 그런데 정말로 피난민일까요. 신문에도 기사가 실렸을 정도니까요. 내가 그 기사를 놓쳤군요. 어쨌든 이제부터는 그가 이런 말을 할 수 없을 것이다. 문 뒤에서 스페인어가 들려왔다. 그가 일부러 귀를 기울인 것이 아니라, 세르반테스의 낭랑한 언어가 원래 사방을 파고든다. 심지어 스페인어가 온 우주에 울려 퍼질 때도 있었다. 우리 포르투갈은 그 정도까지 이른 적이 없다. 그들이 부유한 스페인인들이라는 사실이 저녁 식사 때 분명해졌다. 그들의 옷차림, 보석 장신구 덕분이었다. 남녀 모두 반지, 커프스 단추, 넥타이핀, 죔쇠, 뱅글, 팔찌, 장식용 줄, 귀걸이, 목걸이, 끈, 다이아몬드 사이에 루비, 에메랄드, 사파이어, 터키석 등이 박힌 금초커로 화려하게 치장하고 있었다. 그들은 옆 식탁의 동료들과 높은 목소리로 이야기를 나누며 불행 속의 성공을 자랑했다. 이렇게 서로 모순되는 단어를 함께 써도 되는지는 잘 모르겠지만. 히카르두 헤이스는 그들의 오만한 어조와 쏩쓸한 탄식을 조화시켜 표현할 수 있는 말을 달리 찾을 수 없었다. 빨갱이들에 대해 이야기할 때 그들은 입술을 비틀어 반감을 표시했다. 브라간사 호텔의 식당이 연극 무대, 칼데론*의 익살맞은 어릿광대 무대로 바뀌었다. 언제라도 클라린이 나타나 우리에게 이렇게 말할 것 같다. 여기에 숨어서 나는 축제를 지켜본다. 다시 말해서, 포르투갈에서 스페인의 축제를 본다는 뜻이다. 이제 죽음이 날 찾지 않을 터이니, 나도 죽음 따위 신경 쓰지 않는다. 웨이터 펠리페와 라몬, 그리고 또 한 명의 웨이터가 있었지만 그는 구아르다 출신의 포르투갈인이다. 이 셋이 정신없이 바쁜 탓에 예민해져 있다. 그들이 자기 나라에서 온 손님들의 시중을 든 것이 처음은 아니지만, 한꺼번에 이렇게 많은 손님이 온 적도 없고 상황이 이랬던 적도 없다. 살면서 이미 많은 일을 겪은 그들이지만 카세레스와 마드리드에서 온 이 세 집안 사람들이 불행 속에서 동포를 만났다며 그들을 다정하게 대하지 않는다는 사실을 알아차리지 못했다. 어쩌면 아직 그럴 시간이 없었던 건지도 모른다. 옆에 서서 지켜보는 사람이라면 누구나 그들의 어조

* 1600~1681, 스페인의 희곡 작가.

를 들을 수 있는데, 빨갱이 이야기를 할 때나 갈리시아 출신의 웨이터들을 부를 때나 어조가 똑같다. 증오 대신 경멸이 드러나는 것만 다를 뿐이다. 이제 라몬은 그들의 퉁명스러운 표정과 오만한 말투에 화가 나서 부글거리고 있다. 히카르두 헤이스에게 음식을 내온 그는 더 이상 감정을 참지 못한다. 굳이 저렇게 보석을 몸에 걸고 내려오지 않아도 되었을 텐데요, 저 사람들 방에서 도둑질을 할 사람은 여기 없잖아요, 여기는 훌륭한 호텔이니까요. 라몬이 이런 말을 한 것이 다행이다. 리디아가 손님의 방을 찾아오는 일 정도로는 그의 생각이 바뀌지 않을 것 같다. 사람마다 도덕을 대하는 태도가 다양하다. 다른 일을 대하는 태도와 마찬가지로, 때로는 아주 사소한 일로도 달라진다. 상대방이 자신의 자부심을 건드렸기 때문일 때가 많다. 지금 라몬은 자부심에 상처를 입었기 때문에 히카르두 헤이스에게 마음의 짐을 덜어놓으려고 한다. 그래도 공정하게, 최대한 공정하게 판단해보자. 여기 식당에 와 있는 이 사람들은 두려움 때문에 포르투갈로 쫓겨오면서 보석과 돈을 챙겨왔다. 황급히 도망쳐야 하는 상황에서 앞으로 살아가기 위해 달리 무엇을 챙겨올 수 있었을까. 라몬이 그들에게 단돈 한 푼이라도 줄 것 같지는 않다. 그럴 이유가 없다. 자선은 십계명에 포함된 항목이 아니다. 만약 십계명의 두번째 조항, 네 이웃을 네 몸과 같이 사랑하라가 정당한 말이라 해도, 마드리드와 카세레스에서 온 이 이웃들이 라몬을 사랑하게 되는 데는 앞으로 이천 년 또는 그보다 더 긴 세월이 걸릴 것이다. 하지만 『음모』의 저자는 우리가 하느님, 자본, 노동 덕분에 올바른 길을 걷고 있다고 말한다. 관리들과 의원들이 에스토릴* 온천에 모여 만찬에 참석한 것은 십중팔구 그 길에 누가 포석을 깔 것인지 결정하기 위해서일 것이다.

밤낮으로 이어지는 지독한 날씨가 도무지 걷힐 기미가 없어서 홍수 때문에 농부들이 쉴 틈이 없다. 나이가 많은 사람들의 증언과 기록으로 확인한 바에 따르면 사십 년 만에 최악이라고 한다. 따라서 올해 사육제는 기억에 남는 일이 될 것이다. 그 자체로서도 기억에 남을 만한데, 특히 사육제와는 아무 상관이 없지만 앞으로도 오랫동안 사람들의 입에 오르내릴 이 끔찍한 홍수 때문에 더욱 그렇게 될 것이다. 이미 말했듯이, 스페인 피난민들이 포르투갈로 쏟아져 들어오고 있다. 그들이 기운을 차린다면 슬프게도 자기 나라에서는 찾아볼 수 없는 많은 유희를 여기서 찾을 수 있을 것이다. 지금은 그 어느 때보다 더욱더. 여기에 있는 우리들은 자기만족을 느껴야 마땅하다. 우리 정부가 테주 강에 다리를 놓는 계획을 밀고 나간 것이나 관용차량을 공적인 용도로만 한정하겠다고 공포한 것이나 도루 지역 노동자들에게 쌀 오 킬로그램, 말린 대구 오 킬로그램, 일인당 십 이스쿠두를 나눠준 것을 생각해보라. 이런 후한 인심에 누구도 놀랄 필요가 없다. 대구는 가장 값싼 일용품이기 때문이다. 앞으로 며칠 안에 정부

* 포르투갈의 휴양지.

의 장관 한 명이 각 교구에 빈민들을 위한 무료 급식 시설을 만들겠다고 발표할 것이고, 그 장관은 베자에 다녀온 뒤 기자들에게 다음과 같이 확언할 것이다. 노동 위기에 대처하기 위해서는 민간의 자선 활동을 조직화하는 것이 중요하다는 사실을 알렌테주에서 직접 목격하고 왔습니다. 이 말을 평범한 포르투갈 사람들의 언어로 바꾸면 다음과 같다. 자선을 좀 베풀어주세요, 친절하신 나리, 연옥에 있는 나리의 소중한 분들을 위하는 일입니다. 그러나 최고의 발언은, 전능하신 하느님에게만 고개를 숙이는 최고의 권위자 파첼리 추기경의 말이었다. 그는 무솔리니에게 로마의 문화유산을 지키는 강력한 수호자라는 찬사를 보냈다. 무척 현명할 뿐만 아니라 앞으로 더욱더 현명해질 가능성이 높은 이 추기경은 확실히 교황이 될 자격이 있다. 그 축복의 날이 왔을 때 성령과 교황 선거 회의가 그를 잊지 않기를. 지금도 이탈리아 군대는 에티오피아를 공격하러 가는 중이다. 하느님의 보잘것없는 종은 이미 제국과 황제의 출현을 예언하고 있다, 카이사르 만세, 성모님 만세.

그러나 여기 포르투갈의 사육제는 어찌나 다른지. 카브랄* 이 발견한 바다 너머의 그 땅에서, 개똥지빠귀가 노래하고 남십자성이 반짝이는 그곳의 찬란한 하늘 아래에서, 하늘에 구름이 끼었을 때조차 열기가 가득한 그 땅의 사육제 학교 퍼레이드에서는 다이아몬드처럼 보이는 유리구슬과 보석처럼 반

---

* 1460년경~1520년경, 포르투갈의 항해가로 1500년에 브라질을 발견했다.

짝이는 반짝이로 치장하고 비단이나 새틴은 아니더라도 마치 깃털처럼, 그러니까 낙원의 새인 앵무새와 공작새가 머리 위에서 흔들리고 있는 것처럼 몸을 장식해주는 옷을 입고 삼바춤을 추며 도시의 대로를 따라 움직인다. 삼바, 삼바, 영혼의 떨림. 진지한 성격을 타고난 히카르두 헤이스조차 그동안 눌려 있던 디오니소스 기질이 안에서 요동치는 것을 느낄 때가 많았다. 그가 그 거친 열광 속에 몸을 던지지 않은 것은 순전히 몸을 다칠지도 모른다는 걱정 때문이었다. 그런 일이 어떤 결말로 이어질지는 결코 알 수 없는 법이니까. 리스본에서는 그런 위험이 없다. 하늘에서는 여전히 가랑비가 떨어지지만 기운을 내자. 이제 곧 리베르다드 대로에 나타날 퍼레이드를 망칠 만큼 빗줄기가 굵지는 않다. 행렬의 양편에는 인근 동네의 가난한 사람들이 친숙한 모습으로 무리 지어 움직일 것이다. 여유가 있는 사람들은 돈을 내고 의자를 빌리는 것도 가능하지만, 그럴 사람은 거의 없을 것이다. 색색의 장식이 그려진 꽃수레가 삐걱거리며, 갖가지 표정으로 웃고 있는 사람들 머리 위에서 흔들린다. 추한 동시에 예쁜 가면을 쓴 사람들이 장식 리본을 군중 속으로 던지고, 옥수수와 콩이 든 작은 쌈지들도 던진다. 그것이 명중하면 사람이 다칠 수도 있다. 그러면 여기에 복수하듯이 군중의 열기가 가라앉는다. 지붕이 없는 수레 몇 대가 우산을 싣고 지나간다. 젊은 여성들이 멋진 애인과 함께 수레 위에서 손을 흔들며 서로에게 색종이 조각을 던진다. 구경꾼들도 이런 즐거운 장난을 한다. 행렬을 구경하는 아가씨와 색종이 조각 한 움큼을 쥐고 뒤에서 몰래 그녀에게 다가가는 이 청년을 예로 들어보자. 청년은 색종이 조각을 아가씨의 입술에 밀어붙여 기운차게 문지른 뒤, 그녀가 깜짝 놀란 틈을 이용해 최대한 그녀를 만진다. 가엾은 아가씨가 콜록거리며 색종이 조각을 뱉어내는 동안 청년은 웃어대며 멀어져간다. 포르투갈의 전통적인 구애 풍경이다. 이런 식으로 사귀기 시작해서 행복한 결혼 생활을 하는 사람도 있다. 분무기가 사람들의 목이나 얼굴에 물을 뿜어댄다. 사람들은 이 물건을 지금도 향수 분무기라고 부른다. 응접실에서 이 물건을 이용해 상대를 가볍게 괴롭히던 시절의 이름이 지금까지 남아 있는 것이다. 이제는 거리로 나온 이 물건에서 뿜어지는 물이 하수도 물이 아니라면 그나마 운이 좋은 것이다. 실제로 그런 일이 일어난 적이 있다. 히카르두 헤이스는 겉만 번지르르한 이 행렬에 금방 지루해졌지만 자리를 지켰다. 달리 할 일이 있는 것도 아니었으니까. 두 번 가랑비가 내리고 한 번 소낙비가 내렸으나, 어떤 사람들은 포르투갈의 날씨를 찬양하는 노래를 계속 불러댄다. 포르투갈의 날씨가 좋지 않다고 말하려는 것은 아니다. 사육제 퍼레이드를 하기에 좋지 않다는 뜻일 뿐이다. 행렬은 오후 늦게 끝났다. 하늘도 맑아졌지만 이미 너무 늦었다. 꽃수레와 마차는 목적지를 향해 계속 나아갔다. 거기서 화요일까지 계속 물기를 말리면서, 흐려진 색을 다시 칠하고, 꽃줄도 걸어 말릴 것이다. 그러나 가면을 쓰고 가장행렬에 참가한 사람들은 머리부터 발끝까지 푹 젖었는데도 거리와 광장에서, 골목과 교차로에서 계속 흥을 돋운다. 남들이 다 보는 앞에서 할 수 없는 일을 할 때는 계단 밑으로 들어간다. 그런 곳에서는 더 싸고 빠르게 할 일을 마칠 수 있다. 육체는 약하고, 술기운이 사람을 부추긴다. 재와 망각의 날은 수요일에나 올 것이다. 히카르두 헤이스는 몸에 살짝 열이 나는 것 같다. 행렬을 구경하다가 감기에 걸린 것인지도 모른다. 또는 우울한 기분이 열, 구역질, 망상을 불러올 수도 있다. 하지만 그는 아직 그 지경까지 이르지 않았다. 손을 쓸 수 없을 정도로 취한 노인이 가면을 쓰고 그에게 다가왔다. 나무로 만든 커다란 선원용 단도와 곤봉으로 무장한 그가 두 무기를 서로 부딪치며 포효하더니 이상한 청을 했다. 내 배를 주먹으로 때려주시오. 그는 히카르두 헤이스에게 자신의 몸을 던졌다. 불룩 튀어나온 배에는 쿠션인지 천 꾸러미인지가 두툼하게 대어져 있고, 사람들은 모자를 쓰고 비옷을 입은 신사가 선원 모자와 비단 재킷과 짧은 바지와 스타킹 차림의 늙은 광대를 피하는 광경에 웃음을 터뜨렸다. 내 배를 주먹으로 때려주시오. 노인이 진짜로 원하는 것은 술을 사 먹을 돈이었다. 히카르두 헤이스가 동전 몇 개를 주자, 늙은 주정뱅이는 칼과 곤봉을 서로 부딪치며 기괴한 춤을 잠시 추더니 비틀비틀 가버렸다. 거리의 부랑아들, 신부를 돕는 조수처럼 그의 모험에 따라온 아이들이 그 뒤를 따라갔다. 유모차를 닮은 작은 수레에 거대한 남자가 앉아 있었다. 다리는 밖으로 삐져나왔고, 얼굴에는 색칠

분장을 했으며, 머리에는 아기 모자를 쓰고, 가슴에 턱받이를 한 모습이었다. 그는 흑흑 우는 척을 했다. 아니, 진짜로 우는 것 같기도 했다. 유모 역할을 맡은 못생긴 남자가 붉은 포도주를 가득 담은 젖병을 남자의 입에 쑥 물려주었다. 남자가 그 젖병을 게걸스레 빨아대는 모습을 보며 구경꾼들이 즐거워했다. 그중 한 청년이 갑자기 번개처럼 튀어나와 유모의 거대한 가짜 가슴을 만지고는 재빨리 도망쳤다. 유모는 누가 들어도 남자임이 분명한 거친 목소리로 고함을 질러댔다. 이리와, 이 개자식아, 와서 이걸 만져보라고. 이렇게 고함을 지르면서 그가 뭔가를 노출하자 그것을 제대로 알아본 여자들이 모두 시선을 돌렸다. 뭐, 외설적이라고 할 만한 것은 전혀 없었다. 유모가 무릎 아래까지 내려오는 드레스를 입고 있었는데, 그 아래로 튀어나온 것을 그가 양손으로 잡았다. 순수한 놀이일 뿐이었다. 포르투갈의 사육제니까. 외투를 입은 남자가 지나간다. 그는 모르지만, 그의 등에 종이 한 장이 안전핀으로 꽂혀 있다. 짐을 나르는 짐승 팝니다. 아직 그에게 값을 물어본 사람은 없지만, 행인들이 남자와 스쳐 지나가면서 조롱의 말을 던진다. 워낙 짐승 같아서 짐의 무게도 못 느끼나 보네. 그들은 남자를 놀리며 즐거워한다. 비로소 수상쩍은 분위기를 느낀 남자가 손을 등 뒤로 돌려 종이를 떼어내더니 화를 내며 갈기갈기 찢는다. 매년 사람들은 이런 장난을 하고, 우리는 이런 장난을 처음 보는 사람처럼 반응한다. 히카르두 헤이스는 비옷에 핀을 꽂기가 얼마나 힘든지 알기 때문에 그런 장난에 당하지 않을 것이라고 안심한다. 하지만 위험은 어디에나 있다. 끈이 달린 빗자루가 갑자기 위층에서 내려와 그의 모자를 땅으로 떨어뜨린다. 위층에 사는 두 아가씨가 높은 소리로 까르르 웃어댄다. 사육제는 즐기는 시간. 두 아가씨가 입을 모아 소리친다. 아주 압도적인 논리라서 히카르두 헤이스는 진흙으로 뒤덮인 모자를 주워 조용히 가던 길을 간다. 때가 되어서 그는 호텔로 돌아가는 중이었다. 다행히 아이들이 있다. 아이들은 어머니나 이모나 할머니를 꼭 붙잡고 걸어 다니면서 가면을 자랑하고 사람들의 칭찬에 즐거워한다. 아이들에게 변장을 하고 돌아다니는 것만큼 즐거운 일은 없다. 아이들은 낮 공연도 본다. 신기한 세상이 펼쳐지는 무대의 바로 앞자리와 맨 위층 객석을 채우고 시끄럽게 소리를 질러댄다. 풍선 모양의 긴 치맛자락에 발이 걸리는 바람에 발을 다치고, 입술과 젖니를 비틀어 피리를 문다. 콧수염과 구레나룻 분장이 뭉개져 있다. 이 세상에 확실히 아이들보다 더 훌륭한 것은 없다. 저기 아이들이 간다. 어리고 순수한 녀석들이 종이로 만든 장식 리본이 가득한 얇은 가방을 들고 있다. 뺨에는 빨간색이나 하얀색을 칠하고, 한쪽 눈에 해적처럼 안대를 했다. 아이들이 스스로 원해서 그런 가장을 한 건지, 아니면 어른들이 직접 골라서 돈을 내고 빌려온 의상을 입고 어른들이 만들어낸 역할을 하고 있는 건지는 알 수 없다. 네덜란드 소년,[*]

---

[*] 제방의 구멍을 혼자 막아냈다는 네덜란드 소년을 뜻하는 듯하다.

시골뜨기, 세탁부, 뱃사람, 파두 가수, 귀부인, 웨이트리스, 군인, 요정, 장교, 플라멩코 무용수, 새고기 노점상, 피에로, 기관사, 전통의상을 입은 오바르의 아가씨, 심부름꾼, 학사모와 가운 차림의 학자, 아베이루의 농촌 아가씨, 경찰관, 어릿광대, 목수, 해적, 카우보이, 사자 조련사, 카자크 기병, 꽃집 주인, 곰, 집시, 선원, 목동, 간호사. 이렇게 분장한 아이들의 사진이 내일 자 신문에 실릴 것이다. 이 어린 가장행렬 참가자 중 일부는 신문사로 찾아가서 의상을 가리려고 덧입은, 후드 달린 겉옷을 벗고 사진기자에게 사진을 찍어달라고 졸랐다. 그들이 심지어 신비로운 콜롬비나*의 후드 겉옷까지 벗어버린 것은 얼굴을 드러내 나중에 할머니가 정신없이 자랑할 수 있게 해주기 위해서였다. 이 애가 우리 손녀라우. 할머니는 가위로 정성껏 사진을 오려 기념품을 모아둔 상자에 넣을 것이다. 작은 트렁크 모양의 초록색 상자. 부둣가 자갈밭에 떨어지면 뚜껑이 열려버릴 상자. 오늘 우리는 웃고 있지만, 언젠가 울고 싶어지는 날이 올 것이다. 이제 거의 밤이 되었다. 히카르두 헤이스는 발을 질질 끌며 걷고 있다. 몸이 지친 것일 수도 있고, 기분이 우울한 탓일 수도 있다. 아까 수상쩍게 생각했던 열 때문일 수도 있다. 등에 갑자기 오한이 들어서 택시를 잡을까 하는 생각이 들지만, 이미 호텔이 가까워졌다. 십 분 뒤면 이미 침대에 누워 있을 거야, 저녁은 건너뛰

* 이탈리아 전통극에 등장하는 여성 인물.

어야지. 그는 혼자 중얼거렸다. 그런데 바로 그 순간 조문객 흉내를 내는 사람들의 무리가 카르무 거리에서 나타나 다가오기 시작했다. 남자들은 모두 여자 옷을 입었는데, 운구를 맡은 네 명만 예외였다. 그들이 어깨에 멘 관에는 시체 역할을 맡은 남자가 턱이 묶이고 양손을 꽉 맞잡은 채로 누워 있었다. 이제 비가 그쳤으므로 그들이 요란하게 가장한 모습으로 거리에 나온 것이다. 아, 내 사랑하는 남편을 이제 다시는 볼 수 없다네. 검은 천으로 몸을 감싼 시골뜨기 한 명이 가성으로 소리쳤다. 아버지를 잃은 아이들 역할을 맡은 사람도 여러 명 있었다. 아, 사랑하는 아빠, 너무나 보고 싶어요. 그들의 친구들이 그들을 둥글게 에워싸고서 장례 비용을 적선해달라고 구경꾼들에게 구걸했다. 이 가엾은 친구가 죽은 지 사흘이나 되어서 벌써 시신에서 지독한 냄새가 나기 시작했습니다. 이 말은 사실이었다. 누군가가 황화수소병의 마개를 열었음이 분명했다. 시체가 보통 썩은 달걀 냄새를 풍기지는 않지만 그래도 그들이 찾아낼 수 있는 가장 흡사한 냄새가 이거였다. 히카르두 헤이스는 그들에게 동전 몇 개를 주었다. 마침 잔돈을 조금 갖고 있어서 다행이었다. 그러고는 시아두 광장으로 들어가려고 하는데, 행렬의 낯선 사람 한 명이 그를 때렸다. 설사 가장행렬이라 해도 장례 행렬인 만큼 그 인물이, 즉 죽음이 그를 공격한 것이 무엇보다 논리적인 일이기는 했다. 그 남자는 몸에 꼭 맞는 검은색 옷을 입고 있었는데, 십중팔구 편물로 짠 천인 것 같았다. 그 천에 머리부터

발끝까지 그의 뼈 윤곽이 고스란히 드러나 있었다. 멋진 의
상에 대한 욕심이 극단으로 치달을 때가 많다. 히카르두 헤
이스는 다시 몸을 덜덜 떨기 시작했지만 이번에는 이유를 알
고 있었다. 혹시 이 사람이 페르난두 페소아일까, 말도 안 돼.
그는 혼자 중얼거렸다. 그는 그런 짓을 할 사람이 아니었다.
설사 그럴 생각이 들더라도 이런 어중이떠중이들과 함께하지
는 않을 것이다. 가장한 모습으로 혼자 거울 앞에 설 수는 있
었다. 그건 확실히 가능했다. 가장을 하면 자신의 모습을 볼
수 있을 테니까. 이런 생각을 머리로만 했는지 입으로 중얼거
렸는지는 잘 모르겠지만, 하여튼 히카르두 헤이스는 그 남자
를 더 자세히 살펴보려고 가까이 다가갔다. 키와 몸매가 페르
난두 페소아와 같았다. 조금 더 호리호리해 보이는 것은 몸
에 꼭 맞는 의상 때문일 수 있었다. 남자는 히카르두 헤이스
를 재빨리 흘깃 보고는 행렬 뒤쪽으로 이동했다. 히카르두 헤
이스는 그를 쫓아가 그가 사크라멘투 길을 올라가는 것을 보
았다. 무서운 광경이었다. 점점 어두워지는 빛 속에서 보이는
것은 뼈뿐. 마치 그 남자가 형광물감으로 자기 몸에 그림을
그린 것 같았다. 서둘러 멀어지는 그의 뒤로 빛의 궤적이 이
어지는 것처럼 보였다. 그는 카르무 광장을 가로지른 뒤 방향
을 바꿔 음침하고 인적 없는 올리베이라 거리를 지나 달려갔
다. 그러나 히카르두 헤이스는 그의 모습을 똑똑히 볼 수 있
었다. 멀지도 가깝지도 않은 곳에서 걸어가는 해골, 그가 의
대에서 공부할 때 썼던 것과 같은 해골, 발꿈치뼈, 정강이뼈

와 종아리뼈, 넓적다리뼈, 장골, 척추, 갈비뼈, 자라날 수 없는 날개를 닮은 어깨뼈, 창백한 달 같은 두개골을 지탱하는 목뼈. 그와 마주친 사람들이 소리쳤다. 어이, 죽음, 어이, 허수아비. 그러나 해골로 가장한 남자는 대답하지도 뒤돌아보지도 않고 똑바로 달려가 두크 계단을 한 번에 두 칸씩 올라갔다. 민첩하게 움직이는 모습을 보니 확실히 페르난두 페소아가 아니었다. 그는 영국식 교육을 받았는데도 언제나 몸을 움직이는 일에는 재주가 없었다. 히카르두 헤이스도 마찬가지였는데, 그는 예수회 교육 탓이라는 변명을 내세울 수 있었다. 해골이 계단 꼭대기에 멈춰 서서 마치 그에게 따라잡을 시간을 주려는 듯이 아래를 내려다보다가 광장을 건너 케이마다 골목으로 들어갔다. 저 망할 죽음이 날 어디로 데려가는 건가, 그리고 나는, 나는 왜 저자를 따라가고 있지. 그때 처음으로 그는 해골로 가장한 저 사람이 정말로 남자인지 궁금해졌다. 여자일 수도 있고, 여자도 남자도 아닌 그냥 죽음일 수도 있었다. 아냐, 남자야. 그는 해골이 어느 주점에 들어가 환호와 박수갈채를 받는 것을 보며 속으로 생각했다. 가장행렬을 보고, 죽음을 봐. 주의 깊게 지켜보고 있자니, 해골이 바에서 고개를 뒤로 젖히고 포도주 한 잔을 마시는 것이 보였다. 가슴이 납작했어, 여자가 아니야. 해골로 가장한 남자가 다가왔다. 히카르두 헤이스는 미처 뒤로 물러날 시간이 없었다. 그가 도망치려고 뛰기 시작했지만 상대가 길모퉁이에서 그를 따라잡았다. 치아는 진짜였고, 잇몸은 침으로 젖어 있었지만, 목소리는 남자의 것이 아니었다. 여자의 목소리 또는 남녀의 중간쯤 되는 목소리였다. 말해봐, 이 등신아, 너 내가 누군 줄 알고 따라오는 거야, 혹시 너 호모냐, 아님 그냥 빨리 죽고 싶어 안달이 났어. 아뇨, 멀리서 봤을 때 내 친구인 줄 알았습니다, 하지만 목소리를 들어보니 내가 착각했군요. 내가 사기를 치는 것일 수도 있는데. 목소리가 조금 전과 상당히 달랐다. 이만 실례하겠습니다. 히카르두 헤이스가 말했다. 해골로 가장한 사람이 이번에는 페르난두 페소아의 것과 비슷한 목소리로 대답했다. 지옥에나 가버려, 망할 자식. 그러고는 몸을 돌려 점점 짙어지는 밤의 어둠 속으로 사라졌다. 빗자루를 든 소녀들의 말이 맞았다. 사육제는 즐기는 시간. 다시 비가 내리고 있었다.

그는 밤새 열에 시달리며 잠을 잘 이루지 못했다. 기진맥진해서 침대에 뻗기 전에 그는 아스피린 두 알을 먹고 겨드랑이에 체온계를 끼웠다. 체온이 화씨 백도가 넘었다. 예상했던 일이라 인플루엔자인 것 같다고 그는 속으로 생각했다. 그는 잠들었다가 깨어났다. 햇빛에 푹 잠긴 광활한 평원, 나무들 사이로 구불구불 흐르는 강, 물살을 따라 엄숙하게 떠가는 멀고 낯선 배들, 여럿으로 쪼개져서 그 모든 배에 타고 있는 그 자신, 누군가에게 안녕을 고하거나 새로운 만남을 고대하는 사람처럼 자신에게 손을 흔들고 있는 그의 조각들이 꿈에 나왔다. 배들이 석호 또는 후미에 들어섰다. 고요하고 잔잔한 수면에서 배들은 꿈쩍도 하지 않았다. 돛도 노도 없는 배가 열 척, 스무 척, 아니 그보다 더 많은 것 같았다. 서로 소리를 지르면 들릴 만한 거리에 있었지만 선원들이 모두 한꺼번에 떠들어댔다. 모두 같은 말을 하고 있었기 때문에 그들은 서로의 말을 듣지 못했고, 결국 배들이 가라앉기 시작하면서 합창처럼 들리던 목소리들도 잦아들었다. 꿈속에서 히카르두 헤이스는 그 마지막 말을 포착해보려고 애썼다. 성공한 것 같았지만, 마지막 배가 바닥으로 가라앉는 순간 조각조각 떨어진 음절들이 물속에서 꼴록꼴록 수면으로 떠올랐다. 낭랑하지만 의미 없는 소리, 물에 빠진 단어들은 작별 인사도, 맹세도, 유언도 담고 있지 않았다. 설사 그런 것을 담고 있다 해도, 그것을 들을 사람이 더 이상 존재하지 않았다. 잠들었을 때도 깨어 있을 때도 그는 해골로 가장한 사람이 정말 페르난두 페소아였을지 고민했다. 처음에는 그가 맞는다는 결론을 내렸다가, 곧 심오하고 깊은 것을 위해 눈에 뻔히 보이는 것을 부정했다. 다음에 다시 만나면 그에게 물어볼 것이다. 하지만 과연 진실한 대답을 들을 수 있을까. 헤이스, 설마 진심으로 하는 소리는 아니겠지, 내가 중세 사람들처럼 죽음으로 변장하고 돌아다닐 것 같은가, 죽은 사람이 장난을 치며 돌아다니는 일은 없다네, 자신의 상태를 알기 때문에 침착하고 신중하고 조심스럽지, 해골이 되어 완전히 벌거벗은 꼴이 된 것을 몹시 싫어하기 때문에 남들 앞에 나타날 때는 지금 내 모습처럼 나타나, 장례식 때 입은 말쑥한 정장 차림으로 나타난다고, 혹시 누군

가를 놀래주고 싶다면 시신을 감쌌던 천으로 몸을 감싸고
나타나지, 나야 교양 있고 세련된 사람이니까 결코 그런 짓
을 하지 않을 테지만, 자네도 내 말을 인정할 것이라고 믿네.
굳이 물어볼 필요가 없겠어. 히카르두 헤이스는 혼자 중얼
거렸다. 그는 불을 켜고 『미궁의 신』을 펼쳐 한 페이지 반을
읽었다. 두 남자가 체스를 두는 장면인데, 그들이 실제로 체
스를 두는 건지 대화를 하고 있는 건지 알 수 없었다. 글자
들이 흐릿하게 뭉개지자 그는 책을 옆에 내려놓았다. 리우데
자네이루의 아파트로 되돌아와 있었다. 멀리서 비행기들이
우르카와 베르멜랴 해변*에 폭탄을 떨어뜨리는 모습이 창문
으로 보였다. 검은 연기가 커다란 나선형을 그리며 올라왔
지만 소리는 전혀 들리지 않았다. 어쩌면 그가 청각을 잃었
거나, 아니면 처음부터 청각이 없어서 시각이 도와주는데
도 폭탄이 포효하는 소리, 총성이 만들어내는 불협화음, 부
상자들의 비명 소리를 아예 상상하지 못하는 것 같았다. 그
는 땀에 흠뻑 젖어 깨어났다. 호텔은 밤의 깊은 침묵에 잠겨
있고, 손님들은 모두 곤히 자고 있었다. 심지어 스페인 피난
민들까지도. 만약 누군가가 갑자기 그들을 깨워 여기가 어
딘지 아느냐고 묻는다면 그들은 편안한 잠자리에 속아 이렇
게 대답할 것이다. 여긴 마드리드지. 여긴 카세레스지. 건물
맨 꼭대기에서 리디아도 십중팔구 잠들어 있다. 그녀가 밤

* 둘 다 브라질의 지명.

에 내려오는 날도 있고 내려오지 않는 날도 있다. 이제 두 사람은 미리 약속을 정하고 만난다. 리디아는 한밤중에 그의 방으로 올 때 더할 나위 없이 주의를 기울인다. 처음 몇 주 동안 느꼈던 짜릿함이 시들해진 것은 자연스러운 일이다. 열정만큼 빠르게 흐릿해지는 것은 없다. 그래, 열정, 이렇게 서로 잘 어울리지 않는 관계에서도 열정은 모종의 역할을 한다. 해로운 소문이 퍼지는 것을 막으려면, 그런 소문이 퍼지고 있다면 그렇다는 말이지만, 어쨌든 무슨 수를 써서라도 추문이 번지는 것을 피하려면 의심을, 그러니까 혹시 의심하는 사람이 있다면, 그 의심을 가라앉히는 편이 현명하다. 피멘타가 심술궂게 넌지시 암시하는 데에서 더 나아가지 않았기를 빌자. 열정이 시들해진 데에 확실히 다른 이유가 있을 수도 있다. 예를 들어 리디아가 생리 중이라는 생물학적인 이유 같은 것. 영국인들은 여성의 주기가 돌아왔다고 표현하고, 좀 더 대중적인 표현으로는 빨간 외투가 해협에 도달했다는 말이 있다. 여성의 몸이라는 관개수로에서 진홍색 액체가 배출된다. 히카르두 헤이스는 잠에서 깼다. 그리고 두 번째로 또 깨어났다. 아직 아침보다는 밤에 더 가깝기 때문에 차갑고 탁한 회색빛이 아래로 내려놓은 블라인드 틈새로, 유리창으로, 커튼 사이로 새어 들어와 제대로 닫히지 않은 묵직한 커튼의 윤곽을 그려내고, 반들거리는 가구 표면을 유백색으로 물들였다. 얼어붙은 방이 회색 풍경화처럼 깨어나고, 겨울잠을 자던 동물들, 조심스러운 시바리스 사람들*은 기뻐했다. 그들 중 누군가가 자다가 죽었다는 소식이 전혀 없었으니까. 히카르두 헤이스는 다시 체온을 쟀다. 여전히 열이 높았고, 기침도 시작되었다. 이번에는 아주 심한 독감에 걸렸는걸, 틀림없어. 그토록 천천히 다가오던 그날이 갑자기 도착했다. 누군가가 문을 벌컥 열어젖힌 것처럼. 호텔의 웅성거리는 소리가 도시의 웅성거리는 소리와 하나로 합쳐졌다. 오늘은 월요일, 사육제 날, 또 다른 날이었다. 바이후 알투의 그 해골이 어느 방 어느 무덤에서 깨어나고 있을까, 아니면 아직 자고 있을까. 어쩌면 아직 옷도 갈아입지 않고 의상을 입은 그대로 자고 있을지 모른다. 그도 혼자 잠든다, 가엾게도. 살아 있는 여자라면 누구라도 그렇게 뼈만 앙상한 팔이 이불 밑에서 자기를 껴안으려 하면 겁에 질려 비명을 지르며 도망칠 것이다. 설사 그 팔이 연인의 것이라 하더라도. 우리는 아무것도 아니다, 쓸모없는 존재보다도 못하다. 이런 구절이 떠오르자 히카르두 헤이스는 중얼거리듯이 읊조리다가 속으로 생각했다. 일어나야지, 감기든 독감이든 조심만 하면 돼, 약은 먹더라도 아주 조금만. 하지만 그는 계속 선잠이 들었다. 그러다 눈을 뜨고 그는 다시 같은 말을 되풀이했다. 일어나야지. 세수를 하고 면도도 해야 했다. 얼굴에 하얀 털이 나 있는 것이 몹시 싫었지만, 그래도 생각했던

* 시바리스는 남부 이탈리아에 있던 고대 그리스 도시 이름. 이 도시 사람들은 사치와 향락을 즐겼다고 한다.

251

것보다는 흰머리가 한참 늦게 난 편이었다. 그는 시계를 보지
않았다. 누군가가 문을 두드렸다. 아침 식사를 가져온 리디아
였다. 그는 실내용 가운을 어깨에 걸치고, 슬리퍼가 벗겨진
채로, 비몽사몽 문을 열러 갔다. 그가 아직 씻지도 않고 머리
도 빗지 않은 것을 본 리디아는 처음에는 그가 밤에 늦게 들
어온 모양이라고 생각했다. 여자를 꾀려고 무도장에 갔을지
도 모른다고. 나중에 다시 올까요. 리디아가 물었다. 히카르
두 헤이스는 아이처럼 다정하게 보살핌을 받고 싶다는 욕망
에 갑자기 사로잡혀서 비틀비틀 침대로 물러나며 대답했다.
몸이 아파요. 하지만 리디아가 물어본 것은 이것이 아니었다.
그녀는 쟁반을 탁자에 놓고 침대로 다가와 아주 자연스럽게
그의 이마를 짚어보았다. 열이 있네요. 공연히 의사라 불리는
것이 아니니 히카르두 헤이스에게는 필요하지 않은 말이었지
만, 리디아의 입에서 이 말을 듣고 보니 자신이 불쌍해졌다.
그는 리디아의 손 위에 자신의 손을 올려놓고 눈을 감았다.
세상의 눈물이 이 두 방울뿐이라면 내가 참을 수 있을 텐데.
그는 이런 생각을 했다. 일을 많이 해서 거칠어진 리디아의
손, 클로에나 네아이라나 또 다른 리디아의 손과도 다르고,
마르센다의 가느다란 손가락과 잘 손질된 손톱과 부드러운
손바닥, 왼손은 죽은 것으로 여겨지고 있으니 살아 있는 한
쪽 손만 그런 것이지만, 어쨌든 마르센다의 손과도 다른 그
손을 붙잡은 채로. 틀림없이 독감이에요, 하지만 일어날 겁니
다. 어머, 그러시면 안 돼요, 그러다 폐렴에 걸릴 거예요. 나는

252

의사입니다, 리디아, 뭘 어떻게 해야 하는지 잘 알아요, 환자 행세를 하며 계속 침대에 누워 있을 필요는 없습니다, 누가 약국에 가서 두세 가지 약만 사다 주면 될 일이에요. 걱정 마세요, 제가 다녀올게요, 아니면 피멘타를 보내든지요, 선생님은 침대에서 나오시면 안 돼요, 음식이 식기 전에 아침 식사부터 하세요, 그러고 나서 제가 방을 정리하고 환기할게요. 이 말과 함께 그녀는 히카르두 헤이스를 부축해서 일으켜 앉힌 다음, 베개를 잘 괴어주고, 쟁반을 가져와 커피에 우유를 조금 붓고, 설탕을 넣고, 토스트를 반으로 자르고, 그에게 마멀레이드를 건네며 행복하게 얼굴을 붉혔다. 여자는 사랑하는 남자가 괴로워하며 침대에 뻗어 있는 모습을 지켜보는 것만으로도 행복해질 수 있다. 여자는 반짝반짝 빛나는 눈으로 남자를 바라본다. 아니, 걱정스러운 눈빛일까. 그녀마저 열이 나는 것처럼 보일 정도로 강한 눈빛이다. 서로 다른 원인이 같은 효과를 내는 흔한 현상의 또 다른 사례. 히카르두 헤이스는 이불을 여며주고, 응석을 받아주며 자신을 부드럽게 어루만지는 리디아의 손길을 얌전히 받아들였다. 마치 그녀가 그의 머리에 기름을 부어 종교적 의식을 거행하는 것처럼. 이것이 첫 번째 의식인지 마지막 의식인지는 쉽게 판단할 수 없었다. 커피를 다 마시고 나니 기분 좋게 몸이 늘어졌다. 벽장문을 좀 열어줄래요, 거기 오른쪽 뒤에 있는 검은색 여행 가방을 가져와요, 정말 고맙습니다. 그는 여행 가방에서 일반의 히카르두 헤이스, 리우데자네이루 오비도르 거리라는 표제가 인쇄되어 있는 처방전 용지를 꺼냈다. 처음 이 용지를 구입했을 때는 이렇게 먼 곳에서 사용할 일이 생길 것이라고는 짐작도 하지 못했다. 인생이 이렇다. 안정이라고는 기대할 수 없거나, 아니면 언제나 놀랄 일이 예비되어 있다는 점만 안정적이다. 그는 글자를 몇 줄 갈겨쓴 다음 리디아에게 말했다. 지시도 받지 않고 혼자 멋대로 약국에 가면 안 됩니다, 이 처방전을 세뇨르 살바도르에게 줘요, 반드시 그에게서 지시를 받아야 합니다. 리디아는 처방전과 쟁반을 들고 방을 나갔으나, 그 전에 그의 이마에 입을 맞췄다. 이런 염치없는 행동이라니, 고작 하녀 주제에, 호텔 메이드 주제에, 말이 되는가. 그러나 어쩌면 그녀에게는 타고난 권리가 있는지도 모른다. 비록 다른 권리는 없지만. 그리고 그도 그녀의 그 권리를 부정하지 않을 것이다. 지금은 극한 상황이니까. 히카르두 헤이스는 빙긋 웃으며 모호한 손짓을 한 뒤 벽을 향해 돌아누웠다. 그리고 봉두난발이 된 반백의 머리, 삐죽삐죽 고개를 내민 수염, 밤새 열에 시달린 탓에 창백하고 축축해진 살갗을 신경 쓰지 않은 채 곧바로 잠이 들었다. 이보다 더 아픈 사람도 행복한 순간을 즐길 수는 있다. 그것이 어떤 순간인지는 모르겠지만, 자신이 사막 섬인데 지금 철새들이 변덕스러운 바람에 실려 와 그 위를 날아가고 있다고 상상하는 것만으로도 충분할 수 있다.

그날과 그다음 날 내내 히카르두 헤이스는 방에만 머물렀다. 피멘타에게서 소식을 들은 살바도르가 한 번 그를 찾아왔다. 온 직원이 선생님의 쾌유를 빌고 있습니다. 리디아는 정식 지시보다는 마치 무언의 합의를 따르는 것처럼 간호사 역할을 도맡았다. 여자들에게 항상 주어지는 재주 외에는 아무런 자격을 갖추지 않았는데도 침대보를 갈고, 지극히 조심스럽게 이불을 접고, 레몬차를 가져오고, 정해진 시각에 환자에게 알약과 기침 물약을 먹였다. 신경에 거슬리는 친밀한 행동은 다른 사람들에게 숨겼다. 등을 문질러주는 것, 환자의 머리와 가슴을 짓누르는 체액을 아래로 끌어오기 위해 종아리를 겨자로 찜질하는 것. 이런 방법이 효과가 없다 해도, 중요한 목적 하나는 이룰 수 있었다. 이런 일을 맡은 리디아가 이백일호에 노상 붙어 있는 것에 아무도 놀라지 않았다. 누가 그녀의 행방을 물으면 이런 답이 돌아왔다. 지금 그 의사와 함께 있어요. 악의가 이를 드러내는 일도 없었다. 악의는 적당한 때가 될 때까지 날카로운 발톱을 감췄지만, 베개에 몸을 기댄 히카르두 헤이스에게 리디아가 닭고기 수프를 한 숟갈만 더 먹으라고 조르고 그가 식욕이 없다며 거절하는 광경보다 더 순수한 것은 세상에 없었다. 그가 그녀에게서 간청하는 소리를 듣고 싶어 하는 것도 마찬가지였다. 완벽한 건강이라는 축복을 누리고 있는 사람에게는 어리석은 게임처럼 보일 것이다. 사실 히카르두 헤이스는 혼자 식사를 할 수 없을 정도로 몸이 아픈 건 아니지만 그것은 우리가 왈가왈부할 일이 아니다. 만약 두 사람 사이에 긴밀한 접촉이, 이를테면 그가 그녀의 가슴에 손을 올리는 것 같은 행위가 이루어지더라도 두 사람은 그 이상 앞으로 나아가지 않는다. 병을 앓고 있다는 그 상황 자체에 모종의 품위, 거의 신성하게까지 느껴지는 어떤 것이 있기 때문인지도 모른다. 그러나 이 종교에는 이단이 드물지 않다. 교리 위반, 지나친 자유 같은 것. 그가 그런 행동을 하려 했으나 그녀가 거절했다. 선생님한테 해로울 수 있어요. 간호사의 윤리, 연인의 자제력에 찬사를 보내자. 이런 점에 대해서는 우리가 자세히 말할 수 있지만, 이보다 더 중요한 다른 점들이 있다. 지난 이틀 동안 강해져서 초라한 참회 화요일 행렬을 엉망으로 만들어버린 비와 폭풍 같은 것. 그러나 이런 이야기는 독자뿐만 아니라 화자도 지치게 만든다. 그다음에는 우리의 이야기와는 아무런 상관이 없는 일화들이 있다. 이를테면 지난 십이월에 실종 신고가 된 남자가 신트라에서 시신으로 발견되고, 그의 이름이 루이스 우세다 우레냐임이 밝혀진 일 같은 것. 아직까지 미제로 남아 있는 수수께끼의 범죄 중 하나인 이 사건이 밝혀지려면 아무래도 최후의 심판 날까지 기다려야 할 것 같다. 당시 목격자가 전혀 나서지 않았기 때문이다. 그러니 이제 우리에게 남은 것은 이 두 사람, 손님과 메이드뿐이다. 적어도 손님이 독감인지 감기인지를 이기고 일어날 때까지는 그렇다. 그다음에는 히카르두 헤이스가 세상으로 돌아오고, 리디아는 원래 하던 허드렛일로 돌아갈 것이다. 두 사람이 밤에 만나 서로를 끌어안는 일도 계속될 텐데, 그들 각자의 필요와 신중을 기해야 하는 상황에 따라 만남이 짧을 수도 있고 길어질 수도 있다. 내일, 수요일에 마르센다가 온다. 히카르두 헤이스는 잊지 않았지만, 병으로 인해 상상력이 무뎌졌음을 깨닫는다. 만약 그가 이 깨달음에 놀랐다면, 이 역시 그의 정신을 산만하게 만드는 요소다. 사실 삶이란 치료할 수도 없고 자꾸만 반복되는 병에 걸려 침대에서 요양하며 보내는 것과 그리 다르지 않다. 중간중간 병이 잠시 잠잠한 기간을 우리는 건강한 상태라고 부른다. 두 가지 상태를 구분하기 위해 그 기간에 뭐라도 이름을 붙여야 하기 때문이다. 마르센다는 한 손을 옆구리에 늘어뜨린 채로 존재하지 않는 치료법을 찾으러 아버지인 삼파이우 공증인과 함께 올 것이다. 삼파이우는 딸의 치료법보다는 애인을 만날 희망에 더 부풀어 있다. 어쩌면 그가 히카르두 헤이스가 방금 끌어안았던 가슴과 별로 다르지 않은 가슴에서 마음의 짐을 덜어놓으려고 오는 것은 치료법을 찾을 수 있을 것이라는 희망을 잃었기 때문인지도 모른다. 리디아는 이제 그의 손길을 꺼리지 않는다. 의학에 대해서는 아무것도 모르는 그녀조차 히카르두 헤이스의 몸이 한결 나았음을 알기 때문이다.

수요일 오전에 히카르두 헤이스에게 영장이 날아온다. 중요한 서류라는 점을 감안해서 다른 누구도 아닌 살바도르가 지배인의 자격으로 직접 가져온다. 보안 경찰국이 보낸 서류인데, 지금까지는 그럴 기회가 없어서 보안 경찰국의 이름을 온전히 언급하지 못했다. 그러나 어떤 일에 대해 언급하지 않는다고 해서, 그 일이 존재하지 않는다는 뜻은 아니다. 보안 경찰국이 좋은 사례다. 마르센다가 도착하기 전날 밤에는 히카르두 헤이스가 병들어 누워 있고 리디아가 그를 간호한다는 사실보다 더 중요한 일은 세상에 하나도 없는 것 같았다. 그런데 그동안 경찰국의 어느 직원은 아무것도 모른 채 영장을 준비하고 있었다. 인생이 이렇다. 내일 무슨 일이 벌어질지는 아무도 모른다. 살바도르는 말을 아끼며 딱히 인상을 찌푸리지는 않고 당혹스러운 표정을 짓고 있다. 매달 한 번씩 하는 잔액 확인을 해본 뒤 머리로 계산했던 것보다 훨씬 적은 금액이 계좌에 남아 있음을 알게 된 사람의 표정과 같다. 이런 영장이 왔습니다. 살바도르는 이렇게 말하면서, 마치 통장의 숫자를 미심쩍은 눈으로 살펴보는 사람처럼 영장이 집행될 대상에게 시선을 고정한다. 어디서 잘못된 거지, 이십칠에 오를 더해서 삼십일이 되다니, 삼십이가 되어야 하잖아. 내 앞으로 된 영장이라고요. 히카르두 헤이스가 놀라는 것이 당연하다. 그가 지은 유일한 범죄는, 설사 그것이 범죄라 해도 대개 법으로 처벌할 수 없는 것으로, 한밤중에 침대로 여자를 맞아들인 일뿐이다. 그는 아직 손으로 받아 들지 않은 영장보다는 거의 잘게 떨리고 있는 살바도르의 손과 얼굴에 더 불안해진다. 어디서 온 겁니까. 살바도르는 대답하지 않는다. 어떤 글은 절대 크게 소리 내어 말하지 않고 속삭이거나 손짓으로 뜻을 전달하거나 지금 히카르두 헤이스처럼 소리 없이 읽어야 한다. 보안 경찰국. 내가 이걸 어떻게 해야 합니까. 히카르두 헤이스는 조금 무시하는 듯한 태도로 가볍게 묻고는 달래듯이 덧붙인다. 뭔가 착오가 있는 모양입니다. 이 것은 살바도르의 의심을 가라앉히기 위한 말이다. 일단 여기에 서명하겠습니다, 서류를 무사히 받았고, 삼월 이일 오전 열시에 안토니우 마리아 카르도주 거리로 출두하겠다고 확인하는 뜻에서요. 여기서 멀지 않은 곳입니다, 먼저 알레크링 거리를 따라 모퉁이의 교회까지 가서 오른쪽으로 꺾고, 다시 한 번 오른쪽으로 꺾으면 시아두 테라스라는 영화관이 나옵니다, 맞은편에는 프랑스 왕의 이름을 딴 상 루이스 극장이 있는데, 연극과 영화를 모두 즐기기에 이상적인 곳이지요, 경찰국은 거기서 조금만 더 가면 있습니다, 쉽게 찾을 수 있을 겁니다. 하지만 어쩌면 그가 과거에 길을 잘못 든 적이 너무 많아서 소환당한 것인지도 모른다. 살바도르는 경찰국 직원에게 영장이 전달되었다는 공식적인 확인서를 건네주기 위해 엄숙한 표정으로 물러간다. 이미 침대에서 일어나 소파에 기대앉아 있던 히카르두 헤이스는 그동안 영장에 적힌 지시 사항을 몇 번이나 되풀이해서 읽는다. 신문을 위해 출두해주시기 바랍니다. 도대체 왜, 아, 정말이지, 나는 범죄를 저지르지 않았어, 뭘 빌리지도 훔치지도 않고, 음모를 꾸미지도 않는다고, 『음모』를 읽은 뒤에는 그런 일에 어느 때보다 더 반대하게 됐는데, 코임브라가 추천해준 그 책 말이야, 마릴리아의 목소리가 들리는 것 같군, 우리 아빠가 체포될지도 몰라요, 만약 자식이 있는 아버지에게 그런 일이 일어날 수 있다면, 자식이 없는 사람은 어떻게 되는 거지. 호텔 직원들은 모두 이백일호의 손님 헤이스 선생, 두 달 전 브라질에서 온 그 신사가 경찰국에 출두하라는 소환장을 받은 사실을 이미 알고 있다. 브라질에서 모종의 일에 연루되었음이 분명해, 아니면 여기서 그렇게 됐든지. 난 그런 처지가 되고 싶지 않네. 경찰이 그 사람을 풀어줄지 흥미로운걸, 하지만 만약 이게 구금이 필요한 사건이었다면 그냥 경찰이 와서 그 사람을 체포했겠지. 그날 저녁 히카르두 헤이스는 일찍 저녁을 먹으러 내려가도 될 만큼 몸이 나아졌다고 생각한다. 직원들이 자신을 어떻게 바라보는지 그도 알게 될 테지만, 리디아는 그를 불신하는 차가운 태도를 보이지 않는다. 살바도르가 일층으로 내려가자마자 리디아가 방으로 뛰어 들어온다. 국제경찰에서 선생님한테 소환장을 보냈다면서요. 가엾은 아가씨는 겁에 질려 있다. 맞아요, 여기 이게 영장이에요, 하지만 걱정할 필요 없어요, 틀림없이 내 서류 문제일 테니까. 정말 그런 거면 좋겠네요, 제가 듣기로 그런 데 불려 가면 절대 좋은 일이 없다던데요, 저도 남자 형제한테 들은 이야기가 있어요. 당신한테 남자 형제가 있는 줄은 몰랐네요. 굳이 말할 이유가 없었으니까요, 원래 저는 다른 사람들에 대해서는 별로 말하지 않는 편이에요. 당신 자신에 대해서도 말하지 않았잖아요. 선생님이 물어보시지 않았잖아요. 그건 그렇죠, 내가 당신에 대해 아는 것이라고는 여기 호텔에서 살고 있다는 것, 휴일에 외출한다는 것, 사귀는 사람 없이 혼자인 듯하다는 것뿐이네요. 그 이상 더 좋은 게 어디 있어요. 리디아가 반박했다.

이 대답이 히카르두 헤이스의 심장을 쥐어짰다. 진부한 말이지만, 그는 정확히 누가 심장을 쥐어짜는 것 같은 기분을 느꼈다. 리디아는 십중팔구 자기가 무슨 말을 했는지도 의식하지 못하고 있을 것이다. 그저 화난 심정을 표현했을 뿐. 왜 화가 났을까. 음, 화가 났다는 표현은 너무 강한 건지도 모르겠다. 어쩌면 그녀는 단순히 사실을 말하고 싶었을 뿐일 수도 있다. 예를 들어, 어머, 보세요, 비가 와요, 하고 말할 때처럼. 하지만 소설에서 볼 수 있는, 쓸쓸한 아이러니를 목소리에 담고 말았다. 선생님, 저는 글을 간신히 읽고 쓸 줄 아는 보잘것없는 호텔 메이드예요, 그러니 제게 제 나름의 생활이 있다 해도 어떻게 선생님의 관심사가 될 수 있겠어요. 이런 식으로 계속해서 말을 늘려가며, 리디아가 이미 한 말, 그 이상 더 좋은 게 어디 있어요에 말을 덧붙일 수도 있을 것이다. 만약 이것이 검으로 하는 결투였다면, 히카르두 헤이스는 이미 피를 흘리고 있었을 것이다. 리디아가 방을 나가려고 한다. 아무렇게나 말한 것이 아님을 분명히 보여주는 행동이다. 어떤 말은 그 순간에 저절로 나온 것처럼 보일 수도 있지만, 어떤 맷돌로 갈고 어떤 체로 걸러내 솔로몬의 판결처럼 울림이 있는 말을 만들어냈는지는 하느님만 아실 것이다. 지금 바랄 수 있는 것은 침묵뿐이다. 아니면 대화를 나누던 두 사람 중 한 명이 자리를 뜨거나. 하지만 사람들은 대개 계속 이야기를 하고 또 하기 때문에 한순간 결정적이고 반박할 수 없는 것처럼 보였던 말이 완전히 묻혀버리고 만다. 남자 형제한테서 무슨 이야기를 들었습니까, 형제의 직업은 뭐지요. 히카르두 헤이스가 물었다. 리디아는 돌아서서 조금 전 발끈했던 것을 잊어버리고 설명하기 시작했다. 해군에 있어요. 해군 어디요. 전함에 타고 있어요, 아폰수 드 알부케르크*호. 오빠인가요, 동생인가요. 이제 고작 스물세 살이에요, 이름은 다니엘이고요. 나는 당신의 성이 뭔지도 몰라요. 제 성은 마르틴스예요. 아버지 성인가요, 어머니 성인가요. 어머니 성이에요, 아버지 이름은 저도 몰라요, 아버지를 만난 적도 없고요. 하지만 남동생은. 의붓동생이에요, 그쪽 아버지는 돌아가셨어요. 그렇군요. 다니엘은 정권에 반대해요, 나한테 그렇게 말했어요. 날 믿어도 된다고 확신하는 게 아니라면 더 이상은 말하지 마십시오. 선생님, 제가 왜 선생님을 못 믿겠어요. 여기에 두 가지 가능성이 있다. 히카르두 헤이스가 자신을 공격에 노출시킬 만큼 서투른 검객일 가능성과 리디아가 활과 화살과 브로드소드를 든 아마존일 가능성. 세 번째 가능성, 즉 각자의 상대적인 강점과 약점과는 상관없이 두 사람이 마침내 솔직하게 이야기한다는 가능성을 고려하고 싶은 것이 아니라면. 그는 환자인 만큼 당당히 앉아 있고, 그녀는 사회적으로 지위가 낮기에 서 있었다. 두 사람 모두 서로에게 해야 할 이야기가 많다는 사실에 십중팔구 놀란 것 같다. 밤에 나누는 짧은 대화에 비하면 지금의 대화가 길게 이어졌기 때문

* 1453~1515, 포르투갈의 동양 식민지를 건설한 인물.

이다. 밤에는 단순하고 원시적으로 몸과 몸이 중얼거리는 소리가 거의 전부다. 히카르두 헤이스는 월요일에 출두해야 하는 경찰국 본부 건물이 평판이 나쁜 곳이며, 그곳에서 벌어지는 일들은 그 나쁜 평판보다도 더 나쁘다는 사실을 알게 되었다. 그들의 손아귀에 떨어진 사람들을 하느님이 도와주시기를. 그곳에서는 밤이나 낮이나 가리지 않고 고문과 신문이 벌어졌다. 다니엘이 직접 그런 일을 경험한 것은 아니고, 다른 사람들에게서 들은 이야기를 전할 뿐이지만, 속담을 믿는다면, 내일은 내일의 해가 뜬다, 미래가 어떻게 될지는 아무도 모른다, 우리가 미리 예방책을 강구할까 봐 하느님은 자신의 의도를 드러내지 않는다. 게다가 하느님은 자신의 일을 관리하는 재주도 형편없다. 자신의 운명에서 도망치는 일조차 해내지 못하는 것을 보면. 그러니 아무리 해군이라도 정권에 불만을 품은 사람이 있군요. 히카르두 헤이스는 이렇게 결론지었다. 리디아는 어깨만 으쓱하고 말았다. 이런 위험한 주장은 그녀의 것이 아니라 다니엘의 것이다. 해군인 남동생. 이렇게 대담한 주장을 하는 사람들은 일반적으로 남성이기 때문이다. 여성이 뭔가를 알게 되는 것은 남에게 들은 이야기 덕분이다. 이제부터 말조심해요, 아무렇게나 떠들어대지 말고. 이미 때늦은 충고지만, 그녀는 선한 의도로 한 말이었다.

히카르두 헤이스는 시계가 식사 시간을 알리기도 전에 식당으로 내려갔다. 딱히 배가 고프지는 않았지만, 스페인 사람들이 더 투숙했는지, 마르센다 부녀가 도착했는지 갑자기 궁금해진 탓이었다. 그는 낮은 목소리로 마르센다의 이름을 중얼거리며 자신의 행동을 주의 깊게 관찰했다. 염기와 산을 넣은 시험관을 흔들며 관찰하는 화학자처럼. 상상력이 도와주지 않는다면 관찰할 것이 별로 많지 않다. 반응 결과로 염이 만들어진 것은 예상했던 일이다. 수천 년 전부터 우리는 산과 염기, 남자와 여자, 여러 감정들을 계속 섞고 있지 않는가. 그는 처음 그녀를 보고 젊은 청년처럼 홀딱 반해버린 것을 떠올렸다. 그다음에는 그녀의 비참한 장애, 힘없이 늘어진 손, 창백하고 슬픈 얼굴에 연민과 안쓰러움을 느껴 마음이 움직였을 뿐이라고 자신을 설득했다. 그다음에는 거울 앞에서 긴 대화를 나눴다. 선악과. 선과 악을 알아보는 데 지식은 필요하지 않다. 눈으로 보는 것만으로 충분하다. 거울에 비친 모습들은 얼마나 대단한 말을 주고받을 수 있는가. 그러나 반복되는 이미지, 반복되는 입술의 움직임이 있을 뿐이다. 어쩌면 거울 속에서는 다른 언어가 사용되는 것인지도 모른다. 그 수정 같은 표면 뒤에서 다른 말이 오가고, 다른 뜻이 표현되는 것인지도. 우리가 접근할 수 없는 그 차원에서 몸짓은 그저 그림자처럼 계속 반복되는 듯 보일지도 모른다. 그러다 마침내 이쪽 편에서 한 말도 어디론가 사라져 우리가 접근할 수 없게 된다. 기억 속에 파편 몇 개만이 보존되어 있을 뿐이다. 어제의 생각이 오늘의 생각과 다른 이유를 알 것 같다. 어제의 생각은 기억이라는 깨진 거울 속에서 도중에 버려졌다. 히카르두 헤이스는 아래층으로 내려가면서 다리가 살짝 떨리는 것을 느낀다. 원래 독감이 이런 영향을 미치는 경향이 있으므로 별로 놀랄 일이 아니다. 그가 열심히 머리를 굴려 생각하느라고 이렇게 다리를 떨게 되었다고 가정한다면, 독감에 대해 우리가 지극히 무식하다는 사실만 드러내는 꼴이 될 것이다. 아래층으로 걸어 내려갈 때는 생각을 하기가 쉽지 않다. 여러분도 한번 시도해보라. 다만 네 번째 계단을 조심해야 한다.

프런트데스크에서 살바도르가 전화를 받으며 연필로 메모를 하다가 이렇게 말했다. 알겠습니다, 손님, 최선을 다하겠습니다. 그는 기계적이고 차가운 미소를 지었다. 일에 몰두하고 있는 것처럼 보이기 위한 미소였다. 아니, 피멘타처럼 꿈쩍도 하지 않는 그의 시선에 깃든 것은 일에 몰두하는 표정이 아니라 차가움인가. 피멘타는 가끔 지나치다 싶을 정도로 후하게 팁을 받은 사실을 이미 잊어버린 뒤였다. 몸은 좀 나아지셨습니까, 선생님. 그러나 그의 시선은 다른 말을 했다. 당신에게 조금 구린 구석이 있는 것 같았어, 라고. 히카르두 헤이스가 경찰서에 다녀올 때까지 그의 눈은 계속 같은 말을 할 것이다. 히카르두 헤이스가 경찰서에서 정말로 다시 나올 수 있다면 말이지만. 이제 용의자는 라운지에 들어섰다. 스페인어로 나누는 대화 소리가 평소보다 시끄러워서 마드리드의 그란비아에 있는 호텔 같다. 잠시 조용해진 틈을 타서 들려오는 속삭이는 소리는 루시타니아 사람들이 얌전히 대화하는 소리다. 이 작은 나라의 목소리는 제 땅에서조차 소심해서, 진짜든 상상이든 국경 너머의 언어에 다소 친숙하다는 사실을 소심하게 드러내기 위해 가성을 낸다. 우스테드, 엔톤세스, 무차스 그라시아스, 페로, 바야, 데스타 수에르테(Usted, Entonces, Muchas gracias, Pero, Vaya, Desta suerte).* 자기 나라 말보다 다른 나라 말을 더 잘하지 않는다면 누구도 진정한 포르투갈 사람이라고 주장할 수 없다. 라운지에 마르센다는 없지만, 삼파이우 박사는 있었다. 그는 스페인 사람 두 명과 대화하는 중이었는데, 스페인 사람들은 고국에서 도망친 뒤의 모험담을 생생하게 묘사하면서 스페인의 정치적 상황을 설명하고 있었다. 그라시아스 아 디오스 케 비보 아 투스 피에스 예고(Gracias a Dios que vivo a tus pies llego).** 히카르두 헤이스는 그들에게 다가가 커다란 소파의 한쪽 끝에 앉았다. 삼파이우 박사와는 조금 거리가 있는 자리였다. 어차피 그는 스페인어와 포르투갈어가 뒤섞인 이 대화에 끼어들고 싶은 생각이 없었다. 마르센다가 왔는지, 아니면 코임브라에 남아 있는지만 확인할 생각이었다. 삼파이우 박사는 그의 존재를 알아차린 기색을 전혀 내비치지 않고 돈 알론소에게 귀를 기울이며 진지하게 고개를 끄덕이고, 돈 로렌소가 깜박 잊고 지나간 부분을 이야기하자 두 배로 주의를 기울였다. 히카르두 헤이스가 아직도 남아 있는 독감

* 스페인어로 '당신, 너', '그때, 그렇다면', '대단히 감사합니다', '그러나', '이런, 어머나', '이 행운'이라는 뜻.
** 스페인어로 '당신의 발아래 살게 하시니 하느님 감사합니다'라는 뜻.

기운 때문에 심하게 기침을 하다가 눈에 눈물이 고이고 숨이 가빠졌을 때조차 그가 있는 쪽으로는 눈길 한번 주지 않았다. 히카르두 헤이스는 신문을 펼쳐 기사를 읽었다. 일본에서 장교들이 명령에 불복하고 러시아에 전쟁을 선포하라고 요구하고 있다는 내용이었다. 그는 그날 아침에 처음으로 들은 이 소식을 이제 더 깊이 파악하게 되었다. 만약 마르센다가 왔다면 곧 내려올 것이고, 당신은 나와 이야기를 나눌 수밖에 없을 겁니다, 삼파이우 박사, 당신이 원하든 말든 어쩔 수 없어요, 당신이 피멘타만큼 안 좋은 시선으로 나를 바라볼지 궁금하군요, 경찰이 날 신문하려 한다는 사실을 살바도르가 틀림없이 이미 당신에게 알렸을 테니까요.

시계가 여덟시를 쳤다. 굳이 필요하지 않은 시계 종소리가 울리자 손님 여러 명이 일어나 자리를 떴다. 대화 소리가 줄어들고, 스페인 사람 두 명이 초조한 듯 꼬았던 다리를 풀었지만, 삼파이우 박사가 두 사람을 붙들며 포르투갈에서 언제까지나 조용히 살 수 있을 것이라고 말해주었다. 포르투갈은 평화의 오아시스입니다, 여기서 정치는 열등한 사람들이 할 수 있는 일이 아니에요, 그래서 평화롭게 살 수 있습니다, 거리의 조용한 풍경은 곧 우리 영혼의 풍경입니다. 하지만 스페인 사람들이 이렇게 자신을 환영하는 선의의 말을 들은 것은 이번이 처음이 아니었다. 또한 텅 빈 배는 이런 말로 채울 수 없다. 따라서 그들은 가봐야겠다고 인사를 했다. 금방 다시 봅시다. 그들의 가족이 방에서 연락을 기다리고 있었다. 삼파이우 박사는 히카르두 헤이스와 대면하게 되자 이렇게 소리쳤다. 계속 여기에 계셨군요, 저는 보지 못했는데요, 잘 지내십니까. 하지만 히카르두 헤이스는 피멘타가 자신을 지켜보고 있음을 분명히 의식했다. 아니, 피멘타가 아니라 살바도르였나. 호텔 지배인, 공증인, 짐꾼이 서로 어떻게 다른지 구분하기 힘들었다. 셋 다 의심을 품고 있었다. 저는 박사님을 보았습니다만 대화를 방해하고 싶지 않았습니다, 오는 길은 편안하셨습니까, 따님은 안녕하신가요. 더 나아지지도 더 나빠지지도 않은 상태지요, 우리 둘이 함께 짊어진 십자가입니다. 조만간 그 인내가 보상받을 겁니다, 치료가 효과를 발휘하는 데에는 시간이 걸려요. 이 짧은 대화 뒤에 두 사람 모두 입을 다물었다. 삼파이우 박사는 불편한 기색이었고, 히카르두 헤이스는 냉소적이었다. 그가 죽어가는 불꽃 위에 장작 한 개를 인심 좋게 던져 넣었다. 그건 그렇고, 추천해주신 책을 읽었습니다. 어떤 책 말입니까. 음모에 관한 책인데, 기억나지 않습니까. 아, 그렇죠, 그 책이 별로였던 모양입니다. 반대입니다, 민족주의 지지, 관용구를 사용하는 솜씨, 강력하게 주장을 펼치는 솜씨, 섬세하고 날카로운 심리적 관찰에 크게 감탄했습니다, 하지만 여성들의 너그러운 천성에 찬사를 바친 것이 무엇보다도 인상 깊었죠, 그 책을 읽고 나서 정화된 기분이었습니다, 포르투갈의 많은 사람들이 『음모』를 읽으면서 두 번째로 세례를 받는 기분, 새로운 요단강을 발견한 기분을 느낄 것이라고 진심으로 믿고 있습니다. 히카르두 헤이스는 내면의 변화를 경험한 사람다운 표정으로 이 찬사를 매듭지었다. 삼파이우 박사는 살바도르가 은밀히 말해 준 영장 이야기와 방금 들은 말 사이에서 당혹감을 느꼈다. 아. 그가 우정을 되살리고 싶다는 충동에 저항하며 할 수 있는 말은 이것뿐이었다. 그는 계속 냉담한 태도를 유지하면서, 적어도 경찰과 관련된 일이 해결될 때까지는 그와 관계를 끊기로 했다. 이제 우리 딸이 식사를 하러 내려올 준비가 됐는지 가봐야겠습니다. 이 말을 하고 나서 그는 서둘러 자리를 떴다. 히카르두 헤이스는 미소를 지으며 다시 신문으로 눈을 돌렸다. 그는 손님들 중 가장 마지막으로 식당에 들어가겠다고 마음을 다지고 있었다. 이윽고 마르센다의 목소리가 들렸다. 헤이스 선생님과 같이 식사를 하는 건가요. 그러자 그녀의 아버지가 말했다. 미리 약속한 건 없어. 이 대화의 뒷부분은, 그러니까 유리문 뒤편에서 대화가 계속 이어졌다면, 아마이런 식으로 흘러갔을 것이다. 보다시피 헤이스 선생은 여기 있지도 않잖니, 게다가 내가 알게 된 사실이 좀 있어서 그러는데 그 사람이랑 남들 앞에서 함께 있는 모습을 보이지 않는 게 좋을 것 같다. 무슨 사실인데요, 아버지. 보안 경찰국에서 소환장을 받았어, 생각해봐라, 우리끼리 하는 말이다만 별로 놀랄 일도 아니지, 뭔가 이상하다는 느낌이 있었거든. 경찰에서요. 그래, 경찰에서. 마르센다가 반박했다. 하지만 헤이스 선생님은 브라질에서 오신 지 얼마 되지도 않았잖아요. 우리가 아는 거라고는 그 사람이 스스로 의사라고 주장한다는 것뿐이야, 하지만 사실은 도망자일 수도 있지. 세상에, 아버지. 네가 아직 젊어서 그래, 인생을 얼마 겪지 않았으니까, 자, 저쪽 스페인 부부 옆자리에 앉자, 품위 있는 사람들인 것 같구나. 저는 아버지랑 둘이서만 있고 싶어요. 빈자리가 없잖니, 다른 사람이랑 합석하지 않을 거면 기다려야 하는데, 난 당장 자리에 앉아 스페인의 최신 소식을 좀 듣고 싶다. 알았어요, 아버지. 히카르두 헤이스는 마음을 바꿔, 식사를 방으로 보내달라고 요청한 뒤 방으로 돌아가기로 했다. 아직 몸에 힘이 좀 없어요. 그가 설명하자, 살바도르는 고개만 한 번 끄덕였다. 더 이상 친하게 보이고 싶지 않은 기색이 역력했다. 바로 그날 밤 저녁 식사 후에 히카르두 헤이스는 시를 조금 썼다. 꽃밭 가장자리에 놓인 돌멩이들처럼 우리도 운명이 내려놓은 자리에 그대로 머무른다, 돌멩이와 다를 것이 없다. 이 구절을 바탕으로 송가를 한 편 지을 수 있을지는 나중에 살펴볼 것이다. 아무도 어떻게 노래해야 할지 모르는 형식에 그런 이름을 계속 붙인다면 말이지만. 만약 그것을 정말로 노래할 수 있다면, 어떤 음악과 함께여야 할까. 고대 그리스의 송가들은 어떻게 들렸을까. 반 시간 뒤 그는 구절을 더 덧붙였다. 지금의 우리를 성취하자, 우리가 가진 것은 그것뿐. 그리고 종이를 옆으로 밀어놓으면서 중얼거렸다. 내가 이 말을 단어만 바꿔서 몇 번이나 썼는지 모르겠네. 그는 문을 마주 보며 소파에 앉아 있었다. 침묵이 못된 도깨비처럼 그의 어깨를 짓누를 때 복도에서 작은 발소리가 들렸다. 리디아의

발소리 같은데, 이렇게 일찍 오다니. 하지만 그것은 리디아의
소리가 아니었다. 반으로 접은 하얀 쪽지가 문 아래에 나타
나 천천히 다가오다가 갑자기 확 밀려 들어왔다. 히카르두 헤
이스는 지금 문을 열려고 하면 안 된다는 것을 깨달았다. 저
쪽지를 쓴 사람이 누구인지 너무나 확실히 알 것 같아서 서
둘러 일어나지 않고 가만히 앉아 이미 반쯤 벌어진 쪽지를
바라보기만 했다. 서둘러 반으로 접은 탓에 애당초 제대로
접히지 않은 종이에 불안하게 곤두선 필체가 적혀 있는 것을
처음으로 볼 수 있었다. 그녀가 어떻게 저걸 쓸 수 있었을까.
아마 종이가 움직이지 않게 윗부분에 무거운 물체를 놓아 고
정했거나, 왼손을 서진으로 사용했을 것이다. 그녀의 손도 서
진도 움직이지 않기는 마찬가지니까. 아니면 공증인의 사무
실에서 서류를 한데 묶어둘 때 사용하는 스프링 클립을 사
용했을 수도 있다. 선생님을 뵙지 못해서 아쉬웠지만 그 편이
더 다행이었어요. 쪽지에는 이렇게 적혀 있다. 아버지는 스페
인 사람들과 어울릴 생각뿐이에요, 우리가 도착하자마자 선
생님이 경찰과 문제가 생겼다는 소식을 듣고 아버지는 남들
이 보는 앞에서 선생님과 함께 있지 않기로 하셨어요, 저는
선생님과 한시라도 빨리 이야기를 나누고 싶어요, 선생님이
도와주신 것을 영원히 잊지 않을 겁니다, 내일 세시에서 세
시 삼십분 사이에 저는 알투 드 산타카타리나에서 산책할 겁
니다, 선생님이 원하신다면 거기서 만나서 잠시 이야기를 나
눌 수 있을 거예요. 코임브라에서 온 젊은 여성이 은밀히 쪽

지를 보내 브라질에서 온 중년 의사에게 만나자고 말한다. 어쩌면 도망자일 수도 있고, 확실히 수상쩍은 구석이 있는 의사인데. 앞으로 얼마나 비극적인 사랑이 펼쳐질 것인가.

다음 날 히카르두 헤이스는 바이샤에서 점심을 먹었다. 특별한 이유 없이 그는 이르망스 우니두스*를 다시 찾았다. 어쩌면 이 식당의 이름에 끌렸는지도 모른다. 형제도 누이도 없고 친구도 없는 그는 특히 몸이 안 좋을 때 그런 갈망을 느낀다. 독감의 여파로 다리만 흔들리고 있는 것이 아니라, 우리가 앞서 지적했듯이 그의 영혼도 흔들리고 있다. 구름이 끼고 조금 추운 날씨에 히카르두 헤이스는 카르무 거리를 천천히 걸어 올라가며 상점 진열창들을 물끄러미 바라본다. 약속 시간까지는 아직 시간이 많이 남았다. 그는 자신이 이런 상황에 처한 적이 있는지, 그러니까 여자가 먼저 만나자고 청하면서 이러이러한 시각에 이러이러한 곳에 있으라고 말한 적이 있는지 기억을 더듬어본다. 그러나 비슷한 일을 겪은 기억이 없다. 인생은 언제나 놀라운 일들로 가득하다. 그중에서도 가장 놀라운 일은 그가 전혀 긴장하지 않았다는 점이다. 신중하고 은밀한 만남이라는 점을 감안하면 긴장해야 마땅할 텐데. 그는 구름 속에 갇힌 느낌, 생각을 한곳에 집중할 수 없는 느낌이 든다. 어쩌면 마르센다가 정말로 나타날 거라는 믿음이 별로 없는 것 같기도 하다. 그는 다리를 쉬려고 카

* 포르투갈어로 '하나가 된 형제들'이라는 뜻.

페 브라질레이라에 들어가 커피를 한잔 마시고, 남자들 한 무리의 대화에 귀를 기울였다. 문필가임이 분명한 그 남자들은 어떤 사람인지 짐승인지를 향해 욕을 퍼부어대고 있었다. 진짜 멍청한 놈. 그러자 권위 있게 들리는 또 다른 목소리가 끼어들어 설명했다. 내가 그걸 파리에서 직접 받았다네. 그걸 누가 뭐라나. 누군가가 말했다. 히카르두 헤이스는 이 발언의 대상이 누구이며 의미는 무엇인지, 이 발언이 지칭한 사람이 멍청한지 아닌지 알 수 없었다. 그는 자리를 떴다. 세 시 십오 분 전이라서 가봐야 할 때였다. 그는 시인의 조각상 앞을 지나 광장을 가로질렀다. 포르투갈에서 모든 길은 카몽이스로 통한다. 모든 사람의 눈에 저마다 다르게 보이는 카몽이스. 살았을 때 그의 무기는 전투를 위해 준비되어 있었고 그의 마음은 뮤즈들에게 고정되어 있었다. 이제 그의 검은 검집에 들어가 있고, 그의 책은 닫혔고, 그의 눈은 양쪽 모두 행인들의 무심한 시선과 비둘기 때문에 상처 입어 멀어버렸다. 히카르두 헤이스가 알투 드 산타카타리나에 도착한 것은 아직 세시가 되기 전이다. 야자나무들이 마치 바다에서 불어온 산들바람에 꿰뚫린 것처럼 보이지만, 뻣뻣한 이파리는 거의 꿈쩍도 하지 않는다. 그는 자신이 브라질로 떠나던 십육 년 전에도 이 나무들이 이 자리에 있었는지 도무지 기억이 나지 않는다. 그러나 거칠게 다듬어진 이 거대한 돌덩이는 확실히 이 자리에 없었다. 그 자리에 원래부터 있던 바위처럼 보이지만 사실은 기념물이다. 만약 분노한 아다마스토르가 여기 있다면 희망봉이 저렇게 멀어지지 않았을 것이다. 저 아래 강에는 프리깃함들, 바지선 두 척을 끌고 오는 예인선, 부표에 고정돼 있는 전함들, 해협을 향한 뱃머리, 물살이 밀려오고 있다는 확실한 증거였다. 히카르두 헤이스는 좁은 길에서 젖은 자갈과 부드러운 진흙을 쿵쿵 밟는다. 여기이 전망대에는 한 벤치에 조용히 함께 앉아 있는 두 노인만이 있을 뿐이다. 두 노인은 아마도 아주 오랫동안 알고 지낸 사이인지 굳이 말을 나눌 필요가 없는 것 같다. 어쩌면 누가 먼저 죽을지 기다리는 중인지도 모른다. 날씨가 쌀쌀해서 히카르두 헤이스는 레인코트의 옷깃을 올리고 이 산의 첫 번째 비탈길을 에워싼 난간으로 다가간다. 그들이 강에서 배를 타고 출발했다고 생각한다면, 어떤 배, 어떤 함대가 길을 찾을 수 있을까, 그 길은 어디로 이어질까, 나는 자문한다. 그리고 이렇게 말한다. 헤이스, 지금 누군가를 기다리고 있는 건가. 신랄하고 냉소적인 이 목소리는 페르난두 페소아의 것이다. 히카르두 헤이스는 검은 옷을 입고 옆에 서서 하얀 손으로 난간을 꽉 붙잡고 있는 남자에게 고개를 돌렸다. 내가 파도를 넘어 배를 타고 돌아올 때 예상한 건 이런 것이 아니었지만, 그래, 난 지금 누군가를 기다리고 있네. 몸이 전혀 좋아 보이지 않는데. 독감을 한바탕 앓았거든, 심했지만 금방 나았다네. 여긴 독감에서 회복 중인 사람에게 좋은 장소가 아니야, 지대가 높아서 넓은 바다에서 불어오는 바람을 다 맞게 되니까. 이건 강에서 불어오는 산들바람일 뿐일세, 상관없어.

자네 여자를 기다리고 있는 건가. 그래, 여자야. 브라보, 이상적인 여자에 대한 영적이고 추상적인 생각은 접어버리고, 덧없는 리디아 대신 품에 안을 수 있는 리디아를 택한 모양이더니, 호텔에서 내 눈으로 직접 봤다네, 그런데 지금은 여기서 다른 여자를 기다리는 건가, 그 나이에 돈 후안 행세라도 하는 거야, 이렇게 짧은 시간 안에 두 여자라, 축하하네, 이런 기세라면 곧 천 명 하고 세 명에 도달하겠어. 정말 고맙네, 죽은 사람이 노인보다 더하다는 걸 이제 조금 알 것 같군, 한번 말을 하기 시작하면 도무지 멈출 줄을 몰라. 자네 말이 맞네, 어쩌면 죽은 자들은 아직 시간이 있을 때 할 말을 미처 하지 못한 것을 후회하는지도 모르지. 그걸 미리 알게 돼서 다행이군. 아무리 말을 많이 하더라도, 우리 모두 아무리 말을 많이 하더라도, 그 사실을 미리 알았다고 해서 달라질 것은 없네, 언제나 미처 하지 못한 사소한 말 한마디는 남게 마련이니까. 그게 어떤 말인지 자네에게 묻지는 않겠네. 아주 현명해, 그런 질문을 하지 않으면 우리는 언젠가 그 답을 알게 될지도 모른다고 계속 자신을 속일 수 있지. 이봐, 페르난두, 내가 지금 기다리는 사람을 자네는 안 봤으면 싶네. 걱정 말게, 기껏해야 자네가 혼자 이야기하는 모습을 그녀가 멀리서 보기밖에 더하겠나, 하지만 알 게 뭔가, 사랑에 빠진 사람들은 전부 이렇게 행동하는데. 난 사랑에 빠지지 않았어. 저런, 유감일세, 돈 후안은 최소한 진심이기는 했네, 변덕스럽긴 해도 진심이었어, 그런데 자네는 사막 같아, 자네에게는 하다못해 그림자도 없네. 그림자가 없는 건 자네지. 뭐라고, 난 언제든 원한다면 그림자를 만들어낼 수 있네, 거울에 비친 내 모습을 보지 못할 뿐이지. 그러고 보니 생각나는데, 사육제 행렬에서 죽음으로 가장한 사람이 자네였나. 이런, 헤이스, 내가 죽음으로 변장하고 돌아다니는 게 상상이 가나, 중세의 우화도 아니고, 죽은 사람은 장난치며 돌아다니지 않는다네, 해골이 된 자신의 몸이 완전히 드러나는 걸 무엇보다 싫어해, 그래서 남들 앞에 나타날 때는 지금 나처럼 최고의 정장, 그러니까 땅에 묻힐 때 입었던 옷을 입고 나타난다든가, 아니면 시신을 감쌌던 천으로 몸을 감싼다네, 누군가를 제대로 놀래주고 싶다면 말이야, 하지만 나는 예의를 아는 사람이고 내 평판을 중요하게 생각하기 때문에 그런 질 낮은 장난에 빠지지 않아, 그 점만은 자네도 인정해야 하네. 자네가 이렇게 대답할 줄 나도 짐작하고 있었네, 이제는 정말로 가주게, 내가 기다리던 사람이 오고 있어. 저기 저 아가씨인가. 그래. 아주 매력적인 사람이군, 내 취향이라고 하기에는 조금 지나치게 말랐지만. 자네가 여자에 대해 뭐라고 논평하는 말을 처음 듣는걸, 그대 교활한 사티로스, 그대 약삭빠른 악당. 잘 있게, 친애하는 헤이스, 우리가 다시 만날 때까지, 내가 자리를 비켜줄 테니 자네의 아가씨에게 구애하게나, 자네의 행동이 실망스럽네, 호텔 메이드를 유혹하고, 처녀들을 쫓아다니고, 자네가 거리를 두고 인생을 바라볼 때는 내가 자네를 좀 더 높게 평가했었네. 인생이란 말이야, 페르난두, 언제나 바로 가까이에 있어. 뭐, 이런 것이 인생이라면 마음대로 해보게. 마르센다가 꽃이 없는 꽃밭들 사이를 걸어왔다. 히카르두 헤이스는 그녀를 맞이하려고 다가갔다. 혼잣말을 하고 계셨어요. 마르센다가 물었다. 네, 몇 달 전에 죽은 친구가 쓴 시를 조금 암송해보았습니다, 아마 그 친구 이름을 들어본 적이 있을 겁니다. 어떤 분인데요. 페르난두 페소아. 이름은 친숙한데 그분의 시를 읽어본 기억은 없네요. 내가 살고 있는 것과 인생 사이, 겉으로 보이는 나와 실제의 나 사이, 나는 비탈길에서 선잠을 잔다, 내가 떠나지 않을 비탈길. 아까 암송하시던 구절인가요. 그렇습니다. 저를 위해 쓴 구절이라고 해도 될 것 같네요, 제가 제대로 이해한 거라면요, 아주 쉬운 내용이에요. 하지만 그 친구만이 이 시를 쓸 수 있었죠, 좋은 일이든 나쁜 일이든 모든 일이 그렇습니다, 누군가가 나서서 해야 해요, 『우스 루지아다스』를 예로 들어보죠, 카몽이스가 아니었다면 우리는 『우스 루지아다스』를 결코 접할 수 없었을 겁니다, 알고 계셨나요, 그 시가 없는 우리 포르투갈을 생각해보셨습니까. 말장난이나 수수께끼처럼 들리는데요. 방금 제 말을 진지하게 받아들인다면, 세상에 그보다 더 진지한 문제는 없을 겁니다, 하지만 이제 당신 이야기를 해보죠, 그동안 어떻게 지냈습니까, 손은 좀 나아졌나요. 전혀요, 여기 주머니 속에 죽은 새처럼 들어가 있어요. 그래도 희망을 잃으면 안 됩니다. 벌써 포기한 기분이에요, 조만간 믿음이 절 구원해줄지 확인해보려고 파티마로 순례를 떠날지도 모르겠어요. 신앙을 갖고 계시는군요. 가톨릭이에요. 실제로 성당에도 나가시나요. 네, 미사에 참석해요, 고해도 하고, 영성체도 해요, 훌륭한 가톨릭 신자가 해야 하는 모든 일을 하고 있어요. 그래도 엄청 독실한 것 같지는 않는데요. 제가 하는 말에는 신경 쓰지 마세요. 히카르두 헤이스는 아무 대답도 하지 않았다. 말을 일단 한번 내뱉고 나면 계속 열린 문처럼 남아 있다. 우리는 거의 항상 그 문으로 들어갈 수 있지만, 때로는 다른 문이 열리기를 기대하며 밖에서 기다리기도 한다. 다른 말을 듣게 되기를 기대하면서. 예를 들어 다음과 같은 말이 아주 좋다. 아버지의 태도를 이해해주세요, 스페인의 선거 결과 때문에 불안하셔서 그래요, 어제 하루 종일 피난민들과 이야기를 나누셨어요. 게다가 설상가상으로 살바도르가 가서 헤이스 의사가 경찰의 영장을 받았다고 알려주기까지 했다. 우리는 서로 잘 아는 사이도 아닌데요, 삼파이우 박사님은 내게 용서를 구할 만한 일을 하지 않았습니다, 경찰이 날 부른 건 아마 별일 아닐 거예요, 월요일에 가서 질문에 대답하고 나면 끝일 겁니다. 그 일로 별로 걱정하지 않으신다니 다행이네요. 걱정할 이유가 없죠, 난 정치와 아무 상관이 없는 사람입니다, 브라질에 오랫동안 살았지만 누구도 날 잡으러 온 적이 없는데, 하물며 여기서는 그런 사람이 있을 리가 없지요, 솔직히 나는 이제 나 자신이 포르투갈인이라고 생각하지도 않습니다. 하느님의 뜻으로 모든 일이 다 잘 풀리면 좋겠어요. 우리는 하느님의 뜻으로, 라고 말하지만 그건 무의미한 말입니다, 하느님의 마음을 읽을 수 있는 사람도 하느님의 뜻을 짐작할 수 있는 사람도 없으니까요, 내가 이렇게 짜증스럽게 굴어서 미안합니다, 내가 뭐라고 당신에게 이런 소리를 하고 있는 건지, 우린 그저 이 세상에 태어나 다른 사람들이 사는 모습을 지켜보다가 그걸 흉내 내서 살아가기 시작합니다, 이유도 목적도 모른 채 하느님의 뜻으로 같은 정해진 말을 되풀이하면서요. 선생님 말씀을 들으니 몹시 슬퍼지네요. 미안합니다, 오늘은 내가 별로 도움이 안 되는 것 같네요, 의사로서의 의무를 잊어버렸어요, 당신이 여기까지 나와서 아버님의 행동에 대해 사과한 것을 고맙게 생각해야 하는 건데. 제가 나온 건 선생님을 뵙고 이야기를 나누고 싶어서예요, 우린 내일 코임브라로 돌아갈 예정이라서, 오늘이 아니면 기회가 없을 것 같았거든요. 바람의 기세가 더 사나워지면서 두 사람을 단단히 휘감았다. 제 걱정은 마세요, 제가 만날 장소를 잘못 고른 것 같네요, 선생님이 아직 회복 중이시라는 사실을 기억했어야 하는 건데. 그냥 독감을 한바탕 앓은 것뿐이에요, 어쩌면 애당초 독감이 아니라 그냥 오한이 든 것일 수도 있고요. 저는 한 달 뒤에나 리스본에 다시 올 거예요, 그러니 월요일 일이 어떻게 될지 알아볼 방법이 없네요. 별로 중요한 일이 아니라니까요. 그래도요, 저는 결과를 알고 싶어요. 그건 좀 힘들겠네요. 선생님이 제게 편지를 쓰면 어때요, 주소를 알려드릴게요, 아니 우체국에 임시로 보관해달라고 겉봉에 쓰는 게 낫겠네요, 집배원이 왔을 때 아버지가 집에 계실 수도 있으니까요. 그렇게 수고를 들일 가치가 있습니까, 리스본에서 온 수수께끼의 편지가 비밀의 베일을 쓰고 있는 건데요. 놀리지 마세요, 한 달 동안이나 소식을 기다리기가 정말 힘들 것 같아서 그래요, 그냥 한마디만 알려주시면 된다고요. 알겠습니다, 만약 아무 소식이 없으면 그건 내가 어딘가의 어두운 감옥이나 이 땅에서 가장 높은 감옥에 갇혔다는 뜻이 되겠군요, 그럼 당신이 꼭 나를 구하러 와야 합니다. 그런 일은 없어야지요, 저는 이제 그만 가 봐야겠어요, 아버지랑 같이 치료사를 만나러 가기로 했거든요. 마르센다는 오른손으로 주머니에서 왼손을 꺼낸 뒤, 이렇다 할 이유 없이 두 손을 앞으로 뻗었다. 악수를 하려면 오른손만 내밀어도 되는데, 지금은 양손이 모두 히카르두 헤이스의 손에 얌전히 잡혀 있다. 노인들은 그 광경을 보고 이해하지 못한다. 오늘 저녁에 식당에 내려가겠지만, 삼파이우 박사님의 새 스페인 친구들 앞에서 박사님을 난처하게 만들면 안 되니까 멀리서 고갯짓으로만 인사하겠습니다. 저도 선생님께 그런 부탁을 드리려고 했어요. 아버님께 접근하지 말라고요. 아뇨, 식당에 내려와서 식사하시라고요, 그래야 제가 선생님을 볼 수 있으니까요. 마르센다, 왜 나를 보고 싶어 하는 겁니까. 왜일까요, 저도 모르겠어요. 마르센다는 히카르두 헤이스에게서 멀어져 비탈길을 올라간 뒤 꼭대기에서 잠시 걸음을 멈추고 주머니 속의 왼손 위치를 더 편안하게 바꿨다. 그러고는 뒤를 돌아보지 않은 채 계속 가던 길을 갔다. 커다란 증기선 한 척이 막 해협으로 들어오려고 하는 모습이 히카르두 헤이스의 눈에 띄었다. 하일랜드 브리게이드호는 아니었다. 그가 시간을 두고 지극히 잘 알게 된 유일한 배. 두 노인은 잡담을 나누고 있었다. 남자가 아가씨의 아버지뻘은 되겠구먼. 한 노인이 말했다. 틀림없이 둘이 사귀는 사이야. 다른 노인이 대꾸했다. 하지만 검은 옷을 입은 작자가 왜 줄곧 주변을 어슬렁거리고 있는지 모르겠어. 어떤 작자. 저기 난간에 몸을 기댄 작자. 아무도 안 보이는데. 자네 안경을 써야겠군. 자네가 술에 취한 거지. 두 노인은 언제나 이런 식이었다. 잡담을 나누다가 그것이 말다툼으로 번지고, 그다음에는 둘이 서로 다른 벤치에 떨어져 앉았다가 싸운 사실을 잊어버리고 다시 한 벤치에 앉곤 했다. 히카르두 헤이스는 난간에서 멀어져 꽃밭 옆을 지나 아까 온 길을 그대로 따라갔다. 왼쪽을 보니 마침 위층에 글자가 새겨진 집이 한 채 보였다. 한 줄기 바람이 야자수들을 흔들었다. 두 노인은 벤치에서 일어섰다. 그리고 알투 드 산타카타리나에는 아무도 없었다.

자연이 인류의 근심과 고통에 무심하다고 말하는 사람은 인류나 자연에 대해 잘 모르는 사람이다. 아무리 스치듯 지나가는 후회라도, 아무리 가벼운 두통이라도 즉시 별들의 궤도를 방해하고, 밀물과 썰물을 바꿔놓고, 달의 움직임에 간섭하고, 대기의 흐름과 물결치는 구름에 문제를 일으킨다. 청구된 금액을 지불하기 위해 마지막 순간에 동전까지 박박 긁어 마련한 돈에서 딱 한 푼이 모자란다면, 바람이 점점 강해지고 하늘이 무거워지고 자연의 모든 요소들이 고뇌에 빠진 채무자를 동정한다. 증거가 있든 없든 언제나 모든 것을 불신하는 회의주의자는 이 가설은 아무 근거가 없으니 헛소리일 뿐이라고 말할 것이다. 그러나 몇 달 동안, 아니 어쩌면 몇 년 동안이나 나쁜 날씨가 지속되는 이유를 달리 어떻게 설명할 수 있겠는가. 이곳에는 언제나 강풍이 불어온다. 폭풍과 홍수도 있다. 우리 나라 사람들에 대해서도 이미 충분히 말했기 때문에, 우리는 자연이 이처럼 제멋대로 구는 것은 그들이 불행하기 때문이라고 얼마든지 말할 수 있다. 알렌테주 주민들의 분노, 레부상과 파텔라에서 발생한 천연두, 발봉에서 발생한 티푸스를 여러분에게 다시 일깨워주어야 하는가. 포르투의 미라가이아에 있는 어떤 건물에서 세 개 층을 차지하고 살고 있는 이백 명의 사람들은 또 어떤가. 전기도 없이 원시적인 환경을 견디고 있는 그들은 아침마다 고함과 비명 소리에 깨어나고, 여자들은 요강을 비우려고 줄을 선다. 나머지는 여러분의 상상력에 맡기겠다. 상상력도 반드시 써먹을 필요가 있는 법이니까. 그러니 이런 허리케인이 불어와 나무가 뿌리째 뽑히고, 지붕이 날아가고, 전신주가 쓰러진 것도 그리 놀랄 일이 아니다. 히카르두 헤이스는 지금 불안감으로 가득 차서 바람에 날아가지 않게 모자를 꼭 붙잡고 경찰국 본부로 가는 중이다. 지금 부는 바람만큼 세찬 비가 쏟아지기 시작한다면, 신이여, 우리를 도우소서. 바람은 알레크링 거리를 올라가고 있는 우리의 등 뒤 남쪽에서 불어오고 있다. 성자들이 내려주는 것보다 더 좋은 축복이다. 성자들은 내려갈 때에만 우리를 도와준다. 우리는 앞으로 어느 길로 어떻게 가야 하는지 대략 파악해두었으므로, 여기 엥카르나상 성당에서 방향을 바꿔 다음 길모퉁이까지 육십 걸음을 걷는다.

아주 쉬운 길이라서 길을 잃을 염려가 없다. 또 바람이 분다. 이번에는 맞바람이다. 어쩌면 그래서 그의 걸음이 느려진 것인지도 모른다. 그의 발이 이 길을 걷기를 거부하는 것이 아니라면. 하지만 그는 약속 그 자체라고 할 만큼 약속을 잘 지키는 사람이다. 아직 열시가 되지 않았는데 그는 벌써 경찰국 문 앞에 도착했다. 그가 경찰국에서 보낸 서류를 내민다. 소환장을 받았군요. 그래서 그는 이곳에 왔다. 모자를 손에 쥐고, 어쩌면 어리석게 보일지도 모르지만 하여튼 바람에서 벗어난 것에 안도한 표정으로. 경찰국 사람들이 그에게 이층으로 올라가자고 하자 그는 영장을 등불처럼 앞으로 들고 올라간다. 영장이 없었다면 그는 어디에 발을 내디뎌야 할지 몰랐을 것이다. 이 서류는 읽을 수 없는 문장이고, 그는 내 목을 치시오, 라는 메시지를 들고 있는 줄도 모른 채 사형집행인에게 가라고 지시를 받은 문맹이다. 글을 모르는 그는 어쩌면 걸어가며 노래를 흥얼거릴지도 모른다. 그날의 시작이 찬란했으므로. 자연도 글을 읽지 못한다. 도끼가 그의 머리를 몸통과 갈라놓으면 별들이 떨어질 테지만 이미 늦었다. 기다리라는 지시를 받은 히카르두 헤이스는 영장을 빼앗긴 채 긴 벤치에 앉는다. 다른 사람들도 함께 앉아 기다리고 있다. 만약 여기가 병원이라면, 사람들은 기다리는 동안 가볍게 잡담을 나눌 것이다. 내 폐가 이상해요. 간에 이상이 생겼는데, 어쩌면 간이 아니라 콩팥 같기도 해요. 하지만 지금 이곳에 조용히 앉아 있는 이 사람들이 무슨 병을 앓고 있는지는 아무도 모른다. 만약 그들이 입을 연다면 이렇게 말할 것이다. 갑자기 몸이 한결 좋아졌어요, 이제 가도 됩니까. 어리석은 질문이다. 알다시피 치통을 치료하는 최고의 방법은 치과의사가 환자의 이름을 부를 때 문 안으로 들어가는 것이니까. 삼십 분이 흘렀는데도 히카르두 헤이스는 여전히 이름이 불리기를 기다리고 있었다. 문이 열렸다가 닫히고, 어디선가 전화벨 소리가 들렸다. 가까운 곳에 잠시 걸음을 멈춘 두 남자 중한 명이 너털웃음을 터뜨렸다. 그자는 앞으로 자기가 어떻게 될지 전혀 몰라. 그가 이렇게 말한 뒤 두 사람은 커튼 뒤로 사라졌다. 저 사람들이 말한 게 나일까. 히카르두 헤이스는 점점 배 속이 졸아드는 것을 느끼며 속으로 자문했다. 적어도 그의 혐의가 무엇인지는 우리가 알게 될 것이다. 히카르두 헤이스는 손을 들어 조끼 주머니에서 시계를 꺼내 기다린 시간이 얼마나 되는지 확인하려다가 중간에서 멈칫했다. 초조한 기색을 드러내면 안 될 것 같았다. 마침내 어떤 남자가 커튼을 살짝 젖히고 고갯짓으로 그를 불렀다. 히카르두 헤이스는 급히 달려가려다가 멈칫하더니 본능적으로 품위를 되찾았다. 품위가 본능과 조금이라도 관계가 있는 것이라면 그렇다는 얘기다. 서둘러 달려가지 않는 것만이 그가 거부감을 표현할 수 있는 수단이었다. 그래봤자 거부하는 척하는 것에 불과했지만. 그는 양파 냄새가 나는 그 남자의 뒤를 따라 양편에 단단히 닫힌 문들이 늘어선 긴 복도를 걸었다. 복도 맨 끝에 다다랐을 때, 그를 인도하던 남자가 문 하나를 가볍게 두드린 뒤 열었다. 책상에 앉은 남자가 인도하던 남자에게 말했다. 여기서 기다리게, 필요해질지도 모르니까. 그러고 나서 그는 히카르두 헤이스에게 시선을 돌려 의자 하나를 가리켰다. 앉아요. 히카르두 헤이스는 이제 짜증과 극도의 갑갑함을 느끼며 그 말에 따랐다. 이자들이 이러는 건 순전히 날 겁주기 위해서야. 그는 속으로 생각했다. 책상에 앉은 남자가 영장을 들고 천천히 읽었다. 마치 이런 서류를 처음 보는 사람 같았다. 그는 초록색 압지 위에 서류를 조심스레 내려놓은 뒤 히카르두 헤이스를 강렬하게 바라보았다. 실수를 피하기 위해 마지막으로 확인하는 사람의 눈빛이었다. 신분증을 주시지요. 그는 이렇게 말문을 열었다. 예의 바른 말투에 히카르두 헤이스의 불안감이 줄어들었다. 예의를 지키는 것만으로 사람은 확실히 많은 것을 해낼 수 있다. 히카르두 헤이스는 지갑에서 신분증을 꺼낸 뒤, 남자에게 건네기 위해 의자에서 살짝 일어섰다. 그 바람에 모자가 바닥으로 떨어지자 그는 우스꽝스러운 꼴이 된 것 같아서 다시 불안해졌다. 남자는 신분증의 글자들을 한 줄씩 읽으며 사진 속 얼굴과 자기 앞에 앉은 남자의 얼굴을 비교하더니, 뭐라고 메모를 적고 나서 신분증을 영장 옆의 서류철 안에 조금 전처럼 아주 꼼꼼하고 주의 깊게 내려놓았다. 제정신이 아니군. 히카르두 헤이스는 속으로 이런 생각을 했지만, 입으로는 다른 말을 했다. 나는 의사입니다, 두 달 전 리우데자네이루에서 이곳으로 왔습니다. 그동안 내내 브라간사 호텔에 머물렀지요. 남자가 물었다. 그렇습니다. 어느 배를 타고 왔습니까. 하일랜드 브리게이드호입니다, 로열 메일 라인 소속이지요, 리스본에 도착한 것은 십이월 이십구일입니다. 혼자 여행했습니까, 동행이 있었습니까. 혼자였습니다. 결혼하셨습니까. 아뇨, 결혼하지 않았습니다, 제가 왜 소환된 건지 알고 싶습니다, 경찰이 왜 저를 신문하려는 겁니까, 이런 일이 있을 줄은 전혀 예상하지 못했습니다. 브라질에서 몇 년이나 살았습니까. 일천구백십구년에 그곳으로 갔습니다, 그건 왜 물으시는 겁니까. 그냥 질문에 대답이나 하고 나머지는 내게 맡겨두세요, 그러면 좋게 갈 수 있을 겁니다. 알겠습니다. 브라질로 이주한 특별한 이유가 있습니까. 그냥 이민을 가기로 결심했을 뿐입니다. 의사들은 보통 이민을 잘 가지 않는데요. 저는 갔습니다. 왜요, 여기에는 환자가 없었습니까. 환자는 많았습니다만, 브라질을 보고, 거기서 일을 하고 싶었습니다, 그뿐입니다. 그런데 이제 다시 돌아왔군요. 네, 돌아왔습니다. 무엇을 하려고요, 여기서도 의사로 일할 생각이 아니시라면요. 제가 의사로 일하지 않는 걸 어떻게 아십니까. 그냥 압니다. 지금은 의사로 일하고 있지 않지만, 곧 병원을 열고 여기에 다시 뿌리를 내릴까 생각 중입니다, 어쨌든 여기는 제 조국이니까요. 다시 말해서, 십육 년간 떠나 있다가 갑자기 조국에 대한 향수를 느꼈다는 거로군요. 그렇습니다만, 제게 이런 신문을 하는 목적을 정말로 모르겠습니다. 이건 신문이 아닙니다, 선생의 진술을, 보시다시피, 녹음하고 있지도 않은데요. 그럼 제가 왜 불려 온 겁니까. 브라질에서 풍족하게 살고 있던 포르투갈인 의사가 십육 년 만에 돌아와 두 달 동안 호텔에 살면서 일을 하지 않고 있다기에 한번 만나보고 싶었습니다. 일을 다시 시작할 생각이라고 말씀드렸습니다. 어디서요. 아직은 장소를 물색하지 않고 있습니다, 중요한 문제니까요. 그럼 다른 걸 물어보죠, 리우데자네이루나 브라질의 다른 곳에서 사람을 많이 사귀었습니까. 저는 많이 돌아다니지 않았기 때문에 리우에 사는 사람들하고만 사귀었습니다. 어떤 친구입니까. 제 사생활을 밝힐 필요는 없을 텐데요, 그런 질문에 대답할 의무가 없습니다, 그게 아니라면 반드시 변호사가 필요합니다. 변호사가 있습니까. 아뇨, 하지만 제가 변호사를 고용하지 못할 이유가 없지요. 변호사는 이 건물에 들어올 수 없습니다, 게다가, 선생, 당신은 어떤 혐의도 받고 있지 않아요, 우린 지금 간단히 잡담을 나누고 있을 뿐입니다. 하지만 내가 원해서 하는 일은 아니죠, 그리고 내게 던져지는 질문들의 흐름을 보아 하니, 아무래도 기분 좋은 잡담이라고만 볼 수는 없을 것 같습니다. 다시 질문으로 돌아가서, 선생이 말한 친구들은 누구입니까. 대답을 거부하겠습니다. 헤이스 선생, 내가 선생이라면 좀 더 협조적으로 굴 겁니다, 답변을 하는 편이 선생에게 가장 좋아요, 그래야 불필요하게 일이 복잡해지는 것을 막을 수 있습니다. 포르투갈 사람, 브라질 사람, 의사인 내게 의견을 구하러 왔다가 나중에 친구가 된 사람들입니다, 어차피 당신이 모르는 사람들이니 내가 이름을

288

말해도 소용없어요. 그 생각이 잘못입니다, 나는 아주 많은 이름을 알고 있어요. 저는 이름을 말하지 않겠습니다. 뭐, 좋습니다, 달리 알아낼 방법이 있으니까요, 꼭 필요하다면 말이죠. 좋을 대로 하십시오. 그 친구들 중에 군사 관련 인물이나 정치가가 있었습니까. 저는 그쪽 세계 사람들과 어울리지 않습니다. 군대나 정치에 관련된 인물이 하나도 없다는 뜻이군요. 그런 사람들이 의사인 나를 만나러 온 적이 없다고 제가 보장할 수는 없습니다. 하지만 그런 사람들과 친한 사이가 되지는 않으셨죠. 그런 셈이죠. 누구하고도. 맞습니다. 지난번 혁명이 일어났을 때 선생은 리우데자네이루에 살고 계셨습니다. 그렇습니다. 혁명의 음모가 발각된 직후 선생이 포르투갈로 돌아온 것이 공교롭다고 생각하지 않습니까. 그렇게 따지면, 최근 스페인에서 선거가 있은 뒤 제가 묵고 있는 호텔이 스페인 피난민들로 가득 차게 되었다는 사실도 공교롭지요. 아, 그 말씀은 선생이 브라질에서 도망쳤다는 뜻이군요. 그런 말이 아닙니다. 선생의 상황을 포르투갈로 온 스페인 사람들의 상황과 비교하셨잖습니까. 그건 공교롭다는 말에 아무 의미도 없다는 뜻을 분명히 전하기 위해서였습니다, 이미 말했듯이 저는 조국을 꼭 다시 보고 싶었습니다. 무서워서 돌아온 것은 아니겠죠. 무섭다니, 뭐가요. 예를 들면, 그곳 당국자들에게 쫓기는 것이라든가. 혁명 이전에도 이후에도 저는 쫓긴 적이 없습니다. 이런 일에는 때로 시간이 걸리기도 합니다, 그래서 우리도 선생이 도착한 지 두 달이 지나서야 이

렇게 소환을 했지요. 저는 아직도 이유를 모릅니다. 다른 걸
좀 묻겠습니다. 만약 혁명이 성공했다면 선생은 브라질에 남
아 있었을까요. 제가 돌아온 이유는 정치나 혁명과 아무 관
계가 없다고 이미 말씀드렸습니다. 게다가 제가 브라질에 사
는 동안 그곳에서 일어난 혁명이 이번 한 번뿐인 것도 아니
고요. 약삭빠른 답변이군요. 혁명이야 많았지만 내세운 명분
이 모두 같지는 않았습니다. 저는 의사입니다. 혁명에 대해서
는 아는 것도 없고, 알고 싶지도 않아요. 그저 환자를 치료하
는 사람일 뿐입니다. 하지만 요즘은 그 일에 그리 관심이 없
는 모양인데요. 곧 다시 환자를 볼 겁니다. 브라질에 사는 동
안 당국과 문제를 일으킨 적이 있습니까. 저는 평화로운 사람
입니다. 여기 포르투갈로 돌아온 뒤 옛 친구를 새로 만난 적
이 있습니까. 십육 년은 서로 잊고 잊히기에 충분한 긴 세월
입니다. 그건 제 질문의 답이 아닙니다. 저는 여기에 친구가
없습니다. 브라질 국적을 얻을 생각을 하신 적이 있습니까.
전혀 없습니다. 선생이 브라질로 떠난 뒤 포르투갈이 많이
바뀐 것 같습니까. 그 질문에는 대답할 수 없습니다. 아직 리
스본 밖으로 나가본 적이 없어서요. 리스본 자체는 어떻습니
까, 많이 변했나요. 십육 년 동안 많은 변화가 있었더군요. 거
리가 더 조용해지지 않았습니까. 네, 저도 그런 생각을 했습
니다. 국민 독재 정부[*] 덕분에 나라가 제대로 돌아가고 있습

---

[*] 1928년부터 1933년까지 포르투갈을 다스린 정부의 이름.

니다. 틀림없이 그렇겠죠. 애국심으로 공동선을 위해 기꺼이 노력하는 마음가짐이 생겨났습니다, 국익을 위해서라면 어떤 희생도 아깝지 않아요. 포르투갈 사람들이 운이 좋군요. 선생도 운이 좋습니다, 선생도 포르투갈 사람이니까요. 그런 혜택들이 실행되면 저도 제 몫을 거부하지 않을 겁니다, 제가 알기로 빈민들을 위한 무료 급식소가 마련될 것이라고 하던데요. 선생은 빈민이 아니잖습니까. 언젠가 빈민이 될지도 모르죠. 그런 말씀 마십시오. 걱정해주셔서 감사합니다만, 제가 그런 처지가 되면 브라질로 돌아갈 겁니다. 여기 포르투갈에서 혁명이 일어날 가능성은 아주 희박합니다, 이 년 전에 일어난 혁명은 참가자들이 비참한 운명을 맞는 것으로 끝났죠. 무슨 말씀인지 모르겠습니다, 이미 말씀드린 것에 더 덧붙일 얘기도 없고요. 질문이 끝났습니다. 이제 가도 됩니까. 가셔도 됩니다, 여기 신분증을 받으십시오, 아, 빅토르, 이 의사 선생을 문까지 안내해드리겠나. 빅토르가 다가와서 말했다. 따라오세요. 그의 입에서 양파 냄새가 났다. 믿을 수가 없네. 히카르두 헤이스는 속으로 생각했다. 이렇게 이른 시각에 벌써 이런 악취라니, 아침 식사로 양파를 먹었나. 복도로 나온 뒤 빅토르가 히카르두 헤이스에게 말했다. 선생님이 우리 부국장을 도발하려고 작정하신 것 같던데, 오늘 부국장 기분이 좋아서 다행입니다. 도발이라니, 무슨 소리입니까. 부국장의 질문에 답변을 거부하고, 변죽을 울리셨잖습니까, 엄청난 실수를 하신 겁니다, 부국장이 의료계 분들을 조금이나마 존중해주시는 게 다행이죠. 나는 왜 여기에 불려온 건지 아직도 모릅니다. 아실 필요 없습니다, 그냥 양손을 하늘로 들어올리고, 이 일이 이렇게 끝난 것을 하느님께 감사하세요. 정말로 다 끝난 것이기를 바라야죠. 세상에는 사람이 결코 알 수 없는 일이 있습니다, 다 왔습니다, 어이, 안투느스, 여기 의사 선생님이 밖으로 나가도 된다는 허락을 받았어, 안녕히 가세요, 선생님, 필요한 것이 있으면 연락하시고요, 제 이름은 빅토르입니다. 히카르두 헤이스는 남자가 뻗은 손을 손가락 끝으로 살짝 건드렸다. 자신의 몸에도 양파 냄새가 묻고, 병에 걸리게 될까 걱정스러웠다. 하지만 얼굴로 들이친 바람이 그를 뒤흔들며 메스꺼움을 쫓아버렸다. 그는 어떻게 거리로 나오게 됐는지 잘 기억이 나지 않았다. 등 뒤에서 문이 닫혔다. 히카르두 헤이스가 엥카르나상 거리 모퉁이에 다다르기도 전에 엄청난 폭우가 내릴 것이다. 내일 자 신문들은 폭우가 내렸다고 보도하겠지만, 끈질기게 급류처럼 쏟아지는 비를 표현하기에는 모자란 말이다. 행인들은 모두 건물 문간에서 비를 피하며, 물에 흠뻑 젖은 개처럼 덜덜 떨고 있다. 상 루이스 극장 옆길에 남자 한 명만이 서 있는데, 약속 시간에 늦었는지 아까 히카르두 헤이스가 그런 것처럼 걱정스러운 표정이다. 이렇게 비가 쏟아지는 이유를 이제 알 것 같다. 자연이 다른 방식으로 연대감을 표현할 수도 있었을 것이다. 예를 들어 빅토르와 부국장을 폐허 속에 묻어버릴 수 있는 지진을 보내는 식으로. 양파의 악취가 모두 날아갈 때까지, 두 사람이 깨끗한 뼈로 변할 때까지 땅에 묻혀 썩어가게.

호텔로 들어서는 히카르두 헤이스의 모자에서 물이 뚝뚝 떨어졌다. 배수구에서 물이 떨어지는 모습과 비슷했다. 레인 코트가 완전히 흠뻑 젖어서 그는 가고일처럼 보였다. 의사에게서 기대하는 품위라고는 찾아볼 수 없는 기괴한 모습. 살바도르나 피멘타는 시인의 품위를 알아보지 못했다. 비가 내릴 때 정의로운 하늘은 모든 사람의 머리에 비를 뿌리기 때문이다. 히카르두 헤이스는 열쇠를 받으려고 프런트데스크로 다가갔다. 이런, 선생님, 속까지 흠뻑 젖으셨네요. 지배인 살바도르가 외쳤다. 하지만 그의 불안한 어조에 속내가 드러났다. 지금 정확히 어떤 상태입니까, 경찰에서 어떤 대접을 받았습니까. 아니, 좀 더 극적으로 표현한다면 이런 생각을 하고 있을 것이다. 당신이 이렇게 빨리 돌아올 줄은 몰랐습니다. 만약 우리가 하느님을 친숙하게 당신이라고 부르며 말을 건넨다면, 설사 굵은 글씨로 쓴 당신이라 해도, 과거와 미래에 모두 파괴적인 활동을 했거나 할 것으로 의심받는 호텔 손님에 대해 이렇게 멋대로 생각하지 못할 이유가 없지 않은가. 히카르두 헤이스는 간단히 중얼거렸다. 이런 폭우라니요. 그러고는 계단의 카펫에 물을 뚝뚝 떨어뜨리며 서둘러 위층으로 올라갔다. 리디아가 발자국 하나하나, 부러진 잔가지, 짓밟힌 풀을 따라 그가 간 길을 그대로 추적할 수 있을 것이다. 하지만 지금 우리는 백일몽을 꾸고 있다. 여기가 무슨 숲이라도 되는 것처럼. 여기는 이백일호로 이어진 호텔 복도일 뿐이다. 그래, 어땠어요. 리디아는 이렇게 물을 것이다. 선생님을 함부로 대하던가요. 그럴 리가. 히카르두 헤이스는 이렇게 대답할 것이다. 그런 생각을 하다니, 아무 문제도 없었소, 경찰이 아주 정중하던걸, 아주 예의 발랐어요, 의자도 권해줬고. 그럼 왜 선생님을 부른 걸까요. 오랫동안 해외에 있던 사람이 돌아오면 일반적으로 거치는 절차인 것 같소, 일상적인 확인일 뿐이야, 아무 문제도 없는지 살피고, 혹시 도움이 필요하지는 않은지 알아보려는 거지. 농담이시죠, 남동생한테서 들은 이야기와 다른데요. 그래, 농담이오, 그래도 걱정 말아요, 아무 문제 없었소, 나더러 브라질에서 왜 돌아왔는지, 거기서 무엇을 했는지, 여기서 무엇을 할 작정인지 물었을 뿐이야. 그 사람들이 그런 걸 물을 권리가 있나요. 그 사람들은 뭐든 묻고 싶은 걸 물을 수 있는 것 같다는 인상을 받았소, 이제 그만 가봐요, 점심 식사 전에 옷을 갈아입어야겠소. 식당으로 내려가자 급사장 아폰수, 아폰수가 그의 이름이므로, 어쨌든 그가 일반적인 관습이나 예의상 필요한 거리보다 반 걸음쯤 더 떨어진 거리를 유지하며 히카르두 헤이스를 자리로 안내했다. 최근 며칠 동안 역시 그와 거리를 유지하며 덜 위험한 손님에게 서둘러 달려가던 라몬은 국자로 수프를 뜨면서 일부러 시간을 끌었다. 아주 맛있는 냄새가 납니다, 선생님, 죽은 사람도 벌떡 일어나겠어요. 맞는 말이었다. 그 독한 양파 냄새를 맡고 온 터라 무엇이든 냄새가 좋았다. 우리가 어느 특정한 순간에 특정한 상대에게 어떤 냄

새를 뿜어내는지 누가 연구를 해봐야 할 것 같은데. 히카르
두 헤이스는 속으로 생각했다. 살바도르는 내게서 나는 냄새
를 싫어하고, 라몬은 이제 그 냄새를 견딜 만한 것 같고, 리
디아는 후각이 형편없어서 내가 장미 기름을 몸에 발랐다고
착각하고 있어. 히카르두 헤이스는 식당으로 들어가면서 돈
로렌소, 돈 알론소와 인사를 주고받았다. 겨우 사흘 전 이곳
에 온 돈 카밀로와도 인사를 주고받았으나, 돈 카밀로는 정중
하면서도 냉담한 태도를 유지했다. 히카르두 헤이스가 스페
인의 상황에 대해 아는 것은 모두 식사 때 들려온 손님들의
대화나 신문을 통해 접한 것이다. 반대파의 온상, 공산주의
자와 무정부주의자와 노조 운동가가 시작한 선전 활동, 그들
의 선전은 노동계급으로 파고들고 있을 뿐만 아니라 육군과
해군의 군인들에게까지 영향을 미친다. 히카르두 헤이스가
보안 경찰국에 소환된 이유를 이제 이해할 수 있다. 그는 자
신을 심문한 부국장의 얼굴을 떠올려보려고 하지만, 생각나
는 것이라고는 그가 왼손 새끼손가락에 끼고 있던, 검은 보석
이 박힌 반지와 어렴풋이 기억나는 둥글고 창백한 얼굴뿐이
다. 마치 오븐에서 제대로 구워지지 않은 빵 같다. 그의 눈이
어땠는지는 떠오르지 않는다. 어쩌면 그에게 눈이 없었기 때
문인지도 모른다, 어쩌면 히카르두 헤이스가 눈먼 사람과 대
화를 나누고 온 것인지도 모른다. 살바도르가 문간에 조용
히 나타나 무슨 문제는 없는지 확인한다. 호텔에 다른 나라
손님들이 많이 묵게 되었으니 특히 신경을 써야 한다. 이렇게

재빨리 살피던 도중 그의 눈이 히카르두 헤이스의 눈과 마주친다. 그는 멀리서 미소를 짓는다. 외교적인 제스처다. 그는 경찰국에서 무슨 일이 있었는지 궁금하다. 돈 로렌소가 돈 알론소를 위해 파리에서 발행되는 프랑스 신문 《르 주르》를 소리 내어 읽어준다. 그가 읽어주는 기사는 포르투갈의 정부 수반 올리베이라 살라자르를 정력적이고 겸손하며, 비전과 판단력으로 조국에 번영과 자부심을 안겨준 사람으로 묘사하고 있다. 우리 스페인에도 이런 사람이 필요합니다. 돈 카밀로가 이렇게 말하고는 적포도주 잔을 들어 올리며 히카르두 헤이스를 향해 고갯짓으로 인사한다. 히카르두 헤이스도 비슷하지만 절제된 고갯짓으로 감사의 마음을 전한다. 포르투갈의 소규모 군대가 스페인 군대를 패주시킨 저 유명한 알주바호타 전투가 생각났기 때문이다. 살바도르는 식당의 상황을 확인한 뒤 만족해서 편안한 마음으로 물러난다. 조금 뒤 또는 내일쯤 히카르두 헤이스 의사 선생이 안토니우 마리아 카르도주 거리의 경찰국에서 있었던 일을 그에게 말해줄 것이다. 만약 그가 설명을 거부하거나 뭔가 숨기는 것이 있는 듯한 인상을 준다면, 살바도르가 다른 방법을 통해서, 그러니까 경찰국에서 일하는 지인인 빅토르라는 남자를 통해서 사정을 알아볼 수 있다. 그렇게 알아낸 상황이 괜찮다면, 그러니까 히카르두 헤이스가 의심을 벗었다면, 모두들 다시 행복해질 것이고, 살바도르는 히카르두 헤이스에게 리디아를 대할 때 지극히 신중을 기해야 한다고 외교적으로 세련되게 주의를 주기만 하면 될 것이다. 호텔의 평판을 위해서입니다, 선생님, 최소한 저희의 좋은 평판을 지키기 위해서예요. 그는 히카르두 헤이스에게 이렇게 말할 것이다. 이백일호가 예를 들어, 세비야에서 온 스페인 귀족인 알바 공작 일가를 모두 수용할 수 있을 만큼 크기 때문에 히카르두 헤이스를 그 방에서 내보내는 편이 살바도르에게 얼마나 이로울지 생각해보면, 그의 도량을 훨씬 더 높게 평가하게 될 것이다. 이런 생각만 해도 나는 흥분으로 몸이 떨린다. 히카르두 헤이스는 점심 식사를 끝낸 뒤, 산악지대에서 만들어진 치즈를 계속 음미하며 먹고 있는 이주자들에게 고갯짓으로 인사하고, 살바도르에게 손을 흔들었다. 살바도르는 먹이를 조르는 개처럼 젖은 눈으로 뭔가를 잔뜩 기대하고 있었지만, 히카르두 헤이스는 그를 그대로 버려두고 자기 방으로 올라갔다. 마르센다에게 재빨리 편지를 써서 코임브라의 우체국 앞으로 보낼 생각뿐이었다.

밖에서는 귀가 먹먹해질 만큼 엄청난 소리와 함께 비가 내리고 있어서 마치 온 세상에 비가 떨어지고 있는 것 같다. 지구의 자전에 맞춰 지구의 물이 함께 횡횡 소리를 내며 공간을 가르는 것 같다. 마치 팽팽 돌아가는 팽이 위에 올라앉은 것처럼. 진하게 포효하는 빗소리가 내 마음을 채우고, 내 영혼은 무자비하게 불어오는 바람 소리가 그려낸 투명한 곡선이다, 고삐가 풀려 자유를 만끽하는 말, 발굽이 따각거리며 문과 창문을 넘나들고, 안에서는 커튼이 아주 부드럽게 흔들린다. 높은 가구들에 둘러싸인 남자가 편지를 쓰고 있다. 어리석은 말이 논리적으로 보이고, 조리 없는 말이 명확해 보이도록 문장을 지어내는 중이다. 약점이 강점이 되고, 굴욕은 위엄이 되고, 두려움은 대담함이 되도록. 우리가 되고 싶어 하는 모습 또한 실제 우리의 모습만큼 소중하니까. 아, 해명해야 하는 순간에 우리가 용기를 보여주었더라면. 이것을 아는 것만으로도 우리는 이미 목적지까지 절반은 간 것이다. 이것을 알게 된 우리는 딱 알맞은 순간에 남은 절반의 거리를 갈 용기를 찾아낼 것이다. 히카르두 헤이스는 어떤 말투를 사용해야 할지 망설이며 고민했다. 편지를 쓰는 것은 위험하기 짝이 없는 일이다. 말을 글로 적을 때는 어중간해질 수 없다. 거리를 지킬 것인지, 친숙하게 굴 것인지에 따라 편지의 어조가 달라질 것이고, 그렇게 만들어진 관계는 결국 허구다. 불운하게 끝난 많은 애정이 정확히 이런 식으로 시작되었다. 히카르두 헤이스는 마르센다를 누구보다 뛰어난 아가씨라거나 훌륭한 부인이라고 부를 생각은 하지도 않았다. 적절한 거리에 대해 고민하긴 했어도 거기까지 가지는 않았다. 그러나 관습적인 만큼 개인적인 감정이 배제된 이런 호칭을 제외시키고 나니, 친밀함의 경계선에 근접한 단어만 남았다. 예를 들어, 나의 친애하는 마르센다, 같은 호칭. 왜 나의, 이고, 왜 친애하는, 인가. 물론 그가 세뇨리타 마르센다라고 쓸 수도 있겠지만, 세뇨리타는 우스꽝스럽다. 히카르두 헤이스는 종이를 몇 장이나 찢어버린 뒤 결국 그녀를 그냥 이름으로만 부르게 되었다. 우리 모두 다른 사람을 그렇게 불러야 마땅하다. 애당초 이름은 그러라고 있는 것이니까. 마르센다, 약속대로 내 소식을 알리기 위해 편지를 씁니다. 그는 여기서 펜을 멈추고 잠시 생각하다가 다시 글을 이어갔다. 문장을 지어서 한데 합쳐 빈틈을 메웠다. 비록 그가 진실을 이야기하지 않았다 해도, 아니 진실을 모두 이야기하지는 않았다 해도, 한 가지 진실은 분명히 밝혔다. 이 편지를 쓴 사람과 받는 사람이 모두 이 편지로 인해 행복해지는 것과, 이 편지에서 자신들의 이상적인 모습을 발견하게 되는 것이 중요하다. 경찰국 본부에서 그는 공식적인 신문을 받지 않았다. 법정에서 그에게 불리하게 작용할 만한 일이라곤 전혀 없었다. 그는 경찰국에 불려 가 잠깐 이야기를 나누고 돌아왔을 뿐이다. 부국장이 친절하게 지적해준 것처럼. 빅토르가 그 과정을 모두 목격한 것은 사실이지만, 이미 세세한 부분까지 다 기억하지는 못한다. 내일이면 더 많은 기억이 사라질 것이다. 빅토르에게는 더 중요한 문제들이 있다. 그를 제외하면 그 일을 목격한 사람은 하나도 없다. 히카르두 헤이스가 쓴 이 편지뿐인데, 어쩌면 이 편지가 곧 길을 잃어버릴 수도 있다. 얼마든지 가능한 일이다. 세상에는 보관하지 말아야 할 문서가 있기 때문이다. 다른 증인들이 밝혀질 수도 있지만, 그들의 말은 의심의 대상이 될 것이다. 확실한 증거가 전혀 없기 때문에 우리는 진실, 대화, 빅토르, 부국장, 비바람이 치는 오전, 사람들의 심정에 공감하는 자연을 지어내서 이야기할 수밖에 없을 것이다. 모두 거짓이지만 동시에 모두 진실이다. 히카르두 헤이스는 정중한 인사와 건강을 기원하는 말로 편지를 끝냈다. 흔한 말이지만 이 정도는 용서해줄 수 있다. 그러고는 조금 망설이다가, 그녀가 이다음에 리스본에 왔을 때 자신이 어쩌면 여기 없을 수도 있다고 추신으로 덧붙였다. 호텔 생활이 점점 지루하고 단조롭게 느껴지기 때문이었다. 이제 집을 구해서 병원을 열어야 했다. 나의 이 뿌리가 얼마나 깊이 박혀 있는지 확인해볼 때가 되었습니다, 모두. 그는 마지막 단어에 밑줄을 그으려다가 그대로 놔두기로 했다. 그 말의 모호성이 훤히 들여다보이게. 마침내 이 호텔을 떠나게 되면, 코임브라의 같은 주소로 편지를 보내겠습니다. 그는 편지를 다시 읽어본 뒤 종이를 접어 봉투에 넣고 봉했다. 그리고 책들 사이에 봉투를 감춰두었다. 내일 그는 이 편지를 부칠 것이다. 오늘은, 이렇게 폭풍이 불 때 지붕이 있는 곳에 들어가 있을 수 있다는 것이 축복이다. 비록 그 지붕이 고작해야 브라간사 호텔의 것이라 해도. 히카르두 헤이스는 창가로 가서 커튼을 열었지만, 비가 물의 장막처럼 쏟아지고 있어서 보이는 것이 별로 없었다. 게다가 그나마도 곧 전혀 보이지 않게 되었다. 그의 입김으로 유리가 흐려졌기 때문에. 그는 덧창을 믿고 창문을 열었다. 카이스 두 소드레 역은 이미 물에 잠겼고, 담배와 술을 팔던 노점은 섬으로 변했다. 세상이 부두에서 떨어져 나와 표류하고 있었다. 거리 맞은편 주점의 문간에서 두 남자가 비를 피하며 담배를 피우고 있었다. 술을 마시다가 나온 그들은 천천히 신중하게 담배를 말면서 이런저런 형이상학적인 문제에 대해 토론했다. 어쩌면 볼일을 보러 갈 수 없게 발목을 붙드는 이 빗줄기에 대해서도 이야기를 나눴는지 모른다. 두 남자는 곧 어두운 술집 안으로 사라졌다. 어차피 기다려야 한다면, 이 기회를 이용해서 술이나 한 잔 더 하는 편이 나을 것이다. 검은 옷을 입고 머리에는 아무것도 쓰지 않은 남자가 문간으로 나와 생각에 잠긴 눈으로 하늘을 바라보다가 안으로 사라졌다. 히카르두 헤이스는 창문을 닫고 불을 끈 뒤, 지친 몸을 소파에 쭉 펴고 누워 무릎에 담요를 덮었다. 그러고는 고치 속의 누에처럼 슬픈 빗소리에 귀를 기울였다. 잠이 오지 않아서 그는 눈을 말똥말똥 뜬 채 누워 있었다. 너는 혼자, 아는 사람이 전혀 없다, 침묵하며 아닌 척하라. 그는 다른 때에 쓴 이 구절을 중얼거렸다. 외로움을 제대로 표현하지 않고 그냥 말만 늘어놓은 구절이라 한심하기 그지없었다. 침묵과 아닌 척하는 것, 사람들은 이런 말을 하지 않았다. 혼자라는 것은 말이지, 친구, 단어 하나나 그 단어를 말하는 목소리만으로 표현되지 않아.

그날 오후 늦게 그는 일층으로 내려갔다. 살바도르가 그토록 바라 마지않던 기회를 주기 위해서였다. 조만간 어쩔 수 없이 그 이야기를 하게 될 테니, 히카르두 헤이스 본인이 시간과 장소를 결정하는 편이 더 나았다. 아뇨, 세뇨르 살바도르, 일이 아주 잘 풀렸습니다, 아주 정중한 대접을 받았어요. 살바도르는 이 대답을 듣기 전, 질문을 할 때 아주 신경 써서 말을 골랐다. 그렇다면, 선생님, 오늘 오전에는 어땠습니까, 그쪽에서 까다롭게 굴던가요. 아뇨, 세뇨르 살바도르, 일이 아주 잘 풀렸습니다, 아주 정중한 대접을 받았어요, 리우데자네이루의 포르투갈 영사관에 대해 몇 가지 물어본 것이 전부입니다, 그쪽에서 나한테 어떤 서류에 서명을 받아야 했거든요, 순전히 관료적인 절차 외에 아무것도 아니었습니다. 살바도르는 만족스러운 기색이었지만, 의심이 다 사라지지는 않은 것 같았다. 특히 호텔에서 일하며 산전수전을 겪은 사람이니 그럴 만도 했다. 내일 그는 이 일을 끝까지 파고들어가 지인인 빅토르에게 물어볼 것이다. 우리 호텔에 머무르는 사람들에 대해서 내가 알아둬야 할 것 같아서 말이야. 그러면 빅토르는 그에게 이렇게 경고할 것이다. 살바도르, 그 친구를 주시하게, 신문이 끝난 직후에 부국장이 이렇게 말했어, 이 히카르두 헤이스라는 자는 겉으로 드러난 모습과 다른 사람인걸, 반드시 감시해야겠어, 아니, 지금 당장 결정적인 혐의는 없네, 그냥 그에게서 느낀 인상이 있을 뿐이지, 그자를 주시하다가 그자에게 우편물이 오거든 우리에게 알리게. 지금까지는 편지 한 통 온 적이 없어. 그 점도 이상한걸, 아무래도 우체국에 한번 가봐야겠군, 그 친구 앞으로 맡겨진 우편물이 있는지 봐야겠어, 접촉하는 자는 있나. 여기 호텔에서 접촉한 사람은 전혀 없었네. 뭐 어쨌든, 뭐든 의심스러운 일이 있으면 그냥 내게 알려. 이런 은밀한 대화가 오간 뒤 호텔은 또다시 긴장된 분위기에 휩싸이고, 직원들도 각각 살바도르의 총구가 겨냥하는 곳에 맞춰 조준경을 조절할 것이다. 감시라고 해도 좋을 만큼 지속적인 경계 태세가 마련된다는 뜻이다. 성격 좋은 라몬조차 차가워졌어. 펠리페가 중얼거린다. 하지만 다들 알고 있듯이, 당연히 예외가 한 명 존재한다. 리디아, 가엾게도. 그녀는 걱정스러운 표정으로 돌아다닌다. 오늘 피멘타가 웃음을 터뜨린 것도 무리가 아니다. 원래 심술 궂은 친구니까. 우리는 아직 이 이야기의 끝을 보지 못했다. 뭐가 어떻게 돌아가는 건지 말해줘요, 아무에게도 말하지 않을게요. 리디아가 말했다. 말하고 말고 할 일이 없어요. 히카르두 헤이스가 리디아에게 말했다. 남의 일에 참견하는 것 말고 할 일이 별로 없는 사람들이 지어낸 헛소리만 잔뜩 있을 뿐이오. 하지만 어쩌면 그 헛소리가 한 사람의 삶을 악몽으로 바꿔놓을 수도 있어요. 걱정 말아요, 내가 이 호텔을 떠나면 사람들도 더 이상 얘기하지 않을 테니. 떠나실 건가요, 그런 말씀 안 하셨잖아요. 조만간 여기서 나갈 거요, 처음부터 여기서 평생을 보낼 생각은 없었어요. 그럼 다시는 선생님을 뵐 수 없겠네요. 그의 어깨에 머리를 기대고 있던 리디아가 눈물을 흘리자 히카르두 헤이스도 그것을 느낄 수 있었다. 자, 자, 울지 말아요, 인생이란 그런 거요, 서로 만났다가 헤어지기도 하고 그러는 거지, 언젠가는 당신도 결혼을 할 테지요. 흥, 결혼이라니요, 전 이미 나이가 너무 많아요, 선생님은 어디로 가실 생각인가요. 적당한 곳을 찾아봐야지요. 원하신다면. 원하다니, 뭘. 제가 휴일에 선생님께 가서 시간을 함께 보낼 수도 있어요, 제 인생에는 달리 이렇다 할 일이 없으니까요. 리디아, 왜 나를 좋아하는 거요. 저도 몰라요, 어쩌면 방금 말씀드린 것처럼 인생에 달리 이렇다 할 일이 없기 때문인지도 모르죠. 어머니도 있고, 남동생도 있잖소, 예전에 남자를 사귄 적도 있을 테고, 앞으로도 틀림없이 다른 남자를 사귀게 되겠지요, 당신은 예쁘니까 언젠가 결혼해서 가정을 이루게 될 거요. 그럴지도 모르죠, 하지만 지금은 제게 선생님뿐이에요. 당신은 호감이 가는 아가씨요. 선생님, 제 말에 대답하지 않으셨어요. 무슨 말. 선생님이 집을 구해 살게 되면 제가 가서 선생님과 시간을 보내도 될까요. 그러고 싶소. 물론이죠. 그럼 때가 될 때까지 날 만나러 와요. 선생님이 지위에 걸맞은 사람을 만날 때까지요. 내가 하려던 말은 그게 아니었소. 그런 사람을 만나거든 제게 말씀만 하세요, 리디아, 이젠 나를 찾아오지 말아요, 라고요. 가끔은 당신을 정말 모르겠다는 생각이 들어요. 저는 호텔 메이드예요. 하지만 이름이 리디아지, 말투도 신기하고. 사람들이 진심을 털어놓을 때는, 그러니까 제가 지금 선생님 어깨에 머리를 기대고 이야기하는 것처럼요, 그럴 때는 말투가 달라져요. 언젠가 당신이 좋은 남편을 만나기를 바라고 있소. 그러면 좋겠지요, 하지만 다른 여자들, 그러니까 이미 좋은 남편이 있는 여자들 이야기를 들어보면, 과연 그게 좋은 걸까 싶어요. 그 남자들이 좋은 남편이 아니라고 생각하는 거요. 제게 좋은 남편이 될 것 같지는 않아요. 당신이 생각하는 좋은 남편은 어떤 사람이오. 모르겠어요. 당신의 마음에 들기가 힘들겠군. 꼭 그렇지는 않아요, 미래도 없이 여기 이렇게 누워 있는데도, 그냥 지금이 행복한걸요. 난 영원히 당신의 친구가 되겠소. 내일 어떤 일이 생길지는 아무도 모르는 일이죠. 당신 또한 영원히 내 친구일 거요. 누구, 제가요, 그건 색다르네요. 무슨 뜻이오. 설명을 못 하겠어요, 할 수만 있다면, 모든 것을 설명할 수 있을 텐데요. 상상만 하지 말고 설명을 해요. 너무하세요, 저는 많이 배우지 못했어요. 그래도 글을 읽고 쓸 수 있잖소. 잘하지는 못해요, 간신히 글을 읽는 정도고, 글을 쓸 때는 언제나 실수를 해요. 히카르두 헤이스가 그녀를 끌어당기자, 그녀가 그를 끌어안았다. 대화를 나누다 보니 두 사람은 점차 고통과 흡사한, 뭐라고 설명할 수 없는 감정에 휩싸였다. 그래서 그다음에 이어진 행동을 할 때 두 사람은 극도로 섬세하게 주의를 기울였다. 그 행동이 무엇인지는 우리 모두 알고 있다.

그 뒤로 며칠 동안 히카르두 헤이스는 살 곳을 찾아다녔다. 아침 일찍 나가서 밖에서 점심과 저녁을 모두 해결하고 밤에 돌아왔다. 《디아리우 드 노티시아스》의 한 줄짜리 광고란은 그의 필수품이 되었지만, 그는 집을 찾으러 멀리까지 가지는 않았다. 도시 외곽의 주택가는 그가 원하는 거주 조건과도, 그의 성향과도 맞지 않았다. 예를 들어, 그는 모라에스 소아르스의 에로이스 드 키옹가 거리 근처에는 정말로 살고 싶지 않았다. 방이 대여섯 개인 아파트들의 월세가 믿을 수 없을 만큼 싸서 백육십오에서 이백사십 이스쿠두 수준이었지만 바이샤에서 너무 먼 데다가 강이 전혀 보이지 않았다. 히카르두 헤이스는 가구가 갖춰진 집을 찾고 있었다. 그런 집이 아니라면 그가 가구, 침대보, 그릇 등을 직접 골라서 사야 하는데 옆에 조언해줄 여자가 없는 것이 문제였다. 리디아, 그 가난한 아가씨가 히카르두 헤이스 의사 선생과 함께 백화점을 드나들며 어떤 물건을 사야 할지 조언해주는 광경은 누구라도 도저히 상상할 수 없을 것이다. 또한 마르센다는, 설사 코임브라가 아니라 리스본에 와 있고 그녀의 아버지 또한 허락한다 하더라도, 그런 살림살이에 대해 무엇을 알겠는가. 그녀가 살아본 집은 그녀 본인의 집밖에 없는데, 그나마도 정확히 말해 그녀의 집은 아니었다. 엄밀히 말해서 내 것이라는 단어는 내가 나를 위해 직접 만든 어떤 것을 뜻하기 때문이다. 히카르두 헤이스가 아는 여자는 이 두 명뿐, 다른 여자는 없다. 페르난두 페소아가 그를 돈 후안이라고 부른 것은 과장된 표현이었다. 사실 호텔을 떠나는 것은 쉬운 일이 아니다. 어느 곳에 살든 사람은 그 나름의 유대 관계를 맺게 되는데, 이런 유대감은 자체적인 관성을 지니고 있다. 밖에서 보는 사람은 결코 그것을 이해할 수 없고, 실제 그 유대감을 경험하는 사람 또한 이해하지 못하기는 마찬가지다. 한마디로 말해서, 우리가 다른 사람들에 대해 극히 일부만 이해하는 것으로 만족하자는 얘기다. 그러면 그 사람들은 우리에게 고마워할 것이다. 어쩌면 고맙다는 말까지 할지도 모른다. 그러나 살바도르는 그런 것으로 만족하지 않는다. 호텔 손님인 히카르두 헤이스가 예전과는 달리 길게 호텔을 비우자 살바도르는 불안해진다. 심지어 빅토르와 한번 이야기를 해볼까 하는 생각까지 해보았지만, 꺼림칙한 기분이 들어서 마지막 순간에 생각을 바꿨다. 자칫 실수했다가는 살바도르 본인까지 휘말리거나, 아니면 그보다 더 나쁜 결과를 낳을 수도 있는 상황이라면 어쩌나 싶었기 때문이다. 살바도르는 점점 히카르두 헤이스에게 극도의 주의를 기울이게 되었다. 그리고 그의 이런 태도 때문에 불안해진 호텔 직원들은 이제 어떻게 행동해야 할지 도저히 종잡을 수 없는 상태가 되고 말았다. 이런 지루한 이야기를 세세히 늘어놓아서 미안하지만, 이런 이야기에도 나름의 중요성이 있다.

이런 것이 인생의 모순이다. 루이스 카를루스 프레스치스[*]가 체포되었다는 소식이 최근 보도되었다. 경찰이 히카르두 헤이스를 찾아와 혹시 브라질에서 프레스치스와 아는 사이였는지, 프레스치스가 그의 환자였는지 물어보는 일은 일어나지 않기를 바라자. 바로 얼마 전 독일은 로카르노조약[**]의 파기를 선언했으며, 줄기찬 위협 끝에 마침내 라인란트를 점령하였다. 바로 얼마 전 산타클라라에서는 샘이 개발되어 주민들이 열광했다. 전에는 소방펌프로 물을 끌어와야 했기 때문이다. 아름답게 치러진 샘 개통식에서 순진한 아이 두 명,

[*] 1898~1990, 브라질의 공산주의 정치가.
[**] 1925년에 체결된 중부 유럽의 안전보장조약.

사내아이 하나와 계집아이 하나가 많은 갈채와 환호 속에서 각각 물병에 물을 가득 채웠다. 바로 얼마 전 리스본에는 마노일레스쿠라는 유명한 루마니아인이 등장해 이렇게 선언했다. 포르투갈 전역에 퍼지고 있는 새로운 교리에 마음을 빼앗겨 국경을 넘게 되었다, 나는 예의 바른 사도로서, 기쁨에 찬 신자로서 이곳에 왔다. 바로 얼마 전 처칠은 연설을 하면서 오늘날 유럽에서 전쟁을 두려워하지 않는 국가는 독일이 유일하다고 말했다. 바로 얼마 전 스페인은 파시스트 정당인 팔랑헤당을 불법으로 규정하고 그 당의 지도자인 호세 안토니오 프리모 데 리베라를 구금했다. 바로 얼마 전 키르케고르의 『죽음에 이르는 병』이 출간되었다. 바로 얼마 전 티볼리에서 영화 「보잠보」가 개봉되었다. 원시 부족들의 사납고 호전적인 성질을 없애려고 애쓰는 백인들의 숭고한 노력을 그린 영화다. 히카르두 헤이스는 매일 살 집을 찾는 일 외에 아무것도 하지 않았다. 그는 신문을 뒤적이며 풀이 죽다 못해 거의 절망한 상태다. 신문이 온갖 소식을 전하면서도 정작 그가 알고 싶어 하는 정보는 알려주지 않기 때문이다. 신문은 그에게 베니젤로스[*]가 죽었다는 것, 국제주의자는 포르투갈인은 말할 것도 없고 군인 역시 될 수 없다고 오르틴스 드 베텐코르트가 말했다는 것, 어제 비가 내렸다는 것, 스페인에서 빨갱이 세력이 커지고 있다는 것, 일곱 하고 절반의 이

[*] 1864~1936, 그리스의 정치가.

스쿠두로 『포르투갈 수녀의 편지』를 구입할 수 있다는 것을 알려주지만, 그에게 절실히 필요한 집을 어디서 구할 수 있는지는 알려주지 않는다. 살바도르의 친절한 태도에도 불구하고, 히카르두 헤이스는 브라간사 호텔의 숨 막히는 분위기에서 하루라도 빨리 벗어나고 싶다. 특히 지금은 이곳을 떠나도 리디아를 잃지 않을 것임을 알게 되었으므로 그런 마음이 더 컸다. 리디아는 약속을 통해, 우리 모두 잘 알고 있는 그 욕망을 충족시켜주겠다고 확답했다. 히카르두 헤이스는 페르난두 페소아를 잊어버린 것 같다. 그 시인의 모습이 흐릿해졌다. 햇빛에 노출된 사진이나 플라스틱으로 만든 장례용 화환이 색을 잃어버리는 것처럼. 페르난두 페소아는 그에게 앞으로 구 개월이라고 경고했다. 어쩌면 그조차도 안 될지 모른다고. 그러고는 다시 나타나지 않았다. 어쩌면 그는 기분이 나쁘거나 화가 난 상태인지 모른다. 아니면 이미 죽었기 때문에 자신이 처한 상황에서 빠져나올 수 없는 것일 수도 있다. 우리는 무덤 너머의 삶에 대해 아는 것이 전혀 없으므로 이런저런 추측을 해볼 수밖에 없다. 히카르두 헤이스는 기회가 있을 때 그에게 그 점에 대해 물어보는 것을 깜박했다. 산 자들은 이렇게 이기적이고 무감하다. 하루하루가 흐른다. 단조롭게 회색으로. 리바테주에 또 폭풍이 왔다는 소식이 있다. 홍수로 가축들이 쓸려 가고, 주택이 무너져 진흙탕 속으로 가라앉고, 옥수수밭도 물에 잠겼다. 강가의 습지를 뒤덮은 광대한 호수의 수면 위로 보이는 것이라고는 수양

버들의 둥그런 꼭대기, 물푸레나무와 포플러의 너덜너덜해진 가지뿐이다. 가장 높은 가지들에 뿌리에서 뜯겨 나온 풀잎과 떠다니던 잔가지가 걸려 있다. 마침내 물이 빠지고 나면 사람들은 이렇게 말할 것이다. 봐, 물이 여기까지 올라왔었어. 그러나 아무도 그 말을 믿지 않을 것이다. 히카르두 헤이스는 이런 재난을 직접 겪지도, 목격하지도 않는다. 그는 신문 기사를 읽고 사진들을 유심히 살펴본다. 비극의 풍경. 이것이 기사 제목이다. 히카르두 헤이스는 사라질 줄 모르는 운명의 잔혹함에 대해 곰곰이 생각한다. 운명은 아주 다양한 방식으로 우리를 지상에서 제거할 수 있는데도 굳이 총기와 불과 이 한없는 홍수를 수단으로 선택해 도착적인 즐거움을 누리고 있다. 히카르두 헤이스가 호텔 라운지의 소파에 편안히 몸을 기대고, 파라핀 히터의 온기와 아늑한 분위기를 즐기는 모습이 보인다. 우리에게 인간의 마음을 읽는 재능이 없었다면, 그가 슬픈 생각으로, 약 오십, 팔십 킬로미터 떨어진 곳에서 이웃들이 겪는 불행으로 인해 괴로워하고 있다는 사실을 결코 알지 못했을 것이다. 지금 여기서 나는 운명의 잔혹함과 신들의 무심함에 대해 생각하고 있다. 그 둘은 같은 것이니까. 살바도르가 피멘타에게 노점에 가서 스페인 신문을 한 부 사 오라고 말하는 소리가 들리고, 이층으로 올라가는 리디아의 발소리가 들린다. 틀림없이 리디아의 발소리다. 정신이 산란해진 나는 다시 신문 광고란을 집어 든다. 현재 내가 집착하고 있는, 셋집 광고가 실린 페이지다. 나는 집게손가락으로 광고들을 쭉 훑어 내려간다. 살바도르에게 들키고 싶지 않아서 초조하다. 그러다 갑자기 내 손가락이 멈춘다. 가구 딸린 집, 산타카타리나 거리, 보증금 필요. 홍수 사진을 볼 때처럼 이 건물의 모습이 생생히 보이는 듯하다. 이층에는 글자들이 새겨져 있다. 내가 마르센다를 만난 그날 오후에 눈에 들어왔던 집인데 어떻게 잊을 수 있을까. 당장 가봐야겠다. 하지만 흥분한 마음을 드러내지 말고, 차분하고 자연스럽게 행동해야 한다. 《디아리우 드 노티시아스》를 다 읽은 나는 신문을 잘 접어서 처음 있던 자리에 그대로 놓아둔다. 신문지를 사방에 흩어놓은 채로 가버리는 사람들과 나는 다르다. 나는 일어나서 살바도르에게 말한다. 산책을 좀 다녀오겠습니다, 비가 그쳤으니까요. 만약 상대가 꼬치꼬치 묻는다면 또 어떤 설명을 내놓아야 할까. 히카르두 헤이스는 이 호텔과 자신의 관계, 또는 살바도르와 자신의 관계가 의존관계임을 불현듯 깨닫는다. 거울에 비친 자신의 모습에서 그는 또다시 예수회 학교의 학생을 본다. 단순히 규율이 싫어서 규율에 반항하는 사람. 하지만 지금이 더 나쁘다. 용기를 내서 살바도르에게 이렇게 말하지 못하기 때문이다. 살바도르, 집을 보러 갔다 오겠습니다, 봐서 괜찮으면 이 호텔에서 나갈 생각입니다, 당신이나 피멘타, 여기 사람들 모두에게 질렸어요, 물론 리디아는 예외입니다만, 리디아는 여기보다 더 좋은 곳에 걸맞은 사람입니다. 히카르두 헤이스는 이런 말을 전혀하지 않고 이렇게만 말한다. 이따 봅시다. 마치 양해를 구하는 것 같다. 사람의 겁쟁이 본능은 전장에서만 드러나지 않는다. 자신의 배를 칼이 겨냥하고 있을 때만 드러나는 것도 아니다. 원래 용기가 젤리처럼 흐물거리는 사람들이 있다. 그러나 그것은 그들의 잘못이 아니다. 그들은 그저 그렇게 태어났을 뿐이다.

몇 분도 안 돼서 히카르두 헤이스는 알투 드 산타카타리나에 도착했다. 전에 벤치에 앉아서 강을 바라보던 두 노인이 똑같은 벤치에 앉아 있었다. 두 사람은 발소리를 듣고 뒤를 돌아보았다. 그리고 한 사람이 다른 한 사람에게 말했다. 삼주 전에 여기 왔던 친구로군. 상대방이 말했다. 여자랑 같이 있던 그 친구 말인가. 산책을 하며 이곳을 지나가거나 이곳에 걸음을 멈추고 풍경을 감상하는 남녀가 많지만, 이 두 노인은 서로 어떤 남자를 말하는 건지 정확히 알고 있었다. 나이를 먹으면 기억력이 떨어진다는 생각은 틀렸다. 노인들이 불어났던 물이 빠지면서 잠겨 있던 이파리가 점차 드러나듯이 오래된 기억만 갖고 있다는 생각도 틀렸다. 나이를 먹으면서 다가오는 무서운 기억이 있다. 마지막 나날에 대한 기억, 마지막으로 본 세상과 인생의 모습. 그것이 내가 세상을 떠날 때의 모습이오, 그 모습이 그대로 남아 있을지는 아무도 모르지만. 사람들은 피안에 도달했을 때 이렇게 말한다. 이 두 노인도 같은 말을 하겠지만, 오늘 떠올린 이미지는 그들이 마지막으로 본 광경이 아니다. 건물 출입문 앞에서 히카르두 헤이스는 핀으로 꽂아둔 공고문을 발견했다. 거기에는 이렇게 적혀 있었다. 집을 보고 싶은 분들은 중개인에게 연락하시오. 그 아래에는 바이샤의 주소가 있는데, 아직 거기에 다녀올 시간이 있었다. 히카르두 헤이스는 칼랴리스 거리까지 뛰어가 택시를 잡아타고 떠났다가 땅딸막한 남자와 함께 돌아왔다. 네, 선생님, 제가 중개인입니다. 그의 손에 열쇠가 있었다. 두 사람은 위층으로 올라갔다. 대가족이 살기에 적합한 널찍한 아파트가 나온다. 가구는 진한 색 마호가니로 만든 것이고, 침대가 엄청 크고, 벽장은 천장이 높고, 식당에도 가구가 완전히 갖춰져 있다. 식기 수납장, 각자 형편에 따라 은식기나 도자기를 넣어두는 장식장, 길이를 늘일 수 있는 식탁. 서재의 벽에는 단풍나무 패널이 붙어 있고, 책상에는 당구대처럼 초록색 천이 덮여 있다. 천 한쪽 귀퉁이가 해진 것이 보인다. 그리고 주방, 그리고 기초적인 것만 갖춰져 있지만 쓸 만한 욕실. 모든 가구가 텅 비어서 살림에 필요한 도구라고는 하나도 없다. 접시도, 장식품도, 침대보도, 수건도. 전에 살던 분이 혼자 된 할머니셨는데, 자식들 집으로 들어가시면서 살림을 전부 가져가셨어요, 그래서 보시다시피 이렇게 가구만 남은 겁니다. 히카르두 헤이스는 창문으로 다가갔다. 커튼이 없었다. 광장의 야자수, 아다마스토르 동상, 벤치에 앉은 노인들, 그리고 그 너머 진흙탕이 된 강에는 뱃머리를 육지 쪽으로 향한 전함들이 있었다. 그냥 보기만 해서는 밀물인지 썰물인지 알 수 없다. 여기서 조금만 더 시간을 보낸다면 알 수 있을 것이다. 월세는 얼마입니까, 가구 보증금으로는 얼마를 내야 하지요. 삼십 분도 안 돼서 신중한 흥정 끝에 그들은 합의점에 도달했다. 부동산 중개인은 상대가 훌륭한 신사임을 확신할 수 있었다. 내일 저희 사무실로 오셔서 계약서에 서명하시면 되겠습니다, 여기, 열쇠를 받으시지요, 선생님, 이제 이 아파트를 쓰셔도 됩니다. 히카르두 헤이스는 그에게 감사 인사를 하고, 일반적인 비율을 뛰어넘는 계약금을 내겠다고 강력히 주장했다. 중개인은 그 자리에서 곧바로 영수증을 써주었다. 책상에 앉아 이파리와 가지 모양이 세련되게 장식된 만년필을 꺼냈다. 조용한 아파트 안에서 들리는 것이라고는 만년필촉이 종이를 긁는 소리와 중개인의 숨소리뿐이었다. 조금 쌕쌕거리는 소리가 나는 것으로 보아 천식이 있음이 분명했다. 됐습니다, 선생님, 자, 받으시지요, 아뇨, 신경 쓰지 않으셔도 됩니다, 택시를 타면 되니까요, 여기에 좀 더 남아서 새집의 느낌을 즐기고 싶으시겠죠, 당연히 그러시겠지요, 사람들은 자기 집에 애착을 갖게 되는 법이니까요, 여기 살았던 그 가엾은 할머니는 떠나는 날 우셨습니다, 위로를 할 수 없을 정도였어요, 하지만 여러 가지 사정이나 질병, 배우자의 죽음 등으로 어쩔 수 없을 때가 많지요, 할 일은 해야지, 어쩌겠습니까, 우리는 힘이 없는 것을요, 자, 그럼, 내일 사무실에서 뵙겠습니다. 열쇠를 손에 들고 혼자가 된 히카르두 헤이스는 다시 방들을 둘러보았다. 아무 생각도 없이 그냥 보기만 하다가 창가로 갔다. 전함들의 뱃머리가 상류를 향하고 있었다. 썰물이라는 뜻이었다. 노인들은 여전히 벤치에 앉아 있었다.

그날 밤 히카르두 헤이스는 아파트를 빌렸다고 리디아에게 말했다. 리디아는 조금 울면서 이제 항상 그를 볼 수 없게 되었다고 불만을 표시했다. 열정에 휩싸여 뱉어낸 과장된 표현이었다. 밤에 함께 시간을 보낼 때도 혹시 누가 엿볼까 두려워 불을 꺼두기 때문에 그를 항상 볼 수 없기는 마찬가지이기 때문이었다. 낮에는 리디아가 그를 피하거나, 지극히 딱딱한 태도로 말을 건넸다. 악의를 품고 복수할 기회를 노리는 사람들이 아주 좋아한 광경이었다. 히카르두 헤이스는 리디아를 달랬다. 울지 말아요, 당신이 쉬는 날 만나면 되니까, 누구의 방해도 없이, 물론 당신이 날 찾아오고 싶은 생각이 먼저 들어야겠지만. 이 말에 대답은 필요 없었다. 당연히 만나

315

러 가야지요, 이미 그렇게 말했잖아요, 언제 이사할 생각이에요. 준비가 되는대로 곧, 가구는 몇 개 있지만 침대보도 주방용품도 없소, 그래도 필요한 게 많지는 않아요, 수건 몇 장, 침대보, 담요, 그러고 나서 나머지는 차차 마련하지요. 한동안 사람이 살지 않던 집이라면 청소를 해야겠네요, 제가 할게요. 그런 생각은 하지 말아요, 내가 인근의 아주머니를 구해서 청소를 맡기면 돼요. 그건 제가 싫어요, 절 믿으세요, 굳이 다른 사람을 구할 이유가 없잖아요. 당신은 착한 여자요. 쳇, 저는 그냥 저예요. 이런 말에는 대답이 필요 없다. 우리는 그가 어떤 사람인지 알고 있다. 그리스와 로마 시대 이래로 그런 방면의 조언을 한 사람은 확실히 꽤 있었다. 너 자신을 알라. 그래서 우리는 리디아에게 감탄한다. 그녀는 추호도 의심하지 않는 것 같으니까.

다음 날 히카르두 헤이스는 밖으로 나가 침대보 세트 두 개와 다양한 크기의 수건을 샀다. 다행히 수도, 가스, 전기가 끊어지지 않아서 예전 세입자 이름을 굳이 바꿀 필요가 없었다. 중개인이 그렇게 제안하자 히카르두 헤이스도 동의했다. 에나멜과 알루미늄으로 만들어진 냄비와 프라이팬, 커피포트, 컵과 접시, 냅킨, 커피, 차, 설탕도 샀다. 모두 아침 식사때 필요한 물건들이었다. 점심과 저녁은 밖에서 먹을 생각이었다. 그는 이렇게 소소한 물건을 사들이는 것이 즐거웠다. 처음 리우데자네이루에 갔을 때가 생각났다. 그때도 그는 누구의 도움도 없이 이런 물건들을 사들였다. 상점을 오가는 중에 그는 마르센다에게 짤막한 편지를 써서 새 주소를 알려주었다. 무슨 우연인지 두 사람이 전에 만났던 장소가 아파트에서 아주 가까웠다. 이 넓은 세상에서 남자들이 동물처럼 자기만의 영역을 갖고 있는 것은 참으로 전형적인 현상이다. 남자들은 각각 자기만의 마당 또는 닭장, 자기만의 거미줄을 갖고 있다. 이것이 가장 좋은 비유다. 거미 한 마리가 무려 포르투까지 거미줄을 짓고, 리우까지 또 다른 거미줄을 짓는다. 그러나 거미줄은 단순한 보조 도구, 일종의 이정표, 배를 정박할 수 있는 기둥에 불과하다. 거미와 파리의 운명이 결정되는 곳은 거미줄의 중심이다. 늦은 오후에 히카르두 헤이스는 택시를 타고 가게에서 가게로 돌아다니며 자신이 산 물건들을 가져왔다. 그리고 페이스트리 몇 개, 설탕에 절인 과일 약간, 비스킷, 차, 소화제, 칡가루를 샀다. 그가 산타카타리나 거리로 돌아오자, 마침 두 노인이 근처 어딘가에 있는 자기들 집으로 가는 중이었다. 히카르두 헤이스가 택시에서 짐을 꺼내 세 번에 걸쳐 가지고 올라가는 동안 노인들은 걸음을 멈추고 지켜보다가 아파트 삼층에 불이 켜지는 것을 보고 이렇게 말했다. 봐, 도나 루이자가 살던 아파트에 누가 들어왔어. 그들은 새로운 세입자가 창가에 나타나 그들을 보았을 때에야 그 자리에서 움직였다. 두 노인은 불안한 흥분 상태로 그 자리를 벗어났다. 가끔 그럴 때가 있다. 단조로운 생활을 끊어주는 반가운 일이기도 하다. 우리가 이제 여정의 끝에 도착한 줄 알았는데, 길이 휘어지면서 새로운 수평선과 새로운

경이들이 나타난다. 히카르두 헤이스는 커튼이 없어 휑한 창문에서 널찍한 강을 바라보았다. 풍경을 좀 더 잘 보기 위해 그는 불을 껐다. 회색 빛이 하늘에서 꽃가루처럼 내려오며 점점 더 짙어졌다. 카실랴스를 오가는 연락선들이 벌써 불을 켠 채로, 정박된 바지선과 전함 옆에서 더러운 강을 오갔다. 지붕의 윤곽선에 거의 가려진 마지막 프리깃함 한 척이 막 선착장에 들어오려는 참이다. 어린아이의 그림을 연상시키는 장면이다. 이 밤이 너무 슬퍼서 영혼 저 깊숙한 곳에서부터 울고 싶은 심정이 불쑥 올라온다. 히카르두 헤이스는 유리창에 머리를 기대고, 자신이 내뱉은 입김이 매끄럽고 차가운 유리 표면에 만든 구름으로 세상과 차단된 채 일그러지고 반항적인 아다마스토르의 모습이 점점 녹듯이 사라지는 것을 지켜보았다. 히카르두 헤이스가 밖으로 나간 것은 이미 날이 어두워진 뒤였다. 그는 코헤에이루스 거리의 식당에서 식사를 했다. 천장이 낮은 중이층 식당에서 외로운 남자들 사이에 섞여서. 그들은 누구이며, 어떤 삶을 살고 있을까. 어쩌다 이 식당에 와서 구운 대구, 스테이크와 감자를 씹게 되었을까. 거의 모두가 적포도주를 마시고 있었다. 식사 예절보다 옷차림에서 더 격식을 갖춘 그들은 나이프로 유리잔을 두드려 웨이터를 부르고, 이를 하나씩 쑤시며 사나운 만족감을 드러낸다. 엄지와 검지를 집게처럼 사용해 고집스레 버티는 음식 찌꺼기를 빼낸다. 트림을 하며 허리띠를 느슨하게 풀고, 조끼 단추도 풀고, 바지 멜빵을 어깨 아래로 내린다. 히카르두 헤이스는 속으로 생각했다. 이제부터는 식사 때마다 이렇겠지, 식기 부딪히는 소리, 웨이터들이 주방을 향해 수프 하나, 하고 외치는 소리, 사람들이 조용히 음식을 먹는 소리, 우울한 조명, 차가운 접시에 엉겨 붙은 기름기, 아직 치워지지 않은 옆 식탁, 식탁보의 포도주 얼룩, 빵 부스러기, 아직 불이 붙어 있는 담배꽁초. 아, 브라간사 호텔의 생활과는 어찌나 다른지. 그곳이 일류 호텔이 아닌데도. 히카르두 헤이스는 문득 라몬의 존재가 아쉬워진다. 하지만 내일 그를 다시 보게 될 것이다. 오늘은 고작 목요일이고, 그가 호텔을 떠나는 날은 토요일이다. 그러나 그는 이렇게 지나간 시간을 그리워하는 순간이 금방 지나가곤 한다는 사실을 알고 있다. 모든 건 습관의 문제다. 사람은 습관 하나를 잃고, 다른 습관 하나를 얻는다. 히카르두 헤이스가 리스본에 온 지 석 달이 채 되지 않았는데, 벌써 리우데자네이루가 먼 기억 같다. 그의 삶이 아니라 다른 누군가의 삶, 헤아릴 수 없이 많은 삶 중 하나인지도 모른다. 그렇다, 지금 이 순간 또 다른 히카르두 헤이스가 포르투에서 저녁 식사를 하거나 리우데자네이루에서 점심 식사를 하고 있을 수도 있다. 아니면 그보다 더 멀리 나가 있을 수도 있다. 하루 종일 비가 내리지 않았기 때문에 그는 지극히 차분하게 쇼핑을 할 수 있었다. 이제 그는 호텔로 돌아가는 중이다. 돌아가서 살바도르에게 토요일에 호텔을 떠나겠다고 알릴 것이다. 아주 간단하게. 토요일에 이곳을 나가겠습니다. 하지만 그는 아버지에게 집 열쇠를 달라고 말했다가 거절당한 뒤, 일단 일을 저지르고 나면 어쩔 수 없을 것이라는 믿음으로 무작정 열쇠를 가져가려고 하는 청소년이 된 것 같은 기분이다.

살바도르는 아직 프런트데스크를 지키고 있지만, 식당에서 손님들이 모두 나가자마자 집으로 가겠다고 이미 피멘타에게 말해두었다. 아내가 독감으로 누워 있기 때문이다. 계절 과일을 드세요. 피멘타는 친숙한 말투로 농담을 던진다. 둘이 아주 오랫동안 아는 사이이기 때문이다. 살바도르는 으르렁거리는 말투로 대답한다. 내가 앓아누울 일은 없어. 여러 가지 해석이 가능한 예언적인 말이다. 튼튼한 몸을 자랑하는 사람의 투정일 수도 있고, 지배인이 앓아눕는다면 이 호텔이 커다란 손실을 입을 것이라고 악마에게 경고하는 말일 수도 있다. 히카르두 헤이스가 호텔로 들어와 모두에게 좋은 저녁이라고 인사를 건넨 뒤 살바도르를 한쪽으로 따로 불러서 이야기할지 잠시 고민하다가 그렇게 은밀하게 굴면 우스꽝스러워 보일 것이라는 결론을 내린다. 예를 들어 이렇게 중얼거린다고 가정해보자. 이봐요, 세뇨르 살바도르, 나는 정말 그러고 싶지 않았는데, 원래 세상일이 그렇잖아요, 사람마다 사정이 바뀌게 마련이죠, 그렇게 인생이 계속되는 것이고, 그래서 말인데, 내가 이 훌륭한 호텔을 떠나기로 했어요, 내가 살 집을 구했습니다, 속상하게 생각하지 마시고, 앞으로도 친구로 지냅시다. 히카르두 헤이스는 갑자기 식은땀을 흘리고 있음을 깨닫는다. 다시 예수회 학교의 학생이 되어 고해소에 무릏을 꿇고 있는 것 같다. 제가 거짓말을 했습니다, 시기심을 품었습니다, 불순한 생각을 했습니다, 제 몸으로 장난을 쳤습니다. 프런트데스크의 살바도르는 그의 인사에 인사로 화답한 뒤 고리에 걸린 열쇠를 꺼내려고 돌아섰다. 히카르두 헤이스는 당장 자신을 해방해줄 말을 해야 했다. 살바도르가 그의 허를 찌르거나 실수를 하게 만들기 전에. 세뇨르 살바도르, 내 요금 청구서를 준비해주겠습니까, 토요일에 체크아웃을 할 겁니다. 그는 건조한 말투로 이 말을 하자마자 후회했다. 손에 열쇠를 쥐고 선 살바도르가 상처와 놀라움을 고스란히 드러냈기 때문이다. 마치 배신을 당한 사람 같았다. 그토록 충실한 친구 역할을 해준 호텔 지배인을 이렇게 대우하면 안 되는 법이다. 그를 한쪽으로 따로 불러서 이렇게 말해야 했다. 이봐요, 세뇨르 살바도르, 나는 정말 그러고 싶지 않았는데 말이에요. 하지만 호텔 손님들은 때로 몹시 배은망덕하다. 특히 이 손님은 누구보다도 배은망덕하다. 그는 피난처를 찾아 이 호텔로 와서, 메이드와 관계를 맺었는데도 좋은 대우를 받았다. 다른 지배인 같았으면 두 사람을 모두 내보냈거나 경찰에 신고했을 것이다. 내가 빅토르의 경고를 들었어야 하는 건데, 머리보다 감정을 따랐더니 이렇게 돼버렸군, 내 성격이 좋으니까 다들 나를 이용하지, 하지만 다시는 안 그래, 이게 마지막이야. 일 초, 일 초, 일 분, 일 분이 시계에 표시된 것처럼 전부 똑같다면, 그 시간 동안 일어나는 일들, 그 안에 들어 있는 내용물을 설명할 시간이 우리에게 항상 있지는 않을 것이다. 하지만 다행히도 가장 중요한 의미를 지닌 일화들은 길게 이어지는 몇 초와 몇 분 동안 일어나는 경향이 있다. 그래서 연극의 삼일치* 중 가장 미묘한 요소인 시간을 심각하게 거스르지 않고도 오랜 시간 자세히 이야기하는 것이 가능해진다. 살바도르는 머뭇거리는 태도로 그에게 열쇠를 건네고, 위엄 있는 표정을 지으며 아버지처럼 엄숙한 어조로 말했다. 이곳에 머무시는 동안 저희의 서비스에 만족하셨기를 바랍니다, 선생님. 대단히 전문 직업인답게 표현된 이 겸손한 말에는 신랄하게 비꼬는 듯한 기운이 깔려 있었다. 어쩌면 리디아의 일을 암시하는 것처럼 오해를 받을 여지도 있었지만, 지금 이 순간 살바도르는 그저 자신의 실망감과 상처받은 심정을 표현하려는 것뿐이다. 더할 나위 없이 만족스러웠습니다, 세뇨르 살바도르. 히카르두 헤이스가 따뜻하게 말했다. 그저 제가 아파트를 하나 구했을 뿐이에요, 아예 리스본에 정착하기로 결심했거든요, 사람에게는 모름지기 자기 집이라고 할 만한 곳이 필요하지 않습니까. 아, 네, 피멘타에게 짐을 옮기는 걸 도와드리라고 말해둘까요, 그 아파트가 여기 리스본에 있다면 말입니다. 네, 리스본에 있습니다, 하지만 내가 알아서 하겠습니다, 어쨌든 고맙습니다, 짐꾼을 부를 예정이에요. 피멘타는 자신을 언급한 지배인의 인심 좋은 제안에 자극받은 마음, 헤이스 의사 선생이 어디

---

* 프랑스 고전주의 연극에서 시간, 장소, 행동이 일치해야 한다는 원칙.

로 이사 가는지에 대한 호기심, 직장 상사의 의도에 대한 인식 때문에 고집을 부리고 나섰다. 왜 짐꾼을 부르세요, 선생님, 제가 가방을 옮겨드릴 수 있습니다. 이렇게 나서줘서 고마워요, 피멘타, 하지만 짐꾼이야 쉽게 구할 수 있는 것을요. 히카르두 헤이스는 상대가 계속 고집을 부리는 것을 미연에 방지하기 위해 미리 간단한 작별 인사를 했다. 걱정 마세요, 세뇨르 살바도르, 이 호텔에서 최고로 행복한 기억만 갖고 갑니다, 이곳의 서비스는 정말 훌륭했어요, 꼭 집에 있는 느낌이었습니다, 최고의 보살핌을 받았으니까요, 이곳의 직원들 모두에게 한 사람도 빼놓지 않고 깊은 감사의 마음을 표하고 싶습니다, 조국 포르투갈로 돌아온 나를 친절과 애정으로 대해줘서 고맙습니다, 이제 나는 여기서 살아갈 생각입니다, 여러분 모두에게 진심으로 감사합니다. 직원들이 모두 그 자리에 있는 것은 아니었지만, 그런 것은 중요하지 않았다. 히카르두 헤이스는 이 말을 하면서 몹시 어색해져서, 자신의 말을 듣는 사람들 중 일부가 친절과 애정이라는 말에 리디아를 떠올리고 냉소적인 생각을 할 것이라는 확신이 들었다. 왜 말이 우리를 이용할 때가 많은 걸까. 단어들이 저항할 수 없는 심연처럼 위협적으로 다가오는 것을 보면서도 우리는 그것을 물리치지 못하고 결국 자신이 하고 싶지 않았던 말을 하게 된다. 살바도르가 몇 마디 답변을 했다. 꼭 필요한 말은 아니었다. 히카르두 헤이스 의사 선생을 손님으로 모실 수 있어서 영광이었다는 말만 하면 되었다. 저희는 그저 맡은 바 일을 했을 뿐입니다, 전 직원을 대표해서 앞으로 선생님이 그리워질 것 같다고 말씀드립니다, 그렇지 않나, 피멘타. 이 뜻밖의 질문으로 이 순간의 엄숙한 분위기가 사라졌다. 그는 피멘타가 자신의 감정에 동조해주기를 원한 것 같았지만, 효과는 정반대였다. 윙크 한 번, 번득이는 악의. 이 말이 무슨 뜻인지 여러분이 이해할지 모르겠다. 히카르두 헤이스는 이해했다. 그는 좋은 밤을 보내시라고 인사한 뒤 자신의 방으로 올라갔다. 뒤에서 틀림없이 자기 이야기를 하며 벌써 리디아의 이름을 입에 담고 있을 것이라는 확신이 들었다. 그러나 대화가 이런 식으로 흘러갈 줄은 그도 짐작하지 못했다. 저 사람이 고용하는 짐꾼의 이름을 알아봐, 이사 가는 집이 어디인지 알아둬야겠어.

시계가 아무런 의미도 없는 시간을 표시할 때가 있다. 시곗바늘이 무한을 향해 기어가는 것처럼 보일 때. 오전이 질질 늘어지고, 오후가 도무지 끝날 줄을 모르고, 밤이 영원한 것처럼 보일 때. 히카르두 헤이스가 호텔에서 보낸 마지막 날이 그러했다. 그는 양심적인 원칙에 무의식적으로 영향을 받아 항상 남의 눈에 띄는 곳에 있기로 결심했다. 어쩌면 고마움을 모르거나 무심한 사람처럼 보이고 싶지 않았던 것인지도 모른다. 라몬은 그의 접시에 국자로 수프를 퍼주면서 그가 떠난다는 사실을 알고 있다는 표시를 냈다. 이곳을 떠나신다면서요, 선생님. 지위가 낮은 하인들만이 할 줄 아는 말투로 이런 말을 하니 깊은 슬픔이 느껴졌다. 살바도르는 리디아의 이름을 한 번도 입에서 떼어놓지 않았다. 그는 별로 필요하지도 않은 온갖 일로 그녀를 불러 이번에는 이 일을 하라고 시켰다가 곧 그것과는 반대되는 일을 시키곤 했다. 그는 그녀의 모든 움직임, 표정, 눈빛을 지켜보며 불행한 기색이나 눈물이 비치는지 살펴보았다. 이제 곧 버림받을 것이라는 사실을 아는 여자라면 그런 반응을 보이는 것이 당연하다. 그러나 그녀는 어느 때보다 평화롭고 차분해 보였다. 양심에 거리끼는 일, 그러니까 육체에 굴복하거나 자진해서 몸을 판 적이 없는 사람 같았다. 살바도르는 그런 부도덕한 일을 짐작한 즉시, 또는 주방과 창고 쪽에서 소문으로 퍼지기 시작한 그 일이 공공연하게 알려졌을 때 처벌하지 않은 자신을 책망했다. 이제는 너무 늦었다. 손님이 이곳을 나갈 예정이니 굳이 진흙탕을 헤집을 필요가 없다. 그 역시 전혀 책임이 없는 것은 아니라고 그의 양심이 말하고 있으니 더욱더. 그는 무슨 일이 벌어지고 있는지 알면서도 아무 말도 하지 않았으니 공범이었다. 난 그저 그 손님이 안쓰러웠을 뿐이야, 미개한 브라질에서 왔잖아, 맞이해줄 가족도 없고, 그래서 친척을 대하듯이 한 거야. 살바도르는 이런 생각을 하며 서너 번 자신을 위로한 뒤 소리 내어 말했다. 이백일호 손님이 나가신 뒤 샅샅이 방을 청소해요, 그라나다의 유명한 가문 분들이 예약하셨으니까요. 리디아가 이 지시를 받고 멀어져가는 동안 그는 그녀의 둥근 엉덩이를 빤히 바라보았다. 오늘까지 그는 정직하고 모범적인 지배인으로서, 일과 즐거움을 혼동한 적이 없었다. 하지만 지금은 받아내야 할 빚이 있었다. 저 여자가 동의하지 않으면 길거리로 나앉게 될 거야. 이 분노가 여기서 더 이상 나아가는 일은 없을 것이라고 우리는 확신한다. 대부분의 남자들은 마지막 순간에 용기를 잃는다.

토요일 점심 식사 후에 히카르두 헤이스는 시아두로 가서 젊은 짐꾼 두 명을 고용했다. 하지만 그 둘을 근위병처럼 거느리고 알레크링 거리를 걷고 싶지 않았으므로, 호텔로 찾아올 시각을 일러두었다. 그는 리우데자네이루 부두에서 하일랜드 브리게이드호가 정박용 밧줄을 늘어뜨리는 모습을 보았을 때와 똑같이 항로를 이탈하는 것 같은 기분을 느끼며 방에서 기다렸다. 그는 혼자 소파에 앉아 있다. 리디아는 나타나지 않을 것이다. 그렇게 하기로 두 사람이 합의했다. 복도에서 들려오는 묵직한 발소리가 짐꾼들의 도착을 알린다. 피멘타가 그들과 함께 있다. 이번에는 피멘타가 힘을 쓸 필요가 없다. 기껏해야 그가 처음 커다란 여행 가방을 들어 옮길 때 히카르두 헤이스와 살바도르가 했던 것처럼 가방 밑을 손으로 받쳐 도와주는 시늉만 할 것이다. 계단에서는 조심하라고 말하고, 조언을 한마디 해줄 것이다. 짐을 들어 옮기는 일에 관한 한 모르는 것이 없는 사람들에게는 불필요한 일이다. 히카르두 헤이스는 살바도르에게 가서 작별 인사를 하고, 직원들에게 후한 팁을 남긴다. 이걸 직원들에게 적당히 나눠주세요. 지배인은 감사 인사를 한다. 마침 그 자리에 있던 손님 몇 명이 이 호텔에서 맺어진 훌륭한 우정에 흐뭇한 미소를 짓는다. 스페인 손님들은 이렇게 훈훈한 광경에 깊은 감동을 받았다. 그들이 분열된 조국을 떠올린 것도 무리가 아니다. 이것이 반도의 모순이다. 저 아래 길거리에서는 피멘타가 짐꾼들에게 벌써 짐을 어디로 옮기느냐고 물어보았다. 그러나 손님이 아직 아무것도 알려주지 않았다. 짐꾼 한 명은 그리 멀지 않을 것 같다고 말하고, 다른 한 명은 확실치 않다고 말한다. 하지만 걱정할 필요 없다. 피멘타는 이 두 남자와 아는 사이다. 둘 중 한 명은 심지어 이 호텔 일을 한 적도 있다. 시아두 주위에 가면 언제나 이 두 사람을 만날 수 있을 것이다. 자신의 의문을 바닥까지 파헤치고 싶다면 그리 멀리 갈 필요가 없다. 히카르두 헤이스가 그에게 말한다. 내가 감사의 표시를 남겨두었습니다. 피멘타가 대답한다. 정말 감사합니다, 선생님, 언제든 도움이 필요하면 연락하세요. 알맹이 없는 말, 위선적인 말. 사람이 말을 갖게 된 것은 생각을 숨기기 위해서라는 프랑스인의 말이 옳았다. 그래도 섣불리 판단하면 안 된다. 확실한 것은, 우리가 생각이라고 부르는 것을 표현하려고 시도할 때, 비록 항상 좌절을 맛보지만 어쨌든 그런 시도를 할 때 우리가 바랄 수 있는 최선의 도구가 바로 말이라는 점이다. 두 짐꾼은 이제 여행 가방을 어디로 가져가는지 알게 되었다. 히카르두 헤이스는 피멘타가 물러난 즉시 그들에게 갈 곳을 일러주고, 그들은 출발한다. 그들은 상태가 비교적 나은 인도를 이용한다. 레버와 밧줄을 이용해서 피아노처럼 엄청난 물건들을 옮기는 데 익숙한 두 사람에게 이 가방은 무거운 짐이 아니다. 히카르두 헤이스는 앞에서 걷는다. 자신이 이 행렬의 선두라는 인상을 주지 않으면서도 짐꾼들에게 자기들끼리만 있는 게 아님을 알려줄 수 있는 거리를 유지한다. 서로 다른 계층의 사람들이 이런 식으로 접촉할 때보다 더 미묘한 것은 없다. 사회적인 조화는 요령, 섬세한 솜씨, 심리의 문제다. 이 세 가지 요소가 사람의 감정과 정확히 일치하는지 여부는 우리가 이미 포기해버린 문제다. 거리를 반쯤 걸었을 때 한쪽으로 비켜설 수밖에 없는 상황이되자, 짐꾼들은 이 기회를 이용해서 짐을 놓고 쉬면서 숨을 고른다. 금발과 혈색 좋은 얼굴의 사람들이 빽빽이 타고 있는 전차 행렬이 다가오고 있다. 독일인 관광객인 그들은 독일 노동전선[*] 소속의 노동자들이다. 거의 모두가 바이에른의 전통 의복을 입고 있다. 무릎까지 오는 반바지, 셔츠와 멜빵, 챙이 좁은 작은 모자. 일부 전차들은 비가 마음대로 들이칠 수 있는 바퀴 달린 우리처럼 사방이 트여 있다. 줄무늬 캔버스천으로 된 차양은 비를 거의 막아주지 못한다. 이 아리아인 노동자들이 포르투갈 문명에 대해 무슨 말을 하고 있을까. 이 혜택받은 민족의 아들들은 걸음을 멈추고 자신들의 행렬을 지켜보는 촌뜨기들을 어떻게 생각할까. 가벼운 레인코트 차림의 저 검은 머리 신사를 봐, 룸펜 같은 옷차림에 수염도 깎지 않은 두 남자는 다시 어깨에 짐을 둘러메고 오르막길을

---

* 나치스가 여러 노동조합을 통합한 어용 노조.

올라가고 있네. 마지막 전차가 지나간다. 전차는 모두 스물세 대였다. 누가 참을성 있게 세어봤다면 그런 결과가 나왔을 것이다. 전차들은 벨렘 탑, 제로니무스 수도원, 그리고 알제스, 다푼두, 크루스 케브라다 등 리스본의 유명한 곳들로 향하고 있다.

틀림없이 짐의 무게 때문에 고개를 숙인 채로 짐꾼들은 서사시인의 동상이 서 있는 광장을 가로질렀다. 히카르두 헤이스는 이제 짐 없이 너무 가볍게 움직이는 자신이 민망해져서 주머니에 손을 넣은 채 그 뒤를 따랐다. 그는 심지어 브라질에서 노란 앵무새도 가져오지 않았다. 어쩌면 잘된 일인지도 모른다. 횟대에 앉은 그 멍청한 짐승을 들고 사람들의 놀림을 받으며 이 거리를 지나갈 용기가 나지 않았을 것이다. 발톱으로 긁어보시지, 노란 앵무새야. 어쩌면 사람들은 딱 포르투갈인다운 재치를 발휘해서, 전차를 타고 지나간 금발의 독일인들에 빗대 이런 말을 했을지도 모른다. 이 길 끝에서는 맞은편 해안의 산들 사이로 알투 드 산타카타리나의 야자수들을 볼 수 있다. 무거운 구름이 창가의 풍만한 여자들처럼 보인다. 히카르두 헤이스, 구름의 존재를 거의 알아차리지 못하는 시인인 그가 이 은유를 들었다면 같잖다는 표정으로 어깨를 으쓱했을 것이다. 양털 같은 구름, 빠르게 질주하는 구름, 새하얗고 진부한 구름. 비가 내린다면, 그것은 태양신 아폴로가 얼굴을 감췄다는 뜻이다. 여기가 내 아파트 입구입니다, 열쇠는 여기 있어요, 계단을 올라가서 두 번째 층계참, 이호, 여기가 내가 살 집이에요. 우리가 도착했을 때 창문은 하나도 열려 있지 않았다. 살짝 열린 문도 없었다. 이 건물에는 리스본에서 가장 호기심이 없는 사람들만 살고 있는 것 같았다. 아니면 다들 문에 난 구멍으로 밖을 염탐하고 있거나. 눈동자를 번득이면서. 이제 안으로 들어간다. 작은 여행 가방 두 개, 그보다 큰 것 하나, 미리 합의한 돈이 건네지고, 기대대로 팁도 오간다. 강한 땀 냄새가 난다. 언제든 일손이 필요해지면 저희를 찾아주세요. 그들의 말에는 항상 진심이 가득 배어 있기 때문에 히카르두 헤이스는 그 말을 믿었지만, 대답은 하지 않았다. 사람은 공부를 하다 보면 회의적인 태도를 취하게 된다. 신들이 한결같지 않기 때문에 더욱 그렇다. 유일하게 확실한 것, 그들은 지식으로 알고 우리는 경험으로 아는 그것은, 모든 것에 끝이 있다는 점이다. 끝은 언제나 아주 빨리 찾아온다. 짐꾼들이 떠난 뒤 히카르두 헤이스는 문을 닫았다. 그리고 불을 켜지 않은 채 아파트 전체를 돌아다니며 둘러보았다. 아무것도 없는 바닥에서 그의 발소리가 울렸다. 텅 빈 가구에서는 오래된 방충제 냄새가 나고, 서랍 안쪽에는 닳아빠진 휴지가 아직 둘러져 있었다. 구석진 부분에는 보풀이 인 채로. 주방과 욕실 근처에 가면 하수구 냄새가 심하게 났다. 물통의 수위가 낮은 탓이었다. 히카르두 헤이스는 배수 꼭지를 열어 변기 물을 여러 차례 내려보냈다. 그 소리가 아파트를 가득 채웠다. 물 흐르는 소리, 파이프가 진동하는 소리, 계량기가 탁탁거리는 소리, 그러다가 점차 침묵이 되돌아왔다. 건물 뒤편에는 마당이 있었다. 빨랫줄에 빨래가 널려 있고, 작은 채소밭은 잿빛을 띠었으며, 그 밖에 여물통, 시멘트로 만든 커다란 통, 개집, 토끼우리, 닭장 등이 있었다. 히카르두 헤이스는 그것들을 바라보며, 토끼집은 우리라고 하고 닭이 사는 곳은 닭장이라고 해야지, 이 둘을 바꿔서 말하면 안 되는 어려운 언어적 문제에 대해 곰곰이 생각했다. 그는 아파트 앞쪽으로 돌아와 더러운 침실 창문을 통해 인적 없는 거리를 내다보았다. 아다마스토르가 흐린 구름을 배경으로 창백하게 서 있었다. 침묵 속에서 분노하고 있는 거인이었다. 몇몇 사람들이 배를 지켜보다가 마치 비를 기대하듯이 가끔 고개를 들어 하늘을 본다. 두 노인은 여전히 똑같은 벤치에 앉아 대화에 빠져 있었다. 히카르두 헤이스는 빙긋 웃었다. 잘됐어, 이야기에 정신이 팔려서 여행 가방이 들어오는 걸 알아차리지도 못했군. 그는 원래 우스갯소리를 좋아하는 사람이 아니지만 재미있었다. 마치 방금 두 노인에게 친구처럼 무해한 장난을 친 것 같았다. 그냥 잠깐 들른 사람처럼, 사람들이 냉소적으로 비꼬는 말을 빌리자면 병원에서 의사가 환자를 보는 시간만큼 짧게 머무르면서 언젠가 자기가 살게 될지도 모르는 곳을 재빨리 살펴보는 사람처럼 여전히 레인코트를 입은 채로 그는 마침내 소리 내어 말했다. 절대 잊으면 안 되는 메시지를 전하듯이. 나는 여기 살아, 여기가 내가 사는 곳, 내 집이야, 여기 말고 다른 곳은 없어. 그러자 갑자기 그는 두려워졌다. 깊은 동굴 속에서 정신을 차리고 문을 열었더니 한층 더 깊고 어두운 동굴이 나타났을 때, 또는 아무것도 없는 허공, 무의 공간, 무존재로 통하는 길이 나타났을 때 사람이 느끼는 공포와 비슷했다. 그는 레인코트와 재킷을 벗은 뒤 아파트가 춥다는 사실을 깨달았다. 그는 마치 이미 다른 생에서 했던 동작들을 그대로 되풀이하듯이 체계적으로 짐을 풀어 옷가지, 신발, 서류, 책, 기타 작은 물건들, 꼭 필요한 것과 그렇지 않은 것들을 꺼냈다. 우리가 집을 옮길 때마다 가지고 다니는 것들, 고치를 얼기설기 감싼 섬유 가닥들. 그는 실내용 가운을 발견하고 몸에 걸쳤다. 그러고 나니 자기 집에 편안히 자리를 잡은 남자가 된다. 천장에 매달린 전등도 켰다. 갓이 필요했다. 튤립 모양, 둥근 공 모양, 원뿔 모양, 눈을 아프게 찔러대는 빛을 가려주기만 한다면 어떤 모양이든 다 좋을 것이다. 물건을 정리하는 데 정신이 팔려서 그는 비가 내리기 시작한 것을 금방 알아차리지 못했으나, 날카로운 돌풍에 실려온 빗줄기가 유리창을 두드려댔다. 이런 날씨라니. 그는 창문으로 다가갔다. 두 노인은 빛에 이끌려 온 우울한 곤충들처럼 맞은편 인도에 서 있었다. 한 명은 키가 크고 한 명은 작은 두 사람은 각각 우산으로 무장하고서 사마귀처럼 고개를 하늘로 향한 자세였다. 이번에는 창가에 나타난 얼굴을 보고도 그들이 겁을 먹지 않았다. 빗줄기가 훨씬 더 굵어진 뒤에야 두 사람은 저쪽으로 걸어가기 시작했다. 그들이 집에 도착하면 아내가, 아내가 있다면 말이지만, 어쨌든 아내가 잔소리를 할 것이다. 속까지 흠뻑 젖었잖아, 이게 무슨 꼴이야, 이러다 폐렴에 걸리면 어쩌려고, 간호하면서 고생하는 건 난데. 그러면 두 노인은 각자 아내에게 이렇게 말할 것이다. 오늘 누가 도나 루이자의 아파트에 들어왔어, 혼자 사는 남자인지 다른 사람은 전혀 보이지 않던데. 세상에, 그렇게 큰 집에 남자 혼자 살다니, 그 무슨 공간의 낭비람. 이 부인들이 아파트의 크기를 어떻게 아는지 궁금할 것이다. 누가 알겠는가. 어쩌면 도나 루이자가 그곳에 살던 시절에 그들이 파출부로 온 적이 있는지도 모른다. 그런 계층의 여자들은 남편의 벌이가 시원찮거나 남편이 버는 돈 중 일부를 술값과 여잣값으로 따로 챙기는 경우 무슨 일이든 닥치는 대로 할 것이다. 그 불행한 아내들은 계단 청소나 빨래 일을 할 수밖에 없다. 어떤 사람들은 계단 청소나 빨래만 전문적으로 하면서 그 일의 대가가 되기도 한다. 그들에게는 그들 나름의 방식이 있어서, 새하얗게 빤 침대보, 석탄산 비누로 깨끗이 청소한 계단에 자부심을 느낀다. 그들이 빤 침대보는 제단보라고 해도 될 정도고, 그들이 청소한 문간에 흘린 마멀레이드를 아무 걱정 없이 그냥 주워 먹어도 될 정도다. 하지만 이야기가 너무 옆길로 샜다. 이제 하늘에는 구름이 잔뜩 끼었고, 곧 밤이 올 것이다. 두 노인이 길에 서서 하늘을 쳐다볼 때는 한낮의 햇빛을 잔뜩 받고 있는 것처럼 보였지만, 그것은 순전히 여드레 동안이나 면도하지 않은 그들의 하얀 수염이 빚어낸 효과였다. 심지어 오늘 일요일에도 두 노인은 이발소에 가거나 스스로 면도칼을 잡지 않았다. 하지만 내일 날이 갠다면, 그들은 깨끗이 면도할 것이고, 주름진 살갗이 드러날 것이다. 우리는 그들의 머리가 하얗다고 말했지만, 그것은 아랫부분에만 해당하는 말이다. 귀 위의 정수리에는 슬플 정도로 가느다란 머리카락 몇 가닥밖에 없기 때문이다. 하지만 이제 아까 하던 이야기로 돌아가자. 그들이 길에 서 있을 때는 아직 햇빛이 있었다. 비록 빠르게 시들어가고 있기는 했지만. 그래서 빗줄기가 점점 굵어지는 동안 삼층의 세입자를 지켜본 두 노인은 내리막길을 걸어 내려가기 시작했다. 날이 점점 어두워지는 가운데 계속 걸었다. 그들이 길모퉁이에 다다랐을 무렵에는 이미 밤이었다. 다행히 가로등에 벌써 불이 들어와서 유리창에 진주 같은 빛을 던지고 있었다. 가로등이 미래의 가로등과는 전혀 다른 물건이라는 말을 반드시 해둬야겠다. 미래에 전기 요정이 마법 봉을 들고 알투 드 산타카타리나와 그 인근에까지 도달하면 모든 가로등이 동시에 찬란한 빛을 내뿜을 것이다. 하지만 오늘은 누군가가 하나씩 일일이 불을 켜주러 올 때까지 기다려야 한다. 가로등을 켜는 사람은 심지 끝으로 가로등 틀의 문을 열고, 고리로 가스 밸브를 돌린다. 그러면 이 성 엘모의 아들[*]은 앞으로 나아가며 시내의 거리 곳곳에 자신이 지나간 흔적을 남긴다. 빛을 들고 있는 그는 별이 총총

---

[*] 성 엘모는 선원들의 수호성인이고, 성 엘모의 불은 뇌우 등으로 인해 대기 중에 밝은 플라스마가 형성되는 현상을 뜻한다.

한 꼬리를 늘어뜨린 핼리혜성이다. 저 높은 곳에서 내려다보는 신들의 눈에 프로메테우스가 바로 이렇게 보였을 것이다. 그러나 오늘 불을 붙이고 다니는 이 개똥벌레의 이름은 안토니우다. 히카르두 헤이스의 이마가 서늘해진다. 내리는 비를 지켜보며 유리창에 이마를 대고 있기 때문이다. 가로등 점등인이 나타난 뒤, 모든 가로등이 밝은 빛과 아우라를 갖게 된다. 창백한 빛이 아다마스토르의 어깨를 감싸고, 헤라클레스 같은 그의 등근육이 번들거린다. 하늘에서 내려오는 빗물 때문일 수도 있고, 자신을 비웃고 조롱하는 테티스 앞에서 흘린 괴로운 땀 때문일 수도 있다. 거인의 사랑을 만족시킬 만큼 커다란 사랑을 줄 수 있는 님프가 어디 있을까. 이제 그는 그 풍요의 약속이 어떤 가치를 지닌 것이었는지 알고 있다. 리스본은 작게 웅성거리는 침묵의 장이다. 그뿐이다.

히카르두 헤이스는 다시 집을 정리하는 일로 돌아와 양복, 셔츠, 손수건, 양말을 종류별로 정리했다. 마치 사포풍의 시를 짓듯이 어색한 리듬으로 열심히 움직였다. 그가 방금 옷장에 건 넥타이 색깔에 잘 맞는 양복이 필요하다. 반드시 사야겠다. 도나 루이자의 것이었던 매트리스, 틀림없이 오래전 그녀가 처녀성을 잃은 곳은 아니겠지만 막내를 낳느라 피를 흘린 곳이자 상급법원의 판사였던 소중한 남편이 병으로 고생하다 죽은 곳임이 분명한 이 매트리스 위에 히카르두 헤이스는 아직 새것의 냄새가 남아 있는 침대보와 양털 담요 두 장과 연한 색 스프레드를 펼쳤다. 베개와 모직 덧베개에 커버도 씌웠다. 남자라서 서투르지만 최선을 다했다. 아마 내일쯤 마법의 손을 지닌 리디아가 나타날 것이다. 여성의 손이니 마법의 손이다. 혼돈을 깔끔하게 정리하는 손, 형편없이 정리된 물건들의 체념과 슬픔을 달래주는 손. 히카르두 헤이스는 여행 가방을 부엌으로 가져가서 얼음처럼 차가운 욕실에 수건을 걸고, 세면도구를 작은 수납장에 넣었다. 수납장에서는 확실히 곰팡내가 났다. 앞에서 이미 보았듯이, 히카르두 헤이스는 자신의 외모에 대해 까다로운 사람이다. 그것은 개인적인 자부심의 문제다. 이제 남은 일은 서재의 비틀린 검은 책꽂이에 책을 꽂고, 흔들거리는 검은색 책상 서랍에 문서를 넣는 것뿐이다. 정말로 집에 온 것 같은 기분에 그는 주위를 파악한다. 나침반 바늘이 북으로, 남으로, 동으로, 서로 움직인다. 자기폭풍이 일어 이 바늘이 미친 듯이 흔들리게 되지만 않는다면.

일곱시 반에도 비는 그치지 않았다. 히카르두 헤이스는 높은 침대에 걸터앉아 쓸쓸한 침실을 살펴본다. 창문에는 커튼도 가리개도 없다. 맞은편 이웃이 이 방을 몰래 들여다보며 자기들끼리 숙덕거릴지도 모른다는 생각이 든다. 저 집에서 일어나는 일을 뭐든지 다 볼 수 있어. 그들은 남자 한 명이 구식 침대에 걸터앉아 구름 낀 얼굴을 하고 있는 모습보다 훨씬 더 도발적인 광경을 열렬히 바라고 있다. 히카르두 헤이스는 일어나서 안쪽 덧창을 닫는다. 이제 방은 감옥이 됐다. 꽉 막힌 벽 네 개, 문. 그 문을 열면 또 다른 문이 나타나거나 어둡게 입을 벌린 동굴이 나타날 것이다. 이 이미지는 이미 앞에서 사용한 바 있으니 되풀이할 필요는 없을 것이다. 곧 브라간사 호텔에서는 급사장 아폰수가 그 웃기는 징을 세 번 칠 것이다. 그러면 포르투갈인과 스페인인 손님들이, 우리 형제들이, 그들의 형제들이 식당으로 내려올 것이다. 살바도르는 손님들 각자에게 차례로 웃어줄 것이다. 세뇨르 폰세카, 파스칼 박사님, 마담, 돈 카밀로, 돈 로렌소. 이백일호에 새로 들어온 손님, 확실히 알바 공작 또는 메디나셀리 공작이라는 사람은 커다란 검을 질질 끌면서 리디아가 앞으로 뻗은 손에 금화 한 개를 쥐여줄 것이다. 리디아는 하인의 지위에 걸맞게 무릎을 굽혀 인사하고, 자신의 팔을 꼬집는 손길을 미소로 받아들인다. 라몬이 수프를 가지고 들어온다. 오늘은 특별한 수프다. 허튼소리가 아니다. 움푹한 그릇에서 향기로운 닭고기 냄새가 나고, 접시에서 나는 향기는 사람을 취하게 만든다. 히카르두 헤이스의 배가 꼬르륵거린 것은 놀랄 일이 아니다. 실제로 저녁을 먹을 시간이니까. 하지만 덧창을 닫았는데도 처마에서 길바닥으로 빗방울이 후두두 떨어지는 소리가 들린다. 이런 날씨에 용감하게 밖으로 나갈 사람이 누가 있을까. 급히 꼭 나가야 하는 일이 있다면 또 모를까. 예를 들어 교수대에 선 아버지를 구해야 한다든가. 그것도 그 아버지가 아직 살아 있을 때의 일이지만. 브라간사 호텔의 식당은 잃어버린 낙원이다. 모든 실낙원이 그렇듯이, 히카르두 헤이스도 그곳을 아플 정도로 그리워한다. 그곳에 다시 가고 싶지만,

계속 머무르지는 않을 것이다. 히카르두 헤이스는 굶주림을 달래기 위해 자신이 사 온 페이스트리와 설탕에 절인 과일을 가지러 간다. 음료수는 수돗물뿐인데, 석탄산 맛이 난다. 아담과 이브도 에덴동산에서 쫓겨난 뒤 처음 맞은 밤에 이런 결핍을 느꼈을 것이다. 그때도 양동이로 붓듯이 비가 내렸음이 분명하다. 이브가 아담과 함께 문간에 서서 물었다. 비스킷 먹을래. 비스킷이 하나밖에 없기 때문에 이브는 그것을 반으로 잘라 큰 조각을 아담에게 주었다. 아담은 비스킷을 천천히 씹어 먹으면서 이브가 작은 조각을 새처럼 쪼아 먹는 모습을 지켜보았다. 그녀는 호기심 많은 작은 새처럼 고개를 한쪽으로 갸우뚱 기울이고 있다. 이제 그들에게 영원히 닫혀버린 문의 안쪽에서 이브는 어떤 사악한 의도도, 뱀의 부추김도 없이 아담에게 사과를 권했다. 아담은 그 사과를 한 입 깨문 뒤에야 이브가 알몸이라는 사실을 의식했으며, 미처 옷을 입을 시간이 없었던 이브는 실을 잣지도, 천을 짜지도 않는 백합처럼 남아 있었다. 에덴의 문턱에서 그리 멀지 않은 곳에서 두 사람은 저녁 식사로 비스킷을 먹은 뒤 편안히 밤을 보냈다. 그동안 문 안쪽에서는 하느님이 귀를 기울이며 슬픔에 잠겼다. 자신이 제공하지도 않았고 예측하지도 못했던 잔치에 참여할 수 없었기 때문에. 언젠가 또 하나의 격언이 만들어질 것이다. 남자와 여자가 하나가 되면 하느님도 존재한다. 낙원은 사람들이 말하는 곳과 전혀 다르기 때문이다. 여기 지상이 바로 낙원이므로, 하느님은 낙원을 즐기고 싶을 때마다 지상으로 내려와야 할 것이다. 하지만 이 집에는 결코 오지 않을 것이다. 히카르두 헤이스는 혼자다. 설탕에 절인 배의 진저리 나는 단맛에 그는 속이 메스꺼워졌다. 사과가 아니라 배다. 확실히 유혹은 예전의 모습과 같지 않다. 히카르두 헤이스는 끈적거리는 손, 입, 치아를 닦으려고 욕실로 들어갔다. 이 돌세자(dolceza)를 견딜 수가 없다. 이 단어는 포르투갈어도 스페인어도 아니고, 이탈리아어*를 변형시킨 것으로 지금 이 순간에 유일하게 적절한 단어인 것 같다. 외로움이 밤처럼 그를 짓누르고, 밤은 미끼처럼 그를 집어삼킨다. 천장에서 초록색 비슷한 색을 띠고 내려오는 빛을 받고 있는 길고 좁은 복도에서 그는 느릿느릿 움직이는 해양 동물이 된다. 등딱지가 사라져 무방비해진 거북이. 그는 책상에서 자신의 시 원고를 뒤진다. 그가 그 작품들을 송시라고 불렀으니 지금도 계속 송시로 남아 있다. 모름지기 세상 모든 것에는 이름이 있어야 하는 법이다. 히카르두 헤이스는 아무거나 손에 닿는 대로 읽으면서 자신이 이 글을 쓴 것이 맞는지 자문한다. 글 속에서 자신의 모습이 보이지 않기 때문이다. 초연하고 차분하고 체념한 사람, 거의 신과 비슷한 사람의 모습이다. 신들이 바로 그렇지 않은가. 죽은 자를 도우면서 침착한 모습을 유지하는 것. 그는 막연히 생각한다. 자신의 삶, 자신의 시간을 정돈해서, 오전과 오후와 저녁 시간을 어떻게

* 돌체차(dolcezza), '단맛'이라는 뜻.

보낼 건지 결정하고, 일찍 자고 일찍 일어나고, 소박하고 건강한 음식을 내놓는 식당을 한두 군데 찾아보고, 미래의 언젠가 출간할 계획인 선집을 위해 자신의 시를 다시 읽어보고 수정하고, 병원을 열기에 적합한 장소를 찾아보고, 사람들을 사귀고, 이 나라의 다른 지역들을 여행하고, 포르투, 코임브라에 가서 삼파이우 박사를 만나고, 그 도시의 포플러 숲에서 마르센다와 예기치 못하게 마주쳐야겠다고. 그는 이제 자신의 계획과 목표에 대해 생각하지 않는다. 몸이 아픈 환자를 안쓰러워하다가, 자신을 안쓰러워하다가, 그 안쓰러움이 자기 연민이 된다. 그 자리에 앉은 채로 시를 쓰기 시작한 그는 예전에 썼던 구절을 문득 떠올린다. 내가 빚어낸 시의 기초 위에 나는 굳건히 서 있다. 이런 선언을 한 사람이 이제 와서 반대되는 말을 할 수는 없다.

히카르두 헤이스는 아직 열시도 되기 전에 잠자리에 든다. 비가 여전히 내리고 있다. 그는 침대로 책을 가져왔다. 원래 두 권을 가져왔지만, 『미궁의 신』에 퇴짜를 놓았다. 사순절의 첫 번째 일요일을 위한 설교를 열 페이지 읽고 나니 장갑을 끼지 않은 양손이 얼어붙을 것 같았다. 열렬한 설교문은 손을 따뜻하게 데우기에 부족했다. 여러분의 집을 뒤져 가장 쓸모없는 것을 찾아보십시오, 그것이 바로 여러분의 영혼임을 알게 될 것입니다. 그는 책을 협탁에 내려놓고, 갑자기 몸이 부르르 떨리는 바람에 옹송그린 채로 이불을 입술까지 끌어 올린 뒤 눈을 감았다. 불을 꺼야 한다는 것을 알고 있었지만, 그렇게 하면 반드시 잠을 자야 할 것만 같은 느낌이 들 텐데 아직은 잠을 잘 준비가 되어 있지 않았다. 이렇게 추운 밤이면 리디아가 이불 속에 탕파를 넣어주곤 했는데, 이제는 메디나셀리 공작을 위해 그렇게 해주고 있을까. 진정해라, 질투심 많은 심장이여. 공작은 공작 부인과 함께 있었다. 지나가면서 리디아의 팔을 꼬집은 귀족은 다른 공작, 즉 알바 공작이었다. 메디나셀리 공작은 늙고 병들어 남자구실을 못 하는 사람이다. 그는 양철 검을 들고 다니면서, 그것이 영웅 엘 시드*의 것이었던 위대한 콜라다**이며 알바 가문에서 대대로 전해져왔다고 단언한다. 스페인의 귀족조차 거짓말을 할 줄 안다. 히카르두 헤이스는 잠이 들었다. 그가 그 사실을 깨달은 것은 누군가가 문을 두드리는 소리에 화들짝 놀라 깨어났을 때다. 혹시 리디아일까, 리디아가 머리를 굴려 호텔을 살짝 빠져나와서 이 빗속에서 나를 찾아온 건가, 나와 밤을 함께 보내려고, 바보같이. 하지만 그는 곧 생각했다. 내가 꿈을 꾼 모양이야. 그런 것 같았다. 그 뒤로 몇 초 동안 아무 소리도 들리지 않았기 때문이다. 어쩌면 이 아파트에 유령이 있는 것일 수도 있다. 그래서 이 집이 오래 비어 있었던 것인지도 모른다. 시내 중심가의 이렇게 넓은 집인데. 하지만 곧 노크 소리가 다시 시작되었다. 똑똑똑, 이웃들에게 방해가 되

* 11세기에 활약한 스페인의 군인.
** 스페인어로 '명검'을 뜻한다.

지 않도록 조심스럽게. 히카르두 헤이스는 침대에서 일어나 슬리퍼를 신고 실내용 가운으로 몸을 감싼 뒤, 줄곧 몸을 떨면서 방을 가로질러 복도로 나갔다. 그리고 마치 위협적인 것을 보듯이 문을 바라보았다. 누구십니까. 목소리가 갈라져서 뚝뚝 끊기는 것 같았다. 그는 헛기침을 한 뒤 같은 질문을 반복했다. 중얼거리는 것 같은 대답이 들려왔다. 날세. 유령이 아니라 페르난두 페소아였다. 언제나 이렇게 어색한 순간을 고르다니. 히카르두 헤이스는 문을 열었다. 정말로 페르난두 페소아가 검은 양복 차림으로 서 있었다. 외투도 모자도 없었다. 거리에서 바로 들어왔는데도 그의 몸에는 물방울 하나 묻어 있지 않았다. 들어가도 되겠나. 그가 물었다. 전에는 한 번도 허락을 구한 적이 없으면서 왜 갑자기 점잖게 구나. 상황이 달라졌잖아, 여기는 자네 집이니까, 학생 때 배운 영어 표현을 쓰자면, 한 사람의 집은 그 사람의 성(城)이야. 들어오게, 난 침대에 있었어. 자고 있었나. 깜박 졸았던 것 같네. 거창하게 날 맞이해줄 필요는 없네, 가서 다시 침대로 들어가, 난 잠깐 들른 것뿐이니까. 히카르두 헤이스는 재빨리 이불 속으로 들어갔다. 추위뿐만 아니라 아직 남아 있는 두려움 때문에도 이가 딱딱 맞부딪혔다. 그는 실내용 가운을 벗지 않았다. 페르난두 페소아는 의자에 앉아 다리를 꼬고, 깍지 낀 양손을 무릎 위에 놓은 뒤 비판적인 눈으로 주위를 둘러보았다. 그래, 여기가 자네가 고른 자네 집이로군. 그런 것 같네. 좀 황량한걸. 한동안 비어 있던 집들이 다 그렇지 뭐.

여기서 혼자 살 생각인가. 그렇지는 않겠는걸, 바로 오늘 이사 왔는데 벌써 손님이 찾아왔으니 말일세. 날 손님으로 치면 안 되지, 난 누구에게도 동무가 되어줄 수 없으니까. 내게는 이 추운 날 침대에서 일어나 문을 열어줄 정도로 중요한 인물일세, 곧 자네에게도 열쇠를 하나 주겠네. 열쇠를 가져봤자 별로 쓸데도 없어, 내가 벽을 그냥 통과할 수 있다면 자네가 귀찮게 신경을 쓰지 않아도 될 텐데. 그런 생각은 하지 말게, 내 말을 오해하면 안 돼, 솔직히 난 자네를 만나서 기쁘다네, 처음 이사 온 날이라 밤을 보내기가 쉽지 않군. 겁이 나나. 노크 소리를 듣고 좀 불안했네, 어쩌면 자네일 수도 있다는 생각을 미처 못 했거든, 무서웠던 건 아니고, 그냥 외로웠어. 이런, 자네는 외로움이 뭔지 알려면 아직 멀었네. 난 항상 혼자 살았어. 나도 마찬가지야, 하지만 혼자 사는 것과 외로움은 다르네, 외로움은 어떤 사람이나 우리 안의 뭔가와 동무가 되지 못하는 상태를 말해, 벌판 한복판에 혼자 서 있는 나무를 뜻하는 게 아니라, 나무 속 깊은 곳의 수액과 나무껍질 사이의 거리, 이파리와 뿌리 사이의 거리를 뜻한다네. 무슨 말도 안 되는 소리인가, 자네가 방금 말한 것들은 서로 연결되어 있어, 거기엔 외로움이 없다고. 그럼 나무 얘기는 잊어버리고, 자네의 내면을 들여다보게. 어떤 시인의 말처럼, 사람들 사이에서 혼자 걷는다는 얘기인가. 혼자가 아닌 곳에서 혼자가 되는 것이 훨씬 더 견디기 힘들어. 자네 오늘 기분이 좋지 않은 모양이군. 난 지금 한창때야, 내가 말하는 건 이런 외로움이 아니라 다른 외로움일세, 우리와 함께 돌아다니는 것, 우리에게 동무가 되어주는, 참을 만한 외로움. 그런 외로움이라 해도 때로는 참을 수 없어진다는 점을 자네도 인정해야 하네, 우리는 누군가의 존재, 목소리를 갈망하니까. 때로는 그 존재와 목소리가 외로움을 견딜 수 없는 것으로 만들어버린다네. 그런 일이 가능한가. 가능하고말고, 일전에 우리가 전망대에서 만난 날 말일세, 기억하나, 자네는 애인을 기다리고 있었지. 그녀는 내 애인이 아니라고 이미 말했잖나. 뭐, 좋네, 그렇게 화를 낼 필요는 없어, 그녀가 자네의 애인이 될지도 모르잖아, 내일 어떤 일이 벌어질지는 모르는 법이니까. 난 나이로 따지면 그녀의 아버지뻘일세. 그게 뭐어때서. 다른 이야기를 하세, 전에 하던 이야기나 마저 해봐. 그건 자네가 독감을 앓은 것에 대한 이야기였네, 내가 아팠을 때 있었던 일이 생각났거든, 최근에 내가 죽음에 이르는 병을 앓았을 때 말일세. 이런 중언부언이라니, 자네의 문장 감각이 슬플 정도로 퇴화했군. 죽음도 반복적이야, 사실 무엇보다 반복적인 일일세. 계속 말해보게. 의사가 내 집에 왔네, 나는 침실에 누워 있고, 내 누이가 문을 열어줬지. 자네의 이복누이겠지, 세상에는 이복형제와 이복누이 천지야. 무슨 말을 하고 싶은 건가. 딱히 뭘 말할 생각은 없네, 계속하게. 누이가 말했네, 어서 오세요, 선생님, 여기 거짓말쟁이가 있어요, 이 거짓말쟁이는 나였네, 자네도 알다시피, 외로움에는 경계선이 없어, 외로움은 어디에나 있네. 자네가 정말로

344

쓸모없는 존재라고 느껴본 적이 있나. 선뜻 대답하기가 힘들 군, 내가 정말로 쓸모 있는 존재라고 느껴본 기억이 없네. 내 생각에는 이것이 첫 번째 외로움이야, 우리가 쓸모없다고 느끼는 것. 페르난두 페소아는 일어나서 덧창을 반쯤 열고 밖을 내다보았다. 그리고 이렇게 말했다. 나의 『메시지』에 아다마스토르를 포함하지 않다니, 용서할 수 없는 실수를 저질렀군, 워낙 인기도 좋고, 상징적인 의미도 명확한 거인인데 말이야. 거기서 아다마스토르가 보이나. 보이네, 가여운 친구 같으니, 카몽이스가 십중팔구 자신의 영혼 안에 있는 사랑과 그리 명확하지 않은 예언을 선언하기 위해 저 친구를 이용했지. 파도가 높은 바다를 항해하는 사람들에게 난파를 예언하는 데 특별한 예언의 재능이 필요하지는 않지. 재난을 예언하는 것은 언제나 외로움의 징표였네, 테티스가 저 거인의 사랑에 화답했다면, 그의 담론은 상당히 달라졌을 거야. 페르난두 페소아는 다시 앉아 있었다. 정확히 아까와 똑같은 자세였다. 여기 오래 있을 예정인가. 히카르두 헤이스가 물었다. 왜. 내가 피곤해서. 내 걱정은 말게, 자고 싶으면 얼마든지 자도 되네, 내가 있는 것이 신경에 거슬리는 게 아니라면. 자네가 그렇게 추운 곳에 앉아 있는 모습이 신경에 거슬리네. 추위는 내게 아무 상관이 없네, 셔츠만 입고 여기에 앉아 있을 수도 있어, 그나저나 자네 그렇게 실내용 가운을 입은 채로 침대에 누워 있으면 안 되지 않나, 내가 벗겨주겠네. 페르난두 페소아는 실내용 가운을 이불 위에 펼친 뒤 담요를 잡아당겨 덮어주고, 어머니처럼 침대보의 주름을 펴주었다. 이제 자게. 페르난두, 부탁 하나 해도 되겠나, 불 좀 꺼주게, 자네는 어둠 속에 앉아 있어도 괜찮지. 페르난두 페소아가 스위치를 찾아 불을 끄자 삽시간에 방이 어둠에 잠겼다. 그러나 곧 가로등 불빛이 아주 천천히 덧창 틈새로 스며들었다. 빛의 띠, 힘없고 불확실한 꽃가루가 벽에 모여들었다. 히카르두 헤이스는 눈을 감고 중얼거렸다. 좋은 밤을 보내게, 페르난두. 그의 대답이 들려올 때까지 오랜 시간이 흐른 것 같았다. 잘 자게, 히카르두. 그는 백까지 헤아렸다고 생각한 순간 힘겹게 눈을 떴다. 페르난두 페소아는 똑같은 의자에 앉아서 한쪽 무릎에 깍지 낀 양손을 올려놓고 있었다. 궁극적인 고독의 이미지 그 자체였다. 저 친구가 안경을 안 써서 그런가. 히카르두 헤이스는 속으로 생각했다. 아직 혼란스러운 머릿속에서, 이것이 세상 무엇보다 끔찍한 불행인 것 같았다. 그는 한밤중에 깨어났다. 비는 그쳤고, 세상은 조용한 공간 속에서 움직이고 있었다. 페르난두 페소아는 전혀 달라지지 않은 자세로 침대 쪽을 바라보았다. 텅 빈 눈을 한 동상처럼 얼굴은 무표정했다. 한참 더 시간이 흐른 뒤 히카르두 헤이스는 문이 쾅 닫히는 소리에 다시 깨어났다. 이제 페르난두 페소아는 없었다. 동이 트자마자 가버렸다.

다른 때 다른 곳에서 이미 보았듯이, 삶에는 괴로움이 있다. 히카르두 헤이스는 다음 날 오전 늦게 깨어나서 방 안에 뭔가가 있는 것을 느꼈다. 아마도 외로움이라기보다는, 그것의 이복형제인 침묵인 것 같았다. 몇 분 동안 그는 용기가 자신을 버리고 떠나가는 것을 지켜보았다. 마치 모래시계에서 모래가 아래로 떨어지는 광경을 지켜보는 것 같았다. 이미 지나치게 많이 사용된 은유인데도 계속 이 표현이 떠오른다. 어느 날, 우리가 이백 년을 산 뒤 모래시계로 변해서 그 안의 모래를 지켜보는 처지가 된다면, 이런 은유가 필요하지 않을 것이다. 하지만 이런 생각에 마음껏 빠져들기에 인생은 너무 짧다. 우리는 아까 괴로움에 대해 이야기하고 있었다. 히카르두 헤이스는 히터와 화덕에 불을 켜기 위해 부엌에 들어갔다가 자신이 깜박 잊고 성냥을 사 오지 않았음을 깨달았다. 그런데 한 가지를 잊어버리면 다른 것도 잊어버리는 경향이 있으므로, 그는 커피 거름망도 사 오지 않았음을 깨달았다. 확실히 혼자 사는 남자는 할 줄 아는 것이 없다. 가장 편하고 빠른 해결책은 이웃집 문을 두드리고 이렇게 말하는 방법일 것이다. 정말 죄송합니다만, 세뇨라, 저는 삼층에 새로 이사온 사람인데요, 바로 어제 입주했습니다, 지금 커피를 좀 끓여서 마시고 세수와 면도를 하려고 했는데, 성냥이 없지 뭡니까, 커피 거름망도 없습니다, 아니, 그건 중요한 게 아니죠, 커피 대신 차가 있으니까요, 적어도 그건 잊지 않고 사 왔답니다, 가장 큰 문제는 목욕물을 데우는 것인데요, 혹시 성냥을 좀 빌려주시면 정말 감사하겠습니다, 귀찮게 해드려서 죄송합니다. 모든 사람은 형제니까, 아니 이복형제니까, 이보다 더 자연스러운 일은 없을 것이다. 그는 심지어 추운 계단으로 직접 나갈 필요도 없었다. 이웃들이 그에게 와서 이렇게 물어야 마땅했다. 혹시 필요한 것이 없습니까, 어제 이사 오시는 걸 봤는데, 이사를 하다 보면 다 이렇지요, 성냥은 있는데 소금이 없다든지, 비누는 있는데 청소용 술을 찾을 수 없다든지, 이웃이 좋다는 게 뭐겠습니까. 하지만 히카르두 헤이스는 도움을 청하러 가지 않았고, 그에게 찾아와 필요한 것이 있느냐고 물어보는 사람도 없었다. 그러니 그는 옷을 입고, 신발을 신고, 면도하지 않은 얼굴을 숨기기 위해 목에 스카프를 두르고, 모자를 눈 위로 낮게 눌러쓸 수밖에 없었다. 필요한 것을 깜박 잊어버린 자신에게 짜증이 났다. 이런 한심한 꼴로 성냥을 찾아 밖으로 나가야 한다는 사실에는 더욱더 짜증이 났다. 먼저 그는 창가로 가서 날씨를 확인했다. 하늘은 흐렸지만 비가 내릴 낌새는 없었다. 아다마스토르는 혼자 서 있다. 노인들이 나와서 배를 구경하기에는 아직 너무 이른 시각이다. 지금쯤이면 집에서 찬물로 면도를 하고 있을 것이다, 아니면 고생에 찌든 그들의 아내가 물을 몇 잔 데우고 있을지도 모른다. 뜨겁지 않게 미지근한 정도로만. 포르투갈 남성들은 둘째가라면 서러울 정도로 남자다워서 지나치게 편한 것을 참지 못하기 때문이다. 우리가 이스트렐라 산맥의 얼어붙은 호수에서 몸을 씻었던 루시타니아 영웅들의 직계 후손임을 잊지 말자. 그들은 물에서 나오자마자 앞으로 나아가 루시타니아 처녀들을 임신시켰다. 인근 저지대에서 주점을 운영하는 석탄 상인에게서 히카르두 헤이스는 성냥을 샀다. 너무 이른 시간이라 조금만 사면 석탄 상인이 뭐라고 잔소리를 할까 싶어 여섯 상자나 샀다. 사실 석탄 상인은 단번에 그렇게 많이 물건을 팔아본 기억이 없었다. 여기서는 이웃에게 불을 빌려달라고 부탁하는 관습이 아직 남아 있기 때문이다. 차가운 공기에 정신이 번쩍 들고, 목에 두른 스카프와 사람이 하나도 없는 거리에 마음이 놓인 히카르두 헤이스는 강과 산을 구경하려고 거리 저편으로 걸어갔다. 여기서는 산들이 납작하게 보였다. 나지막하게 드리워진 구름이 지나갈 때마다 물 위에 비친 태양이 사라졌다 나타나기를 반복했다. 히카르두 헤이스는 동상 주위를 한 바퀴 돌면서 조각가의 이름을 찾아보려고 했다. 연도는 새겨져 있었다. 일천구백이십칠년. 히카르두 헤이스는 언제나 혼돈 속에서 균형을 찾아 헤매는 사람이다. 내가 이곳을 떠나고 팔 년 뒤에 아다마스토르의 동상이 이 자리에 세워졌군, 그러니까 내가 조상들의 땅으로 돌아왔을 때까지 아다마스토르가 이 자리에 팔 년 동안 서 있었다는 얘기야, 아, 조국이여, 나를 부른 것은 그대의 빛나는 과거였구나. 노인들이 인도에 나타난다. 깨끗하게 면도한 얼굴에 주름살과 백반 자국이 드러나 있고, 한 팔에는 우산을 걸쳤다. 어깨 망토의 단추는 잠그지 않았고, 넥타이도 매지 않았지만, 셔츠 단추는 목까지 전부 잠겨 있다. 오늘이 예의를 지켜야 하는 일요일이라서가 아니라, 옷차림이 아무리 초라하더라도 품위를 지키기 위해 그렇게 하는 것이 적절하다는 생각 때문이다. 노인들은 동상 주변에서 어슬렁거리는 히카르두 헤이스가 수상쩍어서 그에게 다가와 얼굴을 마주한다. 그들은 이 남자가 좀 이상한 것 같다고 확신하고 있다. 저자는 누구지, 지금 뭘 하는 거야, 직업은 뭐고. 축축한 벤치에 앉기 전에 두 노인은 접은 삼베를 깐 뒤, 절대로 서두르지 않겠다는 듯 절제된 동작으로 편안한 자세를 잡고는 큰 소리로 헛기침을 한다. 뚱뚱한 노인이 망토 안 주머니에서 신문 《오 세쿨루》를 꺼낸다. 자선 행사를 주관하는 그 신문사다. 두 노인은 일요일마다 그 신문을 산다. 한 주는 뚱뚱한 노인이, 그다음 주는 마른 노인이 사는 식이다. 히카르두 헤이스는 아다마스토르의 동상을 한 바퀴 더, 또 한 바퀴 더 돈다. 노인들이 점점 짜증스러워하는 것이 보인다. 그의 불안한 모습 때문에 두 노인은 신문 기사를 읽기가 힘들다. 뚱뚱한 노인이 기사 내용을 좀 더 잘 이해할 겸 마른 노인에게도 들려줄 겸 기사를 소리 내어 읽는다. 마른 노인은 글을 읽을 줄도 쓸 줄도 모른다. 뚱뚱한 노인은 어려운 단어가 나오면 잠시 멈췄다가 넘어간다. 하지만 어려운 단어가 그리 많지는 않다. 신문 기사가 대중을 위한 글임을 기자들이 결코 잊지 않기 때문이다. 히카르두 헤이스는 난간으로 다가가, 신문에 몰두한 두 노인과 그들이 중얼거리는 소리를 무시하는 척한다. 한 노인은 신문을 읽어주고, 다른 노인은 그 소리를 들으며 논평을 한다. 루이스 우세다의 지갑에서 살라자르의 채색 초상화가 발견되었다. 미제 사건들이 이 나라를 괴롭히고 있다. 신트라로 이어진 도로에서 남성의 시신이 발견되었는데, 마취제로 정신을 잃은 뒤 목이 졸린 것으로 드러났다고 한다. 그 이전에 납치된 상태에서 굶주렸다는 사실도 드러났다. 사악한 범죄다. 이런 표현이 즉각 떠오를 만큼 혐오스러운 범죄인데, 피살자가, 후세를 위해 이름을 밝히자면 샤를 울몽이라는 프랑스 기자의 표현처럼, 현명한 아버지 같은 독재자의 초상화를 소지하고 있었음이 새로 밝혀졌다. 수사가 조금 더 진행되면, 루이스 우세다가 정말로 그 저명한 정치가를 크게 존경한다는 사실이 확인될 것이다. 앞에서 말한 지갑의 가죽 표면에 우세다의 애국심을 보여주는 또 다른 증거, 즉 공화파의 상징이 찍혀 있다는 사실도 드러날 것이다. 성(城)과 문장(紋章)이 그려진 고리 모양의 공화파 상징에는 다음과 같은 글귀가 새겨져 있다. 포르투갈 물건을 애용하자. 히카르두 헤이스는 두 노인을 방해하지 않고 조심스레 물러난다. 두 노인은 범인을 알 수 없는 살인사건에 푹 빠져서 그가 떠나는 것을 알아차리지도 못했다.

그날 오전에 중요한 일은 전혀 일어나지 않았다. 몇 주 동안 사용한 적이 없는 서투른 히터가 조금 문제를 일으키는 바람에 히카르두 헤이스는 성냥을 몇 개비나 낭비한 뒤에야 안정적인 불꽃을 피워낼 수 있었다. 우리가 그의 우울한 식사에 대해 깊이 생각할 필요도 없다. 어젯밤에 먹고 남은 작은 스펀지케이크 세 개와 차 한 잔. 조금 때가 묻은 깊숙한 욕조에서 수증기 구름에 감싸여 목욕한 것에 대해서도 마찬가지다. 히카르두 헤이스는 꼼꼼하게 면도를 했다. 한 번, 두 번. 마치 어떤 여성과의 비밀스러운 만남을 준비하는 것 같았다. 옷깃을 높이 세우고 베일을 써서 신분을 감춘 여자. 그녀의 몸에서 나는 비누 냄새, 아직 남아 있는 향수 냄새를 들이쉬면 얼마나 기분이 좋을까. 그러다 보면 그 냄새는 알싸하고 자연스러운 냄새, 떨쳐버릴 수 없는 살냄새와 섞일 것이고, 콧구멍이 파르르 떨며 그 냄새를 받아들이면 가슴이 헐떡거릴 것이다. 마치 있는 힘껏 추격전을 벌인 사람처럼. 시인의 마음도 이렇게 세속적으로 표류하며 여자의 몸을 쓰다

듣는다. 아주 멀리 있는 여자라 해도 마찬가지다. 방금 여기에 쓴 내용은 이 순간에 떠오른 상상에 불과하다. 커다란 힘과 너그러움을 지닌 애인에 대한 상상. 히카르두 헤이스의 외출 준비가 끝났다. 밖에서 그를 기다리는 사람도 없고, 그가 열한시 미사에 참석해서 영원한 익명의 여성에게 성수를 바칠 생각이 있는 것도 아니다. 점심때까지 그냥 집에 있는 편이 현명할 것이다. 정리할 서류도 있고, 읽을 책도 있고, 결정을 내려야 할 문제도 있다. 자신이 어떤 미래, 어떤 직업을 원하는지, 살아갈 의욕과 일할 의욕을, 그렇게 할 이유를 어디서 찾을 수 있을지. 그는 오늘 오전에 외출할 생각이 없었지만 이제는 반드시 나갈 수밖에 없다. 기껏 차려입은 옷을 다시 벗고, 자신이 아무 생각 없이 그냥 외출복을 차려입었다는 사실을 인정하는 것은 어리석은 일이다. 이런 일은 자주 일어난다. 백일몽이나 다른 생각에 정신이 팔려 두 걸음쯤 내딛고 나면, 세 번째 걸음을 내딛는 것 외에 다른 길이 없어진다. 그것이 틀린 일 또는 우스꽝스러운 일임을 알고 있다 하더라도. 결론적으로 말해서 인간은 비합리적인 생물이다. 히카르두 헤이스는 외출하기 전에 침대를 정리해야 하지 않나 하고 생각하며 방으로 돌아갔다. 절대 나태해져서는 안 된다. 하지만 사실 굳이 그렇게 애쓸 필요가 없었다. 손님이 찾아올 것도 아니니까. 그래서 그는 페르난두 페소아가 밤을 보낸 의자에 앉아, 페르난두 페소아처럼 다리를 꼬고, 깍지 낀 양손을 무릎 위에 놓고, 자신이 죽었다면 어떨지 상상해

보려고 했다. 동상처럼 생기 잃은 눈으로 텅 빈 침대를 바라
보려고 해보았다. 하지만 관자놀이에서 혈관이 뛰고, 왼쪽 눈
꺼풀이 움찔했다. 난 살아 있어. 그는 이렇게 중얼거리다가,
크고 쩌렁쩌렁한 목소리로 같은 말을 되풀이했다. 난 살아
있어. 그의 말에 반박할 사람이 주위에 전혀 없었으므로, 그
는 자신의 말을 확신했다. 그러고는 모자를 쓰고 밖으로 나
갔다. 노인들 외에 아이들도 밖으로 나와서 분필로 그린 사
각형들 위를 폴짝폴짝 뛰어다니며 돌차기 놀이를 하고 있었
다. 사각형마다 번호가 적혀 있었다. 이 놀이에는 아주 많은
이름이 있다. 원숭이라고 부르는 사람도 있고, 비행기라고 부
르는 사람도 있고, 천국과 지옥, 룰렛이라는 이름도 있고, 영
광이라는 이름도 있다. 하지만 가장 적절한 이름은 남자의
놀이일 것이다. 실제로 그렇게 보이기 때문이다. 곧게 쭉 뻗은
몸, 내뻗은 팔, 머리 또는 뇌를 뜻하는 윗부분의 원. 이 남자
는 포석 위에 누워 구름을 올려다보고, 아이들은 자기들이
얼마나 잔인한 짓을 하고 있는지 모른 채 그의 몸 위를 폴짝
폴짝 뛰어다닌다. 때가 되면 그들도 그 의미를 알 것이다. 군
인들도 보인다. 너무 일찍 나온 사람들. 날씨가 좋은 날 가정
부들이 밖에 나와 산책을 즐기는 때는 오후 중반이다. 날씨
가 나쁘면 안주인이 가정부에게 이렇게 말할 것이다. 마리아,
비가 억수같이 오니까 오늘은 그냥 집에 있는 게 낫겠어, 다
림질이나 좀 해줘, 쉬는 날 한 시간을 더 줄게. 가정부의 쉬는
날은 꼬박 이 주 뒤다. 이런 혜택받은 삶을 한 번도 직접 경

험하지 못했거나 과거의 관습에 대해 전혀 모르는 사람들을 위해 반드시 덧붙일 가치가 있는 정보다. 히카르두 헤이스는 위쪽 난간에 몸을 기댔다. 하늘이 조금 맑아져서 해협 쪽에 파란색이 커다란 띠처럼 드러나 있었다. 만약 오늘 리우데자네이루에서 오는 증기선의 도착이 예정되어 있다면, 이상적인 상황에서 항구로 들어올 수 있을 것이다. 히카르두 헤이스는 날씨가 좋아질 것이라는 징후를 믿고 칼랴리스를 따라 걷다가 카몽이스까지 내려갔다. 그리고 나니 갑자기 브라간사 호텔에 가보고 싶어졌다. 그토록 싫어하던 학교를 이미 졸업해서 더 이상 갈 필요가 없는데도 옛날 선생님들과 동급생들을 계속 만나러 가는 소심한 학생 같았다. 나중에는 이 학생의 순례 여행, 그러니까 모든 순례 여행과 마찬가지로 아무 쓸모가 없는 이 순례 여행에 모두가 지쳐서 학교 그 자체가 학생을 무시하기 시작한다. 호텔에 가서 그가 무엇을 할까. 살바도르와 피멘타를 만나 인사할 것이다. 우리를 잊지 않으셨군요, 선생님. 리디아와도 인사를 나누시지요. 두 사람의 심술 때문에 프런트데스크로 불려 온 리디아는 가엾게도 안절부절못할 것이다. 이리 와요, 헤이스 선생님이 리디아를 만나고 싶어 하십니다. 특별히 당신을 찾아온 것은 아닙니다, 그저 내게 친절히 대해주고, 여러 면에서 내게 훌륭한 가르침을 준 것에 감사하고 싶었을 뿐입니다, 내가 더 많이 배우지 못한 것은 순전히 내가 멍청한 탓이에요. 마르티르스 성당 앞 인도에서 히카르두 헤이스는 공기 중에 퍼진 향유 냄새를 느낀다. 안에서 기도하고 있는 신실한 여자들의 귀한 숨결이다. 높은 세상에 속하는 선택받은 영혼들을 위한 미사가 방금 시작되었다. 코가 좋은 사람이라면 가치 있고 뛰어난 영혼을 여기서 알아볼 수 있다. 기분 좋은 향기를 맡아보니, 제단 위 닫집에 탤컴 파우더를 듬뿍 뿌린 방울과 술이 장식되어 있고 화려한 양초에는 패출리 향유가 첨가되었음을 알 수 있다. 이 향유를 뜨겁게 데운 뒤 적당량의 향을 섞어 융합시키면, 영혼이 그 향에 취해 저항하지 못하고, 감각은 황홀경에 빠진다. 그러고 나면 몸에서 힘이 빠지고 얼굴이 멍해지면서 마침내 황홀경이 찾아온다. 히카르두 헤이스는 죽어버린 종교, 고대 그리스와 로마의 종교만 믿는 자신이 무엇을 놓치고 있는지 모른다. 그는 시에서 이 두 종교를 언급하며, 신이 하나가 아니라 여럿이길 기원한다. 그는 도시의 심장부로 내려간다. 친숙한 길이다. 일요일의 시골 풍경처럼 고요한 곳이다. 나중에 점심시간이 지난 뒤에야 인근 동네에서 사람들이 나와 상점 진열창을 구경할 것이다. 그들은 이날을 기다리며 일주일을 버틴다. 온 가족이 아이들을 품에 안거나 손을 잡고 있다. 저녁이 되면 기진맥진한 아이들의 발꿈치에는 꼭 끼는 신발 때문에 물집이 잡히고, 아이들은 떡을 사달라고 조른다. 아버지가 기분이 좋은 상태이고, 사람들에게 자신의 부를 과시하고 싶은 생각이 든다면, 온 가족이 밀크 바에 가서 대용량 음료수를 마신다. 그러면 저녁 식사 비용을 절약할 수 있기 때문이다. 배가 불러서 식사를 거르는 것은 전혀 문제 될 일이 아니다. 게다가 내일이면 얼마든지 음식을 먹을 수 있다. 점심때가 되자 히카르두 헤이스는 식당으로 간다. 오늘 고른 곳은 스테이크를 먹을 수 있는 샤브 드 오루다. 단 것을 너무 많이 먹은 탓에 느글거리는 속을 진정시키기 위해서다. 그러고 나서 해가 질 때까지 시간이 아주 많이 남았기 때문에 그는 영화표를 산다. 그가 볼 영화는 피에르 블랑샤르가 나오는 프랑스 영화 「볼가 강의 뱃사공들」이다. 프랑스 사람들이 과연 어떤 볼가 강을 만들어냈을까. 영화는 시와 마찬가지로 거울을 조절해서 늪을 바다로 바꿔놓을 수 있는 환상의 예술이다. 극장을 나서면서 보니 비가 내릴 것 같아서 그는 택시를 타기로 했다. 다행이었다. 그가 아파트에 돌아와 모자와 겉옷을 옷걸이에 걸자마자 정문의 쇠 노커를 두 번 두드리는 소리가 들렸기 때문이다. 이상한 일이었다. 페르난두 페소아가 낮에 나타나서 저렇게 커다란 소리를 내다니. 자칫하면 이웃이 창가로 와서 이렇게 물어볼 수 있었다. 거기 누구예요. 그러고는 집이 떠나가라 비명을 지를 것이다. 사람 살려, 유령이 나타났어요. 유령을 그렇게 금방 알아보는 사람이라면, 틀림없이 유령과 친숙한 사람일 것이다. 히카르두 헤이스는 창문을 열고 밖을 내다보았다. 문 앞에 서 있는 사람은 리디아였다. 비가 막 내리기 시작하자 그녀는 우산을 펼치려던 참이었다. 리디아가 왜 여기까지 왔을까. 조금 전 그는 고독한 삶보다 더 비참한 것은 없다고 생각했지만, 지금은 자신을 방해하는 이 여자가 짜증스러웠다. 원한다면 지금 이 상황을 자신에게 이롭게 이용할 수 있는데도 그랬다. 약간의 에로틱한 백병전을 벌이고 나면 곤두선 신경이 가라앉고 머리도 차분해질지 모른다. 그는 쇠줄을 당기려고 계단으로 가다가 리디아가 벌써 올라오고 있는 것을 보았다. 열성적이지만 경계하는 모습이었다. 이 두 가지 기분은 서로 모순관계지만, 리디아는 그 문제를 해결한 모양이었다. 히카르두 헤이스는 문간으로 물러났다. 냉정하고 과묵한 태도였지만, 뜻밖의 일에 맞닥뜨린 사람처럼 보일 정도는 되었다. 당신이 올 줄은 몰랐소, 잘 지냈소. 그녀가 안으로 들어올 때 그는 이런 말을 던졌다. 그녀의 등 뒤에서 문이 닫혔다. 여기 이웃들은 정말 놀라운 사람들이다. 현재 우리는 그들의 이름도 생김새도 모른다. 리디아가 그의 포옹을 기대하고 앞으로 다가오자 그는 그 뜻에 따랐다. 딱 그만큼만 할 생각이었으나 정신을 차리고 보니 자신의 몸으로 그녀를 밀어붙이며 목에 입을 맞추고 있었다. 침대에 함께 있을 때 최고의 순간이 점점 다가와 그가 모든 것을 잊어버릴 때가 아니면, 자신과 그녀가 서로 동등한 관계라도 되는 것처럼 그녀의 입술에 입을 맞추는 것이 아직도 어색하다. 그러나 그녀는 차마 반항하지 못하고 그가 마음껏 입을 맞추게 허락해준다. 그 뒤의 나머지 행동도. 하지만 오늘은 아니다. 선생님이 잘 정리하셨는지 보러 왔을 뿐이에요. 이것은 그녀가 호텔에서 일하면서 배운 표현이다. 제가 몰래 빠져나온 걸 아무도 몰라야 할 텐데요, 이 아파트가 어떤 곳인지도 보고 싶었어요. 히카르두 헤이스는 그녀를 침실로 이끌려고 했지만 그녀가 그에게서 빠져나왔다. 안 돼요, 절대로. 그녀의 목소리가 흔들렸지만 마음은 굳건했다. 다시 말해서, 침대에 누워 이 남자를 받아들이고, 자신의 어깨에 그의 머리가 닿는 감각을 느끼고, 그의 머리카락을 어루만지고 싶은 마음이 굴뚝같지만, 브라간사 호텔의 프런트데스크에서 살바도르가 이렇게 묻고 있다. 리디아는 대체 어디 있는 겁니까. 그녀는 마치 살바도르의 목소리가 들리기라도 하는 것처럼 서둘러 아파트 전체를 살펴본다. 그녀의 노련한 눈이 꼭 필요한 것들을 파악한다. 청소용 솔, 양동이, 대걸레나 먼지떨이, 비누, 빨랫비누, 표백제, 청소용 돌, 빗자루나 빳빳한 솔, 화장지가 없다. 남자들은 아이처럼 부주의하다. 인도로 가는 길을 찾으려고 전 세계를 항해하다가 가장 기본적인 것이 없다는 사실을 알아차리고 도움을 청한다. 그것이 무엇일까, 글쎄, 어쩌면 인생의 색채 그 자체인지도 모르겠다. 여기서 보이는 것이라고는 먼지, 보풀, 실뿐이다. 가끔 흰머리도 있다. 몇 세대에 걸쳐 사람들의 머리에서 빠진 것이다. 나이를 먹어 눈이 어두워진 사람들은 빠진 머리카락을 이제 찾아내지 못한다. 심지어 거미줄도 나이를 먹어 먼지 무게 때문에 축 처진다. 어느 날 거미가 죽으면, 그 사체가 이 공중 감옥에 매달린 채 말라가면서 발톱이 쪼그라든다. 거미줄에 걸린 파리들의 잔해는 거의 아무것도 남지 않았다. 어떤 생물도 운명에서 탈출하지 못하고, 어떤 생물도 씨앗을 줄 때까지 버티지 못한다. 이것이 엄숙한 진실이다. 리디아는 금요일에 청소를 하러 오겠다고 그에게 말한다. 그때 필요한 물건들을 가져올 것이다. 금요일은 그녀의 휴일이다. 하지만 어머니한테 가봐야 하는 것 아니오. 어머니한테는 따로 연락할 거예요, 방법을 생각해봐야죠, 근처 가게로 전화를 할까 봐요. 물건들을 사려면 돈이 필요할 거요. 우선 제 돈으로 살 테니까 선생님이 나중에 갚으세요. 그럴 수는 없지, 이걸 받아요, 이 정도면 충분할 거요. 세상에, 백 이스쿠두라면 적잖은 돈이에요. 그럼 금요일에 기다리겠소, 하지만 청소를 하러 오겠다니 마음이 안 좋군. 이런 곳에서 사시면 안 돼요. 나중에 내가 작은 선물을 하나 주겠소. 선물은 주지 않으셔도 돼요, 그냥 저를 파출부처럼 대하세요. 누구나 공정한 임금을 받아야 해요. 제 임금은 친절한 대우를 받는 거예요. 이런 말에는 확실히 입맞춤을 해주어야 마땅하므로 히카르두 헤이스는 입을 맞춘다. 이번에는 입술에. 그의 손은 이미 문고리에 가 있고, 더 할 말이 생각나지 않는다. 계약은 이미 체결되었다. 그런데 느닷없이 리디아가 말을 쏟아낸다. 마치 더 이상은 참을 수 없다는 듯이. 세뇨리타 마르센다가 내일 올 거예요, 코임브라에서 전화가 왔어요, 저더러 선생님 주소를 알려줄 수 있느냐고요. 히카르두 헤이스도 리디아처럼 서둘러 대답한다. 마치 미리 연습해둔 대답 같다. 아뇨, 알려주지 말아요, 내가 어디서 사는지 당신도 모르는 척해요. 이 비밀을 아는 사람이 자기뿐이라는 사실에 기분이 좋아진 리디아는 그에게 완전히 속은 채로 돌아간다.

재빨리 계단을 내려가는데 이층의 문 하나가 살짝 열려 있는 것이 보인다. 이 건물의 다른 세입자들이 조만간 궁금증을 풀려고 나설 테니, 리디아는 모두가 들을 수 있게 소리친다. 금요일에 뵈어요, 의사 선생님, 제가 청소하러 올게요. 마치 이웃들에게 이렇게 말하는 것 같다. 잘 들어요, 난 새로 이사 온 사람의 파출부예요, 그러니 쓸데없는 상상은 하지 마세요. 그리고 나서 리디아는 그 여자에게 더할 나위 없이 정중하게 인사한다. 안녕하세요, 세뇨라. 하지만 그 여자는 거의 대답을 하지 않고 불신의 시선으로 리디아를 바라본다. 파출부들은 보통 이렇게 밝고 쾌활하지 않다. 무뚝뚝한 얼굴로 다리를 질질 끌며 걷는 사람이 많다. 류머티즘이나 정맥류로 인해 다리가 뻣뻣해졌기 때문이다. 그 이웃 여자는 심술궂고 적대적인 표정으로 리디아를 지켜본다. 저 자그마한 여자는 누구지. 그동안 위층에서는 히카르두 헤이스가 이미 자기 아파트의 문을 닫았다. 그는 자신의 이중성을 의식하고 속으로 고민 중이다. 만약 그가 성실하고 정직한 사람이었다면, 리디아에게 이렇게 말했을 것이다. 내가 이미 마르센다에게 내 주소를 알려줬소, 그녀의 아버지가 의심할 수도 있으니 우체국이 보관해주는 편지로 보냈지요. 그리고 나서 자신의 속마음을 모두 드러내는 말을 덧붙였을 것이다. 이제부터 나는 계속 집 안에만 있을 거요, 식사 때만 잠깐 외출했다가 곧바로 돌아와서 내내 시계만 바라볼 거야, 마르센다가 리스본에 있는 동안 내내. 내일 월요일에는 그녀가 찾아올 리 없다. 기차

도착 시간이 너무 늦기 때문이다. 하지만 화요일, 수요일, 목요일, 금요일에는 그녀가 올지도 모른다. 금요일은 안 된다. 리디아가 여기서 청소를 하고 있을 테니까. 아니, 그게 무슨 문제일까. 호텔 메이드와 좋은 집안의 아가씨에게는 각자의 위치가 있으니, 그 둘이 한데 섞일 위험은 없다. 게다가 마르센다는 리스본에 오래 머무는 법이 없다. 단지 그 전문 치료사를 만나러 올 뿐이다. 물론 아버지의 볼일도 있긴 하지만. 그건 그렇다 치고, 만약 그녀가 이 아파트로 찾아오면 어떤 일이 벌어지길 기대하나. 난 아무것도 기대하지 않아, 그저 그녀가 와주기를 바랄 뿐이야. 마르센다 같은 젊은 여성, 엄격한 가정교육을 받고 법률 관련 일에 종사하는 아버지의 엄격한 도덕관념을 지닌 여성이 혼자서 독신 남자의 집에 정말로 찾아올 것 같은가, 그런 일이 현실에서 일어날 것이라고 생각하는가. 전에 내가 그녀에게 물어본 적이 있지, 왜 날 만나려고 했느냐고, 그랬더니 그녀는 자기도 모르겠다고 대답했어, 내가 보기에는 세상에서 가장 희망적인 답변일세. 한쪽은 모르겠다고 하고, 다른 쪽은 무지를 호소하는군. 그런 것 같네, 에덴동산의 아담과 이브 같다고나 할까, 그녀는 이브가 아니고, 나는 아담이 아니지만. 알다시피, 아담의 나이는 이브보다 아주 조금 위였어, 몇 시간이나 며칠 정도, 정확히 기억나지는 않지만. 아담은 모든 남자를 뜻하고, 이브는 모든 여자를 뜻해, 동등하고, 서로 다르고, 꼭 필요한 존재, 우리는 각각 그 최초의 남자와 최초의 여자야. 내가 착각한 것이 아니라면, 요즘 남자들이 아담을 닮은 부분보다 요즘 여자들이 이브를 닮은 부분이 더 많은 것이 다행이군. 자네 자신의 경험을 바탕으로 말하는 건가. 아니, 우리 모두에게 반드시 그렇게 되어야 하기 때문이야. 페르난두, 자네라면 처음으로 되돌아가고 싶었겠지. 내 이름은 페르난두가 아니야. 아.

히카르두 헤이스는 저녁 식사를 하러 나가지 않았다. 의자 일곱 개에 둘러싸인 커다란 거실 탁자에 차와 케이크를 차려놓았다. 일곱 개의 가지와 전구 두 개가 있는 샹들리에 아래에서 그는 작은 스펀지케이크 세 개를 먹고 하나를 접시에 남겨두었다. 다시 세어보니, 사번과 육번이 없었다. 사번은 직사각형 방의 구석에서 곧 발견되었지만 육번을 찾기 위해서는 자리에서 일어나 주위를 둘러보아야 했다. 그 결과 빈 의자가 여덟 개가 되었다. 결국 그는 자신이 육번이 되기로 했다. 그 자신이 정말로 헤아릴 수 없이 많다면, 번호가 몇 번이든 상관없었다. 아이러니와 슬픔이 모두 포함된 미소와 함께 고개를 저으며 그는 침실로 들어갔다. 내가 점점 미쳐가는 것 같아. 그는 이렇게 혼자 중얼거렸다. 저 아래 길에서 빗물이 끊임없이 웅성거리며 배수구를 따라 저지대의 보아비스타와 콘드 바랑으로 흘러가는 소리가 들렸다. 히카르두 헤이스는 아직 정리하지 않은 책 더미를 뒤져서 『미궁의 신』을 찾아낸 뒤 페르난두 페소아가 앉았던 의자에 앉아, 침대 위에 있던 담요로 무릎을 덮고 맨 앞 페이지를 다시 읽기 시작했다. 체스를 두는 두 남자 중 한 명이 발견한 시체가 왕과 여왕과 두 졸의 자리를 차지하고 누워서, 적 진영을 향해 팔을 쭉 뻗고 있었다. 그는 계속 읽었지만, 지난번에 읽다 만 곳까지 도달하기도 전에 졸음이 밀려왔다. 그는 침대에 누워 힘들게 두 페이지를 더 읽은 뒤, 서른일곱 번째와 서른여덟 번째 수 사이에 잠이 들었다. 체스를 두는 두 남자 중 다른 한 명이 막 주교의 운명에 대해 고민하는 순간이었다. 불을 끈 기억이 없는데, 한밤중에 일어나 보니 불이 꺼져 있었다. 틀림없이 중간에 일어나 불을 끈 모양이었다. 살다 보면 우리 몸이 스스로의 의지를 갖고 자동적으로 어떤 일을 해내서 최대한 불편한 상황을 피할 때가 있다. 그래서 우리는 전투나 처형 전야에 잠을 잘 수 있고, 삶이라는 가혹한 빛을 더 이상 견딜 수 없을 때 결국 세상을 떠난다.

그가 깜박 잊고 덧창을 닫지 않았으므로, 흐린 아침의 회색 빛이 방을 가득 채웠다. 긴 하루, 긴 한 주가 그를 기다리고 있었다. 그는 수염이 자라고 자라서 이끼로 변하든 말든 그냥 이 따뜻한 담요를 덮고 침대에 누워 있고 싶은 마음이 무엇보다 간절했다. 마침내 누군가 찾아와 문을 두드릴 때까지. 누구세요. 마르센다예요. 잠시만요. 그는 들떠서 이렇게 소리치고는, 몇 초 만에 면도를 하고, 머리를 빗고, 방금 씻고 나온 몸에 깨끗한 옷을 말쑥하게 걸쳐 기다리던 손님을 맞이할 준비를 마칠 것이다. 어서 들어오세요, 세상에, 이렇게 와주시다니. 그의 문을 두드린 사람은 한 명도 아니고 두 명이나 되었다. 가장 먼저 찾아온 사람은 매일 아침 우유를 배달시킬 생각이 있느냐고 물어보러 온 우유 배달부였고, 그다음에는 매일 빵이 필요하냐고 물어보러 온 제빵사였다. 그는 두 사람 모두에게 그렇다고 대답했다. 그렇다면, 선생님, 저녁마다 우유병을 문 앞 깔개 위에 놓아두세요. 그렇다면, 선생님, 전날 밤에 빵 봉지를 문고리에 걸어두세요. 그런데 내가 이사 온 것을 어떻게 알았습니까. 이층 여자분에게서 들었습니다. 그렇군요, 그럼 대금은 어떻게 치를까요. 주 단위로 주셔도 되고, 월 단위로 주셔도 됩니다. 그럼 주 단위로 하죠. 좋습니다, 의사 선생님. 히카르두 헤이스는 자신이 의사인 걸 어떻게 알았느냐고 물어보지 않았다. 물어보는 것은 의미 없는 일이었다. 하지만 우리는 리디아가 떠나면서 그를 의사 선생님이라고 부르는 소리를 들었고, 아래층 여자도 그 소리를 들었다. 우유, 차, 신선한 빵으로 히카르두 헤이스는 건강한 아침 식사를 즐겼다. 버터나 마멀레이드는 없었지만, 이런 빵은 아무것도 바르지 않고 맛을 음미해야 한다. 마리 앙투아네트 왕비에게 이런 빵을 내놓았다면, 그녀가 굳이 브리오슈로 연명할 필요가 없었을 것이다. 이제 부족한 것은 신문뿐인데, 그것 역시 곧 배달될 것이다. 침실에서 히카르두 헤이스는 신문 판매인이 외치는 소리를 듣는다. 《오 세쿨루》, 《오 노티시아스》. 그가 서둘러 창문을 열자 신문이 허공을 가르며 날아온다. 비밀문서처럼 접혀 있는 신문은 잉크에 젖어 축축하다. 날씨 때문에 잉크가 다 마르지 못한 탓이다. 기름기 있는 검은 얼룩이 손가락에 묻는다. 이제 매일 아침 안에서 창문을 열어줄 때까지 이 전서구가 유리창을 두드릴 것이다. 신문 판매인이 외치는 소리는 거리 끝에서도 들을 수 있다. 거의 언제나 그렇듯이, 창문이 느릿느릿 열릴 때면, 허공으로 던져진 신문이 원반처럼 빙글빙글 돌면서 한 번 창문을 맞히고 떨어졌다가 또다시 날아오른다. 히카르두 헤이스는 이미 창문을 활짝 열고, 그에게 세상 소식을 알려주는 이 날개 달린 전령을 품에 안았다. 그는 창틀 너머로 몸을 기울이고 이렇게 말한다. 정말 감사합니다, 세뇨르 마누엘. 그러자 신문 판매인이 대답한다. 내일 오겠습니다, 선생님. 하지만 나중에 두 사람은 월 단위로 대금을 지불하기로 합의할 것이다. 믿을 만한 손님과 거래할 때는 이것이 보통이다. 매일 삼 센타부를 받아가는 수고를 하지 않아도 되기 때문이다. 그 하찮은 금액을.

이제 기다리는 일만 남았다. 첫날인 오늘 그는 신문을 읽으며 시간을 보낼 수 있다. 석간도 있고, 신문을 다시 읽으며 분석하고 곰곰이 생각해볼 수도 있다. 그다음에는 자신이 쓴 송시를 다듬거나, 미궁과 신에 대한 이야기를 다시 읽기 시작하거나, 창가에서 하늘을 바라보며 이층에 사는 여자가 계단에서 사층 여자와 수다 떠는 소리를 들을 수도 있다. 아무래도 두 여자의 찢어지는 듯한 목소리를 앞으로 많이 듣게 될 것 같다. 그러고 나서 그는 졸다가 깨어나기를 반복하며 잠을 잘 것이고, 점심때만 잠깐 밖에 나갔다 올 것이다. 가까운 칼랴리스 거리의 식당에서 서둘러 점심을 먹은 뒤 이미 다 읽은 신문을 다시 읽고, 별 볼 일 없는 자신의 송시를 다시 보고, 마흔아홉 번째 수의 결과에 대한 가설 여섯 개를 다시 생각할 것이다. 거울 앞을 지나다가 방금 지나간 그 사람이 아직 그 자리에 있는지 확인하려고 뒤를 돌아볼 것이다. 음악이 없으니 침묵을 견딜 수 없다는 결론을 내리고 조만간 축음기를 꼭 사야겠다고 결심할 것이다. 자신에게 가장 잘 맞는 모델이 무엇인지 살펴보려고 특정한 제품들, 벨몬트, 필립스, RCA, 필코, 파일럿, 스튜어트-워너의 제품 광고를 훑어본다. 메모를 하고, 슈퍼헤테로다인*이라는 말을 쓴다. 아는 말은 슈퍼뿐이지만, 그나마도 확실히 아는 것은 아니다. 고독하고 가엾은 히카르두 헤이스는 파리 사람들이 쓰는 방법인 엑수버를 이용해서 삼 주 내지 오 주 안에 여성들의 가슴을 완벽하게 만들어준다고 약속하는 광고 앞에서 당황한다. 기본적으로 필요한 것 세 가지, 즉 가슴을 탄탄하게 해주는 방법, 가슴을 발달시키는 방법, 가슴을 줄여주는 방법이 결합된 것이다. 프랑글레** 이름이 붙은 이 방법들은 미로메닐 거리 엘렌 뒤루아 부인의 감독하에 구체적인 결과를 만들어낸다. 말할 것도 없이 파리에 있는 이 거리에서 매혹적인 여자들이 자신의 가슴을 탄탄하게 만들고, 발달시키고, 축소한다. 이 세 가지를 연달아 할 때도 있고, 동시에 할 때도 있

---

* 고감도 수신장치.
** 장난삼아 프랑스어와 영어를 혼합해서 쓰는 것.

다. 히카르두 헤이스는 다른 놀라운 광고들을 살펴본다. 영양 성분이 들어간 포도주인 강장제 바나카오, 조엣 자동차, 파르질 구강청정제, 실버 나이트라는 비누, 에벨 포도주, 메르세데스 블라스쿠의 작품, 셀바, 살트라투스 호텔, 언제 어디서나 볼 수 있는 『포르투갈 수녀의 편지』, 블라스코 이바네스의 책, 테크 칫솔, 진통제 베라몽, 머리 염색약 노이바, 겨드랑이에 문질러서 바르는 데조도롤의 광고들. 그러고는 한숨을 내쉬며 이미 다 읽고 소화한 기사들로 눈을 돌린다. 「스텐카 라진」의 작곡가인 알렉산드르 글라주노프가 세상을 떠났다. 아버지 같은 독재자 살라자르가 노동자들을 기쁘게 해주려고 국립 재단에 매점을 설치했다. 독일은 라인란트에서 군대를 철수시키지 않을 것이라고 단언한다. 최근의 폭풍으로 히바테주 지역이 쑥대밭이 되었다. 브라질에서 전쟁 상태가 선포되고 수백 명이 체포되었다. 히틀러의 말 한마디. 우리가 운명을 이기고 승리를 거두지 못한다면 스러질 것이다. 수천 명의 노동자들이 시골 땅으로 쳐들어간 바다호스* 지역으로 군대가 파견되었다. 하원에서 여러 사람이 독일 제삼제국에 동등한 권리를 허락해주어야 한다고 단언했다. 우세다 사건에서 흥미로운 사실들이 새로 밝혀졌다. 포르투갈에 와서 반란을 선동한 어느 피난민의 이야기를 그린 「오월 혁명」의 촬영이 시작되었다. 이번 반란이 아니라 다른 반란인데, 그 피

* 스페인의 지명.

난민은 신분을 감추고 머무르던 하숙집 딸 때문에 국가주의 쪽으로 넘어가게 된다. 이 마지막 기사를 히카르두 헤이스는 한 번, 두 번, 세 번 읽었다. 기억 속 깊은 곳에서 희미하게 웅웅거리는 메아리를 없애버리기 위해서였지만, 세 번 모두 기억이 그의 의도를 따라주지 않았다. 그가 다른 기사, 즉 라코루냐의 총파업 기사로 넘어갔을 때야 비로소 그 희미한 생각이 선명해졌다. 그것은 아련한 기억이 아니었다. 그 책 『음모』에 대한 기억이었다. 마릴리아의 이야기, 누군가가 또 국가주의 이상에 마음을 빼앗긴 이야기. 이 이야기에서 가장 유능한 선전 활동가는 여자들이다. 그들이 워낙 눈부신 성과를 거뒀기 때문에 일곱 번째 예술과 문학이 이 정절과 자기희생의 천사들에게 헌사를 바친다. 그들은 남자들의 잃어버린 영혼까지는 아니더라도, 흔들리는 영혼들을 찾아다닌다. 그들이 어깨에 손을 올리거나 눈물 아래로 정숙한 시선을 던지면 아무도 저항하지 못한다. 그들은 영장을 발부할 필요도, 신문할 필요도, 경찰 부국장처럼 속을 알 수 없는 존재가 될 필요도, 빅토르처럼 경계를 늦추지 않고 주위를 지킬 필요도 없다. 그들의 여성적인 영향력은 앞에서 언급한, 가슴을 탄탄하게 만들고 발달시키고 축소하는 기법을 뛰어넘는다. 하지만 그들의 영향력이 애당초 이 세 가지 방법에서 나왔다고 말하는 편이 더 정확한지도 모르겠다. 생물학적인 의미는 물론 문학적인 의미에서도. 거기에는 열렬한 감정의 토로, 과장된 은유, 여러 아이디어들의 거친 연상이 포함되어 있기 때문이다. 거룩한 여자들, 자비의 천사들, 포르투갈 수녀들, 마리아의 딸들, 경건한 자매들, 그들이 있는 곳이 수녀원이든 유곽이든, 궁전이든 오두막이든, 어느 하숙집 주인의 딸이든 상원의원의 딸이든, 서로 얼마나 별 같은 텔레파시 메시지를 주고받을까. 그래서 그토록 다양한 상황과 조건에서 그토록 일치된 효과를 낼 수 있는 것이다. 바로 다른 무엇도 아닌, 영혼을 잃어버릴 위기에 처한 남자의 구원이라는 결과를. 이 여자들은 최고의 보상으로 남자에게 자매 같은 우정을 제공한다. 때로는 사랑을 제공하기도 한다. 심지어 자신의 몸은 물론, 사랑받는 배우자가 제공할 수 있는 다른 모든 혜택까지도. 그 덕분에, 혹시 행복이 찾아온다면 바로 저 높은 제단에서 내려온 선한 천사들의 뒤를 따라올 것이라는 남자의 희망이 유지된다. 솔직히 고백하자면 이것은 궁극적으로 마리아 숭배의 두 번째 발현에 지나지 않는다. 마릴리아와 하숙집 딸, 두 사람 모두 누구보다 경건한 성모의 화신으로서 연민의 시선을 던지며, 육체적 상처와 도덕적 상처에 치유의 손을 올려놓고 정치적 개종과 건강이라는 기적을 일궈낸다. 이런 여자들이 세상을 다스리기 시작하면 인류는 크게 한 발 앞으로 나아갈 수 있을 것이다. 히카르두 헤이스는 이렇게 슬프고 불경한 생각을 하며 빙긋 웃었다. 남자가 혼자 빙그레 웃는 모습을 지켜보는 일은 왠지 불편하다. 특히 그가 거울을 향해 미소 짓고 있다면 더욱 그렇다. 그와 세상 사이에 닫힌 문이 있어서 다행이다. 그는 자문했다. 마르센다, 그녀는 어떤 여성인가. 이 질문은 요점에서 벗어나 있다. 대화할 상대가 전혀 없는 사람이 머릿속으로 벌이는 게임일 뿐이다. 먼저 그는 그녀가 이 아파트로 그를 만나러 올 용기가 있는지 봐야 한다. 그다음에는 그녀가 아무리 내키지 않아도, 아무리 말재주가 없어도, 부상당한 타란툴라가 한가운데에 잠복해 있는 거대한 거미줄 같은 이 고독하고 폐쇄된 곳에 찾아온 이유를 설명해야 할 것이다.

오늘은 누구도 합의한 적이 없는 기간의 마지막 날이다. 히카르두 헤이스는 시계를 본다. 네시를 막 지난 시각이다. 창문은 닫혀 있고, 몇 점 되지 않는 구름은 높이 떠 있다. 만약 마르센다가 오지 않는다 해도, 최근 아주 흔해진 간단한 변명을 할 수는 없을 것이다. 정말 가고 싶었는데 비가 억수같이 쏟아졌어요, 아버지는 외출 중이셨지만, 틀림없이 애인을 만나러 가셨겠죠, 어쨌든 제가 나가려고 했다면 살바도르 지배인이 틀림없이 이렇게 물었을 거예요, 설마 외출하시려는 건 아니죠, 세뇨리타 마르센다, 이런 날씨에. 히카르두 헤이스는 손목시계를 본다. 네시 반이다. 마르센다는 오지 않았다. 앞으로도 오지 않을 것이다. 밝은 실내 풍경이 빠르게 사라져간다. 가구들은 가늘게 떨리는 그림자 뒤로 몸을 숨기고, 이제는 아다마스토르의 고통을 이해할 수 있을 것 같다. 긴장감이 거의 참을 수 없을 만큼 커졌을 때, 갑자기 정문 노커를 두 번 두드리는 소리가 들린다. 건물이 꼭대기에서부터 바닥까지 떨리는 것 같다. 지진이 기초를 뒤흔들 때처럼. 히카

371

르두 헤이스는 서둘러 창가로 달려가지 않았으므로, 쇠줄을 당기려고 층계참으로 나갈 때 문밖에 누가 있을지 전혀 짐작도 하지 못한다. 위층 여자가 자기 집 문을 열고 말하는 소리가 들린다. 어머, 죄송해요, 우리 집에 온 손님인 줄 알았어요. 남의 일에 참견하기 좋아하는 여자들이 몇 세대 전부터 사용하던 친숙한 말이다. 밖에는 마르센다가 서 있다. 히카르두 헤이스가 난간 위로 몸을 기울이자 그녀가 보인다. 마르센다는 일층 계단을 반쯤 올라오다가 시선을 든다. 자신이 찾아온 사람이 정말로 여기서 살고 있는지 빨리 확인하고 싶기 때문이다. 그녀가 웃고 있다. 거울 속 미소와 달리 그 미소에는 미래가 있다. 그것이 차이점이다. 히카르두 헤이스는 문을 향해 뒷걸음친다. 마르센다는 마지막 계단을 올라오고 있다. 히카르두 헤이스는 계단의 불이 꺼져 있는 것을 그제야 알아차린다. 그래서 거의 어둠 속에서 그녀를 맞이할 수밖에 없다는 것을. 망설이는 동안 그의 머릿속 또 다른 층에서는 놀라움과 의아함이 떠오른다. 그녀의 미소는 어떻게 저리도 눈부실 수 있는 거지. 그녀가 내 앞에 섰을 때, 내가 무슨 말을 할까. 그동안 잘 지냈느냐고 물어볼 수는 없다. 그보다 더 평범하게 여기서 이렇게 보다니 정말 좋네요, 라고 소리칠 수도 없고, 낭만적으로 한숨을 내쉬면서, 거의 포기하고 있었는데, 정말 절망스러웠어요, 왜 이제야 왔습니까, 라고 말할 수도 없다. 그녀가 안으로 들어오고 나는 문을 닫는다. 우리 둘다 한마디도 하지 않는다. 히카르두 헤이스는 그녀의 오른손을 잡는다. 순전히 그녀를 자기 집의 미궁 속으로 이끌기 위해서다. 침실로 들어가는 것은 부적절하고, 식당으로 가는 것은 어리석다. 그 긴 탁자를 에워싼 의자들 중 어디에 앉을까. 나란히 앉을까, 마주 보고 앉을까. 게다가 거기 앉은 사람이 과연 몇 명일까. 그는 헤아릴 수 없이 많은 존재이고, 그녀의 존재 또한 확실히 하나 이상인데. 그러니 서재로 가자. 마르센다와 내가 각각 다른 소파에 앉는 거야. 이제 그들은 서재로 들어왔다. 천장의 전등에 불이 들어왔고, 책상 위의 스탠드도 켜졌다. 마르센다는 묵직한 가구들, 책이 한 줌 꽂혀 있는 책꽂이 두 개, 초록색 압지를 둘러본다. 그러고 나서 히카르두 헤이스가 그녀에게 말한다. 내가 당신에게 입을 맞출 겁니다. 마르센다는 조용하다. 그리고 오른손으로 천천히 왼쪽 팔꿈치를 받친다. 이것은 항의인가, 자비를 보여달라는 호소인가, 항복의 표시인가. 그녀는 울타리처럼 팔을 몸 앞에 가로로 놓는다. 히카르두 헤이스가 한 걸음 앞으로 다가가지만 그녀는 움직이지 않는다. 그가 거의 닿을 만큼 가까이 다가갔을 때 마르센다는 팔꿈치를 놓고 오른손을 아래로 떨어뜨린다. 오른손이 왼손처럼 생기 없이 늘어진다. 그녀의 안에 있는 생기란 생기는 모두 이 남자가 점점 다가오는 것을 지켜보며 쿵쿵 뛰는 심장과 떨리는 무릎에 집중되어 있다. 마르센다의 목에서 흐느끼는 듯한 소리가 올라오고, 두 사람의 입술이 서로 닿는다. 이것이 키스인가. 마르센다는 속으로 생각한다. 하지만 이것은 키스의 시작일 뿐이다. 그의 입이 그녀의 입을 눌러대고, 그의 입술이 그녀의 입술을 벌린다. 이것이 몸의 운명이다. 이렇게 열리는 것. 히카르두 헤이스의 양팔이 이제 마르센다의 허리와 어깨를 감싸고 있다. 그녀의 가슴이 생전 처음으로 남자의 가슴과 맞닿는다. 키스가 아직 끝나지 않았음을 그녀는 깨닫는다. 언젠가 키스가 끝나고 세상이 원초적이고 순수하던 시절로 돌아갈 수 있을 것 같지 않다. 마르센다는 또한 양팔을 늘어뜨린 채 가만히 서 있지만 말고 자신도 뭔가를 해야 한다는 사실을 깨닫는다. 그녀의 오른손이 히카르두 헤이스의 어깨로 올라가고, 죽었는지 잠들었는지 알 수 없는 왼손은 꿈을 꾸며 예전에 자신이 했던 동작을 떠올린다. 손가락과 손가락이 얽혀 남자의 목덜미에서 교차하던 것. 그녀는 히카르두 헤이스의 키스에 키스로 보답하고, 그의 손을 자신의 손으로 잡는다. 여기 오기로 결심했을 때 이미 이렇게 될 줄 알고 있었어, 호텔을 나설 때 이미 알고 있었다고, 저 계단을 올라오면서 이 사람이 난간 너머로 몸을 기울인 걸 봤을 때 이미 알고 있었어, 이 사람이 나한테 키스할 줄 알고 있었어. 그녀의 오른손이 그의 어깨를 떠나 지친 듯이 아래로 미끄러진다. 왼손은 그곳에 도달한 적이 없다. 몸이 움츠러들면서 거의 휘청거리는 것은 바로 이 순간이다. 키스만으로는 이제 충분하지 않은 순간이 왔을 때. 다음 단계로 넘어가라고 우리를 몰아치는 힘이 더 강해지기 전에 이 두 사람을 떼어놓자. 새로이 폭발하듯 이어지는 키스, 조급하고 짧고 열렬한 키스, 입술은 이미 입술만으로 만족하지 못하지만 그래도 계속 상대의 입술을 찾는다. 조금이라도 경험이 있는 사람이라면 이렇게 진행되는 순서를 알고 있겠지만, 마르센다는 아니다. 남자의 품에 안겨 키스를 받는 것이 생전 처음인 그녀는 키스가 오래 이어질수록 다시 키스하고 싶다는 욕구가 커진다는 사실을 불현듯 깨닫는다. 크레센도를 향해 올라가는 욕구에는 도무지 끝이 없는 것 같다. 그녀가 도망칠 길은 다른 곳에 있다. 목에 걸린 흐느낌 소리. 그 소리는 더 커지지도 않고 밖으로 나오지도 못한다. 꺼질 듯 애원하는 목소리. 놔주세요. 그러고는 어떤 양심의 가책 때문인지 혹시 상대의 기분이 상했을까 봐 이렇게 덧붙인다. 좀 앉고 싶어요. 히카르두 헤이스는 그녀를 소파로 안내한 뒤 이제 어떻게 해야 할지, 무슨 말을 해야 할지, 자신의 사랑을 선언해야 할지, 아니면 그녀에게 용서를 구해야 할지, 그녀의 발치에 무릎을 꿇어야 할지, 아니면 가만히 침묵을 지키며 그녀의 말을 기다려야 할지 판단을 내리지 못한다. 이 모든 것이 거짓처럼 느껴진다. 유일한 진실은 그가 당신에게 키스하겠다고 말하고 실제로 키스한 순간뿐이다. 마르센다는 소파에 앉아 있다. 무릎 위에 훤히 보이게 놓여 있는 왼손이 마치 증인 같다. 히카르두 헤이스도 앉아 있다. 두 사람은 서로의 몸을 의식하며 상대를 바라본다. 두 몸이 속삭이는 소리를 내는 커다란 조개껍데기 같다. 마르센다가 그에게 말한다. 이런 말을 하면 안 될 것 같기는 한데요, 저는 선생님이 저한테 키스할 줄 알고 있었어요. 히카르두 헤이스는 앞으로 몸을 기울이고 그녀의 오른손을 들어 자기 입술에 대고는 마침내 입을 연다. 내가 당신에게 키스한 것이 사랑 때문인지 절망 때문인지 모르겠습니다. 그녀가 대답한다. 지금까지 저한테 키스한 사람은 없었어요, 그러니까 저는 사랑과 절망이 어떻게 다른지 몰라요. 하지만 적어도 당신의 기분은 확실히 알고 있을 텐데요. 제게 선생님의 키스는 바다가 느끼는 파도 같았어요, 이것이 과연 의미 있는 말인지 잘 모르겠네요. 난 며칠 전부터 내내 당신을 기다리고 있었습니다, 그러면서 만약 당신이 온다면 과연 무슨 일이 벌어질지 생각했죠, 이런 일이 생길 줄은 몰랐습니다만, 당신이 여기로 걸어 들어오는 순간 내가 할 수 있는 일은 당신에게 키스하는 것밖에 없다는 사실을 깨달았습니다, 조금 전 내가 당신에게 키스한 것이 사랑 때문인지 절망 때문인지 모른다고 말했죠, 그때는 이 말이 무슨 뜻인지 알았던 것 같기도 한데 지금은 모르겠습니다. 그럼 선생님은 절망을 느끼지도 않고 저에 대한 사랑도 느끼지 않으시는 건가요. 남자는 누구나 자기가 키스한 여자에게 사랑을 느낍니다, 설사 절망 때문에 키스한 것이라 해도요. 선생님이 절망할 이유는 뭔가요. 딱 하나뿐입니다, 공허감. 양손을 모두 쓸 수 있는 사람이 어떻게 불만을 품을 수 있죠. 난 불만스러운 게 아닙니다, 그저 남자는 조금 전 내가 그랬던 것처럼 당신에게 키스하겠다고 여자에게 말하기 전에 절망을 경험할 수밖에 없다고 말하는 거예요. 혹시 사랑 때문에 그런 말을 하셨을 수도 있잖아요. 사랑 때문이었다면, 나는 미리 말하지 않고 키스했을 겁니다. 그럼 절 사랑하지 않으시는 거로군요. 난 당신을 지극히 좋아합니다. 하지만 그건 우리가 키스한 이유가 아니죠. 네, 뭐. 이제 어쩌죠, 방금 그런 일이 있었으니, 여기는 제가 평생 동안 세 번 대화를 나눠본 남자의 아파트고요, 저는 선생님을 만나러 왔어요, 선생님과 대화를 나누고 키스를 받으려고요, 나머지 일에 대해서는 생각하고 싶지 않아요. 언젠가 우리가 생각할 수밖에 없게 될지도 모릅니다. 언젠가는 그렇게 될지도 모르죠, 하지만 오늘은 아니에요. 차를 한 잔 갖다드리죠. 케이크도 있습니다. 저도 도울게요, 하지만 전 곧 가봐야 돼요, 아버지가 호텔로 돌아와서 제 행방을 물으실지도 몰라요. 편하게 계세요, 재킷을 벗는 게 어떻겠습니까. 전 이대로가 좋아요.

부엌에서 함께 차를 마신 뒤 히카르두 헤이스는 그녀에게 아파트를 구경시켜주었다. 침실은 잠깐 보았을 뿐이다. 그리고 나서 서재로 돌아온 뒤 마르센다가 그에게 물었다. 환자를 보기 시작하셨나요. 아뇨, 아직, 하루에 단 몇 시간만이라도 환자를 볼까 싶기도 합니다, 제가 이곳에 다시 적응하는 것이 문제죠. 그걸로 새 출발을 할 수 있을 거예요. 새 출발은 우리 모두에게 필요한 일이죠. 경찰이 또 선생님을 귀찮게 하지는 않았나요. 네, 게다가 이제는 그쪽이 제가 어디 사는지도 모르니까요. 그 사람들이 원한다면 알아낼 수 있을 거예요. 당신의 팔은 어떻습니까. 보면 알잖아요, 이제 저는 치료에 대한 희망을 완전히 접었어요, 아버지는. 아버지는. 아버지는 저더러 파티마에 가보라고 하세요, 제게 믿음이 있으면 기적이 일어날지도 모른다고요, 다른 사람들이 경험한 것처럼. 사람이 기적을 믿기 시작하면 더 이상 희망이 없습니다. 내 생각에 한동안 이어지던 그의 구애가 끝을 향해 가고 있는 것 같다. 마르센다, 당신의 믿음은 무엇입니까. 지금 이 순간에요. 네. 지금 이 순간 저는 당신이 해준 키스만 믿어요. 또 키스할 수도 있습니다. 아뇨. 왜요. 제가 또 똑같은 감정을 느낄지 확신할 수 없어서요, 이제 그만 가봐야겠어요, 내일 아침 일찍 떠날 예정이거든요. 문 앞에서 마르센다는 한 손을 내밀었다. 편지 주세요, 저도 편지를 쓸게요. 다음 달에 또 만나요. 아버지가 계속 여기 오고 싶어 하신다면요. 당신이 오지 않으면 내가 코임브라로 가겠습니다. 절 보내주세요, 히카르두, 당신에게 또 키스해달라고 말하기 전에. 마르센다, 제발 가지 마세요. 안 돼요. 그녀는 한 번도 위를 쳐다보지 않고 빠르게 계단을 내려갔다. 현관문이 쾅 닫혔다. 히카르두 헤이스가 침실로 들어오자 위에서 발소리가 들리더니 창문이 열렸다. 사층에 사는 여자다. 어떤 여자가 새로 이사 온 사람을 찾아왔는지 직접 보고 싶어서, 그 여자가 엉덩이를 살랑살랑 흔들며 걷는지 보고 싶어서 창문을 연 것이다. 자신이 잘못 생각한 건지, 아니면 정말로 뭔가 구린 일이 있는 건지 확인하고, 이 건물이 정말 평화롭고 훌륭한 곳이라고 생각하고 싶어서.

대화와 판정. 어제 한 명이 왔다 가더니, 오늘 또 다른 여자가 왔어요. 사층에 사는 여자가 말한다. 어제 온 여자는 못 봤는데, 오늘 온 여자는 청소하러 온 거예요. 이층 이웃이 말한다. 내가 보기에 파출부 같지는 않던데요. 맞아요, 그 여자가 꾸러미를 잔뜩 들고 오지 않았다면 어느 부잣집 가정부인 줄 알았을 거예요, 빨랫비누도 들고 있던데요, 냄새로 알았죠, 솔도 들고 있었고요, 그 여자가 왔을 때 내가 여기 계단에서 현관 깔개를 털고 있었거든요. 어제 왔던 여자는 좀 어려 보이던데, 요즘 한창 유행하는 멋진 모자를 쓰고 있었어요, 오래 머무르지는 않았고요. 어떻게 생각하세요. 솔직히 뭐라고 해야 할지 모르겠어요, 그 사람이 이사 온 지 이제 겨우 일주일인데 벌써 여자 두 명이 왔다 갔잖아요. 오늘 온 여자는 청소하는 여자예요, 그거야 자연스러운 일이죠, 혼자 사는 남자한테는 살림을 해줄 사람이 필요하니까요. 어제 온 여자는 친척일 수도 있죠, 그 사람한테도 틀림없이 친척이 있을 테니까요. 하지만 내가 보기에는 이상해요, 이번 주 내내 그 사람이 점심때 빼고는 밖에 나온 적이 없는 것 아세요. 그 사람이 박사인 걸 아셨어요. 저는 금방 알았어요, 그 파출부가 일요일에 왔을 때 박사님*이라고 부르더라고요. 의학 쪽 박사일까요, 아니면 법률 쪽 박사일까요. 저야 모르죠, 하지만 걱정 마세요, 관리인한테 월세를 내러 갈 때 물어볼 테니까요, 관리인이라면 틀림없이 알고 있겠죠. 한 건물에 의사가 사는 건 언제나 좋은 일이에요, 언제 의사가 필요해질지 모르잖아요. 믿을 만한 사람이라면 그렇겠죠. 내가 그 파출부를 언제 붙들고 얘기를 한번 해야겠어요, 일주일에 한 번씩 그쪽 계단을 청소해야 한다고요, 우리 계단은 언제나 티끌 없이 깨끗하잖아요. 맞아요, 말해야 돼요, 그 여자한테 얕보이면 안 돼요. 우리가 어떤 사람들인지 그 여자한테 보여줘야죠. 사층 여자가 말했다. 이것으로 대화와 판정이 끝났다. 남은 것이라고는 사층 여자가 자기 아파트를 향해 천천히 조용하게 계단을 올라가는 장면뿐이다. 그녀는 천 슬리퍼를 신

---

* 앞에서 리디아가 히카르두 헤이스를 부른 호칭은 독토르(doctor). 여기 이웃 여자들은 독토르를 박사로 알아듣고 대화를 나누고 있다.

은 발로 바닥을 살살 디딘다. 히카르두 헤이스의 아파트 문 앞에서 그녀는 열쇠 구멍에 귀를 대고 주의 깊게 귀를 기울인다. 수돗물 소리와 파출부의 나지막한 노랫소리가 들린다.

리디아에게 그날은 몹시 바쁜 하루였다. 그녀는 가져온 작업복을 입고, 머리를 묶어 스카프를 쓰고, 소매를 걷어 올린 뒤 열심히 일하기 시작했다. 서로 엇갈릴 때마다 히카르두 헤이스가 반드시 그녀를 놀려야 할 것 같은 기분에 장난을 걸면 그녀는 민첩하게 그것을 피했다. 히카르두 헤이스가 심리적인 통찰력과 경험 부족으로 저지른 실수였다. 지금 이 여자는 먼지를 털고, 빨래를 하고, 빗자루질을 하는 것 외에 다른 즐거움을 원하지 않는다. 이런 일에 워낙 익숙하기 때문에 전혀 힘이 들지 않아서 그녀는 노래를 부른다. 하지만 파출부가 의사 선생님을 위해 일하는 첫날 제멋대로 군다는 인상을 이웃들에게 줄까 봐 목소리를 크게 내지 않는다. 점심때가 되자, 오전 내내 침실에서 서재로, 서재에서 식당으로, 식당에서 부엌으로, 부엌에서 욕실로 쫓겨 다니던 히카르두 헤이스가 욕실에서 나왔지만 아침에 이동했던 길을 다시 역순으로 되짚어 움직였을 뿐이다. 빈방 두 곳에서 잠시 숨을 돌릴 여유밖에 없었다. 그는 리디아가 일을 중단할 기색이 전혀 없는 것을 보고 당황해서 이렇게 말했다. 알다시피 이 집에는 먹을 것이 전혀 없소. 그의 생각을 표현한 말치고는 어색했다. 이 말은 전혀 가리는 것 없이 이렇게 들릴 것 같았다. 난 점심을 먹으러 나갈 건데, 당신을 식당에 데려갈 수는 없

소, 이상하게 보일 테니까, 당신은 점심을 어떻게 할 생각이
오. 리디아는 이런 질문에 지금과 정확히 똑같은 대답을 했
을 것이다. 리디아에게는 적어도 두 얼굴이라는 비난을 할
수 없다. 가서 식사하세요, 저는 호텔에서 수프랑 고기찜을
좀 가져왔어요, 그걸 데우기만 하면 돼요, 선생님은 천천히
드시고 오세요, 청소 때문에 고생하실 필요도 없으니 좋네
요. 리디아는 이 말을 하면서 웃었다. 그리고 왼손 손등으로
얼굴의 땀을 닦으며, 오른손으로는 스카프를 다시 정돈했다.
스카프가 미끄러져 내려오고 있었기 때문이다. 히카르두 헤
이스는 리디아의 어깨를 손으로 잡으며 말했다. 그럼 나갔다
오겠소. 그러고는 밖으로 나갔다. 계단을 반쯤 내려갔을 때
이층과 사층에서 문이 열리는 소리가 들렸다. 이웃들이 리디
아에게 한목소리로 주의를 주러 오는 길이었다. 이봐요, 아가
씨, 당신 주인의 집 앞 계단도 꼭 청소해야 돼요, 라고. 하지
만 히카르두 헤이스를 보고 그들은 허둥지둥 다시 안으로 들
어갔다. 그가 건물 밖으로 나가는 순간, 사층 여자가 이층으
로 내려갈 것이고, 거기서 두 여자가 이렇게 속삭일 것이다.
아까 정말 깜짝 놀랐어요. 집에 파출부만 남겨두고 나가는
사람이 어디 있대요. 엄청 믿나 보죠, 예전에 살던 곳에서도
그 여자가 청소를 해줬다던가. 그럴 수도 있겠네요, 세뇨라.
그렇긴 한데, 두 사람이 바람을 피우는 사이일 수도 있어요,
남자들이 원래 못됐잖아요, 기회를 놓치는 법이 없죠. 설마
요, 그 사람은 의사인데요. 의사라도 못된 사람일 수 있어요,

남자들은 아주 못됐으니까요. 우리 집 남자는 그렇게 못되지 않았어요. 우리 집 남자도 그래요. 나중에 봐요, 세뇨라, 이러다 저 가벼운 여자한테 뒤통수를 맞겠어요. 걱정 마세요, 내가 꼭 단단히 일러둘 테니까. 하지만 그럴 필요가 없었다. 오후 중반에 리디아는 솔, 대걸레, 양동이로 무장하고 층계참으로 나갔다. 묵직한 솔질 소리가 나무 계단에 울려 퍼지는 가운데, 사층 여자는 위층에서 조용히 지켜보았다. 리디아는 더러운 물을 대걸레로 훔쳐서 양동이에 걸레를 짜고, 양동이 물을 세 번 갈았다. 건물 전체에서 깨끗한 비누 냄새가 강하게 풍겼다. 이 파출부가 일을 제대로 할 줄 안다는 사실을 부정할 수 없다. 이층 여자는 보자마자 알 수 있다. 그래서 리디아가 자기 집 앞 층계참에 왔을 때 현관 깔개를 가지고 들어간다는 명목으로 일부러 그녀에게 말을 건다. 아가씨, 계단 청소를 엄청 깨끗하게 했네요, 삼층에 이렇게 믿음직한 이웃이 들어와서 반가워요. 선생님이 항상 깔끔하고 깨끗한 걸 원하시거든요, 일을 하려면 제대로 해야 한다고 생각하시고요, 보기에도 좋잖아요. 물론이에요. 이 말은 리디아가 아니라 사층 여자가 한 것이었다. 그녀는 난간 너머로 몸을 기울이고 있었다. 방금 청소한 계단을 보고 있으면 왠지 관능적인 느낌이 든다. 솔로 닦은 계단에서 나는 냄새도 그렇다. 이것은 살림을 잘한다는 사실에 자부심을 느끼는 여자들의 우애, 비록 장미보다 더 빨리 스러지는 것이라 해도 하여튼 서로의 죄를 사해주는 순간이다. 리디아는 두 여자에게 오후 인사를 한 뒤, 양동이와 솔, 걸레와 비누를 들고 다시 계단을 올라와 아파트 안으로 들어가서 문을 단단히 닫았다. 그리고 투덜거렸다. 아줌마들이 잘난 척은, 날 뭘로 보고 멋대로 휘두르려고 들어. 청소는 끝났다. 모든 것이 아주 말쑥하고 깨끗했다. 히카르두 헤이스가 지금 돌아와서, 항상 잘못된 부분을 찾아내려고 드는 주부들처럼 가구 표면을 손가락으로 쓸어보고 구석구석 조사해봐도 될 정도였다. 갑자기 엄청난 슬픔, 쓸쓸함이 리디아를 엄습했다. 피곤해서가 아니라, 비록 말로 표현할 수는 없지만 자신의 역할이 이제 끝났음을 깨달았기 때문이다. 이제 남은 일이라고는 주인님이 돌아오시길 기다리는 것뿐이다. 그는 그녀에게 고맙다고 인사하고, 열심히 일해준 보상을 하고 싶다고 말할 것이다. 그녀는 무표정한 얼굴로 그 말을 듣다가 그가 주는 돈을 받거나 받지 않고 호텔로 돌아갈 것이다. 오늘 그녀는 심지어 남동생의 소식을 알아보러 어머니한테 가지도 않았다. 그것을 후회하지는 않지만, 마치 그녀만의 것이 하나도 없는 것 같다. 이제 리디아는 블라우스와 치마로 갈아입는다. 그리고 땀을 식히며 부엌의 긴 의자에 앉아 양손을 무릎에 포개고 기다린다. 계단에서 발소리가 들리고, 열쇠 구멍에 열쇠를 넣는 소리가 난다. 히카르두 헤이스다. 그가 복도에서 농담처럼 말한다. 천사들의 집에 들어가는 것 같은걸. 리디아는 일어서서 그의 칭찬에 미소를 짓는다. 갑자기 만족감이 느껴진다. 그가 양팔을 활짝 벌리고 다가오는 모습을 보니 깊은 감동이 밀려온다. 아, 제 몸에 손대지 마세요, 몸이 땀투성이예요, 안 그래도 막 나가려던 참이었어요. 아직 가지 말아요, 시간이 이르니까 커피라도 한잔해요, 내가 크림케이크도 사 왔소, 먼저 상쾌하게 목욕을 하지 그래요. 세상에, 제가 여기서 목욕을 하다니요, 누가 또 그런 말을 들어봤을까요. 아무에게도 해본 적이 없는 말이오, 세상에는 언제나 처음이라는 것이 있으니까, 내 말대로 해요. 리디아는 더 이상 반대하지 않았다. 반대할 수 없었다. 설사 사회적 관습에 어긋나는 일이라 해도, 지금이 그녀의 삶에서 가장 행복한 순간 중 하나였기 때문이다. 뜨거운 물을 틀고, 옷을 벗고, 욕조에 천천히 앉아서 지친 팔다리가 관능적이고 따뜻한 물속에서 풀어지는 것을 느끼며 스펀지에 비누를 묻혀 몸통과 다리와 허벅지와 팔과 배와 젖가슴에 비누를 묻히는 순간. 닫힌 욕실 문 저편에서는 남자가 그녀를 기다리고 있다. 선생님이 무엇을 하고 계실지, 무슨 생각을 하실지 상상이 가, 하지만 만약 선생님이 여기에 들어와서 나를 본다면, 알몸으로 앉아 있는 나를 지켜본다면 얼마나 부끄러울까. 그녀의 심장이 그토록 빨리 뛰는 것은 부끄러움 때문인가, 아니면 두려움 때문인가. 리디아는 욕조에서 나온다. 인간의 몸이 물속에 있다가 젖은 채로 나올 때는 언제나 아름답지. 히카르두 헤이스는 문을 열면서 이렇게 생각한다. 몸에 아무것도 걸치지 않은 리디아는 손으로 가슴과 사타구니를 가리고 간청한다. 보지 마세요. 그녀가 이런 식으로 그와 마주한 것은 처음이다. 제발 저쪽에 가 계세요, 옷을 먼저 입을게요. 리디아가 당황해서 낮은 목소리로 말하지만, 그는 애정과 욕망, 그리고 심지어 짓궂은 장난기까지 깃든 미소를 지으며 말한다. 옷은 입지 말고 물기나 닦아요. 그가 커다란 수건을 들어 그녀의 몸을 감싸준 뒤 침실로 들어가 옷을 벗는다. 침대를 방금 정리했기 때문에 이불에서 새것 같은 냄새가 난다. 리디아가 몸을 가린 수건을 꼭 붙잡고 들어온다. 투명한 베일처럼 계속 붙잡고 있지 않고, 침대로 다가오면서 수건을 떨어뜨린다. 마침내 용기가 난 것이다. 오늘은 추위를 느낄 날씨가 아니다. 그녀의 몸이 안팎으로 활활 타오르고 있다. 이제는 히카르두 헤이스가 몸을 떨면서 아이처럼 그녀에게 손을 뻗는다. 처음으로 두 사람 모두 알몸이 되었다. 오랜 기다림 끝에 이제야. 봄은 느리게 다가왔지만, 아예 오지 않는 것보다는 그래도 늦는 편이 낫다. 아래층에서 높은 부엌 의자 두 개를 포개놓고, 자칫 거기서 떨어져 어깨뼈가 어긋날 위험까지 감수하고 그 위에 앉은 이웃 여자는 천장을 뚫고 들려오는 소리의 의미를 해석하려고 애쓴다. 호기심과 흥분으로 얼굴이 시뻘겋게 달아올랐고, 눈은 억눌린 음험함으로 번들거린다. 이 여자들은 이런 식으로 살다가 죽는다. 저 의사 양반과 가벼운 여자가 무슨 짓을 하는 건지, 믿을 수가 없네. 하지만 누가 알겠는가. 어쩌면 두 사람은 매트리스를 뒤집어 탁탁 두드리는 명예로운 일을 하고 있는 것일 수도 있다. 이런 소리를 믿으려면 조금 노력이 필요하겠지만. 삼십 분 뒤 리디아가 아파트를 떠났으나 이층 여자는 감히 자기 집 문을 열지 못했다. 아무리 용감한 사람이라도 한계가 있는 법이다. 그녀는 남자의 체취를 갑주처럼 온몸에 두르고 재빨리 지나가는 민첩한 모습을 문에 난 구멍을 통해 매의 눈으로 바라보는 것으로 만족했다. 히카르두 헤이스는 침대에 누운 채 눈을 감는다. 몸을 만족시켰으니, 이제 손에 잘 잡히지 않는 섬세한 고독이라는 쾌락을 덧붙일 수 있게 되었다. 그는 리디아가 있던 자리를 향해 몸을 굴린다. 이렇게 낯선 냄새라니. 낯선 짐승의 냄새지만 공통의 냄새이기도 하다. 둘 중 한 사람만의 냄새가 아니라 두 사람 모두의 냄새. 이제 그만, 우리는 입을 다물기로 하자. 이곳은 우리가 있을 곳이 아니다.

하루는 아침으로 시작하고, 한 주는 월요일로 시작한다. 동이 트자마자 히카르두 헤이스는 마르센다에게 보내는 장문의 편지를 쓰기 시작하면서 열심히 생각에 잠겼다. 사랑을 말하지도 않고 입을 맞춘 여자에게 무슨 편지를 쓸까. 용서를 구한다면 그녀가 화를 낼 것이다. 그녀가 열정적으로 키스에 화답했으니 더욱더. 달리 생각해보면, 그녀에게 키스할 때 사랑한다는 말을 하지 않았다면, 이제 와서 그 말을 지어낼 이유가 있을까. 상대가 믿어주지 않을 위험이 있는데. 로마인들은 행동이 말보다 더 많은 이야기를 한다는 라틴어 문구를 남겼다. 따라서 이미 행동이 이루어졌으니, 말은 불필요하다고 생각하기로 하자. 말은 고치의 첫 번째 층이다. 해지고, 빈약하고, 가냘픈 층. 우리는 아무것도 약속하지 않고, 아무엇도 구하지 않고, 심지어 암시도 하지 않는 말을 사용해야 한다. 우리가 비겁하게 뒤로 물러날 때 말이 우리의 꽁무니를 보호하게 하라. 조각난 구절들, 일반적이고 모호한 표현들이 꼭 그런 것처럼. 이 순간을, 스치듯 지나가는 즐거움을 음미하자. 움트는 이파리에 되돌아온 초록색을. 지금의 나와 과거의 나는 서로 다른 꿈인 것 같다. 세월은 짧고, 인생 또한 너무나 잠깐이다. 우리가 가진 것이 기억뿐이라면 그 편이 낫다. 많이 기억하느니 기억이 별로 없는 편이 더 낫다. 지금의 우리를 온전히 발휘하자. 우리에게 주어진 것은 이것뿐이다. 편지는 이런 식으로 끝난다. 편지를 쓰기가 엄청 힘들 줄 알았는데, 말이 쉽게 흘러나왔다. 가장 중요한 것은 자신의 말을 너무 깊이 생각하지 않고, 자신의 글에 대해서도 너무 많이 생각하지 않는 것이다. 나머지는 답장에 달려 있다. 오후에 히카르두 헤이스는 이미 약속했듯이 자리를 비우는 의사를 대신해서 임시로 진료할 수 있는 일자리를 찾으러 나갔다. 일주일에 사흘, 하루에 두 시간씩. 아니면 일주일에 하루라도 정신을 쏟을 수 있는 곳. 설사 창문이 뒤뜰을 향한 진찰실이 주어진다 해도 상관없었다. 아무리 작은 진찰실이라도 좋았다. 구식 가구도 괜찮았다. 일상적인 진찰을 위해 가림막 뒤에 놓은 소박한 긴 소파, 환자의 피부를 자세히 살필 수 있게 조절이 가능한 스탠드, 기관지염을 앓는 환자들을 위한 타구(唾具), 벽에 걸린 복제화 두어 점, 그의 졸업장이 든 액자, 우리에게 살날이 얼마나 남았는지 알려주는 달력. 그는 조금 떨어진 곳, 알칸타라, 팜풀랴에서 탐색을 시작했다. 배가 해협으로 들어올 때 그 지역을 지나왔기 때문인지도 모른다. 그는 혹시 자리가 빈 곳이 있는지 알아보고, 알지 못하는 의사들과 이야기를 나눴다. 그들을 친애하는 동료라고 부를 때, 그들이 같은 방식으로 자신에게 말할 때는 우스꽝스러운 기분이었다. 저희 병원에 자리가 있기는 합니다만 임시직입니다, 휴가를 떠난 동료의 자리거든요, 다음 주에 돌아올 겁니다. 히카르두 헤이스는 콘드 바랑 일대를 돌아다녀본 다음 호시우로 갔지만 빈자리가 모두 채워져 있었다. 의사가 부족하지 않은 것은 좋은 일이다. 포르투갈에 매독 환자가 육십만 명이 넘고, 유아 사망률은 이보다 훨씬 더 경각심을 가져야 할 수준이기 때문이다. 유아 일천 명당 백오십 명이 죽는다. 그러니 이토록 훌륭한 의사들이 없다면 어떤 재앙이 벌어질지 상상해보라. 틀림없이 운명의 개입이 있었는지, 히카르두 헤이스는 아주 멀리까지 가서 열심히 일자리를 찾아다닌 끝에 수요일에 마침내 바로 집 앞이나 마찬가지인 카몽이스 광장에서 안식처를 찾아냈다. 게다가 운이 얼마나 좋았는지, 그에게 주어진 진찰실은 창문으로 광장을 내려다볼 수 있는 곳이었다. 다르타냥의 뒷모습밖에 볼 수 없는 위치이긴 했지만, 바깥에 있는 사람과 얼마든지 이야기를 주고받을 수 있고, 연락도 받을 수 있었다. 발코니에서 날아오른 비둘기가 시인 카몽이스의 머리 위에 앉은 것이 그 점을 분명히 보여주었다. 비둘기가 그에게 귓속말을 한 것 같다. 비둘기다운

악의를 갖고서, 그의 뒤에 라이벌이 있다고. 정신적으로 그
와 비슷하고 뮤즈에게 헌신하는 인물이지만, 그 라이벌의 손
은 오로지 주사기를 사용하는 데에만 능숙했다. 히카르두 헤
이스는 카몽이스가 어깨를 으쓱하는 모습을 틀림없이 본 것
같았다. 그가 맡은 것은 심장과 폐의 질병을 전문적으로 다
루는 의사를 임시로 대신하는 자리다. 그 의사의 심장에 문
제가 생겼기 때문이다. 예후가 심각하지는 않지만, 회복에 석
달이 걸릴 수도 있었다. 히카르두 헤이스는 이 분야의 권위자
가 아니었다. 그가 마르센다의 심장 상태에 대해 뭐라고 의견
을 말할 자격이 없다고 말한 것이 기억날 것이다. 그러나 운
명은 일을 굴러가게 만들 뿐만 아니라, 냉소와 풍자도 할 수
있다. 그래서 우리의 의사 선생은 치료법과 예방의학에 대
한 옛 기억을 되살리고 최신 기법들을 익힐 수 있게 해줄 의
학 교재를 찾아 서점을 뒤지는 수밖에 없었다. 그는 회복 중
인 의사를 찾아가, 앞으로도 이 훌륭한 분야에서 최고의 전
문가로 오랫동안 활동할 그의 수준을 맞출 수 있게 있는 힘
껏 노력할 것이며, 그에게 확실히 조언을 구해 그가 지닌 풍
부한 지식과 경험의 도움을 받겠다는 말로 그를 안심시켰다.
그 의사는 히카르두 헤이스의 찬사를 당연한 말로 받아들이
면서 그에게 최선을 다해 협조하겠다고 약속했다. 그러고 나
서 두 사람은 이 대리 진료의 조건을 협의했다. 행정 비용, 간
호사 월급, 장비와 운영비가 각각 몇 퍼센트인지, 회복 중인
심장 전문의가 병석에 있든 건강을 회복하든 고정적으로 가

져가는 금액은 또 얼마인지. 남은 돈으로 히카르두 헤이스가 부자가 될 것 같지는 않지만, 그의 수중에는 아직 상당한 액수의 브라질 돈이 있다. 이제 이 도시에 환자를 보는 의사가 한 명 늘어났다. 달리 할 일이 없으므로 그는 월요일, 수요일, 금요일에 병원으로 출근한다. 언제나 시간을 어기는 법이 없다. 처음에는 나타나지 않는 환자들을 기다리다가 환자들이 나타나면 그들이 도망치지 않게 한다. 그렇게 일을 하다 보니 새로운 생활에 대한 설렘이 사라지고, 그는 짜부라진 폐와 괴사한 심장을 조사하고, 치료할 수 없는 병의 치료법을 찾으려고 책을 뒤지는 일상에 익숙해진다. 회복 중인 의사에게 전화를 하는 일은 거의 없다. 자주 찾아와 의논하겠다는 약속이 무색하다. 우리는 모두 최선을 다해 살면서 죽음을 준비한다. 그러려면 할 일이 무척 많다. 게다가 이런 질문을 던지는 게 얼마나 어색하겠는가. 당신 의견은 어떻습니까, 내가 보기에는 환자의 심장이 아슬아슬한 상태인 것 같은데요, 혹시 방법이 있겠습니까, 저세상으로 이어진 뻔한 길 말고요. 이건 마치 교수형을 선고받은 남자의 집에서 밧줄 이야기를 하는 꼴이 될 것이다.

아직까지는 마르센다에게서 답장이 없다. 히카르두 헤이스는 그녀에게 또 편지를 보내 자신의 새로운 삶을 알렸다. 유명한 전문의의 이름을 빌려 다시 환자를 보고 있다고. 나는 루이스 드 카몽이스 광장의 진찰실에서 환자를 봅니다, 내 아파트에서 엎어지면 코 닿을 곳이고 당신이 묵는 호텔과도 가깝습니다. 다채로운 색깔의 집들이 있는 리스본은 아주 작은 도시다. 히카르두 헤이스는 한 번도 만난 적이 없는 사람에게, 정말로 존재하기는 하는지 알 수 없는 사람, 설사 존재한다 해도 미지의 곳에 사는 사람에게 편지를 쓰는 기분이다. 하지만 생각해보면 그녀가 사는 곳에는 코임브라라는 이름이 있고, 그는 그 도시를 자기 눈으로 직접 본 적이 있다. 그러니 자신이 그런 기분을 느끼는 것이 해가 서쪽에서 뜨는 일만큼이나 터무니없어 보인다. 우리가 아무리 열심히 서쪽을 바라보아도 볼 수 있는 것은 해가 죽어가는 광경뿐일 것이다. 그가 키스했던 사람, 그가 아직도 간직하고 있는 그 키스의 기억이 시간이라는 안개 저편으로 점차 흐릿하게 사라진다. 서점에서 그는 기억을 되살려줄 글을 찾지 못한다. 대신 심장과 폐의 손상에 대한 정보를 발견한다. 하지만 질병은 없고, 병에 걸린 사람이 있을 뿐이라고 말하는 사람이 많다. 이건 키스는 없고, 키스를 받은 사람만 존재한다는 뜻일까. 리디아가 쉬는 날이면 거의 매번 그를 찾아오는 것이 사실이다. 그리고 안팎으로 드러난 증거를 근거로 판단하건대, 리디아는 분명히 사람이다. 그러나 히카르두 헤이스의 반감과 편견에 대해서는 이미 충분히 말했다. 리디아는 사람일지라도, 그가 원하는 그 사람이 아니다.

날씨가 좋아지지만, 세상은 점점 나빠진다. 달력에 따르면 벌써 봄이다. 새싹과 이파리가 나뭇가지에서 솟아나는 것이 보인다. 하지만 가끔 겨울이 그들을 침략한다. 폭우가 쏟아지면 이파리와 새싹이 홍수에 휩쓸려 간다. 그러다 해가 다시 나타나면, 우리는 지난 추수 때의 불행을, 물에 빠져 죽어서 잔뜩 부풀어 올라 썩어가는 몸으로 하류로 떠가던 소를, 벽이 안으로 무너진 오두막을, 갑자기 불어난 물이 남자 두 명의 시체를 배설물과 해충이 떠다니는 하수구로 데려간 사실을 잊어버린다. 죽음은 뒤로 물러나는 간단한 행위임이 분명하다. 조심스레 무대에서 퇴장하는 조연 배우와 같다. 이제 그의 존재가 필요하지 않게 된 무대는 그에게 마지막으로 발언할 수 있는 기회를 허락하지 않는다. 하지만 세상은 워낙 광활하기 때문에 훨씬 더 많은 드라마를 품고서, 우리가 리스본에 고기가 부족하다고 이를 악물고 투덜거리는 소리를 무시해버린다. 이런 소식을 방송하거나 해외로 새어 나가게 하면 안 된다. 그런 일은 우리 루시타니아인처럼 사생활을 지켜야 한다는 감각이 없는 다른 나라들에 맡겨두자. 독일 브라운슈바이크에서 최근에 치러진 선거를 생각해보자. 동원된 국가사회주의* 무리가 플래카드를 들고 황소와 함께 거리를 행진했다. 플래카드에는 이렇게 적혀 있었다. 이 황소는 투표하지 않는다. 거기가 포르투갈이었다면, 사람들이 황소를 데려가서 투표하게 한 다음 먹어치웠을 것이다. 허릿살과 뱃살을. 그리고 꼬리로는 수프를 끓였을 것이다. 독일 민족은 확실히 우리와 많이 다르다. 여기서 군중은 박수를 치고, 행

* 나치의 이념.

렬을 구경하러 달려가고, 로마식으로 경례한다. 민간인들에게는 제복에 대한 꿈이 있다. 하지만 세계 무대에서 그들의 역할은 소박하기 짝이 없다. 우리가 바랄 수 있는 일은 엑스트라로 무대에 서는 것뿐이다. 우리가 행진을 하며 지나가는 젊은이들을 기리기 위해 거리에서 줄을 서 있을 때 발을 어디에 두어야 할지, 손을 어떻게 해야 할지 도무지 모르는 것은 이 때문이다. 어머니의 품에 안긴 순진한 아기는 어른들의 애국적 열정이 뭔지 잘 모르기 때문에, 제 손이 닿는 위치에 있는 어른의 가운뎃손가락을 잡아당긴다. 포르투갈 같은 나라에서는 점잖고 엄숙해지는 것, 또는 조국의 제단에 자신의 목숨을 바치는 것이 불가능하다. 우리는 앞에서 말한 독일인들이 빌헬름 광장에서 어떻게 히틀러를 외치는지 보고, 그들이 우리는 총통을 원합니다, 총통 각하, 간청합니다, 각하를 보고 싶습니다, 라고 얼마나 열렬히 외치는지 들으며 교훈을 얻어야 한다. 그들은 목이 쉬고, 얼굴이 땀투성이가 될 때까지 소리를 지른다. 머리가 하얗게 세고 몸집이 작은 할머니들은 애정 어린 눈물을 흘리고, 임신한 여자들은 부풀어 오른 자궁과 들썩이는 가슴으로 흥분하고, 남자들은 힘센 근육과 의지를 갖고, 모두 소리를 지르며 갈채를 보낸다. 마침내 총통이 창가로 나올 때까지. 그러고 나면 그들의 히스테리는 한도를 모르고 날뛰기 시작한다. 군중은 한목소리로 외친다. 만세. 그래, 바로 이거다. 내가 독일인으로 태어났다면 얼마나 좋을까. 하지만 그렇게까지 거창한 포부를 품을 필요는 없다. 독일인과 비교하지 말고, 그냥 이탈리아인을 생각해 보자. 그들은 이미 자기들의 전쟁에서 이기고 있다. 겨우 며칠 전 그들의 비행기가 하라르 시*까지 날아가 모든 것을 잿더미로 만들었다. 이탈리아 같은 나라, 타란텔라와 세레나데로 유명한 그 나라가 그런 위험을 무릅쓸 수 있다면, 우리가 파두나 비라 때문에 망설일 이유가 무엇인가. 기회가 부족한 것이 우리의 불행이다. 우리에게는 제국이 있다. 가장 위대한 제국 중 하나다. 이 제국은 유럽 전역을 덮고도 땅이 남을 정도지만, 우리는 바로 옆의 이웃들도 정복하지 못한다. 심지어 올리벤사**도 싸워서 되찾지 못한다. 만약 우리가 먼저 그렇게 대담한 움직임을 보인다면 어떤 일이 벌어질까. 국경 너머에서 상황이 어떻게 돌아가는지 일단 두고 보자. 그리고 그동안 혼란을 피해 도망친 부유한 스페인 사람들을 우리의 집과 호텔에 계속 받아들이자. 이것이 포르투갈의 전통적인 친절이다. 언젠가 그들이 스페인의 적으로 선포되면, 우리는 그들을 당국에 넘길 것이고, 당국은 그들을 적절한 방법으로 처리할 것이다. 법은 실행하기 위해 만들어진 것이다. 포르투갈 사람들 사이에는 순교에 대한 강한 욕망이 존재한다. 희생과 자기부정에 대한 열정이다. 며칠 전만 해도 우리 지도자 한 명이 이렇게 말했다. 아들을 낳은 어머니라면 누구라

---

* 에티오피아 동부의 도시.

** 스페인의 도시이지만, 포르투갈이 영유권을 주장하고 있다.

도 조국을 지키기 위해 생명을 바치는 일보다 더 숭고하고 고결한 운명은 없다고 가르칠 것입니다. 나쁜 자식. 그가 산부인과 병동을 방문해서, 임신한 여자들의 배를 조사하며 예정일이 언제냐고 묻고, 참호에 군인이 필요하다고 말하는 모습이 눈에 보이는 듯하다. 어떤 참호인지는 상관없다. 어쨌든 참호는 존재할 테니까. 이런 불길한 징조를 통해 알 수 있듯이, 세상은 우리에게 훌륭한 행복을 약속하지 않는다. 공화국 대통령 알칼라사모라가 면직된 뒤, 스페인에 군사 쿠데타가 일어날 것이라는 소문이 퍼지고 있다. 만약 그렇게 된다면 많은 사람에게 슬픈 시기가 될 것이다. 하지만 사람들이 다른 나라로 가는 이유는 이것이 아니다. 포르투갈 사람들은 조국에서 살든 바깥세상에서 살든 상관하지 않는다. 중요한 것은 먹고살면서 돈을 조금 저축할 수 있는 곳을 찾는 것이다. 그곳이 브라질이든, 이곳으로는 삼월에 포르투갈 사람 육백여섯 명이 이주했다, 아니면 북아메리카의 미국이든, 이곳으로는 쉰아홉 명이 이주했다, 아니면 아르헨티나든, 이곳으로는 예순다섯 명 이상이 이주했다, 상관없다. 그러나 이 밖의 다른 나라를 모두 합하면 이주한 사람이 딱 두 명뿐이다. 프랑스는 포르투갈 시골뜨기들이 갈 만한 곳이 아니다. 그곳의 문명은 종류가 다르다.

부활절이 다가오자 정부가 전국에서 식량과 자선 물품을 나눠주고 있다. 그렇게 해서 우리 주 예수 그리스도의 고난과 승리를 기념하는 로마 가톨릭 의식과 굶주림을 호소하며 반발하는 위장을 일시적으로 달래는 조치가 하나로 합쳐진다. 항상 질서 있지만은 않은 가난한 사람들이 교구 위원회와 구빈원 앞에 줄을 서고, 오월 말이 되면 히바테주의 홍수로 집을 잃은 사람들을 위해 자키 클럽 마당에서 화려한 연회가 열릴 것이라는 소문이 벌써 돌아다닌다. 이 홍수 이재민들은 몇 달 전부터 바지 엉덩이가 흠뻑 젖은 채로 돌아다니고 있다. 조직위원회에 포르투갈 상류사회의 저명인사 몇 명이 이미 포함되었다. 도덕적으로나 물질적으로나 최고로 부유한 사람들인 마예르 울히, 페레스트렐루, 라브라디우, 에스타헤자, 다운 에 로레나, 인판트 다 카마라, 알투 메아링, 모지뉴 드 알부케르크, 호크 드 피뉴, 코스타 마세두, 피나, 폼발, 세아브라 에 쿠냐. 히바테주 주민들은 지극히 운이 좋다, 오월까지 굶주림을 참고 견딜 수만 있다면. 그동안 정부는, 우리 정부가 확실히 모든 면에서 완벽하고 최고지만, 그래도 시력이 점점 떨어지는 듯한 증상을 보이고 있다. 아마 지나친 문서 작업이나 스트레스 때문일 것이다. 사실 정부는 높은 곳에 앉아 있기 때문에 멀리 있을 때만 세상을 선명하게 볼 수 있어서 구원이 바로 코앞에 있을 때가 많다는 사실을 알아차리지 못한다. 이번에 구원을 제공한 곳은 신문 광고란이다. 이 광고를 놓친 데에는 변명의 여지가 없다. 잠옷 가운 차림으로 나른하게 기댄 여성의 스케치까지 광고에 곁들여져 있기 때문이다. 아무래도 엘렌 뒤루아 부인의 치료에 조금 신세를 진 듯한 훌륭한 가슴이 언뜻 보인다. 그러나 이 매력적인 사람의 안색이 조금 창백하다. 치명적인 병에 걸렸나 의심스러울 만큼 창백하지는 않다. 그녀의 침대 옆에 앉아 있는 의사를 우리는 굳게 믿는다. 콧수염과 염소수염을 기른 이 대머리 의사는 가볍게 꾸짖는 어조로 그녀에게 말한다. 그걸 먹었다면 이렇게 창백하지 않았을 겁니다. 그가 그녀에게 제시한 구원은 바로 보브릴*병이다. 정부가 아침, 정오, 밤에 꼼꼼하게 검열하는 신문에 좀 더 주의를 기울여서 제안과 의견을 잘 걸러냈다면, 기근 문제의 해법이 얼마나 간단한지 알아차렸을 것이다. 그 해법이 여기 있다. 보브릴이다. 모든 포르투갈 국민에게 한 병씩. 대가족에게는 오 리터 용량의 병으로. 전 국민을 위한 음식, 보편적인 영양소, 만능 치료제. 우리가 처음부터 보브릴을 마셨다면 말입니다, 도나 클로틸드, 이렇게 뼈만 남지 않았을 거예요.

히카르두 헤이스는 정보를 모아 유용한 치료법을 메모한다. 그는 정부와 다르다. 정부는 눈이 망가지도록 행간의 의미를 읽는 일만 고집하면서, 사실을 간과하고 이론에만 신경을 쏟는다. 오전 날씨가 좋으면 그는 외출한다. 리디아의 염려와 세심함에도 불구하고 조금 우울한 그는 자신을 보호해주는 듯한 아다마스토르의 시선을 받으며 햇빛 밝은 곳에 앉아 신문을 읽는다. 이미 보았듯이, 루이스 드 카몽이스는 찡그린 표정, 뒤엉킨 수염, 움푹 꺼진 눈을 크게 과장해서 표현

* 소고기 즙.

했다. 거인 아다마스토르의 태도는 위협적이지도 않고 사악하지도 않다. 그저 짝사랑으로 고통받고 있을 뿐이다. 포르투갈 배들이 곶을 성공적으로 돌든 말든 아다마스토르는 눈곱만큼도 관심이 없다. 히카르두 헤이스는 반짝이는 강물을 가만히 바라보며 옛 민요의 가사 두 구절을 떠올린다. 내 방 창문에서, 숭어가 뛰는 것을 본다. 반짝이는 잔물결이 모두 빛에 취해 잠시도 가만히 있지 못하고 뛰어오르는 물고기 같다. 얼마나 진실한 말인가. 물속에 있다가 솟아오르는 모든 몸이 아름답다는 말은. 빠르게 나오든 늦게 나오든, 며칠 전의 리디아처럼 손이 닿는 곳에서 물을 뚝뚝 떨어뜨리며 솟아오르는 모습. 또는 눈으로 확실히 알아볼 수 없을 만큼 먼 곳에서 뛰어오르는 물고기의 모습. 다른 벤치에 두 노인이 앉아 대화를 나누며, 히카르두 헤이스가 신문을 다 읽기를 기다린다. 그가 보통 신문을 벤치에 놓아두고 가기 때문이다. 두 노인은 저 신사가 혹시 공원에 나올까 하는 희망을 안고 매일 여기로 온다. 삶의 놀라움은 고갈되는 법이 없다. 알투 드 산타카타리나에서 배들을 지켜보는 일 외에는 전혀 할 일이 없는 나이에 이르렀는데, 갑자기 신문이라는 보상이 나타난다. 날씨에 따라 때로는 이틀 연속 나타날 때도 있다. 어느 날 히카르두 헤이스는 두 노인 중 한 명이 불안한 듯 종종걸음을 치며, 자신이 앉아 있던 벤치로 절룩절룩 다가오는 것을 보고 자선을 베풀었다. 자기 손으로 신문을 내밀면서 이렇게 말한 것이다. 신문 받으세요. 두 노인은 당연히 받아들였지만, 이제 그에게 신세를 진 꼴이 됐다며 분개하고 있다. 히카르두 헤이스는 다리를 꼬고 벤치에 편안히 기대앉아 반쯤 감긴 눈꺼풀에 따뜻한 햇볕이 부드럽게 닿는 것을 느끼며 넓은 세상의 소식을 접한다. 무솔리니가 에티오피아 군대를 곧 말살하겠다고 약속했다. 러시아 무기들이 스페인의 포르투갈 피난민들에게 보내졌다. 독립 이베로-소비에트 공화국 연합을 설립하기 위한 다른 기금과 자원도 있다. 룸브랄르스의 말에 따르면, 포르투갈은 세대마다 연달아 성자와 영웅을 배출한 하느님의 피조물이다. 약 사천오백 명의 노동자들이 포르투갈 북부에서 협동조합주의 운동이 기획한 행렬에 참가할 것으로 보인다. 그들 중 이천 명은 부두 노동자고, 천육백오십 명은 통 제조업자고, 이백 명은 병입 노동자고, 사백 명은 상 페드루 다 코바에서 온 광부고, 사백 명은 마토지뉴스의 통조림 공장 노동자고, 오백 명은 리스본의 노조 조직부 사람들이다. 히카르두 헤이스는 호화 증기선인 아폰수 드 알부케르크가 레이숑이스에서 열릴 노동자 축제에 참석하기 위해 떠날 것이라는 소식을 읽는다. 시간이 한 시간 앞당겨질 것이고, 마드리드에서는 총파업이 벌어지고 있다. 《오 크리므》 신문이 오늘 판매대에 나와 있다. 네스호의 괴물이 또 목격되었다. 정부에서 나온 사람들이 포르투에서 삼천이백 명의 빈민들에게 먹을 것을 나눠주는 행사를 주관했다. 「로마의 분수」를 작곡한 오토리노 레스피기가 죽었다. 다행히 세상은 모두를 위해 각각 뭔가를 준비해두었다. 모든 기사가 즐거운 것은 아니지만, 히카르두 헤이스가 뉴스를 마음대로 선택할 수는 없으므로 무엇이든 받아들여야 한다. 그의 상황은 매일 아침 가장 좋아하는 신문인 《뉴욕타임스》를 한 부씩 받는 어느 미국 노인의 상황과 완전히 다르다. 그의 《뉴욕타임스》는 특별판이다. 아흔일곱 살이라는 고령으로 망령이 난 이 독자의 위태로운 건강을 지키기 위해서다. 그래서 매일 처음부터 끝까지 손을 보아 좋은 소식과 낙관이 가득한 기사만 남긴다. 가엾은 노인이 세상의 재난 때문에 속을 끓이지 않도록. 아무래도 세상의 재난들은 앞으로 더욱 심각해질 것 같다. 이 노인만을 위해 만들어진 신문은 경제위기가 빠르게 해소되고 있고, 실업자도 이제 존재하지 않으며, 볼셰비키들이 미국식 생활방식의 장점을 인정할 수밖에 없는 상황이 되었으므로 러시아의 공산주의가 미국식 사고방식과 가까워지고 있다면서 설명과 증거를 제시한다. 아침 식사 때 존 D. 록펠러에게 누가 큰 소리로 읽어주는 좋은 소식들. 비서를 내보낸 뒤 그는 시력이 많이 약해진 눈으로 자신에게 안심과 기쁨을 안겨주는 구절들을 정독할 것이다. 마침내 지구에 평화가 찾아왔다. 전쟁은 이득이 될 때만 일어나고, 수익배당은 안정적이고, 이자율도 보장되어 있다. 그에게는 살날이 그리 많이 남지 않았지만, 그때가 되면 그는 행복하게 죽음을 맞을 것이다. 철저히 그만의 것이라서 누구에게도 이전해줄 수 없는 행복을 누리는 이 세상의 유일한 주민으로서. 다른 사람들은 무엇이 됐든 그 뒤에 남은 것으로 만족하는 수밖에 없다. 히카르두 헤이스는 방금 알게 된 이 사실에 홀려서 포르투갈 신문을 무릎에 내려놓은 뒤, 늙은 존 D.가 행복한 이야기만 인쇄된 마법의 신문을 가늘게 떨리는 앙상한 손으로 펼치는 상상을 해본다. 그는 신문이 들려주는 이야기가 거짓임을 모르고 있지만, 다른 사람들은 모두 안다. 언론사들이 대륙에서 대륙으로 이 기만극을 알렸기 때문이다.《뉴욕타임스》의 편집국에는 존 D.를 위한 특별판에 나쁜 소식을 절대 싣지 말라는 지시가 내려졌다. 거짓에 속고 있는 존 D.는 마지막 순간까지도 끝내 진실을 알지 못할 것이다. 돈과 권력이 그렇게 많은 사람이 이런 식으로 얌전히 기만을 당하다니. 두 노인은 한가로이 말다툼을 하면서 대화에 정신이 팔린 척하고 있지만, 자기들을 위한《뉴욕타임스》를 기다리며 계속 곁눈질을 한다. 아침 식사랍시고 먹은 것은 빵 껍질과 보릿가루 커피뿐이다. 하지만 워낙 돈이 많아서 신문을 공원 벤치에 놔두고 갈 만큼 여유가 있는 사람이 이웃이 된 덕분에 나쁜 소식을 확실히 접할 수 있게 되었다. 히카르두 헤이스는 일어서서 두 노인에게 손짓한다. 그러자 두 노인은 이렇게 외친다. 아, 정말 감사합니다, 친절한 신사분. 뚱뚱한 노인이 웃으며 다가와 접힌 신문을 집어 든다. 마치 은쟁반에서 물건을 들어 올리는 것 같다. 신문은 여전히 새것 같다. 히카르두 헤이스가 의사답게 손재주가 뛰어난 덕분이다. 여느 여성 못지않게 부드러운 손이기도 하다. 뚱뚱한 노인은 자신의 벤치로 돌아가 마른 노인 옆에 다시 앉는다. 두 사람은 첫 페이지부터 신문을 읽지 않는다. 먼저 폭동이나 폭력 사태, 재난, 죽음, 범죄, 특히, 아, 생각만 해도 어찌나 몸이 떨리는지, 그 루이스 우세다의 원인 모를 죽음, 아직도 해결되지 않은 그 사건, 그리고 에스카디냐스 다스 올라리아스 거리 일층 팔호에서 아이가 순교당한 그 무서운 사건에 대한 소식이 없는지 확인해야 한다.

히카르두 헤이스가 아파트로 돌아와보니 현관 앞 깔개 위에 봉투가 하나 떨어져 있다. 연보라색 봉투에 보낸 사람을 알려주는 표시는 전혀 없지만, 그런 표시는 필요하지 않다. 선이 번진 소인을 열심히 들여다보니 코임브라라는 글자가 보인다. 그러나 설명할 수 없는 모종의 이유로 인해 여기에 비제우나 카스텔루 브랑쿠라는 소인이 찍혀 있었다 해도 달라지는 것은 없었을 것이다. 이 편지의 진정한 출발점은 마르센다라는 도시니까. 조금만 있으면 그녀가 이 아파트에 다녀간 지 한 달이 된다. 그녀의 말을 믿자면, 그녀는 이곳에서 생전 처음으로 키스를 받았다. 그러나 집으로 돌아간 뒤에는, 엄청난 영향을 미쳤음이 분명한 이 충격조차, 그녀를 뿌리째 뒤흔들었을 이 충격조차 충분하지 않았는지 그녀는 편지를 보내지 않았다. 조심스레 자신의 감정을 가렸지만, 떨리는 손으로 차마 억누르지 못한 두 단어를 통해 자기도 모르게 속내를 드러내는 몇 줄조차 쓰지 않았다. 그럼 지금 보낸 편지에는 무슨 말이 담겨 있을까. 히카르두 헤이스는 아직 뜯지 않은 편지를 손에 들고 있다가 협탁에 놓는다. 부드러운 스탠드 불빛을 받고 있는 『미궁의 신』 위에. 그는 그 편지를 그냥 그곳에 놔두고 싶다. 어쩌면 이제 막 돌아왔기 때문일 수도 있었다. 덜걱거리는 숨소리, 결핵에 걸린 포르투갈 사람들의 허파에서 나는 소리를 몇 시간 동안 듣느라 피곤했다. 시내의 제한된 지역을 터벅터벅 걸어오는 일도 피곤했다. 안대를 두른 채 물레방아를 돌리는 노새처럼 계속 그 지역을 돌아다니다 보면, 가끔 시간의 흐름이 위협적인 현기증을 일으키고, 땅은 끈적거리고, 자갈은 푹신푹신해진다. 하지만 지금 편지를 열어보지 않는다면, 앞으로도 영영 열어보지 않게 될 것이다. 그리고 누가 편지에 대해 물으면 코임브라에서 리스본까지 먼 길을 오는 동안 편지가 길을 잃어버린 모양이라고 말할 것이다. 집배원이 말을 타고 나팔을 불며 바람 부는 벌판을 가로지르는 동안 가방에서 빠져나와 어딘가에 떨어진 것이 아닐까요. 보라색 봉투에 든 편지예요. 마르센다는 이렇게 말할 것이다. 그런 색의 봉투는 흔하지 않다고. 그럼 어디 꽃밭에 떨어져 꽃과 섞여버린 모양입니다. 그래도 누가 그 편지를 발견해서 보내줄 수도 있을 텐데요, 자기 물건이 아닌 것을 자기 것처럼 갖고 있는 것을 견디지 못하는 정직한 사람들은 아직도 존재하고 있어요. 자기 앞으로 된 것이 아닌데도 누군가가 그 편지를 열어 읽어보았을 수도 있죠, 어쩌면 그 편지에 정확히 그 사람이 듣고 싶어 하는 말이 적혀 있어서 그 사람이 그 편지를 항상 주머니에 넣고 다니며 가끔 위안을 얻기 위해 읽어보는지도 모릅니다. 그렇다면 그건 아주 놀라운 일인걸요, 그 편지는 그런 부분을 언급한 것이 아니니까요. 마르센다가 대답한다. 나도 그럴 것 같았습니다, 그래서 그렇게 한참 뒤에야 편지를 열어본 거예요. 히카르두 헤이스가 말한다. 그는 침대에 걸터앉아 편지를 읽기 시작했다. 친애하는 친구에게, 선생님의 편지를 받고 몹시 기뻤습니다, 특히 환자들을 다시 보기 시작했다고 알려주신 두 번째 편지가 반가웠어요, 첫 번째 편지도 좋았습니다만, 선생님이 쓰신 말을 모두 이해하지는 못했습니다, 아니 어쩌면 이해하기가 조금 두려웠던 건지도 모릅니다, 오해는 하지 마세요, 선생님의 고마움을 제가 모르는 것이 아닙니다, 선생님은 항상 정중하고 사려 깊게 저를 대하셨으니까요, 하지만 저는 속으로 자문해볼 수밖에 없습니다, 이것이 과연 무엇인지, 어떤 미래가 놓여 있는지, 우리 둘이 아니라 저의 미래를 말하는 겁니다, 선생님이 원하는 것도, 제가 원하는 것도 잘 모르겠습니다, 사람의 일생이 특정한 순간들로만 이루어질 수 있다면 얼마나 좋을까요, 제가 많은 것을 경험하지는 못했지만, 어느 순간의 경험은 이제 겪어보았습니다, 그것이 저의 삶이라면 얼마나 좋을까요, 하지만 저의 삶은 제 왼팔이고, 그 팔은 지금도 앞으로도 계속 죽어 있을 겁니다, 우리 사이의 나이 차이 또한 제 삶입니다, 우리 둘 중 한 사람은 너무 늦게 태어났고, 다른 한 사람은 너무 일찍 태어났어요, 선생님이 브라질에서 여기까지 그 먼 거리를 굳이 여행하지 않아도 되었을 겁니다, 거리가 멀어진다고 해서 달라질 것이 없으니까요, 세월이 우리 사이를 가로막고 있습니다, 그래도 선생님의 우정은 잃고 싶지 않아요, 그 우정 자체만으로도 소중히 간직할 가치가 있습니다, 게다가 제가 그보다 더 많은 것을 요구하는 일은 별로 의미가 없기도 하고요. 히카르두 헤이스는 한 손으로 눈을 훔친 뒤 계속 편지를 읽었다. 조만간 제가 여느 때처럼 리스본에 갈 겁니다, 선생님이 일하시는 곳으로 찾아갈게요, 거기서 함께 이야기를 나눌 수 있을 겁니다, 선생님의 시간을 너무 많이 빼앗지는 않을 거예요, 어쩌면 제가 리스본에 가지 않을 수도 있습니다, 아버지가 점점 시들해지셨거든요, 아무래도 저를 치료할 방법이 없을 것 같다고 말씀하십니다, 아버지 말씀이 사실일 거예요, 사실 아버지는 굳이 이런 구실을 만들지 않아도 언제든 마음이 내킬 때 리스본에 가실 수 있으니까요, 가장 최근에 아버지가 내놓으신 제안은 오월에 함께 파티마로 순례를 가자는 겁니다, 신앙을 가진 사람은 아버지이지 제가 아니지만, 하느님의 눈에는 아버지의 신앙만으로 충분할지 모릅니다. 편지는 우정의 표현으로 끝났다. 다시 만날 때까지 안녕히 계세요, 그곳에 도착하면 연락하겠습니다, 친애하는 친구가. 만약 이 편지가 꽃밭에 떨어져 사라졌다면, 거대한 보라색 꽃잎처럼 바람에 날려가버렸다면, 지금 히카르두 헤이스는 편안히 베개를 베고 누워서 마음대로 상상할 수 있었을 것이다. 편지에 적힌 말, 적히지 않은 말. 최대한 좋은 말을 상상할 수도 있었다. 사람들은 그런 말이 필요할 때 그런 상상을 한다. 히카르두 헤이스는 눈을 감고 속으로 생각했다. 자고 싶어. 나직한 목소리로 고집스럽게 말했다. 자. 마치 스스로 최면을 걸듯이. 어서, 좀 자자, 자. 하지만 그는 여전히 힘없는 손가락으로 편지를 들고 있었다. 이 편지를 무시하는 척하는 자신의 행동을 더 확실한 것으로 만들기 위해 그는 편지를 떨어뜨렸다. 이제 그는 얌전히 자고 있다. 이마가 움찔거리며 주름이 지는 것은 그가 전혀 자고 있지 않다는 표시다. 눈꺼풀이 파르르 떨린다. 이것은 시간 낭비다. 그 무엇도 진실이 아니다. 그는 바닥에서 다시 편지를 주워 봉투에 넣은 뒤 책 두 권 사이에 숨겼다. 하지만 반드시 이보다 더 안전하게 숨겨둘 장소를 찾아야 한다. 조만간 리디아가 청소를 하러 왔다가 이 편지를 발견할 것이다. 그다음에는 어떻게 되지. 리디아에게 무슨 권리가 있는 것은 아니지, 그녀는 아무 존재도 아니니까, 그녀가 이곳에 오는 것은 자기가 원해서야, 내가 오라고 한 게 아니라고, 하지만 계속 와주었으면 하는 마음은 있어. 고마움을 모르는 남자 히카르두 헤이스는 또 무엇을 원할까. 기꺼이 그와 함께 침대에 드는 여자가 있어서 그는 바깥을 어슬렁거리며 성병에 걸릴 위험을 무릅쓰지 않아도 된다. 세상에는 지극히 운이 좋은 남자들이 있는데, 이 남자는 여전히 불만에 차 있다. 마르센다에게서 사랑의 편지가 오지 않았다는 이유로. 모든 연애편지는 우스꽝스럽다. 이미 죽음이 계단을 올라오고 있는데 그런 편지를 쓰는 것도 우습다. 훨씬 더 우스꽝스러운 일은, 갑자기 선명하게 깨달은 사실이지만, 그런 편지를 한 번도 받아보지 못하는 것이다. 벽장에 달린 전신 거울 앞에 서서 히카르두 헤이스는 이렇게 말한다. 그 말이 옳아, 난 연애편지를 한 번도 받은 적이 없어, 오로지 사랑만 이야기하는 편지 말이야, 내가 그런 편지를 쓴 적도 없지, 내 안에 헤아릴 수 없이 많이 있는 존재들이 편지를 쓰는 나를 지켜봐, 그래서 내 손이 힘을 잃고 떨어져버리지, 그러다 결국 편지 쓰기를 포기하는 거야. 그는 검은색 여행 가방을 꺼냈다. 의료 장비가 든 가방이다. 그는 책상으로 가서 삼십 분 동안 새로운 환자 여러 명의 임상 일지를 쓴 다음, 손을 씻으러 갔다. 그는 거울에 비친 자신의 모습을 유심히 살피면서 천천히 손의 물기를 닦았다. 마치 방금 가래 표본 조사를 끝낸 사람 같았다. 피곤해 보이네. 그는 속으로 이렇게 생각하고 나서 침실로 돌아가 나무 덧창을 반쯤 열었다. 리디아가 다음에 올 때 커튼을 가져오겠다고 말했다. 침실이 너무 드러나 있어서 커튼이 꼭 필요하다면서. 어둠이 밀려오고 있었다. 몇 분 뒤 히카르두 헤이스는 저녁을 먹으러 나갔다.

어느 날 호기심 많은 누군가가 히카르두 헤이스의 식사 예절에 대해 물어볼지도 모르겠다. 수프를 후루룩 소리 내며 마시는지, 나이프와 포크를 사용할 때 손을 바꾸는지, 음료수를 마시기 전에 입을 닦는지, 아니면 잔에 얼룩을 남기는지, 이쑤시개를 지나치게 많이 사용하는지, 식사를 마친 뒤 조끼 단추를 푸는지, 계산서의 항목들을 하나하나 확인하는지. 갈리시아 출신 포르투갈인 웨이터들은 십중팔구 별로 신경을 쓰지 않아서 모르겠다고 말할 것이다. 잘 아시다시피, 저희는 다양한 손님들을 만납니다. 그래서 어느 정도 시간이 지나면 더 이상 신경을 쓰지 않게 되지요. 사람이 식사를 할 때 보면 어렸을 때 어떻게 배웠는지 알 수 있는데, 저 선생님에게서 받은 인상은 세련된 분이라는 것이었습니다. 안으로 들어오셔서 모두에게 좋은 오후라든가 좋은 저녁이라는 인사를 하신 뒤 곧바로 원하는 것을 주문하십니다. 그러고 나면 마치 저분이 그 자리에 안 계신 것 같아요. 항상 혼자 식사를 했습니까. 네, 항상. 하지만 신기한 습관이 하나 있기는 했습니다. 어떤 습관인데요. 저희가 식탁 맞은편에 놓인 식기를 치우기 시작하면, 저 손님은 항상 그대로 놔두라고 말했습니다. 이인분으로 차려져 있는 식탁이 더 매력적으로 보인다면서요. 한번은 제가 음식을 내올 때 좀 이상한 사건이 있었습니다. 어떤 일이었습니까. 제가 포도주를 따르다가 실수로 잔 두 개를 모두 채웠습니다. 손님의 것과 자리에 없는 손님의 것 두 개요. 제 말이 무슨 뜻인지 아실 겁니다. 네, 압니다. 그래서 어떻게 됐습니까. 손님은 더할 나위 없이 좋다고 말했습니다. 그리고 그때부터 계속 맞은편 잔도 채워달라고 하셨죠. 식사가 끝나면 손님은 그 잔을 단번에 비우셨습니다. 눈을 감은 채로요. 이상하군요. 아마 아시겠지만, 저희 웨이터들은 가끔 그런 이상한 모습을 봅니다. 저 손님이 자주 다니는 다른 식당에서도 모두 같은 행동을 했나요. 아, 그건 제가 말씀드릴 수 없습니다. 직접 돌아다니면서 물어보셔야 할 겁니다. 혹시 저분이 친구나 지인을 만난 적이 있습니까, 설사 같은 자리에 앉지는 않더라도요. 아뇨, 한 번도 없습니다, 언제나 해외에서 방금 도착한 사람 같은 인상이었습니다, 제가 순케이라 데 암비아에서 처음 왔을 때처럼요, 무슨 뜻인지 아시겠습니까. 알고말고요, 우리 모두 그런 경험을 한 적이 있지요. 더 필요하신 것이 있습니까, 저 구석에 있는 손님께 이제 가봐야 할 것 같은데요. 아, 네, 어서 가보세요, 질문에 답해주셔서 정말 감사합니다. 히카르두 헤이스는 식혀둔 커피를 다 마시고 계산서를 요구했다. 기다리는 동안 그는 아직도 거의 가득 차 있는 맞은편 술잔을 포갠 양손으로 들어 올렸다. 마치 맞은편에 앉은 누군가에게 건배를 하는 것 같았다. 그러고는 눈을 반쯤 감으면서 천천히 포도주를 마셨다. 그는 계산서를 확인해보지도 않고 값을 치른 뒤 인색하지도 과하지도 않은 팁을 남겨두었다. 단골손님에게서 기대할 수 있을 만한 액수였다. 그는 모두에게 좋은 저녁이라는 인사를 남기고 밖으로 나갔다. 보셨습니까, 저 손님은 항상 저렇게 행동하십니다. 길가에서 걸음을 멈춘 히카르두 헤이스는 아직 결정을 내리지 못한 것 같다. 하늘에는 구름이 끼었고, 공기는 습하다. 구름이 비록 상당히 낮게 깔려 있긴 해도 비의 전조 같지는 않다. 가끔 필연적으로 브라간사 호텔의 추억이 그를 엄습할 때가 있다. 그는 방금 저녁 식사를 마치고 이렇게 말했다. 내일 봅시다, 라몬. 그러고는 라운지의 소파로 가서 거울을 등지고 앉았다. 곧 살바도르가 와서 커피를 더 드시겠느냐고 물어볼 것이다. 아니면 브랜디를 가져올까요, 리큐어는 어떻습니까, 선생님, 저희 호텔의 명물입니다. 그러면 그는 괜찮다고 말할 것이다. 그는 독한 술을 거의 마시지 않는다. 계단 아래의 버저가 울리면, 시종이 램프를 들어 올려 누가 들어오는지 확인한다. 틀림없이 마르센다일 것이다. 오늘 북쪽에서 오는 열차가 몹시 늦게 도착했다. 전차가 다가온다. 밝게 불이 켜진 판에는 목적지가 이스트렐라로 적혀 있다. 공교롭게도 정거장이 바로 여기다. 전차 기사는 길가에 서 있는 신사를 본다. 그 신사가 전차에 멈추라는 신호를 전혀 보내지 않은 것은 사실이지만, 경험 많은 기사는 그가 전차를 기다리고 있었음을 알 수 있다. 히카르두 헤이스는 전차에 오른다. 이런 시각에 전차는 사실상 텅 비어 있다. 핑핑, 차장이 종을 울린다. 전차를 타고 가는 시간이 좀 된다. 전차는 알레잔드르 에르쿨라누 거리와 나란히 리베르다드 대로를 달려 브라질 광장을 가로지른 뒤 아모레이라스 거리로 접어든다. 오르막길 꼭대기에 다다른 뒤에는 실바 카르발류 거리를 달리며 캄푸 드 오리크를 통과해 페헤이라 보르즈스 거리로 간다. 거기 도밍구스 세케이라 거리와 교차하는 지점에서 히카르두 헤이스가 내린다. 벌써 열시가 넘었기 때문에 주위에 사람이 많지 않고, 높이 솟은 건물 전면에도 불빛이 거의 보이지 않는다. 그럴 만도 하다. 여기 주민들은 건물 뒤편에서 대부분의 시간을 보내는 경향이 있다. 여자들은 부엌에서 설거지를 마무리하고 있고, 아이들은 이미 잠자리에 들었고, 남자들은 신문을 앞에 두고 하품을 하거나 아니면 대기 상태 때문에 전파가 잘 수신되지 않는데도 라디오 세비야에 주파수를 맞추려고 애쓴다. 딱히 특별한 이유는 없다. 어쩌면 단순히 거기에 아직 한 번도 가보지 않았다는 사실 때문인지도 모른다. 히카르두 헤이스는 사라이바 드 카르발류 거리를 따라 공동묘지 쪽으로 움직인다. 묘지가 가까워질수록 사람이 더욱 적어지더니, 이제 묘지까지 조금만 남았을 때는 아예 인적이 끊어진다. 그는 가로등 두 개 사이의 어두운 구역으로 사라졌다가 다시 호박색 불빛 속으로 나온다. 앞쪽 그림자 속에서 야경꾼의 열쇠 소리가 들린다. 야경꾼은 이제 순찰을 시작하는 참이다. 히카르두 헤이스는 묘지 정문을 향해 광장을 가로지른다. 정문은 잠겨 있다. 야경꾼이 멀리서 그를 보다가 계속 걷는다. 누가 밤에 울면서 슬픔을 덜어내려고 온 모양이군. 그는 이렇게 생각한다. 아내나 자식을 잃었나, 가엾기도 하지, 아니면 어머니를 잃었을 수도 있고, 십중팔구 어머니일 거야, 어머니를 잃는 사람은 많으니까, 몸이 약하고 나이가 엄청 많은 어머니가 아들을 미처 못 보고 눈을 감으셨군, 아들이 어디 있는지 궁금해하다가 돌아가셨어, 사람이 원래 그렇게 세상을 뜨는 법이지. 야경꾼이 이렇게 감상적인 생각에 빠져드는 것은 아마 이 거리의 고요를 책임지고 있기 때문일 것이다. 그는 자기 어머니에 대한 기억이 전혀 없다. 이런 일이 얼마나 자주 일어나는지. 우리가 다른 사람을 안쓰럽게 생각하면서 자신에 대해서는 그런 생각을 전혀 하지 않는 것 말이다. 히카르두 헤이스는 쇠창살 모양의 정문으로 다가가 가로대를 손으로 만져본다. 안에서 거의 알아들을 수 없을 정도로 작게 속삭이는 소리가 들린다. 산들바람이 삼나무 가지들을 휘감아 돌고 있다. 이파리를 모두 잃고 벌거벗은 가엾은 나무들. 하지만 우리가 속았다. 우리가 듣는 소리는 저 높은 건물들 안에서 잠들어 있는 사람들이 코를 고는 소리일 뿐이다. 담장 너머의 나지막한 주택들에서는 음악 소리, 웅웅거리는 말소리, 여자들이 중얼거린다. 너무 피곤해, 좀 누워야겠어. 히카르두 헤이스도 혼자서 같은 말을 한다. 너무 피곤해. 그는 창살 사이로 한 손을 넣어보지만 그것을 마주 잡고 악수해주는 손이 없다. 시체가 되어버린 이 사람들은 팔 하나도 들어 올릴 수 없다.

페르난두 페소아는 이틀 뒤 밤에 나타났다. 히카르두 헤이스는 수프, 생선, 빵, 과일, 커피로 식사를 하고 돌아오던 길이었다. 식탁 위에는 잔이 두 개다. 우리가 알다시피 그는 언제나 포도주 한 잔으로 식사를 마친다. 그러나 이 손님에 대해 이렇게 말할 수 있는 웨이터는 단 한 명도 없다. 그 손님은 술을 너무 많이 마시는 편이었습니다, 거의 쓰러질 것 같은 모습으로 자리에서 일어나곤 하시죠. 언어는 이처럼 모순을 드러낼 때 매혹적이다. 누구도 일어서는 것과 쓰러지는 것을 동시에 할 수 없는데도 우리는 그런 일이 일어나는 것을 자주 보았다. 어쩌면 직접 경험했을 수도 있다. 그러나 페르난두 페소아가 나타날 때마다 히카르두 헤이스는 머리가 맑은 상태였다. 지금도 그는 맑은 머리로 시인을 지켜본다. 시인은 그에게 등을 돌린 채 아다마스토르와 가장 가까운 벤치에 앉아 있다. 그 길고 가느다란 목이 틀림없다. 정수리의 성긴 머리카락도. 게다가 모자나 레인코트 없이 돌아다니는 사람은 그리 많지 않다. 요즘 날씨가 확실히 누그러지기는 했지만, 그래도 밤에는 쌀쌀하다. 히카르두 헤이스는 페르난두 페소아 옆에 앉았다. 어둠 속에서 시인의 창백한 피부, 하얀 셔츠가 유난히 도드라지고, 나머지는 희미하다. 그의 검은 정장은 동상이 드리운 그림자와 거의 구별할 수 없다. 공원에 다른 사람은 한 명도 없다. 강 맞은편에 깜박이는 불빛들이 물 위에 한 줄로 늘어서 있는 것이 보인다. 하지만 별처럼 보인다. 불빛들은 반짝이다가 꺼질 것처럼 가늘게 떨리지만 꺼지지는 않는다. 자네가 다시는 안 올 줄 알았어. 히카르두 헤이스가 말했다. 며칠 전에도 자네를 만나러 왔지만 자네가 리디아와 함께 있는 것을 문 앞에서 알아차리고 그냥 갔네, 난 생생한 장면을 전혀 좋아하는 편이 아니라서. 페르난두 페소아가 대답했다. 그가 힘없이 미소 짓고 있는 것이 보였다. 깍지 낀 양손은 무릎 위에 놓여 있고, 얼굴은 누가 자신을 부르거나 가도 좋다고 말해주기를 참을성 있게 기다리면서 침묵을 참기 힘들어 말을 시작한 사람 같았다. 자네가 연인으로서 그렇게 진취적인 줄은 정말 몰랐네, 세 뮤즈 네아이라, 클로에, 리디아의 찬가를 부르는 변덕스러운 시인이 이 셋 중 현실에 나타난 하나를 골라 정착한 것 자체가 아주 대단한 일이야, 말해보게, 다른 둘은 한 번도 안 나타났나. 그래, 그게 놀라운 일도 아니지, 요즘 그 둘의 이름을 입에 올리는 사람은 거의 없으니까. 그럼 그 매력적인 아가씨는 어떻게 된 건가, 아주 세련된 아가씨던데, 한쪽 팔이 마비된 아가씨 말일세, 자네가 나한테 그 아가씨 이름을 말해줬던가. 마르센다라는 이름일세. 예쁜 이름이군, 어떤가, 최근 그녀를 만난 적이 있나. 그녀가 지난번 리스본에 왔을 때 만났네, 한 달쯤 전에. 그녀를 사랑하나. 나도 모르겠어. 그럼 리디아는, 그녀를 사랑하나. 그건 좀 다르지. 그래도 사랑하는 건가, 아닌가. 그녀는 내게 거절하지 않고 몸을 주네. 그게 뭘 증명하는데. 아무것도, 적어도 사랑에 관한 한은 그렇지, 이제 내 사생활에 대해서는 그만 묻게, 난 자네가 왜 다시 오지 않았는지가 훨씬 더 궁금하니까. 거칠게 표현하자면, 짜증이 났기 때문일세. 나한테. 그래, 자네한테도 역시, 자네가 이런 사람이라서가 아니라 자네가 그쪽 편에 있기 때문에. 그쪽 편이라니. 산 사람들의 편, 살아 있는 사람은 죽은 사람을 잘 이해하지 못하네. 죽은 사람이 산 사람을 이해하기도 그만큼 힘들 것 같은데. 죽은 사람은 한때 살았던 적이 있으니 이점이 있지, 이승은 물론 저승의 일에 두루 친숙하니까, 반면 산 사람은 그 근본적인 진실을 배워서 이용할 수 없잖나. 그 진실이 뭔데. 사람은 반드시 죽는다는 것. 지금 살아 있는 사람들은 모두 언젠가 죽는다는 걸 알아. 아니, 모르네, 아무도 몰라, 나도 살아 있을 때 몰랐어, 우리가 추호도 의심하지 않고 아는 건 다른 사람들이 죽는다는 것이네. 철학으로 보기에는 좀 하찮은 말인 것 같군. 당연히 하찮지, 이렇게 죽음의 이편으로 건너와서 바라보면 모든 것이 얼마나 하찮아 보이는지 자네는 전혀 모를 걸세. 난 산 사람 편에 있으니까. 그럼 그쪽 편에서 무엇이 중요한지 알겠군. 살아 있는 것이 중요하지. 친애하는 헤이스, 말을 잘 생각해서 하게, 자네의 리디아는 살아 있어, 자네의 마르센다도 살아 있고, 하지만 자네는 그 둘에 대해 아무것도 모르지, 알아낼 수도 없네, 설사 그 둘이 자네한테 뭔가 말하려 해도 말이야, 산 사람들을 서로 갈라놓은 벽은 산 자와 죽은 자를 갈라놓은 벽만큼이나 불투명하다네. 이 말을 믿는 사람에게는 죽음이 위안이겠군. 꼭 그렇지는 않네, 죽음은 일종의 양심이거든, 모든 것에 대해, 죽은 사람 자신과 그 삶에 대해 판결을 내리는 판관일세. 친애하는 페르난두, 말을 잘 생각해서 하게, 자칫 어리석은 사람처럼 보일 위험이 있어. 아무리 어리석다 해도 우리가 할 말을 다 하지 않는다면, 결코 반드시 중요한 말을 하지 못할 걸세. 그럼 자네는 이제 그 말이 뭔지 아나. 난 이제 막 어리석어지기 시작했을 뿐일세. 하지만 자네는 전에 이렇게 썼지, 초심자여, 죽음은 없다. 내가 잘못 생각했네. 이제 자네가 죽었으니 그런 말을 하는 건가. 아니, 한때 산 사람이었기 때문에 하는 말이야, 하지만 무엇보다도 큰 이유는 내가 다시는 살 수 없다는 것이지, 이게 무슨 의미인지 상상이 가나, 다시는 살 수 없다는 것. 페루 그룰류가 할 만한 말이군. 그 사람보다 훌륭한 철학자는 없었지.

히카르두 헤이스는 강 저편을 바라보았다. 불빛 몇 개는 꺼지고, 간신히 보이는 나머지 불빛들도 점점 희미해지고 있었다. 부드러운 안개가 수면 위로 모여들기 시작한 탓이었다. 자네가 다시 오지 않은 건 짜증이 났기 때문이라고 했지. 맞네. 나한테 짜증이 나서. 그런 건 아니고, 계속 이렇게 오락가락하는 것 때문에 짜증이 나고 계속 피곤했네, 기억과 망각이 서로 잡아당기고 밀면서 줄다리기를 벌이고 있으니 말이야, 쓸모없는 싸움인 것을, 결국은 언제나 망각이 승리를 거두거든. 난 자네를 잊지 않았어. 한 가지 말해주지, 이 저울에서 자네 무게는 얼마 안 나갈 걸세. 그럼 어떤 기억이 자네를 계속 불러내는 건가. 내가 세상에 대해 갖고 있는 기억. 난 세상이 자네에 대해 갖고 있는 기억이 자네를 불러내는 줄 알았는데. 그런 멍청한 생각을 하다니, 친애하는 헤이스, 세상은 잘 잊는다네, 자네한테 이미 말했잖아, 세상은 모든 걸 잊는다고. 자네가 잊혔다고 생각하나. 세상은 워낙 잘 잊어서, 이미 잊힌 것이 부재한다는 사실조차 알아차리지 못한다네. 그것 상당히 허세가 깃든 말인데. 당연하지, 이름 없는 시인보다 더 허세가 많은 시인은 없다네. 그렇다면 내가 자네보다 허세가 많겠군. 자네한테 아부를 할 생각은 없지만, 이 말은 해야겠네, 자네는 실력 없는 시인이 아니야. 하지만 자네만큼 훌륭하진 않지. 아니, 훌륭하네. 우리 둘 다 죽은 뒤에, 그때도 사람들이 우리를 기억하고 있다면, 아니 사람들이 우리를 기억하는 한, 저울 바늘이 누구 쪽으로 기울어지는지 살펴보면 흥미로울 거야. 그때는 우리가 무게에도, 무게를 재는 사람에게도 전혀 관심이 없을걸. 초심자여, 죽음은 존재하는가. 존재하네. 히카르두 헤이스는 레인코트를 단단히 여몄다. 날씨가 점점 싸늘해지는군, 나랑 집으로 함께 가서 좀 더 오래 이야기를 나누겠나. 오늘은 찾아올 손님이 없나. 없어, 원한다면 하룻밤 머물러도 되네, 지난번처럼. 오늘 밤 외로운 건가. 같이 있어줄 사람을 필사적으로 원할 정도는 아니야, 하지만 죽은 사람도 가끔은 지붕 밑에서 편안히 의자에 앉아 있고 싶어 하지 않을까 하는 생각이 문득 들었을 뿐이네. 자네가 웬일로 이렇게 익살을 다 부리나, 히카르두. 익살을 부린 게 아니야. 그는 일어나서 물었다. 그래, 같이 가겠나. 페르난두 페소아는 그의 뒤를 따라가 첫 번째 가로등 앞에서 그를 따라잡았다. 건물 입구에서 두 사람은 허공을 향해 코를 들고 있는 남자와 마주쳤다. 금방이라도 균형을 잃을 것처럼 몸이 살짝 기울어져 있는 것을 보니, 건물의 창문들을 살펴보고 있는 것 같았다. 그는 가파른 길을 힘들게 올라온 뒤 잠시 쉬고 있는 사람처럼 보였다. 누구라도 그를 보면 혼자 이렇게 중얼거렸을 것이다. 리스본에 이런 밤 손님들이 많지, 모두가 일찍 자는 건 아니거든. 하지만 히카르두 헤이스는 그 남자에게 점점 가까이 다가가면서 강한 양파 냄새 때문에 정신을 차릴 수 없었다. 그가 경찰국의 그 정보원임을 그는 금방 알아보았다. 세상에는 각각 백 마디 말과 맞먹는 냄새들이 있다. 좋은 냄새, 나쁜 냄새, 전신 초상화만큼 많은 것을 알려주는 냄새. 이 사람이 왜 여기서 어슬렁거리고 있는 걸까. 페르난두 페소아 앞에서 창피를 당하고 싶지 않은 마음 때문인지, 히카르두 헤이스가 먼저 그에게 말을 건넸다. 이런 시각에 여긴 어쩐 일입니까, 세뇨르 빅토르. 상대방은 감시를 이제 막 시작한 터라 아직 설명할 말을 준비하지 못했으나 그래도 최선을 다해 대답했다. 우연입니다, 의사 선생님, 순전히 우연이에요, 콘드 바랑 거리에 사는 친척집에 다녀가는 길입니다, 가엾은 분이죠, 폐렴에 걸렸거든요. 이 대답으로 빅토르는 완전히 체면을 구기지 않을 수 있었다. 그건 그렇고, 의사 선생님, 이제 호텔에 계시지 않는 모양입니다. 이 서투른 질문으로 그는 자기 패를 내보인 셈이었다. 사실 브라간사 호텔에 머무는 손님이라도 밤에 알투 드 산타카타리나에서 산책을 즐길 수 있다. 히카르두 헤이스는 이 점을 알아차리지 못한 척했다. 아니면 정말로 알아차리지 못했을 수도 있다. 네, 지금은 여기 삽니다, 삼층이에요. 아. 이 유감스럽다는 듯한 탄성은 짧게 끝났지만, 그 바람에 주변 공기가 질식할 듯한 악취로 오염되었다. 히카르두 헤이스가 바람을 등지고 있어서 다행이었다. 그것은 하늘이 허락해준 자비다. 빅토르는 또 고약한 입 냄새를 풍기며 작별 인사를 했다. 행운을 빕니다, 의사 선생님, 뭐든 도움이 필요하면 잊지 말고 빅토르를 찾아오세요, 며칠 전에도 저희 부국장님이 말씀하셨습니다, 사람들이 모두 헤이스 선생님처럼 정직하고 예의 바르다면 우리 일이 거의 즐거워질 거라고요, 우리가 이렇게 우연히 마주쳤다고 말하면 부국장님이 기뻐하실 겁니다. 살펴 가세요, 세뇨르 빅토르. 일반적인 예의상 히카르두 헤이스도 빅토르의 인사에 이렇게 화답해야 했다. 게다가 자신의 평판 도 생각할 필요가 있었다. 히카르두 헤이스가 페르난두 페소 아를 뒤에 매달고 길을 건너는 동안 빅토르는 바닥에 비치 는 그림자가 두 개인 것 같다는 인상을 받았다. 빛이 반사되 면 이런 효과를 낸다. 일종의 환상이다. 일정한 나이가 지나 면 우리 눈은 보이는 것과 보이지 않는 것을 구분할 수 없게 된다. 빅토르는 계속 길에서 어슬렁거리며 삼층의 불이 켜지 기를 기다렸다. 일상적으로 시행하는 간단한 확인 작업이었 다. 이제 그는 히카르두 헤이스가 여기 살고 있음을 확실히 알게 되었다. 많이 돌아다니거나 신문을 할 필요가 없었다. 살바도르의 도움으로 그는 짐을 옮겨준 일꾼들을 찾아냈고, 그 일꾼들의 도움으로 이 건물을 찾아냈다. 예의 바르게 말 할 줄 아는 사람이라면 누구나 로마까지 여행할 수 있다는 말이 옳다. 그 영원한 도시에서 알투 드 산타카타리나까지는 그리 먼 거리가 아니다.

페르난두 페소아는 서재 소파에 편안하게 자리를 잡고 앉 아서 다리를 꼬며 물었다. 아까 그 친구는 누구인가. 친구 아 니야. 그거 다행이군, 악취가 진동하던데, 나는 이 양복과 셔 츠를 다섯 달 동안 입고 있네, 심지어 속옷도 갈아입은 적이 없어, 그런데도 그렇게까지 악취가 나지는 않네, 그런데 자네 친구가 아니라면 대체 누군가, 자네를 높이 평가한다는 부국장은 또 누구고. 둘 다 경찰이야, 얼마 전에 내가 불려 가서 신문을 받았네. 자네는 법을 잘 지키는 사람인 줄 알았는데, 당국을 거스를 줄 모르는 사람. 나는 법을 잘 지키는 사람일세. 경찰에 불려 가서 신문을 받았다면 틀림없이 무슨 짓을 저지른 거겠지. 내가 브라질에서 온 것이 문제였을 뿐이네. 리디아가 처녀였기 때문에, 불명예스러운 일을 당한 것이 너무 괴로워서 경찰에 정식으로 고발했을 걸세, 틀림없어. 설사 리디아가 처녀였고 내가 그녀에게 불명예를 안겨주었다 해도, 그녀가 보안국을 찾아가 고발하지는 않았을 걸세. 자네를 부른 곳이 거기인가. 그래. 그런데 나는 자네가 풍기문란에 관한 죄를 저지른 줄 알았군. 난 도덕적으로 아무 잘못이 없네, 내 주변 사람들에 비해 다를 것이 없어. 경찰과 일이 있었다는 이야기는 나한테 안 했잖아. 그럴 기회가 없었네, 자네가 찾아오지 않았으니까. 거기서 무슨 일을 당하지는 않았나, 체포라든가 고발이라든가. 아니, 나한테 몇 가지만 물어보았을 뿐이야, 브라질에서 누구랑 친하게 지냈는지, 왜 여기로 돌아왔는지, 돌아온 뒤 포르투갈에서 누구와 연락했는지. 자네가 내 얘기를 했다면 정말 웃겼겠군. 내가 가끔 페르난두 페소아의 유령과 만난다고 말했다면 그 사람들이 어떤 표정을 지었을지 상상이 가네. 미안하지만, 친애하는 헤이스, 난 유령이 아니야. 그럼 뭔가. 말할 수 없네, 유령은 저세상에서 오는데, 난 프라제르스의 공동묘지에서 올 뿐이네. 그럼 죽은 페르난두 페소아가 한때 살아 있던 페르난두 페소아와 같은가. 어떤 의미로는 그렇지. 어쨌든 우리의 이런 만남을 경찰에 설명하기가 엄청 힘들었을 거야. 내가 한때 살라자르를 공격하는 시를 썼다는 걸 아나. 자네가 풍자하는 대상이 자기라는 걸 그 사람이 알았나. 아마 몰랐을걸. 말해보게, 페르난두, 운명이 우리에게 떠맡긴 이 살라자르라는 사람은 어떤 사람인가. 포르투갈의 독재자, 보호자, 아버지 같은 안내자, 교수, 점잖은 권력자, 사분의 일은 성물(聖物) 관리인, 사분의 일은 예언자, 사분의 일은 세바스티앙, 사분의 일은 시도니우,* 우리의 성격과 기질을 감안하면 우리가 가질 수 있는 최고의 지도자일세. 방금 한 말에 p와 s가 많이 들어가는군. 우연이야, 두운을 맞출 생각은 없었네. 그런 것에 광적으로 집착하는 사람들이 있지, 같은 소리가 반복되는 것에 홀려서, 그런 사람들은 이런 장치가 혼란한 세상에 질서를 가져다준다고 실제로 믿으니까. 그 사람들을 비웃으면 안 되네, 그냥 괴팍한 사람들이야, 좌우대칭을 광적으로 신봉하는 사람들처럼. 좌우대칭을 사랑하는 마음은 말일세, 친애하는 페르난두, 균형을 향한 필수적인 욕구에서 나오는 거야, 그 덕분에 우리가 쓰러지지 않는 걸세. 줄타기를 할 때 곡예사가 손에 드는 장대와 같군. 바로 맞혔네, 하지만 다시 살라자르 얘기로 돌아가서, 외국 언론들에서 많은 찬사를 받고 있네.

---

* 1872~1918, 포르투갈 제1공화국의 4대 대통령으로 페르난두 페소아는 그를 '대통령-왕'으로 불렀다.

흥, 그건 원고를 쓴 사람들이 돈을 내고 실어달라고 한 거야, 내가 듣기로는 그렇네. 하지만 여기 언론도 살라자르 찬가를 열심히 불러대던걸, 신문을 한 장 들어서 읽어보기만 하면, 우리 포르투갈이 지상에서 가장 부유하고 행복한 나라라는 걸 알 수 있네, 아니면 곧 그렇게 될 예정이거나, 다른 나라들도 우리의 모범을 따른다면 번영할 것이라고 하더군. 그게 다 바람을 잡는 거지. 자네는 신문을 별로 믿지 않는 것 같군. 옛날에는 나도 신문을 읽었어. 체념한 말투인데. 그보다는 지친 거지, 내 말이 무슨 뜻인지 알 걸세, 사람이 몸을 격렬하게 움직이고 나면 근육이 늘어져서 눈을 감고 잠을 자고 싶어지잖아. 졸린가 보군. 계속 피곤해, 살아 있을 때와 똑같이. 죽음은 이상한 일인 것 같네. 내가 서 있는 곳에서 죽음을 바라보다가 세상의 죽음이 모두 다르다는 사실을 갑자기 깨닫고 나면 훨씬 더 이상하게 보인다네, 모두가 똑같이 죽음을 겪는 게 아니야, 어떤 사람은 살아 있을 때의 짐을 그대로 가져오기도 한다네. 페르난두 페소아는 눈을 감고 소파에 등을 기댔다. 히카르두 헤이스는 그의 속눈썹 사이에서 눈물을 본 것 같았지만, 빅토르가 보았던 두 개의 그림자와 비슷하게 빛이 반사된 효과일 수도 있었다. 모두들 알다시피, 죽은 사람은 울지 않는 법이다. 안경 없이 드러난 얼굴, 가느다란 콧수염, 얼굴과 몸에 난 털은 주인보다 오래 살게 마련이니까, 그 얼굴과 수염이 깊은 슬픔을 표현했다. 어린 시절의 상처처럼 구제할 길이 없는 슬픔이었다. 페르난두 페소아가 눈을 뜨고 미소를 지었다. 내가 살아 있는 꿈을 꿨어. 흥미로운 환상이군. 흥미로운 것은 죽은 사람이 살아 있는 꿈을 꾼 것이 아닐세, 어차피 삶이 어떤 건지 죽은 사람도 잘 알고 있으니 꿈을 꿀 수도 있겠지, 그보다는 살아 있는 사람이 죽은 뒤의 꿈을 꾸는 것이 흥미롭네, 그 사람은 죽음이 뭔지 모르니까. 이러다가는 곧 삶과 죽음이 똑같다는 말이 나오겠군. 바로 맞혔네, 친애하는 헤이스. 하루 만에 자네는 상당히 다른 말 세 가지를 했어, 죽음은 없다, 죽음은 있다, 그리고 이제는 삶과 죽음이 똑같다. 처음 두 문장의 모순을 해결할 다른 방법이 없었네. 이 말을 하면서 페르난두 페소아는 자네도 알지 않느냐는 표정으로 미소를 지어 보였다.

히카르두 헤이스가 일어섰다. 커피를 좀 끓여야겠네, 금방 올 거야. 이보게, 히카르두, 언론 얘기가 나온 김에 최신 소식을 좀 듣고 싶네, 저녁을 잘 마무리하는 방법이기도 하고. 자네가 세상을 접하지 못한 지난 다섯 달 동안 자네가 이해하기 어려운 일들이 많이 일어났네. 자네도 십육 년 만에 이 땅에 발을 디뎠을 때 변한 모습을 보고 당황했겠는데, 세월을 건너 가닥을 다시 잇는 과정에서 어떤 가닥에는 매듭이 없고, 어떤 매듭에는 가닥이 없는 걸 알게 되었을 테니. 신문은 침실에 있네, 내가 가서 가져오지. 히카르두 헤이스는 이렇게 말하고 나서 부엌으로 갔다가, 작은 하얀색 에나멜 커피포트, 커피 잔, 스푼, 설탕 그릇을 가지고 돌아와 소파 사이의 나지막한 탁자에 놓아두고는 다시 나가서 신문을 가지고 돌아온 뒤 잔에 커피를 따르고 설탕을 조금 넣어 저었다. 보아하니 이제 자네는 아무것도 마실 수 없는 모양이군. 내게 수명이 한 시간 남았다면, 뜨거운 커피 한 잔을 마실 수 있는 지금의 일 분과 바꿀지도 모르겠네. 영국 왕 헨리보다 더 많은 걸 내놓으려 하는군, 헨리는 말 한 마리의 대가로 왕국을 내놓았잖아. 자기 왕국을 잃지 않기 위해서였지, 하지만 영국 역사 이야기는 그만두고, 지금 산 자들의 세상에서 무슨 일들이 일어나고 있는지 말해보게. 히카르두 헤이스는 커피를 반쯤 마신 뒤 신문 한 장을 펼치고 물었다. 오늘이 히틀러의 생일이라는 걸 알고 있었나, 이제 마흔일곱 살이라네. 그건 중요한 뉴스 같지 않은걸. 그거야 자넨 독일인이 아니니까, 독일인이었다면 이렇게 무시하진 않았을 걸세. 또 흥미로운 이야기가 뭐가 있나. 여기 보니 히틀러가 거의 신성하게 보일 정도로 우러러보는 분위기에서 병사 삼만 삼천 명을 사열했다는군, 여기 바로 그런 단어들이 적혀 있네, 이 행사를 기념하기 위해 괴벨스가 한 연설의 발췌문을 읽어줄 테니 잘 듣고 분위기를 파악해보게. 그래, 읽어보게. 히틀러가 말했네, 성전의 둥근 천장이 독일 민족의 머리 위로 솟아오른 것 같다고. 그것참 시적인 표현이군. 하지만 발두어 폰 시라흐의 말에 비하면 아무것도 아니야. 폰 시라흐가 누군데, 그 앞의 이름은 기억이 안 나는군. 제삼제국의 청소년 운동 지도자일세. 그가 무슨 말을 했는데. 히틀러는 하느님이 독일에 내리신 선물이다, 우리 총통은 서로 다른 신앙과 충성 대상을 초월한 분이니 숭배하라. 사탄이 직접 왔어도 그런 말은 못 했겠군, 분열된 하느님의 숭배자들을 하나로 통일시킨 남자를 숭배하라니. 폰 시라흐는 거기서 한 발 더 나아갔네, 독일 청소년들이 히틀러에게 사랑을 서약하면, 히틀러가 독일의 신이니까 말일세, 독일 청소년들이 그를 충성스레 섬기려고 노력한다면, 그것이 바로 영원한 아버지의 명령을 따르는 일이라고 선언했다네. 엄청난 논리군, 한 신이 자기 목적을 위해 다른 신의 이름을 빙자하고 있어, 아들은 아버지의 권위를 지닌 중재자 겸 판관이고, 그렇게 해서 국가사회주의가 무엇보다 거룩한 일이 되는군. 여기 포르투갈도 신성한 것과 인간적인 것을 혼동하는 솜씨가 그리 나쁘지 않네, 마치 우리가 고대의 신들에게 회귀하는 것처럼 보일 정도야. 각자가 선택한 신에게로 가겠지. 난 이름을 빌렸을 뿐이네. 계속 읽어보게. 음, 미틸리니 대주교의 엄숙한 선언에 따르면, 포르투갈은 그리스도이고 그리스도는 포르투갈이라네. 거기 그렇게 적혀 있나. 여기 있는 그대로 읽은 거야. 포르투갈이 그리스도고, 그리스도가 포르투갈이라고. 정확하네. 페르난두 페소아는 잠시 생각해보더니 웃음을 터뜨렸다. 기침하듯이 건조하게 키득거리는 소리라서 사실 다소 불쾌했다. 불쌍한 나라, 불쌍한 국민들. 그는 정말로 눈물이 글썽해진 채로 여전히 키득거리면서 같은 말을 되풀이했다. 불쌍한 나라, 내가 옛날에 『메시지』에서 포르투갈을 거룩하다고 하면서 너무 나갔나 싶었는데, 거기 그렇게 적혀 있잖나, 성(聖) 포르투갈이라고, 그런데 이제는 교회의 높은 사람이 나서서 포르투갈이 그리스도라고 선언했단 말이지. 그리스도가 포르투갈이라는 말도 했네, 그걸 잊지 마. 그렇다면, 과연 어떤 동정녀가 우리를 낳았는지 알아내야겠군, 그것도 곧, 어떤 악마가 우리를 유혹했고, 어떤 유다가 우리를 배신했고, 어떤 못이 우리를 십자가에 박았고, 어떤 무덤에 우리가 누워 있고, 어떤 부활이 우리를 기다리는지도 알아내야겠어. 기적을 빼먹었어. 우리가 존재한다는 사실, 우리가 계속 존재한다는 그 간단한 진실 외에 더 위대한 기적을 누가 바랄 수 있겠나, 이건 내 얘기를 하는 게 아닐세, 알다시피. 지금 같은 추세라면, 앞으로 얼마나 더 우리가 존재할 수 있을지 모르겠어. 하지만 우리가 독일보다 한참 앞서 있다는 사실은 인정해야 하네, 여기서는 교회가 직접 우리의 신성을 확립해주고 있으니, 심지어 하느님이 보냈다는 이 살라자르가 없어도 괜찮을 걸세, 우리가 곧 그리스도 자신이니까. 자네가 그렇게 일찍 죽은 건 안타까운 일이야, 친애하는 페르난두, 포르투갈이 이제 운명을 실현하려는 참인데 말이야. 그럼 우리와 세상이 모두 그 대주교의 말을 믿어야겠군. 우리가 행복해지기 위해 최선을 다하고 있다는 사실은 아무도 부정하지 못할 걸세, 이제 세례제이라 추기경이 신학생들에게 한 말을 들어보겠나. 내가 그 충격을 견딜 수 있을지 잘 모르겠네. 자네는 신학생이 아니잖아. 그러니까 더 문제지, 하지만 내가 누구라고 하느님의 뜻에 의문을 품겠나, 읽어보게, 나한테 읽어줘. 천사처럼 순수하고, 성체처럼 열렬하고, 열정적인 애국자가 되어라. 그런 말을 했다고. 했네. 이제 내가 죽는 일만 남았군. 자넨 이미 죽었잖아. 가엾기도 하지, 난 이제 죽는 것도 못 하는 신세라니. 히카르두 헤이스는 자신의 잔에 커피를 다시 따랐다. 그렇게 커피를 연달아 마시면 잠이 안 올 거야. 페르난두 페소아가 주의를 주었다. 상관없네, 하룻밤 잠을 이루지 못한다고 해서 큰일이 나는 건 아니니까, 가끔은 그게 오히려 도움이 될 수도 있고. 기사를 더 읽어주게. 조금 있다가, 먼저 하나 묻겠네, 포르투갈과 독일에 최근 나타난 새로운 현상, 그러니까 하느님을 정치적으로 이용하는 것이 신경에 거슬리지 않나. 거슬릴 수는 있지만, 새로운 현상이라고 하기는 어렵네, 히브리인들이 하느님을 장군의 반열에 올려놓은 뒤로 다른 사람들도 따라 했으니까, 아랍인들은 신의 뜻을 부르짖으며 유럽을 침략했고, 영국은 자기네 왕을 지키려고 하느님을 끌어왔고, 프랑스는 하느님이 프랑스인이라고 단언하잖나. 우리의 질 비센트*는 하느님이 포르투갈인이라고 단언했어. 그 말이 맞을 걸세, 만약 그리스도가 포르투갈이라면 말이지, 이제 다른 기사를 좀 더 읽어보게, 내가 떠나기 전에. 여기서 밤을 보내지 않을 건가. 내가 지켜야 하는 규칙들이 있네, 지난번에는 내가 연달아 세 규칙을 깨뜨렸지만. 오늘 밤에도 그렇게 해. 안 돼. 그럼 잘 듣게, 이제부터 중간에 끊지

* 1465~1536, 포르투갈의 극작가.

않고 기사만 읽을 거니까, 하고 싶은 말이 있어도 내가 다 읽은 다음에 이야기하게, 교황 비오 일세*가 몇몇 영화의 부도 덕성을 비난했다, 마시미누 코헤이아가 앙골라가 포르투갈보다 더 포르투갈 같다고 단언했다, 디오구 캉**의 시대 이후 앙골라는 포르투갈의 통치권만 인정했기 때문이다, 올랑에서는 공화국 수비대의 막사가 있는 광장에서 빈민들에게 빵이 분배되었다, 스페인 군부에 비밀 파벌이 생겼다는 소문이 있다, 식민지 주간을 기념하기 위해 지리학회에서 열린 리셉션에서 상류 사교계의 유명한 여성들이 직급이 낮은 사람들과 바싹 붙어 앉았다,《푸에블로 가예고》신문에 따르면, 스페인인 오만 명이 포르투갈로 피신했다고 한다, 타바르스에서 연어가 킬로그램당 삼십육 이스쿠두에 팔리고 있다. 그건 너무 비싼데. 연어 좋아하나. 옛날에는 엄청 싫어했지. 이게 전부일세, 혼란과 폭력 사태에 대해 알고 싶은 거라면 또 몰라도. 지금 몇 시인가. 자정이 다 됐네. 시간이 정말 빨리 가는군. 이제 가는 건가. 그래야지. 내가 배웅해주길 바라나. 자네한테는 아직 이르잖아. 그러니까. 내 말은 그 뜻이 아닐세, 내가 가는 곳까지 자네가 따라오기에는 아직 너무 이르다는 뜻이었어. 난 자네보다 고작 한 살 위일세, 자연의 순서에 따르자면. 자연의 순서라니. 일반적으로 쓰는 표현이야, 자연의

순서에 따르자면 내가 먼저 죽었어야 옳지. 자네도 알다시피 세상에 자연스러운 순서는 없네. 페르난두 페소아는 소파에서 일어나 재킷 단추를 잠그고, 넥타이 매듭을 정돈했다. 자연의 순서를 따랐다면 그는 정확히 정반대의 행동을 했을 것이다. 자, 난 이제 가겠네, 조만간 또 보세, 그리고 참을성 있게 함께해줘서 고맙네, 이 세상은 내가 떠날 때보다 훨씬 더 안 좋은 곳이 됐어, 스페인은 거의 확실히 내전을 향해 가고 있는 것 같네. 그렇게 생각하나. 이미 죽은 사람들이 최고의 예언자라면, 나도 그런 이점을 갖고 있잖나. 이웃들을 생각해서 최대한 조용히 아래층으로 내려가게. 깃털처럼 가볍게 내려가겠네. 출입문을 쾅 닫지도 말고. 걱정 말게, 무덤에서는 뚜껑을 덮어도 소리가 울리지 않는다네. 잘 가게, 페르난두. 잘 자게, 히카르두.

이런 우울한 대화 때문이었는지 아니면 커피를 너무 많이 마신 탓인지 히카르두 헤이스는 잠을 잘 이루지 못했다. 중간에 몇 번이나 잠에서 깼고, 잠이 들었을 때는 베개 속에서 자신의 심장이 뛰는 소리가 들리는 것 같았다. 깨어났을 때 그는 그 소리를 막으려고 침대에 똑바로 누워 있었지만, 이번에는 가슴속에서, 갈비뼈 안쪽에서 그 소리가 다시 들리기 시작했다. 자신이 목격한 부검 장면들이 생각나고, 자신의 살아 있는 심장이 한 번 수축할 때마다 그것이 마지막이라는 듯 괴로워하며 고동치는 모습이 보이는 듯했다. 얕은 잠이 다시 그를 찾아왔다. 그는 동이 터올 무렵에야 비로소 깊이 잠들 수 있었다. 신문팔이 소년이 와서 창가에 신문을 던졌지만 그는 일어나려 하지 않았다. 이럴 때면 소년이 계단을 올라와 현관 앞 깔개에 신문을 두고 간다. 오늘 자 신문이 맨 위에 오도록. 오늘 이전에 배달된 다른 신문들은 이제 신발의 먼지를 닦는 데에나 쓰인다. 시크 트란시트 노티티아 문디(Sic transit notitia mundi).* 라틴어를 만든 사람에게 축복 있으라. 문간 한쪽 구석에 하루 치 우유가 든 병이 놓여 있고, 문고리에는 빵 봉지가 걸려 있다. 리디아가 열한시 이후에 와서 이것들을 가지고 들어올 것이다. 오늘은 그녀가 호텔 일을 쉬는 날이다. 하지만 그보다 일찍 호텔을 나올 수는 없었다. 여느 때와 마찬가지로 요구가 많고 비합리적인 살바도르가 마지막 순간에 그녀에게 방 세 군데를 더 청소하고 정돈하라고 지시했기 때문이다. 리디아는 또한 히카르두 헤이스의 집에 오래 머무를 수도 없다. 혼자 계신 어머니에게 가서 남동생 소식이 있는지 알아봐야 한다. 남동생은 아폰수 드 알부케르크호를 타고 포르투에 갔다가 돌아왔다. 히카르두 헤이스는 그녀가 들어오는 소리를 듣고 졸린 목소리로 그녀를 불렀다. 그녀는 열쇠, 빵, 우유를 손에 든 채로 문간에 나타났다. 신문은 팔로 안고 있었다. 안녕하세요, 선생님. 그녀가 말했다. 안녕, 리디아. 그가 대답했다. 두 사람은 처음 만난 날에도 서로 이렇게 인사했고, 앞으로도 계속 이렇게 인사할 것이다. 그녀

---

* 라틴어로 '세상의 기록은 그렇게 사라져간다'는 뜻.

는 설사 그가 권한다 해도, 안녕하세요, 히카르두라고 인사할 용기를 내지 못할 것이다. 게다가 그가 그렇게 권할 가능성도 희박하다. 그는 지금의 이런 상태에 워낙 익숙해서 면도도 세수도 하지 않고 머리도 빗지 않고 입 냄새를 풍기면서 그녀를 맞이한다. 리디아는 부엌에 가서 우유와 빵을 놓아둔 뒤 신문을 들고 돌아왔다가 다시 아침 식사를 준비하러 갔다. 그동안 히카르두 헤이스는 손가락에 잉크가 묻지 않게 조심스레 가장자리를 잡고 신문을 들어 올려 펼쳤다. 이불에 잉크가 묻지 않을 정도의 높이로. 이것은 자신의 주위에 경계를 설정한 남자가 의식적으로 만들어낸 호들갑이다. 신문을 펼치면서 그는 몇 시간 전에 정확히 같은 행동을 했던 것을 떠올렸다. 그러자 페르난두 페소아가 다녀간 것이 아주 오래전의 일인 것 같은 기분이 또 들었다. 아주 최근의 기억이 사실은 페르난두 페소아가 안경을 부러뜨린 뒤 그에게 이렇게 말한 그날의 기억인 것 같았다. 헤이스, 신문을 좀 읽어주게, 중요한 기사들로만. 전쟁에 관한 기사 말인가. 아니, 그런 소식은 신경 쓸 가치가 없어. 내일 읽어주겠네, 어차피 매일 나도는 소식이 똑같아. 이것은 일천구백십육년 유월의 일이었다. 그로부터 겨우 며칠 전에 히카르두 헤이스는 자신의 송가 중 가장 야심적인 작품을 썼다. 첫 구절은 이러했다. 나는 그 말을 들었다 지나간 때, 페르시아의 때에. 부엌에서 식욕을 돋우는 토스트 냄새가 풍겨오고, 사기그릇 부딪히는 소리가 작게 들리더니 복도에서 리디아의 발소리가 난다.

그녀가 이번에는 상당히 침착한 태도로 쟁반을 들고 들어와 전문가다운 절차를 예전과 똑같이 거친다. 다만 이번에는 문이 열려 있어서 노크를 할 필요가 없다는 점이 다를 뿐이다. 리디아는 건방지게 보일지도 모른다는 걱정 없이, 이 장기 투숙객에게 이렇게 묻는다. 오늘은 늦게까지 침대에 계시네요. 밤에 잠을 잘 못 잤소, 잠들기가 어찌나 힘들던지. 늦게까지 외출하셨나요. 그랬으면 차라리 낫지, 자정이 되기도 전에 잠자리에 들었어요, 애당초 아파트에서 나가지도 않았다고. 리디아가 그의 말을 믿든 말든, 우리는 그가 사실을 말하고 있음을 안다. 쟁반이 이백일호 손님의 무릎 위에 놓이고, 메이드가 커피와 우유를 잔에 따라주고, 토스트와 마멀레이드를 그의 손이 닿는 곳에 놓아주고, 냅킨의 위치를 잡아준 뒤 그에게 말한다. 오늘은 제가 오래 있을 수 없어요, 청소를 빨리 마치고 가볼게요, 어머니께 가보려고요, 요즘 제 얼굴을 보기 힘들다고 뭐라고 하시기 시작했거든요, 제가 후딱 왔다가 가버린다고요, 심지어 저더러 남자가 생겨서 결혼을 생각하고 있느냐고 묻기까지 했어요. 히카르두 헤이스는 어떤 반응을 보여야 할지 알 수 없어서 어색한 미소를 짓는다. 확실히 그가 이렇게 말할 리는 없을 것이다. 남자라면 이미 있잖소, 결혼 문제라면, 마침 이야기를 잘 꺼냈소, 이제 우리 미래에 대해 이야기해봅시다. 아니, 그는 빙긋 웃기만 하면서, 갑자기 아버지 같은 표정으로 그녀를 바라본다. 리디아는 부엌으로 물러났다. 아무런 대답도 듣지 못한 채. 애당초 대답을 기대했는지 잘 모르겠지만. 결혼 이야기는 뜻하지 않게 불쑥 나온 말이었다. 그녀의 어머니는 남자나 결혼 이야기를 입에 담은 적이 없다. 히카르두 헤이스는 식사를 마친 뒤 쟁반을 침대 발치로 밀어놓고, 침대에 등을 기대고 앉아서 신문을 읽는다. 협동조합 운동 조직들이 기획한 대행진은 고용주와 노동자가 공정하고 합리적인 합의에 도달하는 것이 불가능하지 않다는 것을 보여주었다. 그는 이런 주장에는 별로 주의를 기울이지 않은 채 계속 조용히 기사를 읽었다. 마음속 깊은 곳에서 그는 이 신문 기사가 말하고자 하는 이 주장에 자신이 동의하는지 아닌지 잘 알 수 없었다. 협동조합주의, 즉 각각의 사회계층이 자신에게 가장 잘 맞는 환경에 적응하는 것이 현대사회를 변화시키는 최선의 방법이 될 수 있다는 주장. 지상에 천국을 건설하려는 이 새로운 처방을 끝으로, 그는 머리기사를 다 읽은 뒤 해외 소식으로 주의를 돌렸다. 프랑스에서는 내일 입법부 선거의 첫 투표가 이루어질 것이다. 바돌리오가 이끄는 군대가 아디스아바바 진군을 재개할 준비를 하고 있다. 이때 리디아가 소매를 걷어 올린 모습으로 침실 문간에 나타나 조급하게 물었다. 어제 그 비행선 보셨어요. 비행선이라니. 체펠린 비행선요, 그게 호텔 바로 위를 지나갔어요. 나는 못 봤소. 하지만 그는 지금 이 순간 그 비행선을 신문 지면에서 보고 있었다. 엄청나게 거대해서 아다마스토르 같은 비행선에 그것을 만든 사람의 이름과 직위가 새겨져 있었다. 그라프 체펠린, 독일 백작, 장군, 비행가. 그것이

리스본 상공을 날고 있다. 강과 주택들 위에서. 사람들은 길에서 걸음을 멈추고, 상점에서 밖으로 나오고, 전차 창문 밖으로 몸을 내밀고, 자기 집 발코니로 나와서 이 놀라운 광경을 함께 나누기 위해 서로에게 소리를 지른다. 그리고 어떤 재치 있는 사람이 필연적인 농담을 한다. 꼭 날아가는 소시지 같네. 여기 사진이 있소. 히카르두 헤이스가 이렇게 말하자 리디아가 침대로 다가왔다. 워낙 가깝게 다가왔기 때문에 그가 자유로운 한 팔로 그녀의 엉덩이를 반드시 끌어안아야만 할 것 같았다. 그녀는 웃음을 터뜨렸다. 이러지 마세요. 그리고 말을 이었다. 엄청 크네요, 신문 지면으로 보니 실제보다도 훨씬 더 커 보여요, 그런데 뒤에 꽂혀 있는 저 십자가는 뭘까요. 그건 만자(卍字), 즉 나치 기장이오. 보기 싫은 모양이네요. 이걸 십자가 중에 최고라고 생각하는 사람도 아주 많아요. 거미처럼 생겼는데요. 옛날에 동방 종교에서는 이 십자가가 행복과 구원을 상징했소. 정말로요. 그래, 정말이오. 그런 십자가를 왜 체펠린 꽁무니에 붙였을까요. 이 비행선이 독일 것이고, 이 십자가가 이제 독일의 상징이 되었기 때문이오. 나치의 상징이죠. 나치에 대해 얼마나 알고 있소. 남동생한테 들은 이야기가 전부예요. 해군에 있다는 남동생 말이오. 네, 다니엘은 제 하나뿐인 남동생이에요. 포르투에서 돌아왔소. 아직 만나지는 못했지만 돌아왔어요. 그걸 어떻게 알지. 동생이 탄 배가 테헤이루 두 파수 앞에 정박해 있으니까요, 저는 어디서든 그 배를 알아볼 수 있어요. 침대로 오지 않겠소. 어머니에게 점심때 가겠다고 약속했어요. 그냥 잠시만 있다가 가면 돼요. 히카르두 헤이스는 손을 아래로 내려 곡선을 그리고 있는 그녀의 다리를 쓰다듬다가 치마를 들추고 가터벨트 위까지 올라가서 그녀의 맨살을 만졌다. 리디아가 말했다. 안 돼요, 안 돼요. 하지만 벌써 약해지기 시작해서 무릎이 가늘게 떨렸다. 그때 히카르두 헤이스는 생전 처음으로 자신의 음경이 반응하지 않고 있음을 깨달았다. 당황한 그는 손을 빼내면서 투덜거리듯이 말했다. 물을 받아주시오, 목욕을 해야겠소. 리디아는 상황을 이해하지 못하고 치마허리와 블라우스 단추를 풀기 시작했다. 히카르두 헤이스는 갑자기 날카로워진 목소리로 같은 말을 되풀이했다. 목욕을 해야겠으니까 물을 받아요. 그는 신문을 바닥으로 던져버린 뒤, 이불 속으로 휙 들어가 벽으로 돌아누웠다. 그 바람에 하마터면 아침 식사 쟁반이 뒤집어질 뻔했다. 리디아는 당혹스러운 얼굴로 그를 지켜보았다. 내가 뭘 잘못한 거지. 그녀는 속으로 생각했다. 그녀가 볼 수 없는 그의 양손은 힘없이 늘어진 음경을 세우려고 애쓰는 중이었다. 그러나 그 노력은 수포로 돌아갔다. 그는 한순간 격한 분노를 느끼다가 곧 절망에 빠졌다. 리디아는 슬픈 모습으로 쟁반을 들고 물러났다. 그리고 접시들이 아침 햇살처럼 반짝거릴 때까지 깨끗이 설거지를 한 뒤 먼저 히터에 불을 붙이고 욕조에 물을 받기 시작했다. 수도꼭지에서 쏟아지는 물의 온도를 확인한 그녀는 젖은 손가락으로 젖은 눈을 훔쳤다. 난 침대에 들어갈 준비가 다 되어 있었는데 뭘 잘못해서 선생님이 화를 낸 거지. 이런 식의 오해를 피하기는 불가능하다. 그가 그녀에게, 안 되겠소, 그럴 기분이 아니야, 라고 말하기만 했다면 그녀는 신경 쓰지 않았을 것이다. 짝짓기의 문제가 아니더라도 그녀는 그의 옆으로 가서 조용히 그와 나란히 누워 그가 그 순간적인 당혹감을 극복할 때까지 그를 위로했을 것이다. 어쩌면 그녀가 그의 음경 위에 자신의 손을 부드럽게 올려놓았을지도 모른다. 다른 생각은 전혀 없이 순전히 그를 안심시키기 위해서. 걱정 마세요, 세상이 끝난 건 아니잖아요. 그러고 나서 두 사람은 평화로이 잠들 것이다. 그녀는 어머니가 점심 식사를 차려놓고 자신을 기다린다는 사실을 까맣게 잊어버린 채로. 마침내 어머니는 배를 타는 아들에게 이렇게 말할 것이다. 우리끼리 점심 먹자, 네 누나는 이제 믿으면 안 되겠다, 요즘 애가 많이 달라졌어. 삶의 모순과 불의가 이러하다.

리디아가 침실 문간에 나타났다. 일주일 뒤에 뵈어요. 그녀는 이렇게 말하고 나서 비참한 기분으로 떠났다. 남겨진 히카르두 헤이스도 역시 비참했다. 그녀는 자신이 무슨 잘못을 저질렀는지 알 수 없었고, 그는 자신에게 어느 악마가 내려앉았는지 온전히 알고 있었다. 수도꼭지에서 물이 나오는 소리, 수증기 냄새가 아파트 사방에 퍼진다. 히카르두 헤이스는 몇 분 더 침대에 누워 있다. 욕조가 엄청나게 크다는 것을 알고 있다. 가득 차면 지중해처럼 보일 정도다. 마침내 그가 일어나 실내용 가운을 어깨에 걸치고 슬리퍼를 신은 뒤 욕실로 걸어간다. 다행히 거울에 증기가 서려 그의 모습이 비치지 않는다. 이렇게 위험한 순간에 틀림없이 거울이 측은지심을 발휘한 덕분일 것이다. 그러다 그는 생각한다. 세상이 끝난 건 아니야, 이건 누구에게나 일어날 수 있는 일이야, 어차피 조만간 내 차례가 오게 되어 있었어. 어떻습니까, 선생님. 걱정 마세요, 신약을 처방해드리겠습니다, 그거면 틀림없이 이 사소한 문제가 해결될 겁니다, 걱정하지 않는 게 중요합니다, 나가서 다른 일에 정신을 쏟으세요, 영화를 보러 가셔도 됩니다, 이런 일이 일어난 것이 정말로 처음이라면, 운이 좋으신 겁니다. 히카르두 헤이스는 옷을 벗고, 살이 델 것 같은 거대한 호수에 찬물을 조금 흘려 넣었다. 그리고 천천히 그 안에 몸을 담갔다. 마치 공기가 있는 세상을 버리는 사람 같았다. 몸에서 힘을 빼자 팔다리가 표면으로 둥둥 떠올랐다. 심지어 시든 음경도 물살에 걸려 뿌리 뽑힌 해초처럼 까딱까딱 움직였다. 히카르두 헤이스는 자신의 것이 아닌 물건을 보듯 그것을 우울하게 지켜보았다. 이것이 내 것인가, 아니면 내가 이것에게 속하는가. 그는 답을 찾으려 하지 않았다. 이 질문을 떠올리는 것만으로도 참을 수 없을 만큼 괴로웠다.

사흘 뒤 마르센다가 병원에 나타났다. 접수대에서 그녀는 환자로 온 것이 아니니 마지막 순서로 선생님을 뵙고 싶다고 말했다. 환자를 다 보시면 선생님께 가서 마르센다 삼파이우가 왔다고 말해주세요. 그녀는 이십 이스쿠두 지폐를 접수대 직원의 주머니에 찔러주었다. 접수대 직원은 적절한 순간에

이 말을 전해주었다. 히카르두 헤이스가 이미 하얀 가운을
벗은 뒤였다. 성직자의 옷과 거의 비슷하게 생긴 흰 가운은
길이가 간신히 칠 부 정도였다. 따라서 그는 이 위생 숭배 종
교의 대사제가 지금도 아니고 미래에도 되지 못할 것이다. 그
는 제단의 물병을 비워서 닦고, 양초에 불을 붙이거나 끄는
일을 맡은 성물 관리인에 불과했다. 죽음을 확인하는 증서를
쓰는 일 역시, 말할 필요도 없이, 그의 책임이었다. 때로 그는
산부인과를 전공하지 않은 것을 막연히 후회했다. 그것이 여
성의 가장 은밀하고 소중한 기관을 다루는 과라서가 아니라,
아이가 태어나게 해주는 과이기 때문이었다. 다른 사람들의
아이, 자식이 없는 사람, 적어도 자신이 아는 한 자식이 없는
사람에게 위안이 되어줄 아이. 산부인과 의사였다면 그는 세
상에 태어나는 아이들의 심장이 뛰는 것을 느낄 수 있었을
것이다. 때로는 피와 점액, 눈물과 땀에 뒤덮여서 끈적거리는
그 앙상하고 작은 생물들을 자기 손으로 안고 그 첫 울음을
들었을 것이다. 아무 의미도 없는 울음, 또는 우리가 이해할
수 있는 범위를 넘어선 의미를 지닌 울음. 그는 다시 실내용
가운을 입으면서 소매를 찾지 못해 허둥거렸다. 소매가 갑자
기 비틀린 탓이었다. 마르센다를 문까지 나가서 맞아야 할지,
아니면 책상에 앉아 의사답게 휴대용 핸드북에 한 손을 올
리고 그녀를 기다릴지 고민했다. 그 핸드북은 모든 의학 지식
의 세례반이자 슬픔의 성서였다. 광장, 느릅나무, 꽃을 피운
보리수나무, 총사의 동상이 내다보이는 창가로 다가간 그는

마르센다를 맞이할 장소로 광장을 선택했다. 그가 멍청하게 보이지 않게 다음과 같은 말을 할 수 있다면. 봄입니다, 정말 날씨가 좋죠, 카몽이스의 머리에 앉은 비둘기를 보세요, 다른 녀석들은 카몽이스의 어깨에 앉아 있네요. 동상을 정당화해주는 유일한 존재 이유는 비둘기에게 앉을 곳을 제공해준다는 것이다. 하지만 사회적 관습이 승리를 거뒀기 때문에 마르센다가 그의 진찰실 문 앞에 나타났다. 들어가세요. 접수대 직원이 비굴하게 말했다. 눈치가 빠른 그녀는 사람들이 어떤 사회계층에 속하는지 알아보는 솜씨가 노련했다. 히카르두 헤이스는 느릅나무와 보리수나무를 잊어버렸다. 비둘기들은 하늘로 날아갔다. 뭔가가 녀석들을 놀라게 한 모양이었다. 루이스 드 카몽이스 광장에서는 일 년 내내 총 쏘기가 금지되어 있다. 만약 이 여자가 비둘기라면, 다친 날개 때문에 날아오를 수 없었을 것이다. 잘 지냈습니까, 마르센다, 이렇게 만나니 반갑네요, 아버님은 안녕하십니까. 잘 지내세요, 감사합니다, 선생님, 아버지가 함께 오시지는 못했지만 안부를 전하셨어요. 접수대 직원은 지시에 따라 밖으로 나가서 문을 닫았다. 히카르두 헤이스는 계속 마르센다의 손을 잡고 있었다. 침묵 속에서 이런 자세를 유지하다가 마침내 그가 의자를 가리켰다. 그녀는 의자에 앉았다. 왼손은 여전히 주머니에 넣은 채였다. 무엇이든 놓치는 법이 없는 접수대 직원조차 지금 진찰실에 들어간 이 여자에게 아픈 기색은 전혀 보이지 않았다고 단언할 것이다. 사실 상당히 매력적인 여자라고, 조금 마른 편인 것 같기는 하지만 나이가 워낙 젊으니까 마른 몸이 잘 어울린다고. 그럼, 요즘 건강은 어떻습니까. 히카르두 헤이스가 물었다. 마르센다가 대답했다. 항상 그렇죠, 뭐, 다시 그 치료사를 찾아가지는 않을 것 같아요, 적어도 여기 리스본에 있는 치료사한테 가지는 않을 거예요. 나아지는 기색이 전혀 없습니까, 손이 움직인다거나 뭔가가 느껴지는 기미가 없어요. 희망을 가질 만한 게 없어요. 그럼 심장은 어떻습니까. 완벽하게 작동하고 있어요, 진찰해보시게요. 난 당신의 주치의가 아닙니다. 하지만 심장 전문의로 일하면서 조금 배운 게 있으시겠죠, 그렇다면 제가 선생님께 조언을 구할 수도 있다는 뜻이고요. 그렇게 비꼬는 말은 당신에게 어울리지 않습니다, 나는 최선을 다합니다만 정말 할 수 있는 일이 별로 없습니다, 다른 의사의 자리를 임시로 채우고 있을 뿐이니까요, 편지에서 설명했던 것처럼. 여러 편지 중 한 통이겠죠. 다른 편지는 받지 못한 것처럼, 편지가 중간에 사라진 것처럼 생각하세요. 그 편지를 쓴 걸 후회하시나요. 이 세상에 후회만큼 무의미한 건 없습니다, 후회를 표현하는 사람들은 단순히 용서를 바랄 뿐이에요, 그러고는 또 같은 잘못을 저지르죠, 우리 모두는 속을 파고들어 가보면 자신의 약한 부분에 대해 계속 자부심을 느끼고 있거든요. 저는 선생님의 아파트에 갔던 걸 후회하지 않았어요, 지금도 후회하지 않아요, 선생님의 키스를 허락하고 선생님에게 키스한 것이 잘못이라 해도, 저는 그 잘못이 여전히 자랑스러워요. 우리는 키스를 했을 뿐입니다, 그건 엄청난 죄가 아니에요. 그건 제 첫 키스였어요, 어쩌면 그래서 후회가 없는지도 몰라요. 지금껏 아무도 당신에게 키스하지 않았습니까. 첫 키스였어요. 곧 문을 닫을 시간이 될 겁니다, 또 아파트로 가겠습니까, 거기서는 단둘이 이야기를 할 수 있습니다. 안 가는 게 좋겠어요. 건물에 들어갈 때 따로 움직여도 됩니다, 서로 시간을 두고 따로 들어가는 거죠, 당신이 수치를 당하지 않게 하겠습니다. 아뇨, 저는 여기에 좀 더 있는 편이 좋아요, 선생님이 시간을 내줄 수 있다면요. 날 믿어요, 당신을 해치지 않을 겁니다, 난 정말로 남을 해칠 줄 모르는 사람이에요. 그 미소는 무슨 의미인가요. 아무것도 아닙니다, 다만 내가 천성적으로 점잖은 사람이라는 뜻이죠, 간단한 설명을 원합니까, 지금 이 순간 나는 세상과 평화로운 상태입니다, 바다도 조용하고요, 내 미소의 뜻은 이것이 전부입니다. 선생님 아파트에는 가지 않는 게 낫겠어요, 여기서 이야기해요, 저를 환자라고 생각하세요. 그럼, 어디가 불편하십니까. 지금 미소가 아까보다 훨씬 더 낫네요. 마르센다는 주머니에서 왼손을 꺼내 무릎에 놓고 다른 손으로 덮었다. 아픈 곳을 털어놓는 사람처럼 금방이라도 이렇게 말할 것 같았다. 이게 말이 되나요, 선생님, 이미 제게 잘못된 심장을 준 운명이 이런 팔까지 얹어주다니요. 하지만 이 말 대신 그녀가 한 말은 이러했다. 저는 사는 곳이 아주 멀고, 선생님과 나이 차이도 많이 나요. 편지에 쓴 말을 그대로 되풀이하고 있네요. 진실을 말하자면, 저는 당신을 좋아해요, 히카르두, 하지만 어느 정도로 좋아하는지를 모르겠어요. 남자가 내 나이쯤 돼서 사랑을 드러내놓고 표현하면 바보처럼 보입니다. 하지만 저는 그런 말을 읽는 게 좋았어요, 지금은 듣는 것도 좋아하고요. 난 사랑을 표현하고 있지 않은데요. 아뇨, 표현하고 계세요. 우리는 인사말과 꽃이 달린 가지를 주고받습니다, 예쁜 건 사실이죠, 그러니까 꽃 말입니다, 하지만 나무에서 잘라냈기 때문에 곧 시들 겁니다, 꽃은 이 사실을 모르고 우리는 모르는 척하죠. 저는 꽃을 물에 담그고, 색이 바랠 때까지 지켜볼 거예요. 그럼 오랫동안 보지 못하겠네요. 지금은 당신을 지켜보고 있어요. 난 꽃이 아닙니다. 당신은 남자죠, 저도 그 둘을 구분할 줄 알아요. 조용한 남자입니다, 강둑에 앉아서 물살에 실려 가는 것들을 지켜보는 남자, 어쩌면 자신도 물살에 쓸려 가기를 기다리는 중인지도 모르고요. 지금 당신이 지켜보고 있는 건 나예요, 당신 눈빛을 보면 알 수 있어요. 맞습니다, 난 당신이 꽃을 피운 가지처럼 휩쓸려 가는 걸 보고 있어요, 그 가지에 새가 앉아서 지저귀고 있습니다. 절 울리지 마세요. 히카르두 헤이스는 창가로 가서 커튼을 열었다. 동상에는 비둘기가 한 마리도 앉아 있지 않았다. 녀석들은 대신 광장 상공에서 빠르게 원을 그리며 날고 있었다. 회오리 같았다. 마르센다가 그에게 다가왔다. 여기로 오는 길에, 비둘기 한 마리가 동상의 팔에 앉아 있는 걸 봤어요, 심장과 가까운 곳이었어요. 그건 상당히 흔한 일입니다, 녀석들이 아늑한 곳을 좋아하거든요. 여기

444

서는 동상이 안 보이네요, 동상이 저쪽 편을 향하고 있어요. 커튼이 다시 닫히고, 두 사람은 창가에서 멀어졌다. 마르센 다가 말했다. 이제 가야 돼요. 히카르두 헤이스는 그녀의 왼손을 잡고 입술로 들어 올려 천천히 어루만졌다. 마치 추위로 몸이 굳어버린 새를 되살리는 것 같았다. 어느새 그와 그녀는 서로에게 입을 맞추고 있었다. 두 번째 키스였다. 히카르두 헤이스는 자신의 피가 아래로 내려가는 것을 느낀다. 힘찬 폭포처럼 우렁차게 내려간 피가 깊숙한 동굴로 들어간다. 이것은 해면체를 은유적으로 표현한 말이니, 다시 말하면 그의 음경이 딱딱해졌다는 뜻이다. 그의 음경은 정말로 죽은 것이 아니었다. 내가 걱정하지 말라고 했을 때 그는 내 말을 믿지 않았지만. 마르센다가 그것을 느끼고 몸을 뒤로 빼더니, 그것을 느끼기 위해 다시 그를 끌어안는다. 누가 물어보면 그녀는 절대로 그런 것이 아니라고 단언할 것이다, 어리석은 처녀 같으니. 하지만 두 사람의 입술은 떨어진 적이 없다. 마침내 그녀가 신음하듯이 말했다. 정말 가야 돼요. 힘이 다 빠진 그녀는 그에게서 떨어져 나와 무너지듯 의자에 앉았다. 마르센다, 나와 결혼해줘요. 히카르두 헤이스가 간청했다. 그녀는 창백한 얼굴로 그를 바라보며 말했다. 안 돼요. 아주 느린 말투였다. 이렇게 짧은 말을 하는데 이렇게 오랜 시간이 걸릴 수 있을 거라고 생각한 사람이 어디 있을까. 그다음에 이어진 말을 하는 데에는 그만큼 시간이 오래 걸리지 않았다. 우린 행복하지 않을 거예요. 두 사람은 몇 분 동안 아무 말이 없었다. 마르센다가 세 번째로 말했다. 이제 가야 돼요. 그리고 이번에는 아예 자리에서 일어나 문으로 향했다. 히카르두 헤이스는 그녀를 따라가 붙잡으려고 했지만, 그녀는 이미 복도에 있었다. 접수대 직원이 복도 끝에 나타나자 히카르두 헤이스는 큰 소리로 말했다. 내가 배웅하겠습니다. 그리고 실제로 배웅하러 나갔다. 두 사람은 작별 인사와 악수를 주고받았다. 히카르두 헤이스가 말했다. 아버님께 안부 전해주세요. 마르센다가 입을 열었다. 언젠가. 이 말만 하고 그녀는 말을 끝맺지 않았다. 누군가가 대신 끝을 맺어줄 것이다. 언제 무슨 이유로 그렇게 할지는 아무도 모르지만, 지금은 이 말뿐이다. 언젠가. 문이 닫히고, 접수대 직원이 묻는다. 제가 할 일이 더 있나요, 선생님. 아뇨. 그럼, 괜찮다면 퇴근할게요, 이미 다들 퇴근했거든요, 다른 의사 선생님들도요. 나는 몇 분 더 있다가 가겠습니다, 정리할 서류가 있어요. 즐거운 저녁 보내세요, 선생님. 즐거운 저녁 보내요, 카를로타. 이것이 그녀의 이름이었다.

히카르두 헤이스는 진찰실로 돌아와 다시 커튼을 열었다. 마르센다는 아직 계단 끝까지 도달하지 못했다. 황혼 녘의 어스름이 광장을 감싸고 있었다. 비둘기들은 느릅나무의 가장 높은 가지에 유령처럼 조용히 앉아 있었다. 아니, 이미 오래전 그 가지에 앉았던 비둘기들의 그림자인 것 같기도 했다. 아니면 예전에 그 자리에 있던 폐허에 앉은 비둘기들의 그림자일 수도 있었다. 사람들이 땅을 고른 뒤 이 광장을 만들고 동상을 세우기 전에 있었던 일. 이제 알레크링 거리 쪽으로 광장을 가로지르던 마르센다가 고개를 돌려 카몽이스의 팔에 비둘기가 아직도 앉아 있는지 확인한다. 꽃을 피운 보리수나무 가지들 사이로 유리창 뒤의 하얀 얼굴이 그녀의 눈에 언뜻 보인다. 누가 그녀의 이런 움직임을 봤더라도 그 의미를 알지 못했을 것이다. 심지어 카를로타도. 그녀는 계단 아래에 숨어 이 광경을 엿보며, 저 손님이 의사의 진찰실로 돌아가 실컷 대화를 나누려 할지도 모른다고 짐작하고 있다. 아주 나쁜 방법은 아니었지만, 마르센다는 이 방법을 아예 떠올리지도 못했다. 히카르두 헤이스도 자신이 진찰실에 남은 것이 바로 그 때문인지 자문해볼 생각을 하지 못했다.

며칠 뒤 편지 한 통이 도착했다. 똑같은 연보라색 봉투에 똑같은 검은색 소인이 찍히고, 필체도 틀림없었다. 다른 한 손이 종이를 고정해주지 못하기 때문에 각진 모양이 된 필체. 히카르두 헤이스는 이번에도 한참 동안 망설이다가 마침내 봉투를 연다. 그리고 똑같이 지친 표정, 똑같은 편지 내용. 당신을 만나러 가다니 정말 바보 같은 짓이었어요, 다시는 없을 겁니다, 우리는 다시 안 만날 거예요, 하지만 이건 믿어주세요, 제가 살아 있는 동안 당신을 잊는 일은 없을 거예요, 상황이 달랐다면, 제 나이가 많았다면, 치료가 불가능한 이 팔이, 네, 그 치료사가 치료법이 없다고 마침내 인정했습니다, 태양등 치료, 전기 충격, 마사지 모두 시간 낭비였어요, 그럴 거라고 짐작하고 있었기 때문에 울지도 않았습니다, 가여운 건 저 자신이 아니라 제 팔이에요, 저는 결코 요람을 떠날 수 없는 아이를 어르듯이 제 팔을 대합니다, 주인에게 버림받고 거리에서 발견된 작은 짐승처럼 쓰다듬어주기도 하고요, 가 엾은 팔, 제가 없으면 이 팔은 어떻게 될까요, 그러니 안녕히 계세요, 친애하는 친구, 아버지가 계속 파티마에 가라고 고집이라 가기로 했습니다, 순전히 아버지를 기쁘게 해드리려고, 아버지의 양심이 편안해지고, 이것이 하느님의 뜻이라고 납득하는 데 필요하다면 해야죠, 우리는 하느님의 뜻에 반하는 일을 할 수도 없고 하려고 해도 안 되니까요, 제 친구인 당신에게 날 잊으라고 말하지는 않겠습니다, 오히려 반대로 매일 저를 생각해주시면 좋겠어요, 하지만 편지는 쓰지 마세요, 제가 우체국에 가는 일은 없을 겁니다, 이만 끝내야겠네요, 할 말을 모두 썼어요. 마르센다는 이런 식으로 글을 쓰지 않는다. 구문과 구두법의 규칙을 모두 지키는 편이다. 하지만 히카르두 헤이스가 꼭 필요한 내용만 찾아 문장을 건너뛰며 읽는 바람에 이렇게 되었다. 그는 그녀가 쓴 문장의 질감을 무시해버렸다. 감탄사도 그가 집어넣은 것이다. 호소력을 더해주는 갑작스러운 끊김. 하지만 편지를 두 번, 세 번이나 읽었는데도 더 이상 알아낸 것이 없었다. 마르센다가 할 말을 모두 한 것처럼 그도 편지를 이미 모두 읽었기 때문이다. 항구를 떠나면서 봉인된 편지를 받은 남자가 바다 한복판에서 그 편지를 열어본다. 그가 서 있는 갑판과 바다와 하늘 외에 아무것도 없는 곳에서 편지는 이제부터 그가 피난할 수 있는 항구가 하나도 없다고, 새로 발견할 수 있는 미지의 땅도 목적지도 없다고, 유령선의 선장처럼 계속 항해하면서 돛을 감아 올렸다가 펼치고, 펌프질을 하고, 찢어진 천을 꿰매고, 녹슨 부분을 긁어내고, 하염없이 기다리는 수밖에 없다고 말한다. 그는 계속 편지를 손에 든 채 창가로 가서 아다마스토르를 본다. 거인의 그림자 속에 두 노인이 앉아 있다. 그는 지금 느끼는 실망감이 연기가 아니라 진짜인지, 자신이 정말로 마르센다와 사랑에 빠졌다고 믿었는지, 마음속 깊은 곳에서 진심으로 그녀와 결혼하고 싶었던 적이 있는지, 아니면 이 모든 것이 외로움의 진부한 효과인지, 삶에 이를테면 사랑 같은 것, 불행한 사람들이 항상 이야기하는 그 행복한 일 같은 좋은 일이 조금은 있다고 믿고 싶은 단순한 욕망 때문이었는지, 우리의 히카르두 헤이스나 페르난두 페소아에게, 그러니까 그가 죽지 않았다면 말이지만, 하여튼 이 두 사람에게 행복과 사랑이 가능한 일인지 자문해본다. 마르센다가 존재한다는 사실에는 의심의 여지가 없다. 이 편지는 그녀가 쓴 것임이 분명하다. 하지만 마르센다는 과연 누구인가. 브라간사 호텔의 식당에서 생면부지의 타인이던 그녀를 처음 봤을 때의 모습과 지금 히카르두 헤이스의 생각과 감정과 말을 가득 채우고 있는 마르센다 사이에 어떤 공통점이 있는가. 마르센다는 정박할 수 있는 곳이다. 과거의 그녀와 지금의 그녀, 배가 지나간 뒤 금방 사라지는 바다 위의 항적, 아직 키가 돌고 있기 때문이 물이 조금 흩뿌려지기는 한다. 나는 그렇게 흩뿌려지는 물속을 지나왔다. 나를 통과해 지나간 것은 무엇인가. 히카르두 헤이스는 편지를 한 번 더 읽는다. 마지막 문단에서 그녀는 이렇게 썼다. 편지는 쓰지 마세요. 히카르두 헤이스는 당연히 편지를 쓸 거라고 혼잣말을 한다. 무슨 말을 쓸지 아직은 모르지만 나중에 결정할 것이다. 만약 그녀가 스스로 한 약속을 지킨다면 편지는 우체국에 마냥 남아 있겠지만, 중요한 것은 편지를 쓰는 것이다. 그러다 그는 삼파이우 박사가 코임브라에서 유명 인사임을 생각해낸다. 공증인은 언제나 자신이 사는 지역의 유명 인사다. 그리고 우체국의 직원 중에는, 누구나 잘 알듯이, 양심적이고 성실한 사람이 많다. 따라서 그 비밀 편지가 어떻게든 삼파이우 박사의 집으로 전달될 가능성이 아주 없는 것은 아니다. 만약 그의 사무실로 전달되어 그의 분노를 일으킨다면 문제가 심각하다. 히카르두 헤이스는 편지를 쓰지 않을 것이다. 이 편지에 결코 하지 못했던 말을 모두 넣었을지도 모른다. 상황을 바꿔놓을 수 있을 것이라는 희망 때문이 아니라, 걸려 있는 일들이 너무 많아서 하고 싶은 말을 모두 한다 해도 상황이 바뀌지 않을 것임을 분명히 하기 위해서. 그래도 헤이스 의사, 마르센다에게 키스하고 결혼해달라 청했던 남자가 시인이라는 것, 병에 걸려 일을 할 수 없게 된 심장과 폐 전문의 대신 임시로 일하는 평범한 일반의에 불과한 존재가 아니라는 것, 또한 이 분야의 공부를 하지는 않았지만 그가 이 병원에서 일을 시작한 뒤로 사망률이 늘었다는 증거가 없으므로 임시 대리 의사로서도 실력 없는 편이 아니라는 것을 그녀에게 알려주고 싶었다. 만약 그가 처음부터 이런 말을 했다면 마르센다가 얼마나 놀랐을지 상상해보라. 그거 알아요, 마르센다, 내가 시인이라는 것. 자신의 재능을 그리 중요하게 생각하지 않는 사람처럼 아무렇지도 않은 말투로 이렇게 말했다면. 당연히 그녀는 그가 겸손한 태도를 보이고 있음을 깨달았을 것이고, 그가 자신에게 이런 비밀을 털어놓았다는 사실에 우쭐해져서 애정이 깃든 눈으로 그를 바라보았을 것이다. 어머나, 굉장해, 난 정말 행운아야, 시인의 사랑을 받는다고 생각하니 기분이 확 달라지는걸, 저 사람에게 시를 읽어달라고 부탁해야겠어, 틀림없이 나한테 시를 바치기도 할 거야, 시인들 사이에서는 흔한 일이잖아, 헌시를 쓰는 걸 아주 좋아하지. 히카르두 헤이스는 결국 터져 나올 질투를 피하기 위해, 마르센다가 그의 시에서 발견하게 될 여자들이 실제로 존재하는 여자들이 아니라 서정적이고 추상적인 존재, 상상으로 꾸며낸 대화 상대라고 설명할 것이다. 목소리가 없는 사람을 대화 상대라고 불러도 되는지는 잘 모르겠지만. 시인은 자신의 뮤즈들에게 말하라고 요구하지 않는다. 그저 존재하기만 하면 된다. 네아이라, 리디아, 클로에. 우연의 일치가 하나 있긴 해요, 익명의 가상적인 존재인 리디아에게 오랜 세월 시를 썼는데, 여기서 같은 이름의 호텔 메이드를 만났지 뭡니까, 이름만 같고, 다른 면에서는 전혀 닮은 점이 없는 사람이에요. 히카르두 헤이스는 이렇게 설명한 뒤, 한 번 더 설명한다. 이것이 아주 복잡한 문제라서가 아니라, 다음 단계가 두렵기 때문이다. 어떤 시를 골라야 할까, 마르센다는 그 시를 듣고 뭐라고 할까, 어떤 표정을 지을까. 그가 읽어준 시를 자기 눈으로 직접 봐야겠다고 요구할지도 모른다. 그러고는 나직한 목소리로 시를 직접 읽을 것이다. 변화하는 불확실한 합류점에서, 물결이 강을 만들어낼 때, 당신의 나날을 명상하라, 혹시 당신 자신이 다른 사람처럼 행세하는 모습이 보이거든, 침묵하라. 그는 이 시를 읽고, 한 번 더 읽는다. 그녀의 표정을 보니 이해한 것 같다. 어쩌면 모종의 기억이 그녀를 도왔는지도 모른다. 그가 지난번 진찰실에서 만났을 때 했던 말에 대한 기억. 강둑에 앉아 물이 무엇을 싣고 가는지 지켜보며, 자신이 그 물살과 함께 지나가는 모습을 기다리던 남자에 대한 이야기. 산문과 시는 확실히 다르다. 그래서 내가 처음에는 그것을 아주 잘 이해했으면서 지금은 이해하지 못해 애를 먹고 있다. 히카르두 헤이스가 그녀에게 묻는다. 마음에 듭니까. 그녀가 대답한다. 네, 아주 마음에 들어요. 이보다 더 만족스러운 대답은 거의 없을 것이다. 하지만 시인들은 항상 만족하는 법이 없다. 여기 이 시인은 시인이 듣고 싶어 하는 모든 말을 들은 적이 있다. 하느님도 자신이 창조한 세상을 이토록 찬양하는 노래를 들으면 몹시 기뻐하실 것이다. 그런데도 히카르두 헤이스는 우울하고 슬픈 표정이다. 사기와 기만에 속아 갇히게 된 대리석에서 몸을 비틀어 빠져나오지 못하는 아다마스토르. 그의 살과 뼈는 돌로 변했고, 혀도 마찬가지다. 왜 그렇게 조용히 계세요. 마르센다가 묻지만 그는 대답하지 않는다.

이것이 개인적인 슬픔이라면, 포르투갈 전체에는 기쁜 일이 없지 않다. 바로 얼마 전 두 개의 기념일을 축하하는 행사가 벌어졌다. 하나는 안토니우 드 올리베이라 살라자르 교수가 팔 년 전 공인의 삶을 시작한 것을 기념하는 날이다. 마치 어제 일 같은데 시간이 얼마나 빠른지. 그는 자신과 우리들의 나라를 심연에서 구해내 운을 되살리고, 새로운 정치적 신조를 제시하고, 미래에 대한 믿음과 열정과 자신감을 심어주려고 나섰다. 신문들의 말에 따르면 그렇다. 두 번째 기념일도 그 존경받는 교수와 관련되어 있지만, 이번에는 좀 더 개인적인 기쁨과 관련되어 있다. 그와 우리의 기쁨, 즉 그의 마흔일곱 번째 생일이다. 그는 히틀러가 세상에 태어난 해에 태어났다. 겨우 며칠 간격을 두고서. 우연의 일치다. 전국 노동절도 곧 다가온다. 바르셀루스에서 수천 명의 노동자들이 로마식으로 팔을 뻗고 행진하는 날이다. 팔을 뻗는 것은 브라가*가 브라카라 아우구스타라고 불리던 시절부터 살아남은 것이다. 백 대의 장식 수레가 시골 풍경을 하나씩 표현할 것이다. 포도 수확 풍경, 포도를 압착하는 모습, 그다음에는 괭이질, 곡식의 껍질을 까는 모습, 도리깨질, 흙으로 빚은 닭

* 포르투갈 북부의 도시. 로마시대에는 브라카라 아우구스타라고 불리는 행정 중심지였다.

과 피리를 굽는 가마, 자수 놓는 여자들이 레이스 얼레를 들고 있는 모습, 그물과 노를 든 어부, 밀가루 부대를 실은 당나귀와 함께 있는 방앗간 주인, 물레와 실톳대를 들고 있는 실 잣는 여자. 이렇게 열 대의 장식 수레가 있고, 아직 아흔 대가 더 있다. 아, 포르투갈 사람들이 착하고 성실하게 살려고 얼마나 애를 쓰는지. 그 보상으로 그들에게는 오락이 충분히 제공된다. 필하모닉 악단이 여는 콘서트, 조명 쇼, 무용 공연, 불꽃놀이, 꽃싸움, 연회, 오랫동안 지속되는 축제다. 이렇게 들뜨고 즐거운 축제 앞에서 우리는 이렇게 말할지도 모른다. 사실 이렇게 말할 의무가 있다. 노동절이 사방에서 전통적인 의미를 잃었다고. 마드리드의 거리에서 사람들이 「인터내셔널가」*를 부르고 혁명에 갈채를 보낸다면 그렇다. 우리 잘못은 아니다. 이 나라에서는 그렇게 지나친 행동이 용납되지 않는다. 감사합니다, 하느님. 이 평화의 오아시스로 피신한 스페인 사람 오만 명이 합창하듯 외친다. 프랑스에서 좌파가 선거에 승리를 거두고, 사회주의 지도자인 블룸이 인민전선 정부를 구성할 준비가 됐다고 선언했으므로, 또 피난민이 몰려올 것을 예상할 수 있다. 유럽의 당당한 이마 위로 먹구름이 모인다. 그 구름은 날뛰는 스페인 황소의 허리에 올라탄 것으로는 만족하지 않는다. 찬티클리어**는 열심히 꼬끼오 울

* 사회주의자들의 노래. 1944년까지 소련의 국가였다.

** 우화에 나오는 수탉 이름.

어대서 승리를 거두지만, 결국 처음 여문 옥수수는 참새에게 갈지라도 제대로 수확한 옥수수는 마땅히 받아야 할 자에게 돌아간다. 페탱 원수의 말에 귀를 기울이자. 겨울을 여든 번이나 보냈는데도 이 존경받는 군인은 말을 에둘러 하지 않는다. 그는 이렇게 말한다. 내 경험상 국제적인 것은 모두 유해하고, 국가적인 것은 모두 이롭고 생산적이다. 이런 맥락의 말을 하는 사람이 죽으면 반드시 그 족적이 남을 것이다.

에티오피아의 전쟁이 끝났다. 무솔리니는 궁전 발코니에서 이렇게 발표했다. 이로써 이탈리아 국민과 전 세계에 전쟁이 끝났음을 선포합니다. 이 강력한 목소리에 로마, 밀라노, 나폴리를 비롯한 이탈리아 전역의 수많은 사람들이 그를 일 두체라고 부르며 환호했다. 밭에서 일하던 농부들도, 공장에서 일하던 노동자들도 모두 달려 나와 애국적인 열정에 들떠서 춤추고 노래하며 거리를 돌아다녔다. 이탈리아가 제국의 영혼을 가지고 있다는 베니토 무솔리니의 말은 진실이었다. 역사적인 무덤에서 아우구스투스, 티베리우스, 칼리굴라, 네로, 베스파시아누스, 네르바, 셉티무스 세베루스, 도미티아누스, 카라칼라 등등 모두(tutti quanti)의 장엄한 그림자가 일어나, 오랜 기다림과 희망 끝에 과거의 영광을 되찾았다. 그들은 한 줄로 늘어서서 새로운 후계자의 의장대가 되었다. 당당한 존재감을 지닌 비토리오 엠마누엘레 3세, 모든 나라 말로 이탈리아령 동아프리카의 황제로 선포된 그를 위해서. 윈스턴 처칠은 그에게 축복을 내린다. 현재의 국제적 상황에서 이탈리아에 대한 제재를 유지하거나 강화한다면 에티오피아 국민들에게는 조금도 도움이 되지 못한 채 부끄러운 전쟁만 벌어지는 결과가 될 수 있다. 그러니 우리 냉정을 잃지 말자. 만약 전쟁이 일어난다면, 전쟁은 전쟁일 것이다. 그것이 이름이니까. 그러나 부끄럽지는 않을 것이다. 에티오피아를 상대로한 전쟁이 부끄럽지 않았던 것처럼.

아디스아바바, 너무나 시적인 이름, 너무나 멋진 민족, 새로운 꽃이라는 뜻이다. 아디스아바바가 불길에 휩싸였다. 거리는 시체로 뒤덮이고, 약탈자들이 집을 부수고, 강간을 저지르고, 여자와 아이를 약탈한 뒤 참수한다. 바돌리오의 군대가 다가오는 동안 벌어진 일이다. 느구스는 프랑스령 소말리아로 도망쳤다가 거기서 영국 배를 타고 팔레스타인으로 갈 것이다. 그리고 그달 말에는 제네바에서 국제연맹의 엄숙한 회의에 참석해 이렇게 물을 것이다. 내 백성들에게 어떤 대답을 갖고 돌아갈 수 있겠습니까. 그러나 그의 연설이 끝난 뒤 아무도 대답하지 않는다. 그는 발언을 위해 일어나기 전에 이미 이탈리아 기자들에게서 야유를 들었다. 우리 관용을 베풀자. 광신적인 민족주의가 사람의 지성을 쉽사리 흐려놓을 수 있다는 사실은 잘 알려져 있다. 그러니 죄가 없는 자가 먼저 돌을 던지게 하자. 아디스아바바가 불길에 휩싸였다. 거리는 시체로 뒤덮이고, 약탈자들이 집을 부수고, 강간을 저지르고, 여자와 아이를 약탈한 뒤 참수한다. 바돌리오의 군대가 다가오는 동안 벌어진 일이다. 무솔리니가 선언했다. 이 놀라운 업적으로 에티오피아의 운명이 결정되었다. 그리고 현명한 마르코니가 경고했다. 이탈리아에 저항하는 것은 위험하기 짝이 없고 어리석은 짓이다. 앤서니 이든*은 주장했다. 정황상 제재를 거두는 편이 현명할 듯하다. 《맨체스터 가디언》은 영국 정부를 대변해서 이렇게 말했다. 식민지를 독일에 넘겨야 할 이유가 많이 있다. 괴벨스는 이렇게 말했다. 국제연맹도 좋지만, 유격대가 더 좋다. 아디스아바바가 불길에 휩싸였다. 거리는 시체로 뒤덮이고, 약탈자들이 집을 부수고, 강간을 저지르고, 여자와 아이를 약탈한 뒤 참수한다. 바돌리오의 군대가 다가오는 동안 벌어진 일이다. 아디스아바바가 불길에 휩싸여 있었다. 집들이 불타고, 성들이 약탈당하고, 주교들이 벌거벗겨지고, 여자들이 기사에게 강간당하고, 그들의 아이들은 칼에 꿰뚫린 졸이 되고, 피가 거리에 흘렀다. 그림자 하나가 히카르두 헤이스의 머릿속을 지나간다. 이것이 무엇인가, 이런 말은 어디서 나온 건가. 신문에는 아디스아바바가 불길에 휩싸이고, 거리는 시체로 뒤덮이고, 약탈자들이 집을 부수고, 강간을 저지르고, 여자와 아이를 약탈한 뒤 참수하는데, 이것이 바돌리오의 군대가 다가오는 동안 벌어진 일이라는 말밖에 없는데. 《디아리우 드 노티시아스》에는 기사, 주교, 졸이 전혀 언급되어 있지 않다. 아디스아바바에서 체스 선수들이 게임을 하고 있었다고 생각할 이유도 없다.

* 1897~1977. 영국의 정치가.

히카르두 헤이스는 협탁에 놓인 『미궁의 신』을 들춰본다. 여기 있다, 첫 페이지에, 체스를 두던 두 남자 중 한 명이 시체를 발견한다. 양팔을 쭉 뻗은 시체는 왕과 여왕, 그리고 그들의 두 졸이 있는 칸을 차지하고 있으며, 머리는 적 진영 쪽으로, 왼손은 하얀 칸에, 오른손은 검은 칸에 있다. 그가 지금까지 읽은 내용 중에 시체는 딱 이것 하나뿐이다. 따라서 바돌리오의 군대는 이 길을 따라 진군하지 않았음이 분명하다. 히카르두 헤이스는 『미궁의 신』을 다시 제자리에 내려놓는다. 이제 자신이 무엇을 찾아야 하는지 알고 있다. 그는 한때 고등법원 판사의 것이었던 책상 서랍을 연다. 지나간 과거에는 민법과 관련해서 손으로 쓴 메모들이 보관되어 있던 곳이다. 히카르두 헤이스는 리본으로 묶인 서류철을 꺼낸다. 그의 송시들, 그가 마르센다에게 한 번도 이야기하지 않은 비밀 작품들이 여기 들어 있다. 다른 원고들의 초고, 메모도 있다. 리디아가 언젠가 이것을 발견할 것이다. 돌이킬 수 없이 고독한 순간에. 마스터, 평온한. 첫 번째 종이에는 이렇게 적혀 있다. 다른 종이에는 이런 구절이 있다. 신들은 망명 중, 내게 장미의 왕관을 씌워주시오 또 다른 사람들이 말하는 동안, 판 신은 죽지 않았고, 아폴로는 전차를 몰고 지나갔다, 한 번만 더, 리디아여, 여기 강둑에서 내 옆에 앉아주오, 지금은 열렬한 달 유월, 전쟁이 온다, 저 멀리 산들은 눈과 햇빛에 덮였고, 눈이 닿는 곳에는 모두 꽃밖에 없다, 낮의 창백함에 황금색이 깃들었다, 빈손으로 걸으라 세상의 화려한 사건들을 보며 만족하는 자가 현명하나니. 종이들이 계속 지나간다. 하루하루 날이 가듯이. 바다가 더 넓게 펼쳐져 평평해지고, 바람은 남몰래 울부짖는다. 모든 것은 계절이 있다. 그러니 재생의 나날을 허락하라. 이 축축한 손가락으로 계속 종이를 더듬어 나아가자. 여기 있다. 나는 들었다 옛날 옛적 페르시아가. 이것이 그 시다. 바로 이것이다. 이것이 체스 판이고 우리는 체스를 두는 사람이다. 나 히카르두 헤이스, 그리고 내 독자인 당신. 그들이 집을 태우고, 성들이 약탈당하고, 주교들이 벌거벗겨진다. 하지만 상아의 왕이 위험에 처한 마당에 누이와 어머니와 아이들의 살과 뼈를 누가 걱정할까. 나의 살과 뼈가 돌로 변했다면, 체스를 두는 사람으로 변했다면. 아디스아바바는 새로운 꽃이라는 뜻이다. 그 밖의 이야기도 모두 말했다. 히카르두 헤이스는 자신의 시를 정리해서 서랍의 자물쇠를 잠근다. 도시는 쓰러지고 사람들은 고통받는다. 자유와 삶이 끝난다. 하지만 당신과 나, 우리는 이 이야기 속의 페르시아인들을 흉내 내자. 만약 우리가 국제연맹 회의장에 나온 훌륭한 이탈리아인들처럼 느그스에게 야유를 보냈다면, 이제는 훌륭한 포르투갈인처럼 집을 나서면서 부드러운 산들바람을 향해 작은 소리로 노래하자. 의사 선생, 기분이 좋은 모양이에요. 사층 여자가 말한다. 뭘 놀라고 그래요, 세상에 절대 부족하지 않은 게 있다면 그건 바로 환자예요. 이층 여자가 쏘아붙인다. 삼층에 사는 의사가 혼잣말을 하며 건물을 나서는 동안 두 사람이 각자 다른 의견을 내놓는다.

히카르두 헤이스는 침대에 누워 있다. 리디아의 머리가 그의 오른팔을 베고 있고, 땀을 흘리는 두 사람의 몸을 덮은 것은 이불 한 장뿐이다. 그는 알몸이고, 그녀의 속옷은 허리 위로 올라가 있다. 그가 불능이 되고 그녀는 자신이 무슨 잘못을 저질렀기에 거부당했는지 알지 못했던 그날 아침을 두 사람 모두 잊었다. 아니, 머릿속에서 몰아냈다. 이웃들은 건물 뒤편의 발코니에서 대략적인 힌트와 단호한 몸짓으로 말을 주고받으며 고개를 자주 끄덕이고 윙크를 해댄다. 둘이 또 그러고 있어요. 세상이 타락한 거예요. 누가 생각이나 했겠어요. 저 사람들은 부끄러운 줄도 모르나 봐요. 두 사람을 시기하는 이 심술궂은 여자들은 이제 젊음을 되돌릴 수 없다. 어렸을 때는 그들도 짧은 원피스 차림으로 정원에서 춤을 추며 「둥글게 둥글게」 노래를 불렀다. 그때는 두 사람 모두 얼마나 예뻤는지. 리디아는 행복하다. 남자와 이토록 기꺼이 침대에 드는 여자는 뒷소문이 귀에 들어오지 않는다. 복도와 마당에서 사람들이 그녀를 아무리 헐뜯어도 그녀를 해칠 수 없다. 계단에서 점잖은 척하는 위선자들과 부딪쳤을 때 그들이 적대적인 시선으로 바라보아도 역시 소용이 없다. 곧 그녀는 침대에서 일어나, 그동안 쌓인 더러운 접시들을 닦고, 지금 나란히 누워 있는 남자가 입었던 셔츠와 침대보를 다림질해야 할 것이다. 내가, 이걸 뭐라고 표현해야 할까, 내가 이 사람의 애인이 될 줄 누가 알았을까. 아니, 애인이 아니다. 아무도 리디아를 그렇게 말하지 않을 것이다. 그 여자가 히카르두 헤이스와 사귀는 사이인 걸 알았어요, 라든가, 리디아 있잖아요, 히카르두 헤이스의 애인, 그 여자 아세요, 라고 말하지 않을 것이다. 만약 누가 그녀를 입에 담는다면, 이렇게 말할 것이다. 히카르두 헤이스의 가정부가 아주 뛰어나요, 뭐든 다 해주거든요, 싸게 사람을 잘 구했어요. 리디아는 다리를 쭉 뻗으며 그에게 가까이 몸을 붙인다. 차분한 기쁨을 표현하는 마지막 몸짓이다. 덥소. 히카르두 헤이스가 말하자 그녀는 조금 몸을 움직여 그의 팔을 자유롭게 해주었다가, 침대에서 일어나 앉아 치마를 찾으려고 두리번거린다. 이제 일을 좀 해야 할 때다. 그 순간 그가 그녀에게 말한다. 내가 내일 파티마에 갈 거요. 리디아는 잘못 들은 것 같다고 생각했다. 어디에 가신다고요. 파티마. 선생님은 그런 걸 인정하시지 않는 줄 알았는데요. 그냥 호기심으로 가는 거요. 저도 한 번도 가본 적이 없어요, 우리 식구들은 종교에 그리 열심이 아니거든요. 의외로군. 히카르두 헤이스의 말은, 대개 하층계급 사람들이 종교를 열심히 믿는다는 뜻이었다. 하지만 리디아는 아무 대답도 하지 않았다. 서둘러 옷을 입느라 히카르두 헤이스가 덧붙이는 말도 거의 듣지 못했다. 그 여행이 내게 좋은 영향을 줄 거요, 내가 여기에 너무 오래 갇혀 있었어. 리디아는 이때 다른 생각을 하고 있었다. 여길 오래 비우실 건가요. 그녀가 물었다. 아니, 갔다가 바로 올 거요. 그럼 어디서 주무시게요, 거기에는 사람이 엄청 많아요, 사람들이 야외에서 잠을 자야 할 정도예요. 그건 도착해서 생각해봐야지, 하룻밤쯤

462

노숙을 했다고 죽은 사람은 아직 없으니까. 어쩌면 세뇨리타 마르센다와 마주칠지도 모르겠네요. 누구. 세뇨리타 마르센다요, 이번 달 중에 파티마에 갈까 한다고 저한테 말했어요. 아. 이제 리스본의 그 치료사한테 안 갈 거라는 말도 했어요, 치료법이 없다는 말을 들었대요, 가엾게도. 세뇨리타 마르센다에 대해 많이 아는 것 같소. 잘 몰라요, 그분이 파티마에 갈 생각이라는 것과 이제는 리스본에 오지 않을 거라는 사실밖에. 아쉬운가. 항상 저를 친절하게 대해주신 분이에요. 그 많은 사람들 중에서 내가 그녀와 마주칠 것 같지는 않소. 때로는 그런 일이 일어나기도 하죠, 지금 제가 여기 선생님의 아파트에 와 있는 걸 보세요, 이렇게 될 줄 누가 알았겠어요, 선생님이 브라질에서 막 도착했을 때 다른 호텔로 가셨을지도 모르는데. 그런 게 살다 보면 겪는 우연의 일치지. 운명이에요. 운명을 믿소. 운명보다 더 확실한 건 없어요. 죽음이 더 확실해. 죽음도 운명의 일부예요, 하지만 이제는 선생님의 셔츠를 다리고 설거지도 해야겠어요, 그러고 나서 시간이 된다면 어머니를 만나러 가야죠, 요즘 얼굴 보기 힘들다고 어머니가 계속 뭐라고 하시거든요.

히카르두 헤이스는 베개에 몸을 기대고 책을 펼쳤다. 허버트 퀘인에 대한 책이 아니라, 사실 그 책을 다 읽을 수 있을지 점차 의심스러워지는 중이었다, 그가 펼친 것은 카를루스 케이로스의 『실종자』였다. 케이로스는 운명이 그렇게 정해주었다면, 페르난두 페소아의 조카가 될 수도 있었던 시인이다.

일 분 뒤 그는 자신이 책을 읽지 않고 있음을 깨달았다. 그의 눈은 한 페이지의 어떤 행에 고정되어 있었다. 그 행의 의미를 갑자기 잘 이해할 수 없었다. 리디아는 정말 대단한 아가씨다. 소박하기 짝이 없는 말을 하는데, 마치 자신이 말할 수 없거나 말하고 싶지 않은 심오한 말의 표면만을 스치고 지나가는 것 같다. 내가 그녀에게 파티마에 간다는 말을 하지 않았다면, 그녀가 마르센다를 언급했을지는 모르는 일이지, 분노와 질투심 때문에 자신이 알고 있는 사실을 숨겼을 거야, 전에 호텔에서 리디아가 그런 감정을 무심코 드러낸 적이 있으니까. 이 두 여자, 호텔 손님과 메이드, 부유한 아가씨와 가난한 하인, 그들이 서로 나눌 이야기가 뭘까. 만약 둘이 내 얘기를 한 거라면, 둘 다 상대를 의심하지 않은 채로, 또는 반대로 서로에게 이브 역할을 하면서 상대를 탐색하고, 계략을 꾸미고, 공격을 슬쩍 받아넘기고, 은근히 돌려서 말하고, 영리하게 침묵을 지키면서. 반면 마르센다가 어느 날 간단히 이런 말을 하는 모습을 상상할 수 없는 것도 아니다. 헤이스 선생님이 내게 키스했지만, 우린 그 이상 나아가지 않았어요. 그러자 리디아도 간단히 대답한다. 나는 헤이스 선생님과 같이 자는 사이예요, 선생님이 내게 키스하기 전에도 같이 잤어요. 그러고 나서 두 사람이 이 차이점이 지니는 의미에 대해 토론하기 시작한다. 선생님은 함께 침대에 있을 때 그, 당신도 아는 그 일을 하기 전과 할 때만 키스할 뿐, 그 일이 끝난 다음에는 안 해요. 나한테는 선생님이 이제부터 키스하겠다고 말했어요, 하지만 당신도 아는 그 일이라면, 그러니까 남자가 여자에게 하는 그 일에 대해서는 내가 아직 아무것도 몰라요, 경험한 적이 없으니까요. 걱정 마세요, 세뇨리타 마르센다, 언젠가 결혼하면 그게 무엇인지 잘 알게 될 거예요. 당신은 경험을 해봤으니 말해주세요, 좋은가요. 좋아하는 사람과 하는 거라면요. 그럼 헤이스 선생님을 좋아하세요. 좋아해요. 나도 마찬가지예요, 하지만 난 그 선생님을 다시 만나지 않을 거예요. 그 선생님과 결혼할 수도 있잖아요. 만약 결혼한다면, 아마 그 선생님을 더 이상 좋아하지 않게 될 거예요. 나는 언제나 그 선생님을 좋아할 것 같아요. 이 대화는 여기서 끝나지 않았지만, 두 사람이 속삭이듯이 목소리를 낮춰버렸다. 어쩌면 은밀한 감정, 여자들끼리만 아는 약한 부분에 대해 털어놓고 있는 것인지도 모른다. 이제 두 사람의 대화는 진정한 이브와 이브의 대화가 되었다. 저리 가요, 아담, 당신은 여기에 필요 없어요. 히카르두 헤이스는 책을 읽다가, 아니 읽지 않다가, 종이에서 대문자로 표기된 어부의 아내라는 말과 조우했다. 오, 어부의 아내여, 지나가라, 간청하노니 지나가라, 민족의 꽃이여. 주님, 저들을 용서하지 마시옵소서, 저들은 자신이 무슨 짓을 하는지 정확히 알고 있나이다. 이 삼촌과 조카가 시적인 토론을 벌였다면 상당히 강렬했을 것이다. 페소아 삼촌은 구제불능이에요. 그건 너도 마찬가지야, 케이로스, 나는 신들이 내게 내려준 지혜에 만족하고 있어, 사물과 인간에 대한 명료하고 엄숙한 인식 말이다. 그는 일어나서 실내용 가운을 걸치고 슬리퍼를 신은 뒤 리디아를 찾아 나섰다. 부엌에서 다림질을 하고 있는 그녀는 몸을 식히려고 블라우스를 벗은 상태였다. 일을 하느라 하얀 피부가 붉게 상기된 그녀의 모습을 보고 히카르두 헤이스는 반드시 키스로 보답해야겠다고 생각했다. 그는 맨살이 드러난 그녀의 어깨를 부드럽게 잡고 자신에게 끌어당겼다. 그리고 더 이상 생각하지 않고 천천히 키스했다. 시간에게 시간을 허락하고, 두 사람의 입술과 혀와 치아에 공간을 허락하면서. 리디아는 숨이 가빠졌다. 그가 이런 식으로 그녀에게 키스한 것은 처음이었다. 혹시 마르센다를 다시 만난다면, 이제 그녀는 이렇게 말할 수 있을 것이다. 선생님은 이제부터 키스하겠다는 말 없이 그냥 키스했어요.

　다음 날 아침 일찍, 자명종을 맞춰놓는 편이 현명하겠다는 생각이 들 만큼 이른 시각에 히카르두 헤이스는 파티마로 출발했다. 기차는 다섯시 오십오분에 호시우 역을 출발했지만, 기차가 역으로 들어오기 삼십 분 전에 이미 플랫폼에는 발 디딜 틈이 없었다. 온갖 연령대의 사람들이 바구니, 배낭, 담요, 커다란 병을 들고 서서 모두 큰 소리로 수다를 떨거나 서로를 소리쳐 불렀다. 히카르두 헤이스는 혹시 모르는 상황에 대비해서 일등석을 미리 예매해두었기 때문에 경비원이 모자를 손에 들고 비굴하게 굴었다. 그는 짐이 거의 없었다. 간단한 여행 가방 하나가 전부였다. 파티마에서 사람들이 노숙한다는 리디아의 말을 무시한 채, 도착해서 상황을 볼 생각이었다. 사회적 지위가 있는 관광객과 순례자를 위한 숙소가 반드시 있을 터였다. 창가 좌석에 편안히 앉은 히카르두 헤이스는 풍경을 감상했다. 당당히 흐르는 테주 강, 아직도 여기저기 물이 범람해 있는 습지, 아무 데서나 풀을 뜯는 황소, 반짝거리는 강에서 상류로 가고 있는 프리깃함. 십육 년 동안 이곳에 없었기 때문에 그는 이런 풍경을 잊고 있었다. 이제 기억 속에 저장되어 있던 이미지 옆에 나란히 새로운 이미지들이 새겨졌다. 그가 과거에 이런 여행을 했던 것이 겨우 어제 일인 것만 같았다. 도중에 기차가 신호를 받아 정지할 때와 역에 멈출 때마다 점점 더 많은 사람이 기차에 올랐다. 정말로 가축을 수송하는 열차처럼 변해서, 삼등칸에는 호시우를 떠난 뒤 빈 좌석이 단 하나도 남아 있을 리가 없다. 그래서 승객들이 좌석 사이의 통로에도 빽빽하게 서 있다. 이등석도 이미 침범당했음이 분명하다. 그리고 곧 여기까지 그들이 몰려올 것이다. 하지만 불평해봤자 소용없다. 평화롭고 조용한 여행을 원한다면 승용차를 이용해야 한다. 산타렝을 지나 피게이라 계곡을 한참 동안 칙칙폭폭 올라가던 기차가 갑자기 증기를 내뿜으며, 무게를 이기지 못하고 씨근덕거린다. 속도가 어찌나 느린지 승객이 그대로 기차에서 내려 길가의 꽃을 몇 송이 꺾은 뒤 세 걸음 만에 다시 기차에 올라탈 수도 있을 정도다. 히카르두 헤이스는 소리에 귀를 기울인 결과, 이 칸의 승객들 중 파티마에서 내리지 않는 사람은 두 명뿐임을 알아낸다. 순례자들은 자신의 서약에 대해 이야기하

467

고, 순례 여행을 가장 많이 한 사람이 누구인지를 두고 토론을 벌인다. 한 사람이 어쩌면 진실일 수도 있고 어쩌면 거짓일 수도 있는 주장을 펼친다. 지난 오 년 동안 자신이 순례 여행을 단 한 번도 빼먹은 적이 없다고. 그러자 다른 사람이 이번 여행까지 포함해서 자신은 순례 여행을 여덟 번 했다고 말한다. 아직은 루시아 수녀와 직접 아는 사이라고 자랑하는 사람이 없다. 히카르두 헤이스는 이런 대화를 들으면서, 자신의 진찰 대기실에서 오가는 대화를 떠올린다. 모든 쾌락을 경험할 수 있고 모든 불행의 입구도 될 수 있는, 인간의 몸에 있는 구멍들에 대해 비밀스럽게 털어놓는 우울한 이야기들. 마투 드 미란다 역에서는 새로 기차에 오른 승객이 없는데도 출발이 지연되었다. 멀리서 엔진 소리가 들렸지만, 여기 올리브 숲 사이로 난 굽잇길은 평온하기 그지없었다. 히카르두 헤이스는 창문을 내리고 밖을 바라보았다. 맨발에 어두운 색 옷을 입은 할머니가 열세 살쯤 되어 보이는 비쩍 마른 소년을 끌어안고 말했다. 내 아가. 두 사람은 철로를 건너기 위해 기차가 출발하기를 기다리고 있었다. 그들은 파티마로 여행하는 사람들이 아니었다. 리스본에 사는 손자를 할머니가 마중하러 나온 것이었다. 마침내 역장이 호루라기를 불자 기관차가 쉭쉭, 칙칙폭폭 연기를 내뿜으며 천천히 속도를 올리기 시작했다. 이제부터 길은 직선으로 뻗어 있으므로, 이 기차가 쾌속 열차라고 믿어도 될 것 같다. 아침 공기에 히카르두 헤이스는 식욕이 돈다. 점심을 먹기에는 너무 이른 시간인데도, 사람들은 가져온 음식을 풀기 시작한다. 히카르두 헤이스는 눈을 감고 꾸벅꾸벅 졸면서 열차의 흔들림에 몸을 맡긴다. 마치 요람에 있는 것 같다. 생생한 꿈을 꾸었지만, 깨어난 뒤에는 전혀 기억나지 않는다. 페르난두 페소아에게 파티마로 간다는 이야기를 할 기회가 없었음이 생각난다. 혹시 그가 아파트에 왔다가 내가 없는 것을 본다면 무슨 생각을 할까, 내가 작별 인사 한마디 없이, 마지막 작별 인사도 없이 브라질로 돌아갔다고 생각할 수도 있겠군. 이어서 그는 마르센다가 중심에 있는 장면을 상상한다. 그녀가 무릎을 꿇고, 오른손 손가락이 왼손 손가락과 겹쳐져 그 죽어버린 팔의 무게를 허공에서 지탱한다. 축복받은 성모상이 지나가지만 기적은 일어나지 않는다. 마르센다에게 믿음이 없음을 감안하면, 놀랄 일이 아니다. 그녀는 체념한 얼굴로 일어선다. 히카르두 헤이스는 자신이 다가가 중지와 검지를 하나로 모아 그녀의 가슴에 대는 모습을 상상한다. 심장과 가까운 곳. 그 이상은 필요하지 않다. 기적, 기적. 순례자들이 소리친다. 자기들의 근심거리는 갑자기 잊어버리고, 다른 사람에게 기적이 일어나기만을 바라고 있다. 그들이 무리 지어 온다. 군중에게 휩쓸려서 또는 스스로 몸을 질질 끌면서. 다리를 저는 사람, 몸이 마비된 사람, 폐병에 걸린 사람, 병자, 망령 난 사람, 앞이 안 보이는 사람, 수많은 사람들이 히카르두 헤이스를 에워싸고, 또 한 번의 자비를 간청한다. 빽빽한 숲처럼 모여들어 울부짖는 이 순례자들 뒤에서 마르센다가 양팔을 모두 위로 들고 손을 흔들더니 시야에서 사라진다. 배은망덕하게도 그녀는 팔이 나은 뒤 그대로 사라져버렸다. 히카르두 헤이스는 눈을 떴다. 자신이 잠을 잔 건지 아닌지 알 수 없었다. 그는 옆의 승객에게 물었다. 이제 얼마나 남았습니까. 거의 다 왔어요. 그렇다면 잠을 잔 모양이다. 그것도 상당한 시간 동안.

파티마의 기차역에서 기차가 텅 비었다. 허공을 떠도는 신성한 냄새에 동요한 순례자들이 밀치락달치락 움직였다. 가족들이 갑자기 서로를 놓쳐 놀라움과 혼란에 빠지는 경우도 있었다. 이 널찍한 장소가 전투를 준비하는 군대 막사처럼 보였다. 대부분의 순례자들은 코바 다 이리아까지 이십 킬로미터를 걸어갈 테지만, 어떤 사람들은 버스를 기다리는 줄로 서둘러 달려간다. 다리가 약하고 체력도 별로 없어서 조금만 몸을 움직여도 지치는 순례자들이다. 하늘은 맑고, 햇볕은 밝고 따뜻했다. 히카르두 헤이스는 먼저 요기할 곳을 찾아보았다. 수많은 노점상들이 팬케이크, 치즈케이크, 칼다스의 비스킷, 말린 무화과, 물, 계절 과일, 줄에 꿴 잣, 땅콩, 루핀시드 등을 팔고 있었지만, 좋은 식당이라고 할 만한 곳은 단 하나도 보이지 않았다. 음식을 먹을 수 있는 곳이 몇 군데 있기는 했지만 모두 사람이 가득했다. 주점에도 문까지 사람이 빽빽이 들어차 있었다. 나이프와 포크와 음식을 앞에 두고 자리에 앉아서 식사를 하려면 엄청난 인내심을 발휘해야 할 것 같았다. 그래도 이곳을 가득 채운 그리스도교 정신이 그를 도왔다. 줄을 서 있던 사람들이 도시 사람답게 말쑥하게 차

주제 사라마구 José Saramago

1922년 포르투갈에서 가난한 농부의 아들로 태어나 용접공으로 사회생활을 시작한 사라마구는 1947년 『죄악의 땅』을 발표하면서 창작 활동을 시작했다. 그러나 그 후 19년간 단 한 편의 소설도 쓰지 않고 공산당 활동에만 전념하다가, 1968년 시집 『가능한 시』를 펴낸 후에야 문단의 주목을 받는다. 사라마구 문학의 전성기를 연 작품은 1982년작 『수도원의 비망록』으로, 그는 이 작품으로 유럽 최고의 작가로 떠올랐으며 1998년에는 노벨문학상을 수상했다.

20세기 세계문학의 거장으로 꼽히는 사라마구는 환상적 리얼리즘 안에서도 개인과 역사, 현실과 허구를 가로지르며 우화적 비유와 신랄한 풍자, 경계 없는 상상력으로 자신만의 독특한 문학 세계를 구축해왔다. 왕성한 창작 활동으로 세계의 수많은 작가를 고무하고 독자를 매료시키며 작가정신의 살아 있는 표본으로 불리던 그는 2010년 여든일곱의 나이로 타계했다.

려입은 그를 보고 착한 시골 사람답게 그에게 순서를 양보해 주었던 것이다. 그렇게 해서 히카르두 헤이스는 생각보다 빨리 점심을 먹을 수 있었다. 작은 생선튀김에 오일과 식초 드레싱을 뿌린 삶은 감자와 스크램블드에그가 곁들여진 요리였다. 포도주는 성당 제단의 포도주 같은 맛이 났고, 빵은 훌륭한 시골 빵답게 촉촉하고 묵직했다. 그는 사람들에게 감사 인사를 한 뒤, 이동할 방법을 찾아보기 시작했다. 광장은 덜 북적거렸다. 남쪽이든 북쪽이든 다른 곳에서 오는 기차의 승객들을 다시 맞이할 준비가 되었다는 얘기였다. 하지만 먼 곳에서 걸어온 순례자들도 꾸준히 도착하고 있었다. 버스 한 대가 시끄럽게 경적을 울리며, 남은 자리 몇 개를 다 채우려고 호객을 하고 있었다. 히카르두 헤이스는 깔개와 담요, 바구니 등을 밟아가며 뛰어가서 간신히 자리를 하나 차지할 수 있었다. 이제 막 음식을 먹은 데다 더위 때문에 탈진한 그에게는 상당히 힘든 일이었다. 버스가 시끄럽게 덜컹거리며 출발하자, 포장이 형편없는 도로에서 먼지구름이 일었다. 더러운 창문으로는 건조한 주위 풍경을 거의 볼 수 없었다. 버스 기사는 쉴 새 없이 경적을 울려대며 순례자 무리들을 길가의 도랑으로 쫓아내고, 길이 팬 곳을 피하기 위해 급하게 핸들을 꺾었다. 그러면서 몇 분마다 한 번씩 열린 창문으로 시끄럽게 침을 뱉었다. 길에는 걸어가는 순례자들의 줄이 한없이 길게 늘어져 있었다. 수레와 달구지도 보였다. 모두 각자 자신의 속도로 움직이고 있었다. 가끔 제복을 입은 운전기사가 딸린 값비싼 리무진이 검은색이나 회색이나 암청색 옷을 입은 노부인과 어두운색 정장을 입은 뚱뚱한 신사를 태우고 경적을 울리며 지나갔다. 그들은 방금 돈을 세어본 결과 재산이 몇 배로 불어났음을 알게 된 사람들 특유의 신중한 분위기를 풍겼다. 교구신부가 이끄는 대규모 순례자 행렬 때문에 리무진이 어쩔 수 없이 속도를 늦출 때면 그 안에 탄 사람의 모습을 볼 수 있었다. 영적인 안내인 겸 여행 안내인 역할을 하는 교구신부는 신도들과 마찬가지로 흙길을 걷는 희생을 감수하고 있다는 점에서 찬사를 받아 마땅하다. 대다수의 신도들은 맨발로 걷는다. 햇빛을 피하려고 우산을 쓰고 가는 사람도 있는데, 하층계급 사람들이 아니라 머리가 약해서 잘 기절하거나 현기증을 일으키는 사람들이다. 그들이 부르는 찬송가는 음정이 맞지 않는다. 찢어지는 듯한 여자들의 목소리는 한없는 탄식, 눈물 없이 흐느끼는 소리 같고, 거의 항상 가사를 잊어버리는 남자들은 반주 삼아 저음으로 운만 맞춘다. 그들에게 그 이상 기대하는 사람도 없다. 그저 노래하는 시늉만 해주면 된다. 가끔 나무 그늘 아래의 산울타리에 앉아 여행의 마지막 구간을 위해 힘을 모으고 있는 사람들이 보인다. 그들은 이 짧은 휴식 시간을 이용해서 빵과 소시지, 대구튀김, 사흘 전 자기들이 사는 외딴 마을에서 튀겨온 정어리를 조금씩 베어 먹고 있다. 그러고 나면 한층 기운이 나서 다시 길로 나선다. 여자들은 머리에 음식 바구니를 이고 있다. 심지어 걸으면서 아기에게 젖을 먹이는 여자도 몇 명 보인다. 또 버스 한 대가 지나가자 먼지구름이 그들에게 내려앉았지만, 그들은 아무 느낌이 없는 듯 전혀 신경 쓰지 않는다. 습관이 어떤 역할을 하는지 잘 보여주는 예다. 수도승과 순례자의 이마에서 흘러내린 땀방울이 먼지로 뒤덮인 얼굴에 작은 수로를 만들면, 사람들은 손등으로 얼굴을 닦는다. 하지만 생각보다 상황이 나쁘다. 얼굴에 묻은 것이 단순한 흙먼지가 아니라 진흙이기 때문이다. 더위에 얼굴이 검게 탈 정도여도, 여자들은 머리에서 스카프를 벗지 않고 남자들은 재킷을 벗지 않는다. 셔츠 단추를 풀지도, 옷깃을 느슨하게 벌리지도 않는다. 이 사람들은 자기도 모르게 사막의 관습을 따르고 있다. 이 관습에 따르면, 추위에서 우리를 보호해주는 것들이 더위에서도 우리를 보호해준다. 따라서 사람들은 마치 자신을 숨기려는 것처럼 온몸을 꽁꽁 싸매고 있다.

길이 휘어진 곳의 나무 한 그루 아래에 군중이 모여 있고, 사람들이 고함을 지른다. 여자들은 머리카락을 쥐어뜯고 있고, 한 남자가 바닥에 뻗어 있다. 버스가 속도를 늦춰, 승객들이 이 광경을 지켜볼 수 있게 해준다. 하지만 히카르두 헤이스가 기사에게 말한다. 아니, 고함을 지른 편에 더 가깝다. 여기서 멈춰요, 무슨 일인지 내가 봐야겠습니다, 난 의사예요. 버스 승객들이 웅성웅성 항의한다. 기적의 땅에 빨리 가고 싶어 서두르고 있기 때문이다. 하지만 곧 인정머리 없는 사람처럼 보일까 걱정하면서 차분해진다. 히카르두 헤이스는 버스에서 내려 사람들 사이로 뚫고 들어가서 노인 옆의 흙

바닥에 한쪽 무릎을 대고 앉았다. 그리고 경동맥을 짚어보았다. 죽었습니다. 그가 말했다. 순전히 이 말 한마디를 하려고 중간에 군이 버스에서 내릴 필요는 없었다. 그가 알린 소식에 사람들이 또 눈물을 터뜨렸다. 죽은 남자의 친척이 많기도 했다. 하지만 그의 아내, 이제 나이를 잃어버린 죽은 남자보다 훨씬 더 늙은 여자는 건조한 눈으로 시체를 바라보았다. 입술만 가늘게 떨면서, 가만히 서서 숄 가장자리를 배배 꼬았다. 군중 속에서 남자 두 명이 버스에 올랐다. 파티마 당국에 이 남자의 죽음을 알리기 위해서였다. 그러면 당국이 시체를 운반해서 가장 가까운 묘지에 묻을 수 있게 조치를 취해줄 것이다. 히카르두 헤이스는 버스의 자기 좌석으로 돌아왔다. 이제 모든 사람이 호기심에 찬 얼굴로 그를 바라보았다. 세상에, 우리 중에 의사가 있다니, 이보다 더 안심이 될수가, 비록 이번에는 저 의사가 죽음을 확인하는 일 외에 아무것도 안 했지만 말이지. 조금 전 버스에 오른 두 남자가 주위 사람들에게 알린다. 여기 도착했을 때 이미 몸이 아주 안좋았어요, 그냥 집에 계시라고 했는데도 군이 고집을 부려서오신 거예요, 우리끼리만 떠나면 당신은 서까래에 목을 매겠다고 하시더라니까요, 결국 객지에서 돌아가셨네요, 아무도 운명을 벗어날 수 없나 봅니다. 히카르두 헤이스는 옳다는 듯 고개를 끄덕이면서도, 자기 머리가 움직이고 있음을 알지 못했다. 맞습니다, 그것이 운명이지요, 집을 나설 때 이미 천국으로 향하고 있었는데도 교회의 마지막 성사를 받지 못하고 고해도 하지 못한 채 세상을 떠난 영혼을 위해 미래의 여행자들이 주기도문을 외워줄 수 있게 누군가가 저 나무 밑에 십자가를 꽂아주기를 바라야지요. 만약 그 노인의 이름이 나사로이고, 예수 그리스도가 기적을 보기 위해 코바 다 이리아로 가다가 길이 휘어진 그 지점에 나타났다면, 전에 이런 일을 겪은 적이 있으므로 상황을 즉시 알아차리고, 놀라서 입만 벌리고 있는 구경꾼들을 팔꿈치로 밀치며 다가왔을 것이다. 만약 누가 그의 앞을 막으려 하면, 예수 그리스도는 이렇게 꾸짖었을 것이다. 내가 누군지 아시오. 그리고 울지 못하는 할머니에게 다가가 내게 맡겨주시오, 라고 말한 뒤 두 걸음 앞으로 다가가 성호를 그었을 것이다. 놀라운 선견지명이다. 그가 아직 십자가에 못 박히기 전이니까. 그리고 그는 이렇게 외쳤을 것이다. 나사로여, 일어나 걸으라. 그러면 나사로가 일어났을 것이다. 또 하나의 기적이다. 나사로가 아내를 끌어안으면, 아내는 비로소 눈물을 터뜨리고, 모든 것이 예전으로 돌아갔을 것이다. 그래서 당국이 시체를 실어 가려고 들것을 챙겨 수레를 몰고 도착하면, 누군가가 분명히 이렇게 물었을 것이다. 어찌하여 산 자 가운데에서 죽은 자를 찾는가, 그는 여기 없소, 다시 살아났소. 하지만 코바 다 이리아에서 그런 기적은 사람들이 아무리 애써도 이루어진 적이 없었다.

여기가 그 장소다. 버스가 배기가스를 마지막으로 여러 번 내뿜으며 멈춰 선다. 버스의 라디에이터가 지옥의 큰 솥처럼 끓어 넘치고 있다. 승객들이 내리는 동안 기사는 넝마로 손을 감싸 보호하고 라디에이터의 마개를 열러 간다. 수증기가 구름처럼 피어올라, 기계의 달콤한 향을 풍기며 타는 듯한 더위 속에서 허공으로 솟는다. 우리가 헛것을 보는 듯한 기분이 되는 것도 놀랄 일이 아니다. 히카르두 헤이스는 순례자 무리에 합류한다. 그리고 천국에서 보면 이 광경이 어떻게 보일지 상상해보려고 한다. 거대한 별처럼 나란히 뻗어 있는 모든 진홍색 지점에서 개미 떼가 몰려와 하나로 뭉치는 것처럼 보일 것이다. 이런 생각 때문에, 아니 어쩌면 엔진 소리 때문에, 그는 저 높은 곳을 향해 눈을 들어 천상의 환상을 본다. 비행기 한 대가 거대한 원을 그리며 전단을 떨어뜨리고 있었다. 어쩌면 입을 모아 읊조릴 기도문일 수도 있고, 낙원의 문으로 가는 길을 알려주는 지도일 수도 있었다. 아니면 혹시 우리 주 하느님이 보낸 메시지일까. 오늘 우리 곁에 있어주지 못해 미안하다고 사과하는 내용. 대신 자신의 신성한 아들을 보냈더니, 그 아들이 길이 휘어진 곳에서 이미 기적을 행했다는 내용. 그것도 좋은 기적이었다. 전단이 천천히 내려온다. 바람이 한 점도 없다. 순례자들은 코를 하늘로 쳐든 채 열렬히 손을 뻗어 전단을 잡으려 한다. 하얀색, 노란색, 초록색, 파란색. 글을 읽지 못하는 사람들, 이 영적인 모임에서 다수를 차지하는 그들이 전단을 잡지만, 어떻게 해야 할지 알지 못한다. 농민 복장을 한 남자가 히카르두 헤이스를 보고 글을 읽을 줄 아는 사람일 것이라는 판단을 내린 뒤 이렇게 묻는다. 여기 뭐라고 적혀 있나요, 선생님. 히카르두 헤이스는 그에게 말한다. 보브릴의 광고입니다. 남자는 수상쩍다는 표정으로 그를 바라보며 보브릴이 뭐냐고 물어볼지 고민하다가, 종이를 두 번 접어 윗옷 주머니에 넣는다. 쓸모없는 것도 항상 보관해두면, 반드시 쓸모를 찾을 수 있다.

인산인해. 움푹한 산책로 주위에 천막이 수백 개나 있고, 그 안에서 수천 명이 야영 중이다. 야외에 피운 불 위에 프라이팬이 올려져 있고, 개들은 식량을 지키고, 아이들은 울고, 파리가 사방에 스며든다. 히카르두 헤이스는 이 기적의 마당에 흥미를 느껴 천막들 사이를 산책하듯 걷는다. 여느 도시만큼이나 넓다. 여기는 수레와 노새까지 제대로 갖춘 집시 야영장이다. 당나귀들은 온몸이 상처투성이여서 말파리들이 아주 좋아하고 있다. 히카르두 헤이스는 여행 가방을 든 채자신이 어디로 향하는지 모르고 있다. 정해진 숙소도, 하다못해 천막도 없다. 인근에 호텔은 고사하고 어떤 숙박 시설도 없다는 사실을 이제 확실히 알고 있다. 어딘가에 순례자들을 위한 숙박 시설이 숨어 있다 해도, 거기에 남은 침상이 있을 것 같지 않다. 이미 오래전에 모두 예약되었을 것이다. 하느님의 뜻이 이루어지기를. 햇볕은 따는 듯이 뜨겁고, 밤이 오려면 아직도 멀었다. 날이 조금이라도 서늘해질 기미는 전혀 없다. 히카르두 헤이스가 파티마로 향하면서 생각한 것은 육체적인 편안함이 아니었다. 그에게는 마르센다를 만날지도 모른다는 희망이 있었다. 여행 가방에는 면도칼, 비누, 면도용 솔, 갈아입을 속옷, 양말, 밑창을 강화한 튼튼한 신발

477

한 켤레만 들어 있어서 무게가 가볍다. 나중에 가방 속의 신발로 갈아 신지 않으면, 지금 신고 있는 에나멜가죽 구두가 망가질 것이다. 만약 마르센다가 여기에 와 있다 해도 천막에 있지는 않을 것이다. 코임브라에서 온 공증인의 딸이라면 그보다 좋은 곳에서 묵어야 한다. 하지만 그런 숙소를 어디에서 찾을까. 히카르두 헤이스는 병원으로 갔다. 우선 거기부터 찾아보는 것이 좋을 것 같았다. 의사라는 신분을 이용해서 병원 안으로 들어간 그는 어중이떠중이 사이를 억지로 뚫고 나아갔다. 어디를 봐도, 병동과 복도가 온통 혼란스럽기 그지없었다. 환자들은 바닥에 놓인 들것이나 매트리스에 누워 있었지만, 그들을 따라온 가족들이 끊임없이 기도를 드리며 훨씬 더 시끄럽게 굴었다. 단조로운 기도 소리 중간에 가끔 깊은 한숨 소리, 찌를 듯한 울음소리, 성모에게 간청하는 소리가 들려왔다. 이 병원의 침상은 기껏해야 서른 개인데, 환자의 수는 약 삼백 명을 헤아렸다. 사람들이 어디든 공간이 있는 곳에 누워 있었으므로, 앞으로 나아가려면 그들의 몸 위로 넘어가야 했다. 우리가 이제는 악마의 눈이 우리에게 마법을 건다는 미신을 믿지 않는 것이 다행이다. 네가 날 홀렸어, 얼른 마법을 풀어. 그러기 위해서는 방금 했던 행동을 거꾸로 되풀이하는 것이 관습이다. 모든 불행을 없애기가 이렇게 쉽다면 얼마나 좋을까. 마르센다는 여기에 없다. 히카르두 헤이스도 놀라지 않는다. 어쨌든 그녀의 두 발은 멀쩡하니 얼마든지 걸을 수 있다. 다만 팔이 불편할 뿐이다. 그래서 그녀가 손을 주머니에서 꺼내지만 않는다면 아무도 알아차리지 못한다. 밖에서는 더위가 더욱 기승을 부리지만, 다행히도 햇빛에서 나쁜 냄새가 나지는 않는다.

여기서 사람들이 더 늘어나는 일이 가능할 줄은 몰랐는데, 실제로 늘어나고 있다. 마치 분열해서 번식하는 것 같다. 거대한 벌 떼가 신성한 꿀을 찾아 붕붕거리며 느린 파도처럼 움직이는 것 같다. 속도가 무뎌진 것은 무리가 워낙 크기 때문이다. 이렇게 들끓는 솥 같은 곳에서 사람을 찾는 것은 불가능하다. 여기가 페로 보텔류*의 솥은 아니지만 그래도 타는 듯이 뜨거운 것은 같다. 히카르두 헤이스는 체념한다. 마르센다를 찾고 못 찾고는 이제 별로 중요하지 않은 것 같다. 우리가 만나는 것이 운명의 뜻이라면 만나지겠지, 우리가 서로를 피하려 하더라도. 이런 말로 자신의 생각을 표현하다니 얼마나 어리석은가. 마르센다가 여기 있더라도 내가 여기 있다는 사실을 모르니 숨으려 하지 않을 거야, 그러니 우리가 만날 가능성이 높지. 하늘에서는 비행기가 계속 선회하고, 색색의 전단이 춤을 추며 허공에서 내려온다. 하지만 이제는 아무도 거기에 주의를 기울이지 않는다. 새로 도착해서 전단을 처음 보는 사람들만 빼고. 이런 전단에 신문광고처럼 설득력 있는 그림을 그려놓지 않은 것이 안타깝다. 염소수염 의사와 네글리제 차림의 병든 아가씨가 등장하는 그 그림 말이

* 페르난두 페소아의 이명 중 하나.

다. 만약 그녀가 보브릴을 먹었다면 이런 상태가 되지 않았을 것이다. 여기 파티마에는 그보다 훨씬 더 상태가 나쁜 사람이 많다. 그들은 그 기적의 병에 든 음식을 분명히 하느님의 선물로 생각하게 될 것이다. 얼굴이 벌겋게 상기된 히카르두 헤이스는 재킷을 벗고 소매를 걷어 올린 뒤, 모자로 부채질을 한다. 갑자기 무거워진 지친 다리로 그는 그늘을 찾아 나선다. 일부 순례자들은 긴 여행을 하며 내내 기도문을 외느라 지쳐서 낮잠을 즐기고 있다. 성모상이 밖으로 나오기 전에, 촛불 행렬이 시작되기 전에, 모닥불과 기름 램프의 불빛 옆에서 긴 밤을 지새우며 기도하기 전에 힘을 비축하고 있는 것이다. 히카르두 헤이스도 올리브나무 줄기에 등을 기대고 잠깐 졸았다. 목덜미에 부드러운 이끼가 닿았다. 눈을 뜨자 가지들 사이로 파란 하늘이 보이고, 기차역에서 본 깡마른 소년이 생각났다. 아이의 할머니, 그러니까 분명히 아이의 할머니로 보이는 그 할머니가 아이를 내 아가, 라고 불렀다. 지금 이 순간 그 아이는 무엇을 하고 있을까. 신발은 이미 벗었을 것이다. 마을에 도착하면 가장 먼저 하는 일이 그것이기 때문이다. 그리고 두 번째로 강으로 내려간다. 십중팔구 할머니가 주의를 주고 있을 것이다. 아직 가지 마라, 햇볕이 너무 뜨거워. 하지만 아이는 말을 듣지 않고, 할머니도 그럴 줄 알고 있다. 그 또래 사내아이들은 자유를 원하기 때문에 엄마의 치마폭에 매달리지 않는다. 개구리에게 돌을 던지면서 그로 인해 개구리가 다칠 것이라는 생각은 하지 못한다.

그러나 언젠가 후회를 느낄 것이다. 때늦은 일이다. 개구리를 비롯한 여러 작은 동물들이 부활하는 일은 없으니까. 히카르두 헤이스는 전부 터무니없다는 생각이 든다. 자신이 신기루를 좇는 사람처럼 리스본에서 여기까지 왔다는 것이. 그것이 신기루에 불과하다는 것을 내내 알고 있었으면서도 지금 여기서 이렇게 모르는 사람들 사이에 섞여 올리브나무 그늘에 앉아 있다. 뭔가를 딱히 기다리는 것도 아니면서. 외딴 시골 기차역에서 잠깐 보았던 사내아이에 대한 생각, 그 아이처럼 되고 싶다는 갑작스러운 욕망. 오른팔로 콧물을 훔치고, 웅덩이에서 놀고, 꽃을 꺾어 감탄하다가 잊어버리고, 과수원에서 서리를 하고, 개들이 쫓아오면 울면서 허둥지둥 도망치고, 여자아이들을 쫓아가 그 아이들이 싫어하는 일이라는 이유로 또는 사실은 좋아하면서 싫어하는 척한다는 이유로 그리고 자신이 은밀한 즐거움을 느낄 수 있다는 이유로 치마를 들추는 아이처럼. 나는 정말로 삶을 경험해본 적이 있는가. 히카르두 헤이스는 혼잣말을 중얼거렸다. 옆에 누워 있는 순례자는 그가 새로운 기도문, 아직 시험을 거친 적이 없는 기도문을 왼다고 생각했다.

해가 지지만 더위는 누그러지지 않는다. 거대한 광장에는 바늘 하나 꽂을 틈이 없는 것 같은데도, 외곽에서 수많은 사람들이 계속 밀치락달치락한다. 사람들의 흐름이 끊어지지 않는다. 이쪽 편의 사람들은 아직도 구경하기에 더 좋은 자리를 확보하려고 애쓴다. 저쪽 편 사람들도 틀림없이 똑같은 행동을 하고 있을 것이다. 군중 바로 옆을 한가로이 걷고 있던 히카르두 헤이스의 눈에 또 다른 순례 행렬, 즉 거지들의 행렬이 갑자기 들어온다. 진짜 거지와 가짜 거지가 보인다. 그 둘의 차이가 중요하다. 진짜 거지는 단순히 가난해서 구걸하는 사람이지만, 가짜 거지는 구걸을 직업으로 만든 사람이다. 이런 식으로 부자가 된 사람의 사례도 알려져 있다. 진짜든 가짜든 모두 똑같은 기법을 이용한다. 애처롭게 울먹이기, 한 손을 내밀고 애원하기, 가끔 두 손을 내밀기도 하는데 저항하기 힘든 절묘한 재주다. 떠나간 가족 친지들의 영혼을 위해 자선을. 하느님의 보상이 있을 겁니다. 눈먼 거지를 가엾게 여겨주십시오, 눈먼 거지를 가엾게 여겨주십시오. 그러고는 상처가 썩어 들어간 다리, 중간에서 잘린 팔을 내보이지만, 우리가 찾는 것은 보이지 않는다. 마치 지옥의 문이 열린 것 같다. 그런 끔찍한 것들이 나올 수 있는 곳은 지옥뿐이다. 이제는 복권을 파는 사람들의 차례. 그들이 엄청나게 시끄러운 소리로 당첨 번호를 외쳐대는 바람에, 천국으로 올라가던 기도가 중간에서 멈춰버린다. 한 남자는 갑자기 육감으로 삼천육백구십사라는 숫자가 떠올랐다며 주기도문을 중단한다. 그는 산만한 손으로 묵주를 움켜쥔 채, 잠재력을 가늠하듯이 복권을 만지작거리다가 손수건에서 필요한 돈을 털어내듯이 꺼내주고는 중단했던 기도를 다시 시작한다. 일용할 양식을 주옵시고. 이제 그의 목소리에는 더 커다란 희망이 담겼다. 이번에는 담요, 넥타이, 손수건, 바구니 등을 파는 노점상, 완장을 차고 성화(聖畵)를 파는 실업자들의 공격이 시작된다. 사실 그들은 정확히 말해서 장사를 하는 것이 아니다. 먼저 적선을 받은 뒤, 그림을 넘겨준다. 나름대로 품위를 유지하는 방법이다. 이 불쌍한 인간들은 진짜 거지도 아니고 가짜 거지도 아니다. 그가 적선을 요구하는 것은 순전히 일자리가 없기 때문이다. 그래, 이것 참 훌륭한 생각이다. 모든 실업자가 완장을, 검은 바탕에 온 세상이 볼 수 있게 굵은 하얀색 글씨로 실업자, 라고 적혀 있는 완장을 차게 한다면, 그들의 수를 헤아리기가 쉬워져서 우리는 그들을 계속 기억할 것이다. 무엇보다 나쁜 것은, 우리의 영적인 평화를 어지럽히고 이 신성한 장소의 고요함을 깨뜨리는 행상인 무리들이다. 히카르두 헤이스가 그들을 피해 움직이게 하자. 그러지 않으면, 그들이 당장 그에게 달려들어 그 지옥 같은 고함을 질러댈 것이다. 보세요, 싼값에 드립니다. 보세요, 이건 축복받은 물건입니다, 축복받은 성모의 모습을 그린 쟁반과 조각상, 묵주, 십자가 수십 개, 작은 메달, 예수 성심(聖心)과 마리아의 열심, 땅에 꿇어앉아 손을 모으고 기도하는 세 목동이에요. 한 목동은 소년이지만, 성인전 기록이나 시복(諡福) 과정에 그가 어린 여자아이들의 치마를 들춘 적이 있다는 증거는 없다. 모든 상인들이 마치 귀신 들린 사람들처럼 한목소리로 외친다. 다른 상인의 손님을 훔치려고 교활하게 유혹하는 유다에게 화가 있으라, 성전의 베일이 찢어지고, 저주와 모욕이 그 못된 불한당의 머리 위로 비처럼 쏟아질 것이다. 히카르두 헤이스는 브라질에 있을 때도 이렇게 불같은 말을 들은 기억이 없다. 이런 쪽의 웅변이 확실히 상당한 발전을 이룩한 모양이다.

가톨릭의 귀한 보석이 깎인 면마다 반짝거린다. 매년 이곳을 찾는 것 외에는 달리 희망이 없는 사람들을 위한 고통의 면, 이 신성한 곳에서 숭고하고 풍부해지는 믿음의 면, 평범한 자선의 면, 보브릴의 면, 수도사의 의복을 파는 상인들의 면, 장신구와 값싼 잡동사니의 면, 인쇄와 직조의 면, 먹고 마시는 면, 분실물의 면, 수색의 면. 히카르두 헤이스는 계속 찾아보지만 과연 찾을 것인가. 그는 병원에도 가보고, 천막들도 살펴보고, 사방의 노천 시장도 가보고, 이제는 북적거리는 산책로로 내려가 빽빽한 군중 속으로 뛰어든다. 그들의 영적인 행동, 믿음의 행동, 처량한 기도, 서약을 지키기 위해 피가 흐르는 무릎을 땅에 대고 네 발로 기는 모습을 본다. 참회하는 여인이 한도를 넘은 황홀경과 고통으로 인해 기절하기 전에 그녀의 겨드랑이를 받치는 손길, 병원에서 들것에 실려 와 줄지어 누워 있는 환자들을 본다. 그 들것들 사이로 축복받은 성모의 조각상이 지나갈 것이다. 하얀 꽃으로 장식된 가마에 실려서. 히카르두 헤이스는 사람들의 얼굴을 이리저리 살펴보지만 찾지 못한다. 마치 아무 의미도 없는 꿈을 꾸고 있는 것 같다. 어디로도 이어지지 않은 길과 아무것도 없는 곳에 혼자 드리워진 그림자와 공기가 뱉어놓고 부정해버린 한마디 말이 나오는 꿈. 찬송가는 원시적이다. 솔과 도, 또

솔과 도. 성가대의 날카롭게 흔들리는 목소리는 계속 끊어졌다가 다시 이어지기를 반복한다. 오월 십삼일 코바 다 이리아에 갑자기 강한 침묵이 내려앉았고, 성모상이 곧 성모 현신 예배당에서 나올 참이다. 전율이 군중을 휩쓸고, 초자연적인 힘이 이십만 명의 머리 위를 바람처럼 지나간다. 틀림없이 곧 무슨 일이 벌어질 것 같다. 환자들은 신비한 열기에 사로잡혀 손수건, 묵주, 메달을 내밀고, 사제들이 그것을 받아 성모상에 갖다 댄 뒤 주인에게 돌려준다. 가난하고 비참한 자들은 간청한다. 파티마의 성모시여, 제게 생명을 주소서, 파티마의 성모시여, 제게 걷는 기적을 허락해주소서, 파티마의 성모시여, 앞을 볼 수 있게 해주소서, 파티마의 성모시여, 들을 수 있게 해주소서, 파티마의 성모시여, 건강을 돌려주소서, 파티마의 성모시여, 파티마의 성모시여, 파티마의 성모시여. 말을 할 수 없는 자들은 간청하지 않고 그저 구경만 한다. 아직 뭔가를 볼 눈이 남아 있는지는 잘 모르겠지만. 히카르두 헤이스는 아무리 애를 써도 들리지 않는다. 파티마의 성모시여, 저의 왼팔을 보시고 할 수 있다면 치료해주소서, 하고 외치는 소리가. 그대의 주 하느님이나 성모님을 유혹하지 말지어다. 잘 생각해보면, 하느님과 성모에게 아무것도 요구하지 말아야 한다는 것을 알 수 있을 것이다. 요구하는 대신 자신을 내려놓아야 한다. 우리에게 무엇이 좋은지 아시는 분은 하느님뿐이므로, 자신을 내려놓고 겸손해져야 한다.

기적은 없었다. 성모상 행렬이 밖으로 나와 한 바퀴 돌고 사라졌다. 눈먼 사람들은 여전히 앞을 보지 못하고, 말할 수 없는 자들은 여전히 말하지 못하고, 몸이 마비된 자들은 여전히 마비되어 있고, 팔다리를 잃은 자들의 몸에서 팔다리가 자라지도 않았고, 병 걸린 자들의 고통이 줄어들지도 않았다. 그들은 쓰디쓴 눈물을 흘리면서 자신을 책망하고 비난했다. 내 믿음이 부족해서 그래, 내 탓이오, 내 탓이오, 내 큰 탓이로소이다. 성모는 기적을 몇 가지 정도는 일으켜줄 각오를 하고 예배당에서 나왔지만 신자들의 믿음이 흔들리고 있었다. 여기에 불타는 덤불이나 영원히 타오르는 기름 램프는 없을 것이다, 이래서는 안 돼, 내년에 다시 찾아오게 하라. 해 질 녘이 가까워지자 그림자가 길어진다. 행렬의 속도와 같다. 하늘은 낮의 선명한 파란색을 조금씩 잃어버리고 진줏빛으로 변한다. 그러나 저기 먼 산들의 나무 너머에 숨어 있던 해가 진홍색, 오렌지색, 빨간색으로 폭발한다. 해라기보다 마치 화산처럼. 침묵 속에서 이런 일이 벌어진다는 것이 믿을 수 없을 만큼 굉장하다. 곧 밤이 내리고 모닥불이 지펴질 것이다. 행상인들의 고함 소리는 이미 멎었고, 거지들은 동전을 세고 있다. 나무 밑의 사람들은 영양을 섭취한다. 배낭을 열어 퀴퀴한 빵을 씹고, 바싹 마른 입술에 포도주 수통이나 가죽 부대를 댄다. 모두 식사 중이지만, 각자의 경제 상황에 따라 음식의 종류가 다양하다. 히카르두 헤이스는 천막 하나를 나눠 쓰는 순례자 무리에 끼었다. 서로 말이 오가지는 않았다. 그들은 그가 여행 가방을 들고 오다가 산 담요를 겨드랑이에 낀 채 망연한 표정으로 서 있는 것을 보았다. 그도 밤에 너무 추워지지만 않는다면 그 천막이 자신에게 딱 적당할 것임을 깨달았다. 순례자 무리가 히카르두 헤이스에게 말했다. 편안히 있어요. 그는 이렇게 말하려고 했다. 아뇨, 괜찮습니다. 하지만 그들이 고집스레 권했다. 그러지 말고, 우리가 진심으로 권하는 거요. 히카르두 헤이스는 이 말이 진실임을 알아차리고, 아브란트스에서 온 이 많은 사람들 무리에 합류했다. 코바 다 이리아 사방에서 코를 킁킁거리는 소리가 들려오는 것은 기도 때문이기도 하지만, 또한 사람들이 음식을 씹고 있기 때문이기도 하다. 어떤 사람들은 고통받는 영혼을 위해 위안을 구하는 반면, 또 어떤 사람들은 굶주림의 고통을 달래고 있기 때문이다. 이 둘 사이를 오가는 사람도 있다. 꺼져가는 모닥불 불빛에 의지해도 히카르두 헤이스는 마르센다를 찾아내지 못한다. 나중에 양초 행렬이 지나갈 때도, 잠든 뒤에도 그녀를 보지 못할 것이다. 그는 피로, 좌절감, 지상에서 사라지고 싶은 욕망에 압도당해 잠들 것이다. 그는 자신이 둘로 나뉜 것 같다. 위엄 있는 히카르두 헤이스는 매일 세수와 면도를 거르지 않는 사람이고, 부랑자 히카르두 헤이스는 수염을 깎지 않아 턱이 까끌까끌하고 옷은 구겨지고 모자는 땀에 찌들고 신발은 먼지로 뒤덮인 모습이다. 위엄 있는 히카르두 헤이스가 부랑자 히카르두 헤이스에게 설명하라고 요구한다. 신앙도 없으면서, 그저 황당한 꿈만으로 파티마까지 온 이유가 무엇이냐고. 만약 마르센다를 정말로 만난다면 무슨 말을 할 생각이었지, 지금 그녀가 아버지와 나란히 네 앞에 나타난다면 네 꼴이 얼마나 이상해 보일지 알아, 아니지, 그녀가 혼자 나타나서 너를 쓱 살펴보는 쪽이 더 한심하지, 아무리 팔이 하나뿐이라지만 젊은 아가씨가 웃기지도 않는 중년 의사를 미친 듯 사랑하게 될 거라고 정말로 믿은 거야. 히카르두 헤이스는 이 비판을 겸허하게 받아들이면서, 추레하고 더러워진 자기 꼴이 너무나 부끄러워 담요를 머리 위까지 덮고 다시 잠든다. 옆에서 누군가가 세상이 어찌 되든 알 바 아니라는 듯 코를 골고 있다. 튼튼한 올리브나무 뒤에서 절대 기도로 착각할 수 없는 소리가 들려온다. 천사들의 합창이라고 보기 어려운 웃음소리, 영적인 황홀경에서 흘러나왔다고 할 수 없는 한숨 소리도 들린다. 동이 트고 있다. 일찍 일어난 사람들이 기지개를 켜며 일어나 불을 헤집는다. 새로운 날이 시작되어, 낙원의 열매를 구하는 자들에게 새로운 시련을 내린다.

히카르두 헤이스는 정오가 되기 전에 떠나기로 한다. 성모를 위한 작별 의식을 기다리지는 않을 것이다. 작별 인사는 이미 마쳤다. 머리 위로 비행기가 두 번 지나가면서 보브릴 광고 전단을 떨어뜨린다. 돌아가는 버스에는 예상대로 승객이 거의 없다. 엄청난 대이동은 나중에 벌어질 것이다. 길이 휘어진 곳에 나무 십자가 하나가 꽂혀 있다. 결국 기적은 없었다.

아폰수 엔히크스의 시대부터 세계전쟁에 이르기까지 하느님과 축복의 성모를 믿으며. 히카르두 헤이스가 파티마에서 돌아온 뒤로 이 구절이 머리에서 떠나지 않는다. 이 말을 신문에서 읽었는지, 책에서 읽었는지, 아니면 누군가의 설교나 연설에서 들었는지 기억나지 않는다. 어쩌면 보브릴 광고에 나온 말일 수도 있다. 그는 이 말에 매혹된다. 설득력 있는 표현은 열정을 깨우고 가슴에 불을 붙일 수 있게 계산된 것이다. 우리가 선택받은 민족임을 증명해주는 구절이기 때문이다. 과거에도 다른 민족들이 있었고, 미래에도 다른 민족들이 있을 것이다. 그러나 이렇게 오랫동안, 그러니까 팔백 년 동안이나 천국의 권능에게 굳건히 충성하면서 계속 친밀한 관계를 유지한 민족은 하나도 없다. 우리가 제오제국을 세우는 데 꾸물거린 것은 사실이다. 무솔리니가 우리보다 앞선 것도 사실이다. 그러나 제육제국은 우리 손에서 빠져나가지 않을 것이다. 제칠제국도. 우리에게 필요한 것은 인내심뿐인데, 인내심은 우리의 천성이다. 우리는 이미 올바른 길에 들어서 있다. 공화국의 대통령 각하이신 안토니우 오스카르 드 프라고주 카르모나 장군의 선언에 따르면 그렇다. 그의 연설은 앞으로 세워질 나라의 모든 최고 행정관에게 모범이 될 것이다. 그의 말에 따르면 이제 포르투갈은 전 세계에서 존중받는 나라가 되었다. 우리는 포르투갈인임을 자랑스럽게 생각해야 하며, 이것은 이전에 우리가 지녔던 감정 못지않게 숭고하다. 전 세계가 우리를 존중하는 것에 우리는 자부심을 가져도 좋다. 높은 파도를 헤쳐온 우리는, 비록 누구보다 충성스러운 동맹의 역할에 지나지 않을지라도, 누구의 동맹인가가 중요한 것이 아니라 충성스럽다는 점이 중요하다. 그것 없이 우리가 어찌 살 수 있을까. 햇볕에 타고 지친 모습으로 기적도 마르센다도 보지 못한 채 파티마에서 돌아온 히카르두 헤이스. 그 뒤 사흘 동안 집에서 나오지 않은 그가 이 훌륭한 대통령의 애국적인 연설문이라는 커다란 문을 통해 다시 바깥세상으로 들어왔다. 그는 신문을 들고 아다마스토르의 그늘 속으로 들어가 앉았다. 두 노인도 그곳에서 배들을 지켜보고 있었다. 다른 나라들이 탐욕스럽게 떠들어대는 이 약속의 땅을 찾아온 수많은 배들의 모습에 당혹스러운 표정이었다. 국기로 화려하게 장식된 배들은 축제의 사이렌을 울려댔고, 선원들은 갑판에 일렬로 서서 경례를 했다. 파수병처럼 그 자리를 지키고 있는 두 노인의 머릿속에 마침내 빛이 밝아온 것은 히카르두 헤이스가 이미 소화하다 못해 사실상 외워버린 신문을 건네주었을 때였다. 그래, 포르투갈인이라는 사실에 자랑스러움을 느낄 때까지 팔백 년을 기다릴 가치가 있었다. 알투 드 산타카타리나에서 팔백 년이 우리에게 경례한다, 오, 힘센 바다여. 두 노인, 마른 노인과 뚱뚱한 노인은 남몰래 눈물을 훔친다. 영원히 이 전망대에 서서 저 배들이 들어오는 모습을 지켜보지 못하는 것이 아쉽다. 자신의 짧은 수명보다 이런 황홀한 광경을 견디기가 더 힘들다. 히카르두 헤이스는 벤치에 앉아 군인과 가정부 사이의 사랑 놀음을 목격한다. 군인이 멋대로 굴자, 가정부가 도발적으로 그를 때리며 밀어낸다. 오늘은 알렐루야를 불러야 하는 날이다. 그리스인이 아닌 사람들의 저녁. 꽃밭에는 꽃이 활짝 피었고, 모든 남자는 만족할 줄 모르는 야망에 잡아먹히지 않는 한 행복해질 필요가 있다. 히카르두 헤이스는 자신의 야망을 점검해보고는, 자신이 아무것도 갈망하지 않는다는 결론을 내린다. 그는 강을 지나는 배들을 바라보는 것, 이곳을 지배하는 산들과 평화에 만족한다. 하지만 그의 내면에는 행복이 전혀 없다. 벌레가 갉아먹는 것 같은 막연한 감각만이 계속 느껴질 뿐이다. 날씨 때문이야. 그는 이렇게 중얼거리고 나서, 만약 파티마에서 마르센다를 만났다면 지금 기분이 어땠을지 자문한다. 사람들이 흔히 하는 말처럼 파티마에서 그와 그녀가 서로의 품으로 쓰러지듯 안겼다면 어땠을까. 우리 다시는 헤어지지 말아요, 당신을 잃은 줄 알았을 때에야 비로소 내가 당신을 얼마나 사랑하는지 깨달았습니다. 그녀도 비슷한 말을 했을 것이고, 그리고 나서 두 사람은 이제 무슨 말을 해야 할지 알 수 없었을 것이다. 둘이 함께 마음 내키는 대로 올리브나무 뒤로 뛰어가, 다른 사람들처럼 서로 속삭이고, 웃고, 한숨을 쉴 수 있다 하더라도. 히카르두 헤이스는 다시 한 번 그러지 않았을 것 같다고 생각하고, 다시 한 번 벌레가 뼈를 갉아먹는 것 같은 기분이 된다. 사람은 시간에 저항할 수 없다. 우리는 시간 안에서 시간과 동행한다. 그뿐이다. 신문을 다 읽은 두 노인은 누가 그것을 집으로 가져갈지 정하려고 동전을 던진다. 글을 읽을 수 없는 사람조차 신문을 탐낸다. 서랍 안을 감싸는 데에는 신문만큼 좋은 것이 없기 때문이다.

그날 오후 그가 병원에 나갔을 때, 접수대 직원 카를로타가 그에게 말했다. 편지가 와 있어요, 선생님, 책상 위에 가져다 두었습니다. 히카르두 헤이스는 심장이나 위를 한 대 얻어맞은 기분이 들었다. 이런 순간에 우리는 침착함을 모두 잃어버린다. 자신을 때린 주먹이 어디서 날아왔는지도 알 수 없다. 심장과 위 사이의 거리가 워낙 짧고 그 사이에는 위의 수축과 심장의 박동에 똑같이 영향을 받는 격막도 하나 있기 때문이다. 지난 세월 동안 많은 것을 터득한 하느님이 지금 인간의 몸을 만든다면, 훨씬 덜 복잡하게 만들 것이다. 편지는 마르센다에게서 온 것이다. 틀림없이 그럴 것이다. 결국 파티마에 가지 못했다고 알리는 편지거나, 아니면 거기 가서 그를 먼발치에서 보았을 뿐만 아니라 건강한 팔로 손까지 흔들었는데 절망을 느꼈다고 말하는 편지. 그녀가 절망한 것은 첫째, 그가 그녀를 보지 못했기 때문이고, 둘째, 성모가 그녀를 치료해주지 않았기 때문이다. 이제는, 내 사랑, 킨타 다스 라그리마스에서 당신을 기다릴게요, 당신이 아직 나를 사랑하신다면. 틀림없이 마르센다에게서 온 편지. 그것이 초록색 직사각형 압지 한복판에 놓여 있다. 연보라색 봉투가. 아니, 문에서 보면 착시로 인해 하얀색이다. 학교에서는 파랑과 노랑을 섞으면 초록이 되고, 초록과 보라를 섞으면 하양이 된다고 가르친다. 하양에 불안을 섞으면 우리는 안색이 창백해진다. 편지는 연보라색이 아니다. 코임브라에서 온 것도 아니다. 히카르두 헤이스가 조심스레 봉투를 열어보니 작은 종이 한 장이 들어 있고, 거기에는 의사들 특유의 형편없이 휘갈겨 쓴 글씨로 이렇게 적혀 있다. 친애하는 동료에게, 내가 건강을 잘 회복해서 다음 달 초부터 다시 일을 시작하기를 희망한다는 사실을 알리려고 펜을 들었습니다, 이 기회를 빌려, 내가 병석에 누워 있는 동안 기꺼이 내 자리를 채워준 당신에게 깊은 감사의 뜻을 표하고 싶습니다, 가까운 시일 안에 당신의 뛰어난 능력과 경험을 훌륭하게 활용할 수 있는 새 일자리를 찾을 수 있기를 바랍니다. 편지는 몇 줄 더 이어졌지만, 거의 모든 사람이 편지를 쓸 때 사용하는 형식적인 문구였다. 히카르두 헤이스는 이 진부한 구절들을 다시 읽으면서 동료 의사의 솜씨에 감탄했다. 그의 글 솜씨는 자신이 히카르두 헤이스를 위해 해준 일을 히카르두 헤이스가 그를 위해 해준 일로 둔갑시켜버렸다. 따라서 히카르두 헤이스는 고개를 높이 들고 이곳을 떠날 수 있었다. 이제는 일자리를 찾을 때 이곳의 추천장을 내세울 수 있을 것이다. 단순한 추천장이 아니라, 그가 성실하게 일했음을 보여주는 서면 증거다. 만약 리디아가 이직이나 결혼을 결심한다면, 브라간사 호텔도 그녀에게 이것과 비슷한 편지를 줄 것이다. 히카르두 헤이스는 하얀 가운을 입고, 첫 번째 환자를 불렀다. 대기실에는 환자 다섯 명이 더 대기 중이다. 이제 그에게는 그들을 치료해줄 시간이 없을 것이다. 다행히 그들의 상태가 심하지 않아서 앞으로 열흘 안에, 그러니까 이번 달이 끝나기 전에, 그의 품에서 죽을 염려는 없었다. 다행한 일이다.

리디아에게서는 연락이 없다. 오늘이 그녀의 휴일이 아닌 것은 맞다. 그러나 그의 파티마 여행이 갔다가 곧장 돌아오는 일정이라는 사실을 알고, 그가 거기서 마르센다를 만났을 수도 있다는 것 역시 알기 때문에, 최소한 속내를 모두 털어놓을 수 있는 친구에 대한 소식이라도 들으려고, 마르센다가 잘 지내는지, 팔이 치료되었는지 알고 싶어서 찾아올지도 모른다고 생각했다. 삼십 분이면 리디아가 알투 드 산타카타리나에 왔다가 돌아갈 수 있었다. 아니면 병원으로 전화를 걸 수도 있었다. 그 편이 더 빠를 것이다. 그러나 그녀는 오지도 않고, 소식을 묻지도 않았다. 그녀를 침대로 데려갈 것도 아니면서 입을 맞춘 것이 실수였다. 어쩌면 그녀는 그가 그 키스로 자신을 매수하려 한다고 생각했는지도 모른다. 가정 형편이 보잘것없는 사람들이 그런 생각을 할 수 있는지는 잘 모르겠지만. 히카르두 헤이스는 혼자 아파트에서 시간을 보내면서, 출근할 때와 식사할 때만 밖으로 나간다. 창가에서 강물과 저 멀리 보이는 몬티주의 능선들, 바위 같은 아다마스토르, 언제나 시간을 지키는 두 노인, 야자나무를 지켜본다. 때로는 공원으로 내려가 책을 몇 페이지 읽기도 한다. 일찌감치 잠자리에 들어 이제는 죽은 사람인 페르난두 페소아를, 큰 기대를 받다가 한창때에 사라진 알베르투 카에이루를, 적어도 본인이 직접 보낸 전신에 따르면 글래스고로 간 알바루드 캄푸스를 생각한다. 그는 십중팔구 그곳에 정착해서 생이 끝나는 날까지, 또는 연금을 받고 은퇴하는 날까지 배를 만들 것이다. 가끔 히카르두 헤이스는 영화관에 가서 킹 비더가 연출한 「우리의 일용할 양식」이나 로버트 도냇과 매들린 캐럴이 나온 「삼십구 계단」을 본다. 3-D 영화인 「오디오스코픽스」를 보고 싶은 마음을 이기지 못하고, 상 루이스에 가서 기념품을 집까지 가져온다. 그런 영화를 볼 때 반드시 써야하는 셀로판 안경인데, 한쪽은 초록색이고 다른 쪽은 빨간색이다. 이 안경은 맨눈으로 미처 보지 못하는 것을 볼 수 있게 해주는 시적인 장치다.

세월은 누구에게나 공평하다고들 한다. 시간은 똑같이 흘러간다고. 지금도 많은 사람들이 되풀이하는 상투적인 말이지만, 시간이 느리게 흘러간다며 화를 내는 사람들도 있다. 하루 이십사 시간을 보낸 뒤, 우리는 그 하루가 가치 없이 흘러갔음을 깨닫는다. 다음 날도 역시 똑같은 일의 반복이다. 그 쓸모없는 몇 주를 훌쩍 뛰어넘어 충족감이 느껴지는 한 시간, 찬란한 한순간을 살 수 있다면 얼마나 좋을까. 찬란함이 한순간만이라도 유지될지는 잘 모르겠지만. 히카르두 헤이스는 브라질로 돌아가는 게 어떨까 하는 생각을 슬슬 하기 시작한다. 페르난두 페소아의 죽음은 확실히 십육 년 만에 대서양을 건너오기에, 포르투갈에 머무르며 다시 환자를 보고 가끔 시를 쓰고 나이를 먹어가며 비록 아무도 알아차리지 못한다 하더라도 죽은 시인의 자리를 어느 정도 대신하기에 합당한 이유였다. 그러나 이제는 과연 그런가 하는 생각이 든다. 여기는 그의 나라가 아니다. 사실 여기가 누군가의 나라이기는 한지 잘 모르겠다. 포르투갈은 오로지 하느님과 축복받은 성모에게 속할 뿐이다. 도드라진 부분이 전혀 보이지 않는 따분한 이차원 스케치. 심지어 「오디오스코픽스」를 볼 때처럼 특수한 안경을 써도 여전히 마찬가지다. 페르난두 페소아가 그림자인지 유령인지는 알 수 없지만, 가끔 나타나서 비꼬는 말을 몇 마디 하고, 친절하게 웃어 보인 뒤 사라진다. 히카르두 헤이스가 페르난두 페소아 때문에 굳이 돌아올 필요는 없었다. 마르센다는 이제 더 이상 존재하지 않는다. 코임브라의 이름을 알 수 없는 거리에 살면서 팔을 치료하지 못한 채 하루하루를 보내고 있다. 그가 보낸 편지를 다락 구석이나 의자의 패딩이나 예전에 어머니가 사용하던 비밀 서랍 같은 곳에 숨겨놓았을지도 모른다. 아니, 이보다 더 머리를 썼다면, 글을 읽을 수 없기 때문에 믿어도 되는 가정부의 트렁크에 숨겼을 수도 있다. 마르센다가 그 편지들을 몇 번이나 거듭 읽어볼 가능성도 있다. 꿈을 잊지 않으려고 꿈의 내용을 되뇌는 사람처럼. 그러나 소용없는 짓이다. 실제 꿈과 우리가 그 꿈에 대해 갖고 있는 기억에는 같은 구석이 하나도 없게 마련이다. 리디아는 내일 올 것이다. 쉬는 날 항상 오니까. 하지만 리디아는 안나 카레니나의 보모다. 집을 깨끗하게 청소하는 일과 기타 몇 가지 필요를 채우는 데에는 유용하지만, 가진 것이 워낙 없기 때문에 히카르두 헤이스의 공허한 마음을 채워주지는 못한다. 그가 생각하는 자신의 이미지를 그대로 받아들인다면, 설사 우주를 통째로 그에게 내놓는다 해도 충분하지 않을 것이다. 유월 일일자로 그는 실업자가 되어 또다시 일자리를 찾아 나서야 할 것이다. 시간이 더 빨리 흘러가게 해줄 임시 대리 의사 자리. 다행히 그에게는 아직 손대지 않은 영국 파운드화 뭉치가 있다. 브라질 은행에도 예금된 돈이 있으니 사무실을 하나 얻어서 자기 병원을 차리는 데에 충분하고 남을 것이다. 대부분의 환자들에게는 히카르두 헤이스 같은 일반의만 있으면 된다. 심장과 폐의 질병에까지 손을 댈 필요는 없다. 리디아를 고용해서 환자를 상대하는 일을 맡길 수도 있을 것이다. 리디아는 머리가 좋고 태평한 성격이라, 조금만 가르쳐주면 부족한 철자법 지식을 깨우쳐서 호텔 메이드라는 고된 일에서 금방 벗어날 수 있을 것이다. 그러나 이것은 그저 한가한 생각을 하며 시간을 때우고 있는 사람의 백일몽일 뿐이다. 히카르두 헤이스는 일자리를 찾아 나서지 않을 것이다. 지금 그에게 최선은 하일랜드 브리게이드호를 타고 브라질로 돌아가는 것이다. 그는 『미궁의 신』을 주인에게 조심스레 돌려줄 것이다. 사라졌던 책이 어떻게 갑자기 다시 나타났는지 오브라이언이 영영 알 수 없게.

리디아가 와서 인사를 건넸지만, 조금 차갑고 풀이 죽은 것처럼 보였다. 그녀가 아무것도 묻지 않았기 때문에 어쩔 수 없이 그가 먼저 이렇게 말했다. 파티마에 다녀왔소. 리디아가 물었다. 아, 어떠셨어요. 히카르두 헤이스가 어떻게 대답해야 할까. 신자가 아니니 영적인 황홀경을 경험했을 가능성은 별로 없다. 그렇다고 그가 순전히 호기심 때문에 그곳에 다녀온 것도 아니다. 따라서 그는 일반적인 이야기만 하기로 한다. 사람이 아주 많고, 흙먼지가 사방에 풀풀 날렸지, 당신이 미리 경고한 것처럼 노숙을 할 수밖에 없었소, 밤에도 날씨가 따뜻해서 다행이었어요. 선생님은 순례를 위해 불편함을 감당하실 분이 아니에요. 그저 어떤 곳인지 보러 갔을 뿐이오. 리디아는 부엌에 틀어박혀서 더운물을 틀어 설거지를 한다. 별다른 말을 하지 않았는데도, 오늘은 육체의 쾌락이 없을 것임을 그녀의 태도에서 분명히 알 수 있다. 친숙한 문제인 월경 때문일까, 아니면 아직 분노가 남아 있기 때문일까, 아니면 피와 눈물이 모두 작용한 탓일까. 이 둘은 한데 모여 통행이 불가능할 정도로 흐린 바다를 만드는, 넘어설 수 없는 강이다. 그는 부엌의 긴 의자에 앉아 일하는 리디아를 지켜보았다. 그가 늘 하던 일은 아니지만, 나름대로 선의를 표현하는 행동이었다. 적군 지휘관의 기분을 알아보려고 요새 위로 백기를 흔드는 것과 같았다. 결국 삼파이우 박사와 그 따님과 마주치지는 않았소, 그렇게 사람이 많았으니 당연한 일이지. 그가 아무렇지 않게 내놓은 이 말이 허공을 어른거리며 누군가의 관심을 기다린다. 하지만 어떤 관심일까. 그의 말이 진실일 수도 있고 거짓말일 수도 있다. 그 정도로 부적절하고, 이중성이 내재된 말이다. 거짓을 말하는 단어로 사람은 진실을 말할 수도 있다. 우리를 규정하는 것은 우리가 하는 말이 아니다. 남들이 우리를 믿어주어야만 우리는 진실이 된다. 리디아의 믿음이 무엇인지는 알 수 없다. 그녀의 질문은 이것뿐이다. 기적이 있었나요. 있었는지는 모르겠지만, 나는 못 봤어요, 기적이 있었다는 신문 기사도 없고. 세뇨리타 마르셴다가 가엾네요, 혹시 치료를 기대하고 갔다면 얼마나 실망했을까요. 기대는 별로 없었소. 선생님이 어떻게 아세요. 리디아가 화들짝 놀란 새처럼 재빨리 시선을 돌려 히카르두 헤이스를 빤히 바라보았다. 날 잡으려고 하는군. 그는 속으로 이런 생각을 하며 대답했다. 내가 아직 호텔에 있을 때, 마르센다와 삼파이우 박사가 이미 파티마에 갈 계획을 세우고 있었소. 아, 그래요. 사람들은 이런 식으로 가벼운 결투를 벌이면서 기운을 빼고 늙어간다. 화제를 바꾸는 것이 좋겠다. 이럴 때 유용한 것이 신문이다. 신문 덕분에 기억 속에 저장된 사실들로 대화를 계속 이어갈 수 있기 때문이다. 알투 드 산타카타리나의 두 노인도, 히카르두 헤이스와 리디아도 마찬가지다. 어떤 경우에는 침묵보다 말이 낫다. 남동생은 어떻게 지내고 있소. 이것은 시작에 불과하다. 제 동생은 잘 있어요, 왜 물어보시는 건데요. 신문 기사 때문에 생각이 났소, 노브르 게드스라는 기술자의 말이었는데, 그 신문이 아직 여기 있어요. 저는 그 신사분의 이름을 처음 듣는데요. 그 사람이 수병들에 대해 무슨 말을 했는지 알면, 당신 남동생이 그 사람을 신사로 생각하지는 않을 거요. 뭐라고 했는데요. 잠깐 있어봐요, 내가 신문을 가져올 테니. 히카르두 헤이스는 부엌에서 나와 서재로 들어갔다가 《오 세쿨루》를 가지고 돌아왔다. 그 기술자의 발언이 신문 한 면을 거의 다 차지하고 있었다. 노브르 게드스가 국립 라디오에 나와 공산주의를 비난하며 한 말이오, 도중에 수병들에 대한 말이 나와요. 제 남동생에 대해 직접 한 말이 있나요. 당신 남동생 이름을 언급하지는 않았지만, 한 가지 예를 들면, 이런 말을 했소, 「붉은 수병」이라는 간특한 전단이 돌아다니고 있습니다. 간특하다는 게 무슨 뜻인가요. 간특하다는 사악하다, 비열하다, 몹시 나쁘다는 뜻이오. 욕을 하고 싶어진다는 뜻이군요. 바로 그거요, 욕을 먹어 마땅하다는 거지. 저도 「붉은 수병」을 봤지만 별로 욕을 먹을 것처럼 보이지는 않던데요. 남동생이 보여줬소. 네, 다니엘이 보여줬어요. 그럼 남동생은 공산주의자겠군. 글쎄요, 하지만 동생이 확실히 공산주의를 좋아하기는 해요. 그게 그 말이지. 제가 보기에 동생은 다른 사람들과 똑같은데요. 동생이 공산주의자라면, 남다르게 보일 것 같소. 글쎄요, 잘 모르겠어요. 뭐, 이 게드스라는 기술자도 포르투갈 수병들은 붉은색도 하얀색도 파란색도 아니라고 말해요, 그냥 포르투갈인이라는 거지. 무슨, 포르투갈인이 일종의 색깔이라는 건가요. 그것참 재치 있는 말이군, 누가 보면 당신은 접시 한 장 못 깰 사람 같은데, 아예 찬장을 통째로 끌어 내릴 때가 가끔 있어요. 제 손이 그렇게 서투르지는 않아요, 전 접시를 깨지 않는다고요, 보세요, 지금 설거지를 하고 있는데 손이 전혀 미끄러지지 않잖아요. 당신은 정말 굉장한 여성이오. 굉장한 여성이라고 해봤자 호텔 메이드일 뿐인걸요, 그건 그렇고, 그 게드스라는 사람이 수병에 대해서 또 한 말이 있나요. 수병에 대해서는 없소. 이제 생각해보니, 다니엘이 게드스라는 수병에 대해 말한 적이 있는 것 같아요, 하지만 그 사람 이름은 마누엘이었어요, 마누엘 게드스, 게다가 지금 재판에서 선고를 기다리는 중이죠, 모두 마흔 명이 재판을 받고 있어요. 게드스라는 이름은 흔해요. 어쨌든 그 사람 이름은 마누엘이에요. 다 씻은 접시를 말리려고 받침대에 걸어둔 리디아는 다른 일을 하려고 움직인다. 침대보도 갈고, 창문을 열어 환기도 시키고, 욕실 청소도 하고, 새 수건도 꺼내서 걸어야 한다. 이 일을 마친 뒤 그녀는 다시 부엌으로 가서 접시의 물기를 닦는다. 그때 히카르두 헤이스가 갑자기 뒤에서 몰래 나타나 그녀의 허리에 팔을 두른다. 그녀는 그를 피하려고 하지만, 그가 그녀의 목에 입을 맞추는 바람에 손에서 접시가 떨어져 바닥에서 산산조각난다. 드디어 당신이 접시를 깨뜨렸군, 결국은 조만간 일어날 수밖에 없는 일이지, 아무도 운명을 피할 수 없으니까. 그는 웃음을 터뜨리며 그녀를 돌려 세워 입술에 키스했다. 그녀는 더 이상 저항하지 않고 간단히 말했다. 오늘은 안 돼요. 이제 문제가 생리적인 것임을 알 수 있다. 다른 장애는 이미 극복되었으니까. 상관없소, 그건 다음으로 미루면 돼요. 그는 이렇게 대꾸하고서 계속 키스했다. 나중에 그녀가 부엌 바닥 사방에 흩어진 깨진 그릇 조각들을 치워야 할 것이다.

그다음에 히카르두 헤이스를 찾아온 것은 페르난두 페소아였다. 여러 날이 흐른 뒤 그는 자정 직전에 나타났다. 이웃들은 모두 잠자리에 든 뒤였다. 그는 자신의 모습이 남에게 보이는지 안 보이는지 확신할 수 없었기 때문에 까치발로 조심조심 계단을 올라왔다. 때로 사람들은 그를 보지 못했다. 그들의 표정을 보면 분명했다. 하지만 아주 드물게 그를 빤히 바라보는 사람들이 있었다. 그의 모습이 뭔가 이상해 보이긴 하는데, 딱히 뭔지 잘 알 수 없다는 듯한 표정이었다. 검은 옷을 입은 이 남자가 유령이라고 누군가가 말해준다면, 그들은 그 말을 믿지 않을 것이다. 우리에게는 하얀 천과 희미한 영기(靈氣)가 익숙하기 때문이다. 하지만 유령은 조심하지 않으면, 세상에서 가장 단단한 존재가 될 수 있다. 그래서 페르난두 페소아는 천천히 계단을 올라와 소란을 피우지 않으려고 주의를 기울이며 미리 정한 신호대로 문을 두드렸다. 계단에서 발을 잘못 디뎌 시끄러운 소리라도 내는 날에는 이웃 사람이 충혈된 눈으로 나와 있는 힘껏 소리를 지를 수도 있었다. 도둑이야, 도둑이야. 가엾게도 페르난두 페소아가 도둑이라니. 정작 그 자신이 모든 것을, 심지어 목숨까지도 강탈당한 처지인데. 서재에서 시를 새로 지어보려고 애쓰던 히카르두 헤이스는 우리를 파괴하는 운명이 보이지 않는다는 이유로, 우리는 그 존재를 잊어버린다는 구절을 막 끝냈을 때, 건물을 가득 채운 침묵을 깨고 부드럽게 똑똑 문을 두드리는 소리를 들었다. 누가 찾아온 것인지 곧바로 알아차린 그는 서둘러 문을 열었다. 이렇게 반가울 데가, 그동안 세상에 어디에 있었나. 말은 때로 다루기가 까다롭다. 히카르두 헤이스가 이런 질문을 던졌다는 사실은 최악의 블랙 유머를 암시한다. 페르난두 페소아가 세상이 아니라 땅속에서 왔다는 것, 프라제르스의 소박한 무덤에서 왔다는 것을 누구보다 잘 아는 사람이. 심지어 페르난두 페소아는 무덤에서도 편안히 쉬지 못한다. 역시 거기에 묻혀 있는 그의 사나운 할머니 디오니지아가 그에게 어딜 다녀오는지 일일이 자세히 설명하라고 요구하기 때문이다. 산책하고 왔어요. 그녀의 손자가 찌무

룩하게 대답한다. 지금 히카르두 헤이스에게 대답하는 모습도 똑같지만, 할머니에게 대답할 때처럼 짜증스러운 기색은 없다. 최고의 말은 아무것도 드러내지 않는 것이다. 페르난두 페소아는 한없이 피곤한 몸짓으로 소파에 털썩 주저앉더니 통증을 달래거나 구름을 쫓아버리려는 것처럼 손을 이마로 들어 올렸다가 손가락으로 얼굴을 쓸어내렸다. 눈을 쓸어내릴 때는 자신 없는 손길로, 입술을 지날 때는 입꼬리를 누르며 콧수염을 매끈히, 뾰족한 턱에 이르러서는 어루만지듯이. 손가락으로 이목구비의 모양을 바꿔 원래 설계대로 회복시키고 싶은 것 같았다. 하지만 화가는 연필 대신 지우개를 들어 손이 지나가는 곳을 모두 지운다. 얼굴 한쪽이 윤곽을 모두 잃어버린 것은 충분히 예상할 수 있는 일이다. 페르난두 페소아가 죽은 지 거의 여섯 달이 지났기 때문이다. 요즘 자네를 보기가 점점 힘들어지는 것 같은데. 히카르두 헤이스가 투덜거렸다. 첫날 내가 미리 말했잖나, 시간이 흐를수록 내가 잊는 게 많아진다고, 지금도 저기 칼랴리스 거리에서 자네 아파트까지 오는 길을 기억해내려고 머리를 쥐어짰네. 아다마스토르의 동상만 찾아내면 되는데. 만약 내가 아다마스토르를 떠올렸다면 훨씬 더 혼란스러웠을걸, 내가 여덟 살 때로 돌아가서 더반에 있는 줄 알았을 걸세, 그럼 두 배로 길을 잃었겠지, 공간뿐만 아니라 시간도 헷갈려서. 여기에 좀 더 자주 와보게, 그것도 기억을 되새기는 방법이 될 테니. 오늘은 아직 남아 있는 양파 냄새가 길잡이 역할을 했네. 양파 냄새라니. 그래, 양파 냄새, 아무래도 자네 친구가 염탐을 포기하지 않은 모양일세. 말도 안 되는 소리, 아무 죄도 저지른 적이 없고 앞으로도 저지를 생각이 없는 사람한테 그렇게 시간을 낭비할 여유가 있다면 경찰도 어지간히 할 일이 없는 거로군. 경찰관들이 무슨 생각을 하는지는 아무도 알 수 없지, 자네 인상이 워낙 좋았던 건지 누가 알겠나, 빅토르가 자네랑 친구가 되고 싶은데 자네는 선택받은 사람들의 세계에 살고 자기는 별 볼 일 없는 사람들의 세계에서 산다는 걸 깨달았을 수도 있고, 그래서 자네의 집 창문에 불이 켜지는지 지켜보면서 밤을 보내는 것인지도 모르지, 미친 듯이 사랑에 빠진 남자처럼 말이야. 그래, 날 그렇게 놀리고 싶으면 어디 마음대로 해보게. 이런 농담을 하는 사람이 얼마나 슬픈지 자네는 짐작도 못 할 걸세. 어쨌든 날 계속 염탐하는 건 전혀 말이 안 돼. 나라면 그렇게 말하지는 않겠네, 사실 저세상에서 온 사람을 손님으로 맞는 것도 정상적인 일은 아니니까. 하지만 자네는 다른 사람들 눈에 안 보이잖아. 그건 경우에 따라 다르다네, 친애하는 헤이스, 경우에 따라 달라, 때로는 죽은 사람도 보이지 않는 존재가 될 만큼 참을성이 없을 수 있어, 아니면 그럴 힘이 없거나, 산 사람들 중에 보이지 않는 것을 볼 수 있는 눈을 지닌 사람이 있다는 사실은 제외해도 그렇다네. 설마 빅토르가 그런 사람인 건 아니겠지. 그런 사람인지도 모르지, 그런 능력이 경찰관에게는 더할 나위 없이 쓸모 있기는 할 걸세, 그에 비하면 천 개의 눈을 가졌다는 아르고스는 한심한 근시일 뿐이야. 히카르두 헤이스는 시를 쓰고 있던 종이를 들어 올렸다. 여기 몇 구절 적어둔 게 있는데, 과연 어떤 시가 만들어질지 나도 잘 모르겠네. 나한테 읽어줘 봐. 이제 막 시작한 거라서, 나중에 달라질지도 몰라. 읽어봐. 우리를 파괴하는 운명이 보이지 않는다는 이유로, 우리는 그 존재를 잊어버린다. 괜찮은걸, 하지만 내 기억에 자네가 아주 비슷한 걸 쓴 적이 있네, 한 천 번쯤, 매번 다른 방식으로, 그러고는 브라질로 떠났지, 열대에서 사는 동안 자네의 시적인 천재성이 더 풍부해지지는 않은 모양일세. 더 이상 할 말이 없어, 난 자네랑 다르네. 나랑 비슷해질 거야, 걱정 말게. 나의 영감은 안에서 우러나온다고 할 수 있네. 영감은 한 단어일 뿐이야. 나는 모두 앞을 보지 못하는 눈 구백구십구 개를 가진 아르고스일세. 좋은 은유로군, 그걸 보니 자네는 경찰관으로서는 별로 쓸모가 없겠어. 그건 그렇고, 페르난두, 혹시 국가 선전 장관 안토니우 페후라는 사람을 만난 적이 있나. 있지, 우린 친구일세, 그 친구 덕에 『메시지』로 상금 오천 헤알이 나오는 상을 받았어. 왜 그런 걸 묻나. 곧 알게 될 걸세, 여기 신문 기사가 하나 있는데, 국가 선전부가 주관하는 문학상이 며칠 전에 수여된 것 알고 있었나. 내가 그걸 어떻게 알겠나. 미안하네, 자네가 이제는 글을 읽을 수 없다는 걸 내가 자꾸 잊어버린다네. 올해는 누가 그 상을 탔나. 카를루스 케이로스. 아, 카를루스. 아는 사람인가. 카를루스 케이로스는 오펠리냐라는 여자의 조카였네, 펠은 f 대신 ph로 표기해야 하네, 나랑 같은 사무실에서 일하던 여자인데, 내가 한동안 사랑했었지. 자네가 사랑에 빠지는 건 상상이 안 가는군. 사람은 누구나 평생에 적어도 한 번은 사랑에 빠진다네, 그때 내게 일어난 일이 그거였고. 자네는 과연 어떤 연애편지를 썼을지 궁금하네. 내 기억에 대부분의 연애편지보다는 좀 덜 진부했네. 언제 일인가. 자네가 브라질로 떠나자마자 시작된 관계일세. 오래 사귀었나. 곤자가 추기경처럼 나도 사랑을 알게 되었노라고 말할 정도는 되었지. 믿기 힘든 이야기군. 거짓말인 것 같나. 그럴 리가, 어떻게 그런 말을 하나, 우린 서로에게 거짓말을 한 적이 없는데, 거짓말이 필요해져도 우리는 거짓을 말하는 단어를 쓸 뿐이잖나. 그럼 뭘 믿기 힘들다는 건가. 자네가 사랑에 빠졌다는 것, 내가 아는 한 자네는 정확히 사랑을 할 수 없는 사람이거든. 돈 후안처럼. 그래, 돈 후안처럼, 하지만 이유는 달라. 설명해보게. 돈 후안은 욕망이 너무 넘쳐흘러서 자신이 원하는 여자들에게 그 욕망을 널리 퍼뜨려야 했네, 반면 자네는 내가 기억하는 한 거의 정반대였어. 그럼 자네는 어떤가. 나는 중간일세, 평범하고 평균적이지, 너무 과하지도 않고 부족하지도 않아. 다시 말해서, 균형 잡힌 연인이라는 거로군. 균형이 잡힌 건 아니야, 이런 건 기하학이나 역학의 문제가 아니니까. 자네의 연애도 완벽하지 않다는 뜻인가. 사랑은 복잡한 걸세, 친애하는 페르난두. 자네는 불평할 자격이 없어, 리디아가 있잖나. 리디아는 호텔 메이드야. 오펠리아(Ofélia)는 타이피스트였네. 우린 지금 여자들 얘기가 아니라 직업 얘기를 하고 있군. 자네가 공원에서 만난 그 아가씨도 있지, 이름이 뭐더라. 마르센다. 그래. 마르센다는 내게 아무것도 아닐세. 아주 거칠게 그 아가씨를 무시해버리는군, 화가 난 것 같은데. 경험이 많지는 않지만, 경험상 분노는 남자가 여자에게 보이는 흔한 감정일세. 친애하는 히카르두, 우리 함께 보내는 시간을 더 늘려야겠네. 제국의 칙령은 다른걸.

페르난두 페소아는 일어나서 잠시 서재 안을 서성거리다가 히카르두 헤이스가 아까 읽은 구절을 써놓은 종이를 들어 올렸다. 이걸 어떻게 표현했나, 우리를 파괴하는 운명이 보이지 않는다는 이유로, 우리는 그 존재를 잊어버린다, 운명이 우리를 매일 파괴하는 걸 보지 못한다면, 그건 진짜 눈먼 사람인데, 이런 속담도 있잖나, 보지 않으려는 자만큼 눈먼 자는 없다. 페르난두 페소아는 종이를 내려놓았다. 자네 아까 페후 이야기를 했지, 그 이야기로 다시 돌아가보세. 시상식에서 안토니우 페후가 말하기를, 억압적인 정권하에서 투덜거리는 작가들, 설사 그 억압이 살라자르 정권의 그것처럼 순전히 지적인 억압이라 해도 그렇게 투덜거리는 작가들은 법과 질서가 지배하는 곳에서 창의적인 작품이 항상 더 증가했다는 사실을 잊어버린 것 같다고 했네. 지적인 억압이 오히려 이롭다는 거로군, 포르투갈 사람들이 빅토르의 감시하에서 더 창의적이 되었다는 건데, 터무니없는 소리. 자네 의견은 다르다는 건가. 페후의 말이 틀렸다는 걸 역사가 스스로 증명하고 있네, 자네의 젊은 시절만 생각해보면 돼,《오르페우스》를, 그때가 법과 질서가 지배하던 세상이었는지 말해보게, 친애하는 헤이스, 비록 자네의 송가를 자세히 살펴보면 법과 질서를 향한 찬가로 볼 수도 있겠지만 말이야. 그런 생각은 한 번도 해본 적이 없어. 하지만 자네가 쓴 송가의 내용이 바로 그래, 인간적인 불안은 무익하고, 신들은 현명하며 무심하고, 그들 위에 운명이 있지, 신들조차 복종해야 하는 최고의 질서. 그럼 인간은, 인간의 역할은 무엇인가. 질서에 도전하고, 운명을 바꾸는 것. 좋은 쪽으로. 좋은 쪽으로든 나쁜 쪽으로든 다를 게 없네, 중요한 건 운명이 운명이 되지 않게 하는 거야. 리디아랑 이야기하는 기분이군, 리디아도 항상 운명에 대한 이야기를 한다네. 다행히 운명에 대해서는 누구나 자신의 생각을 말할 수 있지. 우리는 페후 이야기를 하고 있었네. 페후는 멍청이야, 살라자르가 포르투갈의 운명이라고 믿다니. 메시아로 생각하지. 그보다는 세례식과 결혼식을 주관하고 죽은 사람들의 영혼을 하느님께 맡기는 교구 신부가 더 어울리겠네. 질서의 이름으로. 바로 그거야, 질서의 이름으로. 내 기억에 자네는 살았을 때 이렇게까지 반체제적이지 않았는데. 사람이 죽고 나면, 시각이 달라진다네, 이 반박할 수 없는 말을 남기고 나는 가보겠네, 반박할 수 없는 건 자네가 산 사람이기 때문이지. 왜 여기서 밤을 보내지 않으려고 하는 건가. 죽은 사람이 산 사람과 함께 사는 버릇을 들이면 안 되네, 산 사람도 죽은 사람을 곁에 두면 안 되고. 산 사람과 죽은 사람 모두 인류의 일원이야. 맞는 말이지만, 완전한 진실은 아니네, 그렇지 않다면 여기에 나만 이렇게 있을 리가 없으니까, 고등법원 판사와 그 집안의 죽은 사람들도 모두 여기 있겠지. 고등법원 판사가 전에 여기 살았다는 걸 자네가 어떻게 아나, 난 자네한테 말한 기억이 없는데. 빅토르가 말했네. 어느 빅토르, 내가 아는 그 사람. 아니, 죽었지만 역시 다른 사람들 일에 코를 들이밀곤 하는 빅토르일세, 죽음조차 그 친구의 집착을 치료하지 못했어. 그자에게서도 양파 냄새가 나나. 나지, 하지만 참을 수 있는 수준일세, 시간이 흐르면서 냄새가 점차 사라지고 있으니까. 잘 가게, 페르난두. 잘 있게, 히카르두.

살라자르의 지적인 억압이 그의 의도만큼 효과적으로 퍼지지 않고 있는 듯한 조짐이 있다. 최근 바로 여기 테주 강변에서 벌어진 일은 지적인 억압의 영향력이 약해지고 있음을 보여주었다. 이급 쾌속선 주앙 드 리스보아호가 우리의 존경하는 국가수반이 지켜보는 가운데 그럴듯한 예식과 함께 진수되었을 때의 일이다. 꽃줄로 장식된 배가 선가(船架)에 올려져 있다. 모든 것이 말끔하게 준비되었다. 배가 지나갈 길에는 기름칠을 했고, 쐐기의 각도도 조정했고, 선원들은 후갑판에 줄지어 서 있다. 공화국의 대통령 각하이신 안토니우 오스카르 드 프라고주 카르모나 장군, 포르투갈이 이제 전 세계에서 존중받고 있으며 포르투갈인임을 자랑스럽게 생각해야 한다고 천명한 바로 그 사람이 민간인과 군인이 섞인 수행원들과 함께 도착한다. 군인들은 예식용 군복을 입었고, 민간인은 연미복과 실크해트와 줄무늬 바지를 입었다. 대통령은 멋들어진 흰색 콧수염을 자랑스레 어루만지며 조심스레 앞으로 나아간다. 어쩌면 미술 전시회 개막식에 초대받을 때마다 항상 하는 말을 오늘은 하지 않으려고 주의를 기울이고 있는 것 같기도 하다. 아주 시크하군, 아주 시크해, 무엇보다 즐겁소, 라는 말. 이제 사람들이 플랫폼에 계단을 대고 있다. 최고 귀빈들은 아직 지상에 있는데, 그들 없이는 어떤 배도 진수식을 치를 수 없다. 교회, 그러니까 당연히 가톨릭교회에서 나온 대표자도 한 명 있다. 그는 호의적인 축복을 해줄 것으로 기대된다. 이 배가 적은 손실로 많은 사람을 죽이는 것이 전능하신 하느님께 기쁨이 되기를. 모든 참석자가 유명 인사, 호기심 많은 구경꾼, 조선소 직원, 사진기자와 기자 등이 모여든 이 화려한 행사에 자리하게 된 것을 자랑스러워한다. 바이하다산 스파클링와인 한 병이 뻥 하고 찬란하게 뚜껑을 터뜨릴 순간을 기다리고 있다. 그 순간 보라, 주앙 드 리스보아호가 선가를 미끄러져 내려가기 시작한다. 아직 그 배에 손을 댄 사람이 전혀 없는데도. 혼란이 일고, 대통령의 하얀 콧수염이 파르르 떨고, 실크해트를 쓴 사람들이 어리둥절해서 두리번거리고, 배는 계속 미끄러진다. 배가 물 위에 뜨자 선원들이 관습대로 만세를 외치고, 갈매기들은 다른 배들이 울려대는 경적 소리와 히베이라 드 리스보아 전역에 울려 퍼지는 커다란 웃음소리에 깜짝 놀라 하늘로 솟아오른다. 특히 고약한 무리인 조선소 직원들이 이런 모욕적인 사태를 일으킨 장본인임이 분명하다. 빅토르는 벌써 수사에 돌입했다. 물살이 뒤로 물러나고, 배의 승강구에서는 이제 독한 양파 냄새마저 풍긴다. 대통령이 머리끝까지 화를 내며 물러나자 수행원들도 수치와 분노 속에서 흩어진다. 대통령은 최고 행정관이 직접 자리한 곳에서 조국은 말할 것도 없고 선원들의 품위에 대해서도 이렇게 용서할 수 없는 짓을 저지른 자들이 누군지 당-장 알아낼 것을 요구한다. 알겠습니다, 대통령 각하. 빅토르의 상관인 아고스티뉴 로렌수 선장이 말한다. 하지만 대중의 조롱을 떨쳐버릴 수가 없다. 어찌나 재미있는지 리스본 사람들 모두가 그 이야기를 한다. 심지어 브라간사 호텔의 스페인 사람들까지도. 비록 조금 불안한 표정이긴 하지만. 쿠이덴세 우스테데스, 에소 손 아르테스 델 디아블로 로호(Cuidense ustedes, eso son artes del diablo rojo).* 그래도 이것이 루시타니아의 정치 문제이므로, 그들은 더 이상 아무 말도 하지 않는다. 알바 공작과 메디나셀리 공작은 콜리제우 나들이를 계획한다. 남자들끼리만 가서 무섭고 놀라운 레슬링 경기를 보고 올 생각이다. 그들의 동포인 호세 폰스, 폴란드 귀족 카롤 노비나 백작, 유대인 레슬러 아브-카플란, 백러시아인 지코프, 체코인 스트레스나크, 이탈리아인 네로네, 벨기에인 드 페름, 플랑드르인 릭 드 그루트,

---

* 스페인어로 '조심하세요, 붉은 악마의 기술이니'라는 뜻.

영국인 렉스 게이블, 그리고 국적이 알려지지 않은 스트로 크라는 사람이 출전한다. 이 화려한 경기의 뛰어난 챔피언인 이들은 상대를 우아하게 내동댕이치고 발로 차는 기술, 머리를 맞대고 버티는 기술, 가위조르기, 목조르기, 브리지에 통달한 사람들이다. 괴벨스가 여기서 링에 오른다면, 안전을 위해 공군을 먼저 보낼 것이다.

지금 수도에서 벌어지는 토론의 주제가 바로 비행기와 항공이다. 일부 해군들이 저지른 심각한 규율 위반에 대해서는, 앞으로 다시 이 이야기를 꺼낼 일은 없으므로, 빅토르의 수사에도 불구하고 범인들이 밝혀지지 않았다는 사실을 지나가는 말로 언급해야 할 것 같다. 고작해야 뱃밥을 메우는 일이나 못을 박는 일을 하는 자들이 주앙 드 리스보아호 사건을 일으켰을 것이라고는 아무도 믿지 않았기 때문이다. 유럽의 하늘에 전운이 감돌기 시작했다는 사실이 이제 모두의 눈에 분명히 보였으므로 포르투갈 정부는 국민들에게 최고의 교훈으로, 공습이 벌어지는 경우 스스로를 보호하기 위해 무엇을 해야 하는지 가르쳐주기로 했다. 적의 이름은 언급되지 않지만, 모두들 전통적인 적, 즉 카스티야, 그러니까 지금의 빨갱이를 생각하고 있다. 현대 비행기의 공습 거리가 아직 상당히 제한적이기 때문에, 프랑스의 공격을 받을 가능성은 별로 없다. 영국의 공격 가능성은 그보다도 훨씬 더 낮다. 게다가 이 나라들은 현재 우리의 동맹국이기도 하다. 이탈리아와 독일은 우정의 증거를 워낙 많이 보여주었고, 우리와 공

513

통의 이상으로 연결되어 있으므로, 우리를 말살하려 시도하기보다는 틀림없이 언젠가 우리를 도와줄 것이다. 따라서 정부는 신문과 라디오를 통해 이달 이십칠일, 즉 국민혁명[*] 십주년 기념일 전야에 리스본에서 전례 없는 행사가 벌어질 것이라고 발표했다. 바이샤 어딘가에서 벌어질 모의 공습, 좀 더 정확히 말하면 호시우 기차역을 파괴하고 그 일대에 최루가스를 가득 살포해서 역으로 접근할 수 있는 길을 모두 봉쇄하기 위한 공중공세 시범이 바로 그 행사다. 먼저 정찰기가 호시우 상공을 날면서 연기 신호로 과녁을 표시한다. 비판적인 사람들은 비행기가 아무런 경고 없이 그냥 폭탄을 떨어뜨린다면 훨씬 더 효과적인 공격이 될 것이라고 말한다. 이 무슨 기사도를 무시하는 패륜적인 발언인가. 연기가 허공으로 올라가자마자 방어용 대포가 불을 뿜고 사이렌이 울린다. 누구라도 이 경보를 분명히 들을 수 있을 것이다. 경찰, 공화국 수비대, 적십자, 소방대가 즉시 행동에 나서고, 가장 위험한 거리에서 사람들이 소개된다. 응급 구조대가 현장으로 달려오고, 호스로 물을 발사할 준비를 갖춘 소방차들 역시 화재가 발생할 가능성이 가장 높은 지역으로 향한다. 그동안 구조대가 꾸려지는데, 무대와 은막에서 활약하는 유명 배우 안토니우 실바도 거기에 포함되어 있다. 그는 아주다에서 온

---

[*] 1926년 5월 28일에 포르투갈에서 발생한 쿠데타를 일컫는 말. 이때부터 1974년까지 권위주의적인 통치가 이어졌다.

자원 소방대의 대장이다. 복엽기로 이루어진 적의 폭격기 편대가 이제야 다가온다. 조종석이 열려 있어서 비바람이 그대로 들이치기 때문에 그들은 낮게 날 수밖에 없다. 그때 방어용 기관총과 대공포가 작전에 나서지만, 이 행사는 어디까지나 모의 공습이므로 실제로 격추되는 비행기는 없다. 그들은 보복을 두려워하지 않고 급강하해서 공격을 퍼붓는다. 심지어 폭탄을 떨어뜨리는 시늉조차 할 필요가 없다. 여기 헤스타우라도르스 광장*에서 폭탄이 저절로 터질 것이다. 만약 이것이 진짜 공습이라면, 이름이 아무리 애국적이라 해도 이 광장을 구해주지 못할 것이다. 호시우로 향하던 보병 사단에게도 구원은 없었다. 그들은 한 명도 남김없이 전멸했다. 적이 심한 공습을 가할 것이라고 미리 친절하게 경고해준 곳에서 그들이 무엇을 할 생각이었는지 상상이 가지 않는다. 이 한탄스러운 일화, 우리 군대의 평판에 남은 이 부끄러운 오점을 사람들이 쉬쉬하지 않기를, 작전참모가 전쟁위원회에 불려 와 즉석에서 총살당하기를 기원하자. 응급 구조대가 점점 지치기 시작한다. 들것을 든 사람, 간호사, 의사가 사선 앞에서 자신의 안위를 돌보지 않고 이리 뛰고 저리 뛰며 시신을 수습하고 부상자를 구한다. 부상자에게는 빨간 약과 요오드를 발라주고 붕대를 감아주는데, 그 붕대는 나중에 진짜 상처를 치료할 때 빨아서 다시 쓰게 될 것이다. 그것이 설사 삼

---

* 60년에 걸친 스페인의 지배에서 1640년에 포르투갈이 독립한 것을 기념하는 광장.

십 년 뒤가 된다 할지라도. 이렇게 영웅적인 방어전을 펼치고 있는데도, 적 비행기들이 또 공격을 가한다. 소이탄이 호시우 역에 떨어져, 불길에 휩싸인 역사가 폐허로 변한다. 그러나 최후의 승리가 우리 것이라는 희망은 아직 완전히 꺼지지 않았다. 동 세바스티앙, 왕의 동상이 기적적으로 아무런 손상을 입지 않은 채 맨머리로 멀쩡히 서 있기 때문이다. 다른 곳은 폭격으로 난장판이 되었다. 카르멜 수녀원의 옛 폐허 위에 새로운 폐허가 쌓였고, 국립극장에서 연기가 솟아오른다. 사상자가 늘어나고, 사방의 주택들이 화염에 휩싸여 있고, 어머니들은 자식의 이름을 비명처럼 외쳐대고, 아이들은 엄마를 찾으며 울고, 남편과 아버지는 까맣게 잊힌다. 전쟁은 지옥이다. 하늘에서는 악마 같은 조종사들이 임무 성공을 축하하며 푼다도르 브랜디로 축배를 든다. 술은 전투의 열기가 사라지면서 얼어붙은 그들의 팔다리에 온기를 돌려주는 역할도 한다. 그들은 메모와 스케치를 하고, 사진을 찍은 다음, 조롱하듯 날개를 잠깐 내렸다가 다시 올리며 바다호스 쪽으로 날아간다. 그들이 카이아 강을 건너왔을 것이라는 우리의 짐작이 옳았다. 도시는 불바다로 변했고, 수천 명이 목숨을 잃었으며, 또 한 번의 지진이 우리를 덮쳤다. 그때 대공포가 마지막으로 불을 뿜고, 다시 사이렌이 울린다. 훈련이 끝났다. 사람들은 대피소에서 나와 집으로 돌아간다. 사상자는 없다. 건물들도 멀쩡히 서 있다. 모든 것이 거대한 장난이었다. 이것이, 어쨌든, 오늘 벌어질 대형 행사의 프로그램이다.

히카르두 헤이스는 우르카와 베르멜랴 해변이 폭격당하는 모습을 보았다. 거리가 워낙 멀어서 이 행사와 비슷한 훈련으로 착각할 수도 있었지만, 정말로 사람들이 죽었다는 기사가 다음 날 신문에 실렸다. 히카르두 헤이스는 직접 가서 산타주스타 인도교에서 배우들과 행사 장면을 구경하기로 결정한다. 현실이라는 환상이 깨지지 않게 작전 중심부에서 먼 거리를 유지할 것이다. 하지만 같은 생각을 한 사람들이 많았기 때문에, 히카르두 헤이스가 다리에 도착했을 때는 이미 발 디딜 틈이 없었다. 그래서 카르무 길을 따라 걷다 보니 자기도 모르게 순례 행렬에 참가한 꼴이 되었다. 포석이 깨져서 흙먼지가 날렸다면, 여기가 파티마로 가는 길인 줄 알았을 것이다. 지금 벌어지는 일들도 모두 영적인 경험, 비행기, 비행선, 환상으로 이루어져 있으니까. 어째선지 하늘을 나는 기계, 바르톨로메우 드 구스망 신부*의 거대한 새가 생각났다. 아마 모종의 연상작용 때문인 것 같았다. 오늘의 모의 공습에서 베르멜랴 해변과 우르카 공습까지, 브라질에서 일어난 그 공습에서 파사롤라**로 불후의 명성을 얻은 신부까지 이어지는 연상작용. 하지만 사람들이 흔히 하는 말과는 반대로, 바르톨로메우 신부 본인은 그 새를 날린 적이 없다. 프리메이루 드 데젬브루 거리까지 두 층을 내려가는 계단 꼭대

---

* 1685~1724, 공기보다 가벼운 비행선 설계의 선구자였던 포르투갈 신부.
** 포르투갈어로 '큰 새'라는 뜻.

기에서 히카르두 헤이스는 호시우에 모여 있는 군중을 본다. 폭탄에 그토록 가까운 곳까지 일반 사람들의 출입이 허용되었다는 사실에 놀라면서도, 그는 전쟁 극장을 향해 다가가려고 밀어붙이는 구경꾼 무리의 흐름에 순순히 휩쓸린다. 광장에 들어서니, 아까 보았던 것보다 더 많은 사람이 모여 있어서 도저히 지나갈 수가 없다. 그러나 그는 이미 이 지역에서 통용되는 계략을 완전히 터득했기 때문에 움직이면서 이렇게 말한다. 실례합니다, 비켜주세요, 나는 의사입니다. 사실이지만 거짓말인 이 전략 덕분에 그는 맨 앞줄에 도달해서 모든 것을 볼 수 있게 되었다. 아직은 비행기가 한 대도 보이지 않지만, 경찰은 긴장하고 있다. 극장과 기차역 앞의 빈터에서 지휘관들이 명령을 내리고, 정부의 공식 차량 한 대가 지나간다. 그 안에는 내무부 장관이 여자를 포함한 가족들과 함께 타고 있다. 다른 수행원들은 뒤차를 타고 따라온다. 그들은 아베니다 팰리스 호텔 창가에서 행사를 지켜볼 것이다. 갑자기 경고사격 소리가 나고, 고뇌에 찬 사이렌이 울부짖고, 호시우 역의 비둘기들이 날개를 퍼덕이며 떼 지어 날아오른다. 계획이 틀어졌다. 어쩌면 풋내기들이 너무 서둘렀는지도 모른다. 적 비행기가 연기 신호탄을 먼저 떨어뜨리면 사이렌이 슬픈 합창을 시작하고, 대공포가 발사되는 것이 원래 계획이었다. 하긴 그것이 무슨 문제가 될까. 언젠가 일만 킬로미터 떨어진 곳에 폭탄이 떨어지는 날이 올 것이다. 우리는 미래가 무엇을 품고 있는지 정확히 안다. 마침내 비행기가 나타나자 군중이 흔들리며 팔을 들어 올린다. 저기 온다, 저기 와. 우렁찬 함성, 폭발, 자욱한 연기. 엄청난 흥분과 불안으로 사람들의 목소리가 갈라지고, 의사들은 청진기를 귀에 꽂고, 간호사들은 주사기를 준비하고, 들것을 운반하는 사람들은 급한 마음에 들것을 바닥에 질질 끌며 움직인다. 멀리서 날아다니는 요새의 엔진 소리가 들린다. 결정적인 순간이 다가오면서, 군중 속 소심한 사람들은 혹시 이것이 진짜가 아닌지 의심하기 시작한다. 몇몇 사람들이 급히 뒤로 물러나서, 파편을 피하려고 문간에 몸을 웅크리지만, 대다수의 사람들은 가만히 자리를 지킨다. 그리고 폭탄이 전혀 해롭지 않다는 사실이 확인되자 군중이 두 배로 늘어난다. 포탄이 터지자 군인들이 방독면을 쓴다. 모든 사람에게 돌아갈 만큼 방독면이 충분하지는 않지만, 정말로 전쟁을 하는 것 같은 분위기를 자아내는 것이 중요하다. 이 화학무기 공격으로 죽을 사람이 누구고 살아날 사람이 누구인지 우리는 즉시 알아차린다. 아직은 모두가 스러질 때가 아니다. 사방에 연기가 자욱해서 구경꾼들은 기침과 재채기를 한다. 국립극장 뒤편에서 검은 화산이 커다란 소리를 내며 터지고, 극장 자체도 불길에 휩싸여 있는 것 같다. 그러나 이 모든 광경을 진지하게 바라보기 힘들다. 경찰이 앞줄의 사람들을 뒤로 밀어낸다. 구조대가 움직이는 데 그들이 방해가 되기 때문이다. 들것에 실린 부상자들은 자신이 극적인 역할을 맡았다는 사실을 잊어버리고 바보처럼 키득거린다. 그들이 들이쉰 가스가 웃음 가스였나 보다. 심지어 들것을 운반하는 사람들도 걸음을 멈추고, 너무 웃느라 찔끔 흘러나온 눈물을 훔친다. 설상가상으로, 가상의 위험이 최고조에 달한 순간 시청 소속 도로 청소부 한 명이 수레를 밀며 빗자루를 들고 나타나 배수구에 흩어진 종잇조각들을 쓸기 시작한다. 그는 한데 모인 쓰레기를 삽으로 퍼서 수레의 쓰레기통에 넣고 다시 앞으로 나아간다. 귀가 멍해지는 소음에도, 사방으로 뛰어다니는 사람들에도 전혀 주의를 기울이지 않은 채 그는 연기 구름 속으로 들어갔다가 멀쩡한 모습으로 다시 나타난다. 심지어 고개를 들어 스페인 비행기들을 바라보지도 않는다. 대개 한 번이면 충분하고, 두 번이면 지나칠 때가 많지만, 역사는 문학적인 글을 지을 때 섬세하게 신경을 써야 하는 부분들에 대해 무심하다. 지금 이 순간 우편물 가방을 든 집배원이 나타나 조용히 광장을 가로지르는 것도 그 때문이다. 그를 기다리며 마음을 졸이는 사람이 얼마나 많을까. 코임브라에서 오늘은 편지가 올까, 거기에 내일이면 제가 당신 품에 있겠네요, 라는 말이 적혀 있을까. 집배원은 자신의 책무를 잘 알고 있으므로 거리에서 진행 중인 화려한 행사에 시간을 낭비하지 않는다. 히카르두 헤이스는 군중 속에서 유일하게 학식 있는 사람, 리스본의 도로 청소부와 집배원을 보고 성난 폭도들이 바스티유를 습격했을 때 파리의 거리에서 케이크를 팔았던 그 유명한 청년을 생각한 유일한 사람이다. 우리 포르투갈 사람들과 문명 세계 사이에는 사실 전혀 다른 점이 없다. 우리에게도 소외된 영웅, 자신에게 도취한 시인, 지치지 않고 빗자루질을 하는 도로 청소부, 코임브라에서 온 편지를 저기 있는 신사에게 배달해야 한다는 사실을 떠올리지 못하고 광장을 가로지르는 집배원이 있다. 그러나 코임브라에서 온 편지는 없다고 그가 말한다. 도로 청소부는 빗자루질을 하고 페이스트리 상인은 이렇게 소리친다. 신트라산 치즈케이크 있어요.

　며칠 뒤 히카르두 헤이스는 자신이 본 것을 이야기하며, 비행기, 연기, 귀가 멀 것 같은 대공포 소리, 기관총 일제사격 소리를 설명했다. 리디아는 그렇게 재미있는 구경을 놓친 것을 아쉬워하며 열심히 귀를 기울이다가 웃음을 터뜨렸다. 어머, 정말 재미있네요, 그 도로 청소부 말이에요. 그때 그녀는 자신에게도 할 얘기가 있음을 문득 떠올렸다. 누가 도망쳤는지 아세요. 리디아는 히카르두 헤이스의 대답을 기다리지 않고 그대로 말을 이었다. 마누엘 게드스예요, 며칠 전에 제가 말한 그 수병요, 기억하세요. 그래요, 기억해요, 하지만 그 사람이 어디서 도망쳤단 말이오. 재판을 받으려고 법정으로 이송되던 도중에요. 리디아는 아주 신나게 웃어댔다. 히카르두 헤이스는 빙긋 미소만 지었을 뿐이다. 이 나라는 엉망이 되고 있다. 배는 제멋대로 너무 일찍 물로 들어가버리고, 죄수는 도망치고, 도로 청소부는, 하기야 도로 청소부에게 무엇을 기대할 수 있을까. 그러나 리디아는 마누엘 게드스가 도망친 것을 몹시 기뻐했다.

눈에 보이지 않는 매미들이 알투 드 산타카타리나의 야자수 속에서 노래를 부른다. 아다마스토르는 귀에 거슬리는 매미 울음소리에 귀가 멀었다. 그 소리에 음악이라는 멋진 이름은 정말 어울리지 않지만, 음악인지 아닌지는 듣는 사람의 귀에 크게 좌우되는 문제다. 사랑에 빠진 거인은 그토록 바라 마지않는 만남을 주선해줄 뚜쟁이 도리스가 나타나기를 기다리며 해변을 서성거릴 때 그 소리를 듣지 못했을 것이다. 바다도 노래를 부르고 있었고, 테티스의 사랑스러운 목소리가, 흔히 하느님의 영(靈)에 대해 흔히들 하는 말처럼, 물 위를 떠돌고 있었기 때문이다. 그러나 노래하는 것은 매미 수컷들이다. 녀석들은 날개를 열심히 문질러 저 강박적이고 가차 없는 소리를 만들어낸다. 대리석을 자르다가 암석 안쪽의 단단한 부분에 부딪혔을 때 나는 찢어지는 듯한 소리와 비슷하다. 날이 너무 더워서 숨이 막힐 것 같다. 파티마에서 태양은 타오르는 깜부기불 같았다. 하지만 며칠 전부터 하늘에 구름이 잔뜩 끼었고, 심지어 가랑비가 내리기도 했다. 저지대에서는 홍수로 범람한 물이 마침내 빠져나가서, 거대한 내해처럼 물이 차 있던 자리에 이제는 작고 더러운 웅덩이만 몇 개 남아 있다. 그나마도 햇빛에 점점 말라가고 있는 중이다. 아직 공기가 신선한 아침에 두 노인은 우산을 들고 나온다. 그러나 더위가 점점 강해져서 숨이 막힐 때쯤이면 우산은 파라솔이 된다. 이쯤 되면 어떤 물건의 쓸모가 우리가 지어준 이름보다 더 중요하다는 결론을 내려도 되겠다. 하지만 좋든 싫든 우리가 항상 쓸모보다 이름으로 돌아간다는 것이 최종적인 결론이다. 국기를 단 배들이 드나든다. 굴뚝과 개미처럼 움직이는 선원들이 보이고, 귀가 멀 것 같은 사이렌 소리도 들린다. 바다에서 폭풍을 만났을 때 그 엄청난 소음을 자주 듣다 보면, 선원들은 심해의 신과 동등하게 대화하는 법을 터득하게 된다. 두 노인은 바다에 나가본 적이 없지만, 그 강력한 사이렌 소리를 듣고도 오싹해지지 않는다. 강력하지만 거리 때문에 조금 작아진 대신 더 깊어진 그 소리에 두 노인은 전율한다. 마치 그들의 혈관 속으로 배가 지나가고 있는 것처럼, 그들의 몸속 어두운 곳에서, 세상의 거대한 뼈들 한가운데에서 배가 길을 잃은 것처럼. 날이 찌는 듯이 더워지자 두 노인은 왔던 길을 되짚어간다. 이제 점심을 먹고, 자기 집 그늘 속에서 오랜 전통의 시에스타를 즐길 시간이다. 더위가 누그러지면 두 노인은 다시 알투로 나와 똑같은 벤치에 앉을 것이다. 아까와는 달리 우산을 펼친 채로, 나무라는 보호막이 그리 믿음직하지 않기 때문이다. 해가 조금 아래로 내려가기만 해도 야자수 그늘이 사라져버린다. 두 노인은 야자수가 나무가 아니라는 사실을 끝내 알지 못하고 죽을 것이다. 사람들이 이토록 무지할 수 있다니, 믿을 수가 없다. 그러나 우산과 파라솔의 경우처럼, 야자수가 나무가 아니라는 사실은 중요하지 않다. 중요한 것은 야자수의 그늘. 만약 그 신사, 그러니까 매일 오후 여기에 나오는 그 의사에게 야자수가 나무냐고 물어본다면, 그는 집으로 돌아가 식물학 백과사전을 뒤적여봐야 할 것이다. 백과사전을 브라질에 두고 왔을 수도 있다. 십중팔구 그가 식물 세계에 대해 아는 것이라고는 시를 쓸 때 장식처럼 사용하는 빈약한 이미지뿐일 것이다. 일반적으로는 꽃을 사용하고, 가끔 월계수를 사용하기도 한다. 신화시대까지 거슬러 올라가는 식물이니까. 나무 외에 다른 이름이 없는 몇몇 나무들, 덩굴과 해바라기, 물살에 몸을 떠는 골풀, 망각의 담쟁이덩굴, 백합, 장미, 장미. 두 노인은 히카르두 헤이스와 편안하게 이야기를 나누지만, 아파트를 나설 때 히카르두 헤이스는 두 노인에게 야자수가 나무가 아니라는 걸 알고 계셨습니까, 라고 물어볼 생각은 하지 않는다. 두 노인 또한 자신이 안다고 생각하는 것들을 몹시 확신하고 있기 때문에 그에게 의사 선생, 야자수가 나무요, 라고 물어볼 생각을 결코 하지 않을 것이다. 언젠가 그들이 각자 제 갈 길로 헤어지고 나면, 야자수가 나무를 닮았으므로 혹시 나무인지, 아니면 우리가 지상에 지나가듯 던지는 이 그림자가 삶을 닮았으므로 혹시 삶인지를 묻는 근본적인 의문은 여전히 의문으로 남게 될 것이다.

히카르두 헤이스는 늦게 일어나는 버릇이 들었다. 아침에 식사를 하고 싶다는 욕망을 모조리 억누르는 법도 배웠다. 리디아가 브라간사 호텔에서 그의 방으로 가져오던 풍성한 식사가 이제는 다른 사람의 과거에 속한 일 같았다. 그는 늦게 잠들었다가 중간에 깼다가 다시 잠든다. 그는 자신의 수면을 연구하며 헤아릴 수 없이 시도한 끝에 한 가지 꿈에 생각을 고정하는 데 성공했다. 또렷한 발자국을 지울 때처럼 한 꿈을 다른 꿈으로 감출 생각이 없는 꿈을 꾸는 사람에 관한 꿈이다. 발자국을 지우는 일은 간단하다. 나뭇가지 하나를 뒤로 내밀어 질질 끌고 가면 된다. 그러면 여기저기 흩어진 이파리와 잔가지만 남는다. 그것들은 곧 시들어서 흙과 섞일 것이다. 그가 일어나보면 점심시간이다. 세수, 면도, 옷 갈아입기는 기계적인 행동이라 머리를 쓸 필요가 거의 없다. 비누 거품으로 뒤덮인 얼굴은 누구에게나 잘 맞는 가면이고, 면도칼로 그 거품 아래의 모습이 조금씩 드러날 때면 히카르두 헤이스는 눈앞의 광경에 홀린 듯 흥미를 느끼면서도 마음이 불편해진다. 마치 거기서 악마의 모습이 드러날까 봐 무서워하는 것 같다. 그는 거울로 자신의 모습을 세심하게 살피면서 다른 얼굴, 자신이 과거에 갖고 있던 미지의 얼굴과 비교한다. 그리고 자신이 매일 면도하면서 이 눈, 이 입, 이 코, 이 턱, 이 창백한 뺨, 구깃구깃 웃기게 생긴 이 귀라는 물건을 매일 보는 한, 그런 변화는 불가능하다고 혼자 되된다. 그러나 거울이 없는 곳에서 몇 년을 보냈다는 확신이 든다. 오늘 거울에 비친 모습을 알아볼 수 없기 때문이다. 점심을 먹으러 나갈 때면 거리를 걸어오는 두 노인과 자주 마주친다. 그들이 히카르두 헤이스에게 안녕하시오, 의사 선생, 하고 인사를 건네면 그도 안녕하세요, 라고 대답한다. 그는 두 노인의 이름을 모른다. 어쩌면 나무나 야자수라는 이름일 수도 있다. 마음이 내키면 영화를 보러 가기도 하지만, 대개는 점심 식사를 마친 뒤 집으로 돌아온다. 사납게 이글거리는 햇빛 때문에 공원에는 인적이 없고, 은은히 반짝이는 강물은 눈이 부시고, 바위 속에 박혀 있는 아다마스토르는 조각가가 묘사한 자신의 얼굴에 분노하고, 카몽이스의 서사시가 나온 이후로 우리가 알게 된 이유들로 인해 괴로워서 커다랗게 소리를 지르기 직전이다. 두 노인처럼 히카르두 헤이스도 자기 집 그늘 속으로 피한다. 이 집에는 예전의 퀴퀴한 냄새가 조금씩 다시 돌아오고 있다. 리디아가 오면 창문을 죄다 열어놓지만 소용이 없다. 가구에서, 벽에서 냄새가 스며 나오는 것 같으니, 불공평한 대결이다. 리디아가 예전만큼 자주 오는 것도 아니다. 저녁이 가까워져서 산들바람이 불기 시작하면 히카르두 헤이스는 공원으로 나가 벤치에 앉는다. 두 노인과 너무 가깝지도 너무 멀지도 않은 자리에. 조간신문을 다 읽은 뒤 두 노인에게 주는 것은 그의 유일한 자선 행위다. 그는 두 노인에게 음식을 권하지 않고, 두 노인도 그에게 음식을 청한 적이 없다. 물론 신문을 달라고 청한 적도 없다. 만약 히카르두 헤이스가 두 가지 행동을 모두 했다면 어느 쪽이 더 너그러운 행위일지 판단해보라. 히카르두 헤이스에게 집에서 항상 혼자 뭘 하느냐고 묻는다면, 그는 어깨만 으쓱하고 말 것이다. 어쩌면 집에서 책을 조금 읽고, 시도 조금 쓰고, 복도를 돌아다니고, 건물 뒤편에서 마당과 빨랫줄과 하얀 침대보와 수건과 닭장과 담장 앞 그늘에서 잠든 고양이를 내려다보며 시간을 보낸다는 사실을 잊어버렸을지도 모른다. 개는 없지만, 지켜야 할 세간도 없다. 그는 다시 독서, 시 짓기, 고쳐 쓰기, 남겨둘 필요가 없는 시가 나왔을 때 찢어버리기로 돌아갔다. 그러고는 더위가 누그러져서 산들바람이 불어오기를 기다렸다. 그가 아래층으로 내려가는 동안 이층 이웃이 층계참에 나타났다. 시간이 흐르면서 악의적인 소문이 누그러졌으므로 이웃이 예전만큼 흥미를 보이지는 않았다. 이 건물 전체가 다시 조화롭고 상냥하게 공존하는 분위기로 돌아갔다. 안녕하세요, 남편분은 좀 괜찮아지셨습니까. 그가 묻자 이웃이 대답했다. 의사 선생님 덕분이죠, 선생님이 도와주신 것은 하느님의 섭리요 기적이었어요. 우리 모두가 찾아 헤매는 것이 바로 그것, 하느님의 섭리와 기적인데, 배가 아플 때 달려와서 도와줄 의사가 이웃에 산다는 것은 기적이 아니다. 변은 보셨습니까. 한바탕 전부 쏟아냈어요, 천만다행이에요, 선생님. 사는 게 다 그렇지요. 변비약 처방전을 쓰는 손이 빼어나지는 못할망정 그럭저럭 봐줄 만한 시를 쓰기도 한다. 해가 있다면 해가 있고, 꽃이 있다면 꽃이 있고, 행운이 미소 짓는다면 행운이 있다.

두 노인은 신문을 읽는다. 둘 중 한 명이 문맹이라는 사실은 우리가 이미 알고 있다. 따라서 그는 더 너그러운 논평을 내놓기 때문에 일종의 균형추 역할을 한다. 한쪽이 아는 이야기를 다른 노인이 설명한다. 여기 이 얼간이 육백에 대한 이야기 말이야, 정말 재미있어, 내가 그 친구랑 알고 지낸 지가 오래됐지, 그 친구가 전차를 운전할 때도 아는 사이였으니까, 항상 수레에 전차를 받으면서 아주 좋아했어, 그래서 서른여덟 번이나 감옥에 갇히더니만 결국 해고당했지, 구제불능인 친구였어, 하지만 수레를 몰던 자들에게도 일말의 책임이 있어, 달팽이처럼 느릿느릿, 세월아 네월아 움직이니까 말이야, 얼간이 육백은 발꿈치로 종을 쾅쾅 울리면서 게거품을 물다가 도저히 더 이상 못 참겠다 싶을 때 놈들을 쾅 박은 거야, 그러면 싸움이 일어나고, 경찰이 와서 관련된 사람을 전부 감옥에 집어넣었지, 그런데 지금은 얼간이 육백도 수레를 몰면서 예전 동료인 전차 기사들과 싸운다는군, 자기가 옛날에 수레꾼한테 했던 것처럼 자기를 대한다고 말이야, 옛말이 그른 게 없어, 뿌린 대로 거두리라. 글을 읽지 못하는 노인이 이렇게 속담으로 말을 맺었다. 이것이 그의 말을 묶어 주고, 약처럼 작용하는 효과를 냈다. 히카르두 헤이스는 두 노인과 같은 벤치에 앉아 있었다. 드문 일이지만, 오늘은 다른 벤치에 모두 사람이 앉아 있었다. 노인의 긴 독백이 자신을 위한 것임을 의식한 그는 이렇게 물었다. 얼간이 육백이라는 별명 말인데요, 어쩌다 그런 별명을 얻었답니까. 그러자 문맹 노인이 대답했다. 육백은 그 친구가 전차 회사에서 일할 때의 번호요, 얼간이라는 이름은 그 친구의 행동 때문에 생긴 거고. 그렇군요. 두 노인이 다시 신문을 읽기 시작하자, 히카르두 헤이스는 멍하니 생각에 잠겼다. 나한테는 어떤 별명이 어울릴까, 혹시 시인 의사, 브라질에서 온 사람, 정신주의자, 송가를 짓는 객, 체스 두는 사람, 호텔 메이드의 카사노바. 신문을 읽던 노인이 갑자기 이렇게 말했다. 운명의 고아, 좀도둑의 별명이오, 현행범으로 붙잡힌 소매치기지. 히카르두 헤이스를 운명의 고아라고 부르고, 그 소매치기를 히카르두 헤이스라고 부르면 안 되는 걸까. 그의 이름이 범죄자의 것이 될 수도 있었다. 이름은 운명을 고르지 않으니까. 두 노인은 일상 속의 다채로운 드라마들, 사기 사건, 무질서한 행동, 폭행이나 절망적인 행동, 밤에 벌어지는 어두운 일, 치정 범죄, 버려진 태아, 자동차 사고, 머리가 두 개인 송아지, 고양이에게 젖을 먹이는 암캐 같은 것에 관한 기사를 몹시 좋아한다, 적어도 이 암캐는 제 새끼를 잡아먹은 우골리나와는 다른 모양이다. 이번에는 미카스 살로이아가 화제에 오른다. 본명이 마리아 다 콘세이상인 그녀는 여러 차례에 걸친 아프리카 추방령 외에 절도 혐의로 백육십 건의 징역형을 선고받았다. 그다음에는 멜료르 성의 가짜 백작 부인 주디트 멜레사스 이야기가 나왔다. 그녀는 공화국 수비대의 장교를 속여 이 콘투 오십 헤알을 빼앗았다. 지금으로부터 오십 년 뒤에는 하찮은 액수처럼 보이겠지만, 지금 같은 어려운 시기에는 거의 한 재산이라고 할 수 있다. 해가 뜰 때부터 질 때까지 일하고 일만 헤알을 받는 베나벤트의 여자들에게 물어보면 틀림없이 그렇다고 대답할 것이다. 나머지 이야기는 별로 재미가 없다. 미리 발표한 대로, 자키 클럽에서 수천 명의 손님이 참석한 가운데 갈라 공연이 있었다. 그렇게 많은 사람이 왔다는 사실에 놀랄 필요는 없다. 포르투갈 사람들이 축제를 얼마나 좋아하는지 잘 알기 때문이다. 특히 히바테주의 홍수 피해자들을 위한 행사였으니 더욱 그렇다. 피해자들 중 베나벤트에서 온 미카스 다 보르다 다구아는 모금액 사만 오천칠백오십삼 이스쿠두와 오점오 센타부 중 자기 몫을 받을 것이다. 하지만 아직 계산이 다 끝난 것은 아니다. 소액의 미결제 송장과 세금 청구서가 몇 건 있기 때문이다. 그러나 수준 높고 우아한 프로그램들 덕분에 이 행사의 가치가 높아졌다. 공화국 수비대 밴드도 무대에 올랐고, 역시 공화국 수비대의 두 기마 부대가 기마 곡예와 돌진을 선보였으며, 토호스 노바스의 기병대 학교 순찰대는 다양한 작전 시범을 보였다. 히바테주의 수송아지를 잡아서 내던지는 카우보이 시범이 있었고, 스페인의 우리 형제들을 대표해서 세비야와 바다호스의 가축 상들이 일부러 축제에 참가하러 왔다. 브라간사 호텔에 머물고 있는 알바 공작과 메디나셀리 공작은 그들과 이야기를 나누며 스페인의 최신 소식을 듣기 위해 아래로 내려갔다. 반도의 연대감을 보여준 훌륭한 사례다. 포르투갈에 머무르는 스페인 귀족에 비견할 만한 것은 없다.

세계의 다른 지역에서 들려오는 소식은 크게 변하지 않았다. 프랑스에서는 파업이 계속되고 있어서, 약 오십만 명의 노동자들이 파업에 참가했으며, 알베르 사로가 이끄는 정부가 물러나면 레옹 블룸이 새로운 내각을 구성할 것으로 기대되고 있다. 그러면 적어도 일시적으로나마 시위대의 요구가 충족되었다는 인상을 줄 수 있을 것이다. 스페인 소식에 대해서는, 세비야와 바다호스의 가축상들과 두 공작의 대화가 다음과 같이 이어진다. 여기서 저희는 포르투갈의 귀족보다 더 대우받고 있습니다. 그럼 여기 우리와 함께 남아서 가축을 거래하지 그러나. 지금 스페인에서는 사방에서 우후죽순으로 파업이 일어나고 있습니다. 라르고 카바예로는 법이 노동계급을 보호해줄 때까지 계속 폭력 사태가 발생할 것이라고 경고하고 있고요, 노동계급을 지지하는 그가 한 말이니 틀림없이 사실일 겁니다. 그렇다면 저희는 반드시 최악의 상황을 대비해야겠지요. 아예 안 하는 것보다는 늦더라도 하는 것이 낫겠지, 하지만 소를 잃고 외양간 문을 닫아봤자 소용없다네, 영국을 봐, 에티오피아를 운명에 맡겨버렸다가 이제는 그 나라 황제에게 박수를 치는 신세가 되지 않았나, 내 의견을 묻는다면, 정말 엄청난 사기극이라고 답하겠네. 알투 드 산타카타리나의 두 노인은 계속 기분 좋게 수다를 떨지만, 의사는 이미 아파트로 돌아간 뒤다. 두 노인은 동물에 대해, 상 주앙 다 페스케이라 근처의 히오다드스에 나타난 하얀 늑대에 대해 이야기한다. 인근 주민들이 폼부라고 부르는 녀석이다. 두 노인은 콜리제우 극장에서 관객들이 빤히 보고 있는 앞에서 수도승 블라카망의 다리를 망가뜨린 암사자 나디아에 대해서도 이야기한다. 곡예사들이 정말로 목숨을 걸고 일한다는 것을 증명해준 사건이다. 만약 히카르두 헤이스가 그렇게 일찍 자리를 뜨지 않았다면, 이 기회를 이용해서 두 노인에게 암캐 우골리나의 이야기를 해줄 수 있었을 것이다. 그러면 아직도 자유로이 돌아다니고 있는 하얀 늑대, 아무래도 먹이는 약을 더 늘려야 할 것 같은 암사자, 제 새끼를 잡아먹은 암캐, 즉 폼부, 나디아, 우골리나라는 야생 짐승의 삼두 체제가 완성되었을 텐데. 동물에게도 사람처럼 별명이 있다.

어느 날 아침 일찍 히카르두 헤이스가 아직 침대에 누워 비몽사몽일 때, 그러니까 최근 들어 게을러진 그의 생활을 생각하면 정말로 이른 시각에, 테주 강의 전함들이 일제히 포를 쏘는 소리가 들린다. 일정한 간격을 두고 엄숙하게 발사된 스물한 발의 포성에 유리창이 덜컹거린다. 그는 또 전쟁이 일어났나 하고 생각하다가, 전날 읽은 기사를 떠올렸다. 오늘은 유월 십일, 포르투갈의 선조들을 기념하고 미래의 성취를 위해 헌신할 것을 다짐하는 국경일이다. 반쯤 졸음에 걸쳐진 상태로 그는 더러운 이불을 떨치고 벌떡 일어나 창문을 활짝 열 기운이 자신에게 있는지 생각해보았다. 그렇게 하면 영웅적인 예포 소리가 아무런 방해 없이 안으로 들어와 아파트 안의 그림자와 곰팡이, 음험하고 퀴퀴한 냄새를 흩어버릴 것이다. 그러나 그가 머릿속으로 이런 고민을 하는 동안 마지막 포성으로 인한 유리창의 떨림이 잦아들었다. 알투 드 산타카타리나에 다시 짙은 침묵이 내려앉았지만, 히카르두 헤이스는 알아차리지 못했다. 그는 이미 눈을 감고 다시 잠든 뒤였다. 제멋대로 사는 삶이라는 것이 이렇다. 정신을 바짝 차려야 할 때 잠을 자고, 도착해야 할 때 출발하고, 창문을 열어두어야 할 때 닫는다. 오후에 점심 식사를 마치고 돌아오는 길에 그는 카몽이스의 발치에 꽃다발 여러 개가 놓여 있는 것을 보았다. 이 서사시인, 이 나라의 용맹함을 노래한 위대한 시인에게 애국자 연합이 바친 선물이었다. 십육 세기에 우리의 품위를 떨어뜨리고 우리를 약하게 만들었던 우울함을 우리가 떨쳐버렸음을 모두에게 알리기 위해서였다. 분명히 말하지만, 오늘날 우리는 아주 행복한 민족이다. 어둠이 내리자마자 우리는 여기 광장에 환한 조명을 켜서 세뇨르 카몽이스를 밝게 비출 것이다. 내 말은, 눈부시고 찬란한 빛으로 그가 완전히 변신할 것이라는 뜻이다. 그가 오른쪽 눈의 시력을 잃은 것은 사실이지만, 왼쪽 눈으로는 여전히 앞을 볼 수 있다. 만약 그에게 빛이 너무 밝게 느껴진다면 그가 직접 말하게 하라. 빛을 줄여 석양빛처럼 만드는 것은 쉬운 일이다. 이제 우리에게 너무나 익숙한 처음의 그 어스름한 빛으로. 히카르두 헤이스가 이날 저녁 밖에 나갔다면 루이스 드 카몽이스 광장에서 산들바람을 즐기듯이 벤치에 앉아 있는 페르난두 페소아를 만났을 것이다. 가족들도 외로운 사람들도 모두 신선한 바람을 찾아 밖으로 나왔다. 빛이 너무나 환해서 거의 대낮 같고, 사람들의 얼굴은 황홀경에 닿은 것처럼 반짝인다. 이날이 왜 이 나라의 축제일인지 알 것 같다. 이날을 기념해서 페르난두 페소아는 『메시지』에 실린 작품들 중 카몽이스에게 바친 시를 속으로 읊어보려고 하지만, 그런 시가 존재하지 않는다는 사실을 얼마 뒤에 깨닫는다. 어떻게 이런 일이 있을 수 있을까. 제대로 살펴본 뒤에야 그는 확신할 수 있다. 율리시스에서 동 세바스티앙에 이르기까지 그는 단 한 명의 영웅도 놓치지 않았다. 심지어 예언자 반다하*와 비에이라도 빠뜨리지 않았는데, 이 애꾸눈 시인만은 아예 언급도 하지 않은 것 같았다. 이로 인해 페르난두 페소아의 손이 떨리고, 그의 의식이 이렇게 묻는다. 왜. 그의 의식은 아무런 설명을 하지 못한다. 그때 루이스 드 카몽이스가 미소를 짓는다. 청동으로 조각된 그의 입은 오래전에 죽어서 이젠 답을 아는 사람의 표정을 짓고 있다. 그건 시기심 때문

* 1500~1556, 포르투갈의 작가.

이라네, 친애하는 페소아, 하지만 잊어버려, 그렇게 자학하지 말게나, 여기에 중요한 건 하나도 없어, 언젠가 사람들이 자네를 백번이나 내칠 날이 올 것이고, 또 언젠가 자네가 백번이나 내쳐지기를 바랄 날이 올 걸세. 바로 이 순간 산타카타리나 거리의 아파트 삼층에서 히카르두 헤이스는 마르센다에게 바치는 시를 쓰려고 애쓰고 있다. 후대 사람들이 그녀가 헛되이 살다 갔다는 말을 하지 못하게 하기 위해서이다. 벌써 여름을 향해 안달하며, 나는 여름 꽃을 위해 운다, 그들 또한 반드시 질 수밖에 없으니. 이것이 송가의 첫 구절이 될 것이다. 아직은 그가 마르센다 이야기를 하고 있다는 사실을 아무도 짐작할 수 없겠지만, 시인들은 저 멀리 수평선에서 이야기를 시작할 때가 많다. 그것이 마음에 닿는 지름길이기 때문이다. 삼십 분 뒤, 아니 한 시간 뒤, 아니 어쩌면 더 오랜 시간이 흐른 뒤, 시를 쓸 때는 시간이 느릿느릿 흐르거나 정신없이 질주하거나 둘 중 하나라서 잘 모르겠다, 시의 중간 부분이 형태를 갖췄다. 처음에 생각했던 것 같은 탄식이라기보다는 치료법이 없다는 사실에 대한 수용이다. 매년 필연적인 문턱을 넘은, 내 앞에 꽃 한 송이 없는 계곡이 보이기 시작한다, 우르릉거리는 심연. 동틀 녘이라 온 도시가 잠들어 있고, 카몽이스의 동상을 비추는 조명도 꺼졌다. 보는 사람이 없으면 조명을 켜는 의미가 없기 때문이다. 페르난두 페소아는 집으로 돌아와 이렇게 말한다. 다녀왔습니다, 할머니. 바로 그 순간 시가 저절로 완성된다. 힘겹게. 세미콜론 하나가 마지못해 삽입되었다. 히카르두 헤이스는 오랫동안 저항하며 그렇게 하지 않으려 했으나 세미콜론이 이겼다. 나는 장미를 꺾는다 운명이 마르센다를 꺾으므로, 그리고 그것을 소중히 간직하며, 광활하고 둥근 낮의 지구의 가슴이 아니라 내 가슴 위에서 시들어가게 한다. 히카르두 헤이스는 옷을 완전히 차려입은 채로 침대에 누웠다. 왼손은 종이 위에 둔 채로. 만약 그가 지금 잠에서 죽음으로 넘어간다면, 사람들은 그 종이를 그의 유서, 작별의 편지로 착각할 것이다. 그리고 그것을 읽은 뒤에도 어떻게 해석해야 할지 감을 잡지 못할 것이다. 마르센다라는 이름의 여자에 대해 들어본 사람이 누가 있을까. 그런 이름은 다른 행성에서 온 것이다. 블리문다도 같은 사례다. 미지의 여성이 사용해주기를 기다리는 신비로운 이름. 적어도 마르센다라는 여자가 누군지는 밝혀졌지만, 그녀가 사는 곳이 멀다.

여기 그와 같은 침대에 리디아가 나란히 누워 있었는데, 그 순간 두 사람은 지구가 움직이는 것을 느꼈다. 땅의 떨림은 짧았으나, 건물을 꼭대기부터 바닥까지 뒤흔들었기 때문에 이웃들이 히스테리를 부리며 계단으로 뛰어나오고 샹들리에가 추처럼 흔들렸다. 공포에 사로잡힌 사람들의 목소리가 기괴하게 들렸다. 아마도 돌 하나하나에 아직도 새겨져 있는 과거 지진들의 무서운 기억 때문인지 도시 전체가 잔뜩 긴장해서 참을 수 없는 침묵 속에서 기다렸다. 이럴 때 우리는 생각을 하지 못하고 이렇게 자문할 수 있을 뿐이다. 땅

이 또 흔들릴까. 내가 죽는 걸까. 히카르두 헤이스와 리디아
는 침대에서 나오지 않았다. 두 사람은 알몸으로 이불도 덮
지 않고 동상처럼 똑바로 누워 있었다. 만약 죽음이 찾아온
다면, 죽음의 눈에 비친 두 사람은 만족한 얼굴로 아직 거칠
게 숨을 몰아쉬며 얌전히 누워 있는 것처럼 보일 것이다. 몸
은 땀과 은밀한 분비물로 젖어 있고, 심장은 빠르게 뛴다. 두
사람의 몸이 떨어진 지 겨우 몇 분밖에 되지 않았기 때문에
더할 나위 없이 생기가 가득했다. 갑자기 침대가 부르르 떨리
고, 가구가 흔들리고, 바닥과 천장이 삐걱거린다. 이것은 눈
이 빙빙 도는 오르가슴의 마지막 순간이 아니라, 저 깊은 곳
에서부터 솟아난 지구의 포효다. 우린 죽을 거예요. 리디아가
말했다. 이런 상황에서는 옆에 있는 남자를 부여잡을 법도
한데 그녀는 그러지 않았다. 여자들은 모두 이렇다. 겁에 질
려서 아무 일도 아니니까 침착해요, 이미 다 지나갔어요, 라
고 말하는 쪽은 남자들이다. 그들이 이런 말을 하는 것은 자
신을 달래기 위해서이지 남을 위해서가 아니다. 히카르두 헤
이스도 두려움에 떨면서 같은 말을 했다. 그리고 그의 말이
옳았다. 땅의 떨림은 지나갔고, 계단에서 고함을 질러대던 이
웃들도 점차 차분해졌다. 하지만 이웃들은 의논을 계속한 끝
에 한 명은 길로 내려가고, 한 명은 자기 집 창가로 가서 각
자 인근의 소란을 지켜보았다. 점차 주위가 차분해지자 리디
아는 히카르두 헤이스에게 몸을 돌린다. 그도 그녀에게 몸을
돌린다. 두 사람 모두 서로의 몸에 한 팔을 걸치고 있다. 히카

르두 헤이스가 아까 했던 말을 되풀이한다. 아무 일도 아니었소. 그러자 리디아가 미소 짓지만, 그 의미가 다르다. 그녀가 지금 생각하는 것은 확실히 땅의 떨림이 아니다. 두 사람은 서로를 바라보며 누워 있지만, 서로 아주 멀리 떨어져 있다. 서로의 생각이 너무나 동떨어져 있어서 그녀가 느닷없이 이렇게 털어놓는다. 임신한 것 같아요, 열흘째 늦어지고 있어요. 의대에서 배운 인체의 신비 덕분에 그는 정자가 여자의 몸속에서 어떻게 물살을 거스르고 헤엄쳐 마침내 생명의 근원에 닿는지 알고 있다. 그는 책에서 이런 것들을 배웠고, 실제로도 이것이 맞는 사실임을 확인했지만, 지금은 놀라서 말문이 막힌 얼굴을 하고 있다. 이브가 아무리 설명해줘도 어떻게 이런 일이 있을 수 있는지 짐작조차 하지 못하는 무지한 아담만큼이나 놀란 얼굴이다. 그는 시간을 벌어보려고 한다. 방금 뭐라고 했소. 열흘째 늦어지고 있다고요, 임신한 것 같아요. 이번에도 그녀가 더 차분하다. 지난 한 주 동안 매일, 매초, 그녀는 이 생각만 했다. 어쩌면 바로 조금 전 우린 죽을 거예요, 라고 말한 순간에도 이 생각을 했는지 모른다. 그 우리라는 말 속에 히카르두 헤이스가 포함되었는지 궁금하다. 그는 리디아가 질문을 던질 것이라고 생각한다. 예를 들면 이런 것. 어쩌면 좋아요. 하지만 그녀는 침묵을 지키며 무릎을 살짝 구부려 자신의 치골을 가린다. 겉으로 봐서는 임신했는지 알 수 없다. 어딘가 개인적인 지평선에 고정되어 있는 그녀의 눈이 무슨 말을 하는지 해석할 수 있다면 또 모를까. 눈에 그런 지평선이 존재하는지는 모르겠지만 말이다. 히카르두 헤이스는 지금 알맞은 말이 무엇인지 고민해보지만, 그의 내면에 존재하는 것은 무심함뿐이다. 자신이 이 문제의 해결을 도와야 한다는 사실을 인식하면서도, 그 원인 중에 자신도 포함되어 있다고는 실감하지 못하는 것 같다. 오히려 환자에게서 죄 많은 비밀을 불쑥 고백받은 의사 역할로 자신을 생각하고 있다. 아, 선생님, 이제 제가 어떻게 될까요, 제가 임신했어요, 하필이면 이런 때에. 의사는 환자에게 낙태를 하세요, 바보같이 굴지 말고, 라고 말하지 않는다. 오히려 짐짓 엄숙한 표정을 지으며 이렇게 말한다. 부인과 남편분이 미리 조치를 취하지 않으셨다면, 십중팔구 임신이겠지요, 하지만 며칠 더 기다려봅시다, 그냥 생리가 늦어지는 것일 수도 있어요, 가끔 있는 일입니다. 그러나 히카르두 헤이스는 이렇게 남처럼 말할 수가 없다. 그는 아기의 아버지다. 지난 몇 달 동안 리디아가 다른 남자와 잤다는 증거가 없기 때문이다. 그래도 이 아기 아버지는 여전히 할 말을 찾지 못한다. 마침내 지극히 조심스럽게 말 한마디, 한마디를 가늠하면서 그가 책임을 분산한다. 우리가 부주의했군, 조만간 일어날 수밖에 없는 일이었소. 그러나 리디아는 이렇게 묻지 않는다. 제가 어떤 주의를 했어야 하나요. 그는 결정적인 순간에 결코 뒤로 물러나지 않았고, 고무마개를 사용하지도 않았다. 그러나 그녀는 걱정하는 기색 없이 간단히 말할 뿐이다. 임신했어요. 사실 이것은 거의 모든 여자들이 겪는 일이니 임신은 지진과 다르다. 히카르두 헤이스는 결정을 내린다. 그녀의 생각을 알아야 한다. 계속 이야기를 피해봤자 아무 소용이 없다. 아이를 낳을 생각이오. 엿듣는 사람이 하나도 없어야 할 텐데. 누구라도 이 이야기를 듣는다면, 히카르두 헤이스는 낙태를 암시했다는 비난을 받을 것이다. 그러나 증인이 증언을 하고 판사가 판결을 내리기 전에, 리디아가 앞으로 나서서 선언한다. 아이를 낳을 거예요. 히카르두 헤이스는 처음으로 어떤 손가락 하나가 자신의 심장을 건드린 것 같은 느낌을 받는다. 그가 느끼는 것은 통증이나 움찔거림이나 오싹함이 아니다. 어떤 감각과도 다르다. 서로 다른 행성에서 온 두 남자가 처음으로 악수를 하는 것 같은 느낌. 둘 다 인간이지만 서로가 낯설기 그지없다. 열흘짜리 태아가 뭐라고. 히카르두 헤이스는 자문해보지만 답을 알 수 없다. 의사로 살아온 지난 세월 동안 그는 세포가 분열하는 모습을 현미경으로 보고, 책에서 자세한 그림도 보았다. 그러나 지금은 이 조용하고, 우울한 미혼 여성, 호텔에서 메이드로 일하는 리디아만이 보일 뿐이다. 그녀는 가슴과 배를 드러낸 채, 마치 비밀을 지키듯이 치골만 수줍게 가리고 있다. 그는 그녀를 자신에게로 끌어당겼다. 그러자 그녀는 마침내 세상을 피해 피난처를 찾는 사람처럼 순순히 끌려왔다. 갑자기 얼굴을 붉히며 아주 기쁜 표정으로, 수줍은 신부처럼 간청하듯이 말했다. 저한테 화를 안 내시네요. 그게 무슨 말이오, 내가 왜 화를 내. 이것은 진심에서 우러나온 말이 아니다. 지금 히카르두 헤이스의 내면에서 엄청난 분노가 솟아오르고 있기 때문이다. 그는 이런 생각을 하고 있다. 내가 아주 골치 아픈 일에 말려들었네, 이 여자가 낙태를 하지 않으면 결국 내 손에 아이가 떨어질 텐데, 그 애가 내 아이라고 인정해야 할 거야, 도덕적으로 그렇게 해야 해, 이런 골치 아픈 일이, 이런 일이 생길 줄이야. 리디아는 더 가까이 그의 품을 파고들면서 그가 꼭 안아주기를 바랐다. 그러면 기분이 좋기 때문이었다. 그러면서 그녀는 믿을 수 없는 말을 내뱉었다. 선생님이 아이를 인정해주시지 않아도 저는 괜찮아요, 사생아로 자랄 수도 있죠, 저처럼요. 히카르두 헤이스의 눈에 눈물이 차올랐다. 부끄러운 눈물 조금, 연민의 눈물 조금. 과연 이 두 가지 눈물을 구분할 수 있는 사람이 있는지는 모르겠지만. 마침내 진심이 된 그는 갑자기 충동적으로 그녀를 끌어안고 입을 맞췄다. 상상해보라. 그는 그녀의 입술에 길게 입을 맞추며 이 엄청난 짐을 내려놓았다. 살다 보면 이런 순간이 있다. 열정을 느끼고 있는 것 같지만, 사실은 그저 고마움이 물밀듯이 밀려올 뿐인 순간. 그러나 관능은 이런 미묘한 차이에 별로 주의를 기울이지 않기 때문에 몇 초도 안 돼서 리디아와 히카르두 헤이스는 신음소리와 한숨 소리를 내며 정사를 벌이고 있다. 이제 걱정할 필요가 없다. 이미 아이가 잉태되었으므로.

축복의 나날이다. 호텔에서 휴가를 얻은 리디아는 거의 모든 시간을 히카르두 헤이스와 보내며, 잠잘 때만 어머니의 집으로 돌아간다. 이웃들이 수군거리는 것을 막기 위해서 예의상 그렇게 하는 것이다. 의사인 히카르두 헤이스가 의학적인 조언을 몇 번 해준 뒤로 이웃들과 좋은 관계가 확립되어 있는데도, 그들은 여전히 주인과 하녀 사이의 이 남부끄러운 관계에 대해 은밀하게 이러쿵저러쿵 떠들고 있다. 아무리 주의 깊게 위장한다 해도, 우리의 이 리스본에서는 이런 관계가 너무나 흔한 일이다. 도덕적으로 까다로운 누군가가 사람들이 보통 밤에 하는 일을 낮에도 할지 모른다고 은근히 암시한다면, 또 다른 누군가가 낮에는 시간이 없다고 대답할 것이다. 긴 겨울을 보내고 매년 부활절이 되면 집집마다 봄철 대청소가 벌어지기 때문이다. 그러니 의사의 파출부가 매일 아침 일찍 와서 거의 해 질 무렵에 떠나는 것이다. 그녀는 누구나 보고 들을 수 있게 깃털 먼지떨이와 천으로, 솔과 빗자루로 청소를 한다. 가끔 창문이 닫히고 갑자기 침묵이 흐를 때도 있지만, 사람이 일을 하다 중간에 쉬면서 스카프를 풀고 옷도 느슨하게 풀고 새로이 기분 좋게 몸을 움직이며 신음 소리를 내는 것은 자연스러운 일이 아닌가. 아파트 건물 전체가 소생의 토요일과 부활의 일요일을 축하하고 있다. 이 겸손한 하녀의 노고 덕분이다. 그녀의 손이 사방을 훑고 지나가면 모든 것이 티끌 하나 없이 반짝인다. 도나 루이자와 고등법원 판사가 살던 시절, 하녀 군단이 장보기와 요리를 맡고 있던 시절에도 벽과 가구가 이렇게 반짝반짝 빛나지 않았다. 여인들 중 리디아에게 축복 있으라. 만약 마르셴다가 이 집의 합당한 안주인으로 이곳에 살고 있었다면 그녀와 상대가 되지 않았을 것이다. 설사 두 손이 모두 멀쩡하다 해도 마찬가지다. 며칠 전에는 이 집에서 곰팡이, 먼지, 막힌 하수구 냄새가 났지만, 지금은 가장 구석진 곳까지 빛이 스며들어 모든 유리가 크리스털처럼 보인다. 모든 표면에서 반짝반짝 광이 나고, 햇빛이 창문으로 들어올 때면 그 빛이 천장에 닿아 별이 총총한 것처럼 보인다. 천상의 집, 다이아몬드 안의 다이아몬드. 이처럼 숭고한 변신이 이루어진 것은 누군가가 직접 몸을 써서 움직인 덕분이다. 어쩌면 리디아와 히카르두 헤이스가 사랑을 나누는 횟수가 잦은 것도 이 집이 천상의 거주지가 된 이유 중 하나인지 모른다. 서로를 주고받는 그들의 기쁨이 어찌나 큰지. 이 두 사람이 어떻게 해서 이렇게 갑자기 서로를 강하게 요구하며 서로에게 관대해진 건지 도무지 알 수가 없다. 여름이 그들의 피를 뜨겁게 데우고 있는 걸까. 그녀의 자궁 속에 있는 그 자그마한 효소 때문일까. 이 세상에서 그 효소는 아직 아무것도 아닌데도, 이미 세상을 다스리는 데 약간의 영향력을 발휘하고 있다.

그러나 이제 리디아의 휴가가 끝나 모든 것이 정상으로 돌아간다. 그녀는 예전처럼 일주일에 한 번씩, 쉬는 날에 올 것이다. 이제는 햇빛이 열린 창문을 발견해 안으로 들어오더라도 그 빛이 더 약하다. 그리고 시간의 체가 다시 미세한 먼지를 거르기 시작해서, 사물의 윤곽이 흐릿해진다. 히카르두 헤이스가 밤에 이불을 젖히면, 머리를 눕힐 베개가 간신히 보일 정도다. 아침에는 손을 보며 손금 하나하나로 자신을 확인한 뒤에야 비로소 일어날 수 있다. 커다란 흉터 때문에 일부가 지워진 지문을 보는 것 같다. 어느 날 밤, 필요할 때 반드시 나타난다고 할 수는 없는 페르난두 페소아가 그의 집 문을 두드렸다. 이제 다시는 자네를 못 보는 건가 하고 슬슬 생각하고 있었네. 히카르두 헤이스가 그에게 말했다. 요즘 내가 잘 나오질 않아, 너무 금방 길을 잃어버려서 말이야, 건망증 심한 할머니처럼, 그럴 때 날 구해주는 건 내 머릿속에 아직 간직되어 있는 카몽이스의 동상뿐일세, 거기서부터 시작하면 대개 주위를 파악할 수 있거든. 사람들이 그 동상을 없애지 않기를 바라야겠군, 요새는 워낙 뭐든 미친 듯이 없애는 추세던데, 리베르다드 대로에서 벌어지는 일을 자네도 봐야 하네, 아주 벌거숭이를 만들어놨어. 내가 그쪽에 가보질 않아서 아무것도 모르네. 피네이루 샤가스의 동상, 주제 루이스 몬테이루라는 사람의 동상을 이미 없앴거나 없애려고 하는 중일세, 몬테이루라는 이름은 한 번도 들어본 적이 없네만. 나도 그래, 하지만 피네이루 샤가스라면 그게 옳은 일이지. 조용히 하게, 자네도 어떻게 될지 몰라. 사람들이 날 기념하는 동상을 세울 일은 결코 없을 걸세, 염치가 없는 자들이 아니고서야, 난 동상이 아니야. 나도 전적으로 동감일세, 자신의 운명에 동상이 포함되는 것만큼 우울한 일이 없지, 군대 지휘관과 정치가의 동상은 얼마든지 세우라고 해, 그 사람들은 그런 걸 좋아하니까, 우리는 글쟁이일 뿐일세, 글을 청동이나 돌에 가둘 수는 없어, 글은 그저 글일 뿐이지, 카몽이스를 보게, 그의 글이 어디 있나. 그래서 카몽이스가 궁정의 멋쟁이가 돼버린 거야. 다르타냥 같은 인물. 옆구리에 칼을 찼지, 꼭두각시는 다 멋있게 보인다네, 내 동상을 세우면 틀림없이 아주 웃기게 보일 거야. 공연히 속 끓이지 말게, 자네는 그 저주에서 벗어날 수 있을지도 모르잖아, 만약리골레토처럼 도망치지 못한다면, 사람들이 언젠가 자네의동상을 끌어 내릴 것이라는 희망이 항상 남아 있네, 피녜이루 샤가스처럼 말이지, 끌어 내린 동상은 조용한 곳으로 옮겨놓거나 어딘가의 창고에 보관할 걸세, 항상 있는 일이야, 어떤 사람들은 심지어 시아두의 동상도 없애자고 요구하는 형편일세. 시아두까지, 시아두의 무엇이 문제라는 건가. 시아두가 상스러운 광대라서 지금 서 있는 그 우아한 자리에 어울리지 않는다더군. 말도 안 되는 소리, 거긴 시아두에게 딱 맞는 자리일세, 시아두 없는 카몽이스는 상상할 수 없어, 게다가 두 사람은 같은 세기에 살았지, 혹시 바꿔야 할 것이 있다면, 시아두의 자세일세, 손을 뻗은 채로 카몽이스를 마주 보게 방향을 돌려놔야 해, 구걸하는 손이 아니라 뭔가를 내밀어주는 손일세. 카몽이스가 시아두에게서 뭘 받을 필요는 없어. 카몽이스는 이제 살아 있는 사람이 아니니 무엇이 필요하고, 무엇이 필요하지 않은지 우리는 전혀 알 수 없네. 히카르두 헤이스는 부엌에 가서 커피를 좀 따라서 서재로 돌아와 페르난두 페소아 맞은편에 앉은 뒤, 이렇게 말했다. 자네에게 커피를 권할 수 없다는 사실이 항상 이상하게 느껴진단 말이야. 한 잔 따라서 내 앞에 놓아주게, 자네가 마시는 동안 내가 말동무를 해줄 테니. 자네가 존재하지 않는다는 생각이 익숙해지질 않네. 벌써 일곱 달이 흘렀어, 생명 하나가 생겨나기에 충분한 시간이지, 하기야 그런 건 자네가 나보다 더 잘 알겠지만, 자네는 의사잖나. 그 말에 뭔가 숨은 암시가 들어 있는 건가. 내가 무슨 암시를 숨겨야 하는 건데. 나도 잘 모르겠네. 자네 오늘 예민한걸. 동상을 없앴다는 얘기 때문인지도 모르지, 인간의 의리라는 것이 얼마나 변덕스러운지 보여주는 증거니까, 원반 던지는 사람도 그런 사례일세. 원반 던지는 사람이라니. 아베니다에 있는 것 말이야. 아, 그래, 기억나네, 그리스인인 척하는 그 벌거벗은 청년 말이지. 그래, 그것도 없어졌네. 아니, 왜. 여자처럼 보인다나, 도덕적인 건전성 운운하면서 남세스러운 알몸을 보지 못하게 시민들의 눈을 보호해야 한다고 했네. 그 청년의 몸에 유난히 과장되게 표현된 부분이 없는데, 뭐가 문제라는 건가. 그러니까 그 비율이라는 게 유난히 과장된 구석도 지나친 구석도 없지만 남자의 몸을 자세히 보여주는 데에는 차고 넘칠 정도라는 거였어. 아니, 그 청년이 여자처럼 보인다고 했다며, 아닌가. 맞아. 그럼 너무 남자다워서가 아니라 그게 모자라서 눈에 거슬린 거겠지. 난 시내에 돌아다니는 소문을 최대한 그대로 전할 뿐이야. 친애하는 헤이스, 포르투갈인들이 조금씩 분별력을 잃고 있는 건가. 자네는 줄곧 여기 살았으면서 나한테 그런 질문을 하나, 오랫동안 해외에서 살았던 내가 무슨 대답을 할 수 있겠어.

히카르두 헤이스는 자신의 커피를 다 마신 뒤, 마르센다에게 바친 시를 읽을 것인지 말 것인지 고민했다. 벌써 여름을 향해 안달하며, 라는 구절로 시작되는 그 시다. 마침내 마음을 정한 그가 소파에서 일어나려 하자, 페르난두 페소아가 슬프도록 공허한 미소를 지으며 그에게 간청했다. 내가 다른 생각을 할 수 있게 해주게, 틀림없이 다른 추문들을 알고 있을 것 아닌가. 이 말을 들은 히카르두 헤이스는 잠시 생각할 필요도 없이, 그 무엇보다도 큰 추문을 간단한 문장으로 선언하듯 알렸다. 내가 곧 아버지가 될 걸세. 페르난두 페소아는 깜짝 놀란 얼굴로 그를 바라보다가 푸하하 웃음을 터뜨렸다. 그의 말을 믿기 어려운 모양이었다. 농담 말게. 히카르두 헤이스는 조금 딱딱하게 말했다. 농담이 아니야, 게다가 난 자네가 왜 놀라는지 모르겠군, 남자가 여자와 자주 잠자리를 하면, 여자가 십중팔구 임신하게 되지, 내게 일어난 일이 바로 그거야. 아이 엄마는 누군가, 리디아야, 마르센다야, 아니면 제삼의 여자가 있나, 자네라면 그럴 수도 있을 것 같은데. 제삼의 여자는 없어, 그리고 나는 마르센다와 결혼하지 않았네. 아, 마르센다와는 결혼을 해야만 아이를 가질 수 있다는 거로군. 뭐, 그런 거지, 전통적인 가정이 도덕적으로 얼마나 엄격한지 알잖나. 그런데 호텔 메이드들은 그런 도덕관념이 없고. 가끔은 있을 때도 있어. 맞는 말일세, 알바루 드 캄푸스가 어느 호텔 메이드에게 조롱당했다고 말한 것 기억나나. 난 그런 뜻이 아니야. 그럼 무슨 뜻인데. 호텔 메이드도 여성일세. 세상에는 사람이 죽어야만 알게 되는 사실들이 있군. 자네는 리디아를 몰라. 친애하는 헤이스, 난 자네의 아이 문제에 대해 항상 최고의 예의를 갖출 걸세, 아니, 예의가 아니라 경의라고 해야지, 하지만 난 아버지가 되어본 적이 없기 때문에 이런 형이상학적인 감정을 지루한 일상의 현실로 어떻게 해석해야 하는지 모르겠어. 자꾸 비꼬지 말게. 갑자기 아버지가 되었다는 소식에 자네의 감각이 무뎌진 모양이군, 그런 게 아니라면 내 말에 비꼬는 기색이 전혀 없다는 걸 알아차렸을 텐데. 비꼬는 기색이 없기는 왜 없어, 비록 다른 걸로 위장하고 있긴 하지만. 비꼬는 말 자체가 위장일세. 무엇을 가리는 위장. 글쎄, 슬픔일까. 자네가 아이를 가져본 적이 없어 슬프다는 말은 아니겠지. 그거야 모르는 일이지. 자네 후회하나. 나는 세상 누구보다 후회가 많은 사람일세, 그리고 오늘은 그걸 부정할 기운도 없어. 후회한다는 걸 후회하는군. 난 죽으면서 그 습관을 포기할 수밖에 없었어, 이쪽 세상에서는 허용되지 않는 일이라서 말이지. 페르난두 페소아는 콧수염을 어루만지며 이렇게 물었다. 자네 지금도 브라질로 돌아갈까 생각 중인가. 내가 벌써 돌아가 있는 것 같은 생각이 드는 날도 있고, 애당초 거기에 간 적이 없었던 것 같은 생각이 드는 날도 있네. 다시 말해서, 바다 한복판에 떠 있는 거로군, 여기도 거기도 아닌 곳에. 다른 포르투갈 사람들도 마찬가지지. 하지만 이걸 기회로 자네는 얼마든지 새로운 인생을 꾸릴 수 있네, 아내와 자식과 함께. 난 리디아와 결혼할 생각이 없어, 그 아이를 내 아이로 인정할 것인지에 대해서도 아직 마음을 정하지 않았고. 내 의견을 말해도 되겠나, 친애하는 헤이스, 자네는 상놈일세. 그럴지도, 하지만 알바루드 캄푸스는 빚을 지고 끝내 갚지 않았어. 그자도 상놈이야. 자네는 캄푸스와 한 번도 사이가 좋았던 적이 없었지. 난 자네와 사이가 좋았던 적이 없고. 우린 서로를 제대로 이해한 적이 없네. 그럴 수밖에 없었지, 우리는 다양한 사람들로 이루어져 있었으니까. 내가 이해할 수 없는 건, 자네의 이 도덕적인 말투, 보수적인 태도일세. 죽은 사람은 원래 보수적이야, 누가 질서를 건드리는 걸 참을 수가 없어. 옛날에는 질서를 맹렬히 비난했잖아. 지금은 질서를 위해 맹렬히 호통을 치고 있다네. 자네가 지금 살아서 나와 같은 처지라면, 그러니까 원하지 않던 아이가 생겼고, 아이 엄마는 하층계급 사람이라면, 자네도 나처럼 고민했을 걸세. 그랬겠지. 상놈의 고민. 맞네, 친애하는 헤이스, 상놈의 고민. 내가 상놈인지는 몰라도, 리디아를 버릴 생각은 없어. 어쩌면 그 여자가 자네를 편하게 해주니까 그런 건지도 모르지. 맞는 말이야, 리디아는 내가 아이를 인정하지 않아도 된다고 하더군. 여자들은 왜 이런 식인 거지. 모든 여자가 그런 건 아니야. 그거야 그렇지만, 이런 행동을 할 수 있는 건 여자뿐이지. 누가 지금 자네 말을 들으면, 자네가 여자 경험이 아주 많은 줄 알겠네. 내 경험이라고는 구경꾼의 경험, 관찰자의 경험뿐이야. 그걸로는 안 되

고, 반드시 여자와 잠을 자봐야 하네, 설사 낙태로 끝난다 해
도 임신도 시켜보고, 여자들이 슬퍼하는 모습과 행복한 모
습, 웃는 모습과 우는 모습, 조용할 때와 수다스러울 때를 직
접 봐야 해, 여자들이 자신을 지켜보는 시선을 의식하지 못
할 때 그들을 지켜봐야 하네. 그래서 경험이 많은 남자는 그
런 순간에 무엇을 보는 건데. 수수께끼, 미궁, 몸짓 게임. 난
항상 몸짓 게임을 잘했어. 하지만 여자들 앞에서는 재앙이
었지. 친애하는 헤이스, 자네 좀 너무하는군. 미안하네, 지금
내 신경 줄이 강풍 속의 전화선처럼 웅웅거리고 있다네. 용
서해주지. 난 지금 직장이 없고, 직장을 구할 생각도 없네, 여
기 아파트에 앉아서, 어느 식당에 앉아서, 공원 벤치에 앉아
서 하루를 보내고 있어, 가만히 앉아서 죽음을 기다리는 것
외에는 할 일이 전혀 없는 사람처럼. 아이가 태어나게 해줘야
지. 그건 내 의지로 좌우할 수 있는 일이 아닐세, 게다가 아이
가 태어나도 해결되는 건 전혀 없어, 그 아이가 내 것이 아니
라는 기분이 드네. 다른 사람이 아이 아버지라고 생각하는
군. 아냐, 내가 아버지인 건 확실해, 그건 문제가 아닐세, 아
이 엄마만이 진실로 존재하고 아버지는 우연의 산물이라는
게 문제지. 꼭 필요한 우연이잖아. 그거야 확실히 그렇지만,
필요한 역할이 끝나고 나면 없어도 되는 존재일세, 사마귀 수
컷처럼 그 자리에서 죽어도 될 정도야. 옛날 나만큼 여자를
무서워하고 있는 것 같은데. 어쩌면 훨씬 더 무서워하는 것
같기도 하네. 혹시 그 뒤로 마르센다에게서 소식이 있었나.

전혀, 하지만 며칠 전 그녀에게 바치는 시를 한 편 썼네. 자네 제정신인가. 뭐, 솔직히 그건 그냥 그녀의 이름이 등장하는 시일 뿐이야, 내가 자네에게 읽어줘도 되겠나. 아니. 왜. 난 자네의 시를 너무나 잘 알거든, 자네가 이미 쓴 시도, 앞으로 쓸 시도, 새로운 점이라고 해봤자 마르센다라는 이름뿐일 걸세. 이번에는 자네가 너무하는군. 난 신경이 곤두섰다는 이유로 자네에게 용서를 구할 수도 없네, 그러니 읽고 싶으면 읽어보게. 벌써 여름을 향해 안달하며. 그럼 두 번째 행은 이거겠군, 나는 여름 꽃을 위해 운다. 맞네. 그것 보게, 우린 서로에 대해 모르는 게 없어, 적어도 나는 자네에 대해 다 알고 있지. 오로지 내게만 속하는 것이 있을까. 아마 없을 걸세. 페르난두 페소아가 떠난 뒤 히카르두 헤이스는 그의 잔에 남아 있던 커피를 다 마셨다. 차가웠지만 맛있었다.

며칠 뒤 신문들은 국가사회주의의 이상을 홍보하고 공부를 하기 위해 이 나라에 온 함부르크 출신의 히틀러 유겐트 학생 스물다섯 명이 사범대학의 명예 손님이 되었다고 보도했다. 국민혁명 십주년 기념 전시회를 한참 동안 둘러본 뒤 그들은 방명록에 다음과 같이 적었다. 우리는 아무도 아니다. 당시 근무 중이던 직원이 서둘러 내놓은 설명에 따르면, 이 말은 엘리트, 즉 사회의 크림이자 꽃, 선택받은 소수가 인도해주지 않는 한 사람들은 정말로 아무도 아니라는 뜻이었다. 선택받은이라는 단어가 선택에서 파생되었으며, 선택이라는 단어는 선거를 암시한다는 점에 주목해야 한다. 국민들이 직접 선택할 수 있다면, 선택받은 소수가 국민을 이끄는 것은 괜찮지만, 꽃이나 크림의 인도를 받는 것은 우스꽝스러운 일이다. 적어도 포르투갈어로는 그렇다. 그러니 독일어로 더 좋은 표현을 찾아낼 때까지는 프랑스어 단어인 엘리트를 그냥 사용하기로 하자. 어쩌면 이런 것을 염두에 두고 포르투갈 청소년 운동을 만들겠다는 발표가 나온 것인지도 모른다. 이 단체는 시월부터 본격적으로 활동할 것이며, 이십만 명의 청소년들이 여기에 소속될 것이다. 우리 나라 청소년 중 꽃이나 크림 같은 존재들, 그들 중에서 엘리트가 나타나기를 바랄 뿐이다. 언젠가 현 정권에 종지부가 찍힌 뒤 우리를 다스리기로 예정된 사람들. 만약 리디아의 아이가 태어나 살아남는다면 몇 년 뒤 이 단체의 퍼레이드에 참여할 수 있을 것이다. 포르투갈 청소년 운동의 주니어 회원으로 등록해 초록색과 카키색 제복을 입고, S자가 적혀 있는 허리띠를 내보일 수 있을 것이다. S는 봉사하다(servir)와 살라자르를 뜻한다. 아니면 살라자르에게 봉사하라는 뜻일 수도 있다. 따라서 S가 두 개 겹쳐진 SS를 내보이며 오른팔을 뻗어 로마식 경례를 할 것이다. 그리고 귀족 집안 출신인 마르센다는 국민교육을 위한 여성단체에 가입해서 역시 오른팔을 들어 올릴 것이다. 마비된 쪽은 왼팔뿐이니까. 포르투갈 청소년 운동의 대표들은 우리의 애국적인 청소년들이 어떻게 자라고 있는지 보여주기 위해 제복을 입고 베를린으로 갈 것이다. 그들이 저 유명한 구절, 우리는 아무도 아니다를 거기서 다시 말할 기회가 있으면 좋을 텐데. 그들은 또한 올림픽 경기도 관람하면서, 말할 필요도 없이 굉장한 인상을 남길 것이다. 자랑스럽고 아름다운 우리 청소년들, 루시타니아 민족의 영광, 우리 미래의 거울, 가지를 뻗어 로마식 경례를 하고 꽃을 피울 나무. 리디아가 히카르두 헤이스에게 말한다. 내 아들과 그런 코미디는 절대 아무 상관이 없을 거예요, 이 문제를 놓고 앞으로 십 년 동안 우리가 말다툼을 벌일지도 모르죠, 우리가 그렇게 오래 살 수 있다면요.

빅토르는 불안하다. 이번 임무는 엄청난 책임이 따르기 때문에, 용의자들을 미행하거나 호텔 지배인들을 매수하거나 즉시 아는 것을 전부 털어놓는 짐꾼들을 신문하는 일상적인 일과 비교할 수 없다. 그는 오른손으로 엉덩이를 짚어, 마음 든든한 권총이 잘 있는지 확인한 뒤 재킷 안주머니에서 손끝으로 박하 과자를 아주 천천히 꺼낸다. 그리고 한없이 조심스럽게 포장을 벗긴다. 사방이 조용한 밤에는 종이가 바스락거리는 소리를 열 걸음 떨어진 곳에서도 들을 수 있기 때문이다. 지금 이 행동은 보안규정을 어기는 어리석은 짓이지만, 아마도 불안 때문인지 양파 냄새가 강렬해져서 결정적인 순간에 그의 사냥감이 바람결에 그 냄새를 맡고 도망칠 위험이 있다. 나무줄기 뒤와 문간에 몸을 숨긴 빅토르의 부하들은 신호를 기다리며 빛이 거의 보이지 않을 만큼 약하게 새어 나오는 창문을 꾸준히 응시한다. 이런 더위에 안쪽 덧창을 닫아놓았다는 사실 하나만으로도 음모가 있음을 짐작할 수 있다. 빅토르의 부하 한 명이 문을 억지로 열 때 사용할 쇠지레의 무게를 가늠해보고, 다른 부하는 왼손 손가락에 금속 너클을 끼운다. 두 사람 모두 경험이 많아서 경첩을 박살 내고 사람들의 턱을 부러뜨릴 것이다. 맞은편 인도에 서 있는 또 다른 경찰관은 아무것도 모르는 행인, 또는 이 건물에 있는 집으로 돌아오는 건전한 시민 행세를 하고 있지만 노커로 문을 두드리지 않는다. 문을 열러 나온 아내에게 왜 이렇게 늦게 나와, 라고 타박하는 일도 없다. 십오 초도 안 돼서 쇠지레가 깔끔하게 문을 연다. 첫 번째 장애물이 해결되었다. 경찰관은 계단에서 기다린다. 그는 주의 깊게 귀를 기울이다가 무슨 소리라도 들리면 빅토르에게 알리는 일을 맡았다. 이번 작전의 두뇌가 바로 빅토르이기 때문이다. 문간에서 경찰관이 그림자처럼 나타나 담배에 불을 붙인다. 모두 잘되고 있다는 신호다. 그들이 에워싼 층에서 아무도 의심하지 않고 있다는 뜻. 빅토르는 박하를 뱉는다. 한창 작전 중일 때 육박전이라도 벌어지면 사례가 들릴까 걱정스럽다. 그는 입으로 숨을 쉬며 박하의 신선한 향기를 음미한다. 조금 전의 빅토르와는 다른 사람인 것 같다. 그러나 그가 간신히 세 걸음을 떼었을 때, 그 특유의 악취가 또 위장에서부터 올라온다. 이 냄새가 주는 상당한 이점 하나는, 대장의 뒤를 따르는 부하들이 그를 놓칠 위험이 없다는 것이다. 뒤에는 두 명만 남아 창문을 바라보며, 혹시 건물 안의 사람들이 도주를 시도하는지 감시한다. 그런 경우에는 먼저 소리를 내지 말고 총부터 쏘라는 지시가 내려와 있다. 여섯 명으로 이루어진 부대가 일렬종대로 철저한 침묵 속에서 계단을 올라간다. 개미 행렬 같다. 긴장감 때문에 공기가 점점 조여든다. 금방이라도 불꽃이 튈 것 같다. 그들 모두 심하게 긴장한 탓에 대장의 악취를 알아차리지도 못한다. 이제 모든 냄새가 똑같이 느껴진다고 해도 될 것 같다. 층계참에 도착한 뒤에야 그들은 건물 안에 사람이 있기는 한 건지 슬슬 의아해진다. 침묵이 너무 깊어서 온 세상이 잠들어 있는 것 같다. 만약 정보에 대한 확신이 없었다면, 빅토르는 모두에게 여느 때처럼 여기저기 기웃거리며 정보를 캐고, 용의자를 미행하고, 답을 해주는 사람에게 대가를 지불하는 일로 돌아가라는 지시를 내렸을 것이다. 아파트 안에서 누군가가 콜록거린다. 비밀 정보가 확인되었다. 빅토르는 손전등으로 문을 비춘다. 가운데가 갈라진 쇠지레가 현명한 코브라처럼 앞서 나아가, 문설주와 문 사이에 이를 박아 넣고 기다린다. 이제 빅토르의 차례다. 그는 손에 끼운 너클로 문을 운명처럼 네 번 때리며 소리친다. 경찰이다. 쇠지레를 한 번 비틀자 문설주가 쪼개지고, 자물쇠가 긁히는 소리를 낸다. 안에서는 난리가 났다. 의자가 넘어지는 소리, 급한 발소리, 여러 사람의 목소리. 모두 꼼짝 마. 빅토르가 명령하듯 소리친다. 불안감이 모두 사라진 모양이다. 갑자기 모든 층계참에 불이 켜진다. 이웃들이 신나는 일에 동참하고 싶지만 감히 무대에 들어오지는 못하고 불만 켠 것이다. 누군가가 창문을 열었는지, 거리에서 총성이 세 번 들려온다. 쇠지레는 위치를 바꿔서 아래쪽 경첩을 뜯어내려고 한다. 문이 위에서 아래까지 쪼개져 크게 입을 벌리자, 부하들이 힘센 발차기 두 방으로 문을 완전히 쓰러뜨린다. 문은 먼저 복도 맞은편 벽에 쾅 부딪혔다가 옆으로 쓰러지면서 회벽에 커다란 상처를 낸다. 그리고 아파트에 진한 침묵이 내려앉는다. 이제 도망칠 길은 없다. 빅토르는 권총을 손에 들고 앞으로 나아간다. 모두 꼼짝 마. 그는 부하 두 명을 양옆에 거느린 채 안으로 들어간다. 거리에 면한 이 아파트의 창문이 열려 있고, 저 아래 거리에서는 빅토르의 부하들이 파수를 서고 있다. 여기 방 안에는 네 남자가 서서 양손을 들고 고개를 푹 숙이고 있다. 패배자의 모습이다. 빅토르는 만족스럽게 씩 웃는다. 너희를 체포한다, 너희 모두 체포야. 그는 탁자 위에 흩어진 서류 중 일부를 챙기고, 부하들에게 수색을 지시한다. 그리고 손에 너클을 끼고 준비했는데도 저항이 없어서 주먹을 한 번도 휘둘러보지 못한 것이 몹시 아쉬워 보이는 부하 한 명을 불러, 집 뒤쪽으로 돌아가 도망치는 사람이 있는지 살펴보라고 말한다. 그가 부엌 출입문에서, 비상구에서 차례로 외치는 소리가 들린다. 다른 출구를 지키는 동료들에게 상황을 알리는 소리다. 누가 도망치는 걸 봤나. 사람들은 한 명이 도망쳤다고 대답했다. 내일 제출할 보고서에는 남자 한 명이 뜰의 담장을 타넘거나 지붕에서 지붕으로 건너뛰는 모습이 목격되었다고 적힐 것이다. 이야기의 버전은 다양하다. 너클을 낀 경찰관이 몹시 뒤틀린 표정으로 돌아온다. 빅토르는 그에게서 이야기를 들을 필요가 없을 것 같다는 생각이 든다. 그가 분노로 붉게 달아올라 고함을 지르기 시작하자, 마지막으로 남아 있던 박하 냄새가 사라진다. 이런 멍청이들. 그는 체포된 남자들이 아주 희미하게나마 의기양양한 미소를 감추지 못하는 것을 보고, 빠져나간 사람이 바로 이들의 지도자임을 깨닫는다. 그래서 게거품을 물며 으스스한 협박을 쏟아내고, 도망친 자의 이름과 목적지를 캐묻는다. 말 안 하면 죽이겠다. 부하들이 권총을 들어 겨냥한다. 너클을 낀 부하는 주먹을 꽉 쥐고 한 팔을 든다. 그때 감독이 말한다. 컷. 여전히 분노로 제정신이 아닌 빅토르는 차분해지지 못한다. 그에게 이것은 결코 웃을 일이 아니기 때문이다. 다섯 명을 잡기 위해 열 명이 투입되었는데, 무리의 우두머리, 음모의 두뇌는 빠져나가가버렸다. 그러나 제작자가 인심 좋게 끼어든다. 촬영이 워낙 순조로웠기 때문에 재촬영은 필요가 없다. 잊어버려, 그런 일로 흥분하지 말라고, 만약 우리가 놈을 붙잡았다면 그걸로 영화가 끝나버렸을 거야. 그러나 친애하는 세뇨르 로페스 히베이루,* 경찰이 이제 완전히 바

* 포르투갈의 영화감독.

보 꼴이 되었다. 거미 한 마리를 죽이려고 일곱 명을 보냈는데 거미가 도망쳐버렸으니 경찰의 평판이 나빠질 것이다. 아니, 도망친 것은 거미가 아니라 파리다. 우리가 거미니까. 세상에 거미줄은 많으니 그냥 도망치게 두어도 된다. 도망칠 때가 있으면, 죽을 때도 있는 법이다. 도망자는 가명으로 하숙집에서 거처를 찾을 것이다. 집주인의 딸이 바로 거미임을 까맣게 모른 채, 이제 안전해졌다고 착각하고서. 대본에 따르면, 집주인의 딸은 몹시 진지하고 헌신적인 민족주의자인데, 이 젊은 아가씨가 그의 마음과 머리에 새로운 기운을 불어넣을 것이다. 여자들은 정말 강력하고 진정한 성자이다. 이 제작자는 머리가 좋은 남자임이 분명하다. 그들이 이런 대화를 나누고 있는데, 독일에서 온 지 얼마 안 된 독일인 카메라맨이 다가온다. 제작자는 그의 말을 이해한다. 그가 사실상 포르투갈어를 쓰고 있기 때문이다. 그가 경찰의 코약한 궤획이라고 말한다. 빅토르도 이 말을 알아듣고 자리를 잡는다. 카메라맨의 조수가 판자를 짝 치면서 말한다. 오월 혁명, 테이크 투. 하여튼 이런 비슷한 업계 용어다. 빅토르는 권총을 휘두르며 위협적인 표정으로 다시 문간에 나타나 상대를 깔보는 듯한 미소를 짓는다. 너희 모두 체포한다, 모두 체포야. 이번에 그가 목소리에 힘을 조금 덜 준 것은, 방금 공기 정화를 위해 입에 넣은 박하 과자 때문에 사레가 들리는 것을 피하기 위해서이다. 카메라맨이 만족스러운 소리를 낸다. 아우프 비더르젠, 이히 하베 카이네 차이트 추 페를리어렌, 에스 이스트 쇤 침리히 스페트(Auf Wiedersehen, ich habe keine Zeit Zu verlieren, es ist schon ziemlich spät), 잘 있어요, 낭비할 시간이 없어요, 시간이 늦어지고 있습니다. 그리고 제작자를 향해 이렇게 말한다. 에스 이스트 풍크트 미터나흐트(Es ist Punkt Mitternacht), 자정 정각입니다. 그러자 로페스 히베이루가 대답한다. 마헨 지 비테 다스 리흐트 아우스(Machen Sie bitte das Licht aus), 불을 꺼. 우리의 독일어 실력이 아직 초보 수준이라서 번역이 제공되었다. 빅토르는 벌써 부하들을 이끌고 아래로 내려갔다. 그들은 조금 전 체포한 자들을 수갑을 채운 채로 데리고 간다. 경찰관으로서 자신의 임무를 생생히 의식하고 있기 때문에, 이런 가면극조차 진지하게 받아들인다. 아무리 시늉만 하는 것이라 해도 체포는 체포다.

다른 기습 작전도 마련되고 있다. 그동안 포르투갈은 기도하고 노래한다. 지금은 축제와 순례의 시기이기 때문이다. 많은 사람들이 신비로운 시편을 읊조리고, 불꽃놀이와 포도주, 미뉴의 포크댄스와 야외 콘서트, 눈처럼 새하얀 날개를 단 천사들과 종교적인 인물들을 태운 꽃수레 행렬을 즐긴다. 이 모든 일이 이글거리는 하늘 밑에서 이루어진다. 길고 힘들었던 겨울에 하늘이 보내는 응답이다. 그래도 하늘은 계속해서 간헐적인 소나기와 뇌우를 보낼 것이다. 그것들 역시 계절의 결실이기 때문이다. 상 루이스 극장에서는 토마스 알카이드가 「리골레토」, 「마농」, 「토스카」를 부르고 있고, 국제연맹은 이탈리아에 대한 제재를 단번에 풀기로 결정했으며, 영국은 비행선 힌덴부르크가 영국의 공장 등 전략적인 장소의 상공을 나는 것에 반대하고 있고, 사람들은 독일이 자유도시 단치히를 곧 합병할 것이라고 계속 말하고 있다. 그러나 그런 것은 우리가 신경 쓸 일이 아니다. 경험 많은 지도 제작자의 예리한 눈과 손가락만이 지도에서 그 작은 점과 야만적인 단어를 찾아낼 수 있을 테니 말이다. 또한 그 일로 인해 세상이 종말을 맞지도 않을 것이다. 모든 것을 고려해볼 때, 이웃의 일에 간섭하는 것은 우리들 가정의 평화에 도움이 되지 않는다. 그들은 그들 나름의 삶을 살아가고 있으니, 망치는 것도 그들 마음이다. 예를 들어, 산후르호 장군*이 은밀히 스페인에 들어가 군주제를 지지하는 운동을 이끌 것이라는 소문이 돌고 있지만, 그는 포르투갈을 떠날 생각이 없다고 언론에 밝혔다. 그는 모든 가족들과 함께 몬트 이스토릴에서 산타 레오카디아 빌라에 살고 있는데, 바다가 훤히 내다보이는 이곳에서 그의 양심도 편안히 쉬고 있다. 어떤 사람들은 그에게 가서 당신의 나라를 구하라고 말할지도 모르지만, 또 다른 사람들은 이렇게 말할 것이다. 그냥 신경 쓰지 말고 그런 문제에 휘말리지 마시오. 우리는 그에게 반드시 좋은 주인처럼 손님 대접을 해줄 의무가 있지 않은가. 아슬아슬한 순간에 브라간사 호텔에서 피난처를 구한 알바 공작이나 메디나셀리 공작에게 한 것처럼. 두 공작은 이 호텔에 한동안 머

---

* 스페인 내전을 촉발한 1936년 7월의 쿠데타를 이끈 세 지도자 중 한 명.

무를 생각이라고 말하고 있다. 이 모든 것이 이미 대본이 마련된 또 다른 경찰 기습 작전이라면 얘기가 달라질지도 모르겠다. 카메라맨이 준비를 갖추고, 모두가 감독의 입에서 액션이라는 말이 떨어지기를 기다리고 있는 거라면.

히카르두 헤이스는 신문을 읽는다. 거기에 실린 해외 소식은 그의 마음을 전혀 어지럽히지 못한다. 그의 기질 때문일 수도 있고, 종말을 외칠수록 실제 종말이 찾아올 가능성이 줄어든다는 대중적인 미신을 믿기 때문일 수도 있다. 만약 이 미신이 옳다면, 행복으로 이어진 가장 확실한 길은 비관주의다. 또한 죽음에 대한 공포 속에서 굳게 버틴다면, 사람이 불사의 생명을 얻게 될지도 모른다. 히카르두 헤이스는 존 D. 록펠러가 아니다. 그가 산 신문은 신문팔이 소년이 배낭에 담아 들고 다니는 신문이나 길가에 전시된 신문과 똑같다. 세상의 위협은 태양처럼 보편적이지만, 히카르두 헤이스는 자신의 그림자 속에서 피난처를 찾는다. 내가 알고 싶지 않은 것은 존재하지 않는 거나 마찬가지야, 진짜 고민거리는 여왕의 기사를 체스 판에서 어떻게 움직일까 하는 것뿐이지. 그러나 신문을 읽으면서 그는 억지로라도 조금 걱정을 한다. 유럽이 들끓고 있어서 자칫하면 끓어넘칠지도 모르겠는걸, 시인이 머리를 쉴 곳이 없어. 반면 두 노인은 몹시 들떠 있다. 매일 신문을 사는 커다란 희생을 감수하기로 결정을 내릴 정도다. 두 사람은 번갈아가며 신문을 살 것이다. 이제는 늦은 오후까지 기다릴 수 없기 때문이다. 그래서 히카르두 헤이스가 습관처럼 자선 행위를 하려고 공원에 나타났을 때, 두 노인은 속으로는 전혀 고마워하지 않는 건방진 빈민 같은 태도를 취할 수 있었다. 우리도 이미 신문이 있다우. 두 사람은 시끄럽게 소리를 내며 여봐란듯이 커다란 신문을 펼쳤다. 사람을 믿으면 안 된다는 또 하나의 증거였다.

리디아의 휴가가 끝난 뒤 사실상 점심때까지 자는 습관으로 돌아간 히카르두 헤이스는 틀림없이 리스본에서 가장 늦게 스페인의 쿠데타 소식을 들은 사람일 것이다. 그는 충혈된 눈으로 일어나 문 앞 깔개에 떨어져 있는 조간신문을 집어서 하품을 하며 침실로 돌아왔다. 아, 지루한 일상을 평온함으로 포장하는 꼴이라니. 스페인에 군사 쿠데타 발생이라는 헤드라인에 시선이 닿았을 때 현기증이 그를 엄습했다. 누가 그를 허공으로 내던져버린 것 같았다. 이런 일이 있을 줄 예상했어야 하는 건데. 스페인의 미덕과 전통을 수호하는 군대가 이제부터 군사력을 배경 삼아 목소리를 낼 터였다. 상인들은 신전에서 쫓겨나고, 조국이라는 제단이 다시 세워지고, 몇몇 타락한 아들들 때문에 쇠퇴하던 스페인은 다시 불멸의 영광을 회복할 것이다. 신문 안쪽 면에서 히카르두 헤이스는 중간에 가로챈 전보의 본문과 마주했다. 마드리드에서는 파시스트 혁명을 두려워함. 이 문장에 쓰인 형용사가 거슬렸다. 이 전보의 발원지인 스페인의 수도는 좌파 정부가 다스리는 곳이므로, 이런 표현을 쓰는 것이 이상하지 않다는 점을 인정하더라도 이보다 훨씬 더 명확하게 표현하는 방법이 있었을 것이다. 예를 들어, 군주제 찬성파가 공화파에게 한 방을 먹였다는 식으로. 그랬다면 히카르두 헤이스는 어디서 선을 그어야 할지 알 수 있었을 것이다. 우리가 기억하다시피, 그는 군주제 찬성파였으니까. 그러나 산후르호 장군은 자신이 스페인에서 군주제를 지지하는 운동을 이끌 계획이라는 리스본의 소문을 공식적으로 부인했으므로, 히카르두 헤이스는 굳이 한쪽 편을 들 필요가 없다. 만약 이것이 전투로 번진다 해도, 이 전투는 그의 것이 아니다. 불화를 빚고 있는 것은 공화파와 공화파일 뿐이다. 오늘 신문은 자신이 알고 있는 소식을 모두 실었다. 내일이면 혁명이 실패했다는 소식, 반란 세력이 진압되고 스페인 전역에 평화가 돌아왔다는 소식을 우리에게 전해줄지도 모른다. 히카르두 헤이스는 그런 소식에 자신이 안도감을 느낄지 괴로워질지 알 수 없다. 점심을 먹으러 나갈 때 그는 사람들의 표정, 그들이 하는 말을 자세히 살펴본다. 긴장감이 사방에 퍼져 있지만, 잘 통제되고 있다. 아마도 아직 뉴스가 별로 없기 때문일 수도 있고, 사람들이 감정을 잘 갈무리하고 있기 때문일 수도 있다. 아파트에서 식당까지 가는 동안 마주친 사람들 중 일부는 의기양양한 표정을, 소수는 우울한 표정을 짓고 있다. 히카르두 헤이스는 공화파와 군주제 찬성파 사이의 작은 충돌이 문제가 아님을 깨닫는다.

이제 우리는 상황에 대해 좀 더 자세히 알고 있다. 쿠데타가 시작된 곳은 스페인령 모로코이고, 지도자는 프랑코 장군인 듯하다. 여기 리스본에서는 산후르호 장군이 전우들의 편에 서겠다고 선언했으나, 적극적으로 나설 생각은 없음을 다시 밝히고 있다. 스페인의 상황이 심각하다는 사실은 삼척동자라도 알 수 있다. 마흔여덟 시간이 안 돼서, 카사레스 키로가가 이끄는 정부가 무너지고 마르티네스 바리오가 정부를 조직하는 일을 맡았다가 사임했다. 지금은 히랄이 구성한 내각이 들어서 있는데, 그들이 얼마나 버틸지는 두고 볼 일이다. 군은 혁명이 성공했다고 자랑스러워하고 있다. 계속 이런 식으로 일이 흘러간다면, 빨갱이들이 스페인을 지배하는 나날은 이제 얼마 남지 않았다. 앞에서 말한 삼척동자가 글을 읽지 못한다 해도, 신문 헤드라인의 크기와 굵은 활자체만 봐도 이 말이 진실임을 알 수 있을 것이다. 앞으로 며칠 안에 굵은 글씨의 헤드라인들이 사설의 작은 글자들 속까지 흘러넘칠 것이다. 그러다가 비극이 일어났다. 산후르호 장군이 군사혁명위원회에 마련된 자신의 자리를 차지하려고 가는 길에 끔찍한 죽음을 맞은 것이다. 승객이 너무 많았던 탓인지, 아니면 엔진의 힘이 모자랐기 때문인지, 사실 이 둘이 같은 소리인 것 같지만, 어쨌든 그가 탄 비행기가 고도를 높이지 못하고 나무 몇 그루와 담장에 차례로 충돌했다. 그가 이륙하는 모습을 지켜보려고 나온 스페인 사람들이 그 광경을 모두 보고 있었다. 무자비한 햇빛 아래에서 비행기와 장군은 거대한 모닥불처럼 타올랐다. 안살도라는 이름의 조종사는 운 좋게 가벼운 타박상과 화상만 입은 채 탈출했다. 장군은 포르투갈을 떠날 생각이 전혀 없다고 다짐했으나, 거짓말이야말로 정치의 실체임을 우리가 이해해야 한다. 아마 하느님은 이런 현실을 좋아하시지 않겠지만. 어쩌면 이것이 신이 내리신 벌인지도 모르겠다. 하느님이 몽둥이와 돌멩이보다는 불로 벌을 내리는 경향이 있다는 사실을 우리 모두 알고 있기 때문이다. 이제 케이포 데 야노 장군이 스페인 전역에 군사독재를 실시하겠다고 선언하고, 산투 안토니우 두 이스토릴 성당에서는 리프 후작이라고도 불리는 산후르호 장군의 시신 옆에서 사람들이 불침번을 서고 있다. 말로는 시신이라고 하지만, 사실은 불에 타고 남은 잔해에 불과하다. 살았을 때 아주 뚱뚱했던 그가 죽어서는 가련한 재가 되어버렸다. 그가 들어 있는 관은 갓난아기의 것이라고 해도 될 정도로 작다. 이 세상에서 우리는 아무것도 아니라는 말이 얼마나 옳은지. 그러나 이 말을 우리가 아무리 자주 되풀이해도, 이 말이 매일 진실로 확인되는 것을 목격하더라도, 우리는 언제나 이 말을 쉽게 받아들이지 못한다. 스페인 팔랑헤당의 당원들이 파란색 셔츠, 검은 바지로 이루어진 제복을 완전히 차려입고 가죽 허리띠에 단검을 꽂은 차림으로 이 대장군을 위해 의장대를 결성한다. 이 사람들은 어디서 온 거지. 나는 속으로 자문한다. 확실히 엄숙한 장례식을 위해 모로코에서 급히 파견된 사람들은 아니기 때문이다. 그러나 앞에서 언급한, 글을 모르는 삼척동자도, 《푸에블로 가예고》의 보도도 포르투갈에 스페인 사람 오만 명이 있음을 우리에게 알려준다. 갈아입을 속옷 외에 검은 바지와 파란 셔츠와 단검까지 챙겨 왔음이 분명한 그 스페인 사람들은 이렇게 슬픈 일로 제복을 입고 사람들 앞에 나서게 될 줄은 꿈에도 몰랐을 것이다. 그러나 남자다운 슬픔이 뚜렷이 드러난 그들의 얼굴에서는 승리감 또한 빛나고 있다. 죽음은 용감한 남자를 두 팔 벌려 반기는 영원한 신부이기 때문이다. 죽음은 결백한 처녀이며, 모든 남자들 중에서도 스페인 사람, 특히 군인들을 좋아한다. 내일 산후르호 장군의 유해가 말이 끄는 포차에 실려 운반될 때 스페인의 소식들이 좋은 물살을 가져다주는 천사처럼 머리 위에서 어른거릴 것이다. 자동차를 탄 부대가 대열을 갖춰 마드리드로 진군하고 있다는 소식, 포위가 완성되었다는 소식, 몇 시간 안에 최종 공격이 있을 것이라는 소식. 사람들은 수도에 이제 정부가 존재하지 않는다고 말한다. 하지만 또한 이와는 정반대로, 정부가 인민전선 조직원들에게 무엇이든 필요한 무기와 탄약을 가져가도 좋다고 승인해줬다는 말도 한다. 그러나 이것은 악마의 숨이 넘어가는 소리일 뿐이다. 필라르의 성모가 순결한 두 발로 뱀을 짓밟고, 초승달이 부정한 묘지 위로 솟아오를 날이 멀지 않았다. 모로코인 수천 명으로 이루어진 군대가 이미 스페인 남부에 상륙했다. 그들의 도움으로 우리는 망치와 낫이라는 가증스러운 상징을 물리치고 십자가와 묵주의 제국을 되살릴 것이다. 유럽의 갱생이 성큼성큼 앞으로 나아가고 있다. 맨 처음에는 이탈리아, 그다음에는 포르투갈, 그다음에는 독일, 이번에는 스페인 차례다. 스페인은 좋은 땅이며 최고의 씨앗이므로, 내일 수확을 거둘 수 있을 것이다. 독일인 학생들이 쓴 말처럼, 우리는 아무도 아니다. 옛날 피라미드를 세우던 노예들도 서로에게 같은 말을 중얼거렸다. 우리는 아무도 아니다. 마프라의 석공들과 가축상들도 마찬가지다. 우리는 아무도 아니다. 공수병에 걸린 고양이에게 물린 알렌테주의 주민들도. 우리는 아무도 아니다. 자선 단체와 구제 단체가 나눠주는 자선품을 받은 사람들도. 우리는 아무도 아니다. 자키 클럽에서 갈라 공연까지 열어준 히바테주의 홍수 이재민들도. 우리는 아무도 아니다. 오월에 팔을 앞으로 쭉 뻗고 행진한 전국 노조원들도. 우리는 아무도 아니다. 어쩌면 언젠가 우리가 뭔가 의미 있는 사람이 되는 날이 올지도 모른다. 누군가의 말을 인용한 것이 아니라, 그냥 느낌이다.

역시 아무도 아닌 리디아에게 히카르두 헤이스가 이웃 나라의 일들을 이야기한다. 그녀는 호텔의 스페인 사람들이 최신 소식을 듣고 기뻐하며 큰 파티를 열었다고 그에게 말해준다. 장군의 비극적인 죽음에도 그들의 기쁨은 누그러지지 않아서, 요즘은 하루도 빠지지 않고 저녁마다 프랑스산 샴페인을 마신다고 한다. 살바도르는 더할 나위 없이 기뻐하고, 피멘타는 우아한 매너가 몸에 밴 사람들과 카스티야어로 이야기를 나누고, 라몬과 펠리페는 프랑코 장군이 갈리시아의 엘 페롤 출신이라는 사실을 알고 기쁨을 감추지 못한다. 며칠 전만 해도 누군가가 호텔 베란다에 스페인 국기를 내걸어 스페인-포르투갈의 동맹을 알리자는 아이디어를 냈다. 히카르두 헤이스가 그녀에게 물었다. 그럼 당신은 스페인에 대해, 그곳에서 벌어지고 있는 일에 대해 어떻게 생각하지. 저는 배운 게 없어서요, 선생님이야말로 잘 아시겠네요, 지금의 위치에 이르기까지 책을 많이 읽으셨을 테니까요, 높이 올라갈수록 멀리까지 보이는 법이잖아요. 그래서 달빛이 모든 호수를 비추는 거지. 선생님은 정말이지 세상에서 가장 예쁜 말을 하세요. 스페인의 상황은 원래 나빴는데 더 나빠져서 완전한 혼돈 상태가 되었소, 지금쯤이면 누군가가 나타나서 모든 다툼에 종지부를 찍어야 할 텐데, 유일한 희망은 군대가 나서는 것이었소, 여기 이 나라에서 그랬던 것처럼, 어디서나 똑같아. 저는 그런 일에 대해 전혀 몰라요, 남동생한테 이야기를 들을 뿐이에요. 당신 남동생이 무슨 말을 하는지는 나도 이미 알고 있어. 그걸 어떻게 아세요, 선생님은 제 남동생하고 아주 다른 사람인데요. 그럼 남동생이 무슨 말을 했는지 말해봐요. 군이 이길 수 없을 거라고 했어요, 국민들이 모두 반대할 거라고. 내 이건 분명히 말하겠소, 리디아, 국민들은 결코 모두가 한꺼번에 어느 한쪽 편을 드는 법이 없어요, 하지만 당신이 말하는 국민이 무슨 뜻인지 궁금하긴 하군. 국민은 저 같은 사람들이죠, 혁명가 남동생을 두고, 혁명에 반대하는 의사 선생님과 잠을 자는 호텔 메이드요. 그런 말은 누구한테서 배운 거요. 말을 하려고 입을 열었더니 저절로 나왔어요, 저는 원래 있는 말을 밖으로 내보냈을 뿐이에요. 사람들은 대개 말하기 전에 생각이란 걸 해요. 뭐, 제 경우에는 아기를 낳는 것과 비슷한가 보죠, 아기는 우리가 알지 못하는 사이에 저절로 자라서 때가 되면 태어나잖아요. 요즘 몸은 좀 어떻소. 생리가 없는 것만 빼면, 임신했다는 걸 믿을 수 없을 정도예요. 아기를 낳겠다는 결심이 여전히 변하지 않은 거로군. 제 아들이에요. 당신 아들. 네, 제가 생각을 바꾸는 일은 없을 거예요. 신중하게 생각해요. 저는 생각 같은 거 안 해요. 이 말과 함께 리디아는 만족스러운 웃음소리를 냈고, 히카르두 헤이스는 뭐라고 대답할 말이 없었다. 그는 그녀를 끌어당겨 이마에, 입가에, 목에 차례로 입을 맞췄다. 침대가 멀지 않았으므로 하녀와 의사는 곧 침대 위로 올라갔다. 수병인 그녀의 남동생에 대한 이야기는 더 이상 오가지 않았다. 스페인은 세상의 반대편 끝에 있다.

레 보 제스프리 스 랑콩트르(Les beaux esprits se rencontrent).[*] 프랑스 사람들의 이 말이 옳다. 그들은 정말이지 놀라울 정도로 명민한 민족이다. 히카르두 헤이스는 질서를 유지할 필요가 있다고 말한다. 그리고 프란시스코 프랑코 장군은 포르투갈 신문《오 세쿨루》와의 인터뷰에서 바로 이렇게 단언했다. 우리는 우리 나라에 질서를 세우고 싶다. 이 말을 들은 신문은 굵은 글씨로 이런 제목을 달았다. 스페인 군대의 구제 임무. 이른바 훌륭한 사람이 헤아릴 수 없을 정도까지는 아니라 해도, 하여튼 아주 많다는 사실이 이로써 증명된 셈이다. 며칠 뒤 그

---

[*] 프랑스어로 '훌륭한 사람들은 같은 생각을 한다'는 뜻.

신문은 의문을 제기한다. 제삼차 무질서의 인터내셔널에 맞서 제일차 질서의 인터내셔널이 결성되는 것은 언제일까. 훌륭한 사람들은 벌써 반응을 보이며 행동에 나서고 있다. 모로코 병사들도 계속 증원되고, 부르고스에는 통치위원회가 만들어졌으며, 몇 시간 안에 마드리드의 세력과 군이 최후 대결을 벌일 것이라는 소문도 있다. 바다호스 주민들이 군대의 진군에 저항하기 위해 무기를 들었다는 사실에 대해서는 특별히 중요하게 생각할 필요가 없다. 국민이 무엇인가에 대한 우리의 논의에 붙는 흥미로운 각주에 불과하기 때문이다. 남자, 여자, 아이가 라이플, 칼, 곤봉, 낫, 권총, 단검, 도끼 등 무엇이든 손에 잡히는 것으로 스스로 무장했다. 어쩌면 원래 국민들은 이런 식으로 스스로 무장을 갖추는 건지 모른다. 그러나 국민이 무엇인가라는 철학적인 질문은, 만약 내가 이런 추측을 해도 되는 거라면, 여전히 풀리지 않은 논쟁거리로 남아 있다.

파도가 부풀어 힘을 모은다. 포르투갈에서는 자원자들이 포르투갈 청소년 운동에 등록하려고 떼를 지어 몰려든다. 필연적으로 징병될 때까지 기다리지 않고 먼저 나서기로 결정한 애국적인 청소년들이다. 그들은 아버지의 자애로운 시선을 받으며, 희망에 부푼 손으로 편지에 깔끔하게 서명한 뒤, 당당하게 우체국으로 가거나, 시민의 자부심으로 몸을 떨며 국민교육부의 도어맨에게 직접 편지를 전달한다. 그들이 내 몸과 내 피를 받으십시오, 라고 외치지 않는 것은 오로지 종교를 존중하는 마음 때문이다. 그러나 그들이 순교를 갈망하는 것이 누구의 눈에도 훤히 보인다. 히카르두 헤이스는 눈으로 명단을 훑으며 이 추상적인 이름들에 실체와 의미를 부여해줄지도 모르는 얼굴, 자세, 걸음걸이를 상상해본다. 이름이란 그 안에 우리가 인간을 집어넣지 않는 한, 세상 무엇보다 공허한 단어들이다. 앞으로 이십 년, 삼십 년, 오십 년 뒤 성인이나 노인이 되었을, 그때까지 살아 있다면 그렇다는 말이지만, 하여튼 그렇게 되었을 이 남자 청소년들은 과거의 열정에 대해, 독일 청소년들이 낭랑하게 말한 우리는 아무도 아니다, 라는 말을 듣거나 읽고, 우리도, 우리도 아무도 아니다, 라고 되뇌며 영웅처럼 몰려갔던 그때에 대해 무슨 생각을 할까. 아마 이런 말을 할 것이다. 어려서 어리석었지. 철없을 때의 실수야. 주위에 조언을 구할 사람이 없었어. 틈이 날 때 후회하고 있어. 아버지가 시켜서 등록한 거야. 난 그 운동을 진심으로 믿었어. 제복이 정말 멋져 보였어. 난 다시 돌아가도 똑같이 할 거야. 그건 내 인생을 살아가는 방법 중 하나였어. 가장 먼저 등록한 사람이 엄청 칭찬을 받았거든. 어렸을 때는 남의 말을 쉽게 받아들이고, 쉽게 속아 넘어가지. 이런 핑계들을 듣다가 한 사람이 벌떡 일어나 손을 들고 발언권을 요구한다. 히카르두 헤이스는 사람이 다른 사람에 대해 뭐라고 하는지 어서 들어보고 싶어서 고개를 끄덕인다. 나이 먹은 사람이 한때 자신도 거쳐온 시기인 청소년기의 아이를 뭐라고 묘사하는지 빨리 들어보고 싶다. 자리에서 일어난 남자의 발언은 다음과 같다. 각자의 동기를 고려해야 합니다, 우리가 내디딘 발걸음이 무지의 소치인지 악의의 산물인지, 우리의 자유의지가 작동한 것인지 아니면 강요에 의한 것인지. 물론 판단은 시대와 판관에 따라 달라질 것이다. 그러나 우리 행동이 용서를 받든 비난을 받든, 우리 삶은 우리가 행한 선과 악을 기준으로 가늠되어야 한다. 가능한 한 모든 것을 고려에 포함시키고, 우리의 양심을 첫 번째 판관으로 삼아야 한다. 이유는 다르지만, 우리는 아무도 아니라는 말을 다시 해야 할지도 모르겠다. 그때 어떤 남자가, 우리들 중 일부가 사랑하고 존경하는 남자인 그의 이름을 여러분이 애써 추측하는 수고를 하지 않게 이름을 미리 밝히자면, 미겔 데 우나무노라는 남자, 당시 살라망카 대학의 총장으로 우리처럼 고작 열네 살이나 열다섯 살밖에 안 된 풋내기가 아니라 칠십 대의 존경받는 신사이며 『생의 비극적 감정(Del sentimiento trágico de la vida)』, 『기독교의 고뇌(La agonia del cristianismo)』, 『국수주의에 관하여(En torno al casticismo)』, 『인간의 존엄성(La dignidad humana)』 등 대단한 찬사를 받은 많은 책의 저자이고 전쟁 첫날부터 지도자 역할을 한 그가 부르고스의 통치위원회를 지지한다는 뜻을 밝히며 이렇게 외쳤다. 우리가 서구 문명을 구하자, 오, 스페인의 아들들이여, 그대들의 뜻에 따르겠다. 여기서 스페인의 아들들이란 반란을 일으킨 군대와 모로코에서 온 무어인들이었는데, 그는 당시에 이미 민족주의 스페인군이라고 불리던 단체에 오천 페세타를 개인적으로 기부했다. 당시의 물가가 기억나지 않기 때문에 오천 페세타로 총알을 몇 개나 살 수 있었는지는 모르겠다. 우나무노는 아사냐 대통령에게 자살을 촉구했으며, 몇 주 뒤에는 여전히 열렬한 말투로 또 성명을 발표했다. 공산주의 폭도들이 스페인을 장악하지 못하게 오랫동안 막아낸 스페인 여성들에게 무엇보다 큰 찬사와 무엇보다 깊은 존경을 바친다. 열정에 들뜬 나머지 그는 그들을 거룩한 여성이라고 불렀다. 우리 포르투갈에도 나름대로 거룩한 여성들이 있다. 두 사람의 사례만으로 충분할 것이다. 『음모』의 빛나는 여주인공인 마릴리아와 「오월 혁명」의 순수한 성자. 스페인 여자들이 성스러운 행동으로 우나무노에게서 감사 인사를 받았다면, 우리 포르투갈 여자들은 세뇨르 토메 비에이라와 세뇨르 로페스 히베이루에게 감사 인사를 하게 하자. 언젠가 나는 지옥으로 내려가 그곳에 있는 거룩한 여성들을 직접 세어볼 것이다. 그러나 우리가 찬사를 보냈던 미겔 데 우나무노에 대해 이야기하는 사람은 이제 하나도 없다. 그는 사람들이 숨기려고 하는 난감한 상처와 같다. 그의 말만이, 바로 그 살라망카 시에서 죽음 만세, 라고 외쳤던 밀란 다스트라이 장군에게 응답한 그의 거의 마지막 말만이 후세를 위해 보존되어 있다. 히카르두 헤이스는 그 말이 무엇인지 영원히 알지 못할 테지만, 사람이 모든 것을 알기에는 인생이 너무 짧다. 그의 인생도 마찬가지다. 어쨌든 그가 그런 말을 한 뒤로 우리 중 일부는 결정을 재고해보았다. 우나무노가 자신의 실수를 알아차릴 때까지 살아남은 것은 좋은 일이었다. 그러나 그냥 실수를 알아차리기만 했다. 시간이 별로 남아 있지 않아서 그는 그것을 바로잡으려는 노력을 거의 하지 않았다. 어쩌면 그도 마지막 며칠 동안의 평온을 보존하고 싶었던 것인지도 모른다. 따라서 나는 당신에게도 우리의 마지막 말, 또는 마지막에서 두 번째 말을 기다려달라고 청할 뿐이다. 만약 그날 우리의 머리가 아직 맑고 당신의 머리도 맑을 때의 이야기긴 하지만. 내 말은 끝났다. 참석자 일부가 이 구원의 희망을 향해 열렬히 박수를 치지만, 다른 사람들은 우나무노의 민족주의를 악의적으로 왜곡했다며 화를 낸다. 우나무노가 위대한 애국자 밀란 다스트라이 장군의 장엄한 전투 함성에 감히 의문을 제기한 것은 순전히 한 발을 무덤에 걸치고 있는 자의 망령된 정신이나 심술이나 변덕이었기 때문이다. 장군은 지혜를 남에게 나눠줄 줄만 알지 남의 지혜를 받아들일 줄은 모르는 사람이었다. 히카르두 헤이스는 장군에게 우나무노가 뭐라고 할지 알지 못한다. 너무 숫기가 없어서 묻지 못하는 것이거나, 미래의 베일을 꿰뚫어 보기가 두렵기 때문이다. 기대감 없이, 침묵으로 지나가는 편이 얼마나 더 좋을까. 이것은 그가 예전에 썼던 구절이다. 그가 매일 성취하려고 애쓰는 구절이다. 노병들이 자리를 뜨며 우나무노의 말에 대해 의견을 나누고, 남들이 자신을 판단해 줬으면 하는 방식으로 그 말을 판단한다. 남의 비난을 받는 사람도 본인의 머릿속에서는 항상 잘못을 용서받는다는 것을 누구나 알기 때문이다.

히카르두 헤이스는 이미 읽은 기사를 또 읽는다. 살라망카의 총장 우나무노의 외침이다. 우리가 서구 문명을 구하자, 오, 스페인의 아들들이여, 그대들의 뜻에 따르겠다. 그리고 그는 프랑코의 군대를 위해 자기 주머니에서 오천 페세타를 꺼냈고, 아사냐에게 자살을 촉구했다. 하지만 아직 거룩한 여자들을 말한 부분까지는 이르지 못했다. 하지만 그가 그 부분을 어떻게 표현할지 우리가 기다리며 지켜봐야 하는 것은 아니다. 일전에 우리는 포르투갈의 어느 평범한 영화 제작자가 피레네 산맥 이편에서는 여자들이 모두 성자라고 말하는 것을 들었다. 히카르두 헤이스는 천천히 신문을 넘기며 최신 소식에 정신을 쏟는다. 여기가 아니라 다른 곳의 소식, 지금이 아니라 과거나 현재나 미래 중 어느 때의 소식이라고 해도 될 만한 것들, 예를 들면 결혼식과 세례식, 출발과 도착에 관한 소식들이다. 문제는 우리가 존 D. 록펠러처럼 읽고 싶은 기사를 고를 수 없다는 것이다. 그는 토막 광고들을 눈으로 훑는다. 아파트 월세. 그는 아파트를 이미 구했다. 아니, 잠깐, 증기선 하일랜드 브리게이드호가 리스본에서 페르남부쿠, 리우데자네이루, 산투스로 떠날 예정이라는 소식이 있다. 끈질긴 전령인 그 배가 비고에서 또 무슨 소식을 가져올까. 갈리시아 전체가 프랑코 장군 뒤에서 하나로 합쳐진 것 같은 소식도 있다. 하기야 그는 그 지역 출신이 아닌가. 독자는 잠시도 가만히 있지 못하고 신문을 다시 넘겨 아킬레우스의 문장(紋章)과 다시 한 번 마주친다. 아주 오랜만에 보는 것이다.

그림과 설명이 똑같이 나타나 있는, 놀라운 만다라, 모든 움직임이 정지된 채 우리에게 명상의 소재가 되어주는 만화경 같은 우주다. 마침내 하느님의 얼굴에 주름살이 몇 개나 있는지 셀 수 있게 되었다. 좀 더 흔하게는 판화가 수도사라고 알려진 인물이다. 가차 없는 외알 안경을 쓴 그의 초상화가 여기 있다. 그가 우리를 목 조를 때 사용하는 넥타이가 여기 있다. 비록 의사는 우리가 어떤 질병이나 총상 때문에 죽어가는 것이라고 말하지만. 수도사의 물건들이 아래에 그림으로 그려져 있다. 그것들을 만들어낸 창조주, 흠잡을 데 없이 명예로운 삶을 살면서 금메달을 세 개나 받은 사람의 무한한 지혜를 보여주는 증거들이다. 그가 최고로 돋보일 수 있게 해준 것은 신이지만, 신은 《디아리우 드 노티시아스》에 광고를 싣지 않는다. 한번은 히카르두 헤이스의 눈에 이 광고가 미궁처럼 보인 적이 있었다. 지금은 벗어날 길이 없는 원처럼 보인다. 길이 없는 무한한 사막 같다. 그는 판화가 수도사의 초상화에 작은 염소수염을 덧그리고, 외알 안경을 일반 안경으로 바꾼다. 그러나 이렇게 해도 수도사가 돈 미겔 데 우나무노처럼 보이지는 않는다. 그 역시 미궁에서 길을 잃었으나 간신히 빠져나왔다. 세상을 떠나기 전날 저녁에 일어서서 사람들을 향해 연설하던 포르투갈인 신사의 말을 믿는다면 그렇다. 그 덕분에 우리는 우나무노가 거의 마지막에 가까운 그 말을 지켰는지, 아니면 분노를 감추고 반항심을 억누르며 공모까지는 아닐지언정 젊은 날의 자기만족으로 돌아가버렸는지 잘 알 수 없게 되었다. 우나무노에 대한 엇갈린 생각이 히카르두 헤이스의 신경을 건드린다. 두 사람이 모두 공통적으로 겪고 있으며 신문 기사를 통해 서로 연결되어 있는 현재와 군인 웅변가의 분명치 않은 예언 사이에서 마음을 정할 수가 없다. 군인 웅변가는 미래를 알면서도 모든 것을 밝히지 않았다. 히카르두 헤이스가 그 사람에게 돈 미겔이 장군에게 무슨 말을 했느냐고 물어볼 용기를 내지 못한 것이 안타깝지만, 그는 그 후회의 날에 자신이 이 세상에 없을 것이라는 암시가 분명히 전달되었기 때문에 침묵을 지켰음을 깨닫는다. 너는 그 말이 무엇인지 영원히 알지 못할 테지만, 사람이 모든 것을 알기에는 인생이 너무 짧다, 네 인생도 마찬가지다. 히카르두 헤이스는 운명의 수레바퀴가 돌아가는 방향을 슬슬 알 것 같다. 밀란 다스트라이, 부에노스아이레스에 있던 그가 스페인으로 가는 길에 리우데자네이루를 지나갔다. 사람들의 길은 서로 크게 다르지 않다. 이제 그는 전투를 향한 열정과 설렘으로 반짝이며 대서양을 건너오고 있다. 앞으로 며칠 안에 그는 리스본에 내릴 것이다. 배의 이름은 알만소라(Almanzora). 그다음에는 세비야로, 거기서 테투안*으로 가서 프랑코를 밀어내고 그 자리에 앉을 것이다. 밀란 다스트라이가 살라망카로 다가오면, 미겔 데 우나무노는 이렇게 외칠 것이다. 죽음 만세. 그리고 막이 내린다. 포르투갈의 군인

---

* 모로코의 항구도시. 1912~1956년에 스페인령 모로코의 수도였다.

웅변가가 다시 발언권을 요청한다. 그의 입술이 움직이고, 미래의 검은 태양이 빛나지만, 말을 들을 수가 없다. 그가 무슨 말을 하는지 짐작도 가지 않는다.

히카르두 헤이스는 페르난두 페소아와 이런 문제에 대해 이야기하고 싶은 마음이 굴뚝같지만, 페르난두 페소아가 나타나지 않는다. 시간이 느릿느릿한 파도처럼 흘러간다. 녹은 유리로 된 구의 표면에서 반짝이는 수많은 빛이 사람들의 눈과 주의를 끌지만, 그 안의 코어는 정신 사나운 진홍색으로 빛나고 있다. 숨 막히는 열기 속에서 밤과 낮이 바뀌며 하늘에서 내려왔다가 지상에서 올라간다. 늦은 오후가 된 뒤에야 두 노인이 알투 드 산타카타리나에 나타난다. 그들은 듬성듬성한 야자수 그늘을 에워싸고 이글거리는 햇볕을 감당하지 못한다. 강에서 이글거리는 빛도 그들의 지친 눈에는 너무 강렬하다. 아지랑이처럼 가물거리는 공기 속에서 그들은 숨을 제대로 쉬지 못해 헉헉거린다. 리스본이 수도꼭지를 열지만, 수돗물이 한 방울도 나오지 않는다. 시민들은 우리에 갇힌 새가 되어 부리를 벌리고, 날개를 늘어뜨렸다. 도시가 무기력한 상태로 빠져들고 있을 때, 스페인 내전이 거의 끝나간다는 소문이 돈다. 케이포 데 야노의 군대가 이미 바다호스의 문 앞에 와 있다는 사실을 생각하면 그럴듯한 소문이다. 그들과 함께 있는 시민 수비대 사단들은 전투에 안달을 내는 그들의 외인부대다. 이 군인들과 맞서는 자에게 화가 있으라. 그들의 살생 욕구가 그토록 크다. 돈 미겔은 건물들 가장 자리의 빈약한 그늘을 따라 이동하며 집에서 대학으로 향한다. 햇빛이 살라망카의 돌멩이들을 달구지만, 그 훌륭한 노인은 얼굴에 군대의 산들바람이 닿는 것을 느낄 수 있다. 만족스러운 마음으로 그는 동포들의 인사에 화답한다. 본부와 거리에서 군인들이 보내는 경례, 그들 하나하나가 영웅 엘 시드의 환생이다. 그도 살아 있던 시절에 우리가 서구 문명을 구하자, 라고 말했다. 히카르두 헤이스는 어느 날 아침 햇빛이 너무 뜨거워지기 전에 일찍 아파트를 나서서 역시 건물 가장자리의 빈약한 그늘에서 택시를 기다렸다. 숨을 가쁘게 몰아쉬며 프라제르스까지 이스트렐라 길을 올라갈 택시를. 길을 물어볼 필요는 없다. 무덤의 위치 또는 번호를 잊어버리지 않았다. 사천삼백칠십일, 이것은 어느 집 주소가 아니다. 그러니 문을 두드리거나, 안에 누구 계세요, 라고 물어볼 필요가 없다. 살아 있는 사람의 존재만으로 망자의 비밀을 끄집어내지 못한다면, 그런 말을 해봤자 아무 소용이 없다. 히카르두 헤이스는 난간에 다다라 뜨거운 돌에 한 손을 얹었다. 해가 아직 높이 뜨지는 않았지만, 새벽부터 이 자리에 햇볕이 내리쬐고 있었다. 가까운 길에서 빗자루질 소리가 들린다. 반대편 끝에서 검은 베일로 얼굴을 가린 여성이 길을 가로지른다. 그 밖에는 생명의 흔적이 전혀 없다. 히카르두 헤이스는 강굽이까지 내려가 걸음을 멈추고 강을, 바다의 입을 바라본다. 바다의 입이라는 말은 가장 적합한 표현이다. 바다가 달랠 수 없는 갈증을 달래려고 찾아와 입술을 빨며 땅으로 달려드는 곳이 이곳이기 때문이다. 이런 이미지, 이런 은유는 엄격한 송가의 구조와 어울리지 않겠지만, 마음이 감정에 굴복하는 이른 아침에 머릿속에 떠오른다.

히카르두 헤이스는 돌아보지 않는다. 페르난두 페소아가 옆에 서 있다는 것을 알고 있다. 이번에는 모습이 보이지 않는다. 묘지 안에서는 자신의 모습을 육체로 드러내는 것이 금지되어 있는지도 모른다. 그런 규정이 없다면 묘지가 너무 북적거릴 것이다. 길마다 망자들이 가득하겠지. 이런 생각을 하면 슬그머니 웃음이 난다. 페르난두 페소아의 목소리가 들린다. 이렇게 이른 시간에 어쩐 일인가, 친애하는 헤이스, 아다마스토르가 서 있는 알투 드 산타카타리나에서 바라보는 풍경만으로는 충분하지 않던가. 히카르두 헤이스는 대답이 아닌 대답을 한다. 여기서는 스페인 장군이 내전에 참전하려고 배를 타고 떠나는 모습을 지켜볼 수 있다네, 스페인에서 내전이 발생한 걸 알고 있었나. 계속하게. 사람들 말로는 이 장군, 밀란 다스트라이라는 이름의 이 장군이 언젠가 미겔 데 우나무노를 만날 운명이라더군, 그러면 그는 죽음 만세라고 외칠 것이고, 거기에 대답이 돌아올 것이라고 하네. 계속하게. 난 돈 미겔의 대답이 무엇인지 알고 싶어. 그가 아직 하지도 않은 대답을 내가 어찌 알겠나. 자네가 관심이 있는지 모르겠네만, 살라망카의 총장인 돈 미겔은 군부 편이라네, 군부는 정부와 정권을 전복할 생각이고. 난 그런 일에 전혀 관심이 없네. 전에 나는 번성하는 사회에서는 자유를 잃는 것이 자연스럽고 옳은 일이라고 생각했네만, 이제는 어떻게 생각해야 할지 모르겠어, 자네를 믿었는데 실망이네. 나의 최선은 가설을 제시해주는 것뿐일세. 무슨 가설. 살라망카의 그 총장이 이렇게 대답할 것이라는 가설, 침묵을 지키는 것이 곧 거짓말이 되는 상황이 존재한다, 섬뜩한 외침이 들리는 것 같다, 죽음 만세라고 외치는 소리, 야만적이고 불쾌한 패러독스, 밀란 다스트라이 장군은 불구자다, 모욕을 하려는 건 아니다, 세르반테스도 불구자였으니까, 안타깝게도 지금 스페인에는 불구자가 너무 많다, 밀란 다스트라이 장군이 대중의 심리를 장악해보겠다고 나설 가능성이 있다는 생각을 하면 정말 괴롭다, 세르반테스 같은 영적인 풍부함을 지니지 못한 불구자는 대개 다른 사람들에게 나쁜 짓을 하는 데서 위안을 얻게 마련이니. 그가 이렇게 대답할 거라고. 무한히 많은 가설 중에 하나일세. 포르투갈 군인이 한 말과 일치하긴 하는군. 여러 가지 일들이 조화를 이루면서 의미를 갖추는 때가 중요하네. 마르센다의 왼손에는 무슨 의미가 있을 수 있을까. 아직도 그녀를 생각하는군. 가끔 한 번씩. 너무 먼 곳을 찾아볼 필요 없네, 우리 모두 불구자니까.

히카르두 헤이스는 혼자다. 느릅나무의 나지막한 가지에서 매미들이 울기 시작한다. 말을 할 수 없는데도 나름의 목소리를 만들어낸다. 커다란 검은색 선박이 해협으로 들어오지만, 물 위에서 은은히 빛나는 그림자 속으로 사라져버린다. 눈앞에 펼쳐지는 파노라마가 현실 같지 않다.

히카르두 헤이스의 아파트에서 또 다른 목소리가 들린다. 그는 이제 작은 라디오를 갖고 있다. 시중에서 가장 싼 물건, 상아색 플라스틱 케이스에 감싸인, 인기 있는 모델이다. 그가 이 제품을 고른 것은 공간을 적게 차지하고, 침실에서 서재로 쉽게 가지고 다닐 수 있기 때문이다. 잠결에 걸어 다니는 버릇이 있는 그는 이 두 방에서 대부분의 시간을 보낸다. 새로운 집에 살게 되었다는 기쁨이 사라지기 전에 라디오를 살 마음을 먹었다면, 진공관이 열두 개나 달린 슈퍼헤테로다인 수신기를 샀을 것이다. 이웃들의 잠을 깨우고, 사람들을 그의 창문 아래로 불러 모을 만큼 강력한 물건. 이 지역의 주부들은 음악을 즐기고 방송을 들으려고 열심히 모여들었을 것이다. 두 노인 또한 이 신기한 물건 때문에 그에게 다시 호의적이고 정중하게 굴면서 다가왔을 것이다. 그러나 히카르두 헤이스가 원하는 것은 혼자서 신중하게 최신 소식을 놓치지 않고 접하는 것뿐이므로 라디오 소리가 친밀하게 속삭이는 것 같은 크기로 줄여져 있다. 그는 자신을 라디오 앞으로 불러온 불안한 감정을 스스로 설명해보거나 분석해보려고 하지 않는다. 죽어가는 키클롭스의 희미한 눈, 즉 아주 작은 다이얼에 들어온 불빛 속에 어떤 메시지가 숨겨져 있는지 궁금해하지도 않는다. 그 다이얼의 표정 속에는 기쁨도 두려움도 연민도 드러나 있지 않다. 히카르두 헤이스는 자신이 기뻐하는 것이 스페인 혁명군의 승리 때문인지, 아니면 정부를 지지하는 세력의 철저한 패배 때문인지 알 수 없다. 어떤 사람들은 그 둘이 똑같은 소리라고 주장하겠지만, 그렇지 않다. 인간의 영혼은 그보다 더 복잡하다. 적의 괴로움을 보며 기뻐하는 것이 곧 그들을 괴롭히는 자에게 갈채를 보낸다는 뜻은 아니다. 히카르두 헤이스는 내면의 갈등을 살펴보려 하지 않고, 불편한 마음을 그대로 내버려둔다. 토끼 가죽을 벗길 용기가 없어서 다른 사람에게 부탁한 뒤, 자신의 결벽증에 화를 내며 가만히 서서 구경하는 사람과 비슷하다. 가죽이 벗겨진 살에서 느껴지는 온기와 묘하게 기분 좋은 냄새를 들이마실 수 있을 만큼 가까이 서 있는 그는 가죽 벗기기라는 엄청나게 잔인한 짓을 할 수 있는 사람에 대한 혐오감을 가슴에 품는다. 아니, 가슴이 아니라도 어디든 그런 감정을 품을 수 있는 곳이면 된다. 저자와 내가 어떻게 같은 인류에 속한다고 할 수 있나. 우리가 사형집행인을 증오하고, 희생양의 살을 먹지 않으려 하는 이유가 바로 이것인지도 모른다.

리디아는 라디오를 보고 기뻐했다. 정말 예뻐요, 밤이든 낮이든 아무 때나 음악을 들을 수 있다니 너무 좋아요. 그녀의 입장에서는 과장된 반응이었다. 그녀가 그런 생활을 즐길 수 있는 때는 아직 먼 미래의 일이기 때문이다. 그녀는 아무리 작은 일이라도 기뻐할 수 있는 소박한 사람이다. 히카르두 헤이스가 요즘 너무 게을러진 것에 대한 괴로움을 숨기려고 일부러 기뻐하는 척한 것일 수도 있지만. 그는 이제 외모에도 신경 쓰지 않고, 자기 몸을 돌보려 하지도 않는다. 리디아는 알바 공작과 메디나셀리 공작이 호텔을 떠났으며, 고객들을, 특히 작위가 있는 고객들을 진심으로 아끼는 살바도르가 몹시 낙담했다고 그에게 말해주었다. 하지만 두 사람의 경우는 작위가 없는 거나 마찬가지였다. 돈 로렌소와 돈 알론소를 공작이라고 부른다는 것이 히카르두 헤이스에게는 농담에 지나지 않았으므로 이제 그런 작위를 떼어버릴 때였다. 그는 리디아가 전해준 소식에 놀라지 않았다. 승리의 날이 다가오고 있으므로, 그들은 달콤한 호사를 즐기며 망명 생활의 마지막 순간을 보내고 있을 것이다. 이스토릴의 호텔들에 가십에서 스페인 상류층이라고 불릴 만한 사람들이 자주 나타나는 이유가 바로 그것이다. 많은 공작들과 백작들이 그곳에서 휴가를 즐기고 있다. 돈 로렌소와 돈 알폰소는 귀족계급의 냄새를 따라갔다. 나중에 나이를 먹은 뒤 손주들에게, 내가 알바 공작과 함께 망명 생활을 하던 시절에 말이야, 라면서 이야기를 들려줄 수 있을 것이다. 포르투갈 라디오 클럽은 이 스페인 사람들을 위해 최근 스페인 출신 방송인을 기용했다. 오페레타에서 재치 있는 시녀 역할을 맡는 배우 같은 목소리를 지닌 여성이다. 그녀는 세르반테스의 우아한 언어로 국가주의자들의 진군 상황에 대한 뉴스를 읽는다. 하느님과 포르투갈 라디오 클럽이 우리의 이런 냉소적인 표현을 용서하시길. 우리가 이런 표현을 쓰는 것은 웃고 싶다는 욕망보다는 울고 싶다는 충동 때문이다. 리디아의 기분도 바로 그렇다. 그녀는 스페인에서 들려오는 끔찍한 소식과 히카르두 헤이스에 대한 걱정에 짓눌리면서도 즐겁고 명랑하게 행동하려고 씩씩하게 애쓰고 있다. 스페인의 소식을 끔찍하게 여기는 것은 순전히 그녀의 관점인데, 앞에서 이미 보았듯이, 그녀의 남동생 다니엘도 같은 관점을 갖고 있다. 바다호스 폭격 소식을 무선으로 들은 뒤 그녀는 막달라 마리아처럼 울기 시작한다. 그녀가 바다호스에 간 적이 없고, 폭격의 영향을 받을 만한 친척이나 재산도 없다는 점을 생각하면 이상한 행동이다. 왜 울고 있소, 리디아. 히카르두 헤이스가 묻지만 그녀는 대답하지 않는다. 어쩌면 다니엘에게서 들은 모종의 이야기 때문인지도 모른다. 그러나 다니엘은 누구에게서 그런 이야기를 들었을까. 그의 정보원이 누구였을까. 아폰수 드 알부케르크호의 수병들도 갑판을 청소하고 놋쇠 장식물에 광을 내면서 스페인 전쟁에 대해 많은 이야기를 나누며 서로 최신 소식을 주고받을 것이다. 신문과 라디오가 우리에게 믿어야 한다면서 알려주는 소식을 그들이 모두 아는 것은 아니겠지만. 아폰수 드 알부케르크호의 사람들은 몰라 장군의 말을 별로 믿지 않는다. 투우사 프랑코의 사인조 중 한 명인 몰라 장군은 이달이 끝나기 전에 그가 라디오 마드리드를 통해 연설을 하게 될 것이라고 약속한 바 있다. 또 다른 장군인 케이포 데 야노는 마드리드에게 이제 종말이 시작되고 있다면서, 겨우 삼 주 전에 시작된 혁명이 거의 끝나가고 있다고 말한다. 웃기는 소리. 수병 다니엘이 대꾸한다. 그러나 히카르두 헤이스는 어색하게 리디아를 달래고 눈물을 닦아주려고 애쓰면서 여전히 그녀가 자신에게 찬성하는 쪽으로 생각을 바꿨으면 하는 희망을 품고 자신이 신문에서 읽고 라디오에서 들은 소식들을 전해준다. 당신은 바다호스 때문에 울고 있지만, 공산주의자들이 지주 백십 명의 귀를 한 짝씩 잘라낸 뒤 그들의 여자를 더럽힌 걸 모르는 거요, 다시 말해서 그 가엾은 사람들을 강간했다는 거요. 그걸 어떻게 아세요. 신문에서 읽었소, 토메 비에이라가 쓴 글도 읽었고, 그 사람은 책을 여러 권 쓴 언론인인데, 볼셰비키들이 어느 나이 많은 사제의 두 눈을 파낸 뒤 그의 몸에 휘발유를 붓고 불을 붙였다고 그 글에서 밝혔소. 저는 믿을 수 없어요. 신문에 분명히 실려 있는 내용이오. 제 남동생은 신문을 항상 믿으면 안 된다고 했어요. 지금 내가 스페인에 직접 가서 현실을 확인할 수 있는 상황은 아니잖소, 그러니 신문의 말이 진실이라고 믿을 수밖에, 신문은 거짓말을 안 해요, 신문이 거짓말을 하는 건 사람이 상상할 수 있는 최악의 범죄야. 선생님은 많이 배운 분이지만, 저는 간신히 글을 읽고 쓸 줄 알 뿐이에요, 그래도 살면서 배운 것이 하나 있어요, 세상에는 서로 엇갈리는 내용을 주장하는 진실이 아주 많다는 거예요, 싸움이 시작되기 전에는 누구의 말이 거짓말인지 알 수 없을 거예요. 만약 놈들이 신부의 눈을 파내고 몸에 휘발유를 부어 산 채로 태웠다는 말이 사실이라면. 그렇다면 그건 소름 끼치는 진실이지요, 하지만 제 남동생은 만약 교회가 지상에서 가난한 사람들의 편이 되어 그들을 도왔다면, 가난한 사람들이 가장 먼저 나서서 교회를 위해 목숨을 바칠 거라고 말해요. 그럼 공산주의자들이 지주의 귀를 자르고 지주의 아내를 강간했다는 말이 사실이라면. 그것 역시 소름 끼치는 진실이겠죠, 하지만 제 남동생은 가난한 사람들이 지상에서 고통받는 동안 부자들은 천국에 가지 않고도 이미 이곳에서 낙원을 즐기고 있다고 말해요. 당신은 항상 남동생의 말로 대답하는군. 그러는 선생님도 항상 신문에서 전하는 말을 이야기하시잖아요. 그건 맞는 말이오. 이제 푼샬을 비롯한 마데이라 섬의 여러 곳에서 소요가 일어 군중이 공공기관과 낙농장을 약탈하고, 사람들이 죽거나 다쳤다. 전함 두 대가 파견된 것을 보면 상황이 심각한 모양이었다. 전투기 편대와 기관총을 지닌 사냥꾼 부대도 함께 파견되었다. 포르투갈식으로 내전을 수행할 수 있는 군사력이었다. 히카르두 헤이스는 그런 소요가 일어난 이유를 온전히 이해하지 못하고 있다. 우리에게도 그에게도 놀라운 일은 아니다. 그의 정보원이라고는 신문뿐이기 때문이다. 그는 상아색 라디오를 켠다. 어쩌면 귀로 듣는 말이 눈으로 읽는 말보다 더 믿음직한 건지 모른다. 유일한 단점은 우리가 아나운서의 얼굴을 볼 수 없다는 것이다. 만약 아나운서가 머뭇거리는 표정을 짓거나 갑자기 입을 움찔거린다면 우리는 그가 거짓을 말하고 있음을 곧바로 알게 될 것이다. 언젠가 인간의 창의력이 그런 일을 가능하게 해주기를, 우리가 각자 집에 앉아서 아나운서의 얼굴을 볼 수 있게 되기를 바라자. 그러면 마침내 우리는 거짓과 진실을 구분할 수 있게 될 것이고, 진정한 정의의 시대가 시작될 것이다, 아멘. 다이얼의 화살표가 포르투갈 라디오 클럽을 가리킨다. 진공관이 데워지는 동안 히카르두 헤이스는 지친 이마를 라디오 케이스에 댄다. 안에서 풍겨오는 따스한 냄새에 그는 조금 어지러워진다. 그러다 볼륨 스위치가 꺼져 있음을 발견한다. 스위치를 돌리자 처음에는 전파가 묵직하게 웅 하고 울리는 소리만 나더니 잠시 소리가 멈췄다가 갑자기 음악이 터져나온다. 팔랑헤당의 노래인 「새 셔츠를 입고 태양을 마주해(Cara al sol con la camisa nueva)」를 이스토릴의 호텔들과 브라간사 호텔에 묵고 있는 엄선된 스페인 사람들을 위해 틀고 있다. 바로 이 순간 그들은 카지노에서 에리쿠 브라가*가 진행할 은의 밤 행사를 위해 드레스 리허설

* 포르투갈의 영화배우.

을 하고 있다. 호텔 라운지에서는 손님들이 살짝 초록색으로 물든 거울을 수상쩍게 힐끔거린다. 라디오 클럽의 아나운서가 스페인 외인부대의 제오사단에서 복무하는 포르투갈 출신의 베테랑 대원들이 보낸 전신을 읽는다. 그들은 바다호스 포위 작전에 참가한 옛 동료들에게 인사를 건네는데, 그들의 군대 감성과 그리스도교인의 열정, 전우들의 형제애, 과거에 거둔 승리의 기억, 이베리아 반도의 두 조국이 하나의 국가주의 기치 아래 통일될 밝은 미래에 대한 희망을 듣고 있는 우리는 등골을 따라 전율이 인다. 마지막 뉴스 게시판을 통해 모로코에서 온 병력 삼천 명이 알제에 도착했다는 소식을 들은 뒤 히카르두 헤이스는 라디오를 끄고 침대에 몸을 누워 몸을 쭉 폈다. 자신이 이렇게나 혼자라는 사실이 절망스럽다. 그가 생각하고 있는 사람은 마르센다가 아니다. 리디아가 그의 생각을 온통 차지하고 있다. 십중팔구 그녀가 가까이 있기 때문일 거라고 말할 사람도 있겠지만, 그의 아파트에는 전화가 없다. 설사 전화가 있다 해도 그가 호텔로 전화를 걸어, 안녕하십니다, 세뇨르 살바도르, 히카르두 헤이스입니다, 기억나십니까, 서로 이야기를 나눈 지가 언제인지 가물가물하군요, 당신 호텔에서 보낸 몇 주는 지극히 즐거운 시간이었습니다, 아뇨, 아닙니다, 방이 필요한 게 아니에요, 리디아와 이야기를 하고 싶어서요, 그녀에게 제 아파트로 좀 와달라고 말을 전해주시겠습니까, 좋습니다, 리디아에게 두어 시간 정도 자유 시간을 허락해주신다니 정말 친절하시네요, 저는 지금 몹시 외롭습니다, 아뇨, 그래서가 아니에요, 그저 함께 있어줄 사람이 필요할 뿐입니다, 라고 말할 수 있을 리가 없다. 그는 침대에서 일어나 바닥과 이불 위에 어지럽게 흩어져 있는 신문지들을 한데 모은 뒤 공연 등 오락물 목록을 눈으로 훑어보지만 흥미를 끄는 것이 없다. 순간적으로 눈멀고, 귀먹고, 말도 할 수 없으면 좋겠다는 생각이 든다. 페르난두 페소아는 우리 모두 불구자라고 했지만, 그런 장애가 셋이나 중첩된 상태. 그때 스페인에 관한 기사들 중에서 아까 미처 보지 못한 사진이 눈에 들어온다. 예수의 성심(聖心)을 붙인 탱크들이다. 그것이 그들의 문장(紋章)이라면, 이번 전쟁은 틀림없이 무자비하게 치러질 것이다. 그는 리디아가 임신 중임을 떠올린다. 그녀는 아이가 아들이라고 끊임없이 그에게 말하고 있는데, 이 사내아이도 나중에 자라면 지금 한창 분위기가 무르익고 있는 전쟁에 나가게 될 것이다. 전쟁이 한번 일어나면 다른 전쟁들이 꼬리를 물고 일어나게 마련이니, 우리 계산을 좀 해보자. 아기는 내년 삼월에 세상에 태어난다. 젊은이가 전쟁에 나가는 평균 연령이 스물세 살이나 스물네 살이라면, 일천구백육십일년에 어디서, 무슨 이유로, 어떤 황무지를 놓고, 어떤 전쟁이 벌어지고 있을까. 히카르두 헤이스는 아이가 총탄에 맞아 벌집이 된 모습을 상상력의 눈으로 본다. 제 아비처럼 검고 창백하지만 그는 엄마의 아들일 뿐이다. 아비가 아들을 인정하지 않을 터이니.

바다호스가 항복했다. 스페인 외인부대는 포르투갈 출신

베테랑 부대원들의 응원 전신에 자극을 받아 원거리 전투에 서든 육박전에서든 모두 기적적인 승리를 일궈냈고, 포르투갈 출신의 용감한 신세대 외인부대원들이 특별한 공로를 인정받았다. 그들은 자신이 선배들 못지않다는 것을 보여주기 위해 아주 열심이었다. 여기에, 모국이 멀리 있지 않다는 느낌이 언제나 도움이 된다는 말을 덧붙여야겠다. 바다호스가 항복했다. 끊임없이 이어진 폭격에 폐허가 되고, 검이 부러지고, 낫은 무뎌지고, 곤봉과 도끼는 박살이 나버린 그 도시가 항복했다. 몰라 장군은 이렇게 선언했다. 과거의 한을 풀 때가 되었다. 투우장의 문이 열리더니 포로로 잡힌 민병대원들을 들여보낸 뒤 다시 닫혔다. 축제가 벌어지고 있다. 기관총들이 올레, 올레, 올레 소리를 지르고, 바다호스의 투우장에서 나는 소음에 귀가 멀 것 같다. 싸구려 면직물 옷을 입은 미노타우로스들이 쓰러져 차곡차곡 쌓이고, 그들의 피가 한데 섞인다. 괴물들이 모두 쓰러진 뒤, 투우사들은 단순히 부상만 입은 괴물들을 권총으로 처리할 것이다. 혹시 이 자비의 손길을 벗어나는 놈이 나온다면, 산 채로 묻으면 그만이다. 히카르두 헤이스가 이 일에 대해 아는 것은 모두 포르투갈 신문에서 읽은 내용뿐이지만, 한 신문에는 시체들이 여기저기 흩어져 있는 투우장의 사진이 같이 실려 있었다. 그곳에 전혀 어울리지 않는 수레 한 대는 황소 또는 미노타우로스의 배달 또는 제거를 위한 것이었을까. 히카르두 헤이스는 나머지 이야기를 리디아에게서 들었다. 그녀는 남동생에게서 그 이야기를 들었고, 남동생은 누구인지 모르는 사람에게서 들었다. 어쩌면 모든 일이 해결된 미래에서 온 전령이었는지도 모른다. 이제 울음을 그친 리디아가 말한다. 이천 명이 목숨을 잃었어요. 그녀의 입술이 가늘게 떨리고, 뺨은 상기되어 있다. 히카르두 헤이스는 그녀의 팔을 잡고 위로하려 하지만, 그녀가 팔을 빼낸다. 적의 때문이 아니라, 오늘은 그저 참을 수가 없기 때문이다. 나중에 부엌에서 그동안 쌓인 설거지를 하며 그녀는 다시 울기 시작한다. 그리고 생전 처음으로 자신이 왜 이 아파트에 오는지 자문해본다. 그녀는 의사 선생의 하녀인가, 청소부인가. 애인은 확실히 아니다. 애인이라는 말에는 남녀를 막론하고 동등한 관계가 암시되어 있는데 두 사람은 동등하지 않다. 그러다 보니 자신이 바다호스에서 죽은 사람들 때문에 울고 있는 건지, 자신의 죽음을 슬퍼하는 건지 알 수가 없다. 그녀 자신의 죽음이란 자신이 아무것도 아니라는 감정의 죽음이다. 서재에 앉아 있는 히카르두 헤이스는 지금 뭐가 어떻게 돌아가는지 전혀 모른다. 정말 믿을 수 없는 숫자인 사망자 이천 명, 리디아의 말이 진실일 때의 이야기지만, 어쨌든 그 숫자를 머리에서 몰아내기 위해 『미궁의 신』을 다시 펼쳐 읽던 곳에서부터 이어 읽으려고 해봐도 단어들이 무슨 뜻인지 알 수가 없었다. 그는 자신이 줄거리를 잊어버렸음을 깨닫고, 다시 처음으로 돌아갔다. 체스를 두는 두 남자 중 한 명이 발견한 시체가 양팔을 쭉 뻗어 왕과 여왕의 졸의 자리와 적 진영 쪽의 다음 두 칸을 차지하고 있었다. 여기까지 이르렀을 때 히카르두 헤이스는 또다시 이야기의 가닥을 잃어버렸다. 체스 판은 사막이고, 거기에 뻗어 있는 시체는 이제 청년이 아닌 청년이었다. 그러다 그 커다란 사각형 안에 새겨진 원, 모국에서 십자가에 못 박힌 시체들이 흩어져 있는 경기장이 보였다. 예수의 성심이 그 시체들 사이를 오가며 살아 있는 사람들의 숨을 끊어놓았다. 리디아가 일을 마치고 서재로 들어왔을 때, 히카르두 헤이스는 책을 덮어 무릎에 놓고 앉아 있었다. 잠들어 있는 것 같았는데, 이렇게 무방비한 상태에서는 거의 노인처럼 보였다. 그녀는 낯선 사람을 보듯이 그를 빤히 바라보다가 소리 없이 나갔다. 그리고 생각하기 시작한다. 이제 여기 오지 말아야겠어. 하지만 확신할 수는 없다.

밀란 다스트라이 장군이 마침내 도착했으므로, 테투안에서 또 다른 선언이 나왔다. 무자비한 전쟁, 휴전 없는 전쟁, 인본주의 원칙을 지키며 해충 마르크스주의자들에 맞서 죽을 때까지 싸우자. 프랑코 장군이 한 말에서 짐작할 수 있듯이, 내가 아직 마드리드를 점령하지 않은 것은 무고한 시민들을 희생시킬 수 없기 때문이다. 사려 깊은 사람이 나섰다. 헤롯 왕처럼 무고한 사람들을 학살하라는 명령은 절대 내리지 않을 사람. 그는 자신의 양심에 그토록 무거운 짐을 얹고 천국이 천사들로 북적거리게 만드느니 아기들이 다 자랄 때까지 기다릴 것이다. 스페인에서 불어오는 이 순풍이 포르투갈에서도 비슷한 일들을 일으키지 않을 것이라고는 생각할 수 없다. 이미 게임이 시작되어, 각자에게 카드가 나눠졌다. 누가 우리 편이고 누가 적인지 알아야 할 때가 되었다. 적이 자신의 이중성으로 인해 스스로 얼굴을 드러내게 만들자. 비겁함이나 탐욕, 또는 얼마 되지 않는 가진 것을 잃을지도 모른다는 두려움 때문에 우리의 깃발 아래로 피난한 자들을 모두 우리 편으로 치자. 따라서 전국 노조들은 공산주의에 반대하는 집회를 열기로 했다. 이 소식이 알려지자마자, 역사상 위대한 순간이 도래할 때마다 빠지지 않는 격정이 사회를 사로잡는다. 애국적인 단체, 여성 등이 개별적으로, 또는 다양한 위원회를 통해 탄원서에 서명해 자신들에게도 대표권을 달라고 요구한다. 어떤 노조들은 노조원들의 정신상태를 바로잡기 위해 특별 회의를 연다. 예를 들어 판매원 노조, 제빵사 노조, 호텔 노조 등이 그렇다. 사진 속에서 그들은 팔을 뻣뻣하게 들어 올려 경례하고 있다. 각자 개막식을 기다리며 자신의 역할을 연습 중이다. 이런 회의에서 전국 노조들의 성명서가 낭독되고, 참가자들은 박수갈채를 보낸다. 그들이 나라의 운명에 대한 자신감과 정치적 동맹을 열렬히 선언하는 광경이다. 아무 곳에서나 뽑아 온 다음의 구절들에도 그 점이 분명히 드러나 있다. 국가 협동조합주의 노동자들이 철저한 포르투갈인이자 충실한 가톨릭교도라는 점에는 의심의 여지가 있을 수 없다. 전국 노조들은 살라자르에게 거악을 척결하는 극적인 해결책을 요구한다. 전국 노조들은 사기업과 개인의 재산권을 모든 사회조직, 경제조직, 정치조직, 사회정의의 유일한 기초로 인정한다. 스페인 팔랑헤당 또한 같은 대의를 위해 같은 적과 싸우고 있으므로, 포르투갈 라디오 클럽에서 이 나라 전체를 상대로 발언하며, 자신들의 성전에 진심으로 동참해준 포르투갈에 박수를 보낸다. 그러나 이것은 사실 역사적으로 부정확한 인식이다. 우리 포르투갈 인들이 이미 오래전부터 성전을 벌이고 있다는 사실은 모르는 사람이 없다. 이렇게 남의 것을 자기 것인 양하는 것은 스페인 사람들의 전형적인 행동이다. 그들은 언제나 남의 것을 가져갈 준비가 되어 있으므로, 항상 감시할 필요가 있다.

히카르두 헤이스는 평생 단 한 번도 정치 집회에 참석한 적이 없었다. 틀림없이 그의 독특한 기질, 가정교육, 고전에 대한 사랑 때문일 것이다. 수줍은 성격도 확실히 관련이 있다. 그의 시에 익숙한 사람이라면 이미 다 아는 사실이다. 그러나 이 전국적인 함성, 이웃 나라 스페인의 내전, 그리고 어쩌면 뜻밖에도 캄푸 페케누 투우장에 시위대가 모이기 시작한 것까지도 그의 내면에 있던 아주 작은 호기심의 불꽃에 불을 붙였다. 수천 명이 모여 연설을 듣는 모습을 구경하는 기분은 어떨까. 그들이 어떤 구절에 왜 박수를 칠까, 연사들과 청중은 각자 얼마나 진심일까. 그들은 어떤 표정을 짓고, 어떤 몸짓을 할까. 천성적으로 호기심이 아주 많이 부족한 사람에게 이것은 흥미로운 변화다. 히카르두 헤이스는 확실히 자리를 확보하기 위해 일찌감치 집을 나서서, 빨리 도착하려고 택시를 탔다. 팔월이 거의 끝나가고 있는 때라 밤 기온이 아직 따뜻하다. 사람들이 흘러넘칠 정도로 빽빽이 타고 있는 특별 전차가 지나간다. 승객들은 즐겁게 이야기를 나누고 있는 반면, 행사장으로 걸어가고 있는 소수의 사람들은 국가주의의 열정에 훨씬 더 휘말려서 소리를 지른다. 새로운 국가 만세. 노조 깃발들이 보인다. 바람이 한 점도 없는 탓에 사람이 힘껏 깃발을 휘둘러 색깔과 상징이 드러나게 한다. 협동조합주의를 표방하지만 여전히 공화주의 전통에 오염되어 문장(紋章)을 내보이고 있는 것이다. 옛날 장인들의 단체를 지칭하던 단어를 사용해서 길드라고 할 수 있겠다. 투우장에 들어선 히카르두 헤이스는 엄청난 급류처럼 움직이는 사람들 무리에 휩쓸린다. 정신을 차리고 보니 SNB라는 이니셜과 십자가가 새겨진 파란 완장을 찬 은행 직원들 틈바구니에 끼어 있다. 애국심이라는 미덕이 모든 죄를 사하고, 모든 모순을 화해시키는 것은 정말로 사실이다. 이 경우에도 은행 직원들은 그리스도의 십자가를 자기들의 상징으로 삼았다. 그리스도는 당시 상인들과 환전업자들, 즉 이 나무의 첫 가지와 이 열매에서 피어난 첫 꽃송이인 그들을 성전에서 내쫓은 인물인데 말이다. 그리스도가 우화 속 늑대 같은 인물이 아닌 것이 그들에게는 다행이다. 늑대는 온순한 새끼양이 고집쟁이 양으로 자라기를 기다리지 않고 그냥 다 죽여버리지 않았던가. 전에는 모든 것이 훨씬 더 단순했으나, 요즘 우리는 물이 수원지에서부터 흙탕물이었던 건지, 아니면 흘러오는 도중에 오염된 건지를 자문하며 시간을 보낸다.

투우장이 사실상 가득 찼지만, 히카르두 헤이스는 햇볕이 잘 드는 곳의 좌석을 하나 확보하는 데 성공했다. 하지만 오늘은 햇볕이 문제가 되지 않는다. 그림자와 어둠이 사방에 가득하니까. 그의 자리는 연단과 가까워서 연사들의 얼굴이 잘 보이지만, 그렇다고 연단과 지나치게 가깝지는 않아서 투우장 전체를 훤히 조망할 수 있다는 점이 좋다. 깃발과 배너가 계속 줄지어 들어온다. 후자는 온통 애국적인 색채를 띠고 있지만, 깃발 중에는 그렇지 않은 것이 많다. 이해할 수 있는 일이다. 조국의 숭고한 상징을 과장하지 않아도 우리가 포르투갈인 동포들과 함께 있음을 알 수 있기 때문이다. 자랑으로 하는 말이 아니라, 포르투갈인 동포들은 또한 최고의 사람들이기도 하다. 객석이 가득 차서 공간이 남아 있는 곳은 정중앙뿐이다. 배너가 가장 잘 보이는 자리라서 수많은 배너가 그곳에 몰려 있다. 지인들이 서로 인사를 주고받고, 군중이 새로운 국가에 환호를 보낸다. 헤아릴 수 없이 많은 사람들이 열기에 들떠 팔을 앞으로 쭉 뻗고, 새로운 배너가 들어올 때마다 벌떡 일어나 로마식 경례를 한다. 그들과 우리가 계속해서 오 시간이여, 오 관습이여(O tempora, O mores)라는 말을 되풀이하는 것을 이해해주기 바란다. 비리아투스[*]와 세르토리우스[**]는 이 땅을 점령한 제국인들을 쫓아내려고 열심히

[*] ?~BC 139, 이베리아 반도 서쪽으로 진출하려던 로마에 맞서 저항한 갈리시아 민족의 지도자.

[**] 기원전 1세기에 로마가 이베리아 반도에 파견한 지방장관.

싸웠으나, 이 두 영웅의 투쟁에도 불구하고 로마는 이 나라 후손들의 이미지 속에 되돌아와 있다. 때로는 자신을 아주 싼값에 내놓는 사람들을 팔에 걸치는 천 한 조각이나 구부러진 십자가를 상징으로 채택할 권리로 매수하는 것이야말로 확실히 가장 쉬운 지배 방법이다. 관악대가 기다리는 사람들을 위해 인기 있는 곡을 연주한다. 마침내 관리들이 연단에 자리를 잡자 군중은 미친 듯이 흥분해 애국적인 함성으로 공기를 뒤흔든다. 포르투갈, 포르투갈, 포르투갈, 살라자르, 살라자르, 살라자르. 살라자르는 오지 않았다. 그는 자기 편할 때만 모습을 드러내는 사람이다. 그러나 포르투갈은 이 자리에 있다. 포르투갈은 어디에나 있다. 연단 오른쪽 비어 있던 좌석에 이탈리아의 파시스트 대표단이 앉아 있는 것이 시민들의 신경을 몹시 건드린다. 그들은 특유의 검은 셔츠에 훈장을 달고 있다. 연단 왼편에는 독일에서 온 나치 대표단이 갈색 셔츠에 나치 십자가가 그려진 완장을 차고 서 있었다. 그들 모두 팔을 뻗어 군중에게 인사하자, 군중도 화답했다. 동작이 대표단들보다는 덜 깔끔하지만, 군중은 그들에게서 배우려는 열정으로 가득하다. 이때 스페인 팔랑헤당원들이 들어왔다. 친숙한 파란 셔츠 차림이다. 그들의 제복은 세 가지 색깔이지만, 단 하나의 이상으로 통일되어 있다. 군중은 이제 한 명도 빠짐없이 모두 자리에서 일어나 함성이라고 부르는 만국 공통의 언어로 허공을 가득 채운다. 바벨탑이 마침내 몸짓으로 통일되었다. 독일인들은 포르투갈어도 카스티야어도 이탈리아어도 모른다. 스페인 사람들은 독일어도 이탈리아어도 포르투갈어도 모른다. 이탈리아인들은 카스티야어도 포르투갈어도 독일어도 모른다. 그러나 포르투갈 사람들은 카스티야어를 아주 잘한다. 누군가에게 말을 걸 때는 우스테드(usted), 뭔가 물건을 살 때는 콴토 발레(quanto vale),* 고맙다고 말할 때는 그라시아스(gracias), 하지만 영혼이 공명할 때는 어떤 언어로든 한 번 크게 외치는 것만으로 충분하다. 볼셰비키에게 죽음을. 약간의 수고 끝에 투우장이 다시 조용해진다. 관악대는 북을 세 번 두드리는 것으로 군대 행진곡을 마무리하고, 첫 번째 연사가 소개된다. 해군 병기고에서 일하는 조선소 직원 질베르투 아호테이아다. 사람들이 그를 어떻게 설득했는지는 그를 유혹한 자와 그 자신만이 안다. 그다음에는 포르투갈 청소년을 대표하는 루이스 핀투 코엘류가 두 번째 연사로 나선다. 이제 이것이 다 무슨 일인지 알 것 같다. 그가 더 이상 노골적일 수 없는 말로 국가주의 민병대의 창설을 외치기 때문이다. 세 번째 연사는 페르난두 오멩 크리스투, 네 번째 연사는 아벨 메스키타다. 둘다 세투발의 전국 노조에서 나온 사람들이다. 다섯 번째 연사인 안토니우 카스트루 페르난드스는 나중에 내각의 장관이 되는 사람이고, 여섯 번째 연사인 히카르두 두랑은 소령이라는 계급에 걸맞은 강한 신념을 갖고 있다. 몇 주 뒤에 그는

---

* 스페인어로 '얼마입니까'라는 뜻.

에보라의 또 다른 투우장에서 같은 연설을 할 것이다. 우리는 똑같은 애국적 이상으로 한마음이 되어, 과거 새로운 세상을 만들어내고 믿음과 제국을 널리 퍼뜨린 우리 루시타니아 조상들의 전통과 성취를 계속 이어나가겠다고 진심으로 맹세할 것을 이 나라 정부에 선언하고 알리기 위해 이 자리에 모였습니다, 또한 우리가 살라자르를 중심으로 하나가 되어 이 자리에 모였음을 팡파르와 함께 선언합시다, 살라자르는 조국을 위해 인생을 바친 천재입니다. 마지막으로, 연사 순서로는 일곱 번째지만 정치적 영향력 면에서는 으뜸인 포르투갈 라디오 클럽의 조르즈 보텔류 모니스가 나와 살라자르처럼 조국을 위해 모든 것을 바칠 시민 군단을 만들자고 정부에 촉구하는 제안서를 읽는다. 우리의 미약한 능력이 허락하는 한, 살라자르의 모범을 따르는 것만이 옳은 일이라는 것이다. 여기서 잔가지 일곱 개의 우화를 인용하는 것이 아주 적절할 것 같다. 가지를 따로따로 꺾으면 쉽게 부러뜨릴 수 있지만, 일곱 개를 하나로 묶으면 부러뜨릴 수 없는 속간(束桿)*이 된다. 군중은 군단이라는 단어를 듣는 순간 다시 일어선다. 언제나 그렇듯이 한 사람도 빠짐없이. 군단이라는 말은 곧 제복을 뜻하고, 제복이라는 말은 곧 셔츠를 뜻한다. 남은 것은 색깔을 정하는 일뿐이지만, 그것은 우리가 지금 결정할 수

---

* 막대기 다발에 도끼를 끼운 집정관의 표식으로 나중에 이탈리아 파시스트당의 상징이 되었다.

있는 문제가 아니다. 어쨌든 원숭이처럼 군다는 소리를 듣지 않기 위해 우리는 검은색이나 갈색이나 파란색을 선택하지 않을 것이다. 하얀색은 너무 빨리 더러워지고, 노란색은 절망의 색이고, 빨간색은 어림도 없고, 자주색은 갈보리로 가는 길의 그리스도를 연상시킨다. 그럼 유일하게 남은 색이 초록색이므로, 포르투갈 청소년 운동의 용감한 젊은이들은 초록색이 좋다고 동의한 뒤, 제복을 기다리는 동안 다른 색은 꿈도 꾸지 않는다. 모임이 이제 거의 끝나간다. 노조들이 의무를 다했다.

포르투갈 사람들이 으레 그렇듯이, 군중은 질서 정연하게 투우장을 빠져나간다. 아직 환호하는 사람도 있지만, 소리가 많이 억제되어 있다. 깃발을 든 사람들 중에서 성격이 꼼꼼한 사람들은 깃발을 둘둘 말아 케이스에 넣는다. 투우장의 중앙 조명이 꺼져서, 시위대가 간신히 길을 찾아갈 수 있을 정도의 빛만 남아 있다. 밖에서는 특별 전차에 점차 사람이 차고 있다. 멀리까지 가야 하는 사람을 위한 트럭도 마련되어 있는데, 전차와 트럭 앞에 모두 사람들이 줄을 서 있다. 히카르두 헤이스는 집회가 진행되는 동안 내내 야외에 있었으면서도 신선한 공기를 마시고 싶어서 택시를 거부한다. 그러자 다른 사람들이 곧바로 택시를 불러 탄다. 그는 걸어서 도시 전체를 가로지를 생각이다. 그가 걷는 곳에는 애국심을 자극하는 구호가 전혀 없고, 전차들도 다른 라인에 속한 것이다. 택시들은 광장에서 졸고 있다. 캄푸 페케누에서 알투 드 산타카타리나까지는 거의 오 킬로미터니까, 보통 잘 움직이지 않는 편인 이 의사 선생에게는 상당한 거리다. 집에 도착했을 때는 발이 욱신거리고, 몸에 기운이 전혀 남아 있지 않았다. 답답한 공기를 환기시키려고 창문을 열면서 그는 집까지 한참 걸어오는 동안 투우장에서 보고 들은 것을 단 한 번도 생각하지 않았음을 깨달았다. 그곳에서 들은 아이디어, 사람들의 생각과 말이 하나도 떠오르지 않았다. 마치 그동안 구름을 타고 있었거나, 그 자신이 허공을 떠도는 구름으로 변신했던 것 같았다. 이제 그는 투우장에서 있었던 일들을 모두 곰곰이 생각해보며 결론을 내리고 싶지만, 아무리 애써도 소용이 없었다. 생각나는 것이라고는 그리스와 로마, 서구 문명을 옹호하던 검은 셔츠, 갈색 셔츠, 파란 셔츠뿐이다. 만약 돈 미겔 데 우나무노가 그 자리에 초청되었다면 어떤 연설을 했을까. 아마 그는 두랑과 모니스 사이에 연단에 올라, 군중 앞에 자신을 드러냈을 것이다. 포르투갈의 아들들이여, 오늘 저는 여러분 앞에 섰습니다, 여러분은 죽음 만세를 외치지 않는 자살의 민족, 저는 여러분에게 할 말이 없습니다, 저 자신이 이제 늙고 약해져서 보호자가 필요한 몸이기 때문입니다. 히카르두 헤이스는 깊은 밤까지 생각에 잠긴다. 징조를 잘 알아보는 사람이라면, 지금 뭔가가 부글부글 만들어지고 있다고 말할 것이다. 히카르두 헤이스가 창문을 닫은 것은 아주 늦은 시각이다. 결국 그가 생각해낸 것은 이것뿐이다. 이제 정치 집회에는 가지 말아야지. 그는 재킷과 바지에 솔질을 하다가 양파 냄새가 난다는 것을 깨달았다. 이상한 일이다. 틀림없이 빅토르 근처에도 간 적이 없는데.

그 뒤 며칠 동안 뉴스가 홍수처럼 쏟아진다. 캄푸 페케누의 집회가 전 세계에서 방아쇠 역할을 한 것 같다. 북아메리카 금융가 단체 하나가 프랑코 장군에게 스페인 국가주의 혁명을 후원할 준비가 되어 있다고 알렸다. 영향력이 큰 존 D. 록펠러의 머리에서 나온 생각임이 분명하다. 그에게 상황을 전혀 알리지 않는 것은 잘못된 결정이 될 터이므로 《뉴욕타임스》는 스페인의 군사 쿠데타 소식을 보도했다. 늙은 록펠러의 약한 심장이 다치지 않게 신중에 신중을 기하기는 했지만, 그래도 위험을 완전히 피할 수는 없는 법이다. 독일 검은 숲 근처의 교구들에서는 주교들이 가톨릭교회와 제삼제국이 공통의 적에 맞서 어깨를 나란히 하고 싸울 것이라고 발표했다. 이렇게 힘을 과시하는 분위기에 뒤처지지 않기 위해 무솔리니는 자신이 순식간에 팔백만 병력을 동원할 수 있다고 전 세계에 경고했다. 이 병력 중에는 서구 문명의 또 다른 적인 에티오피아를 상대로 거둔 승리가 기뻐서 아직도 얼굴이 반짝반짝 빛나는 사람이 많다. 하지만 이제는 우리의 둥지로 돌아와보자. 청소년 운동에 자원해서 합류하는 사람의 수가 점점 늘어나고 있는 것 외에, 포르투갈 군단에 등록한 사람의 수도 수천 명이나 된다. 포르투갈 군단은 미래에 등장할 명칭이다. 기업부 차관은 무엇보다 유창한 말로 전국 노조에 찬사를 보내는 성명서 초안을 작성했다. 여기서 그는 정치 집회를 앞장서서 열고 있는 그들의 애국심을 칭찬하는데, 이런 정치 집회는 국가주의자의 심장이 벼려지는 용광로이므로, 이제는 새로운 국가를 만드는 데 방해가 되는 것이 하나도 없다. 또한 위원장이 군사시설을 방문한다는 발표도 있었다. 브라수 드 프라타의 군수공장을 둘러보고, 베이롤라스의 무기 창고를 조사해볼 예정이며, 차후의 순시 및 조사 계획도 마련되는 대로 보도하겠다는 내용이었다.

히카르두 헤이스는 아폰수 드 알부케르크호가 난민들을 태우려고 알리칸테로 갔음을 신문에서 알게 된다. 이 배의 운명과 자신의 운명이 얽혀 있기 때문에 슬픈 기분이 든다. 그러나 리디아는 수병인 남동생이 인도적인 임무를 위해 바다로 떠났다는 이야기를 그에게 해주지 않았다. 그러고 보니 리디아는 최근 나타나지 않았다. 빨랫감이 높이 쌓이고, 가구에는 먼지가 쌓이고, 모든 것의 윤곽이 점차 흐려지고 있다. 마치 존재하는 것에 싫증이 난 것 같다. 어쩌면 눈이 사물을 보는 데 싫증이 난 효과인지도 모른다. 히카르두 헤이스는 요즘만큼 외로웠던 적이 없다. 그는 정리하지 않은 침대나 서재의 소파에서 거의 하루 종일 잔다. 심지어 화장실에서 잠든 적도 있지만, 그건 한 번뿐이다. 자신이 화장실에서 바지를 내린 채로 죽는 꿈을 꾸고는 소스라치게 놀라서 깨어났기 때문이다. 자신을 존중하는 기색이라고는 전혀 없는 시체가 아닌가. 그는 마르센다에게 몇 페이지나 되는 긴 편지를 쓰며, 호텔에서 처음 만난 날부터 쭉 머릿속의 기억들을 발굴했다. 기억이 떠오를 때마다 말이 술술 나오지만, 현재에 이르렀을 때는 할 말을 찾을 수 없다. 요구할 것도, 그녀에게 제안할 것도 없다. 그래서 히카르두 헤이스는 편지지를 모아 탁탁 두드려서 가지런히 정리하고, 접혀 있던 귀퉁이도 똑바로 편 다음, 한 장씩 체계적으로 찢었다. 얼마나 잘게 찢었는지, 단어 하나조차 온전히 읽을 수 없을 정도였다. 그는 이 슬픈 종잇조각들을 쓰레기통에 넣지 않고, 아직 사람들이 잠에서 깨기 전인 이른 아침까지 기다렸다가 공원 난간 위로 사육제의 색종이 조각처럼 날렸다. 새벽바람이 지붕들 위로 종잇조각을 싣고 갔다. 나중에 그보다 훨씬 더 강한 바람이 그 종잇조각들을 멀리 실어 갈 테지만, 코임브라까지 가지는 않을 것이다. 이틀 뒤 그는 자신의 시를 종이에 베껴 썼다. 벌써 여름을 향해 안달하며. 이 진실이 이제는 거짓임을 알면서도. 이제 그는 전혀 안달하지 않고, 그저 무한히 피곤할 뿐이었다. 그는 봉투에 마르센다 삼파이우, 우체국 보관, 코임브라라고 썼다. 만약 육 개월 뒤까지 그녀가 찾으러 오지 않으면, 이 편지는 파기될 것이다. 우리가 앞에서 언급했던 그 양심적이고 호기심 많은 직원이 삼파이우 박사의 사무실로 이 편지를 가져가더라도 무슨 일이 벌어지지는 않을 것이다. 아버지의 특권을 이용해 편지를 열어본 삼파이우 박사는 퇴근해서 집에 돌아왔을 때 딸에게 이렇게 말할 것이다. 미지의 남자가 널 몰래 좋아하는 모양이다. 그러면 마르센다는 그 시를 읽으면서 혼자 미소 지을 것이다. 이것이 히카르두 헤이스에게서 온 편지라는 생각은 아예 하지 못한다. 그가 그녀에게 자신이 시인이라고 말한 적이 없기 때문이다. 필체가 확실히 비슷한데도.

이젠 여기 안 올 거야. 리디아는 이렇게 말했으면서도 또 이 집의 문을 두드리고 있다. 아파트 열쇠가 주머니에 있지만 그녀는 그것을 사용하지 않는다. 나름의 자존심이다. 그녀가 다시 오지 않겠다고 말했으므로, 이제 와서 마치 자기 집에 들어가듯이 열쇠를 사용한다면 꼴사나울 것이다. 이 집은 단 한 번도 그녀의 집이었던 적이 없고, 오늘은 더욱더 그렇다. 과연 그것이 가능한 일인지는 잘 모르겠지만. 히카르두 헤이스는 문을 열어주고는 놀란 기색을 감춘다. 리디아가 어느 방으로 가야 할지 망설이는 기색이라, 그는 서재로 향한다. 원한다면 그녀가 따라올 것이다. 그녀의 눈이 빨갛게 부어 있다. 엄마가 된다는 기쁨과 힘겹게 씨름한 끝에 마침내 낙태를 하기로 결심한 건지도 모른다. 그녀가 이룬의 함락이나 산 세바스티안 포위전 때문에 그런 표정을 짓는 것 같지는 않기 때문이다. 그녀가 말한다. 죄송해요, 선생님, 그동안 올 수 없었어요. 그러나 잠시도 쉬지 않고 곧바로 자신의 말을 정정한다. 이것 때문은 아니고요, 그냥 이젠 선생님한테 제가 필요하지 않을 것 같았어요. 그녀는 또다시 자신의 말을 바로잡는다. 이런 생활에 지쳤어요. 이 말을 하고 난 뒤 그녀는 가만히 서서 기다린다. 그리고 생전 처음으로 히카르두 헤이스를 똑바로 바라보며 생각했다. 혹시 어디 아프신가. 당신이 보고 싶었소. 그는 이렇게 말하고는 입을 다물었다. 더 이상 할 말이 없었다. 리디아는 두 걸음을 내디뎠다. 침실부터 시작할 생각이다. 침대를 정리한 다음 부엌으로 가서 설거지를 하고, 그다음에는 그의 옷을 빨래 통에 담글 것이다. 하지만 그녀가 오늘 온 것은 이런 이유 때문이 아니다. 비록 나중에 이런 일들을 다 하겠지만. 히카르두 헤이스가 그녀에게 묻는다. 좀 앉지 그래요. 그러고는 말을 잇는다. 무슨 일인지 말해봐요. 리디아는 흐느끼기 시작한다. 아이 때문이오. 그가 묻자 그녀는 고개를 젓는다. 눈물을 흘리는 와중에도 비난하듯 한 번 흘겨보기까지 하더니 불쑥 말한다. 남동생 때문이에요. 히카르두 헤이스는 아폰수 드 알부케르크가 알리칸테에서 돌아왔다는 사실을 떠올린다. 알리칸테는 아직 스페인 정부가 장악하고 있는 항구다. 이 두 가지 사실을 한데 놓고 보니 답이 나온다. 남동생이 탈영해서 스페인에 남은 거요. 아뇨,

배와 함께 돌아왔어요. 그럼 왜. 재앙이 벌어질 거예요, 재앙이. 리디아, 도대체 무슨 일인지 말을 해봐요. 수병들이. 그녀는 말을 멈추더니 눈물을 닦고 코를 푼다. 반란을 일으켜서 배를 몰고 바다로 나가려고 해요. 누구한테 들었소. 다니엘한테서요. 저더러 비밀을 지키라고 했지만, 믿을 수 있는 사람과 이야기를 해야 할 것 같아서 이리로 온 거예요, 선생님, 제가 의지할 사람이 달리 없어요, 어머니는 아무것도 모르세요. 히카르두 헤이스는 아무런 감정이 느껴지지 않는다는 사실에 깜짝 놀란다. 어쩌면 이것이 운명인지도 모른다. 무슨 일이 벌어질지 다 알면서도, 필연적인 일이라는 걸 알면서도 침묵을 지키며 구경만 하는 구경꾼. 세상을 뜨면서도 세상에서 벌어지는 일들을 지켜보는 사람. 확실해요. 그가 물었다. 그녀는 눈물을 글썽거리며 고개를 끄덕이더니, 그에게서 자신이 바라는 질문이 나오기를 기다렸다. 간단히 예나 아니요로 대답할 수 있는 질문. 그러나 그런 질문을 하려면 인간의 능력을 뛰어넘는 용기가 필요하다. 달리 더 좋은 예가 없으므로, 다음의 사례로 만족해보자. 수병들의 계획이 뭐요, 설마 자기들이 바다로 나가면 정부가 무너질 거라고 믿지는 않을 텐데. 앙그라 두 에로이즈무로 가서 정치범들을 풀어준 뒤, 섬을 탈취하고, 여기서 폭동이 일어나기를 기다리겠대요. 그러다 아무 일도 일어나지 않으면. 폭동이 일어나지 않으면, 스페인으로 가서 정부군에 합류할 거예요. 미쳤군, 하다못해 해협도 빠져나가지 못할 거요. 제 남동생도 그렇게 말했어요, 하지만 다들 들으려고 하질 않는대요. 그 계획의 실행 날짜는, 동생이 말을 안 해줬어요, 하지만 앞으로 며칠 안쪽일 거예요. 그럼 배는, 참가하는 배들은. 아폰수 드 알부케르크, 당, 바르톨로메우 디아스호예요. 미쳤군. 히카르두 헤이스는 같은 말을 되풀이하지만, 리디아가 이토록 순진하게 다 털어놓은 음모에 대해 더 이상 생각할 수 없다. 지금 그가 떠올리는 것은 자신이 리스본에 도착하던 날이다. 부두에 있던 어뢰정, 흠뻑 젖은 걸레처럼 늘어져 있던 깃발, 죽은 회색을 띤 생기 없는 선체. 가장 가까운 배가 당호입니다. 그날 짐꾼이 그에게 이렇게 말해주었다. 그런데 그 당호가 곧 반란을 위해 바다로 나갈 예정이라고 했다. 히카르두 헤이스는 마치 자신이 그 배의 뱃머리에 타고 있는 것처럼 깊이 숨을 들이쉬었다. 얼굴에 소금기 있는 바람이 닿고, 짠물이 흩뿌려졌다. 그는 같은 말을 되풀이했다. 미쳤군. 그의 목소리에 희망이 조금이라도 깃들어 있을까. 천만에. 그런 생각을 하는 것은 어리석은 환상이다. 그는 아무런 희망도 품고 있지 않다. 하지만 어쩌면 모든 일이 결국 잘 풀릴지도 몰라요, 누가 알겠소, 심지어 수병들이 계획을 포기할 수도 있어요, 포기하지 않는다 해도, 누가 알겠소, 그들이 앙그라까지 무사히 갈지, 그다음에 어떻게 될지는 두고 보면 될 일이고, 이제 그만 울어요, 눈물은 아무 소용이 없소, 수병들이 마음을 바꿀지도 모르고. 아뇨, 선생님, 그 사람들을 모르셔서 그래요, 그 사람들은 절대로 마음을 바꾸지 않을 거예요, 제 이름이 리디아인 것만큼이나 확실해요. 자신의 이름을 말한 그녀는 자신이 여기 있으면 안 된다는 사실을 퍼뜩 깨달았다. 오늘은 청소를 못 할 것 같아요, 당장 호텔로 돌아가야 돼요, 그냥 마음의 짐을 덜려고 온 거라서요, 제가 자리를 비운 걸 아무도 몰라야 할 텐데. 내가 도울 길은 없소. 도움이 필요한 건 수병들이에요, 해협까지도 먼 길인데, 한 가지만 부탁드려요, 선생님이 사랑하시는 분들의 영혼을 걸고, 꼭 이 비밀을 지켜주세요, 비록 저는 오늘 비밀을 지키지 못했지만요. 걱정 말아요, 입을 꼭 다물고 있을 테니까. 두 사람은 서로 위로의 키스를 나눌 수 있을 만한 거리에 있었다. 리디아는 너무나 불행했기 때문에 신음 소리를 냈다. 그러나 그 신음 속에 묵직한 다른 소리가 섞여 있음을 감지할 수 있었다. 우리 인간들이 원래 이렇다. 한순간에 많은 것을 함께 느낀다는 뜻이다. 리디아가 계단을 내려가는 동안, 히카르두 헤이스는 너무나 그답지 않게 층계참으로 나갔다. 그녀가 위를 쳐다보자 그가 고개를 끄덕였고, 두 사람은 함께 빙긋 웃었다. 살다 보면 완벽해 보이는 순간이 있는데, 지금이 바로 그때였다. 조금 전까지 글자가 있었지만 지금은 다시 백지가 된 페이지 같았다.

히카르두 헤이스는 다음 날 점심을 먹으러 나갔을 때 공원에서 시간을 보내며 테헤이루 두 파수 앞의 전함들을 응시했다. 배에 대해 아는 것이 별로 없어서, 아는 것이라고는 쾌속선이 어뢰정보다 크다는 사실뿐이었다. 하지만 멀리서 보면 모두 화가 날 만큼 똑같아 보였다. 어느 배가 아폰수 드 알부케르크이고, 어느 배가 바르톨로메우 디아스인지 알 수 없었지만, 당호는 알고 있었다. 짐꾼이 해준 말 덕분이었다. 가장 가까운 배가 당호입니다. 리디아가 꿈을 꾼 모양이었다. 아니면 남동생이 농담으로 겁을 준 것이든지. 배를 몰고 바다로 나가겠다는 황당한 음모라니. 세 척의 배가 부두를 따라 정박해 있다. 산들바람 속에서 최대한 차분한 모습이다. 프리깃함은 상류로 향하고 있고, 카실랴스행 연락선들이 끊임없이 오간다. 구름 한 점 없는 파란 하늘에는 갈매기들이 날고, 기대에 찬 강물 위에서 햇빛이 밝게 빛난다. 다니엘이 제 누이에게 한 말은 모두 진실이다. 시인은 여기 물속에서 떨고 있는 두려움을 느낄 수 있다. 언제 떠나냐는 물음에 리디아는 며칠 안쪽이라고 대답했다. 히카르두 헤이스의 목구멍이 죄어들고, 눈이 눈물로 흐려졌다. 아다마스토르의 굉장한 울음도 이렇게 시작되었다. 그가 막 자리를 뜨려는데 들떠서 외치는 목소리들이 들린다. 저쪽이야, 저쪽이야. 두 노인의 목소리다. 다른 사람들이 묻는다. 어디요, 무슨 일입니까. 그러자 목마 넘기를 하던 아이들이 놀이를 중단하고 소리친다. 풍선을 봐, 풍선을 봐. 히카르두 헤이스는 손등으로 눈물을 닦았다. 강 맞은편에서 거대한 비행선이 공중으로 솟아오르는 것이 보였다. 틀림없이 그라프 체펠린이나 힌덴부르크가 남아메리카행 우편물을 맡기려고 왔을 것이다. 방향타에 하얀색, 빨간색, 검은색으로 나치 십자가가 그려져 있는 비행선의 모습이 마치 아이들이 날린 연 같다. 원래의 의미를 잃고 떠도는 상징, 유성이라기보다 위협이 되어버린 존재다. 사람과 상징의 관계가 신기하다. 그리스도의 십자가와 피로 맺어진 아시시의 성 프란체스코만 생각해봐도 된다. 정치집회에서 은행원들이 팔에 차고 있던 그리스도의 십자가 완장도. 이렇게 미로처럼 얽힌 연상 속에서 사람이 길을 잃지 않는 것은 기적이다. 힌덴부르크가 시끄러운 엔진 소리를 내며 성을 향해 강물 위를 날아가다가 어떤 주택들 뒤로 사라졌다. 엔진 소리도 점차 잦아들었다. 비행선이 우편물을 포르텔라 드 사카벵에 내려놓으면, 하일랜드 브리게이드호가 편지를 이어받아 운반할지도 모른다. 세상에는 자꾸만 이용되는 길이 많기 때문이다. 두 노인은 항상 앉는 벤치로 돌아가고, 아이들도 다시 놀이를 시작하고, 바람은 다시 잠잠해진다. 히카르두 헤이스는 조금 전에 비해 전혀 현명해지지 않았다. 배들은 점점 심해지는 오후의 더위 속에 앉아 있다. 뱃머리는 바다를 향하고 있고, 수병들은 지금쯤 틀림없이 점심을 먹고 있을 것이다. 다른 날과 마찬가지로 오늘도. 오늘이 그들의 마지막 날이 아니라면. 식당으로 간 히카르두 헤이스는 잔에 포도주를 채웠다. 보이지 않는 손님의 잔도 채웠다. 한 모금 마시려고 잔을 들어 올리면서 그는 건배를 하는 시늉을 했다. 그가 누구를 위해 또는 무엇을 위해 건배하는지 그의 머릿속을 들여다볼 수 없으므로, 이 식당의 웨이터들이 보여준 모범을 따르기로 하자. 그들은 손님에게 전혀 눈길을 주지 않고 있다. 이 손님의 행동이 조금 이상한지는 몰라도, 결코 가장 이상하다고 할 수는 없기 때문이다.

그날 오후는 아주 좋았다. 히카르두 헤이스는 배들을 가까이에서 지켜보려고 시아두로, 노바 두 알마다 거리로 갔다. 부두에서, 그리고 테헤이루 두 파수를 가로지르면서 그는 몇 달 동안 여기 있으면서도 카페 마르티뉴 다 아르카다에 들른 적이 없음을 떠올렸다. 마지막으로 그곳에 갔을 때 페르난두 페소아는 그 친숙한 벽의 기억에 도전하는 것은 현명하지 못하다고 생각했다. 그러고 나서 두 사람 모두 그 일에 대해서는 다시 생각하지 않은 채 그곳에 들르지 않았다. 히카르두 헤이스에게는 변명거리가 있다. 외국에서 워낙 오랜 세월을 보냈으므로, 설사 그곳에 들르는 습관이 있었다 하더라도 이미 깨졌다고 봐야 하기 때문이다. 그는 오늘도 그곳에 들르지 않을 것이다. 광장 한복판에서 보니, 반짝이는 수면에 떠 있는 배들이 진열창의 장난감 배처럼 보인다. 부두에 함대가 떠 있는 것 같은 효과를 연출하려고 가져다 놓은 거울에 비친 배들. 그러나 가까이 다가가면 보이는 것이 별로 없다. 갑판을 오가는 수병들만 보일 뿐이다. 거리를 두고 바라보면 그들이 진짜라는 실감이 들지 않는다. 그들이 이야기를 해도 우리는 들을 수 없고, 그들의 생각도 비밀로 남아 있다. 히카르두 헤이스는 자신이 이곳에 온 이유를 잊어버리고 상념에 잠겨 있었다. 그렇게 그냥 물끄러미 배들을 바라보고 있는데, 갑자기 옆에서 누군가의 목소리가 들렸다. 그래, 배를 보러 오셨군요, 의사 선생. 그가 아는 목소리였다. 빅토르의 목소리. 그가 가장 먼저 느낀 것은 당혹감이었다. 그 냄새는 어디로 갔을까. 그러다 깨달았다. 빅토르는 바람이 불어 가는 쪽에 서 있었다. 히카르두 헤이스의 심장박동이 빨라졌다. 빅토르가 의심했을까. 수병들의 반란 계획이 발각된 걸까. 배와 강을 보러 온 겁니다. 그는 이렇게 대답했다. 프리깃함과 갈매기 역시 언급할 수 있었을 것이다. 자신이 순전히 배를 타고 싶어서, 돌고래들이 뛰어오르는 걸 보는 것이 즐거워서 연락선을 타고 카실랴스로 갈 생각이라는 말을 할 수도 있었을 것이다. 그러나 그는 그저 같은 말을 되풀이했을 뿐이다. 배와 강을 보러 온 겁니다. 그러고는 무뚝뚝하게 뒤로 물러나며, 어리석은 짓을 했다고 속으로 되뇌었다. 자연스럽게 대화를 이어나갔어야 하는데. 만약 빅토르가 뭔가 의심을 품고 있다면, 히카르두 헤이스가 여기 있는 것 또한 반드시 의심스럽게 생각했을 것이다. 그때 반드시 리디아에게 경고를 해야겠다는 생각이 히카르두 헤이스의 머리에 문득 떠올랐다. 반드시 그래야 했다. 그러나 그는 즉시 생각을 바꿨다. 리디아에게 뭐라고 말할 건가, 테헤이루 두 파수에서 빅토르를 봤다고, 우연의 일치일 수도 있는데, 아무리 경찰이라도 강 구경을 좋아할 수는 있는 것이니까. 어쩌면 빅토르가 비번이라 포르투갈인이라면 누구나 갖고 있는, 바다 여행에 대한 충동에 굴복해 이곳에 나왔다가 의사 선생을 발견했다면, 과거의 인연도 있고 하니 그에게 인사를 건네는 것이 자연스러운 일이었다. 히카르두 헤이스는 브라간사 호텔의 입구를 지나 알레크링 거리를 올라갔다. 돌계단에 안과 및 외과의원, A. 마스카로, 1870이라는 말이 새겨져 있었다. 이 마스카로라는 사람이 정식으로 의대를 졸업했는지 아니면 그냥 개업의였는지는 알 수 없다. 당시에는 졸업장에 관한 규정이 그리 엄격하지 않았고, 심지어 요즘도 별로 엄격하지 않다. 히카르두 헤이스가 특별한 자격을 갖추지도 않았으면서 심장병 환자들을 봤다는 사실만 떠올려보면 된다. 그는 동상들의 길, 즉 에사 드 케이로스, 시아두, 다르타냥의 여정을 따라갔다. 가엾은 아다마스토르의 뒷모습이 보였다. 그는 동상들에 감탄하는 척하며 각각의 동상을 천천히 세 바퀴씩 돌았다. 도둑잡기 놀이를 하는 것 같은 심정이었지만, 곧 마음이 가라앉았다. 빅토르는 그의 뒤를 따라오지 않았다.

오후가 지나고 어둠이 내렸다. 리스본은 전설적인 명성을 지닌 넓은 강이 흐르는 고요한 도시다. 히카르두 헤이스는 저녁을 먹으러 나가지 않고 달걀 두 개로 스크램블드에그를 만들어 롤빵에 끼운 다음, 이 빈약한 식사에 포도주 한 잔을 곁들였다. 하지만 이것조차 삼키기가 힘들었다. 초조와 불안 때문에 가만히 있을 수가 없어서 그는 열한시가 넘어서 공원으로 내려가 다시 배들을 바라보았다. 보이는 것이라고는 계류장의 불빛뿐이었다. 이제는 쾌속선과 어뢰정도 구분할 수 없었다. 알투 드 산타카타리나에 사람이라고는 그 혼자였다. 이제 아다마스토르를 사람으로 칠 수는 없었다. 완전히 돌처럼 굳어진 그의 목구멍은 고함을 지르는 모습 그대로 영원히 침묵하고 있고, 얼굴은 바라보기에 무시무시한 모습이었다.
히카르두 헤이스는 집으로 갔다. 배들이 밤에 떠나지는 않을
것이다. 좌초할 위험이 있기 때문이었다. 옷을 제대로 갈아입
지도 않고 그는 침대에 누워 자다가 깨어났다가 다시 잠들었
다. 덧창 틈새로 새벽빛이 새어 들어올 무렵, 아파트 전체가
아주 고요하다는 사실에 마음이 차분해진 덕분이었다. 그가
깨어났을 때까지도 뭔가 사건이 벌어진 기미는 없었다. 이제
새로운 날이 밝았으니 무엇이든 일이 생길 염려는 없는 것
같았다. 그는 신발과 재킷과 넥타이만 벗고 누웠다는 사실에
경악해서 혼자 창피해졌다. 목욕을 해야겠다고 결심하고 침
대 밑의 슬리퍼를 찾아 허리를 숙이는데 첫 포성이 들려왔
다. 아니, 그가 착각한 것일 수도 있었다. 아래층 아파트에서
가구가 넘어진 것일 수도 있고, 주인아주머니가 기절해서 쿵
하고 쓰러진 것일 수도 있었다. 하지만 또 폭음이 들리더니
유리창이 흔들렸다. 배들이 도시를 향해 포를 쏘고 있었다.
창문을 열자 거리의 사람들이 겁에 질려 우왕좌왕하고 있었
다. 어떤 여자가 소리쳤다. 오, 하느님, 혁명이야. 그러고는 공
원을 향해 죽어라 달려갔다. 히카르두 헤이스는 신발을 신
고, 재킷을 걸쳤다. 옷을 다 벗지 않은 것이 다행이었다. 마치
이런 일이 일어날 줄 미리 알고 있었던 사람처럼. 이웃들은
실내용 가운으로 몸을 감싸고 이미 계단에 나와 있었다. 그
들은 의사 선생이 나타난 것을 보고, 그라면 모르는 것이 없
다는 생각에 지극히 괴로운 표정으로 물었다. 사람들이 다쳤

나요, 선생님. 그가 이렇게 급히 나온 것을 보니, 응급환자가 있다고 누가 그를 불러냈음이 분명했다. 그들은 맨살이 드러난 목을 감싸며 그의 뒤를 졸졸 따라와서 건물 입구에 섰다. 옷차림 때문에 예의상 문간에 몸을 반쯤 숨긴 채였다. 히카르두 헤이스가 도착했을 때 공원에는 이미 군중이 모여 있었다. 이 동네 주민들은 운이 좋았다. 리스본에서 배가 드나드는 것을 지켜보기에 여기만큼 좋은 곳이 없기 때문이다. 전함들이 도시를 향해 포격하는 것이 아니었다. 알마다 요새가 전함들을 향해 포를 쏘고 있었다. 전함 한 척을 향해. 히카르두 헤이스가 물었다. 어떤 배죠. 그의 질문을 받은 사람이 다행히 답을 알고 있었다. 아폰수 드 알부케르크호예요. 리디아의 남동생인 수병 다니엘이 복무 중인 배였다. 히카르두 헤이스는 그를 한 번도 만나본 적이 없으므로, 그의 얼굴을 상상해보려 해도 보이는 것은 리디아의 얼굴뿐이었다. 지금 이 순간 리디아는 틀림없이 브라간사 호텔에서 창밖을 내다보고 있을 것이다. 아니면 메이드 제복을 입은 채로 호텔을 나와 카이스 두 소드레 역으로 달려가고 있을 수도 있다. 지금쯤이면 부두에 서서 양손으로 가슴을 누르며 울고 있을 수도 있고, 보송보송한 눈과 상기된 뺨을 한 채 갑자기 비명을 지르고 있을 수도 있다. 아폰수 드 알부케르크가 포탄에 연달아 맞았기 때문이다. 알투 드 산타카타리나에서 누군가가 손뼉을 친다. 그때 두 노인이 나타난다. 허파가 터질 것 같은 얼굴이다. 어떻게 이렇게 빨리 나타났을까. 비탈길 아래쪽에 살고 있을 텐데. 그러나 두 노인은 이런 광경을 놓치느니 차라리 죽는 편이 낫다고 생각하는 사람들이다. 사실 여기까지 오느라 얼마나 애를 썼는지 생각하면, 실제로 죽을 수도 있다. 모든 것이 꿈처럼 보인다. 아폰수 드 알부케르크가 천천히 표류하는 것을 보니, 아주 중요한 기관 어딘가를 맞은 것 같다. 맞은 곳이 보일러실이나 방향타일 수도 있다. 알마다 요새의 포격이 계속되자 아폰수 드 알부케르크도 응답하는 것 같지만 확실하지는 않다. 새로운 포성이 들려온다. 아까보다 더 크고 간격이 더 멀다. 저건 알투 두 두크 요새야. 누군가가 말한다. 끝났어, 이길 수 없을 거야. 바로 그 순간 다른 배 한 척이 나타난다. 어뢰정 당호다. 당호가 거의 확실하다. 자신의 포연으로 모습을 감추려고 애쓰면서, 알마다 요새의 포격에서 도망치려고 남쪽 강둑 앞을 지나가고 있다. 그러나 알마다를 지나더라도, 알투 두 두크를 피하지는 못할 것이다. 강변 근처에서 포탄이 터진다. 이번은 사거리 확보를 위한 포격이었으니, 이다음 번에는 포탄이 배를 맞힐 것이다. 그렇지, 배가 직격탄을 맞았다. 당호에서는 벌써 백기가 펼쳐지고 있는데도 포격은 계속된다. 배가 기울기 시작하더니 그다음에는 하얀 천들, 장례식에서 시신을 감싸는 천들. 끝이 가까웠다. 바르톨로메우 디아스호는 정박된 곳을 벗어날 틈도 없을 것이다.

아홉시다. 적대행위가 시작된 지 백 분이 지났다. 아침 안개는 이미 흩어져, 맑은 하늘에서 해가 빛난다. 지금쯤 틀림없이 바다로 뛰어든 사람들을 찾으려는 수색이 진행되고 있을 것이다. 여기 공원에서는 이제 볼 수 있는 것이 없다. 베테랑들이 늦게야 온 사람들에게 여기서 있었던 일을 설명하는 동안 히카르두 헤이스는 벤치에 앉는다. 두 노인도 대화를 시작하고 싶어 죽겠다는 얼굴로 그를 따라 앉지만, 히카르두 헤이스는 아무 말도 하지 않고 고개를 숙인 채 앉아 있다. 마치 그가 바다로 나가려다가 그물에 걸린 것 같다. 어른들이 이야기하는 동안 점차 들뜬 마음이 가라앉은 아이들은 목마넘기를 하며 놀기 시작하고, 어린 여자아이들은 노래를 부른다. 난 셀레스트의 정원에 들어갔어, 거기 뭘 하러 간 거야, 장미를 찾으러 갔지. 이보다는 나자레의 민요가 더 적절했을 것이다. 바다로 가지 마 토뉴, 물에 빠질지도 몰라 토뉴, 아 토뉴, 가엾은 토뉴, 넌 정말 불행한 친구야. 리디아의 남동생은 토뉴가 아니지만, 불행에 대해서는 별로 다를 것이 없다. 히카르두 헤이스가 벤치에서 일어서자 두 노인은 화가 나서 시선을 돌려버린다. 어느 여자가 안쓰러운 듯 하는 말에서 히카르두 헤이스는 위안을 얻는다. 가엾은 영혼들. 그녀는 수병들을 말하고 있지만, 히카르두 헤이스는 마치 누군가가 자신의 이마를 짚어주거나 부드럽게 머리를 쓰다듬어주는 것 같은 느낌을 받는다. 아파트로 돌아온 그는 헝클어진 침대에 몸을 던지고 한 팔로 눈을 가린 채 마음껏 운다. 어리석은 눈물을 흘리며 운다. 이것은 그의 혁명이 아니었기 때문이다. 세상의 화려한 사건들을 보며 만족하는 자가 현명하나니. 이 구절을 천번쯤 되풀이해야겠다. 누가 이기고 누가 지는지 더이상 관심이 없는 사람에게 왜 이런 것이 중요할까. 히카르두헤이스는 일어나서 넥타이를 맨다. 막 밖으로 나갈 참이지만, 얼굴을 손으로 쓸어보니 수염 자국이 만져진다. 거울을 보지않아도 검은 터럭 사이에서 하얀 터럭이 반짝이고 있음을 알수 있다. 노화의 전조다. 이미 주사위는 던져졌고, 에이스 카드가 다른 카드들을 덮어버렸다. 아무리 빨리 달려도 교수대에서 아버지를 구할 수는 없다. 이 유명한 말은 평범한 사람들이 운명의 일격을 견딜 수 있게 해준다. 평범한 사람 히카르두 헤이스는 면도와 세수를 시작한다. 면도하는 동안에는 아무 생각도 하지 않고 살갗을 긁는 면도날에 정신을 집중한다. 조만간 면도칼을 갈아야겠다. 그가 브라간사 호텔을향해 집을 나선 것은 열한시 반이었다. 못 갈 것이 없다. 거의석 달 동안 머물렀던 옛 손님, 메이드 한 명이 충실히 시중을들었던 그 손님을 다시 보고 놀랄 필요는 없다. 그 메이드의남동생은 반란에 참여했고, 그녀 자신은 히카르두 헤이스에게 이렇게 말했다. 네, 선생님, 남동생이 바다에 나가 있어요, 아폰수 드 알부케르크호에서 근무 중이에요. 히카르두 헤이스가 사정을 알아보러 왔다고 해서, 자신이 도울 일이 있는지 알아보러 왔다고 해서 놀랄 필요는 없다. 가엾은 여자가지금 얼마나 괴로울까. 세상에는 불행을 타고나는 사람들이있다.

버저 소리가 예전보다 훨씬 더 거칠다. 아니면 그의 기억력이 그를 속이기 시작한 것일 수도 있다. 난간에 올려진 시종 동상이 불 꺼진 구를 들어 올린다. 프랑스에도 저런 시종이 있었지만, 여기 이 시종이 어디서 왔는지 히카르두 헤이스는 결코 알아낼 수 없을 것이다. 모든 것을 알아볼 시간이 없다. 계단 꼭대기에 피멘타가 나타나 막 내려오려고 한다. 짐을 든 손님이 도착한 줄 알았던 모양인데, 계단을 올라오는 사람을 아직 알아보지는 못한 상태로 걸음을 멈춘다. 어쩌면 그가 히카르두 헤이스를 잊어버렸을 수도 있다. 호텔 짐꾼의 일상 에는 수많은 얼굴들이 나타났다 사라지니까. 또한 조명 상태 가 좋지 않은 것도 고려해야 한다. 그러나 손님이 이제 아주 가까이 다가왔기 때문에, 손님이 여전히 고개를 숙이고 있다 해도 의심의 여지가 없다. 이런, 헤이스 의사 선생님이 아니 십니까, 안녕하십니까, 선생님. 잘 있었습니까, 피멘타, 그 메 이드 말인데, 이름이 뭐더라, 리디아, 그 메이드가 여기 있소. 아뇨, 선생님, 밖으로 나가서 돌아오지 않았습니다, 남동생이 반란에 관련되어 있다는 것 같습니다. 피멘타가 말을 끝마치 자마자 살바도르가 층계참에 나타나 놀란 시늉을 한다. 세 상에, 선생님, 이렇게 돌아오시다니 얼마나 반가운지 모르겠 습니다. 피멘타는 그에게 자신이 아는 것을 말해준다. 선생님 은 리디아를 찾아오셨습니다. 아, 리디아는 여기 없습니다, 제 가 달리 도울 수 있는 일이 있는지요. 남동생이 해군에 있다 는 이야기를 리디아한테 들었습니다, 혹시 의사로서 도울 일 이 있나 하고 와봤습니다. 그렇군요, 헤이스 선생님, 하지만 리디아는 포격이 시작되자마자 밖으로 나가서 돌아오지 않았습니다. 살바도르는 정보를 알려줄 때 항상 미소를 짓는다. 훌륭한 호텔 지배인이다. 다시 한 번 마지막으로 말하자면, 그는 예전에 손님이었던 이 사람에게 불만을 품을 이유가 있다. 이 손님은 호텔 메이드와 잠자리를 했고, 어쩌면 지금도 그런 관계인지 모른다. 그런데 지금 아무것도 모르는 척 다시 나타났다. 지배인 살바도르가 그의 연기에 속을 줄 안다면, 그건 큰 착각이다. 리디아가 어디로 갔을지 혹시 짐작 가는 곳이라도 있습니까. 히카르두 헤이스가 물었다. 어디 있겠지요, 해군부에 갔을 수도 있고, 어머니 집이나 경찰서에 갔을 수도 있습니다, 경찰은 항상 이런 일에 끼어드니까요, 하지만 너무 걱정 마십시오, 선생님, 헤이스 선생님이 다녀가셨다고 리디아에게 말하겠습니다, 그러면 틀림없이 리디아가 선생님을 찾아갈 거예요. 살바도르는 또 빙긋 웃었다. 자신이 설치한 덫에 벌써 사냥감의 다리가 붙잡혀 있는 모습을 본 사람 같았다. 그러나 히카르두 헤이스는 이렇게 대답했다. 그래요, 날 만나러 와 달라고 꼭 리디아에게 전해주십시오, 여기 내 주소를 알려드리겠습니다. 그는 종이에 길을 찾아오는 방법을 변변찮게 적어놓는다. 이런 반응에 짜증이 난 살바도르는 미소를 그쳤지만, 히카르두 헤이스는 그가 하려던 말을 끝내 듣지 못했다. 스페인 사람 두 명이 열띤 논쟁을 벌이며 이층에서 내려왔기 때문이다. 그중 한 명이 물었다. 세뇨르 살바도르, 로스 아 예바도 엘 디아블로 아 로스 마리네로스(Señor Salvador, los

ha llevado el diablo a los marineros).[*] 네, 돈 카밀로, 악마가
그들을 잡았습니다. 다행이군요, 그럼 스페인에 건배, 포르투
갈 만세, 건배라고 말할 때가 됐습니다. 돈 카밀로가 외치자,
피멘타가 조국을 대신해서 말을 덧붙였다. 만세. 히카르두 헤
이스가 계단을 내려가는데 버저가 울렸다. 전에는 여기 초인
종이 있었지만 손님들이 공동묘지 입구의 초인종 같다며 투
덜거리는 바람에 없애버렸다.

    그날 오후에 리디아는 오지 않았다. 히카르두 헤이스는 석
간신문을 사려고 나갔다. 일면 헤드라인들을 훑어본 뒤 가운
데 페이지를 펼쳤더니, 맨 아래에 수병 열두 명 사망이라는
제목 밑에 사망자 이름과 나이가 있었다. 다니엘 마르틴스,
스물세 살. 히카르두 헤이스는 신문을 활짝 펼쳐 든 채로 거
리 한복판에 우뚝 서서 침묵에 빠져들었다. 도시 전체가 가
만히 멈춰 선 것 같았다. 아니, 집게손가락을 꾹 다문 입술에
대고 까치발로 조심조심 걷고 있다. 갑자기 귀가 멀 것 같은
소음, 자동차 경적 소리, 복권 판매 노점상 두 명이 싸우는
소리, 엄마한테 귀를 얻어맞은 아이가 우는 소리가 들려왔다.
너 계속 그러면 엄마가 아주 흠씬 때려줄 줄 알아. 리디아는
그를 기다리고 있지 않았다. 다녀간 흔적도 없었다. 밤이 거
의 다 됐다. 신문들은 체포된 사람들이 지방검사를 만난 뒤
미트라로 호송되었으며, 신원이 밝혀지지 않은 시신들을 포

* 스페인어로, '세뇨르 살바도르, 악마가 그 수병들을 데려갔나요'라는 뜻.

함해서 사망자들의 시신은 안치소로 보내졌다고 보도한다. 리디아는 틀림없이 남동생을 찾아다니고 있을 것이다. 아니면 어머니의 집에 갔거나. 두 여자가 돌이킬 수 없는 이 엄청난 재앙 앞에서 울고 있을 것이다.

문을 두드리는 소리. 히카르두 헤이스는 달려가 문을 열고, 눈물투성이 리디아를 안아주려고 팔을 활짝 벌렸다. 그러나 찾아온 사람은 페르난두 페소아였다. 아, 자네로군. 다른 사람을 기다리고 있었나. 지금 벌어지고 있는 일을 안다면 자네도 잘 알 텐데, 그래, 기다리고 있었네, 아마 전에 자네한테도 말했던 것 같은데, 리디아의 남동생이 해군에 있었거든. 죽었나. 응, 죽었네. 두 사람은 침실에 있었다. 페르난두 페소아는 침대 발치에 앉았고, 히카르두 헤이스는 의자에 앉았다. 방 안은 완전히 어두웠다. 이런 식으로 삼십 분이 지나고, 위층에서 시계 종소리가 들렸다. 히카르두 헤이스는 혼자 속으로 생각했다. 참 이상하네, 지금까지 저 시계 소리를 들어본 기억이 없는데, 아니면 한 번 듣고는 머릿속에서 지워버렸나. 페르난두 페소아는 양손을 꽉 맞잡은 채로 한쪽 무릎 위에 올려놓고 고개를 숙이고 있었다. 그대로 미동도 없이 그가 말했다. 이제 다시는 만날 수 없을 것이라는 말을 하려고 왔네. 왜. 내 시간이 다 됐어, 내게 남은 시간이 겨우 몇 개월이라고 말한 것 기억나나. 그래, 기억하네. 그래서 앞으로 못 만난다는 걸세, 그 몇 달이 다 지났거든. 히카르두 헤이스는 넥타이 매듭을 단단히 조이고 일어서서 재킷을 입었다. 그리고 협탁으로 가서 『미궁의 신』을 들어 겨드랑이에 끼었다. 그럼 가세. 그가 말했다. 어딜 가는데. 자네랑 같이. 자네는 여기서 리디아를 기다려야지. 그건 나도 알아. 남동생을 잃은 그녀를 위로해줘야지. 난 그녀를 위해 할 수 있는 일이 없네. 그 책은 또 왜 가져가는 건가. 시간이 허락되었는데도 나는 이 책을 다 읽지 못했어. 자네한테는 시간이 없을 거야. 내가 원하기만 하면 온 세상의 시간이 내 것이 될 걸세. 자신을 속이고 있군, 글을 읽는 능력이 가장 먼저 사라진다고 했잖나. 히카르두 헤이스가 책을 펼치자 의미를 알 수 없는 기호들이 보였다. 검은 낙서들, 얼룩들. 그가 말했다. 그 능력은 이미 사라졌어, 하지만 상관없네, 그래도 이 책을 가져갈 거야. 아니, 왜. 세상에서 수수께끼를 하나 덜어주려고. 페르난두 페소아는 히카르두 헤이스와 함께 아파트를 나서면서 이렇게 말했다. 자네 모자를 깜빡했군. 우리가 가는 곳에서는 모자를 쓰지 않는다는 걸 자네가 나보다 더 잘 알잖나. 공원 맞은편 인도에서 두 사람은 강물 위에서 깜박거리는 창백한 불빛들, 불길한 산의 그림자를 지켜보았다. 그럼 가세. 페르난두 페소아가 말했다. 가세. 히카르두 헤이스가 맞장구를 쳤다. 아다마스토르는 고개를 돌려 그들을 바라보지 않았다. 그랬다가는 마침내 엄청나게 울부짖는 소리를 내지르게 될까 봐 무서웠는지도 모른다. 여기, 바다가 끝나고 땅이 기다리는 곳에서.

히카르두 헤이스가 죽은 해

초판 1쇄 2020년 12월 16일

지은이 | 주제 사라마구
옮긴이 | 김승욱
펴낸이 | 송영석

주간 | 이혜진
기획편집 | 박신애 · 심슬기 · 김다정
외서기획편집 | 정혜경
디자인 | 박윤정
마케팅 | 이종우 · 김유종 · 한승민
관리 | 송우석 · 황규성 · 전지연 · 채경민

펴낸곳 | (株)해냄출판사
등록번호 | 제10-229호
등록일자 | 1988년 5월 11일(설립일자 | 1983년 6월 24일)

04042 서울시 마포구 잔다리로 30 해냄빌딩 5·6층
대표전화 | 326-1600 **팩스** | 326-1624
홈페이지 | www.hainaim.com

ISBN 978-89-6574-958-5

파본은 본사나 구입하신 서점에서 교환하여 드립니다.

이 도서의 국립중앙도서관 출판예정도서목록(CIP)은 서지정보유통지원시스템 홈페이지
(http://seoji.nl.go.kr)와 국가자료공동목록시스템(http://www.nl.go.kr/kolisnet)에서 이용
하실 수 있습니다.(CIP제어번호: CIP2020038499)